国家级非遗
全国中医流派系列丛书

北宋

廣濟堂

活人妙术万古传

济世灵丹千秋重

郝汝椿　王金权

——著——

山西出版传媒集团　北岳文艺出版社

·太原·

## 图书在版编目（CIP）数据

北宋广济堂 / 郝汝椿，王金权著 . — 太原：北岳
文艺出版社，2022.3
ISBN 978-7-5378-6549-4

Ⅰ . ①北… Ⅱ . ①郝… ②王… Ⅲ . ①长篇历史小说
－中国－当代 Ⅳ . ① I247.5

中国版本图书馆 CIP 数据核字（2022）第 073001 号

# 北宋广济堂

**郝汝椿　王金权◎著**

//

**著　者**

郝汝椿
王金权

**责任编辑**

赵　婷

**封面设计**

张永文

**印装监制**

郭　勇

出版发行：山西出版传媒集团·北岳文艺出版社

地址：山西省太原市并州南路 57 号　邮编：030012

电话：0351-5628696（发行部）　0351-5628688（总编室）

传真：0351-5628680

网址：http://www.bywy.com　E-mail：bywycbs@163.com

印刷装订：山西基因包装印刷科技股份有限公司

开本：787mm×1092mm　　1/16

字数：380 千字

印张：29

版次：2022 年 6 月第 1 版

印次：2022 年 6 月山西第 1 次印刷

书号：ISBN 978-7-5378-6549-4

定价：118.00 元

# 序

仁圣之君相施行王道仁政以治理国家，而国家之本为人民；仁圣之师傅施行雅文仁教以修养人心，而人心之基为人命。由此而言，无人民不成国家，无人命何来人心？于是有仁圣之君、相、师、傅为政为教之际关心留意于人民人命，由此，有《黄帝内经》《神农本草经》《难经》《伤寒杂病论》《外台秘要》《千金方》《本草纲目》《傅青主女科》《温热论》等中华医经出焉；由此，有黄帝、神农氏、扁鹊、张仲景、王焘、孙思邈、李时珍、傅青主、叶天士等中华医圣出焉；由此，中华之人民人命受恩受惠于中华医经医圣以及由此衍生的医师大夫仁术，虽历经百般疾病、瘟疫乃至万千战乱、残杀，而绵延数百代不绝、繁衍五千年更盛，成为世界各国中的中华大国！

经邦济国利天下，怀仁爱民求大同。——此为追求行"仁政"利邦国而为君相者。

进则经邦济国，退则著书立说。——此为追求行"仁政"利邦国不得，转而行"仁教"美人心而为师傅者。

不为良相，便为良医。——此为追求行"仁政"利邦国不得，转而行"仁术"救人命而为医师大夫者。

如此观之，"仁术"既与"仁政""仁教"同心、同根、同本、同功、同德、同美，而行"仁术"之医师大夫见于经传文章者却寥寥无几、寂寞无位，我等留心于经传、操业于文章者，岂能没有惋惜之情、遗憾之感？幸遇平遥道虎壁王氏妇科第二十八代传人王金权先生不吝赐教，将平遥王氏妇科千年的发展脉络、家族谱系、重要人物故事乃至其医术特色、家藏秘籍向笔者一一道来，于是笔者得以了解王氏妇科之概貌，感叹王氏妇科之奇特，惊羡王氏妇科之神妙，遂动心动笔，溯源溯本，辑人辑事，以平遥王氏妇科第二十六代传人王裕宽先生为主人翁写出了这部长篇历史小说《北宋广济堂》。

由于这部书兼有医学和文学双重属性，所以希望它有医学和文学的双重价值——

求医者得医：通过这部书，读者或可以窥斑见豹，了解平遥道虎壁王氏妇科乃至平遥县、晋中地区以及山西省中医事业传承发展的悠久历史；或可以寻根溯源，探索中华医学蕴含的深厚宝藏；或可以借石攻玉，感悟生命之奥、领略中医之妙、修炼养生之道。

求文者得文：通过这部书，读者或可以观史得道，通过一个家族世代以中医妇科立世而得以生生不息、枝繁叶茂并得以千年传承的历史，由此悟得家族兴旺之道；或可以观人得理，通过一个人以中医妇科立世而得以治病救人、扬名树望并得以处乱世而不危、遇恶人而无险的故事，由此悟得人生发达之理；或可以观事得趣，通过一个脉象得以诊病、一服草药得以治病并得以祛其病、活其命、调其经、种其子、保其生的医术，由此悟得万事相因相果、万物相生相克之趣。

这本书即将完稿付梓之际，笔者冒昧自度：文笔或进而微观，所写乃是平遥道虎壁王氏妇科近千年间在平遥、晋中、山西乃至京城地区所展示的道行、功德、魅力；文心则远而大观，其旨乃是整个中华医道仁术五千年间在中华大地所展示的道行、功德、魅力！笔者又殷切期望：文笔或拙笨如砖焉，但愿抛砖以引玉；文心或痴妄如梦焉，亦可缘梦而求真。

看官请了！——如您把这本书当作寻乐的小说作品来看，读之得乐，则笔者欣欣然与您同乐焉；如您把这本书当作载道的史诗作品来看，读之得道，则笔者彬彬然与您同道焉。

郝汝椿于 2019 年 6 月 29 日

引 子

# 一

　　天地万象万物大都遵循同一个道理：天生象而决定象，天高则象远；地生物而决定物，地大则物博；母生子而决定子，母壮则子肥；根生叶而决定叶，根深则叶茂；源生流而决定流，源远则流长。

　　大而观中华医学是如此：先有高妙深奥的一部《黄帝内经》，而后有蔚为壮观的百家医书医道医术。小而观王氏妇科也是如此：先有祖先英明果敢的一次搬迁，而后有子孙繁荣绵长的千年事业。

　　平遥王氏妇科的根源，可以追溯到北宋时期。

　　宋朝到了徽宗时期（1101—1125）已经是内忧连连、外患累累的局面了，但这位风流皇帝却不知不觉，只顾着享受当皇帝的乐趣：玩耍则琴棋书画乃至奇石怪山，聚会则才子佳人乃至佞臣妓女，享尽了当皇帝的福分。他只顾玩乐享受也还罢了，如果能把军国大事托付于忠臣干将，则百姓未必陷于水深火热，国家未必措于柴堆冰山，外敌也未必敢于狼顾虎视。然而，他却嫌忠臣直如棍，嫌干将硬如铁，不好玩儿，于是便挑选一些好玩儿的柔媚佞臣和柔软孱将来管理军国大事。结果，军国大事荒废了，百姓怨声载道了，外敌虎视眈眈了。

　　且看在徽宗年号下留名史册的几个人物：数佞臣孱将的代表人物则有蔡京、高俅、童贯之流，数造反起义的代表人物则有方腊、宋江之辈……这些在中国历史上赫赫有名的人物都是宋徽宗皇帝的"杰作"，也都算宋徽宗皇帝当政二十五年的"赫赫之功"！

　　再看在徽宗年号下留迹史册的几桩事件——

一是张觉事件。宣和二年（1120）二月，大宋派遣赵良嗣出使金国，随后宋、金订立盟约（史称"海上之盟"）：宋、金共同进攻辽国，宋从南进攻辽国的南京（今北京）、西京（今山西大同）等地，金从北进攻辽国的上京（今内蒙古赤峰市巴林左旗）、中京（今陕西省西安市）等地。攻灭辽国后，燕（幽）、蓟、瀛、莫、涿、檀、顺、云、儒、妫、武、新、蔚、应、寰、朔十六州归宋，其他辽国地盘归金。然而，在宋、金夹攻辽国的战争进程中，金国军队如钢刀破竹，两年间相继攻占辽国的上京、中京；宋朝军队却如卵击石，不仅没能如约攻占辽国的南京、西京，反而还损兵折将，被辽国打得落花流水！结果，本该由宋军攻占的辽国南京、西京，最终还是由金国的军队攻占了（金军于宣和四年九月攻占西京，十一月攻占南京）。这样，实际上就是金国一家的军事力量就攻灭了辽国，宋朝只是无关紧要地附和了一下而已。由此，宋、金两国军事力量的悬殊显而易见。这种情形下，无论是一个智慧上的"明白人"，还是道德上的"君子人"，宋朝最高决策者应当老老实实、规规矩矩地履行原先的盟约，把燕云十六州索要回来就是上算了。然而，徽宗皇帝及其朝廷却既不"明白"，也不"君子"。宣和五年（1123）六月，当叛辽降金的平州（在今唐山一带，不属燕云十六州范围）大将张觉又要叛金降宋时，宋朝竟动了非分之念，接受了张觉的投降及其带过来的平州地盘。结果，在金国强大的军事力量面前，平州又被金国夺去。由此，宋朝不仅失了地盘，还失了信誉，让金国抓住了失信的把柄，得到了攻宋的由头。宋朝面对金国，本来在军事上已经陷入了"挨打"的境地，如鼠对猫，如羊对虎；如今在道义上又陷入了"该打"的境地，如鼠逗猫，如羊顶虎；接下来自然就是"被打"的结果：虎吃羊，猫吃鼠！金国不仅不再履行"归还燕云十六州"的盟约，而且准备侵略原本属于大宋的地盘。由于徽宗皇帝在张觉这个事件上，既不"明白"，也不"君子"，非法而非分，想得到人家金国的一个平州；最后导致的后果却是，被打且被掳，失掉了父、子两个皇位和半个宋国！

二是郭药师事件。宣和四年（1122）九月，就在金国崛起、辽国岌岌可危的形势下，辽国大将郭药师卖（辽）国求荣，携他所统领的涿、易二州兵马地盘来投降宋朝。徽宗皇帝及其朝廷对这种势利小人不仅不加防范，反而大加封赏并委以攻辽防金的边将重任。结果是：一个月后（宣和四年十月），郭药师统将带兵攻辽而败于辽，还使宋军损兵折将；三年后（宣和七年十二月），郭药师统将带兵防金而降于金，再次卖（宋）国求荣，不仅把宋朝大量的能战之师和大片的可守之地拱手献给金国，而且还出谋划策如军师，冲锋陷阵如勇士，带着所统兵马成为金军侵略宋朝的急先锋，全力反攻宋朝！由于徽宗皇帝授以重兵、委以重任、托以重地的大将郭药师叛宋降金，导致宋朝措手不及，最终退守长江，偏安东南一隅了；而金朝则借风扬帆，最终跨过黄河，入主中原大地了。

三是禅位事件。宣和七年（1125）十二月，就在金朝大将宗望、宗翰分两路大举进攻河北、山西时，徽宗皇帝所倚重的"降将"郭药师以燕山叛降金朝，所倚重的"宦将"童贯从太原逃归京师，中山府北州郡一一失陷，太原府北州郡也一一失陷，中山府、太原府被金国军队围攻，大宋江山摇摇欲坠，京师开封面临岌岌可危的严峻形势，徽宗皇帝竟然临危禅位！——让儿子接替他当了摇摇欲坠的宋朝大船的舵手，他则想离开这艘大船逃生；老手掌不了的大舵，新手岂能掌得了？真是害国、害民、害家、害子！让儿子接替他做了岌岌可危的宋朝大厦的大梁，他则想离开这栋大厦逃命；老树顶不了的大梁，嫩枝岂能顶得了？真是无知、无勇、无仁、无义！徽宗皇帝如此临危禅位，结果导致宋朝速亡，百姓遭殃……

钦宗皇帝于宣和七年腊月廿四（1126年1月19日）继位。继位后的第三天，金国大将宗翰又带重兵包围了军事重镇太原，河东宣抚使兼知太原府张孝纯与副总管王禀（都总管童贯于腊月初八逃离太原后，由副都总管王禀掌管军事）率军民誓死抵抗围攻太原城的金军。而到了继位后的第九天（靖康元年正月初三），金国大将宗望就率军渡过黄河，兵临京师开封城下了，钦宗皇帝御驾亲征，率领京师军民抵抗围攻开封城的金军。一时间，开封城和太原城成了宋、金交战以来最大、最久也最激烈的两个战场：刀枪如棘林，战斗如雷霆，厮杀如屠牲！然后便是：遍地滚人头，尸横堆山丘，血淌成河流！

两军交战，百姓遭殃。面对此形此势，身临此境此地，普通百姓胸中纵有三十六计，也只能以"走"为上计了。于是，开封城和太原城成为最大的难民潮发源地，难民一波一波地从这里涌出，涌出，涌向南方，涌向南方……

由于太原城守将张孝纯、王禀率领太原军民拼死抵抗，再加上太原城池坚固，地势险要，自古有"龙城"之誉，结果使百战百胜、所向披靡的金国大将宗翰几番攻城，连连受挫！这位威名远扬的大将军眼看着另一路大军已在大将军宗望的率领下扫平河北，渡过了黄河，兵临开封城下了，自己率领的大军却在太原城下停滞不前，他只好暂且留下部分军队继续围困太原，自己则率领大军绕过太原城继续南侵，一路顺着汾河谷攻略平阳府、蒲州，另一路则穿入太行山攻略潞安府、泽州去了。

金国大将军宗翰率领大军退兵而去，太原城守将张孝纯、王禀等将领举杯相庆，太原城百姓则奔走相告，整个太原城军民士气高涨，斗志昂扬，守城信心倍增！然而，张孝纯、王禀等将领知道宋、金大势悬殊，整个大宋江山摇摇欲坠，太原城岂能独木支撑？我等身为朝廷命官军士，享受皇恩俸禄，自应拼死守卫太原城以尽职尽责、尽忠尽节；而那些普通百姓何必困于这战争之地，处于这危险之境？于是太原府或贴纸布告，或敲锣鸣告，让普通百姓投亲靠友，出城逃命！

# 二

河东宣抚使兼知太原府张孝纯与副都总管王禀等将领看到金国大将宗翰率领大军退兵之后，无不欢欣鼓舞。不几天正赶上靖康元年（1126）"二月二，龙抬头"节日，于是张孝纯和王禀在太原府衙内大排宴席，欢庆保卫"龙城"太原的胜利，慰劳各路有功将士。欢腾的声音和醇香的酒气从太原府衙内飘扬出来，进而飘荡在太原城百姓的耳朵里和鼻孔里，于是，百姓们前些时惊恐慌张的情绪被这些欢腾的声音和醇香的酒气一扫而光，转而感觉安泰乃至安逸了。

在太原府衙西不远处的街面上有一个药铺，只见这个药铺门额上悬挂着一个"广济堂"牌匾，门前则悬挂着一幅"广济堂"旗幌。平常，这里往往会飘逸出一阵阵药材的气味；而此时，这里却不时飘逸出一股股美酒的气味。这些美酒的气味飘逸在药铺前的大街上空，与太原府衙内飘过来的缕缕酒气融会在一起，又袅袅依依地飘向了远处的街道上空。太原城的军民醉了，太原城的街道也醉了，甚至连太原城的天空都醉了。

在这个"广济堂"药铺后院的正厅里，一家人正围坐在一张团桌周围，美酒佳肴，欢声笑语，庆贺着"二月二，龙抬头"这个节日，庆贺着"龙城"太原保卫战的胜利，庆贺着战争过后的安静、安泰和安逸。这张团桌上，太原城赫赫有名的"广济堂"王氏妇科名医王厚老先生夫妇坐在上首，左右两旁则是王厚老先生的长子王俞夫妇和次子王迪夫妇。

一番酒肉欢笑后，一家人已是半醉半醒半神仙的状态，王厚老先生也一改往常在晚辈面前少言寡语的习惯，打开了话匣子："金国的宗翰大军是退去了，太原城是保住了，这确实是可喜可贺！但是，自古道：人无远虑，必有近忧。我前两天去见了府尹张孝纯大人，问了他太原城的局势。张大人对我这个名医也算看重，也算是朋友了，所以他实话相告：'太原城只是暂且保住了，但是如果我们大宋军队不能彻底打败金国军队，太原城迟早还得失守。所以，太原城的普通百姓能逃的还是逃，能跑的还是跑吧！'我也看了，我也想了，太上皇（徽宗皇帝禅位后的称号）这些年只顾着自己享乐，荒废了军国大事，糟害了庶民百姓，动摇了大宋江山，引得内忧不息，外患不断，早就丧失民心了，如今却让他儿子来收拾这个烂摊子，来凝聚民心，谈何容易呀？治国与治病一理：得病易，治病难；失民心易，收民心难！你们想想，像我这样医术深厚老到的人尚且治不了的病人，推给你们两个医术还很浅薄的儿子去治，能行吗？同样的道理，太上皇在位二十多年，臣熟，将熟，事熟，情熟，面对这样的内忧外患局面尚且一筹莫展，无可奈何，如今却一股脑儿推给了毫无历练的儿子去应对，他能有什么筹策可展，他能有什么奈何？就算这位新皇帝有能耐，可是人家强敌已经兵临城下了，他来得及排兵布阵吗？一艘船已经千疮百孔了，已经漏水了，还在海里遇上了暴风骤雨，老船主却把这条船交给了少船主，这少船主能修补得了这千疮百孔的船吗？能躲过这场暴风骤雨的大难吗？难啊，难啊！愁啊，愁啊！整个大宋江山的命运让人愁，我太原城百姓的命运更是让人愁！所以，我这些天想了想，谋了谋，我们还得做逃离太原城的打算啊！"

一桌人听罢，刚才那满脸的欢喜轻松顿时换成了满脸的忧愁凝重，眼神也齐刷刷地看向了这位一家之主的脸上。

老夫人说道："咱们大半辈子才置下了这个铺面和这个院子，咱要一逃难，那——这些财产不就得全都舍弃了？"

王厚老先生捋了捋飘然的髯须，缓缓地说道："我们面临的可能是几百年一遇的天翻地覆、改朝换代的大变局、大灾难呀！面临这样的大变局和大灾难，还能顾得上这些财产？咱们能保住一家人的性命就算万幸了！如果能保住命，这些财产舍弃了，以后还可以再置；如果连命也保不住，这些财产还有什么用？咱们还是保命第一吧！"

老夫人听着，看了看碟子、盘子、桌子、椅子乃至整个屋子，再望了望窗口外面的院子，两行老泪滚落下来，停顿了一会儿，喃喃道："金国人真是可恶，真是造孽，这可恶的造孽的牲畜啊！"

王厚老先生听着，点了点头，然后又摇了摇头，说道："金国人是可恶，是造孽。可话说回来，归根到底是大宋皇帝给咱百姓造的孽呀！自古道：'天作孽，犹可违。自作孽，不可逭。'如果不是太上皇这些年荒淫无道，只顾他自己享乐，不管国家安危和百姓疾苦，哪来的民不聊生，怨声载道；又哪来的方腊、宋江造反和这金国大军入侵？唉！摊上这样的大宋皇帝呀，大宋江山完了，大宋百姓苦了！"

王厚老先生说罢，一家人都沉默了。半晌，老夫人又说道："即使要逃难，那咱们能往哪儿逃呢？投亲靠友？这一大家人，又能投靠哪家亲友呢？"

王厚老先生听着夫人的话，想了想，然后说道："这样的投靠可不是一人两人，而是我们一大家人甚至还要带上咱广济堂的伙计们；也不是一天两天，而是一年两年甚至十年八年的时间。所以，一般的亲友根本不能去投靠，只能投靠那些咱对人家有大情义、人家又对咱讲大情义，还是大户人家的人。这三样缺一不可：如果咱对人家有大情义，可人家是忘恩负义之人，肯定不能去投靠，不可靠啊！如果咱对人家没有大情义，即使人家有情有义，那也不能去投靠，不好意思靠啊！如果咱对人家有大情义、人家也讲大情义，但人家是小户人家，那还是不能靠，大树靠小树，怕把人家靠倒啊！"

一家人听着王厚老先生的一番话，更忧愁了："哪有这样合适的人家让咱们去投靠呀？"于是，一家人面面相觑，期待着王厚老先生"投靠谁"的答案。

王厚老先生听了，捋了捋了自己那飘然的髯须，脸上浮出了怡然的笑容，说道："我想了想，捋了捋，还真有这样一户人家可以去投靠。"

老夫人欣喜地问道："谁家呀？哪里人氏呀？"

王厚老先生说道："距咱太原城二百多里的平遥县东泉镇有一个黄姓财主，人称黄员外。这黄员外在当地既有财势，又有声望，平常乐善好施，最讲情义，被当地人称作'仁义财主'。黄员外有不少买卖字号，还有不少庄园田产。大约二十年前，我在平遥行医时，黄员外的夫人难产，出血不止，危在旦夕，当地医生无计可施。黄员外打听到我有'太原王氏妇科名医'的名头，便用轿车把我从县城接到东泉镇黄家救治他夫人。那时候，黄夫人已经奄奄一息，不省人事，黄家都开始准备后事了。我看了看情况，把了把脉，然后用咱王氏妇科祖传秘方，三服药就让黄夫人止住了血；又用了三服药，就让黄夫人坐了起来，开始进食了；再用了十服药，把黄夫人的脾胃和气血调养过来，完全恢复了健康。于是，黄员外喜出望外，感恩戴德，称赞我为'神医'，称呼我为'恩人'，还要拿上一千贯钱谢我！我说：'医道乃是仁术。存仁心，行医术，只为济世救人，岂能图人钱财？'所以，我是一概不受，既不敢当'神医'，也不敢当'恩人'，更不敢受那一千贯钱，只是按照常价收了诊费药费就走人了。后来，黄夫人不仅完全恢复了健康，还一连给黄员外生了两个儿子呢！再后来，黄员外可能是想感谢我的这份恩情，也可能是想造福当地百姓，每隔三年五载还会请我去他那里坐诊十天半月，住在他家里好吃好喝，热情周到地款待我一番呢！所以我想，如果咱一大家人去投靠亲友，唯有他那里最合适了。"

老夫人听着喜出望外，不禁"阿弥陀佛"起来，然后感叹道："也幸亏你在若干年前种下了这段善缘呀，如今倒能享受这个福果了。"

于是，王厚老先生便着手一家人逃离太原城的准备：一方面收缩药材买卖规模，尽量回笼现钱，变换成金银细软；另一方面让长子王俞带上自己的书信，前往平遥县东泉镇黄员外家里接洽投靠事宜；第三方面则观察太原城内外宋、金两军的攻、守、对峙形势和季节天气情况，寻找逃离太原城的时机。

经过一个多月的准备，诸事就绪，便挑了一个阳春三月的日子，一大家人连同几个贴心伙计便收拾铺面行李，带上医书秘方、金银细软、贵重药材以及"广济堂"的牌匾旗幌等物，老的坐上驴车，壮的推上板车，男的穿些旧衣烂衫，女的涂些烟灰煤黑，孩童则滚些泥土灰尘，混杂在逃难人群中出了太原城南门，向平遥县东泉镇方向去了。

王厚老先生一大家人经过清徐县徐沟镇、祁县贾令镇、平遥县洪善镇，一路颠簸劳顿，筋疲力尽，忧心愁容，三四天时间就折磨得真像穷困潦倒的难民了。

过了平遥县洪善镇以后，他们又一路向南而去，进入了丘陵地带，经过两天的颠簸，终于到了平遥县东泉镇黄员外的府上。此时，王厚老先生一大家十余口人，已是疲惫不已，邋遢不堪，简直是一群乞丐模样了。

一见面，王厚老先生满脸羞愧，连连拱手作揖："实在惭愧呀！让黄员外见笑了，给黄员外添麻烦了！"而黄员外则满腔热情，连连摆手："王大夫见外了！如今国家危难，百姓颠簸，我身为一方财主，还顶着国家'员外'的头衔，自应为国为民分忧。就是遇上一个普通陌生的逃难者我都会伸出援手，何况您是我夫人的救命恩人呢？这正是我和夫人向王大夫表达情义的机会，我们高兴还来不及呢！"

黄员外及夫人乃至他们的儿子们对王厚老先生一家人极尽地主之谊，颇执殷勤之礼，让王厚老先生喜出望外，感恩戴德，遂在黄员外府上设账义诊，以黄员外之名为东泉镇妇女免费看病三天。

又过了几天以后，黄员外与王厚老先生商量："这东泉镇距平遥城三十五里，又是丘陵地带，比平遥城是僻静多了；但究竟也是一个镇子，名声在外，道路畅通，金兵一旦来犯，东泉镇也难免罹祸啊！我家在南山里的麦茭沟置有一处庄园田产，那里山高林密路窄，距这东泉镇还有三十五里，我看那里才真正僻静安全。现在天气也快热了，局势也不太平，我原本就计划带上家人去这麦茭沟的庄园里避暑避难，王大夫一家既然来了，那咱们两家人就一起去那里避暑避难吧！"

王厚老先生看着黄员外如此赤诚相待，哪有二话，自是连连拱手称谢。

第二天一早，黄、王两家三四十口人便相跟着离开东泉镇，一路向南山而去。这三四十口人有的坐轿车，有的坐推车，有的骑马，有的骑驴，有的挑担，有的背包，路越走越窄，坡越走越陡，弯越走越多，经过九曲十八弯的羊肠小道，在太阳快要落山时，终于走进了一片开阔的塬地。但见：三面环山，树木葱葱；一沟溪水，细流潺潺。河岸两旁的滩地上，是一垄垄已经拔穗的麦子；再往上坡地看，则是一片片正在苗壮成长的茭子（红高粱）。再细看，田垄间还有几十个农民在劳作，有的在锄草松土，有的在汲水灌溉。夕阳的霞光映照着这些树木、流水、麦子、茭子以及劳作的农民，好一幅赏心悦目的田园风光图！

黄员外指指点点，给王厚老先生介绍："这条沟、这周围的五座山，这三千多亩地、那一片庄园，都是咱黄家的田产。那些农民都是咱黄家的佃户。王大夫！这里还算僻静安全吧？这里有吃有喝有住，咱两家就安安心心地在这里避暑避难吧！呵呵！"

王厚老先生一看到这番景象，不禁感慨赞叹："好啊，这里真是一处世外桃源，真是一块宝地呀！"

黄员外听着，也得意地笑道："呵呵！这里是一块宝地！王大夫一家人在这里落足，这里就更是一块宝地了！呵呵！凤凰不落无宝之地啊！"

王厚老先生说道："哪里，哪里！我哪敢当凤凰呀？"

黄员外说道："您王大夫怎么不能当凤凰？凤凰是吉祥之鸟，它落在哪里哪里就有宝；王大夫是吉祥之人，您住在哪里就给哪里的人治病救命。如此说来，王大夫与凤凰也有一比嘛！"

王厚老先生听罢，笑着说道："如此说来，黄员外仗义疏财，造福乡民，也与凤凰有一比嘛！如果说我是凤凰，黄员外更是凤凰；而且，因为有黄员外您这'先凤凰'，才能有我王厚这'后凤凰'呢！"

至此，由于大宋江山和太原城岌岌可危，太原王氏妇科名医王厚老先生便于靖康元年（1126）春夏之际，带着一家人避难避到了平遥县东泉镇麦茭沟。由此，太原王氏妇科"凤凰落地"，落在了平遥县东泉镇麦茭沟。


# 三


王厚老先生一大家人跟着黄员外躲避在麦茭沟里算是安静了，而外面的世界却越来越混乱。

就在当年九月，太原城虽经张孝纯、王禀等将帅率领军民拼死抵抗防守，经拼死巷战格斗，军民尸横街头，房屋倒塌火中，最终还是被金国军队攻破占领了。太原城的百姓不是被屠杀，就是被掳掠；太原城的财物不是被毁灭，就是被掳掠！

由此看来，王厚老先生带着全家人提前逃离了太原城，真是英明果断，真是千幸万幸！

而就在当年腊月以及次年的正月、二月，金国军队再次围攻京都开封城，经过若干次惨烈的攻守战斗，最终开封陷落，太上皇父子二人以及皇宫成百上千人都成了金军的俘虏，上万上亿的皇宫财宝被掠夺而去。于是，大宋的心脏被掏，大宋的头被割；从此，大宋的人民只能像失去蜂王的马蜂一样拼死乱飞乱扑乱螫，大宋的土地上也只能战乱不止、血流不止、灾难不止了。

从靖康元年（1126）到绍兴十一年（1141）的十五年时间里，不仅宋、金之间一直不停地进行战争，而且朝廷与叛将义军之间也接二连三地进行战争。且看宋、金之间连绵不断的战争：北则从黄河流域的山东、河北、山西、陕西、甘肃，南则到长江流域的江苏、安徽、江西、河南、湖北、湖南、四川，在这十五年间，大半个中国的土地上宋、金之间的战争此起彼伏，大小战斗、战役、战争的次数成千上万！再看朝廷与叛将义军之间接二连三的战争：镇压叛将，则先后进行了镇压孔彦舟、李成、丁进、杨进、叶浓、张用、王善、苗傅、刘正彦、陈通、张遇、靳赛、薛庆、郭仲威、刘忠、杜彦、杨世雄、桑仲、杨勍、李宗谅等一二百个大小流寇集团的战争；镇压义军，则先后进行了镇压邵青、薛庆、郦琼、戚方、钟相、杨么、赵延寿、范汝为、李敦仁、曹成、彭友等五六十支大小农民武装的战争！战乱如此频繁、普遍而漫长，可以想象江山被践踏、被暴虐乃至被宰割，那是何等凄惨的一幅景象；百姓被抢夺、被掳掠乃至被屠杀，那又是何等悲惨的一幅景象！

到南宋绍兴十一年（1141）时，宋、金双方经过十五年的煎熬、千百次战争消耗，南宋实在恢复不了旧时河山，金国也实在攻占不了全部宋朝河山，双双筋疲力尽、无力再战了，这才真正开始讲和，于当年十一月订立盟约：东以淮河中流为界，西以大散关（陕西宝鸡）为界，南属宋，北属金；此外，宋还得年年向金纳贡银钱若干、布帛若干。由此，宋、金之间算是求得了暂时的战略平衡，中华大地算是停止了连年的战争杀戮，回归了久违的和平安宁；然而，包括山东、江苏、安徽、河北、河南、湖北、山西、陕西在内的大片土地划归了金国，这里的百姓也随之划归了金国，这些地区的百姓虽然没有离了土，但却离了主，他们与故主永远分离了，与故国永远分离了。

王厚老先生和黄员外两家人躲避在麦苃沟里躲了十五年，等了十五年，盼了十五年，最终这躲、等、盼的结果却是虽然躲过了战争杀戮，等来了宋金讲和，盼来了百姓安宁，但是，大宋故主远去了，大宋故国远去了，大宋故风远去了……他们不再是大宋天子的子民，而成了胡虏金主的子民；他们不再是大宋天国的百姓，而成了胡虏金国的百姓；他们不再能沐浴大宋天国满朝诗书易礼飘逸出来的仁风雅气，而只能呼吸胡虏金国遍地牛羊马驼散发出来的腥风膻气！

如此如此，这些被大宋朝丢弃的北方人民如之何奈？一般苟且谋生的平民百姓，只能围绕生计而随波逐流，随遇而安；而一些富有故国情怀的士大夫，能南逃回归故国则回归故国，能隐遁深居山林则深居山林，对金国这样的外族野蛮政权及其政府所在地，能躲多远躲多远，能离多远离多远！

王厚老先生和黄员外这两大家人又如之何奈？他们或为医生大夫，或为绅士员外，骨子里都富有故国情怀，都富有士大夫情怀，所以，既然他们不能南逃回归故国，就只有隐遁深居山林了。

当王厚老先生和黄员外得知宋、金签订绍兴盟约及其内容时，这两位已经白发苍苍的老人顿时老泪纵横，伤感万千。王厚老先生发誓不再回府城太原，黄员外则发誓不再回东泉镇上，双双商量在麦苃沟这深山老林了此残生，生活于此，埋葬于此。

此时，王厚老先生一家已在黄员外的麦苃沟庄园避难十五年，与黄员外一家相处则投机投缘，相知相敬，虽是两姓，却胜似一家；与周围百姓相处则见仁见义，施恩施德，身为医生，却视如恩人。如此，王厚老先生一家既愿意落足落户这里，黄员外和周围百姓更乐意王厚老先生一家落足落户这里；于是，当王厚老先生打定主意不再回太原城时，黄员外便力劝王厚老先生永久落户在麦茭沟，然后视其所需要，量己所能，将麦茭沟庄园的一些房屋田产折让给了王厚老先生一家。

写罢房屋田产等书契，再交割罢银钱，王厚老先生就算是这些房屋田产的正式主人了，他自是感慨万端，感谢万般，当即摆酒设席，宴请黄员外及书契中人。

酒宴上，王厚老先生对黄员外敬酒勤勤，谢语殷殷："黄员外，我再敬您一盅酒！真是感谢黄员外呀！十五年前，我们从太原城逃难出来，是您在这麦茭沟庄园里收留了我们全家，一住就是十五年，这是十五年的大恩大德！现在，您又将麦茭沟的这些房屋田产折让给我们，让我们王家世世代代在此居住，这更是世世代代的大恩大德！受您黄员外如此大恩大德，我王厚一家真是三生有幸！如此大恩大德，又让我王厚一家如何回报呀！"

黄员外则饮酒醋醋，笑言朗朗："王老大夫何出此言啊？如此区区小事，何足王老大夫如此挂心、如此在意啊？要论回报，这正是我们黄家回报您王老大夫呀！想当初，要不是您救了我夫人的命，调养好了我夫人的身体，我哪会有后来的两个儿子，又哪会有我黄家这样人丁兴旺的景象啊？而且，又何止是我黄家一家，这东泉镇周围成百的村庄、成千上万的人家，这十五年间都在受您王氏的恩德，治病无数，活人无数，这是何等的大恩大德呀！所以，我折让给您这些房屋田产，让您一家世世代代居住于此，是我黄家该回报您，是这东泉镇周围成百的村庄和成千上万的人家该回报您啊！再说了，如果能让您一家世世代代居住于此，那不是能让我们黄家乃至东泉镇周围成百的村庄和成千上万的人家世世代代享受您王氏妇科高尚高妙的仁道医术吗？如此说来，我倒是为我们黄家和这东泉镇周围村庄的人家积德造福了，我又何乐而不为呢？呵呵！您王老大夫就安安心心地接受这些房屋田产，安安心心地在此永久落户吧！我能让您王氏妇科落户在这麦茭沟里，算是为我黄家和这东泉镇百姓请了一尊活菩萨呢！来，喝酒，喝酒！喝您老大夫的好酒！"王、黄二位老者在这场酒宴上尽兴尽致，掏心掏肺，好一番酒肉气息，好一幅和乐气象！

后来，当金朝新政府登记户籍时，王厚老先生一家便以"平遥县东泉镇乐泉里三甲"的户头登记入册，成为这里的永久居民了。

再到王厚老先生八十多岁时，他的两个儿子王俞和王迪不仅医术精进，享誉四方，成为和他一样的妇科名医，而且双双人丁兴旺，长子王俞生有四个儿子，次子王迪生有三个儿子，他已经成了七个孙儿的爷爷了。看着这番人丁兴旺、家业发达的景象，王厚老先生自是颇感欣慰。然而想到这子孙多了，将来分出的支脉也多，难免出现争财产、争名分的情形；还有，这子孙多了，将来难免出现品德上良莠不齐、才能上高下不一的情形；这又让他颇感忧虑。再想到与黄员外一家以及周围百姓的关系，现在彼此互敬、互让、互惠、互利，深情厚谊，呈现出一幅和乐乃至亲热的景象，让他颇感欣慰；但若将来子孙中若有不贤不肖者，与黄家以及周围百姓难免彼此无敬、无让、无惠、无利，寡情薄义，必会陷入一种相互猜忌乃至对立的境地，这又让他颇感忧虑。

王厚老先生在人生的最后岁月里，殚精竭虑，高瞻远瞩，总结自己过去为人处世的主要感悟，思谋子孙将来安身立命的规矩，遂为子孙拟定下了若干家规家训：

一、读书可以化人心，愚者可化为智，顽者可化为良，恶者可化为善，聪者可化为贤，明者可化为哲，仁者可化为圣。开卷如开窗，可见外面万千世界；读书如师哲，可修古人圣贤道德。吾之先人曾为文人士大夫，有经邦济国之功业，有著书立说之德言；吾之后人亦当以读书为事，可为良相则经邦济国建功业，可为良师则著书立说树德言，不可为良相良师则可为良医治病救人施恩德。

二、学医可以活人命，老者使其寿，弱者使其壮，病者使其愈，痛者使其缓，伤者使其痊，危者使其安。救人一命，胜造七级浮屠；活人无数，当如一尊菩萨。吾之先人视行医为积德行善之事，执斯业久矣；吾之后人当秉承先人之德行事业，以学医为荣为乐，以救人为职为责。

三、家长仁且贤，百口得团圆。吾已有二子七孙，吾在世掌家，自然一家团圆；吾去世由长子王俞掌家，庶几亦可一家团圆。再将来，若无人掌家，则一家分数家，难得团圆；若有人掌家，则七孙由谁来掌家？再将来，子孙更多，支脉更繁，将如之何？立嫡长而不立贤，家道岂能隆显？不立嫡长而立贤，家人如何推选？欲家道隆显，必得立贤。欲立贤，必得听其言，观其行，审其貌，察其品，验其事，评其功，然后先由众长辈推选，再由老家长决定。老家长一旦决定某人贤，某人当立，则培其智，毓其慧，养其德，教其学，授其术，传其籍；然后任其事，助其功，树其信，则可禅位焉。

四、独木不成林，众志可成城。吾王氏后人历代家长虽因贤而立，但不可妄自尊大，妄自独断。身为家长须知，阳有阳用，阴有阴用，金木水火土五行乃至百草万物各有其用，同辈兄弟岂能无用？由此，家长处事可一人独断，但事前需众兄弟商量。先商量以广纳众议，博采众长，择其一一之高见远见与神思妙思，集成九九之高见远见与神思妙思，而后家长独断号令，全家人一起践行，最终形成我王氏妇科之高远事业与神妙医术。如此久而久之，则我王氏妇科生生不息，欣欣向荣。一木始也，繁衍而成林；一砖始也，累积而成城。

五、父子之道，一慈一孝。父慈子孝，乃为父为子之至道。慈者，挚也，爱也，父慈则生子也，爱子也。孝者，奉也，敬也，子孝则奉父也，敬父也。父不慈则不生子，不生子则血脉绝，血脉绝则无嗣焉；父不慈则不爱子，不爱子则恩义断，恩义断则有嗣如无嗣焉。子不孝则不奉父，不奉父则命脉绝，命脉绝则无根焉；子不孝则不敬父，不敬父则道德失，道德失则有根如无根焉。故为父者当生子，多多为善焉；当爱子，殷殷为美焉。为子者当奉父，勤勤为善焉；当敬父，谨谨为美焉。

六、兄弟之道，一爱一敬。兄爱弟敬，乃为兄为弟之至道。爱者，亲也，护也，兄爱则弟感化也。敬者，尊也，崇也，弟敬则兄感动也。兄无爱则弟无敬，弟无敬则兄无爱，无爱无敬，则兄弟如路人，则有兄弟如无兄弟也。既无兄弟，则家不可大，族不可繁，事不可兴，业不可旺也。兄弟如同根之枝，相辅则相成，则树可枝繁叶茂焉；相离则相弃，则树必枝孤叶独焉；相残则相灭，则树乃枝枯叶萎焉。

七、姻戚朋友，联通诚信。吾之姻戚朋友，如雁之排行，成行则有头有尾有秩序，可飞高飞远；如羊之合群，合群则有阵有势有胆量，可食肥食美。姻戚需联通，不联通则姻不姻，戚不戚，有姻戚如无姻戚；朋友需诚信，不诚信则朋不朋，友不友，有朋友如无朋友。联者，连也，络也，则一体也；通者，知也，会也，则一心也；诚者，真也，恳也，则实情也；信者，笃也，定也，则实意也。一体一心，姻戚如门；实情实意，朋友如臂。姻戚如门，则一百姻戚一百门，如百门王府也；朋友如臂，则一千朋友一千臂，如千臂观音也。

八、邻里村乡，和睦利惠。吾之邻里村乡，如帅之护将卫士，得之则御敌而安，失之则为敌而险；如院之围墙藩篱，有之则防贼而固，无之则引贼而入。吾以和睦利惠，则彼报以友好恩德。和者，语谐也，语谐则愉其心；睦者，目顺也，目顺则悦其神；利者，物与也，物与则养其身；惠者，恩泽也，恩泽则润其体。愉其心，悦其神，则必报以友好；养其身，润其体，则必报以恩德。友好焉，恩德焉，则为吾之护将卫士围墙藩篱也。邻里村乡如同林之树，共存共荣则树之幸，亦林之幸也；相残相害则树之灾，亦林之灾也。

……

王厚老先生为子孙后代拟定下这些家规家训，再将自己一生的行医经历和治病验方，总结为一本《王氏妇科医集精要》和一本《王氏妇科精方秘要》；然后，王厚老先生将《家规家训》《医集精要》《精方秘要》和自己珍藏的《黄帝内经》《难经》《神农本草经》《伤寒杂病论》《外台秘要》《千金方》等医书以及"广济堂"的印信、账簿、钱财一一交代给了长子王俞。

# 四

金国统治者虽然野蛮，但他们仰慕汉族文化，尊重汉族士大夫。就在金国军队攻陷开封，掳走徽、钦二帝的金天会五年（1127）金朝就学着宋朝，设置开科取士制度。皇统元年（1141）二月金国皇帝亲自祭祀孔庙，由此，开科取士，则每每使数十上百的优秀文人士子归身；尊孔重儒，则往往使成千上万普通文人士子归心。进而，唯文人士子马首是瞻，更多普通百姓也跟着这些文人士子归身归心了。

在这种尊儒重文的风气熏陶下，再加上王氏第一条家训的激励，王厚老先生的后人里竟走出了一位以读书为业、以科举为途，并最终中了进士、成为朝廷命官的人物——他的曾孙王时亨。

王时亨出生于金朝中期，他从小智性聪明，慧心灵通，在同辈兄弟中出类拔萃，颇受长辈钟爱，俨然就是这一代王氏家族掌门人的好坯子。然而，就在长辈们准备在医道医术方面刻意培养他，让他读医经，背药诀，为他规划将来当一个王氏妇科掌门人的前途时，他却语出惊人："我们王氏家训第一条明明写着：'可为良相则经邦济国建功业，可为良师则著书立说树德言，不可为良相良师则可为良医治病救人施恩德。'老祖宗这样说了，就是让我们第一为良相，第二为良师，第三为良医嘛！

我为什么不争"第一",而要甘居"第三"呢?我要以历代圣贤为师表,走读书科考之路,摘举人进士之冠,立经邦济国之功!"他这一番话让长辈们听得目瞪口呆,惊讶感叹:"哦!这小子人虽不大,却有如此雄心壮志!看他本来就聪明灵慧,再有如此雄心壮志,或许将来有大出息呢!他若中了举人进士,岂不是他的大造化,也是我王家的大荣耀吗?"于是,王氏长辈们便改了主意,开始着意成全他读书科考:小时候给他延请塾师先生,再大了又送他到平遥县读书。

这王时亨果然有志气,也算有运气,通过十几年的寒窗苦读,最终如愿以偿,举人、进士连中,成了堂堂朝廷命官!从此,王家在平遥县的名声先由王氏妇科而播扬大地,又因王时亨这位举人进士而响彻云霄。王时亨成了王家的骄傲和荣耀,家人、族人乃至乡人无不对他羡慕、敬仰、赞赏。

然而,十几年的官场生涯下来,王时亨的仕途并不顺畅,心情更不舒畅。一是官场上金人总像是主人,时时处处占先;而汉人总像是仆人,时时处处落后。他饱读圣贤诗书,难道就是为了在金朝官场上做一个仆人?二是官场上大官往往是贪官,他遭遇的几位顶头上司,无不贪财纳贿,量"财"举荐,毫无经邦济国爱民之公义,全是升官发财为己之私心。不读圣贤书、只凭祖宗荫庇的金人这样无耻贪财也就罢了,那些读圣贤书、举人进士出身的汉人竟也这样无耻贪财!这些从小读圣贤书的人,竟也应了老百姓对官吏的那句讥诮之语:"千里做官,只为钱粮!"如此,上司贪而他不贪,不能同流,如何受人家喜欢待见?上司收而他不送,不能合拍,如何靠人家举荐升迁?三是官场如笼如网,官吏身在其中如笼中鸟、网中鱼,哪里能展翅奋翼,高飞蓝天?又哪里能摇头摆尾,畅游大海?纵然当个县令州官,也只能是上行下效,照猫画虎而已;只能是上传下达,照本宣科而已;哪里需要经邦济国之才,哪里能立经邦济国之功?如此如此,他志在辅君辅王,才可为卿为相,但却身居六品七品的官位，身陷如笼如网的官场，这岂不是"欲变虎而反变猫、欲成龙而反成虫"的大荒谬、大荒唐吗？王时亨如此一想，就更厌恶金人，更厌恶上司，更厌恶官场；如此，他也就更不受金人待见，更不受上司待见，更不受官场待见，仕途更不顺畅、心情更不舒畅了。

这一年赶上他父亲去世，王时亨按照朝廷丁忧惯例，辞官回家，为父亲守孝三年。王时亨作为进士出身的朝廷命官回家守孝，为父亲，也为整个王氏家族带来不少荣耀，当地秀才儒生乃至名士络绎不绝地来到麦茭沟，为他父亲上香上供祭奠；周围同学同窗之友乃至同科举人进士接二连三地来到麦茭沟，为他父亲上香上供祭奠；甚至，平遥县令及属官乃至汾州州尹及属官，或亲自来祭奠，或派人代祭，也三三两两地来到麦茭沟，为他父亲上香上供祭奠。数十上百年来，王家的红事白事，麦茭沟的红事白事，乃至东泉镇的红事白事，哪里有过如此显赫的贵宾，如此隆重的排场，如此令人羡慕的荣耀？王时亨在官场上虽然并不得意，也无甚作为，却再一次感受到了举人进士出身和朝廷命官的优越感、尊贵感和幸福感。进而想到：尽管我在官场上并不得意，也无甚作为，但就在官场上这样混日子，也是万人之上的幸福生活，也是万人羡慕的荣耀光景啊！像我这样的地位官职，虽然也有这样那样的苦处，但更多的是那样这样的甜头啊！这样想来，他倒是应该放下理想，放低身段，放平心态，与那些同僚一样随波逐流，这不是很美的光景吗？甚至，与那些贪官一样浑水摸鱼，鼓鼓囊囊，这不是既美且肥的光景吗？然而，王时亨终究是"四书五经"熏陶出来的人，他以圣人弟子自许，以文人士大夫自称，以辅君辅王、经国经邦自期，他内心里浸透了孔孟儒学的高妙思想，他骨子里培植着圣人君子的高贵品格，哪里能违心降格，与那些官场上的市侩们同流合污，去随波逐流乃至浑水摸鱼？

王时亨在家丁忧守孝三年，除了按时为父亲上香祭奠，有时陪母亲说话，有时与长辈兄弟聊天，其余时间便是读书、思考、散步。他每读圣贤书，总会激扬起对前圣先贤高尚道德与高妙思想的敬仰敬慕之情；而每思考自己所处的官场，又总会泛滥起对贪官污吏卑劣道德与龌龊思想的鄙夷鄙视之情。于是，他每每感慨万端：圣贤书如此教人，而读书人却如此为官！何以学高而行低、学善而行恶、学美而行丑？与其终归于如此低、恶、丑之行径，当初又何必学前圣先贤高尚之道、至善之德、美妙之文？初学如此，初心如此，初志如此，而终究如此，终行如此，终归如此，初、终为何如此反差悬殊？

他散步于麦茭沟的街道上，看到一个个病人愁眉苦脸地来到王氏长辈及同辈的诊所药铺里治病，然后又一个个欢颜悦色地走出他们的诊所药铺，便想到：治愈这些病人，为他们解除病痛，恩惠虽小，功德也不大，但天天如此，年年如此，一个又一个，一年又一年，如此累加起来，不就是大恩惠和大功德吗？他散步于麦茭沟的山路上，看到一片片山坡上生长着各种各样的草药，观其花色则赏心悦目，嗅其芳香则扑鼻沁脾，思其功德则治病救人，便又想到：栽种这些草药，让这些普通的草药得生得长得妙用，让这些贫瘠的山坡变绿变美变宝库，这是何等的大好事和大美事啊！

王时亨想想自己读书科考的初心是经邦济国，而终归于照猫画虎，甚至可能进一步堕落于浑水摸鱼，终行非初心，终归非初志啊！而再比较一下自己与继承王氏妇科祖业的同辈兄弟们：自己读书荣登举人进士和朝廷命官，令乡人敬仰羡慕，看似显耀风光，实则只吃朝廷俸禄，无功国家社稷，对国家对社会对百姓毫无功德恩惠可言；如此而言，看官位名声，虽然令人敬仰羡慕；而看功德恩惠，实则该遭人鄙视唾弃！同辈兄弟们呢，一个个继承祖业，学医从医，学习一点医术就可运用一点医术，所学皆有所用，不白学啊！治愈一个病人就是造福一个人、造福家人，所作皆有所功，不白作啊！他们看似普普通通一医生，实则累累硕硕多功德！这样一比较，王时亨便有几分失落和后悔了。自己也算是同辈兄弟中的佼佼者，天赋也罢，勤奋也罢，读书也罢，在同辈兄弟中难有伯仲；然而，自己顺着举人、进士、朝廷命官这条辉煌的大道一路走来，对国家对社会对百姓的功德反倒不如这些同辈兄弟们了。我走错路了，择错业了，聪明反被聪明误了？若论光宗耀祖和荣身誉家，这条路应该是走对了，这份业应该是择对了，也算是聪明自有聪明用了；但若论有功国家和造福百姓，则这条路分明是走错了，这份业分明是择错了，分明是聪明反被聪明误了。

王时亨又想到王氏家训第一条中那句话："吾之先人曾为文人士大夫，有经邦济国之功业。"进而想到：我先前的祖宗既然有如此经邦济国的功业，那我王家后来却为何转向了医道仁术？他们为何放弃了第一之"经邦济国"，而选择了第三之"治病救人"？此时的王时亨已过"不惑"之年，将届"知天命"之岁，平常的世事人情早已了然于胸，即使再深奥的世事人情也只需一思一想，便觉而悟之了：一个读圣贤书的人如果能科考仕进，为卿为相，辅君辅王，立经邦济国之功，那自然是人生的最高境界和第一选择；然而，天下读书人成千上万，而万里河山却只有一个朝廷和三三两两的卿相，如此千里挑一，万里选一，那成千上万的读书人岂不是就得弃用吗？如今，自己就是那被弃用的千人万人啊！而一个读圣贤书的人转向医道仁术，去治病救人，去积德行善，虽然是第三选择，但千万人民中行医道、施仁术的大夫却屈指可数，治病救人那是以一对千乃至以一对万，往往是病人多而大夫少，病症深而医术浅，如此情形，大夫哪会被弃用，医术又哪会无用？此行此道，大夫多则有多用，医术深则有深用；如此如此，自己何不弃官从医呢？

王时亨觉悟了，他豁然开朗。与其有违初心，在官场上无所事事地混日子，享朝廷荣禄而遭百姓唾弃，何如由"第一"而转"第三"，来个"不为良相，便为良医"，继承我王氏妇科祖业，去治病救人，积德行善，造福祉于百姓，留美名于千秋！于是，王时亨在三年丁忧期满之后，决意不再重返回官场，而是彻底辞官还乡了。

王时亨辞官还乡之后，只觉得"无官一身轻"，心也闲了，身也闲了，简直像出笼之鸟和脱网之鱼，呈现在他面前的是广阔的蓝天和广袤的大地，想怎么飞就怎么飞，想飞多高就多高；想怎么游就怎么游，想游多远就多远；如此生涯，真可谓自由、自在、自得、自美！

王时亨本是聪明灵通之人，且又年届"知天命"之岁，经过那三年丁忧居丧期间冷静而深入的思考，他已经知道自己此生的真正使命了：前半生只做"第一"：读书科考仕进，试探为卿为相之路，谋立经邦济国之功。后半生合做"第二""第三"：研究历代医经医书以领悟其真谛，总结历代王氏妇科医案以撷取其精华，然后撰写王氏妇科医书，指导王氏后人行医，使王氏妇科传承有书有簿，有规有矩，有药有术，还要有秘诀、有秘方、有秘籍……如果能做成如此一番功德事业，这不既算著书立说，又算治病救人吗？如此，这"第二"再加上"第三"这两番功业，又何逊于"第一"呢？

此时的王时亨既已知道自己后半生的真正使命，所以他在辞官还乡之后的数十年间，心无杂念，神无旁骛，将精力倾注于历代医学百家的综合研究和王氏妇科一家的全面整理，最终写出了《王氏脉诀》《王氏妇科秘方》等王氏妇科医学著作，并整理收集完善了《王氏妇科行医集典籍》《王氏妇科验方集》以及《王氏家规家训》等文字记载材料。由此，王时亨著书立说的研究成果，使王氏妇科在医学理论上得到了提高，在临床治疗上得到了总结，进而成为王氏后人学医行医的宝典。而王时亨弃官从医的行为，又引导了一代代王氏后人更专注于继承祖业，人人行医，代代行医，成为王氏后人人生方向的第一选择。由此，使后来的王氏妇科如长江出三峡，后浪推前浪，生命力滚滚不息，滔滔不绝，成了千古景观；又如黄河入壶口，缓流变激流，生命力波澜壮阔，雄浑豪迈，呈现出万般气象！

# 五

　　王氏妇科的发展似乎延续着一种"四代出一骄"的规律：第一代始祖王厚之后，第四代上出现了一个"不为良相，便为良医"的王时亨，而第八代上又出现了一个"敢揭皇榜、能医皇妃、终得皇赏"的非凡人物王士能。

　　王士能出生于元朝初期，他天资聪慧，又从小在王氏妇科的氛围熏陶下，早早就走上了观医、学医、爱医、钻医的路子，在长辈的言传身教和他本人的刻苦努力下，到三十来岁便出类拔萃，成为王氏妇科的佼佼者。而且，经过历代前辈的文化沉淀和经验积累，他既已成为王氏妇科的佼佼者，便也几乎就成为中华妇科的佼佼者；所以，他不仅在平遥县，而且在汾州府乃至太原府也强手名医了。他听说过自己的老祖宗王厚医术高明，在北宋时期曾是太原府的名医，而此时的王士能医术超群，又年轻气盛，志向远大，他不仅有追赶老祖宗王厚的想法，还有超过老祖宗王厚的雄心。老祖宗曾是太原府的名医，我要成为京城的名医！于是，他编写了一则《对手诗》贴在自家墙上，以明心迹志向："平遥无对手，出去找对手。哪里有对手，我即寻对手。能赢真对手，方算好对手。打败各对手，天下无对手！"这还不够，他又直接向长辈族长表明这种追求："读书人常说：'读万卷书，行万里路'；练武人常说：'打遍天下无敌手'；僧人常说：'云游天下'。为了提高咱王氏妇科的医术，也为了普及咱王氏妇科的名声，我也想行走天下，寻找对手，如果输了对手，他便是咱的老师，我可学其所长，补己所短，进而提高咱的医术；如果赢了对手，咱便是他的老师，我可扬己之长，补其所短，进而提高咱的名声。咱王氏妇科从太原府躲避战乱，来到这平遥县麦茭沟里已经将近二百年，也应该积攒下若干厚劲了，咱还不能到外面闯荡闯荡？"王氏族长知道王士能天资高，本事大，志向远，而且年龄尚小，来日方长，便答应了王士能的要求，并赞赏他的想法，鼓励他："年轻人嘛，既然翅膀硬了，就该高飞远飞，而且飞得越高越远才越好！你们来日方长，即使跌倒了，还有爬起来的机会！想怎么闯荡就怎么闯荡吧！能闯出一片自己的天地来更好，即使闯不出一片自己的天地来，还可以回来，还有咱麦茭沟这片老祖宗留下的天地嘛！"

于是，王士能稍事准备，告别父母妻儿，只带了几本医书、几样常用药和一个褡裢（褡有若干布袋可挂在墙上装各种药材），便踏上了"云游天下""行万里路""打遍天下无敌手"的人生旅程。

王士能闯荡天下的旅程自有他的走法：先出了麦茭沟来到平遥县洪善驿，一挂出"王氏妇科王士能"的幌子，洪善驿周围乃至邻县祁县的求医者便慕名而来，十天半月后，便在求医者邀请下来到了祁县城；于是，祁县城乃至邻县太谷的求医者又慕名而来，十天半月后，便在求医者的邀请下来到了太谷城……如此如此，王士能一路给人治病，一路受人邀请，一驿又一驿，一县又一县，驿驿坐轿车，县县吃酒席，不到半年时间，便一路经过祁县、太谷、榆次、寿阳、平定及娘子关出了山西地界，来到了河北真定府（真定路总管府，今正定）。

这真定府是河北重镇，还算是大都城（今北京）的"南大门"，达官贵人众多，也是东西南北交通要道，往来人员众多。当时真定府的户籍人口，相当于两个太原府的户籍人口呢！王士能心里明白：要想进天子所在的大都城，当然应该在大都城的"南大门"真定府盘桓盘桓，试探试探；否则，贸然进去，谁知道京城里的"槛"有多高，"水"有多深？于是，王士能便打算在真定府住个半年一载，结交各路妇科医生以求长进，治疗各种妇科病人以求扬名，然后再择机北上京城。王士能本来医术高超，又天赋聪慧，所以，一般病人往往手到病知，药到病除；特殊病人或危重病人则因人因症而辨证施治，也常常是三五服药、十来天时间便拔其沉疴、救其性命了。不到半年时间，王士能的名声便由民间传到官方，享誉真定府的上上下下。于是，求医者纷纭而来，急则蜂拥而挤堆，缓则蜿蜒而排行；请医者络绎不绝，近则人抬轿子，远则马拉轿车。一年下来，便"真定府内无对手，真定府外有名头"了。于是，王士能择机借势，继续北上，应一位达官贵人的邀请，坐着轿车来到了保定府。

　　保定府是大都城的"南小门"，虽然户籍人口比真定府少了一半，但距京城的路程也近了一半，所以，这里的皇亲国戚之多之贵，更甚于真定府。由此，王士能与皇亲国戚更熟了，距京城大都更近了；不到一年，王士能便被真正的皇亲国戚请进京城大都了。

　　这大都城乃元朝皇帝朝廷所在，城池更大，人口更稠密，工商百业也更繁华；特别是皇亲国戚和高官显贵级别更高，人数更多，他们家的太太、夫人、小姐们也就更娇贵，因而对妇科医生的要求也就更高。王士能进了大都城走了若干人家，串了若干街道，住了若干日子，才知道这京城大都何止是皇帝所在，高官所在，贵戚所在，也是百业百家等各路高人奇人所在，当然也是医家各色各样的高人奇人所在。这可真是鱼儿游入大海，海阔凭鱼跃；鸟儿飞上蓝天，天高任鸟飞！这儿，正是他的向往之地：京城逢高手，京城学高手，京城胜高手，京城最高手！这京城也就等于天下，如果他在京城胜了高手，成了京城最高手，也就等于胜了天下高手，成了天下最高手，这是何等的宏图伟业！

　　王士能进了京城以后，可谓精神抖擞：学习医术更为钻研，读书思考常常到三更半夜；治疗病人更为精心，处方下药往往要三思五审。于是，他的医术步步提升，名声也渐渐响亮：王氏妇科先是在病愈人家和病重人家之间传播，接着是在已病人家和未病人家之间传播，然后是在无病人家和无病人家之间传播，最后竟然成了周围百姓街谈巷议的话题："那个人挂着'王氏妇科 世代名医'的幌子，道行果然不浅，不管什么病，他只需三服药，立马见效。真是神了！真是神了！"

　　一开始，王士能除了受邀到各家行医之外，有空余时间便到一些街道的空闲处挂出自己家"王氏妇科 世代名医"的幌子，上面写上几句十分霸气而又有几分高雅的广告语：

　　　　专治妇科调经、种子、崩漏、带下诸病。

　　　　寻常病，三服药可除；疑难症，半个月可解。

　　　　若遇危症治病救人，乃医德、功德、美善之德，何乐而不为；

　　　　若遇高手探道索奥，其吾幸、尔幸、病患之幸，何喜其不求？

　　明眼人一看便知这几句广告语的意思：只要是妇科病，手到病知，药到病除，不管什么难症我都能治疗，不管什么高人我都敢过手！

　　王士能究竟是具有相传八代、历时数百年王氏妇科医学底蕴传承的人，而且他天资聪颖，又勤奋好学，一两年下来，果然是遇到什么疑难杂症也能治疗，遇到什么高人奇士也敢过手，最后竟没有遇到他治不了的病，也没有遇到他胜不了的人。如此一来，不用他求人，倒有人求他来了，一两年来，竟有药铺主动请他到铺面前挂幌行医；再有一两年下来，竟有药铺主动请他到铺子里面坐堂行医；由此，他倒可以与药铺谈条件、议分成、享红利了！

　　王士能医术是高，而他的运气也真是好，就在他刚刚享誉京城街巷之时，也恰巧在他艺高胆大之际，一个绝好的机会来了：皇帝一位贵妃因生子而造成大出血，偏偏御医无能，既止不住血，更治不了病，危急之际，朝廷只得在京城及周围地区贴出了皇榜，"天下各路医家周知：兹因皇贵妃产后出血不止，特诏告汝等医界高手隐士，有身怀绝技妙术者，望勿吝技惜术，但请揭榜进宫。如果身怀绝技妙术，能为皇贵妃治病者，功莫大焉，赏必厚焉；如胆敢假冒狂骗，贻误皇贵妃病机者，罪孽深焉，罚必重焉！"皇榜一出，京城百姓奔走相告，成为人们街谈巷议的第一话题。面对这种巨大机会兼巨大风险的事情，庸医自然不敢贸然揭榜，就算是名医高手，也得权衡利与弊，盘算成功与失败，然后三思而行：出名者，怕半世英名委于狼藉，不敢；老成者，怕一生成就化为乌有，也不敢；有家业者，怕全副家业灰飞烟灭，还不敢……这些人往往平眼看机会，瞪眼看风险，所以同一件事情在他们的眼中，往往是机会小而风险大，也就不敢贸然揭榜了。于是，这机会与风险并存的揭榜事宜，就留给了年轻气盛且艺高胆大者，他们则瞪眼看机会，平眼看风险，所以同一件事情在他们的眼中，往往是机会大而风险小，也就敢于大胆揭榜了。

此时的王士能正是这种年轻气盛且艺高胆大者，这些年他在京城可谓医术精进，已达炉火纯青之境：遇疑难杂症，诊疑难杂症，而后解疑难杂症，在他面前已无疑难杂症；遇高手奇士，学高手奇士，而后胜高手奇士，在他面前已无高手奇士！于是，面对皇榜，他不是临事犹豫，临阵退缩，而是当仁不让，当机立断。如此机会，千载难逢，此时不为，更待何时？如若误此机会，岂不让后人笑我前辈无能？如此危症，万人退缩，我若不为，更待何人？如若无人敢为，岂不让天下笑我医界无人？

由此，王士能揭了皇榜，进了皇宫。

当时，王士能在太医和太监的带领下进了皇贵妃的寝宫，看了看面色，虽然苍白，却偶有红晕，此荣血尚存，命象尚在也；再把了把脉搏，虽然微弱，却偶见搏动，此脏（藏）象且见，命脉且行也；再闻了闻气味，虽然寡淡，却偶逸芳香，此脏（藏）气乃常，卫气乃环也。于是他心中想道："唔——，有救，有救！"

不料他心中如此一想，不知不觉间便点了点头，身边太监便似乎听到他心中所想之语了："哦——，果然有救！王大夫果然能救贵妃吗？"王士能先是诧异："公公何以知道果然有救？"太监笑道："不怕王大夫见笑，我在宫中也大半辈子了，天天伺候皇帝后妃，天天察言观色，也就修炼下这般功夫了。"王士能听罢点了点头，肯定地说道："果然有救！不过，我还得问一问贵妃的病症和太医的处方。"

于是，太监叙述了一番贵妃的病症，太医介绍了一番治疗的处方。王士能听罢，心中更有底了，说道："贵妃此病本是产后崩漏重症，病症根源在于遇难产而经脉崩溃，如遇洪水而河流决堤；河流决堤则水不顺道而乱流不止，经脉崩溃则血不归经而乱流不止。所以，治疗此症的根本大法是调血归经，末枝小法是止血归经。此前，第一治法是调血归经，本来也对，但贵妃既是青春年华，又是美艳特质，血气畅旺，与常人不同，所以平常剂量就无济于事；当时若能因人因症施治处方，药量加倍，或许早就治愈了。第二治法是止血归经，虽也不错，但未治本而先治梢，当然也无济于事。况且，两种处方本当合剂同用，才好相辅相成；结果却是一前一后，所以难得合剂之用，难凑合治之效。"

太监与太医不约而同地说道："那以王大夫诊视，此刻该如何医治呢？"

王士能思量了一番说道："其一，调血归经和止血归经之法须同时施用，而且剂量须加倍。其二，贵妃现在已经是阴阳两虚，危在旦夕，所以必须同时施用滋阴补阳之药。如此标本兼治，血才可止漏归经；如此阴阳两济，人才可起死还阳。另外，我得亲自去抓药，亲自来熬药，并且要亲手量着、亲眼看着贵妃喝下药。"

王士能在京城已有盛名，此时又有一番高论，太医自愧不如，太监自度不错，于是奏报皇帝，必是一一应允王士能了。

最后，王士能只用了三服药，便使皇贵妃血归经、人苏醒，能转睛说话了；再用十天半月调治，便让皇贵妃血润筋、气盈身，能下地行走了；

再用三个月调养，便让皇贵妃血荣脸、神贯睛，完全恢复了往日的风流、风韵和风采，乃至光华照人、美艳爱人了。

由此，皇贵妃感恩戴德，皇帝喜出望外，对王士能大加封赏：赐龙衣一袭，题牌匾一方，封太医五品，赏金银若干。

王士能听到皇帝要给他这些封赏，一时不知所措，太监提醒道："王大夫还不赶快叩头谢恩？"于是，王士能赶快叩头谢恩，但还是有点愣怔。太监解说道："皇上赐你一袭龙衣，这可不是一般臣子能得到的，只有为朝廷立大功者，才能有此殊荣，就你们山西最大的官也没有如此的殊荣呢！皇上给你题的这方牌匾"历代良医"，就是太医们也没有一个人领受过呢，这是难得的殊荣啊！皇上封你五品太医，以后你就是朝廷命官了，这比你们平遥的县官还大呢！你还有什么不满意的呀？"

王士能连忙说道："满意，满意！只是——，我有了皇上的这些赏赐，我在外面是风光了，享受了，可我们村的乡亲们既不知道，也不享受，还是有点美中不足。皇上能不能让我们村的乡亲们也跟上我沾点光呀？我们那里是深山老林，地瘠民贫，但赋税却很重，我想向皇上求一个情，把我们村的赋税免了！如果能够免了他们的赋税，那我回到家乡也可以风光了。"

一个村的赋税那才多少钱，在朝廷这儿简直是沧海一粟，所以王士能的这个请求也就不算多大的事，贵妃一使眼色，皇上一点头，就成了。由此，朝廷下旨：世世代代免除平遥县麦茭沟村的赋税！圣旨下到平遥县衙，再传到东泉镇麦茭沟村，麦茭沟村人高兴不已，外村人羡慕不已；由此，不知是本村人炫耀而来，还是外村人羡慕而来，麦茭沟就有了"免交沟"这样一个别名。

王士能得到皇上的这些赏赐以后，出名了，做官了，有钱了，可谓鲤鱼跃龙门、乌鸡变凤凰，实现了人生的华丽转身。然而，出名久了，享受出名的好处多了，他就越来越好搏虚名；做官久了，享受做官的好处多了，他就越来越好摆排场；有钱久了，享受有钱的好处多了，他就越来越好耍阔气。

　　这一年，王士能从京城回家探亲，因这"五品官"加"太医"的身份，一路上自是派头十足，风光无限。但这"五品官"加"太医"只是表面的身份，还没有摆出他深藏且更有重量的身份，所以，一路上的"派头十足"似乎还是"不足"，一路上的"风光无限"似乎还是"有限"。于是，当他即将走到平遥县洪善驿、快要踏上回东泉镇麦茭沟村的道路时，他让跟班拿出皇上御赐的那件龙衣来，他要穿上这件皇上御赐的龙衣显摆，让一路碰到的各级官吏下马下轿磕头，迎接他这位显贵人物衣锦还乡！跟班提醒他："您不是说，皇上有旨，这件龙衣只有过年、过生日或遇到紧急情况时才能穿吗？现在既不是过年、过生日，也不是遇到紧急情况，您不怕违背皇上的旨意吗？"王士能却显摆心切，顾不得皇上旨意了，说道："过年、过生日穿出来，只能让家人看见；紧急情况呢，恐怕我一辈子也遇不到；我有了这件御赐龙衣，却不能显摆一下，岂不是枉得了这件御赐龙衣？反正天高皇帝远，我今天穿了这件龙衣，皇上也不知道，倒不如我在家乡显摆显摆，让本地官吏和老百姓知道：我王士能有皇帝赏赐的龙衣呢！"于是，王士能便顾不得禁忌，穿上这件御赐龙衣，坐上了八抬大轿，威风十足地走进了平遥县洪善驿。当地官吏一看见王士能身穿龙衣前来，自是呼啦啦跪倒一片，抖擞擞惊恐万分，一个个低头哈腰，敛气屏声，千般殷勤，万般奉承；由此，王士能风光百般，激动千般，兴奋万般！然而，也由此他风光、激动、兴奋过头了，就在这百般风光、千般激动、万般兴奋中，就在要到达平遥洪善驿时，他突然觉得头昏脑涨，然后便目瞪口呆，猝然而死了！由此，也给当地人留下了一段"将赶洪善村"的闲话传说。王士能的死因，迷信皇权的人说他随意穿上御赐龙衣，违抗了皇帝旨意，所以死了；迷信命运的人说他自从"揭皇榜、医皇妃、得皇赏"以后，他的命运便如柴上点火，再火上浇油，烧得太旺了，也就烧得太快了，因而也就早早地把"命运"烧尽了，所以死了；而迷信神鬼的人说他妇科医术修炼得炉火纯青、出神入化，天帝要收他归天，要给天宫的仙娥仙妃们看病、当天宫的太医呢！

王士能的一生，成功于自己的天资聪慧、刻苦钻研和艺高胆大的优秀品质，而丧命于自己成功以后带来的好博虚名、好摆排场、好耍阔气的庸劣毛病。其成功，实在让人敬佩；其丧命，又实在让人惋惜。他虽然英年早逝，却已经把自己的人生推上了一个巅峰，已经把王氏妇科的事业推上了一个巅峰。

# 六

王士能之后，王氏家族和王氏妇科的事业继续繁衍发展，医术越来越精，名气越来越大。这样，似乎就成了"庙宇小，神圣大"的情形，大山深处的麦菱沟村已经容不下王氏家族和王氏妇科的事业了。于是，王氏家族和王氏妇科的事业挟其高妙医术，借其美好名声，凭其盛大气势，开始向外拓展了。其中，拓展到平遥县道虎壁村的一支王氏家族因天时之适，借地利之便，凭人和之美，使王氏妇科的事业得到了长足发展，并最终超过了仍住在麦菱沟的王氏家族，成了王氏妇科的"帝京王都"。

平遥县道虎壁村位于平遥城西南约五华里处，处于平遥城通往西南方向的交通要道旁，既距平遥城近，又来往方便，拥有诸多便利。这一奇特的"道虎壁"村名从何而来？原来，这里只是一个普通的村庄，大约在元朝初期时，村里凶事连连，许多人家的孩子常常"少亡"而不知何故，由此，村里人惊恐万状而不知所措。万般无奈之下，只得求助阴阳先生施法镇慑邪魔，而阴阳先生只能用阴阳手段来镇慑邪魔，于是在村庄道口上筑了一堵雕刻有一头老虎的墙壁，用墙壁堵截邪魔，并用老虎镇慑邪魔，以此来为村民消灾祛邪，以求得太平安宁。道口，老虎，墙壁，三而合一，便将道、虎、壁这三要素合成了这个村庄的名字"道虎壁"。由此，"道虎壁"也成为一个最有特点且最有威慑力的村名，有特点则人们易记，有威慑力则邪魔退避。如此一来，邪魔一听到道虎壁的村名，哪敢靠近，唯有恐惧逃遁而去。

但任何一种力量都有其威力与局限。阴阳手段虽有威力，但也只是一种精神力量，一种神秘力量，这种精神力量和神秘力量要成就一番功业，还得借助物质力量和寻常力量；这样，精神与物质相辅相成，神秘与寻常互联互通，进而形成了遍布上下四方的六合包围网络系统，最终形成无坚不摧、无攻不克、无事不成的巨大力量。不知是道虎壁村人懂得这些综合施治的道理，还是瞎打误撞，抑或是天打地对，道虎壁村人在筑起这座照壁，解决了"邪魔"问题之后，又慕名去麦茭沟请来了王氏妇科的名医，借助医道、仁术、针砭、草药等寻常物质力量来解决"疾病"问题。最终，道虎壁村幸运地杜绝了村里凶事连连和许多人家孩子"少亡"的现象，妇女健康了，儿童成长了。由此，道虎壁村人对王氏妇科的名医奉若神明，敬如贵宾，于是就像在村口修建"道虎壁"永久镇慑邪魔一样，他们就极力挽留"王氏妇科"的名医落户村里治疗疾病。此时正赶上王氏妇科积极向外拓展的形势，王氏妇科也有这样的想法和要求，于是，王氏妇科家族的一支便从大山深处的麦茭沟村迁到了距平遥县城仅五华里的道虎壁村。

据平遥道虎壁王氏家族于清咸丰十年（1860）刻勒的《新建家佛堂碑记》载，再参阅王氏家谱，王氏妇科十一代人王景刚带着亲侄儿王伯广和叔伯侄儿王定全于元朝皇庆二年（1313）最先迁来道虎壁村落户。

其中，王伯广一支继承传播并发扬光大了王氏妇科，由此，王伯广也就成为后来道虎壁王氏妇科如大树般枝繁叶茂、如长河般波滚浪涌的"根"和"源"。而王伯广的亲兄长王伯辉则续写着王氏妇科"四代出一骄"的辉煌：他壮而在朝为医官，与八方高人过手过招，比试医术；老而归乡著医书，与千秋贤圣通心通神，探索医道。王伯辉在当时为王氏妇科争得了崇高荣誉，为后世写下了《王氏妇科家传验方》《王氏妇科验案》两部著作。这两部著作对王氏妇科独特的舌诊方法、把脉秘诀、施药处方和王氏妇科历代典籍进行了系统挖掘整理，由此确立了肝、脾、肾三经辨治妇科病的王氏妇科诊疗思想，为王氏妇科后人的诊疗提供了新的思路，使王氏妇科进入了更成熟、更系统、更完备的新阶段。

到清初时，平遥道虎壁王氏妇科二十一代又出现了一位非凡人物——王笃生。王笃生天资聪慧，学习勤奋，又赶上明代中后期以来中医事业和中医理论的极度繁荣，他植根王氏妇科的家传独门学问，再博览群书，云游天下，博采百家之长以补自家之短，发挥自家之长以超百家特长，使王氏妇科的事业得到了进一步的提高和发展。

王笃生交往的医界名士中，最著名的当算三晋妇科医圣傅山先生。傅山是一位在多方面富有建树的全才：在清初以祁县丹枫阁为标志的反清复明运动中，他是核心人物和领袖人物；在哲学上，他是三晋首屈一指的思想家；在文学、书法、绘画上，他都是三晋第一人；在武术上，他不仅影响了祁县戴氏心意拳的诞生，而且他还有自己的一套"傅山拳"传世；在妇科医学上，他著有《傅青主女科》，更是三晋第一人。——傅山实在是一位全才，甚至，他被后世老百姓奉为神人！

当时，傅山常常云游于晋中一带，他或访名山大川，或会文人雅士，或与豪绅谈道，或为百姓治病。云游中，他往往取彼所有以为我用，或提高修养，或扩大境界，万物皆为我用！他又往往倾我所有以为彼用，或点化世人，或造福生民，我有皆为万物！因傅山先生的全才，所以，他遇山则乐山，遇水则乐水，遇风则乐风，遇云则乐云，遇文学之士则乐文学，遇绘画之士则乐绘画，遇武艺之士则乐武艺，遇医术之士则乐医术……

由此，傅山与当时平遥道虎壁王氏妇科的代表人物王笃生便有了交往，并建立了深厚的友谊。傅山为三晋名士，他在晋中各地游走，如祥云仙鹤，哪个人不愿亲近？哪个地方不愿留住？而平遥道虎壁王氏妇科亦为三晋名医，它在晋中大地矗立，如高山老树，哪片云不愿缭绕？哪只鸟不愿落脚？于是，二美聚，双仙会，三晋名士傅山就常常成为三晋名医平遥道虎壁王氏妇科代表人物王笃生家的座上客，常常在一起谈经邦治国之道，论反清复明之义，究医病救人之术。当时，王氏妇科在平遥已有六百年历史，可谓根深叶茂，自有其深厚的医道医术底蕴；而傅山是一位近于仙圣之人，一心敦厚，七窍玲珑，学甚通甚，做甚精甚，自有其高妙的医道医术思想。所以，二者相互欣赏，相互裨益，相互提高。傅山受平遥王氏妇科的影响，见更多，识更广，思更远；而平遥王氏妇科受傅山的影响，道更高，术更妙，名更响。特别是，当傅山年老，将自己平生所学所用所思所悟写出医学宝典《傅青主女科》后，还亲自上门造访王笃生，赠送他一套《傅青主女科》。

面对傅山此情此谊，王笃生自是感慨连连："傅山先生如此高尚，让我如何是好啊？医家秘籍一般只传嫡亲，哪里轻易示于外人？而先生却毫无保留，慷慨赠送我王家！先生之恩德真如天地日月，覆载之宏恩施予人，而不要人报恩；明亮之大德照予人，而不要人报德。相形之下，我等真是惭愧啊！"

傅山说道："王大夫言重了！我哪敢比天地日月？不过是瞻仰学习天地日月而已。天地日月者，万物之父母也，师傅也；我等万物者，子女也，学生也。王大夫也不必惭愧。王氏妇科所业者，仁术也。虽谓仁术，究竟是术。何谓术？谋生之技也。既业术也，必谋生也。若不谋生，则无生；既无生，又何以传术？所以，医家虽是仁术，亦须谋生；既欲谋生，必得藏技。如此，医家秘籍秘不示人，也属天经地义之事。所以，天下三百六十行，行行各有其生存发展之道，既入其行，则须遵其道也。"

王笃生说道："先生所言甚是！那——先生何不将自己所学妇科医术传于子孙，以为其世代相传之谋生本领？"

傅山笑道："常言道，儿孙自有儿孙福，父母何必瞎忙碌？此为其一。常言又道，家家各念一本经，世间不可人比人。此为其二。就我而言，从小读圣贤书，以济天下苍生为平生之志，岂可不顾天下苍生而只顾自己的子孙？既为龙焉，不可虫焉；既为虎焉，不可猫焉；既为大志焉，不可小计焉。就我子孙而言，我观其所爱所善，并不在医术；既如此，我若执意将我平生所学医术独传于子孙，岂不是既害我子孙，又害我医术？子孙不爱不善而强传之，累我子孙也；所传非爱非善之人，废我医术也。"

王笃生听罢拱手道："先生真是高见！"而心中疑惑：那——先生为何要赠送我平遥王氏妇科，赠送我王笃生呢？

傅山早已猜出了王笃生的心思，又微微笑了笑，说道："至于我为何要赠送于你平遥王氏妇科、赠送你王笃生嘛，是因为王氏家族世世代代专业于妇科医术，造福天下苍生众矣、久矣！王氏妇科如千年老树，过去既已六百年，未来何止六百年，实在是我傅山所学所悟医术可托之家、可托之人。我所学所悟虽有高妙之处，但如祥瑞之云，飘忽而易逝；如鲜艳之花，美丽而易萎。如能附着于你王氏妇科这棵老树，则可久久留驻于此，年年绽放于此；如此，则一忽变久久，一时变年年，实为我医术长寿之道、广济之德也，何乐而不为？如此看来，看似我傅山赠你王氏妇科秘籍，实是你王氏妇科替我傅山广济天下苍生，我又何乐而不为？"

傅山一番话更让王笃生敬佩不已，连忙起身作揖："啊呀，傅山先生所思所想如此不同凡响，真是往圣再现、神仙下界啊！可我王氏妇科得了先生秘籍为天下苍生治病救命，到头来人们只知我王氏妇科，只感恩我王氏妇科，而不知您傅山先生，不感恩您傅山先生啊？这不是埋没您傅山先生的功德了吗？"

傅山听罢大笑道："论知与不知，我傅山早已名满三晋，因这些许医术而知与不知，如大河里添与不添一瓢水，何足论哉？论埋没功德与显著功德，儒佛道皆有阴功阴德之说，阳功阳德是功德，阴功阴德更是功德，君子只需立功德、积功德可矣，何必斤斤计较于阳功德与阴功德？如果斤斤计较于阳功德与阴功德，岂不与小人商贾斤斤计较于银钱货物一般，又岂能配'君子'之称？"

傅山为人如此高尚，处事如此高明，思想言辞又如此高妙，王笃生也唯有恭敬不如从命了。他领受了傅山赠予的《傅青主女科》秘籍，同时也领受了傅山"广济天下苍生"的宏愿。

王笃生在殷勤招待傅山之际，还请傅山为王氏妇科书写了"广济堂"牌匾，并说道："这'广济堂'既是我始祖王厚公传承下来的堂名，也是我始祖王厚公传承下来的精神，如今又幸得傅山先生圣手书写，我王家今后必传教子子孙孙：悬挂您书写这'广济堂'的牌匾，传承这'广济天下苍生'的精神！"

傅山自然乐意为之。我将所学所悟之高妙医术赠予王笃生一人，他及其子子孙孙将会凭此医术造福于中华百百千千年、万万亿亿人；如此，即等于他王氏妇科族人替我造福于中华百百千千年、万万亿亿人，我何乐而不为？

从此，平遥道虎壁王氏家族祠堂内挂起了傅山书写的"广济堂"牌匾。平遥王氏妇科这棵六百年老树又嫁接上了三晋妇科医圣傅山《傅青主女科》这一绽放着朵朵奇葩的新枝，更显出巨大的魅力。

平遥王氏妇科家族由于二十一代王笃生的绝顶聪慧和博览群书、博采百家，特别是他与三晋妇科医圣傅山的厚谊并受其厚赠，使平遥道虎壁王氏妇科在明朝中后期以来医学界百家争鸣、百舸竞流的激烈竞争形势下，不仅没有落伍，而且百尺竿头，更进一步！使平遥王氏妇科在明朝中后期以来中华医学的摩天风暴和滔天浪潮中不仅岿然不动，而且更显峥嵘，傲视天下！

在此后近三百年时间里，平遥道虎壁王氏妇科一直呈现出长江后浪推前浪的蓬勃势头，二十一代传人王笃生可谓功德大焉，恩泽远焉。对此，平遥道虎壁王氏妇科后人对王笃生也有中肯的旌表："吾祖王笃生，妇科一艺精。相传二十世，后世遵道行。"

到清朝后期时，王氏妇科虽然从北宋时期扎根平遥东泉镇麦茭沟算起，已经是八百多年的老招牌了，但这块老招牌却并没有锈蚀，而且是越来越明亮了。当时，茶庄票号兴起，以祁县、太谷、平遥为核心的清代晋商进入鼎盛时期，祁县、太谷、平遥三县财主如云，富人如林，成为天下最富庶之地。由此，当地人对大夫的要求也越来越高，又因为平遥道虎壁王氏妇科历史久，医术高，声名响，所以，谁家能请来平遥道虎壁王氏妇科的大夫上门看病，就成为谁家的体面和荣耀。也由此，平遥道虎壁王氏妇科的大夫就常常成为平遥一带乃至周围县域财主富人家的座上宾客：请则轿车来，吃则美味摆，喝则仙茗上，送则厚礼带。

山西票号中最著名的日昇昌票号财东、平遥西达蒲李家的一代代掌门人更是厚礼聘请平遥道虎壁王氏妇科一代代掌门大夫为家庭医生，每隔十天，王家掌门大夫便要上西达蒲李家看望一次，有病则看病，无病则养生。而普通人家，虽然平常生病请不起王氏妇科的大夫，但遇到危重病，也会不惜钱财，前来请王氏妇科的大夫上门看病。由此还形成了一道"做人主"的独特风景线，当一位妇人因病去世，娘家兄弟来"做人主"时，第一句话就会问："请道虎壁王氏妇科的大夫看了没有？"如果是请了，则说明尽心了，便不再追究责问。如果说没请，则说明没有尽心，便会追究责问："为什么不请道虎壁王氏妇科的大夫？怕花钱？我姊妹的命就这样不值钱？"这样的情形经过相互风传，相互仿效，相互习惯，久而久之，便形成了地域越来越大的风俗习俗和惯例定例。一家如此，家家如此；一地如此，地地如此；于是平遥一带乃至周围地区都如此了。

……

岁月辗转，时光荏苒。到了清朝末期时，王氏妇科已经在平遥扎根、开花、结果。繁衍了八百余年的历史。

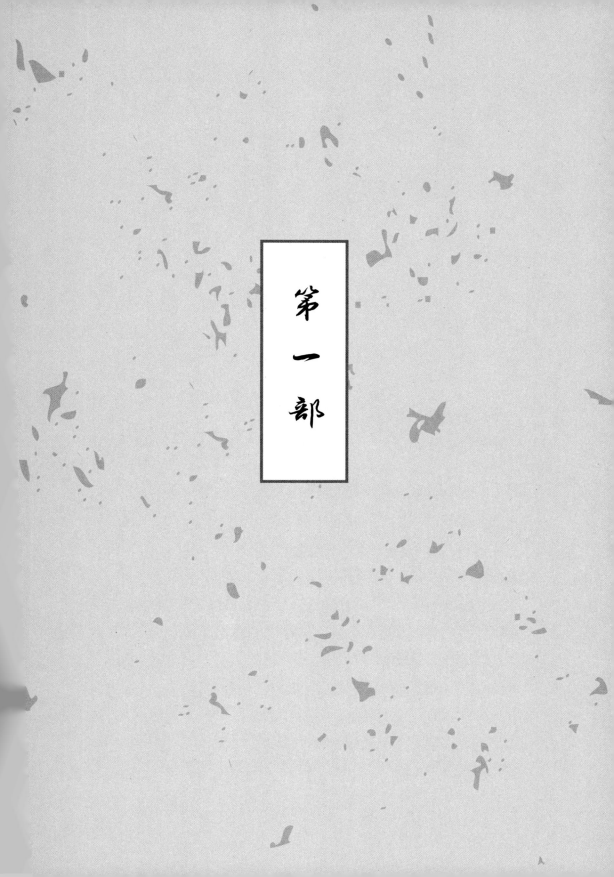

第一部

# 一

清光绪二十一年（1895）春，大清国由于甲午中日战争失败，被迫与日本签订了丧权辱国的《马关条约》：割让台湾岛及澎湖列岛并赔偿两亿三千万两白银。由此，大清国肢体残缺了，脸面丢尽了，国库掏空了，经济凋敝了，人民遭殃了。

此时的大清朝如同一个老迈、昏聩、多病而又残疾的垂危之人，已经奄奄一息了。而它落到如此的凄惨境况，看似天作孽，犹可违；实是自作孽，不可逭。

想当初，大清朝缔造康熙、雍正、乾隆盛世时，并不是顺风顺水、天遂人意、自然而然缔造出来的。康熙在位时，遭遇了吴三桂等三藩叛乱、台湾独立、俄罗斯侵略、噶尔丹叛乱等巨大的危险和困难，但因为康熙皇帝高明英武，任人贤能，施策高妙，所以他一次次转化危机，遇难成祥，最终缔造了康熙盛世。雍正在位时，遭遇了诸王残酷争斗、官吏贪赃枉法的恶劣形势，但因为雍正皇帝勇毅果断，雷厉风行，铲除异心，斩杀贪官，所以他除旧布新，把一个崭新的勤政廉洁的朝廷、官府和社会交给了儿子乾隆继承。乾隆在位时，遭遇了西北准噶尔部、西南大小金田等少数民族叛乱，但乾隆皇帝和祖父康熙皇帝一样高明英武，一样任人贤能，施策高妙，于是他不仅平定了这些叛乱，而且更巩固了这些地方的统治，缔造出大清朝的鼎盛时代。由此观之，大清朝康熙、雍正、乾隆盛世的缔造，立功勋者千人万人，但最大功勋则应归皇帝一人；理由有千条万条，但最关键理由则应是皇帝圣明一条。

而后来，大清朝道光、咸丰、同治、光绪四朝的衰败，看似外患累累而倾，实因内患连连所引。当时，英国已完成工业革命，经济上确立资本主义经济制度，政治上实行君主立宪制，军事上装备坚船利炮，成为最强大的世界霸主，是大清朝前所未有的强大敌人和巨大威胁。此情此形，如果大清朝能够继续策立像康熙、雍正、乾隆那样雄才大略的人当皇帝，那他们自然会审时度势，避而周旋，学而追赶，然后像日本国一样与西方列强并立于世界民族之林。然而，在面临前所未有的强大敌人和巨大威胁的情况下，大清朝策立的皇帝不是英明神武之人，而是平庸乃至昏庸之辈：道光皇帝凭匹夫之勇救父，由此被嘉庆皇帝策立为帝，面对毒品泛滥和英国坚船利炮，无力而又示勇，示勇而又无谋，结果一败涂地，只得与英国签订丧权辱国的《南京条约》；如此结果，虽是道光皇帝昏庸导致，却也是他父亲嘉庆皇帝错误选择策立继承人所致。咸丰皇帝在狩猎时原本无能却诡称仁心，骗得了道光皇帝的赏识被策立为帝，面对毒品泛滥和英、法两国的坚船利炮，再次无力而又示勇，示勇而又无谋，结果更是一败涂地，被英、法联军攻进北京城、火烧圆明园，又与英、法两国签订丧权辱国的《北京条约》；如此结果，虽是咸丰皇帝昏庸导致，却也是他父亲道光皇帝错误选择策立继承人所致。当时，假设道光皇帝策立聪明英武的恭亲王奕䜣为帝，结果肯定不会这样；而假设咸丰皇帝临死时能从吃亏中学会一点伶俐，面对如此危局，将大清江山社稷交给自己的弟弟恭亲王奕䜣，而不是交给自己三岁的儿子载淳，结果也肯定不会是后来的那样。实际情形却是：大清朝面临越来越大的危险，却是选择策立越来越幼弱无能的皇帝并且由无德无能的慈禧太后垂帘听政，于是也就一步步陷入了万劫不复的深渊。

　　大清朝最终陷入万劫不复的深渊，罪在道、咸、同、光这一代代皇帝（包括慈禧太后），这些皇帝及朝廷可谓咎由自取，罪有应得。然而，覆巢无完卵，四万万人民因君昏国倾而遭受战乱乃至生灵涂炭、贫穷乃至流离失所，也是罪在道、咸、同、光这一代代皇帝（包括慈禧太后），这些百姓可谓因君受累，替君受罪。

而此时的祁县、太谷、平遥三县在地理上处于山西腹地，远离曾经发生两次鸦片战争和甲午战争的沿海地区，尚无战乱乃至生灵涂炭的灾难，这里依然是安稳的日子；而且，祁县、太谷、平遥三县在经济上又处于中国金融中心，操控中国金融业的山西票号几乎全都设在这三个县城，这里依然是富足的光景。于是中国在一段时期便出现了这样的奇特景观：大清国战乱战败了，而祁、太、平三县却安稳如泰山；大清国人民贫穷贫苦了，而祁、太、平三县人民却安享富足。

然而，倾倒之树，难有完巢；倾覆之巢，难有完卵。大清国衰败，山西票号哪能独善其身？中国四万万人民贫穷乃至流离失所，祁、太、平三县人民哪能继续独享其富？正处于鼎盛时期的山西票号和正稳如泰山、富如金山的晋中祁、太、平三县人民，也即将因君受累，替君受罪，即将和四万万中国人民一样遭受战乱乃至生灵涂炭、贫穷乃至流离失所了。

就在这晋中地区祁、太、平三县眼前繁花似锦、即将寒风如刀的光绪二十一（1895）年深秋，王氏妇科未来的第二十六代传人降生在了平遥县道虎壁村一个方砖地、筒瓦顶、青石阶、二进门的四合院里。

这所四合院在道虎壁村中也算颇占地利。坐落于道虎壁村中"丁"字口的核心地段，可借人丁兴旺之寓意；朝南面临道虎壁最繁华的东大街，东大街由被称为"喜门"的村东门通往村丁字口，又可借喜气盈门之寓意；右傍道虎壁最重要的北大街，北大街由被称为"财门"的村北门通往丁字口，还可借财运亨通之寓意。道虎壁村的规模形状原本自然而然形成、演变、发展，但因清咸丰年间社会动乱而最后定型。当时，南方太平天国起义如火如荼，北方捻军起义又如风如雨，而当地土匪强盗则趁机兴风作浪，占山为王，烧杀掠抢；于是，当地村庄百姓或亡羊补牢，或防患于未然，在当地政府提倡和乡绅主导下修建了一处处村门围墙，使一个个农业村庄变成了一个个军事城堡；如此，村庄安然了，却也固定了，圈定了，也就难以演变发展了，于是也就定型了。道虎壁村的形貌大体呈以西为上的"丁"字形，有三个村门三条大街，东门面临县城通往西南方向的一条大道，东门外不远处又有一座规模宏大、造型华丽的大庙（寺院），如同接官接佛之门，由此被称为"喜"门；北门也是通往繁华县城的村口，而且不远处有一座财神庙，如同接官接财之门，由此被称为"财"门；南门则是通往南部丘陵地区的村口，因各家墓地大多在南部丘陵地区，由此被称为"丧"门。如此情形，王家的这个四合院占"丁"、临"喜"、傍"财"而远离"丧"，它所占地段也可谓三佳了。

## 二

"哇——哇——"

"啊——啊——"

婴儿的啼哭声一阵一阵从东厢房传到院里，时而响亮高昂，时而沙哑低沉；一会儿听着像是欢乐高兴，一会儿听着又像是痛苦恼恨。

在婴儿间或响亮高昂、间或沙哑低沉的啼哭声中，一个中年妇人从东厢房出来报喜："亲家！生了个长鸡鸡的！嘻嘻！是小子！哭叫得还挺欢呢！底气十足！嘻嘻！"这位中年妇人说罢，带着一脸的笑意，又转回东厢房里。

在院里听话的这位"亲家"听罢，她脸上那紧绷的"弦"一下子放松了，顿时变作一朵绽放的花儿："嘻嘻！亲家辛苦了！亲家辛苦了！"

这位亲家目送着那位中年妇女进了东厢房，便也回身进了正房，怀着满心的欢喜，面对着神龛里的观音菩萨像跪下祷告起来："阿弥陀佛！大慈大悲的观音菩萨！感谢您老人家保佑我德一！我德一终于得子了，有后了！"

这位祷告者是王氏妇科第二十四代掌门人王贞的夫人，她生有二子：长子王兴一，次子王德一。现在长子王兴一已成家，分门另过了；她则继续在老院里，和小儿子王德一一起生活。这位夫人从年轻时就一直信奉观音菩萨，久而久之，便有了观音菩萨的情怀：救人之难，成人之美，保佑人子嗣兴旺。而且她有自己的思想：我挨谁近，就应该首先救扶谁，成全谁，保佑谁。这样，自己才能像观音菩萨一样受人敬奉，像福星一样受人顶戴。否则，自己挨谁近，谁就倒霉，谁就遭殃，那不成丧门星、扫帚星了吗？这样，既然小儿子王德一和她一起生活，她自然就更想保佑小儿子王德一子嗣兴旺了。前两年，王德一媳妇生了一个女儿，虽然表明这个儿媳妇有生育能力，但究竟只是生了一个终将出嫁的女儿，而不是终将顶门立户的男儿，不甚满意呀！如今，这位儿媳妇给她生了一个长鸡鸡的孙儿，她终于心满意足了：这是儿媳妇的功劳，也是我这个当婆婆的功德啊！

在这位夫人看来，生儿育女是做女人的最大天职，生了男儿则是做女人的最大资本：一个女人不生孩子，那是石头；只生女儿，那是瓦片；能生儿子，那是金砖！

"大慈大悲的观音菩萨！请您老人家保佑我孙儿健健康康、茁壮成长！还请您老人家保佑我儿媳妇健健康康、继续生男：生了大孙生二孙、生了二孙生三孙……保佑我王家子孙兴旺发达！"这位夫人继续祷告着，眼观莲花，心生莲花，人如莲花，一种慈爱慈祥如观音、纯洁纯美如莲花的中老年妇人的魅力如袅袅香烟般散发出来，飘逸出来，把整个房间乃至整个院落的一什一物都变得香了，美了。

这位新生儿的奶奶听到儿媳妇生下孙子后，脸上美如莲花；而这位新生儿的妈妈听到自己生下男孩后，脸上更是美赛莲花了。奶奶在椅子上端坐着，那是盛夏时亭亭而立、悠悠抱籽的盛夏坐莲；妈妈在炕上酣睡着，那是初夏时甜甜而眠、翩翩飞梦的青春睡莲。

这位妈妈生下婴儿后一听到"是小子"，她那颗提着的心便放下了。"哦！歇心了！我终于为王家生下小子了，我也终于为我娘家挣回面子了。"她头胎生了一个女儿，说明她能生娃娃，自然高兴；这二胎又生了一个儿子，说明她能生男娃，自然更是高兴。于是，她提着的心一放下，五脏六腑四肢百节乃至千千万万的毫毛汗孔都放松了，她带着浑身的疲倦和满脸的甜蜜，进入了美妙的梦乡。

王德一看着妻子入睡了，仍然摸着她那白皙的胳膊腕儿，来回滑动着把脉：左手心、肝、肾（对应寸、关、尺穴），右手肺、脾、命（对应寸、关、尺穴）……

"怎样？"岳母看着女婿一直给女儿把脉，过来轻声问道。

"都很正常。"王德一说着，却继续摸着妻子那白皙的手腕，并不时地看一眼妻子酣睡中那甜蜜的面容。此时，他已不是在把脉，而是在把爱了，一阵一阵的爱意从他心中涌出，涌动于全身，贯注于手指，然后再从手指传入她的手腕，进而传入她的全身。

此时，助产婆将产后诸事收拾利索后，都出去了，屋里只剩下王德一、他妻子、婴儿及岳母四人。王德一摸着，看着；妻子与婴儿都睡着，梦着；岳母则守着，候着。此外，火炉上的药锅在熬着，一阵阵药气散发出来，一阵阵人参的仙气、大枣的宝气与甘草的和气也伴随着药气飘逸出来。这是王德一特意为妻子滋补身体配的营养三宝汤：人参补气，而气为生命之源，气充盈则生命之水源源不断；大枣补血，而血为生命之本，血充盛则生命之树勃勃生机；甘草生和，而和为生命之枢，气血和则生命之体茁壮健康。这甘草就因为生和主和，占了一个"和"字，这一味看似普通的草药，被医家尊为"九土之精"，有了"成精"之变化；被医家称为"百药之王"，有了"称王"之基业！

一会儿，岳母对女婿王德一说道："她娘儿俩都睡着了，这儿有我守着就行，你快去向你爹报个喜吧！他肯定也盼着有一个孙子呢！"

王德一听罢，应了一声，又嘱咐了一句："她一会儿醒来，就给她喝上一碗三宝汤。"然后出了东厢房，来到临街开设的诊所药铺里。

此时已近晌午时分，但仍有十几位患者在候着，他父亲王贞老先生在专心致志地把脉看病。只见他慈祥地面对着每一个患者，温和地进行着一次次的望、闻、问、切，然后优雅地写完一张张处方并交给患者；只见他仁风徐徐，儒风习习，既是一位医生，又像一位先生。——面对这样道行与道德兼修的大夫，何愁病患不除？身上的病，一看见处方上这君臣佐使配伍的草药阵容就被吓得无影了；心中的病，一感受大堂上这徐徐仁风和习习儒风就被化为乌有了。

王德一来到父亲跟前报喜："爹，我媳妇生了！是小子！"

王贞老先生听罢，顿时乐在心头，喜上眉头，虽是一张老脸，却似开放的花朵一般亮丽："哦！小子！男孩！呵呵！我王家又添了一个顶天立地的男儿！好，好，好！"王贞老先生六十多岁，已跨过了人生的一个甲子轮回，对人生的领悟已然透彻了；而他行医四十多年，经历了生命的多次生生死死，对生命的感悟已然大彻了：富贵如浮云，并非虚言；生命乃根本，此是实话。一个人的富贵积累，如同树身遇到流水浮云，那是一个人生命的境遇，是"我"之飘忽不定的境遇；一个人的子孙繁衍，如同树身有了树枝花果，那是一个人生命的延续，是"我"之绵绵不断的延续。所以，这时候的王贞老先生已然是这样的心态：想这，想那，都不如想子孙；爱这，爱那，都不如爱子孙；得这，得那，都不如得子孙。由此，王贞老先生对这得孙之喜自是格外在意，欢喜之情荡漾在心，飘逸在脸，仿佛花朵一样了。

就诊的一位患者似乎听到了父子俩说话，询问道："王老大夫添孙子了？"然后赶紧恭贺，"啊呀！恭喜王老大夫！贺喜王老大夫！王老大夫这一辈子为人看病无数，功德无量，老天爷都看在眼里，理当人丁兴旺啊！"他这么一说一恭喜，众人听罢便也一一恭喜起来。

王贞老先生听罢众人这些恭喜的话，自是欢喜十分，然后便是再三感谢，"托众位的福，今天我王家添丁增口了！感谢众位的祝福，我从现在开始义诊：看病免费，抓药半费！"众患者听罢，自是欢喜不已，更有一番恭喜恭贺之言、祝愿祝福之辞。一时间，诊所大堂里和乐融融，美气盈盈，医者与患者如同亲友一般！

王贞老先生回头嘱咐儿子："晌午准备几个好菜，开上一壶汾酒，咱一家人庆贺庆贺！"

当天晌午，一家人围坐着一桌丰盛的菜肴，把着一壶陈年的汾酒，自是一番美美的谈笑、吃喝和庆贺。午餐罢，王贞老先生醉意酣酣，笑意盎盎，一边喝茶，一边与儿子王德一叙话："德一！这一下你儿女双全了，你满意，你媳妇满意，我也满意了，我们全家都满意了，连媳妇她娘家也当是满意的，真是一人惊动满天喜啊！一两天你去一趟县城，去向你媳妇家人报喜，邀请人家来喝满月酒！另外，你带上一根上等的人参，特别拜见一下你媳妇她爷爷张登山老夫子，向他表达敬意，也请他老人家给咱娃娃起一个好名字！"

王德一一边应诺着，一边给父亲添上茶水。

王贞老先生继续说道："我们这代人呀，都比不上你爷爷王宗伦他老人家。他老人家论生子，一连串生了六个儿子。这像什么？就像《周易》六十四卦的第一卦'乾卦'！这叫什么？《周易》上说，这叫'乘六龙以御天'！你爷爷真是有德行，有造化呀！给我们弟兄六个分别起名字叫乾、元、亨、利、贞、坤，一下子占满了乾坤二卦的卦名和卦辞！你爷爷真是有文化，我不如你爷爷呀！好在你给咱王家攀了一门文化人家，你媳妇她爷爷那是饱读诗书的举人出身呀，咱平遥县一说张登山老夫子，一说观海先生，谁人不知，谁人不敬！你请人家给咱娃娃起一个好名字，也给咱娃娃图个一辈子的吉祥！"

王贞老先生因得了一个孙儿，美了；又喝了几杯汾酒，爽了。于是，他一改往日平心静气、谨言慎行的样子，转而变得动于情，溢于言，喜于色，情绪昂昂，话语滔滔了。

三

王德一媳妇的爷爷张登山老夫子出身儒商门第，名登山，字观海。张家从明洪武年间迁居平遥县以来便耕读传家，心性灵慧者读书以求仕进，心性憨厚者耕种以求谋生。但从清朝初年以来，由于晋中大地出现了以戴廷栻、傅山、顾炎武等社会精英为核心、以祁县丹枫阁为标志的声势浩大的反清复明运动，他们重视练武以培养战士，重视经商以聚集财富，晋中一带的社会风气为之一变：练武不再是粗人笨人的事，社会贤达等文化人也开始练武了；经商不再是贱人俗人的事，社会绅士等高雅人也开始经商了；由此，形成了清代晋中形意拳称霸江湖、晋中商人称雄天下的景象。张家人便顺势而为，不再以经商为耻，开始有精明人从事商业。于是，张家由原来耕读传家、花开两枝的情形，变成了耕读商传家、花开三枝的情形。再后来，由于张登山这一支的祖先善于经商、富于积累，便在平遥城置房置业，离开了原来的乡村土地，完全成了城里人：聪明者读书以求贵，精明者经商以求富，既不聪明也不精明的憨厚者则守家奉老以求孝。这样，张登山这一支祖先的家训就成了"儒商传家，孝悌守成"。

到张登山时，由于他心性聪慧，又酷爱读书，便走上了读书仕进的道路。他于道光年间考中举人，后来考进士时虽然落榜，但那并非文章未通神，而是银钱未通鬼，所以仍然自信满满，不仅不自卑，反而更自负，鄙视考场官场，鄙视那些靠银钱通鬼而榜上题名的进士，鄙视那些靠银钱通鬼而官场得意的贪官，进而鄙视那一个个手捧圣人书而胸怀小人心、口诵圣人语而盘算小人利的读书人和做官者！

由此，张登山既然自信，那他就更用功读书，精益求精；既然自负，那他就更用心修炼，纯乎其纯；这样，张登山的道行就越来越深厚，境界就越来越高远，进而成为平遥儒林中人人宾服、人人敬重的大儒！同治年间，平遥县来了一位清雅知县，这位知县慕名拜访，敬才而延揽拜授，请张登山到平遥县学先担任训导，再担任教谕。张登山深知传道、授业、解惑乃儒门弟子的天职，如今遇到一位清雅的知县抬爱，自己岂能不识抬举？于是，他积极响应，如期赴任，代圣人传教，为桑梓造福，不遗余力，竭尽心血；由此，从他门下走出了一大批精英，除若干走上官场的举人进士外，还有更多的儒林高士、商界大才和社会贤达；所以张登山在平遥县的名望也越来越高，成为一代文坛领袖、儒学泰斗。

张登山有三个儿子，赶上同治、光绪时期山西票号的辉煌鼎盛时代和张登山的崇高声望，长子、次子先后进入两个票号谋职并一步步成为分号掌柜、总号二掌柜、大先生，账期分红五六千两银子，几十年下来赚得家资丰厚，一个个置办了深宅大院，分门另过了。三子则继承父业，中了举人后，一边在县学谋了一个训导讲学，传承圣人事业；一边在家陪伴着父亲著书立说，守护贤人家业。这样，三子一家人陪伴着张登山生活，也就更多地沐浴在儒风习习、雅音雍雍的氛围中，自然而然地带几分儒雅气质了。

王德一妻子就是张登山三子的女儿，从小聪明可爱，读书背诗颇聪慧，举止言谈显雍雅。爷爷张登山爱之如掌上明珠，从小教她读书吟诗写字，十七八岁就出落成一个李清照式的才女，才高识高眼高，谈婚论嫁也似乎只有苏东坡式的大才子方可匹配。然而，当平遥道虎壁王氏妇科掌门人王贞大夫带着儿子王德一来张家出诊，看到王氏妇科后继者王德一医术精到且一表人才时，张登山老夫子便赞叹"俊彦之才"，遂动了为孙女择婿的念头。于是，他征求孙女的意见："你对道虎壁王家这个后生印象如何？给你择了女婿如何？"

孙女大感意外，先是二目圆睁，后是满脸羞色："爷爷怎么突然说这样的话题？"

爷爷说道："男大当婚，女大当嫁，这是自然而然的事情。你如今十七岁了，已经是女大当嫁的年龄啊！"

孙女说道："人才是不赖，可他家并不是读书人家，他也不是读书人呀！他家与咱家并不门当户对，他与我也不能夫唱妇随呀！"

爷爷说道："此言差矣！古人云，不为良相，便为良医。相也罢，医也罢，不过是同一棵树上长出的两朵花而已，儒生岂能小看医生？读书人的最高志向当然是出将入相、经邦济国，但实际上千千万万的读书人能有几个人出将入相、经邦济国？寥寥无几啊！这样，便有务实的读书人退而求其次，行医施药，治病救人，治一病是一份功德，救一命是一份更大的功德，这样日积月累，久而久之，不也可以积累成宏大的功德？你想想：一般读书人只能称'士子'，医生却被尊称为'大夫'。为何？道德功德使然也。从古代士、大夫、卿相称谓而言，大夫高于士，而低于卿相，也就是说，大夫高于士，医生大于读书人。这样说来，读书人岂能小看医生？又岂能说一个医生人家配不上一个读书人家，一个医生配不上一个读书人？一个读书人满腹经纶空对月，何如一个医生一纸药方救人？从道德功德而言，人家道虎壁王家从北宋以来世世代代行医近千年，治病救人无数，功德无量，就像一棵参天大树、千年老树啊！而咱张家真正成了读书人家，从咱们这一支迁到平遥城里算起，还不到二百年呢！这么一比，咱张家还远远不如王家呢！"

听着爷爷这一番话，孙女先是惊讶不已，后来终于心神贯通，顿然领悟了："噢！原来还有这样一番道理！"

张登山继续说道："我知道我孙女心仪的乘龙快婿是一位金榜题名的进士甚至是御笔圈定的状元，这好不好呢？也好，也不好。如果在治世清世，考场官场清明，考出来的进士和升起来的官员自然可敬、可佩、可心仪；你若匹配这样的郎君，自然是好。但现在是乱世浊世，考场官场混浊，考出来的进士和升起来的官员未必可敬、可佩、可心仪，甚至可耻、可恶、可唾弃；你若匹配这样的郎君，岂能说好？这样说来，既然士子不为良相，便为良医；那女子不为良相妻，便为良医妻，也就是自然之理了。"

爷孙俩一老一少，一教一学，既有先天遗传禀赋，又有后天言传教化，如此习惯习染，久而久之，他们早已是心有灵犀一点通。于是，孙女一边听着爷爷的这番话，一边心领神会，心中暗暗地同意了。

爷爷继续开导着孙女："读书人处在这样的混浊之世，要想发达则须行贿做官，做官收贿；然后再行更大的贿，做更大的官，收更大的贿……这就像一个人在茅坑粪坑里滚来滚去，多么肮脏，多么恶臭！真正的读书人，真正的圣人弟子，岂可如此？如果不这样呢？则皓首穷经，落得穷困一生。这两者都不好，人格污如茅粪，让人恶心；人家穷如乞丐，让人寒心；这两种人家，爷爷都不能让你嫁呀！所以，我思来想去，这道虎壁王家还是一个不赖的归宿：其一，治病救人，积德行善，受人敬重。其二，看病挣钱，卖药有利，家人安康。其三，王家这独门医术世代相传，不管治世乱世，也不管好人歹人，都需要这种医术。因此，王家过去已经传承了近千年时间，将来可能再传承近千年，这是一棵不老的常青树啊！这样，王家既占了一个'德'字，又占了一个'利'字，还占了一个'寿'字，实在难能可贵啊！你嫁到王家，虽不能大富大贵，但却可以长久享受安康；而且，你如此，你的子子孙孙也如此，何乐而不为呢？"

最终，孙女暗暗点头首肯，红着脸开口说话了："既然爷爷这样用心为我择婿，我听爷爷的话就是了。"

这样，平遥县城的儒商望族张家就与平遥县道虎壁村的世代良医王家结亲了，张登山老夫子的孙女就嫁给了王贞老先生的儿子王德一。由此，这位从平遥县城张登山老夫子家走出来的才女兼淑女，就成为平遥道虎壁村王氏大家族里最有文化，也最有家庭背景的儿媳妇了。于是，一只美丽吉祥的凤凰落在了平遥道虎壁王氏家族这棵近千年老树的枝头。

# 四

王贞老先生家添了孙男，本来就是一桩喜事；又因是儿媳王张氏生下的孙男，那就成了更大的一桩喜事。王张氏嫁到王家后，因其张登山老夫子的家世背景，再因其才女兼淑女的个人品质，王贞老先生家对她格外看重，对她生下的男娃也就格外看重了。于是，王贞老先生给儿子王德一准备了一份厚礼，安排好一辆轿车，前来平遥城进士巷张登山老夫子府上报喜。

张府门前，自然是一副名士望族气派。门楼上面，一个写有"儒商传世"四个鎏金大字牌匾高高悬挂，似欲伴日伴月，分明流光流彩。再看门楼，飞檐斗拱，雕花绘鸟，一种富贵吉祥之气荡漾而来；再看两根楹柱，矗地擎天，内坚外圆，一种君子绅士之风氤氲而来；再看两根楹柱上的一副长联，腾龙起凤，笔锋遒劲，一种温文尔雅之馨飘逸而来。

但见这副长联写道：

胸藏孔孟诗书经，正心正身方能正修道德

　　掌握陶猗买卖术，生意生计乃可生养家庭


　　王德一今天看到这副对联，不由得再次欣赏品味起来：思其义，则中庸和雅，既有美好之意，又具实际之用；赏其字，则苍劲古朴，既见功力之深，又显飘逸之妙。于是，他不由暗暗感叹：不愧是平遥县大儒张登山老夫子的府第，张家不愧是平遥城好门风的人家！

　　张府家人看见道虎壁村的姑爷来了，自是殷勤陪姑爷来到岳父张望远屋里拜见；拜见罢，寒暄几句，岳父张望远再陪着女婿来到里院，拜见岳祖父张登山老夫子。

　　进了张登山老夫子的屋里，迎面墙上是一幅字画：当中一幅山水画，上则画有高山大树，连天而去，颇见气势之大；下则画有流水小屋，顺岸而来，又见情态之妙。

　　再看两旁一副对联：


　　　观海而晓，学识汇小为大方得浩瀚

　　　登山可知，功德积少成多乃见巍峨


　　这分明是一副鹤顶格藏字联，两句对联前二字蕴藏了张老夫子的字"观海"和他的名"登山"；这又分明是一副士大夫铭志联，学识则追求浩瀚，功德则追求巍峨。

　　王德一虽是世代良医平遥道虎壁王氏妇科传人，也算是名门望族，而且从小读圣贤书，对四书五经颇有读诵，但他每次来到张登山老夫子府上，特别是来到张登山老夫子面前，总有一种望山景仰、望洋兴叹的感觉。

王德一进了门，首先向岳祖父张登山老夫子施礼请安，然后将礼物恭恭敬敬地奉上："爷爷！这是我爹特意让我从我家药库里挑选的一棵长白山老参，孝敬孝敬您老人家，让您老人家滋补滋补身子，希望您老人家长命百岁啊！"

张登山看了看礼物，点了点头，先让这位孙婿落了座，然后微笑着说道："谢谢！你爹给我这么贵重的礼物，我何功何德啊？让我如何消受得起啊？"

王德一也微笑着说道："您当然消受得起啊！论德望，您老人家德高望重，平遥城人人景仰；论辈分，您是我们张、王两家最高的长辈；要论功德，您培养了孙女并许配给了我，还给我们王家先生一女、又生一男，这不是一份很大的功德吗？——爷爷！我这次来就是既受我爹之嘱，又受您孙女之托，向您老人家报喜的！"

"哦！原来如此呀！呵呵呵！这是让我分享我孙女的功劳呢！本来，我知道孙女快生了，这两天我还操心呢！他们母子平安吧？"

"他们母子平安！"

"哦！母子平安就好。先生一女，又生一男，可谓龙凤呈祥呢！呵呵呵！"——在道德学养及弟子面前，他是德高望重、学养深厚的老夫子；而在生命血缘及孙女面前，他又是慈心拳拳、爱意眷眷的老爷爷。

王德一看到张登山身体健朗，精神矍铄，不由得赞赏几句："爷爷！您精神真好！"

张登山笑道："呵呵！无欲则刚嘛！我这么大年纪了，可谓四无欲啊！论内，则子女及孙子辈各有事业家庭，不用我操心了，此为一无欲。论外，则出将入相及巡抚尚书等各色功名早已离我远去，不用我贪图了，此为二无欲。论财，则衣足够暖，食足够饱，房足够住，轿足够行，钱足够花，足矣！此为三无欲。论才，则诗书可读，史籍可通，文章可写，笔墨可挥，道德可修，足矣！此为四无欲。如此，无欲则刚，刚则健，健则康，所以，我虽然快八十岁了，却也能保持身体健朗。况且，傍着你家这'世代良医'王氏家族为亲家，我这条老命又多了若干医道医德医术的保养，身体就更该健朗了。呵呵呵！如今有了你王家的这棵人参，又有了我孙女的这个喜讯，我的身体就更要健朗加健朗了！"

王德一听着，看着，想着，感觉着，心里敞亮如沐浴太阳的光辉，脑筋开窍如聆听圣人的教导。他听罢老夫子一番话，不由得感叹道："爷爷！您老人家真像是仙人了！"

张登山听罢孙婿的赞叹，笑道："呵呵！像仙人？也算像吧。我本来是孔圣人门中的弟子，以读书穷经为业，以经邦济国为志，并非追求当一个逍遥仙人。然而，生逢浊世，官场成了商场，我不必为官了，于是无官一身轻，社会倒让我逍遥了。年届八旬，'三十而立'的后生早成了'从心所欲不愈矩'的老汉，我不必做事，于是无事一身轻，年龄又让我逍遥了。如此，逍遥加逍遥，我自然而然也就像仙人了。呵呵呵！况且，圣人与仙人原本一物，都有聪慧灵通的禀赋，只是圣人抱负远大，以天下为己任，忧国忧民，为国为民，如人挑重担而行远，如马拉重车而爬山，难得逍遥自在；而仙人无抱无负，以自由为追求，随心随性，由心由性，如鱼游大海而轻松，鸟飞天空而轻盈，自然逍遥自在。由此观之，圣人与仙人只是差在'抱负'二字上：圣人放下抱负，便是仙人；仙人背上抱负，便是圣人。"

王德一听罢张登山老夫子的这一番话，更是茅塞顿开，脑海中出现了一个更宽广更高远更美妙的境界，那便是圣人、仙人的境界！

王德一看着张登山这位老夫子，想着他刚才那番话，再想着他的孙女、自己的妻子王张氏，不知不觉地由对张登山的景仰转而对王张氏的敬慕和对自己的庆幸了。这样的爷爷熏陶出来的孙女竟成了我的妻子，这样的淑女兼才女竟成了我的妻子！这分明是我之幸运；而寻根溯源，这又分明是我世代良医王家之道德功德啊！由此，他又转而景仰自己的父亲、祖父乃至列祖列宗了，进而更敬重"平遥道虎壁王氏妇科"这个金字招牌和"广济天下苍生"这份神圣事业了。我应当尽心竭力继承传承这招牌和事业，我的儿子、孙子也应当尽心竭力继承传承这招牌和事业，世代传承，绵延不绝！

王德一与张登山老夫子一番见面，叙谈甚欢，受益匪浅。

谈话间，话题便转到给新生儿起名字上，王德一说道："爷爷，您老人家德高望重，博学多识，所以这次来呀，还受我爹之嘱，想请您老人家给咱娃娃起一个名字呢！"

张登山却推辞着说道："按理说，应该由你爹或你给娃娃起名字，这个权利我不宜夺呀！"

王德一说道："这不是您夺权夺利，而是让您老人家劳心费心呢！咱平遥好多买卖字号以及大户人家都请您起名称、名字呢，给您重外孙起名字，您就当仁不让吧！"

张登山听着，笑了笑，点了点头，说道："呵呵！如此说来，那我应当受你爹和你的委托了。也罢，就算是当仁不让，不能推辞了。"

张登山呷了一口茶水，理了理思绪，说道："其实，我亲我孙女，自然也亲她生下的娃娃，所以我知道孙女快生了，就希望她生下一个男娃娃，脑子里也就盘算给这个男娃娃起名字的事，心里也就有了个谱儿。但娃娃毕竟是王家的人，我不能剥夺了你王家的起名的权力呀！现在既然你王家托我起名字，也就不算夺权了。呵呵！"说着，张登山从一个抽屉里拿出一张纸来递给王德一，上面工工整整地写着几个字：名"裕宽"，字"容舟"。

张登山解说道："这个'宽'字可谓四合。其一，娃娃这一辈人名字排一个'裕'字，让娃娃占一个'宽'字，便合成'裕宽'二字，裕而宽，这两个字可谓相辅相成，此为一合。其二，娃娃生于你世代良医王氏妇科家族，医者仁术也，让娃娃占一个'宽'字，正与'仁'字合成'宽仁'二字，宽而仁，这个'宽'字与你王家的'仁'术世家可谓相得益彰，此为二合。其三，娃娃生于一年之深秋，收获而后收缩之时也，让娃娃占一个'宽'字，则'收获'而'宽'，可得'收获丰厚'也；'收缩'而'宽'，可以'收缩有余'也；此为三合。其四，娃娃生于一朝之末期，大清朝自道光皇帝鸦片战争失败以来，咸丰皇帝有太平天国之内乱和英法联军攻进北京、火烧圆明园之外患，去年光绪皇帝、慈禧太后又有甲午战争之惨败。此前已然三战三败，将来或将战乱频频而起，朝廷摇摇欲坠；而大清朝一旦倾覆，则覆巢之下无完卵，或家业破败，或人命病残，遍地肃杀，一派寒冻！娃娃面临此景此象，如能占一个'宽'字，则心宽宜容人、眼宽宜结人、道宽宜济人、德宽宜惠人、术宽宜救人，因而宽人则宽己，最终使自己宜逃生、宜谋生、宜保生；如此，则处乱而不乱，临危而不危，履险而不险也，此为四合。"

王德一听着，自是感慨万端，感动万分，不由得起身鞠躬致谢，感叹道："您老人家真是大儒，咱这娃娃真是大幸啊！"

张登山笑了笑，说道："自家人不必多礼，坐吧！"然后继续解说道："至于这'容舟'二字嘛，算是'宽'字的补充延伸：其一，宽可容舟，此宽乃大海之宽也；其二，宰相肚里能撑船，此宽乃宰相之宽也。如此，比物则如大海，弘广甚也；比人则如宰相，尊贵甚也。有此弘广之德，尊贵之性，无论为人为医，无论为商为官，无所不可，无所不能，无所不通，无所不达也。"

王德一听完张登山老夫子的这番解说，不由得心潮涌动，对这位岳祖父深深的敬意油然而生，不由得心潮澎湃，对自己儿子的希望和期望沛然而来。但愿老夫子的这番话，不仅赏赐我儿子吉祥美好的大名和大字，也能赏赐我儿子吉祥美好的大命和大运！

# 五

常言道：命由天定，事在人为。何谓天命？大局就是天命。何谓人事？小局就是人事。

这位小王裕宽的生命由两大世家的血脉汇流合成，父系是平遥道虎壁王氏妇科家族一脉，是一个有近千年历史的医学世家；母系是平遥城德高望重的大儒张登山老夫子一脉，是一个有上百年历史的儒学世家；所以，他在血脉里就携带着王家医学和张家儒学的两种基因。可以说，无论医术或儒术，他都天生自带三分；也可以说，王裕宽是含着金钥匙出生的，无论开医学的锁或儒学的锁，他只需用这个金钥匙开锁就行，可以四两拨千斤，而别人则需用铁榔头砸锁才行，必须千斤拨四两。这就是小王裕宽的天命。

那小王裕宽的人事又如何？且看他幼童时的自然熏陶——

父亲、爷爷及其他叔伯们整日行医看病，他身在其中，耳濡目染，可自然得之；母亲、姥爷、祖父们整日读书写字，他身在其中，耳濡目染，也可自然得之。

再看幼童时的启蒙教育——

在他一岁刚懵懵懂懂时，母亲王张氏便给他指认爸爸、妈妈、爷爷、奶奶、哥哥、姐姐等亲属，给他的心田里首先植入这些与他血缘关系最为亲近的人。这些都是他未来生活的依靠者、帮助者、保护者、领导者、指路者，植入越早，扎根越深，生长越壮，对他未来生活的影响也就越大。父亲王德一则引导他认识甘草、人参、黄芪、白术、知母、当归等草药，给他空白的心田里尽早植入这些与王氏妇科最有关联的药。这些都是他未来行医的依靠者、帮助者、支持者、听从者、行动者，植入越早，扎根越深，生长越壮，对他未来行医的影响也就越大。

在他两三岁刚刚懂事时，母亲王张氏便开始给他讲历代贤人的儿童故事。

《司马光砸缸救人》：过去有一个贤人叫司马光，在他小时候和小朋友玩耍时，有一个淘气的小朋友想爬上一个大水缸玩耍，结果一不小心，"扑通"一声就掉进了这个大水缸里。这一下，他在水缸里吓得直呼叫，周围的小朋友们也吓得直喊："快来救人呀，有人掉进大水缸里了！"可是周围并没有大人，也没有呼叫来大人。眼看着这个落水的小朋友就要被淹死了，周围的小朋友们干着急，没办法。这时候，聪明的司马光眼珠子转了转，心中想道：怎么才能救人呢？他又看了看，发现旁边有一块石头，于是眉头一皱，计上心来，用这块石头砸破缸，水不就流出来了？小朋友也就不会被这些水淹死了呀！于是，他拿起这块石头，砸向水缸，只听"通"的一声，水缸被砸破了；再听"哗"的一声，水缸里的水流出来了。这样，这个落水的小朋友得救了。

小裕宽听着听着，入迷了，入神了，直到听完这个故事，他还沉浸在故事情节里。

于是，他妈妈王张氏启发他："那个落水的小朋友淘气不淘气？"小裕宽说道："淘气。""危险不危险？""危险。""你可不能做淘气的孩子啊！""嗯。我要做听话的孩子。"

王张氏再问道："这个司马光聪明不聪明？"小裕宽说道："聪明。""你想不想做司马光这样聪明的孩子？""想做。""那你就要多听故事，听故事能让人聪明；你再大了还要爱读书，读书更能让人聪明；你更大了还要爱动脑筋，爱动脑筋才能更让人聪明。知道了吗？""知道了。妈妈，我现在要听多多的故事，我再大了要读多多的书，我更大了要动多多的脑筋！"

王张氏看着聪明可爱的儿子，表扬道："我儿子真懂事，真是妈的好儿子！"然后，抚摸着儿子端正的头，端详着儿子可爱的脸，观察着儿子滴溜溜转的黑眼珠，开心地笑了。

小裕宽听完，更来了劲儿："妈妈，我还要听你讲故事——"

于是，王张氏顺势而为，又给儿子讲起了《文彦博灌水浮球》：过去还有一个贤人叫文彦博，他小时候与几个小朋友在草地上踢皮球时，一不小心，皮球掉进了一个树洞里。怎么办呀？这时候，有的小朋友趴在树洞口伸手摸球，但是树洞太深了，用手摸不到球；有的小朋友趴在树洞口用棍子拨拉球，但是球太滑了，用棍子也拨拉不出来。就在小朋友们无计可施之际，小文彦博动起了小脑筋：从前玩皮球时曾将球踢在水里，但球浮在水面，并没有落下去，这说明水能浮球；如今皮球掉在树洞里，没有好办法取出来，为什么不能用灌水的办法试一试呢？于是，他舀上水灌来灌去，终于把树洞灌满了，球也顺着水位浮了上来，小朋友们高兴了，伸手拿出球来，他们又玩踢皮球游戏了。

小裕宽听着听着，笑了，乐了："这个文彦博真聪明，这个故事真好听！"

王张氏笑着说道："嘻嘻！这两个故事都是关于水的故事，司马光是泄水救人，文彦博是灌水浮球。这说明呀，水有时候有害，有时候有用；有害的时候就要泄水去其危害，有用的时候就要灌水取其用途。"

这些古代贤人的故事，让小裕宽听得入迷了，入神了，这些故事便像大树的种子一样种在了小裕宽那尚无杂草杂树的纯洁心田里，发芽、生根、成长，并成为他人生的坐标、榜样和精神伴侣，进而成为他塑造人生的巨大牵引力，也就使他更容易成才，成大才，甚至可能追踪这些古代贤人的足迹，成为当代贤人。

再大一两岁，王张氏又给小裕宽讲历代名医看病的故事。

如《扁鹊见蔡桓公》：过去有一个名医叫扁鹊，有一次他来到蔡国，见到蔡国国君蔡桓公，他看了蔡桓公一会儿，便说道："国君您有病，不过病还在皮肤表面，比较容易治疗，如果不及时治疗，恐怕病症会加重。"这时候，蔡桓公并不觉得身上难受，就以为自己没有生病，这个扁鹊只是为了骗钱硬说自己有病而已。过了十天，扁鹊又来见蔡桓公，看了看，说道："国君您的病已经深入到肌肉里了，如果不及时治疗，恐怕病症会更加严重。"蔡桓公仍觉得自己没病，所以也不理睬扁鹊，而且很不高兴，心中想道：我本来没病，这个扁鹊为什么非要说我有病呢！又过了十天，扁鹊又来见蔡桓公，看了看，说道："国君您的病已经更深入到肠胃里了，如果不及时治疗，恐怕病症会非常严重。"蔡桓公仍觉得自己没病，也不理睬扁鹊，而且更加不高兴。又过了十天，扁鹊再次见到了蔡桓公，这次他看了看蔡桓公，不再说一句话，便赶紧快步走了。这一下，蔡桓公觉得奇怪了，以前这个扁鹊一见我，总是说我有病，而且病重了，得赶紧治疗了，这次怎么竟一句话也不说就赶紧走了呢？于是他派人去问扁鹊，扁鹊说道："病在皮肤表面，用汤药洗一洗或敷一敷就能治好；病在肌肉，用针灸就能治好；病在肠胃里，用清火的药剂就能治好；病在骨髓，那就是死神所管，非我们医生所能奈何了。如今国君的病已经深入骨髓，我已经无能为力了，所以就不敢吭声说要给国君治病了。"又过了五天，蔡桓公才感觉到身体疼痛难受，于是他派人去找扁鹊，这时候扁鹊已经逃到另一个国家——秦国了。最后，这个蔡桓公便因病不治而死了。

小裕宽听着，转起了眼珠子，似乎在思考这个故事，他母亲王张氏说道："这个故事说明什么呢？说明——"小裕宽马上接口说道："说明这个名医扁鹊真高明，一看就能看出他有病；也说明这个国君真愚蠢，有病不治，自己寻死！"王张氏一听儿子说的话，再看儿子的聪明劲儿，高兴地表扬起来："我儿子真乖，真聪明！那你想想这个扁鹊为什么高明，这个国君又为什么愚蠢呢？"小裕宽不知道怎么回答，于是他腼腆地低下了头，然后求助母亲："为什么呢？"王张氏告诉他："扁鹊高明，是因为他聪明好学，他看了好多的书，有知识了；还因为他勤奋努力，看了好多的病人，有经验了；还因为他善于思考总结，有了自己独到的心得和见解，所以就高人一等，高明了。"小裕宽又问道："那国君为什么愚蠢呢？"王张氏说道："国君愚蠢，是因为他骄傲自大，以为他是一国之君，人人都服从他，他就样样比别人好、比别人高明，所以就不谦虚，不学习，不思考，这样久而久之，就变得越来越愚蠢了。其实，他之所以当国君，并不是他样样比别人高明，而是他的势力比别人强大；可是，势力强大只能压服他奈何得了的人、事、物，却不能压服他奈何不了的人、事、物，一旦遇上疾病，他的势力再强大也压服不了疾病呀，他只能被疾病折磨死了。如果他谦虚一些，让医生帮他治病，他也就不会死了。"

此外，王张氏还会给小裕宽讲一些王家历代名医的故事：老祖宗王厚如何治病救人，四世祖王时亨如何考中进士、如何编辑王氏妇科医书，八世祖王士能如何给皇贵妃治病、如何得了皇帝赏赐的黄马褂，二十一世祖王笃生如何聪明好学、如何治病救人……

讲这些古代名医和王家历代名医的故事，让小裕宽听得入迷了，入神了，便也向往了。当一个名医真好啊！于是，想当名医的志向像一颗种子落入了他幼小而纯洁的心田，只需时日，就会生根、发芽、成长了。


# 六


王裕宽幼童时的启蒙教育，除了认亲属、认草药、听古代贤人名医故事，还会背诵唐诗、《三字经》，更有王家独有的背记《药性赋》、背记《医学三字经》——

当小裕宽说话清楚利索时，母亲王张氏便教他背诵那些言简意明的五言唐诗：

鹅，鹅，鹅，曲项向天歌。
白毛浮绿水，红掌拨清波。——骆宾王

春眠不觉晓，处处闻啼鸟。
夜来风雨声，花落知多少？——孟浩然

白日依山尽，黄河入海流。
欲穷千里目，更上一层楼。——王之涣

空山不见人，但闻人语响。
返景入深林，复照青苔上。——王维

床前明月光，疑是地上霜。
举头望明月，低头思故乡。——李白

好雨知时节，当春乃发生。
随风潜入夜，润物细无声。——杜甫

离离原上草，一岁一枯荣。
野火烧不尽，春风吹又生。——白居易

千山鸟飞绝，万径人踪灭。

孤舟蓑笠翁，独钓寒江雪。——柳宗元


锄禾日当午，汗滴禾下土。

谁知盘中餐，粒粒皆辛苦。——李绅


再到他五六岁更懂事时，这些五言诗已背得滚瓜烂熟，再教他背诵那些言简意明的七言唐诗：


少小离家老大回，乡音无改鬓毛衰。

儿童相见不相识，笑问客从何处来？——贺知章


黄河远上白云间，一片孤城万仞山。

羌笛何须怨杨柳，春风不度玉门关。——王之涣


秦时明月汉时关，万里长征人未还。

但使龙城飞将在，不教胡马度阴山。——王昌龄


渭城朝雨浥轻尘，客舍青青柳色新。

劝君更尽一杯酒，西出阳关无故人。——王维


朝辞白帝彩云间，千里江陵一日还。

两岸猿声啼不住，轻舟已过万重山。——李白


锦城丝管日纷纷，半入江风半入云。

此曲只应天上有，人间能得几回闻。——杜甫

月落乌啼霜满天，江枫渔火对愁眠。

姑苏城外寒山寺，夜半钟声到客船。——张继

独怜幽草涧边生，上有黄鹂深树鸣。

春潮带雨晚来急，野渡无人舟自横。——韦应物

杨柳青青江水平，闻郎江上唱歌声。

东边日出西边雨，道是无晴却有晴。——刘禹锡

人间四月芳菲尽，山寺桃花始盛开。

长恨春归无觅处，不知转入此中来。——白居易

远上寒山石径斜，白云生处有人家。

停车坐爱枫林晚，霜叶红于二月花。——杜牧

儿童从刚刚学说话到五六岁正是说话发音训练和思维想象训练的最佳年龄段，而这些唐诗正是中华数千年文学史上最为精炼简要、最为明白易懂、最为朗朗上口、最具雄大思维空间和高妙想象境界的作品，可谓儿童说话发音训练和思维想象训练的最佳读物。这如同幼时种松柏椿榕等乔木苗，壮时则成长为松柏椿榕等乔木林。反之，如果乱教，或如幼时种荆榛柘杞等灌木苗，壮时则成为荆榛柘杞等灌木丛；或如幼时种苣苨莱蒿等杂草籽，壮时则成为苣苨莱蒿等杂草地。如此，幼时高雅美之教与低俗丑之教或差之毫厘，到壮时则差之千里了。

到小裕宽七岁时，母亲王张氏开始教他认字并背诵《三字经》：

人之初，性本善。性相近，习相远。

苟不教，性乃迁。教之道，贵以专。

昔孟母，择邻处。子不学，断机杼。

窦燕山，有义方。教五子，名俱扬。

养不教，父之过。教不严，师之惰。

子不学，非所宜。幼不学，老何为？

玉不琢，不成器。人不学，不知义。

为人子，方少时。亲师友，习礼仪。

香九龄，能温席。孝于亲，所当执。

融四岁，能让梨。弟于长，宜先知。

首孝悌，次见闻。知某数，识某文。

一而十，十而百。百而千，千而万。

三才者，天地人。三光者，日月星。

三纲者，君臣义。父子亲，夫妇顺。

曰春夏，曰秋冬。此四时，运不穷。

曰南北，曰西东。此四方，应乎中。

曰水火，木金土。此五行，本乎数。

曰仁义，礼智信。此五常，不容紊。

……

《三字经》是古代贤哲精心总结归纳出来的启蒙读物，既是中国社会的常识，人人必得学，不学则无知；又是高度凝练的文字，学一得十，事半功倍。

此外，还会教他学习《百家姓》《千字文》《弟子规》等启蒙读物；到了八九岁上，便教他学习《大学》《中庸》《孟子》《论语》等启蒙读物。

从七岁开始，父亲王德一会教他背记《药性赋》和《医学三字经》

等医学启蒙读物。

如《药性赋》：

犀角解乎心热，羚羊清乎肺肝。

泽泻利水通淋而补阴不足，海藻散瘿破气而治疝何难。

菊花能明目而清头风，射干疗咽闭而消痈毒。

薏苡理脚气而除风湿，藕节消瘀血而止吐衄。

瓜蒌子下气润肺喘兮，又且宽中；车前子止泻利小便兮，尤能
明目。

……

——此六十六种药性之寒者也。

欲温中以荜茇，用发散以生姜。

五味子止嗽痰，且滋肾水；腽肭脐疗痨瘵，更壮元阳。

川芎祛风湿，补血清头；续断治崩漏，益筋强脚。

麻黄表汗以疗咳逆，韭子壮阳而医白浊。

川乌破积，有消痰治风痹之功；天雄散寒，为去湿助精阳之药。

……

——此六十种药性之热者也。

木香理乎气滞，半夏主于痰湿。

苍术治目盲，燥脾去湿宜用；萝卜去膨胀，下气治面尤堪。

钟乳粉补肺气，兼疗肺虚；青盐治腹痛，且滋肾水。

山药而腰湿能医，阿胶而痢嗽皆止。

赤石脂治精浊而止泄，兼补崩中；阳起石暖子宫以壮阳，更疗
阴痿。

......

——此五十四种药性之温者也。


以硇砂而去积，用龙齿以安魂。

青皮快膈除膨胀，且利脾胃；芡实益精治白浊，兼补真元。

木贼草去目翳，崩漏亦医；花蕊石治金疮，血行则却。

决明和肝气，治眼之剂；天麻主头眩，祛风之药。

甘草和诸药而解百毒，盖以性平；石斛平胃气而补肾虚，更医脚弱。

......

——此六十八种药性之平者也。


又如《医学三字经》：


医之始，本岐黄；灵枢作，素问详，难经出，更洋洋。越汉季，有南阳，六经辨，圣道彰。伤寒著，金匮藏，垂方法，立津梁。李唐后，有千金，外台继，重医林。

......

人百病，首中风，骤然得，八方通。闭与脱，大不同，开邪闭，续命雄，固气脱，参附功。

......

气上呛，咳嗽生，肺最重，胃非轻。肺如钟，撞则鸣，风寒入，外撞鸣，痨损积，内撞鸣。

......

疟为病，属少阳，寒与热，若回翔，日一发，亦无伤，三日作，势猖狂。治之法，小柴方，热偏盛，加清凉，寒偏重，加桂姜，邪气盛，去参良，常山入，力倍强。

……

湿热伤，赤白痢，热胜湿，赤痢渍，湿胜热，白痢坠，调行箴，须切记。

……

心胃疼，有九种，辨虚实，明轻重，痛不通，气血壅，通不痛，调和奉。一虫痛，乌梅丸；二注痛，苏合研；三气痛，香苏专；四血痛，失笑先；五悸痛，妙香诠；六食痛，平胃煎；七饮痛，二陈咽；八冷痛，理中全；九热痛，金铃痊。腹中痛，照诸篇。金匮法，可回天，诸方论，要拳拳。

……


这《药性赋》和《医学三字经》是古代医界贤哲精心总结归纳出来的启蒙读物，既朗朗上口，易于背诵其辞句；又凝练提要，易于掌握其核心。少时背诵这两本书，学一句可当十句，学一时可用一世，何止事半功倍，甚至一籽万粟！


# 七


小裕宽禀赋于这样的父亲母亲，熏陶于这样的生活环境，儒学启蒙又受教于淑女兼才女的王张氏，到八九岁时，早已出落得聪明灵秀，温文尔雅，人见人爱，人见人夸："这娃娃真可爱！""这娃娃真聪明！""这娃娃真懂事！"

这《三字经》《千字文》《弟子规》《大学》《中庸》《孟子》《论语》

等儒学启蒙读物与《易》《书》《诗》《礼》《春秋》等儒学经典读物一样，是中华历代贤哲圣人从浩如烟海的中华文化中精选、提炼、凝聚而成并经过千百年、亿万人实践检验而来的中华文化的精华，学习这些不仅有学一得十、学一得百、学一得千乃至学一得万的奇特功效，而且还有学以养心、学以养慧、学以养精、学以养气、学以养神的神妙功效。一旦学了这些启蒙读物和经典读物，儿童会修得仁、义、礼、智、信、温、良、恭、俭、让等高贵品行；大人则除了会修得这些高贵品行外，还会学得格物、致知、诚意、正心、修身、齐家、治国、平天下等高深道行。

这些儒学之书如同一个个神奇的模子，一个人一旦从这些模子里套出来，无不是富有真、善、美品质的高贵、端庄、美雅之士；这些儒学之教如同一个个神奇的炉子，一个人一旦从这些炉子里炼出来，无不是富有齐家、治国、平天下本领的仁能爱民、智能行政、廉能生威、勇能施法、勤能成事之官。

何谓儒？从字形、字义来分析，儒字为人、需二字合成，人之所需为儒。从字音、字义来揣度，儒字与柔、弱二字音近，人之柔弱为儒。从贤哲扬雄《扬子法言》来解释："通天地人曰儒。"从贤哲张载《张子语录》来阐述"为天地立心，为生民立命，为往圣继绝学，为万世开太平"为儒。再从儒家一个个代表人物来标示，圣人孔子、亚圣孟子以及历代贤人董仲舒、扬雄、王通、韩愈、欧阳修、张载、程颐、朱熹、王阳明为儒。如此来看，儒学是人生必需的学问，是像水一样柔弱而又滋养万物、克胜万物的学问，是通晓天时、地利、人和的学问，是内圣外王、既能著书立说又能经邦济国的学问。如此来看，大而言之，中华民族能出现儒学，是中华民族之幸；中华儿女能习得儒学，是中华儿女之幸。引而言之，一只鸟能聆听儒教之音，是一只鸟之幸；一片树叶能感受儒教之风，是一片树叶之幸；一粒粮食能入口儒学之士，是一粒粮食之幸；一滴清水能润舌儒学之士，是一滴清水之幸；一缕丝棉能贴身儒学之士，是一缕丝棉之幸……

而小裕宽的医学启蒙又受教于名门出身的名医王德一，到八九岁时，除了出落得聪明灵秀，温文尔雅，人见人爱，人见人夸，还陶冶得知医爱药，玩针弄灸，招得爹爹喜欢，引得爷爷赏识，赢得王家长辈们夸奖。"哦，看来这小子与医道有缘！""嗯，这娃娃好像天生带着咱王家医道的传承，是块好料子！""三岁看大，七岁看老，这娃娃现在就这么厉害，将来必为我王家发扬光大！""是一棵好苗子，咱们应该好好栽培他！"

这小裕宽作为父亲王德一的长子，这位父亲自然会毫无选择地重点栽培他；但他作为爷爷王贞五六个孙子中的一个孙子，这位爷爷就需要有选择地栽培他；而他作为平遥道虎壁王氏妇科全族十几二十几个孙子中的一员，这位身兼道虎壁王氏妇科掌门人的王贞就更需要有鉴别地栽培他。也就是说，小裕宽要在父亲这儿被选为重点栽培的接班人，没有任何竞争；要在爷爷这儿被选为重点栽培的接班人，就得与五六个堂兄弟竞争而出；而要在王氏妇科全族里被选为重点栽培的接班人，就得在十几二十几个族兄弟中脱颖而出。

王贞老先生身为平遥道虎壁王氏妇科的掌门人，除了统管协调王氏各门医道、医德、医术、医价以及种药、购药、用药、卖药等事务之外，还肩负着如何使王氏妇科代代传承、绵延不断的神圣使命，所以，选择谁来当王氏妇科掌门的接班人，就成为像秤砣一样挂在他心头的重大问题。这些年他也经常在子侄辈中观察审思，但综合考虑权衡，终究难分伯仲，没有一个子侄辈人卓尔不群，能够进入他的法眼，所以也就迟迟不能确定人选。这让他心里经常感到沉重。于是，他经常问己问天：是我自己无眼？还是我王氏后辈无人？我王氏妇科北宋时从太原城迁到平遥麦茭沟，元朝时又从麦茭沟迁到道虎壁，近千年来世世代代精专医道医术，崇尚医德医品，为百姓治病去痛无数，救人活命无数，既专心专志于此，又积德积善如此，如此如此，我王氏妇科岂能无发扬光大之人……

就在王贞老先生为选择接班人的问题忧思、忧虑乃至忧郁若干年之后，孙子王裕宽从两三岁到七八岁间卓尔不群乃至出类拔萃的相貌、言语、气质、品格让他惊讶惊喜：哦！莫非他就是我王氏妇科将来发扬光大之人！谢天谢地！啊呀，原来我王氏妇科后辈还是有人啊！于是，王贞老先生眼前一亮，心中一动：看来，这个孙子就是我的接班人，就是我王氏妇科未来的掌门人了！

这个八九岁的孙子王裕宽让王贞老先生眼前一亮、心中一动，但要真正决意选择确定他为接班人，还需要一而再、再而三地观察、考量、考验，最后才能确定。

平遥王氏妇科家族经过了近千年的传承，贤人辈出，盛事迭现，于是贤人垂训，盛事垂范，在各方面都留下了若干行之有效的训诫、示范、规矩、惯例，由此也成为王氏家族代代出名医的制度保障。以培养子孙为例，一个王氏子孙要想成为一个合格的医生，除了像普通读书人要学习一般儒家启蒙读物和儒家经典读物外，还必须经过这么几个阶段的特殊而严格的训练：

七岁至九岁为启蒙阶段：这时候主要是由父母亲教学背诵有关医学启蒙读物、认识各种药材。

十岁至十二岁为侍诊阶段：这时候主要是侍奉长辈诊疗病人，像当时字号里的小伙计一般，贴身侍奉，召之来，呼之去，研墨洗笔，沏茶倒水，迎来送往，通过三年时间的侍奉训练和耳濡目染，自然而然地学到了长辈行医的一般程序和规矩。

十三岁至十五岁为随诊阶段：这时候主要是随从长辈诊疗病人，这就像是当时字号里的大伙计了，开始进入真正的行医门槛：长辈诊疗时，他可以站在旁边；长辈开药时，他可以跟着抄方；长辈出门诊疗时，他也可以跟随在身边。这时候，长辈开始向他传授具体的诊疗医术，如何望闻问切，如何对症下药，等等。

十六岁至十八岁为试诊阶段：这时候主要是在长辈监督下试验自己掌握的医术，开始诊疗病人。当遇到病人后，长辈在一旁坐镇观察，他要首先上手，对病人进行望闻问切，诊断病症。诊断准确则长辈首肯认可，诊断差错则长辈摇头指正；对症下药后，则要经过长辈审定药方，下药准确则长辈在药方上签名许可，下药不准确则长辈对药方修改后再签名许可。

十九岁以后进入独诊阶段：这时候，经过四个阶段、十二年严格的训练，他已经通通过关了，也就成了一个合格的王氏妇科医生，便允许他一个人独立接诊或出诊了。

小王裕宽在爷爷王贞老先生的殷切期待中开始进入了十岁，也进入了王氏妇科培养人才的侍诊阶段。而王贞老先生也开始暗暗地考察小王裕宽的一举一动、一言一行，并在自己心里暗暗地树起了几把尺子：一是以德为先，二是以悟为根，三是以勤为要。

这三把尺子是王氏妇科经过近千年传承的接班人素质三原则，而这三原则背后是经过千百年、千百人、千百事总结而来，凝结而出，并且可以凭此继续延续千百年、选拔千百人、成功千百事。

为何"以德为先"？以儒家倡导的仁爱忠孝诚信节义等品德是一个人一生事业功业优劣好坏的前提，有这些品德为前提，则以后的一切努力都将是优的好的结果；否则，以后的一切努力都将是劣的坏的结果。

为何"以悟为根"？人类进入文明社会之后，一切人、事、物的成败原因，除了品德的基础因素，最主要的因素就是智慧的因素。而智慧的来源，除了口耳授受的人人传承和教学相长的书书传承，主要靠个人在接受教育时的领悟程度和在面对社会各种实践时的顿悟能力。口耳授受与教学相长只能接受以往的智慧，可以保守事业；而领悟则可以在原有智慧树上开出新的花朵，顿悟则可以应对千变万化的新生事物，此二

"悟"不仅丰富了原有的智慧，更主要的是应对了现实的需要，能够解决现实的问题。世界千变万化，社会日新月异，一般的智者只能引经据典，按图索骥，解读或解决那些重复发生的人、事、物；而有"悟"性的智慧者则能够因人变、事变、物变而法变，读无字之天书，解未见之难题，及时解读或解决那些新发生的人、事、物的相关问题。

为何"以勤为要"？世界万事万物的成功，无不开始于品性德行，成长于智性悟性，而最终还得结果于勤性劳性。何谓勤性劳性？勤而又勤，勤勤不已，此为勤性；劳而又劳，劳劳无怨，此为劳性。品德再好，智悟再高，若没有勤勤不已、劳劳无怨的持续劳动、行动，一切人、事、物也只能有始无终、有花无果。比之于人，德如心，悟如脑，勤如手足；无手足，则心、脑无所使，无所用，也无所功。

王氏妇科掌门人王贞老先生的三把尺子等好了，小王裕宽在即将到来的侍诊阶段里，他的"德""悟""勤"素质训练能不能达到王氏妇科掌门人王贞老先生这三把尺子的要求呢？

# 八

平遥道虎壁王氏妇科这启蒙、侍诊、随诊、试诊、独诊五个阶段像是造就王氏妇科合格医生的熔炉，进入这五个阶段的人只有通过一次次的燃烧、炼化、提纯、锻造，才能成为一个真正、精到、纯粹的合格王氏妇科医生，才能承担起治病救人、掌握生命的神圣职责。这五个阶段又像是造就王氏妇科合格医生的神奇铸造模型，进入这五个阶段的人如同烧化的铁水钢水金水一样，只要进了这个神奇的铸造模型，那他必然成型成器。此情此形，如果王裕宽是一块金子，那他就会越炼越纯越精粹，成为真金精金纯金，进而成为金器宝器神圣之器。

王裕宽正式来到父亲王德一的诊所，随即成为王德一的贴身侍者。王裕宽既听话，又勤快，用不了一个月就熟练了。这召之来、呼之去的要求，他听话勤快就可以了；这研墨洗笔的要求，他已经上了私塾、用上了笔墨，也是听话勤快就可以了；这沏茶倒水的要求，他是聪明娃，经父亲兼师傅王德一指点一二也很快就上道了；这迎来送往的要求，他既学过一些儒学启蒙读物，懂得了基本礼数，又天生聪明伶俐，也用不了半月十天就可以了。如此一来，只需一个月，王裕宽就达到了王氏妇科侍诊阶段的各项要求，似乎可以跨越到下一个阶段了。

王德一对儿子侍诊以来一个月的表现非常满意：这小子就是聪明伶俐，学甚甚行，是块好料！王裕宽则非常得意：这三年的侍诊阶段，我一个月就都会了！而且，我爹也表扬我了！嘿嘿！我应该进入下一个阶段了！于是，他瞅个空，对父亲王德一说道："爹！侍诊的这些事情我都会做了，让我进入随诊吧！"

王德一听着儿子的话，看着儿子的劲儿，笑着点了点头，又摇了摇头，说道："你有这样的上进心很好，但是，三年的侍诊那是一代一代老祖宗留下来的规矩，是不能轻易打破的。"

"老祖宗为什么要留下这样的规矩呢？这也太长了呀？我明明一个月就学会了，为什么偏要三年呢？"王裕宽疑惑地问道。

王德一说道："从性情来说，不仅要有慧心，有灵性，学甚事情学得进，学得快，这样自然容易入门；而且还要有恒心，有耐性，做甚事情做得实，做得久，这样才能够最终成功。所以，这侍诊三年，不仅是让你学习知识，更是让你磨炼性情。一旦磨炼得有恒心了，有耐性了，那以后做事情就容易成功了。从学习来说，不仅要会，还要熟。俗话说，熟能生巧。只有熟了，而且巧了，才算真正学到了家。怎么才能熟？这就得翻来覆去地学，下足功夫；这就得日积月累地学，用足时间。所以，老祖宗们根据他们的经验，就留下来这三年侍诊的规矩。"

"那——怎么才能磨炼得有了恒心、耐性呢？怎么才会熟能生巧呢？"王裕宽皱起了眉头，瞪起了眼睛，发愁了。

王德一看着儿子这副可亲可爱的样子，笑道："这也不用发愁，俗话说，功到自然成。只要你天天这样做，坚持三年，自然就有了恒心，有了耐性，也就熟能生巧了。你也不要着急，这样慢慢来就可以了。我给举两个例子：一个娃娃刚学会走，不能放手让他跑，那样的话不仅走不稳，还会跌跤摔跟头；只有学会了走，而且走得稳了，才能慢慢地学跑。一坛子好酒刚做完，还不能喝；这个时候酒虽酿成，但味道不好，这时喝就把这坛子酒浪费了；只有把它放在一个地方再酿上几年甚至几十年，才能成为真正的好酒，甚至成为美酒。所以，一个娃娃要想学会跑，那他必须先学好走，走得稳稳的，再学跑也不迟；一坛子酒要想成为好酒美酒，那它必须先静悄悄地在不见光亮的暗处酿上几年甚至几十年，然后再打开喝，才会让人们赞不绝口。"

王裕宽听着父亲这番话，似懂非懂，但他知道这三年的侍诊期自有它的道理，是不能随便缩短的，那就继续这样侍诊吧！听着父亲关于"走与跑""做酒与酿酒"的一番话，他虽似懂非懂，但记住了这些话，记住了"走与跑""做酒与酿酒"既有区别，又有关系，现在只能理解其中一二，在将来的人生旅途中慢慢品味、慢慢领悟，必得其八九。孩童的心田如同春季的耕田，一旦撒下种子，它就会滋润种子，享受春、夏、秋三季的生长，最终长成果实。

侍诊的三年里，王裕宽在私塾上完学的空儿就在父亲的诊所里侍奉：父亲召之即来，呼之即去，久而久之小裕宽竟成了父亲的口耳手足一般，研墨洗笔的活儿，他眼到手到，随手而为，顺手而成。沏茶倒水、迎来送往的礼数，他因人因时因事而宜，得心应手，恰到好处。一时之间，他竟如同诊所的管家一般！如此如此，他不断受到了父亲的认可，又不断受到了就诊病人的赞扬，也就更乐此不疲，日日如此，月月如此，不仅达到侍诊的要求，甚至超过侍诊的要求。于是他将"额外"的精力和时间用于"额外"的兴趣和喜好。

他看到父亲每次诊视病人都要盯住病人的脸看一看，再问一问病况，再把一把手腕，他便也想看一看、问一问、把一把，但他不知怎么看、怎么问、怎么把。直到休了诊，回了家，才问父亲："病人来了为什么要看呀？看什么呀？……"

这时候王德一便顺着王裕宽的兴趣引导起来："这望、闻、问、切就是古人传下来的四种诊法。望，就是通过眼睛发现病人的病症，看病人的精、气、神，充足不充足？正常不正常？哪里不充足？哪里不正常？闻，有两种解释，其一是听病人对病症的表述，体会病人语气气息的高低强弱、轻重缓急；其二就是嗅来自病人的气味，分辨气味散发的位置。问，就是通过嘴巴发现病人的病症，问病人的饮食起居，疼痛困乏，吃得多了？穿得少了？睡觉不好？受了风寒？哪里疼痛？如何困乏？切，就是通过手指发现病人的病症，左手心肝肾，右手肺脾命，寸、关、尺的脉象是浮？是沉？是迟？是数？通过这'四诊'下来，对病人的病症也就清楚了，才可以对症下药，治病救人。"

因为这王裕宽有"额外"的精力和时间用于"额外"的兴趣和喜好，又有父亲王德一"额外"的关心和教育，三年侍诊完毕，王裕宽的修炼早就远远超越了王氏妇科合格医生在侍诊阶段的要求，早已卓然独立于众叔伯兄弟之上了。如此一来，父亲王德一满意乃至得意："我儿这样聪明好学，将来必会青出于蓝胜于蓝呢！"连爷爷王贞老先生也满意乃至得意了："我这个孙子果然禀赋非凡，如此下去，他必然成器，我王氏妇科必会长江后浪推前浪啊！"

本来，王裕宽母亲王张氏出身于平遥城大儒张登山府上，又满腹诗书，在王氏家族媳妇中可谓既贵又贤，王裕宽就占了若干"子因母贵"

的优势；在稍懂事后，又因聪明伶俐，赢得王氏家族乃至乡人的众口赞誉，又占了"三岁看大，七岁看老"的吉祥预言；在十岁至十二岁的侍诊阶段，他的表现又是这样"卓然独立于众兄弟之上"……这桩桩件件事情上的表现，这日日月月时间上的考验，都使王氏妇科掌门人王贞老先生对这个孙子不得不另眼相看，不得不格外器重。

王裕宽到了十三岁至十五岁的随诊阶段，王贞老先生认定这个孙子确实是可造之才，便将王裕宽带到自己身边随诊："就让裕宽跟着我随诊吧！你们都说他的诸般好处，我看看究竟如何？"王贞老先生这番话似乎是要考验孙子王裕宽，实际是要栽培他；或者，既是考验，又是栽培，考验过后便是栽培。王德一夫妇知道儿子王裕宽的德行、品性和灵性，真正是出类拔萃，哪怕考验？只有栽培！所以他们一听父亲的这番话，自是喜出望外。其他孩子的父母则因娃娃的德行、品性和灵性不太行，只怕被考验住，父母娃娃双双挨训呢，所以也不是争着抢着想让自己的娃娃到这位严厉的爷爷身边。于是，王裕宽顺顺利利、高高兴兴地来到了爷爷王贞老先生的身边随诊了。

此时，王裕宽已经在父亲王德一身边随诊了一段时间，随诊的一般要求已经知晓并达到标准了，所以来到爷爷身边随诊，他并不心怵手怵，倒是爷爷吩咐甚往往得心应手。诊疗时，他规规矩矩地站在旁边听候、观察、记忆、思考；开药时，他工工整整地抄写药名、药量，标记煎法、用法；出诊时，勤勤谨谨地跟随身边，侍奉左右。所以，他很受爷爷喜爱，不到一个月时间，王贞老先生就对这个孙子首肯认可了：我这个孙子果然出类拔萃，非一般孙子辈可比，是一个可造之才，甚至是一个可以托付王氏妇科事业的接班之人！

更让王贞老先生欣慰欣喜的是，这个孙子虽然还是个娃娃，却是个有心人：做事既上心，又用心，还留心，而且有恒心。王贞老先生毕竟年纪大了，记性差了，前头说了一句话，过一会儿难免忘了，便自言自语道："我刚才说什么了呀？这记性！"这时，王裕宽倒一下能说出来；前头做了一桩事情，王贞老先生难免忘了，王裕宽就替他想起来了。如此这般，这个小孙子竟成了他的记事本！于是，王贞老先生感叹："哦？这娃娃上心、留心、有心！"而王裕宽在爷爷身边听候久了，抄处方抄写多了，他的思路竟能跟上王贞老先生的诊断思路，当王贞老先生口授处方的时候，他不仅能口授字来，而且有时候竟变成了字来口授：王贞老先生还没有说出药名药量，他竟然预先就写出来了！有一次，被王贞老先生看出来了，大为惊讶："哦？我还没有说，你怎么倒写出来了？"王裕宽如实回答："遇上这样的病，您总是用这样的方子，用这样的方子总是这样的君臣佐使配伍嘛！我知道您会这样用药，所以在您考虑的时候，我就提前写出来了。"王贞看着孙子如此聪慧，欣喜地点了点头，笑了。如此一来，王贞老先生对小裕宽更是寄予厚望，并着意栽培。此时王贞老先生的医道医术如一片大海，王裕宽则如一条鱼儿，可谓海阔凭鱼跃；又如一片高天，王裕宽则如一只鸟儿，可谓天高任鸟飞。一两年下来，王裕宽的医道医术修炼得大见长进，鱼儿欲跃龙门，鸟儿要变大鹏！

# 九

　　王贞老先生看到孙子王裕宽不仅天生禀赋优异，而且后天学习勤奋；不仅爱学诗书，而且爱学医术；更重要的是他学甚甚行，做甚甚成！如此一来，他就不仅在心里暗暗赞赏这个孙子，而且引以为豪，还在一些场面上让孙子亮相，既让孙子增加一些见识，又可赢得一番喝彩！于是，爷孙俩各得其美，皆大欢喜。

光绪三十四年（1908）三月初九，是王贞老先生按照惯例每月上、中、下旬逢九去西达蒲村李家出诊的日子。他兴致一来，便决定带上孙子王裕宽到这日昇昌票号东家、平遥县首富李家走一趟，让他见识见识李家的大院子、大人物、大排场；同时，也让李家的人见识见识王家后继有人、王氏妇科长江后浪推前浪的情形。李家在中国商界首创票号一业，在全国三十多个码头设立分号，买卖遍布大江南北、长城内外，财富积累千万，固然让人敬重，让人羡慕；而我王家世世代代行医近千年，治病救人何止千万？这也可引以为豪啊！

　　平遥西达蒲村李家自从李大全大东家与雷履泰大掌柜于清道光三年（1823）创立日昇昌票号以来，在全国商界金融界得风气之先，占利弊之厚，很快就在山西商界形成了一马当先、万马奔腾的局面；于是，李家成为众财东中的领袖，日昇昌成为众票号中的魁首。从此，李家在平遥县乃至山西省独领风骚八十余年，享尽荣华富贵。而李大全的接班人李箴视执掌李家商务五十多年，又赶上山西票号的极盛时期，可谓财源滚滚通四海，红运彤彤如艳阳，排场百般，风光无限！如此情形，各种物质和精神的追求、享受、占有无不随心所欲，而为了满足在身体健康和子嗣繁衍方面的追求、享受、占有，李箴视大东家便聘请了最著名的平遥道虎壁王氏妇科掌门人做家庭医生，为李箴视及本族各房夫人、小姐们健身养身、防病治病。于是，从王贞老先生的父亲王宗伦老人家开始，平遥最有钱的西达蒲李家就和平遥最有名的道虎壁王家达成了一个协议：王家的掌门医生要在每月三旬逢九来李家看视一次，有病则治病，无病则防病；无须治病防病，则指导健身养身。李箴视于光绪八年（1882）辞世后，其子李五典、李五峰年幼不能持家，便由其夫人雷氏掌管李家事务；而王家因王宗伦辞世后，接班人王贞继续遵守着与李家的这个协议。由此，这个协议也成了李、王两家代代遵守的一个规矩，而且，李、王两家因代代相传而习惯成自然，一到逢九，李家便自然而然地在等王家的医生上门，而王家也自然而然地要去李家看视；甚至，两家人似乎成了亲戚朋友一般，一到逢九这一天就会相互牵挂，相互企盼。

当天早饭罢，王贞老先生吩咐套好轿车，便带上孙子王裕宽，带上一应所需之物，坐上轿车，出了道虎壁村北门，前往平遥城西的西达蒲村方向去了。

此时正是阳春三月，田野上阳气温煦，万物复苏，杨柳返青，桃杏吐蕊，一派春意盎然的景象。王贞老先生看着这番美好景象，自然是一番美好心情：春天蕴含万般仁仁之心和生生之意，万物得其仁仁之心而萌芽，得其生生之意而成长，堪称四季之首！而我王家所执妇科医术不仅治病救人，亦是孕人生人，治救一妇人不仅一妇人得活，而且由此孕育生养若干子女；由此而言，我王氏妇科看似治救一妇人，实是外加孕育生养若干子女也！我王氏妇科救一而得二、得三、得四、得五、得六、得七、得八、得九，由此而言，医术既称仁术，则我王氏妇科堪称仁仁之术也；我王氏妇科正如这春天，饱含仁仁之心，生生之意，可谓春天之术也！再由此引申而言，则医术或可谓百术之首，妇科医术或可谓众医之首耶！

想到这些，王贞老先生进一步感慨起来：我老祖宗王厚及代代祖宗择此妇科一术并守此妇科一术，真是高明、英明乃至圣明也。我等必须继续执此妇科一术并教导子孙守此妇科一术，如此则虽不敢比拟历代祖宗之高明、英明、圣明，或许可占个聪明？我这一生修炼得也算仁心淳厚，仁术高超，王氏妇科的事业也算欣欣向荣，我这个掌门人也算不辱使命、不辱前人吧！但我的后人如何呢？如果所传非人，则我王氏妇科的事业衰矣，微矣，乃至危矣！如此，则衰、微、危虽在后人，而衰、微、危之根源在我，亦我之罪也！如此想来，如何选择下一代王氏妇科掌门人，就成为王贞老先生心中的首要大事。

想到这些，王贞老先生看了一眼身旁的孙子王裕宽，心中顿时觉得轻松起来：这个孙子如果能按照现在的势头继续修炼下去，则我王家后人何止如我像我，或将超我越我！我破例将他带在我身边随诊，今天又破例将他带到李家随诊，就是想加快修炼他，让他早成大器啊！

不到一个时辰，轿车就来到了西达蒲村李家大门前。王裕宽跟随爷爷一路从大门入二门，再从二门入三门，那雄伟的高墙大院，那华丽的门楼斗拱，那精美的砖雕石刻，那众多的院落门洞，那森严的气势氛围，都让他惊讶、惊叹、惊羡：啊呀！原来世界上竟有这样豪华的院子，这样豪富的人家，这样豪奢的排场！王裕宽天生禀赋并受到王、张两家高贵气质的熏陶，他熟读四书五经等圣贤书籍并感受了历代圣贤的高雅气量，故而胸中的气量甚是宏大，空间横跨九万里，时间纵深三千年！如此，尽管他心中一连涌出了惊讶、惊叹、惊羡这三个"惊"字，但很快便焕发出了三个"定"字：气定、心定、神定！于是，王裕宽跟着爷爷越往里走，越见得多，倒越是气定神闲了。

王贞老先生在李府管家的陪同下先来到老夫人雷氏住处，自是一番请安寒暄，并让孙子王裕宽也向老夫人请安。王裕宽上前躬身施礼："给老夫人请安！"老夫人雷氏点了点头，看到这个孩子眉清目秀，文质彬彬，便向王贞老先生夸了一句："哦！好孩子！这是您的——"王贞老先生说道："回老夫人——这是我的孙儿。"老夫人雷氏又打量了王裕宽一番，再点了点头，说道："嗯，王大夫有这么好的一个孙子，您有后福啊！"然后又转向王裕宽问道："孩子多大了？叫什么名字啊？"王裕宽气定神闲、口齿伶俐地回答道："回老夫人，我今年十四岁了。我名裕宽，字容舟。"雷氏听罢又赞赏地点了点头，说道："嗯，裕宽，又裕，又宽，意为大气；容舟，可容得下舟，就是'宰相肚里能撑船'的意思嘛！好名字！好孩子！唔——还该搭个好玉佩！"说着，转身吩咐丫鬟："从玉器盒子里挑一个翡翠如意吊坠来，赏给这孩子！"王贞老先生赶紧婉言谢绝："老夫人可不要破费了！千万不能啊！"雷氏却说道："王大夫您还客气啥？咱李、王两家几代人几十年的交情了，也算是世交，我的孙子如同您的孙子，您的孙子如同我的孙子，这就算我赏给孙子的礼物了！孩子！以后就不要叫我老夫人了，直接叫我娘娘（奶奶）！"于是，恭敬不如从命，王贞老先生让孙子接了翡翠如意吊坠并向老夫人致谢："谢谢娘娘！""哎！"雷氏应着，笑着，把王裕宽搂在了怀里，爱意盈盈地抚摸着王裕宽的头，"嘿嘿！我的好孙儿！"王贞老先生看着这番情形，自是感恩万分，他也连连向雷氏施礼："实在是谢谢老夫人了！谢谢老夫人了！"

这番见面礼仪一罢，王贞老先生准备给老夫人雷氏把脉看病，雷氏却笑着说道："不妨让咱孙儿先给我把一把，看一看？"雷氏如此，既是兴致所来的玩笑，又是玩笑中的考验。王贞老先生自然应允，让王裕宽过去给雷氏老夫人把脉。这王裕宽天赋聪慧，又勤奋好学，再加上父亲爷爷随时随地随机的指导点化，他在侍诊阶段便达到了随诊阶段的本领，在随诊阶段又达到了试诊阶段的本领；所以，他虽然还是随诊阶段，却已经能试着给人把脉看病开药了。

王裕宽给雷氏老夫人把了一会儿脉，又看了一番雷氏老夫人的脸色，便心中有数了。王贞老先生看他诊视完了，便让他坐到一边，背着写出病症，开出药方。然后，王贞老先生过来把脉看病。一会儿，王贞老先生也把完脉，便让王裕宽把写好的病症药方递给雷氏老夫人，然后他开始说道起来："老夫人脉象正常，脸上荣光，此中年妇女之状也。但偶见微斑，乃肠道稍有不畅之因也。可以冬凌草一撮代茶饮，嫌苦亦可掺冰糖和之；每日一瓯，连续七日。"

雷氏老夫人听着王贞老先生说的话，看着王裕宽写的字，几乎一字不差！而想想自己的情形，确实如这爷孙俩所说。于是，雷氏老夫人先是惊讶，后是惊叹："啊呀，真是神了！您这小孙子竟有了您这老大夫的道行！他可是第一次见我，给我把脉呀！啊呀，王大夫！我刚才察看其相貌气质，就觉得可喜可亲；又经见其功夫本领，更觉得可爱可敬！王大夫，您王氏妇科后继有人啊！"王贞老先生听着雷氏老夫人这番话，既为孙子的本领高兴，更为雷氏老夫人的夸奖高兴，连连拱手："您过奖了！谢您吉言了！"说着，王贞老先生脸上不由得荡漾出阵阵得意、惬意和美意。

给雷氏老夫人看罢，爷孙俩跟着管家来到另一个院子的客厅里坐诊了：李家乃至堂叔伯家女眷某淑人、某恭人、某宜人、某安人、某孺人等一一前来就诊，然后是各晚辈女眷某房媳妇、某房小姐等一一前来就诊。她们或是看病，或是看孕，或是健身养身，王贞老先生一一仔细把脉诊断，王裕宽则一一抄写病症药方。此情此景，这些女眷们或尊贵、或华丽、或漂亮、或娴雅、或端庄，一个个穿戴不凡，容貌不凡，气质不凡，简直像一个个仙姑仙女；而王贞老先生道行深厚，气度飘逸，王裕宽聪明灵通，纯真静雅，又像是一个仙人和一个仙童；再加上这个宏大壮丽的院落和雕梁画栋的房屋，这番景象简直是天宫中仙人们生活的景象了。

午餐时分，由少东家李五典、李五峰二兄弟设宴招待，兄弟二人对王贞老先生格外尊重，礼遇有加，恭维连连："王老大夫道德高深，医术高超，犹如神医一般，我李家能与王老大夫结此缘分，实乃万幸啊！"

王贞对这两位少东家也尊重有加："我王家能与李家结此缘分，也是万幸之事啊！老朽有劳二位少东家作陪，真是幸事啊！这倒应了古人一句套话：好一个'幸'字了得！呵呵！"

"好！那咱们就为这一个'幸'字干杯！"于是，二兄弟轮番敬起酒来，王贞老先生也一一举杯碰杯畅饮起来；于是，酒意浓浓，情趣融融，畅饮引来畅谈，畅谈引来畅快，王贞老先生与二位少东家美得"不亦乐乎"了。

畅饮畅谈间，二人随口问起："王老大夫，这酒究竟为何物？究竟是养身还是伤身？"此时，王贞老先生似乎有点醉意了，正迟迟疑疑准备回答时，坐在一旁的王裕宽倒上来救驾了，插嘴道："酒为五谷之精华，究竟是养身还是伤身则因人而宜、因时而宜、因量而宜。喜喝酒者则喝酒养身，不喜喝酒者则喝酒伤身；多人高兴相聚喝酒时则喝酒养身，一人苦闷独处喝酒时则喝酒伤身；寒冬喝酒可温煦经络则喝酒养身，盛夏喝酒会耗散阳气则喝酒伤身；喝酒适量则喝酒养身，喝得过量则喝酒伤身。爷爷——我说得对吧？！"王贞老先生欣喜地听着孙子的这番回答，连连点头称是。

　　这二位少东家则瞪眼了：这小娃娃竟回答得如此头头是道，条条在理！真是将门出虎子，名师出高徒啊！既如此，咱不妨再考验一下他，于是问道："小娃娃！你既知道酒的这么多道理，那我们再问问你，这药为何物？药为什么能治病？"

　　王裕宽随即说道："药为百草之灵秀，地生芸芸千万草木，各具禀赋，唯其性情灵敏可通达全身、性能强盛可攻克他物而其禀赋又独秀于众草木者，乃可为药。药之所以能治病，乃是因其性能之强盛攻克病症之弱小，如虎食羊、羊食草、草食土也。病为土，则药为草；病为草，则药为羊；病为羊，则药为虎。以此类推，则世上万事万物各有所胜，各有所不胜，所谓一物降一物也：病有百病，药有百药，先看病而后用药，则先知病之性情而后择药之胜之者，由此，药所以能治病也。"

　　这番话说来，二位少东家仿佛听到了道行深厚的一位老者在讲经说法，不由得二目圆睁，惊讶道："啊呀，王老大夫！你这孙子如此博学高见，简直是一个神童！"

　　其实，王贞老先生听了孙子这番话也惊讶了，心想：哦？这番话是从哪里来的？我从来没有教过他这些呀！嘴里却应答道："二位少东家过奖了！呵呵！我孙儿所言也不过是常理，只是常人忙于他事，未曾专业于此、钻研于此罢了。"

午宴罢，管家照例给王贞老先生封了二十两银子奉上。王贞老先生推辞道："不用了，刚才老夫人已经赏赐给我孙儿一个翡翠如意吊坠，价值不菲了。"

少东家李五典说道："惯例是惯例，这是我们应当给您的酬劳；赏赐是赏赐，那是老夫人给您孙子的格外恩惠；这两者不能混为一谈，您就不要客气了。"

于是，王贞老先生收起这二十两银子来，连连称谢，并恭维一番："咱李家的买卖好，我王家沾光，许多人家都沾光呀！呵呵！但愿咱李家的买卖字号能持盈保泰，如长江之水啊！"

李五典少东家笑道："哈哈！仅咱的日昇昌票号这个账期就分红五十万两银子，咱李家的买卖字号好着呢！哈哈！给您这点银子不就一桌饭钱嘛！"

于是，王贞老先生与两位少东家拱手辞别，坐上自家的轿车回道虎壁村了。一路上，王贞老先生一边眯着眼休息，一边思绪翩翩：这番来西达蒲村出诊，李家的豪富、豪华、豪奢再一次让他震撼，李家的仁义、仁礼、仁心也再一次让他感慨：李家如此之富而如此之仁，真是所谓"仁义财主"，恩惠润泽一方百姓，实在让人敬仰羡慕呀！而他孙子王裕宽在李家的出色表现乃至出彩表现，更让他欣慰欣喜：此孙在家的表现颇佳，而此番来李家出诊的表现更是上佳，正如凤鸟之性，它卧时美，站时美，走时美，而它飞翔起来时更是美上加美！

此时，一个曾在王贞老先生脑海中飘荡了若干年的念头终于确定：此事就这样了！

第二部

# 一

少年王裕宽跟爷爷王贞老先生随诊以来，得到了王贞老先生的高度赏识；推而广之，又得到了王贞老先生同辈兄弟们的高度赏识；再推而广之，又得到了道虎壁王氏妇科全家族的高度赏识。人品和本领在那儿摆着，名声和影响由爷爷传扬，整个王家人谁能不赏识？

这种情形下，王氏妇科掌门人王贞老先生开始在同辈兄弟中吹风："我年纪大了，一年不如一年了，咱们也该挑选下一代接班人了。我准备在今年腊月二十三的年会上让出掌门位置，由大家选贤任能。"一位同辈兄弟说道："咱下一代'一'字辈人中，有傑一、兴一、德一、精一这四个人从医，他们的人品谁最贤能？他们的医术谁最高明？"另一位同辈兄弟说道："其实，比来比去，这四个人各有所长，难分伯仲啊！"

王贞老先生知道，兄弟们说的都是实情，也正是这"难分伯仲"的实情，才使他迟迟不退，且耿耿于怀，总担心所传非人，耽误了王氏妇科的事业。现在他发现并验证了孙子王裕宽出类拔萃的人品道德和医术智慧，所托有人了，才决意退位让贤。于是，他便引导兄弟们的思路："'一'字辈这四个兄弟确实各有所长，难分伯仲。那——再下一代'裕'字辈呢？"一位兄弟说道："再下一代倒是明显了：这裕林、裕泰、裕基、裕祥、裕荣、裕厚、裕宽、裕广、裕普、裕堂十兄弟中，或有不爱医不学医的，或有爱医学医而不显山不露水的，唯有跟你随诊的裕宽出类拔萃！"另一位兄弟听到这儿，似乎猜出了这位掌门人的意思，说道："莫非你是想隔代传位？"王贞老先生说道："我倒不想隔代传位，但我是想到了康熙皇帝传位的故事。当时，康熙皇帝的十几个儿子争夺太子位，但康熙皇帝并无中意之人，也颇难定夺。最后，他看到孙子弘历（乾隆）人品才能出类拔萃，便传位给弘历的父亲胤禛（雍正）。于是，康熙皇帝后，胤禛（雍正）继位；雍正皇帝后，弘历（乾隆）继位。由此，大清也缔造了被后世称道的'乾隆盛世'。"于是，同辈兄弟们蓦然领悟并爽然应诺："哦！这倒也是个办法！"

王贞老先生给同辈兄弟们这么一吹风，同辈兄弟们再这么一应诺，王氏妇科掌门人的传位之事也就大体确定了。等腊月二十三的年会一开，大家再议一议，定一定，便可最终形成定局了。

光绪三十四年（1908），是大清朝历史上非常重要的一年。这一年，大清朝廷在庚子年八国联军侵华并攻陷北京城的惨烈军事败局和《辛丑条约》给八国赔款四亿五千万两白银的惨重经济负担的双重压力下，已经被迫进行了七年摇摇晃晃、蹒蹒跚跚的改革，在军事上加强训练新军并实行新式军制，在政治上设立议会并试探君主立宪制，在经济上设立商部商会并出台一系列抚商恤商的措施，在教育上设立各级新式大学堂中学堂以推动新式教育，在舆论上允许办报出书以体现言论宽松自由，大清社会在各方面也确实出现了一些新气象。然而，事关国家核心权力的政治体制改革却丝毫不敢触碰，议会如同虚设，内阁依然如旧，慈禧太后更是恋栈贪权，对最高权力紧抓不放，大清的军国大事仍由她一人专断。由此，造成了两个结果：外而观敌人，以孙中山为首的革命党人被排除在大清政体之外，他们愤而团结合作并成立了更大的政治组织——同盟会，成为大清朝廷的最大敌人，他们由海外而南方沿海，由南方沿海而北方内陆各地，直至大清朝廷核心地北京城，势力越来越强大，渗透越来越深入。内而观朝廷，她慈禧太后虽然大权独揽，仍能控制局势，但她执政四十余年早已黔驴技穷，年龄七十余岁更是垂垂老矣，哪能有什么起死回生的良方？又哪能有什么力挽狂澜的壮举？更可悲且可怕的是，大清朝廷虽然摇摇欲坠，她本人虽然行将就木，却还没有选拔培养好接班人！而就在这种危如累卵的严峻情形下，光绪皇帝和慈禧太后突然于农历十月二十一、十月二十二相继驾崩离世，在慌乱慌张中草草选定了一个三岁的小儿溥仪来做皇帝，并由毫无执政经历、更无执政才能、年仅二十五岁的溥仪父亲载沣摄政！大厦将倾而用一嫩枝支撑，荒唐甚矣，荒谬甚矣，荒废甚矣！

这就是清光绪三十四年（1908）的国家形势：大清朝这棵大树呈现出如此倒悬之危势，筑就在这棵大树上的鸟巢岂能没有倾覆之危险？而这鸟巢一旦倾覆，覆巢之下又岂能有完卵？

这一年，山西各大票号凭借着《辛丑条约》后国家短暂的政局稳定和商业繁荣，特别是朝廷从各地筹措庚子赔款和全国各地到处修建铁路所造成的巨大汇兑额全数操于山西票号之手，所以山西票号这个账期的利润分红几乎达到了有史以来的最高峰，山西各大票号的账面上如同秋天的庄稼，一幅果实累累的喜人景象！然而，暗流在涌动，危机在潜伏，又像这些长势喜人的庄稼即将被镰刀收割一样，一场史无前例的巨大劫难就要降临了。

此情此势，山西票号如此，山西各商业字号也是如此，乃至各行各业都是如此，平遥道虎壁王氏妇科自然也就如此了。

清光绪三十四年（1908）腊月二十三，平遥道虎壁王氏妇科一年一度的大聚会在坐落于道虎壁村"丁"字口东南方位的家庙里隆重举行。家庙里，只见一幅宽大的祖宗神祇庄严肃穆地高悬在正面大墙上，一种悠远深邃的历史感扑面而来；一块厚重的"广济堂"牌匾则端端正正地供奉在正面团桌上，一种宏广博大的境界感迎面而来。上午辰时许，王氏妇科三代从医者数十人齐聚家庙，在掌门人王贞老先生率领下，一一面向祖宗神祇和"广济堂"牌匾敬香行礼。仪式隆重而庄严，颇能给予人一种神圣感：缅怀祖宗之道德，敬仰祖宗之医术。进而激发出一种使命感：弘扬祖宗之道德，光大祖宗之医术。

敬香行礼仪式罢，王贞老先生开始主持议事——

一是国家社会大事，喜人的事是山西票号生意火爆，平遥周围人民安居乐业，王氏妇科的诊所药铺也行情看涨；忧人的事是光绪皇帝和慈禧太后驾崩，朝廷既无神威圣明之君，又无栋梁柱石之臣，而革命党人如风如火，势不可挡。此情此势，社会随时可能变乱，而社会一旦乱起来，则刀枪兴而百业衰，将军封而万骨枯。所以，大家对国家形势的判断是：眼前可喜，未来堪忧，王氏妇科各诊所药铺需要未雨绸缪。

二是从业医术者述职交流，各人举一两例得意的医案传授经验，再举一两例失败的医案总结教训，还举一两例疑惑的医案请求指导，于是，既报功报喜，又报过报忧，还报难报疑。最终，王氏妇科各从医者通过这番述职交流，增加了知识，提高了医术，解决了疑惑，彼此之间都颇受裨益。

三是经营药铺者述职交流，各人买药渠道如何，谁家的药全，谁家的药真，谁家的药贵，谁家的药贱等等；各人做药品种如何，做什么药，怎么做药，做药有什么经验教训等等；各人卖药行情如何，卖什么药，往什么地方卖，什么药利润大，什么药利润小等等。最终王氏妇科各卖药者通过这番述职交流，知道了更多的买药渠道、更好的做药技术、更佳的卖药出路，彼此之间也都受益良多。

四是各门各支的人推举王氏妇科各门各支的当家人，进而推举整个平遥道虎壁王氏妇科的新掌门人。

最后，王氏妇科老掌门人王贞老先生与同辈兄弟商量一番，便宣布本次年会的决议：一是关于国家社会形势的分析判断以及对王氏妇科各诊所药铺的大体指导；二是针对新出现的各种病症确定具体的治疗方案和用药处方；三是根据医疗形势和药材行情确定各级从医者的出诊价格和各种药材及加工成药的价格；四是宣布各门各支当家人名单并宣布王德一为王氏妇科新掌门人。

让王德一当咱平遥道虎壁王氏妇科新掌门人？！这个决定虽然老掌门人王贞老先生早已与同辈兄弟们进行了沟通协商，并达成了共识，但事先并未与下一代"一"字辈人通气。所以，这个决定一宣布，众人几乎都是二目圆睁，一梗在喉：他王德一在同辈人中既不是年龄最长，也不是医术最高，他何德何能居于此位？事后，尽管王贞老先生的同辈兄弟们向各门各支的子孙们讲述一番"康熙看似传位雍正，实是传位乾隆"的故事，解释一番"一"字辈众兄弟难分伯仲而"裕"字辈众兄弟裕宽出类拔萃的原委，"一"字辈众兄弟有所释然，但多少还是有些耿耿于怀。

让我当咱平遥道虎壁王氏妇科新掌门人？！这个决定一宣布，王德一本人也是二目圆睁，一梗在喉：为何啊？我何德何能啊？我并无领袖群伦之德才，我也没想过领袖群伦啊！我现在学医从医，自由自在，何必当这个掌门人寻找不自由不自在呢？于是，年会罢回到家里，王德一向父亲抱怨："爹！您这是何苦呢？众兄弟不服，我又不愿，您何必做这两不自在的决定呢？再说，我德才平平，也确实当不了整个道虎壁王氏妇科的掌门人呀！"

王贞老先生料到会有这样的后续反应，早已盘算在心，成竹在胸："那你说说，让谁接替我当掌门人最合适呢？有最合适的人吗？如果有，我还用做这个两难的决定吗？你本人与众'一'字辈兄弟相比，虽然不是出类拔萃，但也不逊色于他们呀！而你上有我这个老掌门人指点，中有你贤惠的媳妇辅佐，下有你出类拔萃的儿子接班，你有上、中、下三方面独一无二的优势，他们谁能与你相比？即使你本人当不了咱整个道虎壁王氏妇科的掌门人，有三方面的扶持、辅佐、支撑，你还当不了？关键是，我看着咱裕宽出类拔萃，是一个好坯子，将来必能发扬光大咱道虎壁王氏妇科的事业，我传给你，你才能传给他。否则，我传给别人，别人既未必能弘扬咱王氏妇科的事业，又未必能再传位给咱裕宽；那——不是既屈才了咱裕宽，又耽误了咱王氏妇科的事业吗？所以，无论是为了咱王氏妇科的事业，还为了咱裕宽本人的前途，你都得担当起这副担子来；即使你能力不足，意愿不足，也会面临重重困难，你也得勉为其难！"

# 二

王德一勉为其难地成了平遥道虎壁王氏妇科新掌门人，正如他父亲王贞老先生所说，他有上有父、中有妻、下有子这三方面的指点、辅佐、支撑，这新掌门人的地位自是稳稳当当，别人难以撼动。再经过一两年时间下来，他渐渐进入了角色，就更加稳如泰山了。

然而，担当这王氏妇科掌门人的重任确实费心费力，整个王氏妇科以及全家族在医药上的各种业务，都需要他来操心或处理。尽管妻子王张氏可以替他操些心，儿子王裕宽可以为他跑些腿，但究竟主要还是他来处理。更让他操心乃至糟心的是，他担任王氏妇科掌门人以后，诸多国事与家事的艰难困苦都让他赶上了。

从国家大局来说，自从光绪皇帝和慈禧太后驾崩后，朝廷无人而摄政王载沣乱政，弄得朝野人心摇晃，各地政局动荡，大清朝呈现出一种风雨飘摇的凄凉败亡景象。从晋中祁县、太谷、平遥这些晋商重地来说，可谓进入了"履霜坚冰至"的境地：一是分三十九年还清的庚子赔款本息高达九亿八千万两白银，每年需支付两千五百万两，这些都得从全国老百姓身上摊派抽取，致使百姓艰难、百业凋敝，进而致使支撑祁、太、平三县经济繁荣的顶梁柱——晋商各字号生意萧条，这根顶梁柱面临倾斜乃至倾倒了。二是大清银行于光绪三十二年（1906）成立后，经过几年铺排发展已经成为最大的官办银行，抢夺了大量原本属于山西票号垄断的金融汇兑生意；而外国银行逐渐从沿海向内陆的渗透扩张，也侵夺了大量原本属于山西票号垄断的金融汇兑生意；由此致使托起祁、太、平三县辉煌盛世的擎天柱——山西票号江河日下，风光不再，甚至危机四伏，这根擎天柱面临倾斜乃至倾倒了。如此，祁、太、平三县的经济也就自然而然地萧条，祁、太、平三县的盛世也就自然而然地萎靡，祁、太、平三县的人民也就自然而然地笼罩在一片悲观、失望、无奈的情绪之中了。

于是，秋风起而树叶落，乱世来乃贤人逝。

就在辛亥革命后军阀混战的中华大乱局到来之前，平遥大儒张登山老夫子观时观势观世，知天知命知寿，默然离世，寿终正寝了。这位老夫子的逝世颇为奇特：或如老树一般，年龄大了该着寿终正寝；或如神仙一般，觉悟高了想着寿终正寝；在光绪皇帝和慈禧太后死后，他一直忧虑朝廷，感叹社会，悲悯百姓，哀怜家人，并常常念叨："朝廷要覆亡了，社会要动乱了，百姓要受罪了，我该离世了，你们要难活了！"而且常常老泪纵横，哀叹伤感，如此不到一年便仙逝了。如此一位平遥大儒、张府太爷仙逝，那影响真是巨大，那丧仪真是排场，平遥县城、汾州府城乃至山西省城的政界和商界遍布他的弟子门生，他们都要前来祭奠这位学富五车、德高望重的鸿儒恩师；平遥县乃至祁县、介休县、孝义县等周围地区都有他的世交姻亲，他们都要前来祭奠这位家世显赫、德高望重的前辈尊长。于是，数月间吊唁的客人络绎不绝，待客的宴席流水不断，丧仪可谓排场十分，钱财可谓破费十分，家人也可谓劳累十分；深受这位老夫子宠爱的孙女王张氏和孙女婿王德一打里跑外，迎上接下，自然也就劳累十分了。而比这种劳累更甚者，则是因失去这位老夫子感觉到的心累，老夫子仿佛就是他们心神依傍的一座巨大靠山，老夫子这么一倒，分明就是他们的靠山倒了，他们的心神一下子无依无靠了，而他们还要面对并处理各种各样的事情，所以就感到格外累。最后，张登山老夫子的这场隆重丧仪尽善尽美地结束了。王德一夫妇却如同被抽掉了筋骨，身上空乏不堪了；又如同被抽去了心神，心中空虚不已了。

而此后不到一年时间，王德一因操持张登山老夫子隆重丧仪而极度疲惫的身、心、神刚刚恢复过来，他父亲王贞老先生又病重了。这位老大夫虽然一辈子学医从医，学问不及张登山老夫子，但万物同一源，万事同一理，万学同一道，各行各业各学各术登峰者最终都能在"登峰处"融会贯通于一源一道一理：这位王氏妇科医道医术登峰者和儒道儒术登峰者张登山老夫子一样，也有超人的预感能力，他也预感到了中华乱世将至，而自己即将仙逝。于是，这位近于仙人、即将仙逝的老大夫便把他对中华命运、晋商命运和自家祖孙三代命运的所思所悟一一告诫于儿子王德一："德一呀，国家要大乱了，社会要动荡了。大清朝早已奄奄一息，这慈禧太后和光绪皇帝一死，三岁的溥仪皇帝一登基，再加上载沣摄政王一乱政，大清朝就只剩下咽最后一口气了。这大清朝一亡，天下逐鹿，国家必是一个大乱局，社会必是一个大动荡，没有三五十年时间哪能最终确定鹿死谁手，形成安定局面？咱祁、太、平晋商各字号票号也要衰败了，我通过那些各字号票号的东家掌柜们感觉到，他们一个个都对买卖生意的前景悲观失望，国家没有前景，字号票号哪来得前景？而这些字号票号一旦衰败，咱祁、太、平三县的繁荣富足气象也将要烟消云散了，百姓也将要面临艰难困苦了，咱王氏妇科的事业也将要受影响了。总而言之，不论国家社会，不论字号票号，不论咱王氏妇科，都将要面临一个艰难困苦的局面了！冬天来而百草枯，乱世来而百姓难啊！好在，咱王氏妇科乃是解人病痛、救人性命之术，古往今来乃至将来，不论何时何地何等家庭都有妇女，也就都需要咱王氏妇科，咱也就必有生存之理，只不过是好生存或难生存的区别罢了。所以，面对这即将到来的乱世呀，咱这王氏妇科的医道医术既可为百姓造福，也可为自家获利，还可以一代一代往后传承，只是需随时、随事、随机应变了。咱爷儿孙三代呀，我则学于治世，习于治世，用于治世，所以也就无所谓"应变"之说，我这一生从孩童到掌门，也算顺风顺水。德一你则学于治世，习于治世，而将用于乱世，你之所学所习未必适用于乱世；所以，你这一任王氏妇科的掌门人必然艰难，你也就需要有十分坚韧毅力和十分忍耐精神，才可应对这即将到来的艰难困苦的情境。咱裕宽如今十五六岁，则可谓学于治世乱世之际，习于治世乱世之际，而将来用于乱世；这样，他之所学所习乃是治世乱世之际，加之他天生聪明过人，将来应对乱世乱局必然能够随时、随事、随机应变。如此说来，我则行将入土，无须操心了；咱裕宽则需应变也能够应变，无须担心了；唯有你，需应变而难以应变，让我十分忧心啊！德一呀，你好之为之吧！"仙人般的王贞老先生对儿子王德一完成了这番嘱托告诫，不久便撒手离去了。这样，王德一担任王氏妇科新掌门人不到两年，又失去了一座比张登山老夫子更直接更实用的靠山，他蓦然间觉得孤立无援，独木难支了！而王贞老先生身为王氏妇科掌门、王氏家族族长，德望高，道行深，医术精，而且救人无数，功德无量，他的丧事丧仪自然得十分隆重排场，而此番丧事丧仪更是主要由儿子兼掌门人的王德一来操持操办！于是，王德一背后既失去了一座大靠山，眼前又压来一桩桩"大山"般的杂事琐事难事；既得忍受巨大的悲痛伤心，还得忍耐更巨大的劳累操心……此番丧事丧仪下来，王德一更是身心疲惫不堪，以至于身体消瘦、心神萎靡了。

此时，上距张登山老夫子仙逝还不到一年，下临大清朝廷这座大厦行将坍塌，又操心费力地送去了他的大靠山老父亲。就在王德一经过了张登山老夫子、王贞老先生这两位大人物的两番隆重丧事丧仪以及其他诸多杂事琐事难事的劳累疲惫，身体心神尚未完全恢复之时，更大的整个大清朝、整个晋商、整个山西票号的"丧事"来了，由此而引发的更多更大的杂事琐事难事也随之来了。

支撑祁、太、平三县经济繁荣的顶梁柱（晋商字号）和托起祁、太、平三县辉煌盛世的擎天柱（山西票号）在面临倾斜乃至倾倒之危的情况下，摇摇欲坠的大清朝廷这座大厦就在1911年秋辛亥革命的炮火中轰然坍塌了，紧接着1912年春又发生了对山西票号致命一击的壬子金融挤兑风潮；于是，享誉全国的晋商字号和山西票号，也随着大清朝廷这座大厦的轰然坍塌而轰然坍塌了。此情此势，中华大地分明成了一个政治军事大乱局，而曾因晋商和山西票号极度繁荣乃至极度辉煌的晋中祁、太、平三县则分明成了一个经济金融大废墟！虽然，瘦死的骆驼比骡马大，倒塌的大厦比茅庵强，此时已经成了经济金融大废墟的晋中祁、太、平三县的百姓仍比其他大多数县域的百姓富裕；但是，那种从经济金融大厦主人猛然成为经济金融大废墟灾民的巨大悬殊感以及由此而来的失落感、萎靡感、颓丧感汹涌而来，整个祁、太、平三县都笼罩在了灾难、灾荒、灾民般的悲苦凄怆的情绪之中，往日那雄视天下五百年的王者霸气、浩然大气一下子泄了，没了。于是，因张登山老夫子和王贞老先生的两番隆重丧事以及其他诸多杂事琐事难事而身心劳累疲惫的王德一，在已经没有了精气神支撑的情形下，又和晋中大地百姓一道操办了一场更大更难更痛苦的"整个晋商和整个山西票号的丧事"……最终，王德一的身体被这些巨大、繁杂而艰难困苦的一桩桩事情彻底压倒了，压垮了。

辛亥革命后的两年，壬子金融挤兑风潮后的一年，王德一这位王氏妇科的掌门人和许多祁、太、平三县落难遭殃的大财主、大掌柜一样，先是没有了精气神，萎靡了；再是没有了筋骨力，病蔫了；最终没有了魂灵命，于癸丑年（1913）冬与世长辞，入土为安了。

这时，王德一年仅四十九岁，仅仅当了将近五年的王氏妇科掌门人，还没有满了一个任期，就倒下了。此乃无命耶？抑或无能耶？论命，则自从他当掌门人以来，确实遭受了数百年一遇的中华大乱局、晋商大衰亡以及由此而引发的诸多艰难困苦的杂事、琐事、难事，命不佑也。论能，则他本人先天禀赋和后天道行并非出类拔萃，只算一个寻常人才，要让他应对应变这诸多非常之杂事、琐事、难事，确实是勉为其难。由此而言，王德一既无命也，亦无能也，终无功也！

## 三

王德一的丧事办完不久，便到了腊月二十三这个王氏妇科的年会时间节点，而今年又正好是五年一度的换届时间节点。于是，由谁来当新掌门人，就成了王氏妇科从业人员心中嘀咕、脑中盘算、家中谈论的问题。

谁来当王氏妇科的新掌门人？按照原来老掌门人王贞老先生的遗愿，儿子王德一之后，应该是让孙子王裕宽继承掌门人之位。可是，现在年仅十九岁的他尽管在同辈人中出类拔萃，可毕竟太嫩了呀！他能担当大任吗？那么，让谁来当这个新掌门人合适呢？王贞老先生一辈的兄弟，殁的殁了，老的老了，况且下一辈人王德一已经当了一届掌门人，岂能逆向传位，侄终叔及？王德一同辈的兄弟，倒是年富力强且人数不少，掌门人之位在兄弟间传承倒也并非不可；但当时老掌门人传位时之所以传给了王德一，就因为兄弟中并没有更出色、更合适的人选，再考虑到王德一儿子王裕宽出类拔萃的因素，便由王德一接替了掌门人之位，如今再与侄儿王裕宽争抢掌门人之位，似乎于"理"不通；再想想王德一接替掌门人之后，赶上这数百年不遇的清廷大败亡的混乱局面和晋商大衰亡的惨淡情景，费心费神，损身损命，至少损了十年的寿数，更是于"利"不合算；如此思量，这些王德一的同辈兄弟何必与侄儿争夺，做这既悖"理"又失"利"的犯傻之事？再说王裕宽一辈的兄弟，如果他们要与王裕宽争夺掌门人之位，更是劣势明显：王裕宽在人品道德和医术道行两方面出类拔萃，相比较而言，他们算是无"力"；王裕宽继承掌门人之位是老掌门人王贞老先生的遗愿，也是那老一辈人的共识，相比较而言，他们又算是无"理"；再看看前任掌门人王德一的结局，他们的父辈人尚且觉得无"利"，轮到他们更是觉得无"利"。

谁来当王氏妇科的新掌门人？这也是刚刚逝去的王德一夫人王张氏和儿子王裕宽母子俩心中嘀咕、脑中盘算、家中谈论的问题。王德一因不胜其任而损身损命，母子俩悲痛欲绝，而且心知肚明，所以对这掌门人之位颇有畏而惧之、敬而远之的共识：谁想当谁当，我们不当！那谁来当新掌门人合适？母子俩嘀咕来嘀咕去，盘算来盘算去，谈论来谈论去，却也嘀咕不来、盘算不来、谈论不来一个合适人选。这可怎么办呀？

王氏妇科一年一度的年会和五年一度的换届会就在这种充满悬念的情况下，于1913年腊月二十三这一天如期举行了。

因掌门人一职空缺无人，今年的年会和换届会只得由一位辈分高、年龄长的人主持；又因这是临时代理主持，以往无经验，将来无前途，所以这位主持者就在既不熟悉、又不尽心的情形下，草草地主持了祭拜祖宗神祇和"广济堂"牌匾仪式，便直接进入选举新掌门人的程序；但等新掌门人选出来，他便可"一推六二五"，卸下这辈分高、年龄长者所该临时担负的责任义务，既无"官"，也无"管"，一身轻松了。

于是，这位老者主持完祭拜仪式，便说道："今年咱王家的这个大会情况实在特殊，掌门人竟然在职任上就去世了！现在，既没有选举出新掌门人，我就代理主持一下祭拜仪式；至于讨论社会形势、交流行医卖药的经验教训、分析确定从医卖药的行情价格等事，就等新掌门人选举出来再说吧。今天最重要的事，是大家讨论、商量、选举咱王氏妇科的新掌门人，一旦选举出来新掌门人，其他事情就好办了。国不可一日无君，家不可一日无长嘛！究竟谁当新掌门人合适？大家先议一议吧！"于是，充满悬念的推选新掌门人的程序开始了。

谁将担当王氏妇科的新掌门人？鉴于目前的形势和情景，从正面看，谁当都有可能，王贞老掌门和王德一掌门已然先后仙逝，而王裕宽年纪轻、资历浅，谁都可以与他争夺新掌门人之位。从反面看，谁不当也都有可能，王氏妇科面临的情形如此艰难，掌门人之位如此无"利"可图，谁又愿意与王裕宽争夺新掌门人之位？而王裕宽，既可因爷爷的殷切希望而积极争取此位，也可因父亲的惨痛教训而退却拒绝此位。所以，这个议题确实是充满悬念，一切皆有可能。

于是，当老者主持会议，说了"究竟谁当新掌门人合适？大家先议一议吧"之后，各门各支各辈分的参会者并不踊跃发言，而是面面相觑，缄口无语！

"这么关键的事情，这么关键的时候，大家总得说话呀！"主持会议的老者看到这种情景，着急了。如此催促了几番，看还是没有人开头说话，他便说道："既然大家不开头，那我就开这个头。在座各位有没有谁想当这个新掌门人？如果有，那就毛遂自荐吧！"说罢，停了一会儿，看到没有人毛遂自荐，便又说道："既然没有人毛遂自荐，那咱们就相互推荐！那——我推荐王裕宽为新掌门人！第一，这是老掌门人王贞兄弟的遗愿，我们应该尊重他的遗愿。第二，裕宽在同辈人中确实出类拔萃，我们应该任用这样的贤能。虽然裕宽年龄小，显得嫩了些，似乎不堪大任；但反过来想，要想应对如此变化莫测的时局形势，我们老人们满脑子旧思想、旧规矩，哪能适应这新时局、新形势？倒是年轻人脑筋活泛，学习能力强，适应能力强，比我们这些老人更适合当这个新掌门人。"

"我也推荐王裕宽！"这时，又有一位与王德一同辈的老者说话了，"我们老一辈或老两辈的人，不能与王裕宽争这个位子，我们老了，跟不上形势。他们同一辈的人，也不能与王裕宽争这个位子，他们差了，谁能比得上王裕宽？"

"我也推荐王裕宽吧！"

"我也推荐王裕宽！"

"我也推荐王裕宽！"

一旦有人开了头，几位王德一同辈的老者纷纷响应，几乎一致推荐王裕宽！其实，这些天来，各门各支各辈分的人早已嘀咕、盘算、谈论了一阵子，谁要想竞争新掌门人的位子，都会陷入或"无力"、或"无理"、或"无利"的"无"境，甚至是既"无力"、又"无理"、又"无利"的三"无"之境！如此，谁还愿意争这个新掌门人之位？如此，王裕宽面对这个新掌门人之位，就不是"争"与"不争"的问题，而成了"应"与"不应"的问题。"应"则由他继承新掌门人之位，"不应"则无人继承新掌门人之位。

此情此景，人们无不期待王裕宽来一声应诺，则完事大吉！

然而，王裕宽却拱拱手，来了一声道谢，然后来了一声拒绝："多谢各位长辈抬爱了！但是，我太年轻了，太嫩了，担不了如此重任，当不了这新掌门人！各位长辈还是请另选贤能吧！"

此话一出，人们先是惊愕，再是疑惑，终是失望。然后，几位长辈纷纷劝说道："裕宽，你当最合适呀！我们盘算来盘算去，论王贞老掌门的遗愿，大家都知道他老人家是中意你呀；论你的人品医术，大家也都知道你是出类拔萃的呀！不论怎么说，这新掌门人的重任都该由你担当，你可不能推卸呀！"

王裕宽说道："各位长辈！就算我爷爷的遗愿是中意我，就算我的人品医术是出类拔萃，可我究竟年纪轻，阅历浅，不胜其任呀！况且，我爹四十来岁当上掌门人，他都不胜其任，最后损身损命，早早地没了。至今我妈还伤心得不行，躺在炕上起不来呢！就在今日开会前，我妈还特别嘱咐我，千万不能答应继承新掌门人之位呢！"

王裕宽这么一说，众人傻眼了，这可怎么办呀？原来这王裕宽是真的不想当这个掌门人呀，而且，背后还是他妈王张氏不让他当这个掌门人。这可怎么好？别人不能当，他又不当，他妈还不让他当……这，这，这如何是好呀？

这次王氏妇科的换届会呀，与这混乱动荡、艰难困苦的中华大乱局一样，乱啊，难啊！

# 四

面对着中华大乱局和王氏妇科换届会，王氏家族的几位长辈们商量了一番：别无人选，唯王裕宽一人可为；别无良策，唯"劝进"一法。而要"劝进"，则须移树先移根，得先劝说王裕宽的母亲王张氏这"树根"，然后才能劝说成王裕宽这"树身"。于是，这几位长辈暂停了大会，便叫上王裕宽，相跟着来到王张氏家里"劝进"了。

此时，王张氏正半躺在炕上悲戚哀哀，忧心忡忡：丈夫王德一刚刚入土安葬，她悲伤不已，丈夫原本就不该继承这王氏妇科掌门人之位呀！儿子王裕宽或将担负重任，她又忧虑不已，儿子他最好不要继承这王氏妇科掌门人之位呀！然而，王张氏是何等聪明之人，她早已预料到，王氏家族中没有人能够，也没有人愿意继承这王氏妇科掌门人之位，如此，则儿子王裕宽很难拒绝这王氏妇科掌门人之位。儿子王裕宽一旦拒绝，则几位长辈们必劝他；劝他不成，则几位长辈必来找我劝他。这——如何是好呀？

果然，就在王张氏盘算间，这几位王裕宽的长辈就来了。他们一一落座，先是表示一番对王德一英年早逝的悲悼之情，再表示一番对王张氏中年丧夫的慰问之意，然后便转入正题：请她劝说儿子王裕宽继承王氏妇科掌门人之位。

刚说到这儿，王张氏就泪流满面了，然后哽咽着说道："各位长辈、各位兄弟呀，德一刚刚走了，他是累死的呀！他是因为担当这个掌门人重任累死的呀，我还能再让裕宽跟着他爹的脚印走吗？"

众人听着，看着，也都潸然泪下了。如此泪水与泪水相对一番，似乎气息与气息也就相通了，只听一位老者恳切地说道："裕宽他妈呀，这也是没有办法的办法呀！从王贞老掌门来说，他的遗愿分明是中意咱裕宽；从咱裕宽来说，他分明是'裕'字辈中出类拔萃之人，别人难以替代；从咱王氏妇科来说，将来要想团结、壮大、发展，确实需要一位德才兼备的人来掌门！说来说去，咱裕宽是最合适的人选呀！为了咱老掌门王贞的遗愿，为了咱王氏妇科的团结、壮大、发展，您就还是让咱裕宽担当起这副担子吧！"

王张氏听着，想着，然后说道："这样说来，咱裕宽倒也应该担当起这副担子，可是他毕竟太嫩了，他刚刚十九岁呀！"

一位老者说道："他背后不是还有您这位贤达的母亲吗？以前老掌门如何做事，德一掌门如何做事，您都看在眼里，熟在心里，其他人的母亲哪能与您相比呀！况且，我们都知道，德一的文化修养都不如您呢！"

另一位老者听到这儿，接着说道："其实呀，咱王氏妇科的事暂时分开来管也行，咱王氏妇科的日常事务，您来管最合适，您是张府出来的大家闺秀，读的书多，知道的道理多，经见的世面也多，况且也见识过老掌门人如何做事，管这些日常事务还不是手到擒来？！咱王氏妇科的医药事务，咱裕宽管最合适，他本来就禀赋聪明，又学习勤奋，还得到他爷爷王贞老先生的亲自点拨，现在的医术已经比我们这些老一辈人都强了，况且他还年轻，还要不断提高呢！"

又一位老者接着说道："对呀，其实您的文化修养和见识视野胜于德一，管这些日常工作事务肯定比德一胜任；咱裕宽的先天禀赋和后天学习也胜于德一，管医药事务肯定比德一胜任。这日常事务和医药事务由你们母子俩分开来管，再合适不过了。"

王张氏继续听着，想着：裕宽呢，他在同辈人中也确实出类拔萃，他也确实是老掌门人他爷爷中意的王氏妇科接班人。我呢，确实也应该而且能够替裕宽分管一些日常事务，免得他一心二用，耽误了医道医术的精进。而且，这些长辈兄弟们如此诚心诚意、美言美语地"劝进"，实在是不能再推辞了，我们母子俩得勉为其难了。

于是，王张氏说道："既然各位长辈兄弟们都这么称赞我们母子俩，这么劝说我们母子俩，大家也知道当这掌门人并不是得便宜，也不是谋利益，倒尽是责任和负担，我们母子俩也就不再推辞了，只能知难而上，勉强答应各位长辈兄弟了。"

众人听她这么一说，顿时欢欣鼓舞起来，纷纷说道："对嘛！这就好了嘛！你们母子俩就该当仁不让嘛！"

王张氏接着说道："不过，我是一个女人，裕宽还是一个娃娃，不论日常事务也好，还是医药事务也好，好处理的事情自然没话说，但若遇上难处理的事情，你们这些长辈兄弟们可得帮着我们，给我们母子俩撑腰做主啊！"

众人听罢又纷纷说道："这个自然！既然选了你们母子俩，我们就必然会拥戴你们母子俩，将来的日常事务也罢，医药事务也罢，我们统统听你们母子俩的就是了！我们这些长辈听了，其他晚辈们岂敢不听？谁敢不听，我们替你们撑腰做主就是！"

王张氏和王裕宽母子俩终于答应做王氏妇科的新掌门人了，前来劝说的长辈兄弟们可谓喜出望外：如果让王裕宽把王氏妇科这摊子事务全揽下来，恐怕还真是难胜其任；而如今由他们母子俩分管起来，真是再合适不过了：王张氏出身大家闺秀，饱读诗书，仪态端庄，谈吐优雅，而且文化修养胜于王德一，让她管日常事务，理事肯定井井有条，待人肯定彬彬有礼，她不仅不逊于王德一，说不定还不逊于老掌门人王贞老先生呢！王裕宽聪明好学，勤奋肯干，精明利落，朝气蓬勃，而且先天禀赋胜于王德一，让他管医药事务，行医治病必然能技高一筹，处方配药必然会统筹一体，而且他还年轻，来日方长，现在就不逊于他父亲王德一，将来或许还会超过他爷爷王贞老先生呢！

这样，原本"山重水复疑无路"的王氏妇科换届会，由于王张氏、王裕宽母子俩答应分别管理王氏妇科的日常事务和王氏妇科的医药事务，一下子就变得"柳暗花明又一村"了。于是，这几位长辈兄弟们欢欣鼓舞地簇拥着王张氏和王裕宽回到祖宗祠堂，继续王氏妇科一年一度的年会和五年一度的换届会。

由于王张氏的到来，此时的祠堂里焕然一变：美丽端庄的王张氏被一群长辈及同辈兄弟们围拢着，颇有点万绿丛中一点红的景象，她宛如一树绿叶中的一朵鲜艳花朵，美丽动人，光彩照人！众人的脸上也随之由愁云弥漫变为阳光灿烂了，整个祠堂里俨然成了朗朗乾坤，锦绣河山！

在这种喜乐的气氛中，主持大会的老者介绍了一番刚才前往王张氏家中劝说的情形，各门各支的数十位参会者便以热烈鼓掌的方式，一致选举这母子俩分别掌管王氏妇科的日常事务和王氏妇科的医药事务；王张氏和王裕宽母子俩遂成为王氏妇科的新掌门人，由此，面对民国初年的特殊局面和王氏家族旧掌门人早逝、新掌门人年幼的特殊困局，平遥道虎壁王氏妇科便出现了王张氏、王裕宽"母子同治"的特殊"政局"。

接着，新掌门的母子俩便在众人殷切的期待中分别表态。

王张氏向大家欠了欠身，致了致意，然后说道："各位叔伯、各位兄弟、各位侄儿们！因为现在特殊的形势和咱王家特殊的情况，大家推举我这个王家的媳妇来掌管咱王氏妇科的日常事务，这在咱们王家历史上大概是一个特殊的例子，在此我感谢大家的特殊抬爱！正因为这个'特殊'，所以我首先想说两点：一是既然特殊，那就不能成为常例；所以，让女人来当家的事情，以后应当尽量避免。二是既然特殊，那就不能长久；所以，一旦我儿王裕宽长大成熟，我就要卸下这掌管王氏妇科日常事务的担子，由他一人来担当。其次我还想再说两点：一是我一个弱女子既无魄力，也无权威，将来掌管咱王氏妇科的日常事务难免有人会小看我，轻看我，到时候各位叔伯兄弟可得给我撑腰做主。二是我一个弱女子掌管咱们王氏妇科这么多的日常事务，肯定力不从心，所以希望大家的事大家办，一般情况'各人自扫门前雪'就行了，特殊情况需要我这儿张罗、协调、操持的事情，我自然会竭尽全力为大家张罗好、协调好、操持好，做一个好管家。总的来说，咱们王家是一个妇科世家，崇尚仁道也罢，崇尚仁术也罢，都是崇尚一个'仁'字，而一个家族，一个事业，只要这个'仁'字当头，其他就都好办了：仁者爱人，被爱之人岂能不反馈一二？既如此，你爱人，人爱你，这家庭这家族岂能不好？咱王家也是一个读书世家，都懂得仁、义、礼、智、信、温、良、恭、俭、让这十个字的道德修炼，咱不用把这十个字都修炼到家，只需修炼上一两个字到家，那咱们也会是一个和睦之家、文雅之族，咱们家家人人都这样和睦相处、文雅相对，这家庭这家族岂能不美？最后我想用两句古人的话相互勉励，一是韩愈韩夫子说的话：'生于忧患，死于安乐。'二是民间说的俗话：'大难不死，必有后福。'面对眼下国家和咱王家这样的形势和处境，咱们大家必须有忧患意识，谨谨慎慎地做人，兢兢业业地做事，这样则必能克服种种困难，走出重重困局，最终必能让我王氏家族子孙繁盛，事业昌隆！回头来看，我们王氏家族已有将近千年的历史了；向前去看，我们王氏家族或将还有千年乃至更长久的前途呢！所以，过往的历史那是靠列祖列宗，将来的历史那得靠子子孙孙，现在呢，就要靠我们在座的了，我一定勉力为之，各位也都勉力为之吧！"

众人听罢王张氏的一番话，无不惊叹佩服：这王张氏不愧是平遥城张登山老夫子的孙女，真是书香门第里出来的大家闺秀呀！看来，我们真是选对人了！于是，大家报以热烈的掌声和赞叹的眼神，同时也抱有一股切的期望和美好的希冀。

接着，年轻的王裕宽在主持人老者的要求下，也做了简短的表态："首先，感谢各位爷爷叔伯等长辈们抬爱了！"说着，他站起来深深鞠躬行礼，然后继续说道，"我是晚辈，我还年轻，今后我一定尽职尽责，努力钻研咱王氏妇科的医术，把咱王氏妇科的医术真正学到家，让咱王氏妇科的事业越来越兴旺发达！也因为我是晚辈，我还年轻，所以今后的事情还请各位爷爷叔伯和同辈弟兄们支持我，帮助我，把咱王氏妇科的金字招牌传承下去！请大家看我今后的行动吧，我一定尽心竭力，绝不辜负大家的期望！"

许多人听着王裕宽简短精炼的讲话，看着王裕宽聪明俊秀的样子，暗暗点头赞许："不错！刚刚十九岁就能这样，真是后生可畏呀！"但也有人听着他稚嫩的声音，看着他稚嫩的面孔，暗示摇头疑惑："他行吗？可是——谁还行呢？比来比去，也只有他比较合适了，可是——他究竟行不行呢？"

由此，王裕宽就在众人的这种赞许期待中和犹豫疑惑中，履职王氏妇科新掌门人之位了。

# 五

　　王张氏、王裕宽"母子同治"以来，他们当王氏妇科的掌门人因是众望所归、责任所在而非自己所争、利益所在，所以王氏家族众人并不给他们母子俩出难题、滋难事、使难堪，倒是尽量对他们母子俩拥戴、听从、支持，王氏家族内部保持了长久以来家家和睦相处、人人和乐融融的情景。特别是王张氏聪明灵秀，饱读诗书，娴熟礼仪，而且出身于平遥城张登山老夫子府上，耳濡目染，读孔孟而知孔孟，学仁义而得仁义，见君子而为君子，她的道德、智慧、仪态在王氏家族中分明是凤凰入林、百鸟朝觐的情景，人们对她何止是拥戴，几乎是景仰！

　　王裕宽呢，虽然在同辈人中也算出类拔萃，王氏家族众人对他称赞有加，但那是他作为一个晚辈年轻人，那是称赞他在晚辈年轻人中出类拔萃；而他一旦担任了王氏妇科的掌门人，要掌管有着近千年历史、几十支族人的悠久而庞大的王氏妇科，众人就要对他另眼相看，参照对象就不再是一帮同辈兄弟，而是历代掌门人：近的，是他父亲王德一、爷爷王贞、祖爷爷王宗伦；远的，则是王氏妇科历代名医王笃生、王伯辉、王士能、王时亨等。这样看来，他王裕宽就有相当大的差距了。但他刚刚十九岁，只是一个刚刚进入独诊阶段的年轻人呀！虽然与那些王氏家族的历代名医有相当大的差距，但他有相当长的时间可以学习他们，追赶他们，甚至超越他们呀！所以，王氏家族众人对他有这样的期待，而他自己也有这样的追求：像爷爷王贞一样，甚至像王笃生、王伯辉、王士能、王时亨这些王氏妇科历代名医一样，做一个王氏妇科的当代名医！

怎样成为一个当代名医？王裕宽担任王氏妇科新掌门人的当天晚上，一个人在书房里独坐静思，他倍感责任重大，压力重大，这是千钧重担、万里远程呀！同时又抱负巨大，信心巨大，他心中有千钧大力神、万里骏马魂！他彻夜难眠，思绪联翩：我要成为一个当代名医，首先得向爷爷学习。爷爷怎样成为一个当代名医？除了先天禀赋和家庭熏陶，主要是读的书多，看的病多，思考的问题多：一本本医书，他都读遍了，所以能学百家之特长，汇百家之精华，最终变成一家之神妙；一个个病症，他都看遍了，所以能观百病之现象，揣百病之根由，最终修成一人之道行；一个个问题，他都思考遍了，所以能知万物之万般气象，晓万物之万般道理，最终形成一把万能之智慧钥匙。

我要学成爷爷那样的当代名医，就得像爷爷那样多读书，多看病，多思考。

首先是多读书。

书，乃是历代圣贤的思想精华所成，读书便是汲取其思想精华。于是，读圣贤书，学圣贤思，知圣贤想，得圣贤精华，效圣贤做事。书，也是历代圣贤的道德风雅所在，读书便是瞻仰其道德风雅；于是，读圣贤书，学圣贤道，知圣贤德，得圣贤风雅，效圣贤做人。于是，读圣贤书而仿效圣贤做事做人，则近于圣贤，则跟于圣贤，乃至比肩于圣贤，甚至超越于圣贤。如此功力、功能、功德，他物不具、不有、不能，唯书独具、独有、独能！如此而言，书是万事之师，万世之师，其功力莫大焉，其功能莫强焉，其功德莫厚焉！所谓"书中自有黄金屋""书中自有颜如玉"并非谬言，而是真言，甚至可谓"书中自有圣贤住"。《论语》中便住着孔子，《尚书》中便住着尧舜，《黄帝内经》中便住着黄帝岐伯，《伤寒论》中便住着张仲景……由此看来，读书便是读圣贤，近书便是近圣贤，读书近书便是以圣贤为师为傅，与圣贤为邻为友。一个人若想近于圣贤、跟于圣贤、比肩于圣贤，甚至超越圣贤，岂可不读书、不近书哉！

他扫了一眼满满实实的书柜，那里面有四书五经、诸子百家等承载中华传统文化的经典书籍，有《黄帝内经》《伤寒杂病论》等承载中华传统医学的经典书籍，还有王氏家族历代前贤总结妇科行医经验奥妙而秘不示人的家传秘籍……他默默地想道：这些书，就是我家的一部部宝典，就是我的一个个恩师呀！

王裕宽想着，起身从书柜中拿出了一本《黄帝内经》，然后坐在书桌前翻阅起来，他首先翻到了《素问·上古天真论》篇：

昔在黄帝，生而神灵，弱而能言，幼而徇齐，长而敦敏，成而登天。乃问于天师曰：余闻上古之人，春秋皆度百岁，而动作不衰。今时之人，年半百而动作皆衰者，时世异耶？人将失之耶？

岐伯对曰：上古之人，其知道者，法于阴阳，和于术数，食饮有节，起居有常，不妄作劳，故能形与神俱，而尽终其天年，度百岁乃去。今时之人不然也，以酒为浆，以妄为常，醉以入房，以欲竭其精，以耗散其真，不知持满，不时御神，务快其心，逆于生乐，起居无节，故半百而衰也。夫上古圣人之教下也，皆谓之虚邪贼风避之有时。恬淡虚无，真气从之；精神内守，病安从来。是以志闲而少欲，心安而不惧，形劳而不倦，气从以顺，各从其欲，皆得所愿。故美其食，任其服，乐其俗，高下不相慕，其民故曰朴。是以嗜欲不能劳其目，淫邪不能惑其心，愚智贤不肖，不惧于物，故合于道。所以能年皆度百岁而动作不衰者，以其德全不危也……

这是中华医学第一部经典《黄帝内经》开篇的第一段文字，读其文，思其理，探其道，他不禁感慨感叹：高！妙！进而沉思遐想：中华医学有如此高妙的开端滥觞，所以才有后来盛大的江河巨澜景象啊！

他继续翻阅："黄帝曰：余闻上古有真人者，提挈天地，把握阴阳，呼吸精气，独立守神，肌肉若一，故能寿敝天地，无有终时，此其道生。中古之时，有至人者，淳德全道，和于阴阳，调于四时，去世离俗，积精全神，游行天地之间，视听八达之外，此盖益其寿命而强者也，亦归于真人。其次有圣人者，处天地之和，从八风之理，适嗜欲于世俗之间，无恚嗔之心，行不欲离于世，举不欲观于俗，外不劳形于事，内无思想之患，以恬愉为务，以自得为功，形体不敝，精神不散，亦可以百数。其次有贤人者，法则天地，象似日月，辨列星辰，逆从阴阳，分别四时，将从上古合同于道，亦可使益寿而有极时。"

他揣摩这些文字："这真人、至人、圣人、贤人的性命修炼境界何等高妙、美妙、神妙啊！一个人如果能达到这样的境界，那是何等的高妙之事、美妙之事、神妙之事啊！愚昧之人，他不知道人生有这样的境界，自然也达不到这样的境界，那他只能做这种境界之下的愚昧之人或尘埃中人。读书之人，他知道有这样的境界，但他如果不进行虔诚笃定的修炼，也达不到这样的境界，那他只能做这种境界之外的聪明人或读书人。只有聪明读书而且能进行虔诚笃定修炼的人，才会达到这样的境界，进入这样的境界，成为贤人、圣人、至人、真人；然而，聪明读书人中能达到这样境界的人，百里未必有一。何以如此？分明是：读书难，修炼更难啊！"

王裕宽继续想着："我算一个聪明人，也算一个读书人，还是一个王氏妇科的传人兼掌门人，我已然知道了这样高妙、美妙、神妙的境界，而且我也想达到这样高妙、美妙、神妙的境界。如之何奈？继续读圣贤书，一辈子读圣贤书，以圣贤书为自己的终生老师；以圣贤为榜样开始进行人生的修炼，一辈子以圣贤为榜样进行人生的修炼，以圣贤为自己的终生榜样。而且，我作为王氏妇科的传人兼掌门人，还须以看病治病为自己的终生修炼，并且以病魔病鬼为自己的终生陪练。具体而言，自己身为王氏妇科的传人兼掌门人，今后须严格要求自己：过每一天，须勤而又勤，不可虚度；做每一事，须慎之又慎，不可大意；看每一病，须精益求精，不可粗心。"

想到这些，王裕宽感到了巨大的压力和紧迫感；然而再想到自己刚刚十九岁的年龄，又获得了同样巨大的支撑力和舒缓感：一天一天来吧，积日以百年，终为长久之功；一步一步来吧，积跬以千里，终为宏远之程；一次一次来吧，积石以万仞，终为高大之山。


# 六


腊月二十三小年之后，紧接着就该准备过大年了。此时，民国政府刚刚颁布政令，从 1914 年开始，将大年这一节日改称"春节"，将端午这一节日改称"夏节"，将中秋这一节日改称"秋节"，将冬至这一节日改称"冬节"，这正是中华民国新时代的新名、新事、新气象啊！于是，这 1914 年的春节，无论京都省城、县邑乡镇乃至村落民巷各家各户的门额上，遍地都是"万象更新"的春联。

而平遥道虎壁王氏妇科刚刚换了新掌门人，王张氏、王裕宽母子二人刚刚开始了"母子同治"的新局面，一个是王氏妇科历史上破天荒的女当家人，一个是王氏妇科历史上破天荒的十九岁年轻掌门人，好一个"新"字了得，这又是王氏妇科新时代的新名、新事、新气象啊！于是，王裕宽家在大院门上贴了"万象更新"的横额，在两扇大门上贴了"守祖德祖风不忘吾本，怀仁心仁术造福苍生"的对联。但因王德一刚刚发丧，他们家还在守孝期，所以横额对联都用蓝纸黑字书写，这样，既表示庆新春志喜，又表示吊故人守孝，也算家国兼顾，一举二得了。

这"万象更新"的春联，确实符合王张氏、王裕宽"母子同治"后整个王氏妇科以及他们这一院门里的新气象。然而，这蓝色肃穆的对联纸底色，又让人想到他们这个院门里的悲哀事：五年间，王裕宽的爷爷、奶奶和父亲三个人相继逝世，五年三丧啊！然而，逝者甚可悲，生者更可哀：现在这个院子里，除了王张氏一个寡妇，还有就是刚刚二十岁的王裕宽和两个弟弟以及三个姐妹，这分明是一个寡妇带着三儿三女过日子的光景啊！三个女儿将来出嫁或不是难事，但三个儿子将来娶亲却实在是难事：三处房子，三份财礼，三次喜宴，这是多大多难的事情！巨大的压力首先重重地搁在了王张氏、王裕宽二人的肩上，一个是母亲，一个是长子啊！于是，王张氏既是母亲，又顶半个父亲，还兼王氏妇科半个掌门，这实在难为她一个女人了；王裕宽既是长子，又顶半个父亲，还兼王氏妇科半个掌门，这实在难为他一个年轻人了。于是，王张氏、王裕宽母子俩双双为"难为"之事，只得勤而又勤、勉之再勉了。这"难为"之事迫在眉睫的便是挣钱和省钱，以维持一家七口人的基本生计。再分解到母子二人身上便是：长子王裕宽行医，须精益求精、多而又多地看病，以利"开源"；母亲王张氏持家，须细而再细、少之又少地花钱，以便"节流"。

今年这个大年，比往年要简约；而大年之后行医看病，比往年要提前了。于是，大年初三早饭罢，王裕宽便打开了临街的诊所药铺，挂出了"圈鱼"幌子和王氏妇科的牌子，要开门行医了。

"圈鱼"幌子为木制鱼形，上面由两条大金鱼嘴对嘴、尾对尾构成一个圈形，意为"痊愈"，这分明是医家为病人看病的宗旨；同时，两个金鱼嘴上还拱着两个金元宝，而两个金元宝下又连带着一个金色福字，这似乎又暗示着痊愈则有财有福。用两条鱼组成这个"痊愈"图形，则这个"两"可能是一语双关：一是医患两者和谐合作，才能"痊愈"

并得财得福；二是夫妻两者和谐合作才能"痊愈"并得财得福得子。再往下，则是两条大金鱼共同吊带着三条小金鱼，这大概又是一语双关：一是对患者来说，大概是"二生三、三生万"子孙繁衍多多的寓意；二是对医家来说，大概是"二生三、三生万"钱财积累多多的寓意。

王氏妇科的牌子为竖挂长方形木板，竖长约五尺，横宽约二尺，黑底白字，牌子上写着"广济堂祖传世医道虎壁王氏妇科王裕宽主治：调经种子，胎前产后，症瘕积聚，崩漏带下，妇科诸症"字样。其中，上半部分竖写"广济堂祖传世医道虎壁王氏妇科"与"王裕宽主治"几个大字，下半部分则从右到左竖写"调经种子，胎前产后，症瘕积聚，崩漏带下，妇科诸症"五行小字。

挂出了幌子牌子，王裕宽兄弟姐妹们便各司其职准备起来：二十岁的大哥王裕宽坐在里屋，主管把脉、看病、开方；二十二岁的大姐负责药铺，主管制药、抓药、配药；十八岁的二弟负责大堂，主管迎来送往、提茶倒水；十六岁的二妹配合大姐拿药、捣药、包药；四个人全是清一色、嫩一色的青少年娃娃！

看着这几个青嫩的娃娃们，人们自然有些担心：这些娃娃们能支撑起王贞老先生留下来的王氏妇科这个大门面吗？而再看看门前古老的"圈鱼"幌子和古老的"广济堂祖传世医道虎壁王氏妇科"牌子，人们又不禁油然生敬：王氏妇科传承近千年了，人家自有一套秘籍秘诀传承后人，这王裕宽是正宗的嫡传掌门，他肯定掌握了王氏妇科独到的拿病治病之法，或许是"自古英雄出少年"呢！

王裕宽的诊所开门一会儿，便有求医者前来就诊了。不过，因正月初三是庆新春、串亲戚的佳节，在"调经种子、胎前产后、症瘕积聚、崩漏带下、妇科诸症"中，一般只有"调经种子"者愿意借这"新春佳节"的春意前来就诊求嗣，其他诸病者则尽量避开这个时间段了。

今天的就诊者，果然都是前来道虎壁或附近村庄串亲戚的年轻夫妇

"求嗣"，他们趁着串亲戚的机会求求嗣，或为了求嗣而串串亲戚，都算是一举两得。所以，王裕宽的诊所里竟排起队，显得热闹起来了。

王裕宽坐在里屋，一一为求嗣者把脉、看病、开药。如此看完了五六对夫妇，再轮到下一对夫妇进来时，竟是一对风流倜傥的公子和艳丽漂亮的娘子，俨然是画中人下地来了！

王裕宽抬头一看，眼神一愣，心中便产生一个念头：这样男有男样、女有女样而且风流漂亮的年轻夫妻怎么能不怀孕呢？然后眉头一皱，一个念头便闪现出来了，可能是"过犹不及"了？接着，便开始了望、闻、问、切的四诊程序：望，一望便对两个人的"形象"了然于目了；闻，一闻便对两个人的"气象"了然于鼻了；问，一问便对两个人的"声象"了然于耳了；切，一切便对两个人的"血象"了然于指了。于是，经过这番四诊程序，他对这一对夫妻的病症已经了然于心了。

四诊程序罢，这位年轻男子急切地问道："王大夫！我们俩究竟是为什么不能怀孕呢？您可以为我们治好病吗？我们结婚三年了，一切都很正常，可她就是不见身孕啊！"

王裕宽听着，点了点头，说道："你们夫妻应该能生，而现在不能生，我大概知道甚原因了。但我还得再仔细诊断一番，才能确诊，然后再斟酌药方。"

于是，他为了进一步核实病症并对症下药，他又让年轻女子回避，单独向年轻男子深入"问"诊，"你们夫妻感情如何？""我们非常恩爱呀！我们俩虽是由父母之命、媒妁之言成为夫妻，但我们俩一见钟情，相互爱慕，三年来一直情投意合！"王裕宽又问道："敢问公子，你们夫妻几天一行房事啊？"年轻男子一听这样的问话，脸上不免泛出几分羞色，但为了治病，只得和盘托出了："不瞒王大夫，因我们俩本来相亲相爱，再加上父母急切想抱孙子，我们几乎天天行房事，甚至晌午睡觉也要行一番房事！特殊情况下，也许相隔三天或五天时间，但接下来几天却得一夜两次、三次行房事弥补呢！"王裕宽再问："每次行房事有多长时间呢？""一般是一刻、两刻，也有半个时辰的情况。"王裕宽再问："每次房事都很融洽吗？""我们很融洽呀！"王裕宽又问了一些极为细节的问题，年轻男子含羞一一做了详细的回答，王裕宽一句一句地问着，一句一句地听着，一直问到这儿，心中有数了："哦——明白了。"

# 七

王裕宽向年轻男子问了这若干问题，心中有数了，有谱了，有方了："确实是'过犹不及'啊！"这样想着，竟不自觉间说出声来了。

这位年轻男子听着，赶紧追问起来："您说什么？'过犹不及'？这不是孔夫子的话吗？怎么倒用在看病上了？"

王裕宽从小受母亲王张氏乃至外公张登山老夫子的教导和熏陶，对儒学耳濡目染，自是熟读诗书，熟谙儒道，他解说道："孔夫子是千秋圣人、万世师表，他的话是放在四海而皆准、验之千年而不谬啊，又何止是用在看病呢？"

年轻男子听着，点了点头，然后又继续问道："敢问王大夫：我们这'过犹不及'究竟'过'在哪里？还请王大夫细解——"

于是，王裕宽细细道来："医书说：'求嗣之术，不越男养精、女养血两大关键。盖男精女血，因感而会，精成其子，万物资始于乾元也；血成其胞，万物生于坤元也。阴阳交媾，胎孕乃凝，理固然也。'——就你们夫妻来说，恰恰违反了'男养精、女养血'这两大关键。你们一进来，我就大概看出你们本应生子而未能生子的原因，如此男才女貌，如此情投意合，自然是男欢女爱，也自然该多子多女；而你们却未能生儿育女，我就想到你们分明是相欢过了，于是过犹不及，未能生儿育女了。接下来，我又问了你若干问题，一一验证了我最初的想法。"

于是，年轻男子认真听着，王裕宽仔细讲来——

"从你们夫妻行房事次数来说，就大大超过了常人！男精女血如井泉之水，自有常量和限量，如果汲取太过，则有井枯泉竭之患，进而井塌泉涸之灾！比之于人，则有早衰早病乃至早亡之祸患灾难啊！幸好你们如此三年，还能有救；如果再如此三年五载，彻底毁根坏元，则不仅终身难孕，还可能折寿若干呢！男精女血又都是骨髓和人体水液所成，男欢女爱遵常规、循常道、合常量而行，则男精可为'精子'，女血可为'血胞'，'精子'入于'血胞'，则胎胞可成、可生、可长、可为婴儿。但若男欢女爱越常规、逾常道、超常量而行，则男精被水液稀释，不可为'精子'，只可为'精水'；女血被水液稀释，不可为'血胞'，只可为'血水'；如此，精无子而血无胞，又如何能坐胎成胞？你们这天天行房事一天两次甚至三次行房事，大大地越常规、逾常道、超常量了啊！"

年轻男子听着王裕宽这番话，目瞪口呆，不由得惊出一身冷汗，有些后怕起来："啊呀，原来如此！我们还觉得我们二人身体健康超于常人，男欢女爱也超于常人，而沾沾自喜呢！那——王大夫以为，何为'常'呢？"

王裕宽说道："我虽然尚未完婚，但从祖宗传下来的说法和医经上的说法看来：从次数而言，若论求嗣种子，则一月不超过五次为常；若只论身体性命，则一月不超过十次为常。当然，这是男五十以前、女四十五以前大体的情况，具体来说则因人、因情、因境、因时而异。再从感觉而言，房事过程则以相互融洽愉悦为常，以相互比拼逞能为非常；房事之后则以酣然入睡为常，以恍惚难眠为非常；房事次日则以精神饱满为常，以精神萎靡为非常。"

年轻男子听着，连连点头称是。

王裕宽继续说道："从时间而言，若论求嗣种子，则一刻钟甚至三五分钟足矣，此时正是两情相悦、性情饱满之时，也正是男精女血性能旺盛之时，精子兴兴然欲入血胞，血胞奋奋然欲包精子，于是男精女血相抱相合而坐胎成胞矣。如果时间超过一刻乃至两刻、半个时辰，则虽然人体性情兴致仍浓，而男精女血已然疲惫不堪，精子无力无欲为'入'之功，血胞无力无欲为'包'之劳，如此则无入无包，阴阳不合，难以坐胎成胞矣。若论身体性情，则无所谓一刻两刻乃至半个时辰之数，随心所欲、随性所欲、随情所欲可矣。"

年轻男子听着，渐渐对王裕宽刮目相看，乃至敬佩有加了："不愧是道虎壁王氏妇科新掌门人啊！家学渊源真是深厚，这么年轻，却这么有学问，有道行！"

王裕宽继续说道："从行房事部位来说，你也是'过犹不及'了。唐代名医孙思邈说：'进火之时，当至阴节间而止。不尔，则过子宫矣。盖深则少阴之分，肃杀之方，何以生化？浅则厥阴之分，融和之方，故能发生。所以受胎之处，在浅而不在深也。'明代医家万全曾引用一句医诀说：'玉湖须浅泛，重载却成忧。阴血先参聚，阳精向后流。血开包玉露，平步到瀛洲。浅泛者，即《素女论》所谓九浅一深之法也。盖男女交媾，浅则女美，深则女伤，故云重载即成忧。'这两位前世医家所言，都重在一个'浅'字，而你们夫妻行房事分明是过于'深'了。其实，我爷爷在世时，遇到这类情况，也曾有一比：种子如同种谷种豆，不可太浅，也不可太深。太浅则土壤干燥而无水气滋养种子，太深则土壤阴冷而无阳气温煦种子，唯有不浅不深之处，既有水气，又有阳气，最宜种子发芽、生根、成形。所以你们夫妻行房事如此深入，看似超越于常人乃至优越于常人，可以自鸣得意了；实是不如常人，最终还是自愧不如了！"

年轻男子听着幡然醒悟："哦——原来如此！"

王裕宽继续说道："你曾说，女的阴道黏滑湿润而且如同潮汐，但到最后射精时，男的兴致正是高潮，女的却兴致已过，阴液早已退潮，阴道早已干了，涩了。这也是'过犹不及'啊！当前一刻钟，正如田地在谷雨前后下了一场透雨，最宜下种而你却不'下种'；而此后，阴道津液退潮，逐渐干涸了你才'下种'，这犹如旱田里下种子，哪能发芽？"

王裕宽娓娓道来，条条入理，句句入心，年轻男子正有一种"听君一席话，胜读十年书"的幡然醒悟之感，原来如此呀！同时对这个年轻的王氏妇科大夫佩服得快要五体投地了。如此年轻，解说病因却如此入情入理乃至通灵通神，简直是仙人下凡哪！

年轻男子感慨道："王大夫啊，我真是服了您了！请您给我们开方抓药吧，多贵的药我们也抓！"

王裕宽微笑着说道："其实，我们医家这药铺里的草药固然是药，但那只是有形之药，只是治疗具体疾病之末药、小药，却得花钱；而我们医家这脑袋里的'道''理''术'更是无形之药，更是修养性命之根药、大药，却不需花钱。"

"啊？！"年轻男子惊愕了。

王裕宽继续微笑着说道："公子啊，其实，你们的病不需要开方抓药，不需要花钱；你只需记住我刚才说的那些话，再记下养精五法就行了。"

"养精五法？请您赐教——"

王裕宽说道："我这里有一份抄录的养精五法。"说着，拿起一张用蝇头小楷抄写的单子，递给了年轻男子。年轻男子遂翻看起来："养精之法有五：一须寡欲，二须节劳，三须息怒，四须戒酒，五须慎味。盖肾为精府，凡男女交接，肾气必为震动，肾动则精随以流，外虽未泄，精已离宫，未能坚忍者，必有真精数点，随阳之痿而于溢出，故贵寡欲。精成于血，如目劳于视，则血于视耗；耳劳于聪，则血于聪耗；心劳于思，则血于思耗。随事节之，则血得其养，故贵节劳。肾主闭藏，肝主疏泄，二脏皆有相火，而其系上属于心。心，君火也。怒则伤肝，而相火动，动则疏泄者用事，而闭藏不得其职，虽不交易，亦暗流而潜耗，故贵息怒。酒能动血，人饮酒，则面赤手足红，是扰其血而奔驰之也。血气既衰之人，数月保养精得稍厚，然使一夜大醉，精随荡矣。故贵戒酒。浓郁之味，不能生精；淡泊之味，乃能补精。盖万物皆有真味，调和胜，则真味衰。不论腥素，但煮之得法，自有一段冲和恬淡之气。盖人肠胃能啖食谷味，最能养精，故贵慎味。此其大要也。"

年轻男子看着，反复品味；看罢，如获至宝，央求道："真是宝贝啊，这是您的墨宝吧？还请王大夫把您抄写的这个单子送给我吧？有这养精五法，又是您亲手书写的墨宝，那就更该有特效了！呵呵！"

王裕宽知道这位年轻男子也是读书人，知道珍惜这份单子，便点头答应了。

年轻男子连连拱手道谢，然后掏出三个现大洋奉上："还请您笑纳！"

王裕宽笑道："多了，多了。一个现大洋就够了。"

年轻男子说道："不多，不多。第一个现大洋是诊费，第二个现大洋是省下的药费，第三个现大洋是您这单子的润笔费。您就笑纳吧！"

如此一番，王裕宽也就不再客气，收起三个现大洋，然后叮嘱道："按我说的做，按这张单子上说的做，三个月之后再来见我！另外，要记住：非月经后，皆不可行房事。月经后可连行三日房事：一日孕是男，二日孕是女，三日孕又是男；此外皆不成胎。大风雨、大寒暑、阴晦、明蚀，皆不可交接；否则，所生男女痴聋，四体不完。"

年轻男子听罢，恭恭敬敬地给王裕宽行了一个大礼，然后出了诊所，拉着他的漂亮娘子高高兴兴地走了。

# 八

当天，王裕宽诊视了前来求嗣的十几对年轻夫妻，连诊费带药费共收入三十几个现大洋，也算是开门大吉了。晚上，一家人聚在一起自是欢天喜地，美酒佳肴，欢度佳节。今天的开门大吉太重要了：王裕宽刚刚进入独立诊疗阶段，又是刚刚当上王氏妇科新掌门人，而他爷爷他父亲相继去世，家里既没有了撑门面的顶梁柱和挣银钱的聚宝盆，还因爷爷、奶奶、父亲接二连三的丧事掏空了家底。如果开门没有求医的患者，开"市"没有送钱的顾客，那不是行医的名誉不高，便是挣钱的运气不好；而现在，王裕宽是既需要扬名，又需要挣钱啊！

母亲王张氏听着儿女们讲一天的事情，看着儿女们一天挣来的现大洋，自是满心欢喜，对长子王裕宽更是格外关爱，甚至还劝王裕宽多喝几杯酒！王裕宽本来美滋滋的，再加上母亲如此关爱自己，就更是美而益美，酒兴便也来了，自然要多喝几杯。于是，一番吃喝下来，他便饱饱的、美美的、醉醉的了。

晚餐后，王裕宽身体摇摇晃晃，飘飘然来到自己的卧室，躺在了炕上；然后，心神又翩翩跹跹，飘飘然飞向自由的万里虚空。

他不知飞了多久，也不知飞了多远，虚空中隐约出现了一座辉煌宏大的宫殿，远远望去，只看见霞光笼罩，流光溢彩，仿佛是一座王宫佛殿；再渐渐靠近，又闻见松柏之香飘逸，参苓之气缭绕，又仿佛是一处神山仙境；再飘飘然进去，又听到那处最大的宫殿里传出了神圣而宏远的声音。于是，他凑近那处宫殿，从门缝中看到一位黄帽黄袍的大帝端坐在一个硕大的龙椅上，正与身旁一位神仙大臣探索医道，而两班仙人分列左右，侧耳倾听——

王裕宽仔细观望着，只听得耳边有声音说道：这一帝一臣便是医祖黄帝和医宗岐伯！他再贴近些，侧耳细听，原来这医祖黄帝和医宗岐伯正在探讨《阴阳应象大论》：

黄帝曰：阴阳者，天地之道也，万物之纲纪，变化之父母，生杀之本始，神明之府也。治病必求于本，故积阳为天，积阴为地。阴静阳躁，阳生阴长，阳杀阴藏，阳化气阴成形。寒极生热，热极生寒。寒气生浊，热气生清。清气在下，则生飧泄；浊气在上，则生䐜胀。此阴阳反作，病之逆从也。

……

壮火之气衰，少火之气壮。壮火食气，气食少火。壮火散气，少火生气。气味，辛甘发散为阳，酸苦涌泄为阴。阴胜则阳病，阳胜则阴病。阳胜则热，阴胜则寒。重寒则热，重热则寒。寒伤形，热伤气。气伤痛，形伤肿。故先痛而后肿者气伤形也，先肿而后痛者形伤气也。风胜则动，热胜则肿。燥胜则干，寒胜则浮，湿胜则濡泄。天有四时五行以生长收藏，以生寒暑燥湿风。人有五脏化五气，以生喜怒悲忧恐。故喜怒伤气，寒暑伤形。暴怒伤阴，暴喜伤阳。厥气上行，满脉去形。喜怒不节，寒暑过度，生乃不固。故重阴必阳，重阳必阴。故曰：冬伤于寒，春必温病；春伤于风，夏生飧泄；夏伤于暑，秋必痎疟；秋伤于湿，冬生咳嗽。

帝曰：余闻上古圣人，论理人形，列别脏腑，端络经脉，会通六合，各从其经；气穴所发，各有处名；溪谷属骨，皆有所起；分部逆从，各有条理；四时阴阳，尽有经纪；外内之应，皆有表里。其信然乎？

岐伯对曰：东方生风，风生木，木生酸，酸生肝，肝生筋，筋生心，肝主目。其在天为玄，在人为道，在地为化。化生五味，道生智，玄生神。神在天为风，在地为木，在体为筋，在脏为肝。在色为苍，在音为角，在声为呼，在变动为握，在窍为目，在味为酸，在志为怒。怒伤肝，悲胜怒。风伤筋，燥胜风。酸伤筋，辛胜酸。

　　南方生热，热生火，火生苦，苦生心。心生血，血生脾。心主舌。其在天为热，在地为火，在体为脉，在脏为心，在色为赤，在音为征，在声为笑，在变动为忧，在窍为舌，在味为苦，在志为喜。喜伤心，恐胜喜。热伤气，寒胜热。苦伤气，咸胜苦。

　　……

　　故曰：天地者，万物之上下也；阴阳者，血气之男女也；左右者，阴阳之道路也；水火者，阴阳之征兆也。阴阳者，万物之能始也。故曰：阴在内，阳之守也；阳在外，阴之使也。

　　……

　　善诊者，察色按脉，先别阴阳，审清浊而知部分；视喘息，听音声，而知所苦；观权衡规矩，而知病所主；按尺寸，观浮沉滑涩而知病所生：以治无过，以诊则不失矣。故曰：病之始起也，可刺而已；其盛，可待衰而已。故因其轻而扬之，因其重而减之，因其衰而彰之。形不足者，温之以气；精不足者，补之以味。其高者，因而越之；其下者，引而竭之；中满者，泻之于内；其有邪者，渍形以为汗；其在皮者，汗而发之；其剽悍者，按而收之；其实者，散而泻之……


　　王裕宽听着这医祖医宗的对话，这种神圣的声音似乎无孔不入，不仅他的耳朵在谛听，而且他的五官七窍、五脏六腑、四肢二十指、三百六十五大穴都在谛听，甚至浑身每根皮毛以及每个毛孔都在谛听！

听着这两位祖宗的对话，他的脑袋似乎一下子像玻璃般通透了，他的心神乃至浑身上下似乎一下子豁然贯通了，彻悟了。诚可谓：听君一席言，洞开全身窍！

他听完了医祖黄帝和医宗岐伯的对话，然后顺着大殿又来到二殿跟前，只见窗户上灯光敞亮，一个巨大的头像影子映在窗纸上。他走近去，再顺着窗缝看进去，原来是一位老神仙在写字呢！此时，耳边似有人告知：这位老神仙正是医圣张仲景先师啊！他听罢，便想凑近去拜师赏文，如此一想，心神似乎便一下子跳出身体，好像整个人似乎全一下子无骨无肉无形了，竟不知不觉间进了殿里，凑近了张仲景先师！但见这位医圣张仲景先师旁若无人，聚精会神，正在书写着：

余每览越人入虢之诊，望齐侯之色，未尝不慨然叹其才秀也。怪当今居世之士，曾不留神医药，精究方术，上以疗君亲之疾，下以救贫贱之厄，中以保身长全，以养其生；但竞逐荣势，企踵权豪，孜孜汲汲，唯名利是务，崇饰其末，忽弃其本，华其外而悴其内。皮之不存，毛将安附焉？卒然遭邪风之气，婴非常之疾，患及祸至，而方震栗；降志屈节，钦望巫祝，告穷归天，束手受败。赍百年之寿命，持至贵之重器，委付凡医，恣其所措。咄嗟呜呼！厥身已毙，神明消灭，变为异物，幽潜重泉，徒为啼泣。痛夫！举世昏迷，莫能觉悟，不惜其命，若是轻生，彼何荣势之云哉？而进不能爱人知人，退不能爱身知己，遇灾值祸，身居厄地，蒙蒙昧昧，蠢若游魂。哀乎！趋世之士，驰竞浮华，不固根本，忘躯徇物，危若冰谷，至于是也！

王裕宽看着张仲景先师端端正正写着一个个汉隶，想道：原来，老先师正是在写《伤寒论·序》啊！他这么一走神，再回头看时，老先师已经写开了《伤寒论·平脉法》。

问曰：脉有三部，阴阳相乘。荣卫血气，在人体躬。呼吸出入，上下于中。因息游布，津液流通。随时动作，效象形容：春弦秋浮，冬沉夏洪。察色观脉，大小不同。一时之间，变无经常。尺寸参差，或短或长。上下乖错，或存或亡。病辄改易，进退低昂。心迷意惑，动失纪纲。愿为具陈，令得分明。

师曰：子之所问，道之根源。脉有三部，尺寸及关。荣卫流行，不失衡铨。肾沉心洪，肺浮肝弦。此自经常，不失铢分。出入升降，漏刻周旋。水下二刻，一周循环。当复寸口，虚实见焉。变化相乘，阴阳相干。风则浮虚，寒则牢坚。沉潜水畜，支饮急弦。动则为痛，数则热烦。设有不应，知变所缘。三部不同，病各异端。太过可怪，不及亦然。邪不空见，中必有奸。审察表里，三焦别焉。知其所舍，消息诊看。料度府藏，独见若神。为子条记，传与贤人。

王裕宽正专心致志地看着，耳旁又响起："时候不早了，还不赶快去看看你爷爷和爹爹！"他一转身，却看到不远处有一个偏殿，门额悬挂一个"广济堂"牌匾。"哦？原来这儿还有我王家的堂号店铺？"他正在惊讶疑惑之间，却不知不觉间来到了悬挂着"广济堂"牌匾的偏殿跟前，从窗户望进去，看到爷爷王贞端坐在里屋，父亲王德一侍坐旁边，两个人正在叙话——

只听父亲王德一一脸忧郁，说道："爹啊！我离开这乱世，来这儿陪您，倒是清静了，轻松了。只是苦了咱裕宽，他刚刚二十岁就得担当咱王氏妇科的掌门人，还得负责我一家七口人的生计，苦啊，累啊，愁啊，可怜啊！"说着竟滴下了两行泪水。

王裕宽听着父亲的话语，看着父亲的面容，不由得也感动进而感伤起来，随即也流下了两行泪水。

而爷爷王贞却面如平静之水，眼如明亮之镜，神如苍劲之树，缓慢而深沉地说道："德一啊！祸兮，福之所倚；福兮，祸之所伏。咱爷儿俩把裕宽撂在了乱世，还让他年纪轻轻就扛起咱王氏妇科的事业重任和你们一家七口的生计重任，这双肩两副重担，确实是太苦了，太累了，太愁了，也太可怜了。然而，孟子曰：'天将降大任于斯人也，必先苦其心志，劳其筋骨，饿其体肤，空乏其身，行拂乱其所为，所以动心忍性，曾益其所不能。'由此看来，咱裕宽看似太苦、太累、太愁、太可怜了，实是'天将降大任于斯人'了。我离世，你早逝，看似抛弃了他，实是给他腾了位，让他早掌门，早成大器呢！"

王德一听着，想着，念头一转，视野一远，蓦然间便释然于心，轻松了；豁然于胸，开朗了。于是他说道："也是，昨天我还替他们母子俩担忧呢！今天一看他们开门大吉，看了十几对夫妻，挣了三十几个现大洋，倒转忧为喜了呢！"

王贞接着说道："今天还只是小喜，大喜还在后头呢！"说着，他放眼于浩渺的虚空，眼光明亮而眼神深邃，又说道："就说今天高林村白家的那对年轻夫妇吧，他看似来向咱裕宽求嗣求子，实是要给咱裕宽送匾送女呢！"

王德一听着，两眼惊讶，满脸疑惑……

王裕宽听着，也是两眼的惊讶和满脸的疑惑……


# 九


在黎明的曙色中，公鸡一声响亮的打鸣，把王裕宽从长长的梦境中唤醒了。原来是做了一个梦！他翻身看了看窗户上渐渐显现的亮光，又转身睡下了。然而一闭上眼睛，梦中的情境却又出现了：辉煌宏大的天宫神殿，精彩绝妙的黄岐对话，理法方药兼备的仲景高论，似真似幻、亦玄亦妙的父祖言谈……

梦境最后定格在了爷爷和父亲的言谈上，他的回味也最后围绕在了爷爷和父亲的言谈上。

"天将降大任于斯人也……"这番话分明是对我的勉励，也是对我未来前途的憧憬，抑或是对我未来命运的预言？

"高林村白家的那对年轻夫妇，他看似来向咱裕宽求嗣求子，实是要给咱裕宽送匮送女呢！"这番话又从何而来呢？那对年轻夫妇前来看病时并没有报家门呀，我尚且不知他们何村何姓，爷爷怎么竟然知道呢？还要给我送匮送女，这又从何说起呢？这究竟是虚幻荒唐的梦境梦话？还是爷爷果然成了神，或通了神，是玄妙灵通的神境神话呢？

王裕宽这样回味着，那对年轻夫妇前来求诊的情景便又浮现在了脑海中：好一个风流倜傥的公子和美丽漂亮的娘子！这位公子着实让人羡慕，而这位娘子着实让人爱慕啊！这样想着，年轻的王裕宽竟蓦然间动了春心：我将来要是能娶上这么美丽漂亮的姑娘就美了！不仅是动了心，而且也动了性。真想今年就娶上这样一个漂亮姑娘，真想现在就抱上这样一个漂亮姑娘！

从此，王裕宽真的动了心，心中有了爱慕漂亮女人的样榜；动了性，身上有了拥抱漂亮女人的欲望。而冷静想来，他也确实到了谈婚论嫁的年龄，而且，他作为妇科医生，还是王氏妇科掌门人，他也更应该早些思慕女人、阅读女人、欣赏女人、拥抱女人、耕耘女人、收获女人进而深入研究女人和精确把握女人呢！如果父亲健在，家道兴旺，父亲母亲就会操持此事，早早地给他物色姑娘，早早地给他完婚圆房；而现在，父亲早逝，家道衰微，一家七口人都等他这位大哥、掌门人挣钱养活呢！

如此情形，他首先得把"王贞老先生孙子、王氏妇科新掌门人"这个门面撑起来，把这个名头响起来，才能让族人及病人佩服，才能让声誉及银钱围拢，也才能操持这婚姻之事啊！

接下来的日子，王裕宽带着姐妹弟弟们继续开门坐诊，他靠祖宗秘籍，也靠自己平常的实践经验和临时的觉悟灵感，对求诊者一一进行望、闻、问、切的精心诊断，再一一进行理、法、方、药的辨证施治。于是，诊视则精益求精，疗效则神乎其神；结果，王裕宽行医的赞誉声渐响，王家铺面的数钱声渐大。

到了春末夏初，就在春风中桃杏挂果、丁香芬芳，田野里杨柳吐绿、青草葱郁，平遥大地上呈现一幅三春明媚风光和一幅初夏蓬勃景象之际，一对年轻漂亮的夫妇面带春风、身披夏景，潇洒地来到了王裕宽的诊所：两个人笑容如花，蓦然间满堂生辉！

王裕宽看着这对年轻夫妇，既风流，又面熟，正惊叹而愣怔之际，年轻男子说话了："王大夫不认得我们了？我们是正月初三来您这儿就诊，只听了您一番求嗣妙论，连一服药也没有开，就让我们三个月后再来就诊的那对夫妇啊！"

王裕宽刚听这男子一开口，就想起来了：这不正是自己羡慕的男子样榜和爱慕的女子样榜吗？怎么竟一下子忘了！于是，他赶紧说道："哦！原来是您二位呀！当然记得，当然记得！只是我的脑子只顾着琢磨刚才那位患者的病症，正在钻牛角，还没有回过神儿来呢！呵呵！"于是，他起身让座，等这对年轻夫妇坐下来，便又问道："怎么样？你们按我说的做了吗？见效果了吗？"

他这一问，年轻娘子一下子红了脸，半含羞色，半含笑脸，低下了头，像一朵含苞欲放的粉红月季花。年轻男子则满面春风，两眼明媚，像一道春末夏初的绚烂晨光，笑道："啊呀，王大夫！我们完全按您说的做了，您的话果然神效：就在她第二个月行经后，我们行了三次房事，第三个月她竟然不行经了！这一下，我们俩，包括我们爹妈，都高兴极了！正好您让我们三个月以后来，我们就来了。您看看，她究竟是不是真的有身孕了？"年轻男子说着，脸上喜色荡漾，眼中盼意殷切。

王裕宽听着，也是一脸喜色，两眼盼望：如果真的怀孕，他们有祈求种子成功之喜、之盼，他则有指点种子成功之喜、之盼啊！

接着，年轻娘子坐在了王裕宽对面，伸出了她那指如笋、腕如藕、肤如雪的纤纤玉手。王裕宽伸手把脉，然而在他触到这位娘子的手腕时，先是一个男人摸住一个漂亮女人手腕的那种感觉：这种触觉真美，脉搏跳动的节律，仿佛是一个美女在弹奏一曲美妙的音乐；而脉搏跳动的意象，又仿佛是一个美女在表演一段曼妙的舞蹈！如此一刹那之后，才是一个医生为一个患者把脉的那种感觉：这种触觉真灵，脉搏跳动的节律，好像是一个男婴在哭天喊地；而脉搏跳动的意象，又好像是一个男婴在手舞足蹈！把着，把着，王裕宽心中生出了一个意念："有了，还是一个男婴！"于是，他继续把脉这位娘子的手腕，左手心、肝、肾，王裕宽切一会儿左手，一一诊视这位娘子及婴儿心、肝、肾三个脏器的状况；右手肺、脾、命（心包），他再切一会儿右手，一一诊视这位娘子及婴儿肺、脾、命（心包）三个脏器的状况。他将这位娘子的纤纤玉手把了又把，切了又切，前后总有一刻钟时间，最后才松开了手。只见他满脸笑容，两眼喜色，看了一眼年轻娘子，再看了一眼年轻男子，说道："恭喜你们！夫人怀孕了，而且很可能是一个男婴！"

"啊！果然是怀孕了？！还是一个男婴？！"年轻男子喜出望外，过来拉着王裕宽的手，激动地说道，"王大夫啊，您真是神了！我们结婚三年无子，求嗣求到您这儿，您没有为我们开一服药，只给我们说了一番话，竟然就治好病了，怀上孕了！您虽然年纪轻轻，却如此医道深厚，简直是神仙下凡啊！真是太感谢您了！如果我夫人将来果然生下一男，我一定敲锣打鼓来给您送匾！"

王裕宽一听"送匾"二字，蓦然间又想起那次梦境中爷爷曾说过"要给咱裕宽送匾送女"的话来，不由得想道："莫非爷爷在梦中所言竟然真的灵验？莫非这对年轻夫妇果真是高林村白家公子？"于是王裕宽客气两句："过奖了，过奖了！"便开始验证爷爷梦中所言："敢问公子：我还不知您是何方人氏、姓甚名谁呢？"

年轻男子说道："我是高林村人，姓白，名钦鼎。"

王裕宽听罢，不由得二目圆睁，满脸惊愕，暗暗想道：原来果然是高林村白家公子！梦中爷爷所言果真是灵验啊！真是神啊，奇啊！莫非这位白公子将来果真会给我送匾并且送女？

王裕宽这样想着，看了一眼白公子，再看了一眼白公子夫人，说道："哦！原来是高林村的白公子啊！失敬了，失敬了！"说着，起身拱了拱了手。白钦鼎起身还礼，说道："王大夫不必客气！"然后，两个人都坐下来，相互欣赏起了对方。

白钦鼎已然领略了王裕宽的医道医术，此时又注意到了王裕宽的人品。于是他看了一下王裕宽，暗暗想道：这位年轻的王氏妇科掌门人不仅医道医术高明，而且人品出众；我不仅要给这位道虎壁王氏妇科的年轻掌门人送一方大匾额，还应该为他保一桩好姻缘！

王裕宽也看了一下白钦鼎，暗暗想道：这高林村白家是方圆十里八乡有名的开金店买卖的大财主，是让人敬慕的一个乡绅；而白公子这么风流倜傥，是让人羡慕的一个男子；他妻子又这么美丽漂亮，是让人爱慕的一个女子；这白公子做事也会让人敬慕、羡慕、爱慕吗？——如果他给我"送匾"，将会是什么样的匾额呢？如果他给我"送女"，又会是什么样的女子呢？

第三部

# 一

　　王裕宽因白钦鼎夫妇求子而认识了这对郎才女貌的夫妇，萌发了春心，树立了羡慕的男样榜和爱慕的女样榜。由此，也对他们求嗣种子的事情格外上心。而白钦鼎因在王裕宽这里求嗣种子成功，不仅对王裕宽的医道医术非常佩服，而且对王裕宽的人品非常看重；因此，他对王裕宽下一步如何给夫人保胎、养胎也格外放心。

　　于是，怀孕后的前四个月，白钦鼎每月带夫人前来道虎壁找王裕宽诊视。王裕宽除了通过望、闻、问、切这四诊进行辨证治疗外，还要根据白夫人怀孕月数的不同开出不同的养胎药方：妊娠一月则服乌雌鸡汤，妊娠二月则服艾叶汤，妊娠三月则服雄鸡汤，妊娠四月则服菊花汤，妊娠五月则服阿胶汤。

　　到了怀孕五个月时，白夫人的肚子渐渐隆起来了，身子渐渐笨起来了。于是，白公子便与王裕宽商量，白家每月农历十三派轿车接王裕宽前去诊视一次。此时，王裕宽对白夫人的事情既已格外上心，白公子提出这样的请求，他也就恭敬不如从命了。

　　到了白夫人怀孕六个月时，已进了农历八月。八月十三这天，白家的轿车如约而来，王裕宽便也如约而去。

　　正值中秋，天空大地好一派清爽气象和丰收景象。但见天高灰雁远，日丽彩云煌。飒飒清风爽，飘飘熟果香。

　　从道虎壁村到高林村也就十来里路，王裕宽坐轿车一路向东向南走来，迎朝阳，披霞辉，浴清风，望雁阵，观云朵，看庄稼，嗅果香，听虫鸣，真是快哉乐也！

轿车走了一个钟头，便来到了高林村白家壮观的大院门楼前。此时，白钦鼎早已在门楼前迎候，他与王裕宽寒暄几句，便引着王裕宽进了宽敞整洁的外院，进了漂亮精致的中院，再进了豪华精美的里院，走进书香飘逸、宝气氤氲的白夫人闺房。

王裕宽从大门到里院一路走来，感觉到整个高墙大院内那富丽堂皇之象，那尊贵荣华之气，那儒雅雍和之风，几乎无处不在，无时不有，无人不带！——好一个买卖人家，好一个仁义乡绅，好一个书香门第！

王裕宽不由得暗暗感叹道：久闻白家之名，今见白家之实，果然名不虚传啊！这高林白家与西达蒲李家比较，虽然不如其规模宏大，不如其气势雄伟，但却更显得儒雅、雍和、精致，别有一番可敬、可赏、可赞的气象！

王裕宽在白钦鼎公子的带领下进了白夫人闺房，迎面正是一幅花鸟画。但见树梢两只鸟，枝上数朵花。一旁杨翠柳，满地跳青蛙。

整幅画笔墨清雅、妙趣盎然、寓意吉祥，可谓美矣，妙矣，善矣。

这幅画两旁又是一副对联：

两鸟同树睹花事

千枝随风听蛙鸣

这副对联笔法自然，如行云流水；意趣盎然，如春蝶夏蝉。最后落款是：白钦鼎撰并书。

王裕宽面对这幅画和这副对联欣赏一番，赞叹一番，然后二人分宾主落座。接着，一个文静娴雅的姑娘奉上茶来，一股茶香扑鼻而来，他一闻，正是铁观音的味道，不由得赞了一句："铁观音，好茶！"

白钦鼎笑道："王大夫也是品茶的雅人啊！这是我们福建分号的掌

柜刚刚捎回来的新茶！"

其实，就在这个姑娘奉茶时，王裕宽还闻到了花季少女身上飘逸出来的香气。他看了一眼，这个姑娘确实像花骨朵一样漂亮；再闻了一下，这个姑娘身上确实飘逸出来一股花蕾般的香气。于是，他在心中暗暗赞了一句："好漂亮的一个姑娘！"

白钦鼎虽未听到王裕宽赞叹的声音，却看到了王裕宽赞叹的眼神，于是他介绍道："这是夫人的妹妹雅儿，刚从梁赵村娘家请来，专门让她这几个月陪夫人的。来，雅儿，见过王大夫！"

于是，雅儿过来欠身施礼："谢谢！王大夫一路辛苦了！"说着，脸上泛红如花，含羞如霞。

王裕宽也起身拱手施礼："幸会！雅儿姑娘沏的茶真香！"说着，面露笑容，眼放光彩。

趁着双双见面施礼的机会，王裕宽再仔细看了一番雅儿：好一个美丽优雅的姑娘，与她姐姐白夫人站在一起，一个粉嫩，一个红艳，简直像一个树枝上先后开放的两只花朵！

而白夫人在一旁看着王裕宽与妹妹相互施礼的样儿，二人相互欣赏的劲儿，不由得萌生了一个念头：这二人倒是郎才女貌啊！

王裕宽在喝茶叙话间，顺便也"望"了一下，"闻"了一点，"问"了一番。他望着白夫人脸色红润光泽，形态微胖且壮，宜眼宜观，这正是最佳气色形态；再闻着白夫人身上既散发着粉黛之香，口中又飘逸出气息之芳，宜鼻宜嗅，这也是最佳气息味态；再问着白夫人吃饭如何、睡觉如何、行动如何、大小二便如何，并无异常，这又是最佳生活状态。如此望、闻、问三诊下来，王裕宽对白夫人的怀孕状况已经了然于心了，母亲怀孕和胎儿发育一切正常。

喝完茶，王裕宽再为白夫人把脉，通过这"切"诊，最后诊断白夫人的怀孕状况。王裕宽静静地把着白夫人的手腕，先是左手寸、关、尺，再是右手寸、关、尺，他把着，切着，感觉着，不知不觉间，两眼微闭于外而反视于内，时而见山洪暴发，一浪猛似一浪，滚滚滔滔而来，浩浩荡荡而去；时而见艳阳高照，晴空万里，远山巍峨，近树挺拔；时而见骏马奔腾，长风千里；时而见龙虎争斗，地动山摇……

王裕宽一边把着脉象，一边想着《黄帝内经·素问》中的话："秋脉者，肺也，西方金也，万物之所以收成也。故其气来，轻虚以浮，来急去散，故曰浮，反此者病。——有注家云：来急去散，如微风吹拂禽鸟之羽毛，轻浮而滑利，故秋脉有'秋毛'之说。"

白夫人的脉象与众医家的"脉经"恰恰相反！如在平时，则"反此者病"，王裕宽必紧锁眉头，需要为她仔细诊疗一番，辨证治疗一番了；而在此时，则"反此者孕"，王裕宽喜上眉头，要替她高兴一番，庆贺一番了："恭喜白公子！恭喜白夫人！不仅一切正常，而且男婴的脉象越来越明显了！"

白钦鼎夫妇一听，更是喜形于色，连连致谢："哦！太好了！谢谢王大夫，谢谢王大夫！我们家这怀孕之喜，特别是这怀男婴之喜，可全凭您王大夫啊！"

白钦鼎欢喜道谢之余，饶有兴趣地问道："敢问王大夫，您怎么诊断出正常还是不正常？是男婴还是女婴呢？"

王裕宽说道："就凭脉象啊！"

白钦鼎说道："就凭摸一摸脉搏强弱快慢就能诊断了？"

王裕宽笑道："不仅是摸脉搏，而且还得观脉象；摸脉搏只能知道强弱快慢这四种状态，观脉象却能看到千般万样的形态景象啊！所以，医家'切'脉，不仅是摸，而且还得感觉，还得想象。"

"哦？噢——"白钦鼎似乎不明白，又似乎明白一些了。他的眼神地晃荡在"似乎"之中，游弋在"明白"与"不明白"之间。

王裕宽看到了白钦鼎晃荡游弋的眼神，便继续解说道："比如白夫人这脉搏脉象，一般情况下，人在夏天的脉搏是强而欢，脉象则如洪水行河道，故有'夏洪'之称；而在秋天的脉搏是柔而缓，脉象则如清风吹羽毛，故有'秋毛'之称。而现在已是中秋时节，我所摸到的白夫人脉搏却比夏天时更强更欢，这并非秋季的正常脉搏啊！为何如此？因为白夫人身上怀胎，我所摸之脉并非白夫人一人之脉，而是白夫人与胎儿两人之脉。由此而言，两人之脉必然比一人之脉强盛，六月之胎又比五月之胎强盛，男婴之胎更比女婴之胎强盛。所以，白夫人的脉搏比夏天时更强更欢，不仅不是显示病症，而是显示胎儿在成长壮大呢！而我所感觉想象到的脉象，并不是秋水白鹭，也不是秋月清风，更不是秋虫衰草，而是洪水、艳阳、龙虎之象，所以，我从白夫人的脉象诊断，必是男婴无疑！"

白钦鼎听着，算是明白了，但却觉得王裕宽这"脉象"之说更神秘了，便继续探问道："王大夫啊，这脉搏强弱快慢容易感觉，也好理解，这千般万样的脉象是如何感觉到的呢？比如您刚才说的秋水白鹭、秋月清风、秋虫衰草以及洪水、艳阳、龙虎等等？"

王裕宽说道："这就需要修炼道行了。我一开始学医也是这样，只知脉搏有强弱快慢，不知脉象有千般万样，甚至不知道何为脉象。是我爷爷不断地教导我，启发我，我也不断地体会，感觉，顿悟，久而久之，才修炼成这样的。"

白钦鼎听着，仍然疑惑："体会，感觉，顿悟，久而久之？"

王裕宽继续解说道："白公子啊，世上万物皆可生花，万事皆可升华。草开花，树开花，庄稼开花，这似乎是自然而然的，草、树庄稼成熟则开花，这是人人所见，人人所懂。其实，文章、武功、医术乃至万事万物皆同此理，久而久之则成熟，成熟则开花升华。就和白公子您喜欢写字作诗一般，没有久而久之的功夫，哪能信笔拈来皆入法、随口说出都是诗？"

"王大夫过奖了！王大夫所讲真是精辟啊！"白钦鼎听了王裕宽这一番话，更进一步地明白医学医术了，而更让他确信无疑的是：这位年轻的王裕宽医术道行果然深厚，绝非常人可比，绝对是医术高超之人！如此，他对王裕宽也就更信了，更服了，更敬重了。

二

　　白钦鼎向王裕宽探问了一番医道医术，王裕宽则向白钦鼎夫妇嘱咐了一番怎样保胎养胎。然后王裕宽给白夫人开了一服怀孕六月的保胎养胎方子——麦冬汤，今天对白夫人的产前诊疗就完事了。

　　接着，王裕宽一边起身收拾用具，一边告辞道："白公子，今天就这样了，请给我备车吧！"

　　白钦鼎却说道："王大夫初次上门，又到晌午时分，哪能不吃一顿饭就走呢！况且，我夫人三年不孕，是您王大夫一席话，她才怀了孕，我们夫妻甚至我们父母都对您感恩戴德，早就想请您喝酒吃饭呢！来吧，我父亲早已在客厅恭候您了！"

　　如此情形，王裕宽也就只得从命了。

　　王裕宽跟着白钦鼎来到客厅，白老爷子果然在候着王裕宽呢！王裕宽上前赶紧施礼："啊呀，白老爷！劳您大驾！裕宽这里有礼了！"

　　白老爷子也起身回礼："王大夫客气了！您为我儿子、儿媳找到了病根，还让我儿媳怀了孕，这是何等的医术、何等的功德？老夫我上门敬谢都应该，更何况您今天上门来，我还不尽一尽地主之谊，表一表敬谢之心？"

　　"不敢当，不敢当！您过誉了，过誉了！"王裕宽说着，看了一眼白老东家：既雍容富态，像个有钱人的模样；又不失儒雅尊贵，是个读书人的气质。这分明是一位儒商，既是有道行的买卖人，还是有道德的读书人。一见其面相，再一感觉其气质，王裕宽便对白老爷子油然生出一种敬慕之感。

王裕宽再看了一眼里屋的山水画，但见七八棵老树依山临水，颇显苍茫苍劲；两三座高峰矗地冲天，更见雄魄雄魂！整幅画格调高雅大气，意境宏远浩渺，画中的山、水、树、峰、云、天亦真亦幻，亦象亦想，亦形亦神：三分似真，七分是幻；三分似象，七分是想；三分是形貌，七分是神魂。真是：高也高也，妙哉妙哉！

再看，山水画两边是一副对联：

宇宙万象堪入画

松柏千年得修心

最后落款是白老爷子的雅号。

王裕宽站着欣赏了一番，既是对字画的爱好，也是对主人的尊重，然后拱手赞赏道："白老爷果然是一位德高才高的儒商啊！您家的买卖字号遍布全国，您日理万机，竟还有心思在诗文下如此深厚的功夫！我虽以医为业，却也从母亲那儿学得一点诗文知识。您家这幅画，您这副对联，真是不负'高''雅'二字啊！"

白老爷子也拱手致谢道："王大夫过誉了！看来，王大夫不仅不愧于道虎壁王氏妇科掌门人的名位，也不愧于平遥城张登山老夫子外孙的名分啊！真是名医之后、名儒之后！"

说着，白老爷子请王裕宽落座，然后吩咐："翠英！给王大夫上茶！"

少顷，一个如花似玉的姑娘便迈着轻盈的脚步，给王裕宽奉上茶来："王大夫您请用茶！"

白钦鼎在一旁介绍道："这是我妹妹翠英！"

王裕宽一听，赶紧起身施礼："哦！多谢翠英姑娘了！"

翠英姑娘用她那水灵灵的眼睛看了王裕宽一眼，羞脸似泛彩云，笑口如含玉珠："不用谢！我哥哥嫂嫂都说您治病有灵丹妙药，是一个小神仙呢！您今天来了，我自应当给小神仙奉一杯茶呀！"说着，转身欲退，却又回头一眸，一个媚眼过来，王裕宽顿时感觉光芒四射，这一双媚眼里似乎放射出了百道光芒和百般魅力！王裕宽心里震了一下，眼神怔了一下，却看到这个翠英姑娘撩起竹帘出去了，只留下一个美丽的影子。

王裕宽望着白翠英姑娘的影子，不由得怦怦心动，一阵脸红，这白家院里的姑娘竟然一个比一个美丽漂亮！刚才在白夫人闺房里，她妹妹文静娴雅，如秋月挂树，美不胜收；而这位白公子的妹妹明媚靓丽，如朝阳映霞，春光无限。一个个都是闭月羞花之貌、沉鱼落雁之姿啊！

王裕宽收回眼神，再看翠英姑娘奉上来的茶水，竟像她本人一般漂亮可人！但见：茶色红亮透明，颇可观赏，仿佛是她脸上映射出来的颜色；香气氤氲弥漫，颇可品嗅，又仿佛是她身上洋溢出来的芬芳。王裕宽轻轻端起茶杯，观赏一番，闻嗅一番，然后喝了一口，再品味一番，赞叹道："好茶！又是一种好茶！多谢白老爷了！"说着，拱了拱手，点了点头。

白老爷子也拱手还礼，笑道："这是上等的武夷山大红袍，好茶当敬高雅之士嘛！王大夫论医术是高士，论风度是雅士，是名副其实的高雅之士啊！"

"不敢当，不敢当！晚辈何德何能，敢受白老爷如此抬爱呀？"王裕宽不好意思地说道。

白老爷子却继续赞赏道："王大夫虽然年轻，却既是世代名医道虎壁王家之后，又是为我白家带来孙子的大德大能之人，我岂有不抬爱之理？"

"前辈过誉了，晚辈还年轻才疏，哪敢称大德大能？"王裕宽说道。

白老爷子却说道："这大德大能与前辈晚辈无关，与年老年轻无关。不论前辈晚辈、年老年轻，造福于人便是功德，做事超人便是才能。您王家，那是有近千年历史的真正的世代名医，治病无数，救人无数，可以说功德巍巍啊！您本人，我儿子儿媳结婚三年没有一点怀胎动静，我们全家何等着急，何等忧愁，何等苦恼，是盼星星盼月亮一般，盼望着儿媳给我们怀上一个孙子啊！这两三年为了这事，我让他们四处投医，服药无数，可就是不见效果！今年正月初三到了您这儿，只是解说了一番医学之道，嘱咐了一番怀孕之法，竟不用服一药，也不用扎一针，我儿媳便怀孕了，还给我白家怀上了一个男婴！论才能，您不用一药而胜千药，这是'四两拨千斤'，非高人仙人不能如此；论功德，您成就一孙而造就我们白家三代人数十年幸福美满，这是'种一籽而得万粟'，非天德地德不可如此。对我白家而言，王大夫实在是大德大才啊！"

白钦鼎夫人的怀孕之事对白家来说实在太重要了，而王裕宽解决白夫人的怀孕之事也实在太高妙了。于是，白家上上下下对白夫人怀孕且是男婴是惊喜不已，对王裕宽是敬奉不已：美言美语，敬茶敬酒，赠钱赠物——既是对恩人表示敬谢敬酬之礼，也似向仙人表示敬仰敬慕之意。

当天晌午，白家漂亮的翠英姑娘亲自上手奉茶，白家尊贵的老东家及老夫人亲自出面敬酒，白钦鼎公子更是不离左右、跑前跑后，白家上下可谓盛情款待，好言、好语、好茶、好酒、好菜、好饭……如此如此，年轻的王裕宽哪里经受过如此的隆重礼遇，哪里享受过如此的豪华盛宴，哪里感受过如此的巨大成就感？王裕宽爽哉快也，欢哉乐也，美哉醉也！

午宴罢，白家封了二十个现大洋，算是给王裕宽一天的诊费；装了两盒月饼，算是给王裕宽中秋的节礼；再送了一罐大红袍和一罐铁观音，算是给王裕宽格外的敬意和谢意。然后，派上轿车，送王裕宽回家了。

三

当天，王裕宽把白家赠送的这些钱物交给了母亲王张氏，王张氏自是喜出望外，为儿子自豪，为王家自信。我儿子越来越行了，我王家越来越有希望了！

晚上，王裕宽想着这一天的事情，想着在白家各种各样的待遇，想着白家的上上下下众人，依然是爽不胜爽，美不胜美，乃至是醉不胜醉！

王裕宽独坐书房，思绪悠悠：今天我在白家受到如此高看，如此厚爱，真让人受宠若惊啊！何以如此？就因为我为他儿子儿媳找到了病根并坐胎了男婴。我又何能如此？就因为我是王氏妇科之后，得到了祖宗的真传；也因为我熟读医书，领悟了医道的真谛；还因为我勤奋出诊，经多见广，总结了各种患病人群的规律。既如此，为了将来做更大的事业，挣更多的钱财，有更好的未来，我必须悉心珍惜历代祖宗留下来的"道虎壁王氏妇科"这块金字招牌，把家传的这些秘籍掌握得更纯熟；我必须精心研究历代圣贤留下来的医经，把前圣前贤的这些医经领悟得更透彻；我必须勤奋用心，多多地诊视各种病例，把遇到的这些病例总结得更完备。唯有如此，我的医道医术才能进入"苟日新，又日新，日日新"的境界，我的名望名利才能进入"欲穷千里目，更上一层楼"的境界！

想到这些，他随手拿起一本四世祖王时亨编著的《王氏妇科秘方》翻阅起来。

王裕宽看书看到半夜三更时分，便放下书准备睡觉。他用热毛巾擦了一把脸，再用热水泡了一会儿脚，然后躺在了床上。然而，他像骒马打滚似的翻了几次身子，却没有了睡意，竟又回想起在白家的情景：白家大院的豪华精美，白老东家的宏达儒雅，白公子夫妇的和谐般配，那位秋月挂树般美不胜收的白夫人妹妹，那位朝阳映霞般春光无限的白公子妹妹……

自从见了白公子白夫人以后，他曾以白公子为羡慕的样榜，以白夫人为爱慕的样榜。而如今所见，白夫人妹妹比白夫人这位样榜还嫩几分，还可爱几分，完全可以爱慕；白公子妹妹则比白夫人这位样榜更媚几分，也更可爱几分，更可以爱慕！原来，那爱慕的对象只是在脑海里遥远而缥缈的幻想幻象；现在，却是出现在眼前的近在咫尺而实实在在的真人真形，而且是两个同样可爱可慕的真人真形！王裕宽偷偷想道：这两位姑娘都可爱，都可慕，能得其一足矣！如能选其一，则美矣！

此后三个月，王裕宽每月农历十三前往白家出诊。这样，按月份不同而为白夫人开出不同的保胎养胎良方：妊娠七月则服葱白汤，妊娠八月则服芍药汤，妊娠九月则服半夏汤……到妊娠十月时，果然顺利产下了一个男婴！

看到这个盼星星、盼月亮一般盼来的男婴，白钦鼎夫妇及其父母是何等欢喜！

于是，白钦鼎履行诺言，为王裕宽精心撰写并请人精心雕刻了牌匾楹联。然后，雇了六个人抬着披红挂彩的牌匾楹联，再雇了两班粗细乐队，一路簇拥着，吹奏着，红红火火、热热闹闹地来到了道虎壁村，向王裕宽家走来。

好一番红火热闹的景象！这番景象是冬天里的一团火，萧瑟沉寂的田野因此而显得温暖了，苏醒了；圪缩萎靡的村落因此而显得舒展了，活泛了。

道虎壁村人听到这番声响，看到这番景象，老老少少，男男女女，纷纷来到街上观看——

老的三五一伙，在旁边看着，听着，赞赏着："嗯，这一曲《百鸟朝凤》吹得好！"

少的七八一群，在后边跟着，随着，欢呼着："噢，唢呐吹得最好听！鼓儿打得最好听！"

女的如鸟儿，叽叽喳喳，絮絮叨叨，在旁边看着，说着，感叹着："哦？这是做什么呢？""这是高林村白家公子要给王裕宽大夫送匾呢！""啊呀，这王裕宽小小年纪竟然能赢得高林白家人送匾？了不得呀，真是了不得！""可不是嘛，这王裕宽得了他爷爷王贞老先生的真传秘诀，人虽小，医术高呢！"

男的如树儿，直直立立，稳稳重重，在旁边看着，听着，想着：这高林白家如此抬举王裕宽，看来这王裕宽虽小小年纪，却真有些本事呀！三国时的曹操曾说"生子当如孙仲谋"，我们道虎壁村人该说"生子当如王裕宽"！真是后生可畏，王家有望，这王裕宽为道虎壁村、为王家的年轻人树立了一个榜样啊！

白家送匾的队伍一路敲打着，吹奏着，在道虎壁村人的簇拥下，来到了王裕宽家的大门前。之前，早有报信的人通报了王裕宽。于是，王裕宽出来迎接，诊所里就诊的人也出来观看。

王裕宽上前拱手施礼，说道："多谢白公子抬爱！我王裕宽年纪轻轻，不敢受此殊荣啊！"

白钦鼎也拱手回礼，说道："王大夫过谦了！王大夫虽然年纪轻轻，却医术高明，可谓少年英才，当享受特殊之荣耀啊！"

"不敢当，不敢当！白公子过誉了！"王裕宽连连摆手。

白钦鼎却转身向围观的人群拱拱手，说道："诸位！咱道虎壁王氏妇科世代名医，造福乡人近千年，我白钦鼎真是久仰其名啊！今年正月我慕名而来，我们夫妇结婚三年未孕嘛，就想请咱道虎壁王氏妇科新掌门人王裕宽大夫为我们夫妇调经种子。此前，我们已经看过不少医生，吃过不少药，但都无济于事。这次来，王裕宽大夫为我们诊视了一番，没有开一服药，只告诉了我一些男女如何怀孕的注意事项，我们回去第三个月就怀孕了。如今十月怀胎，已经产下一男，快满月了！所以，我想说，咱道虎壁王氏妇科果然名不虚传，新掌门人王裕宽大夫果然少年英才啊！俗话说，有恩则报之，有善则扬之，君子也。我们高林白家也算是世代儒商传家，我本人也算是熟读诗书之人，王裕宽大夫对我们白家、对我本人有恩于此，有善于此，我们自当感恩扬善，所以我今天前来，就是代表我们白家上下向王裕宽大夫送匾送联致敬！"

白钦鼎说罢，粗细两班乐器响起，人群中鼓掌声、叫好声响起，好一番热闹红火的情景！

一曲奏罢，两个人抬着披绸挂花的一块牌匾走上前来，上面是四个端庄的鎏金大楷："王道仁术"。

白钦鼎说道："请王裕宽大夫接匾！"等王裕宽接匾到手，白钦鼎又指着四个大字解说道："何谓'王道仁术'？'王道'者，尧、舜之道也，文王、武王、周公之道也，也是咱道虎壁王氏妇科之道也，总而言之，'王道'乃爱民救民之道。'仁术'者，黄、岐之术也，扁鹊、张仲景、孙思邈之术也，也是咱道虎壁王氏妇科之术也，总而言之，'仁术'乃是爱命救命之术。咱道虎壁王氏妇科新掌门人王裕宽大夫该受此匾啊！"

接下来，白钦鼎又将披红挂花的两块楹联赠给王裕宽，只见上面是两行潇洒的鎏金行楷："中华医学渊源深，乃黄帝开也；王氏妇科传承久，其裕宽继哉！"

王裕宽接过匾后，白钦鼎对道虎壁王氏妇科，特别是对王裕宽又是一番赞美之辞，两班乐队又是一番红火热闹的敲打吹奏。

白钦鼎这番隆重的送匾送联仪式，使王裕宽门前欢天喜地乃至惊天动地！由当地名门望族高林白家，且是当地名士风流的白钦鼎公子，如此一番欢天喜地乃至惊天动地地送匾送联，分明是让人羡慕的荣耀，又是让人传播的广告啊！而这由名士、美言、妙书、金字、红木等荟萃而成的匾额楹联长年悬挂于门前，又是何等长久的荣耀和广告？！

由此，年仅二十岁的王裕宽名声大振，事业日隆，真正独立承担起了道虎壁王氏妇科新掌门人的重担，开始英姿飒爽地向着前方迈进，向着未来迈进！

# 四

到了腊月中旬，白家这个新生儿该过"满月"了。

白老爷子高兴，便吩咐儿子白钦鼎："咱这个娃娃不同寻常，得好好庆贺一番！你把咱们家的亲朋好友列出一个单子来，把请柬一一发出去，从腊月十八到二十，连排三天大宴！特别要记住，把人家道虎壁王裕宽大夫请过来，我要当着亲朋好友的面敬人家几杯喜酒！另外，也快过年了，满月和过年的一应所需就一起准备吧，从做'满月'到元宵节，咱们家就连着一个月排宴！咱们做这个'满月'呀，就干脆来个真正的'满月宴'！——从腊月十八一直排到正月十八，咱们天天排宴！人多则多排，人少则少排，剩下咱们自家人也要天天排。呵呵！借这个由头，咱就来个一个月时间天天排宴的'大满月宴'！"

白钦鼎听到父亲如此一番吩咐，自是为这个新生儿十分高兴，也为自己十分高兴，安排这桩事情也就十分用心，十分卖力，白家的这番"大满月宴"也就十分排场、十分豪华了。

寒冬腊月虽冷，但白家大门前披红挂绸缩花，色彩鲜艳；锣鼓唢呐笙箫，声响红火；香车宝马嘉宾，客人熙攘。于是寒冬仿佛盛夏，腊月犹如春天！

腊月十八，是白家招待本家近亲等各门叔伯舅姨的正日子。而到了腊月十九，则是白家招待至交挚友等各村乡绅名望的大日子，年轻的王裕宽竟也被白家排在了乡绅名望的名单，并与白老爷子同坐一桌！

一见面，白老爷子就当着众宾客介绍了一番王裕宽。再到开宴喝酒时，白老爷子挨个儿敬酒叙谈，到了该敬王裕宽时，又是一番赞赏："诸位！咱们这一桌都是一大把年纪的爷爷辈人了，也都算是德高望重的一方乡绅。单单王裕宽大夫是个二十出头的年轻人，论年龄该是咱们的儿子辈孙子辈人呢！为什么这样安排？我得说道说道，我今天办的是孙子的满月宴，而我这个孙子呢，得来实在是不易呀！我儿子儿媳完婚三年，没有任何动静。然后请了许多医生，吃了许多药，还是没有动静！把我着急的呀，还以为我老白家要绝后了呢！古人云，不孝有三，无后为大。如果我见不着孙子，将来百年之后如何有脸面去见列祖列宗呀！幸好今年正月我儿子儿媳趁串亲戚的空儿，去了一趟道虎壁，遇到了王裕宽大夫，结果不用吃一服药，只是教了一些怀孕之术，百日之内竟真的怀孕了，十月怀胎就生下我这个孙子了！王大夫医术高明啊，不愧是道虎壁王氏妇科的传人；王大夫功德巨大呀，因为他，使我儿有子，使我有孙，使我们白家有后，最终使我们白家上上下下全家人欢天喜地！如此说来，我今天岂能不把王大夫安排在上座？！"白老爷子说叨着，众宾客附和着，王裕宽则谦虚着，一桌人乐乐和和地喝起酒来了。

白家这番满月宴真是红火热闹，排场奢华。而王裕宽借白家的满月宴会，借白家的抬举礼遇，声名更响，人缘更广，于是心情舒畅，意气昂扬，觥筹交错，酒水满筋！

宴会罢，白家一位亲戚来到王裕宽跟前，拱手说道："王大夫！想请您借一步说话！"于是，他拉着王裕宽来到角落，说道："我是白老爷子的表弟，姓李，咱平遥岳壁村人，家里有买卖字号，也有若干顷田产，本来是一番好光景，可去年我儿媳得了一种奇怪的病，一个月犯一次病，一犯病就像跟上鬼一样，尽说些不着边际的胡话怪话，闹得我们全家人不得安宁！这期间倒也请了几位医生，甚至请了几位阴阳先生，但都不顶用！我以前虽听说道虎壁王氏妇科有名，但又听说自从王贞老先生去世之后，他儿子医术平平，他孙子太年轻，所以就没有到您这儿求医。如今听我表兄一说，原来您虽年轻，却医术高明，这一下我儿媳妇有救了！所以，还请您抽个空儿，尽快来我们岳壁村一趟，救救我儿媳妇，也算救我们全家了！"说着，这位亲戚连连拱手。

李财主如此说，既是求人上门，也是送钱上门，顶门立户、开门坐诊的王裕宽自然不能拒绝："李财主抬爱了！听您这样说来，我觉得您儿媳妇大概是妇科病，是月经病。反正，要治这种病，得先看病症再对症治疗，您儿媳妇这两天也不犯病，我去了也看不到病症，扎不了针，开不了药。这样吧，您先回去，您儿媳妇犯病时，您就赶紧来道虎壁叫我！"

李财主听罢，连连拱手道谢，说道："那好，那好！多谢了，多谢了！"

王裕宽当天坐着轿车回来，肚里装满了白家的美酒佳肴之食，心里又装满了白老爷子的夸奖赞扬之辞，浑身都是醉意和开心，心中暗暗喜悦：这白老东家如此抬举我，自然会引来更多的东家财主抬举我，也就会有更多的病人前来寻找我。这样，名声越来越大了，治病越来越多了，我的医术也就越来越精通了，我的家境也就越来越富裕了，我爷爷当年的辉煌也就可能在我身上重现了。

王裕宽回到道虎壁家中，大姐、二弟说了一番当天前来就诊抓药的情况和明天需要准备的事宜，没有啥特别的事情，王裕宽便回书房休息了。

王裕宽在书房沏了一杯茶，梳理了一番在白家满月宴上若干应酬事宜和若干嘉宾情形，打开自己的日记本，记事情之概略要点，录人物之姓名特征，再写下若干感想感悟等。

　　喝茶品茶间，王裕宽缥缈的思绪竟飘落在了岳壁村李财主儿媳妇的怪病上：一月犯一次病？这分明与月经有关。一犯病就像跟上鬼一样说胡话？像跟上鬼，则有肝不藏魂之疑。说胡话，则有肝不藏血之虞。他这样思考了一番，便把这种病圈定在妇科与肝脏的范围内，并在月经与肝经之间画了一条连线，然后，他的思绪便在这个圈子里、这条连线上徘徊起来了。于是，王氏妇科历代名医有关这种类型的病例及治方药方有序地浮现在他的脑海里，像排列整齐等待他挑选的兵器。《黄帝内经》《伤寒论》有关这种类型的论述及治方药方也有序地浮现在他的脑海里，像排列整齐等待他检阅的将士……如此"预演"一番，他便手中有"方"，心中不慌了。

# 五

　　到了腊月二十五下午，就在家家户户忙碌着准备过年的时候，岳壁村李财主派他儿子带着轿车来道虎壁请王裕宽了："王大夫，快过年了，我媳妇的病却又犯了，神神鬼鬼的，折腾得我们全家不得安宁！如果治不好，这一折腾就得六七天，恐怕我们全家连年也过不好了！我爹让我赶紧来请您，您救救我媳妇，救救我们全家吧！"

　　王裕宽知道李家人着急，于是，他处理完一番紧要之事，便随李公子前往岳壁村了。一路上，李公子情不自禁地说叨了一番媳妇犯病以来的种种苦处，王裕宽一边听着，一边问着，便算是一边坐轿车前行，一边"问"诊了。

　　轿车一路向东又向南，一路爬坡又爬岭，大约走了一个多钟头，便来到岳壁村了。此时，正是半下午时分，西天的夕阳正好直射着依东南丘陵坡地而建的岳壁村堡群落，远远望去，好一座壮观宏大而错落有致的村堡！这岳壁村在平遥城东南方向十余里处，正是平遥城周围平原地带与东南丘陵地区的连接区域，它背靠东南丘陵之雄厚，面向西北平原之平坦，遥望汾河则见巨蟒盘桓之状，俯瞰县城则如神龟匍匐之形。于是，得山形水势地利之美，久而久之，便发展成为一个繁荣的岳壁古堡。再延而伸之，扩而展之，以岳壁古堡为中心，向南扩展为南新堡，向北扩展为北新堡，就形成一个宏大的岳壁村堡群落了。

王裕宽坐着轿车先进了北新堡的北门，经过古堡，再走进南新堡，一处处大门高墙、一幢幢砖院楼房、一座座庙宇祠堂，让他一阵阵感受着浓郁的古风、古物、古色、古香。关帝庙、真武庙、观音庙、龙王庙、娘娘庙、五道庙……这一座座庙宇像一个个神佛的化身矗立于村堡中，无时无刻不在教人向善；敦厚宅、仁爱宅、诚正居、修齐居、耕读斋、诗书斋……这一个个匾额像一个个贤哲的灵魂守望在门口，无时无刻不在教人向美。王裕宽一路看着，想着，感叹着，乃至羡慕着："这岳壁真是一个古村、大村，也真是一个富裕村、文化村呀！"

李公子自是一番解说，他李家如何经商做买卖，如何读书出人才；邓家如何经商做买卖，如何读书出人才；村里有哪些大买卖字号；出过甚举人进士。王裕宽听着李公子的诉说，看着李公子的相貌，再观察一番李公子的精神气韵，心想：这李公子的家道人品应属上等，这样的家道人品神鬼即使不保佑，也不应该欺侮。如此，则他媳妇的病不会是冒犯了神鬼，而可能是冒犯了风气，如此，则风可用针药通之，气可用针药顺之，乃是针药可医之病。

说话间，轿车在一处高大巍峨的宅院门前停了下来，李公子先下了轿，再扶着王裕宽下了轿，说道："这就是我家了，王大夫请慢下车吧！"

王裕宽下了轿车，看了一眼李家高大的院墙和华丽的门楼，财势赫赫的气息和文华煌煌的气度扑面而来。如此一看，他便知道，这分明是一家老财主，也是一家雅财主。

王裕宽跟着李公子进了大门、二门、三门，然后进了里院，正房的李财主闻声赶紧出门拱手相迎："啊呀，有劳王大夫了！快请进，请进！"说着，亲自打开门帘，把王裕宽迎进了正房客厅。一进来，迎面一幅中堂字画，自是让人感觉到笔墨之香、儒雅之气。

宾主落座，李财主与王裕宽寒暄一番，佣人已奉上一杯散发着独特气味的大红袍茶来，李财主说道："王大夫请喝茶！"

王裕宽端起茶杯看了看，色泽晶莹剔透，再闻一闻，香气沁人心脾。说道："哦！武夷山大红袍！"然后喝了一口，咂了几下，赞赏道："嗯！好茶，好茶！多谢老东家雅意！"

茶是雅物，喝茶是雅事，敬茶和品茶是士大夫之间的雅礼。如此一番，人也罢，事也罢，物也罢，便都因茶而雅了；如此一雅，仁、义、礼、智、信、温、良、恭、俭、让这些古代圣贤传承下来的美德自然而然就在其中了。如此一来，则人人相贵，事事相谐，物物相美了。——好一番"茶"事了得，好一个"雅"字了得！

一番茶事罢了，李财主赞扬了一番王裕宽医术高妙，然后便诉说了一番儿媳妇的病症。王裕宽听着，想着，便也算是又一番问诊了。如此诉说一番，"问"诊一番，王裕宽便在李公子的陪同下来到东厢房进行"望"诊、"闻"诊和"切"诊。

此时，太阳尚未落山，东厢房的窗棂上还能看到夕阳撒下的余晖，在屋里映衬出一片泛红的亮色。这片亮色映着正坐在炕头绣花的李公子媳妇脸上，仿若一幅晚霞美人图！

王裕宽看了一眼这位少妇人，端端庄庄，文文雅雅，这哪像一个病人！说道："尊夫人现在看来一切正常啊！"李公子说道："平常，就和正常人一样，该做啥事做啥事，该说啥话说啥话。只有到了犯病的时候，就突然像变了一个人，和平常完全不一样了！"

这位少妇人看到王裕宽进来，知道是鼎鼎大名的道虎壁王氏妇科大夫，是为她治病而来的，脸上露出几分羞惭，一边起身让座，一边说道："王大夫请坐！我这不知道得了什么怪病了，请了好多大夫，吃了好多药，都不顶事！还有人说我跟上鬼了，每个月就来骚扰一番！不仅弄得我丢人败兴，人不像人，鬼不像鬼，而且弄得一大家人也跟上我丢人败兴！我真不想活了，一死倒干净利索了！我上辈子不知道是怎么造孽了，让我这辈子得这样的病，受这样的罪！"说着，说着，竟抽噎起来，两行泪珠从两只漂亮的眼睛里喷涌而出，滚落而下，像玉珠一般翻滚在华丽的绸缎衣襟上，隐形藏身了。

王裕宽听着，看着，怜香惜玉之情不禁油然而生，治病救人之任更是轰然而至！于是，他安慰道："少夫人请放宽心！我不敢说能手到病除，但我一定想办法给您治好这个病！"

这位少妇人一听王裕宽的话，高兴了，说话也放松了。于是，王裕宽询问几句，再听少妇人叙述一番，他对病症病因也就大体上了然于心了。原来，这位少妇人是在一年前有一次月经来潮时受了风寒，然后就得了这种怪病的。再具体来说，她是在一个寒风凛冽的晚上去了一趟二院的厕所受了风寒的。既如此，必是妇科病无疑，王裕宽也就更有几分把握了。

接着，王裕宽又挨近这位少妇人，给她把了把脉，其他经脉倒是正常，只是冲任二脉和肝胆二经略有寒虚之象。在把脉时，他也闻了闻这位少妇人的体味，并无明显恶浊之臭，倒是微微有芬芳之馨，其五脏六腑并无病患乃至腐烂，所以无恶浊之臭，这年龄正是女人开花结果的季节，所以有芬芳之馨。如此一"闻"一"切"，再根据其叙述病症，王裕宽也就可以圈定其病因了：妇科病兼肝胆病。如此，但等她发病显症时，再观察一下症候，便可对症下药或对症下刀了。

王裕宽把完了脉，便算初诊结束了。他起身准备离开这个房间时，在不经意间抬眼一看，发现了墙上悬挂着的一副桃木弓箭和一个照妖镜，再低头观看时，又发现了炕沿两边的炕席角下还各压着一把菜刀！他先是一惊，然后便会心一笑。

李公子会意，便解释道："这是请来的阴阳先生给安置的法器，说是用来镇妖伏魔的，但似乎不见效果。"

王裕宽说道："可以理解，兵来将挡，水来土掩，病来医治，鬼神妖魔来则阴阳法术镇。不过，依我看来，尊夫人这样的症状应该不是鬼神妖魔之症，而是妇科冲任肝胆之症。在一个妇人室内安置这些东西，既无鬼神妖魔可镇，倒是恐怕把主人吓着了呢！"

李公子说道："王大夫所言甚是！要不，我把这些东西取走吧？"

王裕宽说道："且慢！我若给尊夫人治好病，那我建议您还是取走这些东西为好；我若未能给尊夫人治好病，那我也就没有说话的资格了，您还是保持原状吧！"

"好！一切听您吩咐就是！"

天色渐渐暗下来，李家的晚餐宴席也安排好了，于是，王裕宽出了少妇人的闺房，在李公子的陪同下来到了餐厅。

此时，李财主已经在餐厅恭候。宾主落座罢，李财主亲自为王裕宽把盏斟酒：

"这第一杯酒——王大夫一路辛苦了，为您接风洗尘！请！"

"这第二杯酒——还请您费心费神，为我儿媳妇治好病！请！"

"这第三杯酒——您如果能给我儿媳治好病，我们全家都感恩！再敬您一杯！"

李财主诚意殷殷，礼仪谨谨，对待王裕宽有如敬奉神仙一般！

王裕宽理解李财主及整个李家人的心意，于是，他一一举杯回礼，但他知道自己的使命，哪能贪杯，只能一一抿上几口领了这些心意就是了。

吃完晚餐，王裕宽被李公子带到一间客房休息。他一边喝茶，一边想着这位少妇人的病症、病因，连带着又想到了可能的病理、治法、处方和用药。现在就只等她晚上病症发作时，再仔细看一看症候，便可确诊治疗了。

# 六

王裕宽在李家客房里独坐了约一个钟头，黑暗之色更深了，阴寒之气也更重了，再加上院大、墙高、房多而又人少的情形，整个院子显得格外寂静乃至阴森！

他蓦然想到：这个院子里阴气太重呀！这世间万事万物，都讲究个阴阳：阴阳调和则事顺物成，阴阳失衡则事败物毁。论人体五脏六腑，则腑为阳，脏为阴；论人体五脏六腑之器与官（功能），则官为阳，器为阴；论男与女，则男为阳，女为阴；论人与房，则人为阳，房为阴；论动与静，则动为阳，静为阴……这个院子房大房多而人少，所以阴气太重；而男为阳，女为阴，男人感受这个院子的阴气则可阴阳相合而致调和，而女人感受这个院子的阴气则会阴阴相合而致重阴！如此，这个院子里的女人本已重阴，再加整天大门不出，二门不迈，困于深宅高墙之内，锁于闺房绣阁之中，再添一层寂静之阴，再缺一层动弹之阳，这岂不是重阴之上再叠加一阴，为三阴？如此，若再内受饮食之寒，或外受风湿之寒，她们岂能不得阴盛阳衰之病？

王裕宽如此独坐静思了约一个钟头，李公子急匆匆地进来了："王大夫！俺媳妇开始犯病了！"王裕宽赶忙跟着李公子来到了这位少夫人的闺房。一进门，王裕宽好不惊讶！这位少妇人完全没有了白天的娴雅矜持，简直像一个街上的疯女人：她头发纷披，衣裳凌乱，眼睛无神，说话胡扯无据！

王裕宽站在炕沿前，全神贯注地"望"着"闻"着这位少妇人的一举一动、一言一语。

她一会儿面对着侧墙说："牛郎上了天了，哦，还担着一个担子，担子里坐着两个娃娃！喜鹊搭上桥了，噢，数不清的喜鹊呢！织女快来呀，织女快来呀！哦！织女驾着彩云来了！哦，织女哭了，两个娃娃也哭起来了，还'妈、妈'地叫呢！"一番话说完，竟流出了两行眼泪！

她一会儿又对着后墙说："咱后山的羊群让狼叼了！一只、两只、三只……啊呀，一群羊让狼叼走一半了！羊儿羊儿快回来，羊儿羊儿快回来！哦？羊儿怎么变成彩云了？这群羊儿原来是天上的一片彩云？啊呀，彩云怎么一下子不见了？唉！"如此一番，她又垂头丧气了。

她稍稍停歇了一会儿，一抬头看见了站在地上的王裕宽，眼睛一亮，说道："爷爷？您怎么来俺家了？您一个人来的？怎么也不相跟上一个人？俺娘娘（奶奶）怎么也不来看我？"她的眼睛好像看着地上的王裕宽，又好像看着空中的一个影子。

王裕宽听着，看了一眼旁边的李公子，轻声说道："她的爷爷娘娘——"李公子解说道："她的爷爷娘娘早已过世了！"

"哦！这种病果然'如见鬼状'！"王裕宽看着，想着，倒真有点阴森森的"鬼来了"的感觉，自己也有点毛骨悚然了。

他想到了"热入血室"症，以及医家的有关论述：

　　　　昼则明了，夜则谵语，热入血室。
　　　　热入血室而成结胸，由邪气传入经络，与主气相搏，上下流
　　行，遇经适来适断，邪乘虚入于血室，血为邪迫入于肝经，肝受邪，

则谵语见鬼。

　　　胸胁下满，如结胸状，谵语者，此为热入血室也，当刺期门，
随其实而泻之。


　　王裕宽正这样想着，这位少妇人竟又难受起来，又是喊叫，又是捶胸：
"啊呀，身上疼！啊呀，我身上疼得厉害！"喊着，捶着，还把衣裳撕
扯开了！

　　王裕宽看着，她这一撕扯，竟露出了圆满的乳房和白皙的胸脯！但
她却毫无羞色，依然时而喊叫，时而捶胸！此时，王裕宽眼前一亮，他
看到了她左胁下有一行红而近黑的色块！

　　李公子倒替媳妇害羞了，他正要给媳妇系上衣扣，王裕宽制止了他：
"且慢！还请李公子把尊夫人的衣裳全部解开——"

　　李公子稍一愣怔，还是听从王裕宽的话，把媳妇的右侧的衣襟也解
开了。果然，右胁下面也有一行红而近黑的色块！

　　王裕宽凑近一看，这一行色块原来是她胁下的一条毛细血管凸出来
了。王裕宽眼睛更亮了，这正是期门穴的位置！

　　他对李公子说道："尊夫人的病有治了！"说着，他从药箱中拿出
一根刀针和酒精棉花团子，凑近这位少妇人，先对着胸胁左边凸显的一
条毛细血管用沾酒精的棉花团子擦了擦，再轻轻刺了一下，于是，一行
黑红的血流了出来，再对胸胁右边的一条毛细血管用沾酒精的棉花团子
擦了擦，再轻轻刺了一下，于是，又一行黑红的血流了出来。然后，又
拿出两个小拔火罐，分别用酒精点燃，在两个刺点的周围扣上，拔了一
两分钟，又拔出一些黑血，再用棉花团擦了擦。然后，他便让李公子给
少妇人穿好衣裳。他则收拾针、罐、棉等用具入箱。

　　这时，少妇人经过刚才一番折腾，可能是累了、疲惫了，或是被王
裕宽放了两股血，也可能是虚了、困乏了，李公子刚给她穿好衣裳，让

她躺下，她便像孩童一般乖乖地睡着了。

"让她睡一会儿吧！她睡上一觉醒来，估计就好了。"王裕宽说道。

李公子将信将疑地送王裕宽出了闺房，来到客房。王裕宽说道："你且回闺房照顾你媳妇吧！她若半夜又犯病，你就赶紧来叫我，她若一夜安静无事，你就好好睡一觉吧。"

当晚，王裕宽知道自己找到了这个少妇人的病穴，只扎了两针放了放血，再用火罐拔了拔瘀血和风邪余气，应该就去了病根了。于是，他也好好地睡了一觉。

而这个少妇人和李公子呢，少妇人再无胸胁疼痛的折磨和如见鬼状的谵语，安安静静地睡了一大觉。她如此安静，李公子便也安稳地睡了一大觉。

次日早晨醒来，李公子看到媳妇面色红润，眼神活泛，动作敏捷，顿时喜出望外："媳妇！你的病让王大夫治好了！"

这个少妇人一觉醒来感觉浑身轻松，心神爽朗，再听男人这么一说，更是喜出望外："啊！我的病终于好了？！我终于正常了！"说着，感叹着，竟激动得滚出两行泪珠来，泪珠映着她那已然有神的眼睛，显得晶莹剔透，宛若明珠一般！

李公子看到媳妇痊愈如此，甚是可喜；美丽如此，甚是可爱！李公子一年多来为媳妇的病困扰不已，哪里有过如此可喜而可爱的感觉，于是，他不由得爱意盈盈，爱情荡漾，紧紧拥抱亲吻了一番妻子。

早餐时分，李公子笑盈盈地过来，一边请王裕宽用餐，一边感叹道："王大夫您真神！您扎了那两针，拔了那两罐，昨晚我媳妇再没有犯病，美美地睡了一觉。啊呀，您这治法真是厉害，病见了您就乖乖地被您降伏了！"

王裕宽昨晚就知道他已经治好了这个少妇人的病，现在得到李公子的确认，还是感到高兴，便也笑意盈盈地说道："那就好！那就好！再吃上几服药，应该就彻底治好了。"

# 七

王裕宽与李家父子一起用了早餐，然后李东家给王裕宽封了五十两银子表达感谢之意。李公子叫来轿车并亲自送王裕宽回道虎壁村，算是表达殷勤之心。

从岳壁村到道虎壁村一路是下坡路，于是，马儿轻松，轿车轻松。王裕宽为李公子夫人治好了病，于是，李公子愉快，王裕宽愉快。两个人一路轻松愉快地说起话来。

"王大夫，俺媳妇这病究竟是什么病？她怎么就得了这种病？"

王裕宽说道："这叫热入血室证。她在月经期身体虚弱，一旦受了外邪，邪热便乘虚侵入血室（胞宫），她自身之血与此邪热相搏斗而不胜，这种邪热便继续上侵，便又冲犯了肝经。这样，血室在下腹，肝脏在胸胁，所以就出现下腹或胸胁下硬满疼痛。而人体五脏的职责是肝藏魂、肺藏魄、心藏神、肾藏志、脾藏意，所以肝经一旦受了邪热便肝不藏魂，或者说肝不摄魂；这样，她的魂便脱离了人体，如同断线风筝，飘扬游荡，无遵无循，无常无理，也就出现了'如见鬼状'等种种奇怪的现象。为什么她白天神志清醒，夜晚神志异常？因为白天阳气盛，阳气是器官之功能或器官功能之助力，所以，阳气盛则可助肝摄魂，肝摄魂则神志清醒；又因为晚上阳气衰，器官之功能或器官功能之助力也衰，所以阳气衰则不能助肝摄魂，肝不能摄魂则神志异常了。"

李公子又说道："您那两针可真是管用！您治这病为什么不用药而是用刀针呢？"

王裕宽说道："凡病有千种万种，宜用药则用药，宜用刀则用刀。像尊夫人这种病，可用药，也可用刀。用药是众多兵卒包围慢攻之法，以十当一，笨拙费力，只是攻垒；用刀是一大将冲锋斩首之法，以一当十，快捷省力，可谓斩首；如此说来，攻垒何如斩首？但若斩首，一是须有大将，即医生须有手上功夫；二是须知病首，即医生须有眼光，能看到病首在哪里。非如此，则轻易不敢用斩首之法；若既无大将可用，又不知病首何处，就可能欲斩病首，反伤命根！如此后果，谁敢承担？谁能承担？所以，寻常医家治病常常用药攻之法，轻易不用刀斩之法。"

"那您再给俺媳妇开几服药的意思是——"

"大将斩了病首，还得动用众兵卒围歼众病兵病卒嘛！"

王裕宽回到道虎壁家里，给李公子夫人开了七服小柴胡汤处方：

柴胡（半斤）　　半夏（半斤）　　大枣（十二枚）
黄芩、人参、甘草、生姜（各三两）

李公子看了一眼王裕宽开出的处方，饶有兴趣地问道："王大夫，这些药有什么讲究吗？可否赐教一二？"

王裕宽说道："您夫人的病主要是因身虚受了风邪，造成热结于血，再郁于肝胆二经，所以导致胸胁疼痛难忍，晚上谵语如见鬼状。我那刀针刺期门穴只是斩了病首，但剩下还有病卒病兵散布于冲任二脉以及肝胆二经之中，虽无危害，但有麻烦。这七服药就是要驱除这些病卒病兵。至于为啥要开这几味药方，则其君臣佐使，各有所用。先说君药：柴胡为二月生苗，感一阳初生之气，香气直上云霄，又禀太阳之气化，故能从少阳之枢以达太阳之气；胆为少阳，有转枢功能，肝胆郁结则少阳转枢功能丧失；柴胡解少阳之郁结之气以达太阳，则少阳转枢功能恢复。再说臣药：半夏生于夏季之半，故称半夏，半夏感一阴之气而生，有启阴气上升功能；阴气上升则与阳气交融，如此则下之少阴气与上之阳明气调和，则去病矣。再说佐药：黄芩味苦寒，能解身体之热；人参味甘，能补五脏、安精神、定魂魄、止惊悸、除邪气；甘草味甘，性平，为九土之精，能温中下气、通经脉、利血气、解百药毒；大枣味甘，性平，能安中、养胃气、通九窍、助十二经、调和百药。而这几种佐药都有补脾养胃功能，而脾胃是人体之'中土'，还是人命之后天之本，更是人身气血之渊薮，'中土'不守则百病侵，'中土'坚守则百病退。再说使药：生姜有发热、发散和通窍之功能，发热则可以牵制半夏之阴气过盛，发散和通窍则可以帮助各种药气散布于身体各处并使邪气散发于身体之外。"

李公子听着，连连点头；听罢，连连拱手："受教了，受教了！"

王裕宽则拱手致谢："抬爱了，抬爱了！李公子既有兴趣，我自当知无不言！"

王裕宽知道李公子对此兴趣颇浓，待抓好药，便也兴趣盎然，又叮嘱了一番李公子——

"您夫人吃了这七服药这病就彻底好了。但您得知道：您夫人之所以被邪热侵犯，首先是她的身体出现了阳衰阴盛的情况，邪热才乘虚而入。所以，要想不得病，身体就得阴阳调和，就得从调理身体的阴阳方面下手。像您夫人这样的身体，以后还需注意补阳以抑阴。"

"那如何让她补阳呢？"

王裕宽说道："一是多劳动得阳。所以要适当劳动、行动、走动，总之得动起来。动则生阳，动则得阳。其实，悟出了中庸之道，便把一切事物成败兴衰之道也悟出来了。这个'中'特别值得玩味，既非'不及'，也非'过'。具体到生活中，人们往往觉得歇是福，劳是苦。其实，受苦人劳过了，歇当然是福；但富贵人歇过了，再歇便是祸。所以，对经常劳动的受苦人来说，需要注意适当地歇；而对经常歇着的富贵人来说，需要注意适当地劳；这样才能做到阴阳调和，做到既非'不及'又非'过'的'中'。要知道，歇上再歇是祸，劳上再劳也是祸。您夫人生在富贵之家，分明是歇得多了，劳得少了，静多而动少，所以就导致阳衰之症了。"

"那，二呢？"

"二是多行房事以得阳。男为阳，妇为阴，所以男女行房事便是男得阴以滋体，女得阳以活血。如夫妻不行或少行房事，则男阳不得女阴，阴阳不和；女阴不得男阳，也阴阳不和；不和则病。我猜测，您夫妻二人的房事是不是有点少啊？一般青壮年夫妻一月应有三到五次乃至更多房事，不知您二位？"

李公子听到这儿，脸上不免羞涩起来，但因是与王裕宽大夫探讨夫人的病，便也只得实话实说了："一月也就是一次两次，有时候一月一次也没有。"

王裕宽问道："为什么这么少呢？是不想，还是想而不行。"

李公子说道："一是母亲常叮嘱我节欲以养精，二是我读书时常看到有和尚道士节欲养精长寿的说法，所以就不怎么想这回事。"

王裕宽说道："您母亲所说，以及书上所说，都有一定的道理，但世上千般万般的道理都是因人因事因情而宜。如果一个人过于贪色，则须节欲以养精，过则节之减之；但一个人如果不及于贪色，则须纵欲以活血，不及则补之增之。其实，我们医家以黄帝为祖宗，而黄帝治国之道也罢，医病之道也罢，都讲究顺乎自然。所以，天生万物皆有所用，人生六欲也皆有所行。天既生物，则用之可矣，否则浪费；人既生欲，则行之可矣，否则浪费。在这桩事情上，您还是顺其自然为宜：有欲则行之，无欲则停之。行欲而得宜、得美、得精神，则可多行之；否则，可少行之。"

李公子仔细聆听，一一记在心里。

王裕宽继续说道："第三，多得子则更得阳。如您夫人能多有几个孩子，则更能得到阳气。您这院子太大，房子太大，所以阴气太重，女人住在这样的院里房里，则阴阴相叠，成为重阴乃至极阴。婴儿童子为纯阳之体，如果这院里房里多些婴儿童子，则可补母亲之阳，则母亲得阳和阴，阴阳调和，无病无恙矣。"

李公子连连拱手致谢道："多谢王大夫赐教！王大夫这一番赐教不收分文，却胜于百药千药啊！"

王裕宽笑道："教，值万金而不收一文钱；药，值一两则收十两银。教胜于药，而教又贱于药，历来如此啊！黄帝岐伯著《黄帝内经》与张仲景著《伤寒论》赐教义于百世千万医家，遗恩泽于百世亿万人民，可谓宏恩浩荡，这些圣人何曾向读者医者收取过钱财？而一芥野草一旦被圣人恩泽而得入药，则值一两而收十两，身价何止翻倍？何以'教胜于药，而教又贱于药'？我想其中的道理为：药为凡俗之物，形可见，味可尝，气可闻，重可称，而金银为凡俗物之统帅，所以可用金银等量；而教为神圣之物，无形，无味，无气，无重，高高超然于凡俗物之上之外，金银仰望之则高不可攀，远观之则遥不可及，殊非同类物，所以不可用金银等量也！"

李公子听王裕宽一席话，真有胜读十年书之慨，再次连连拱手道："听王大夫一番话，真是让我茅塞顿开啊！"

李公子此番亲自带轿车送王裕宽回道虎壁，不仅抓了七服药，更是受了一番一生受用的教！真是其劳则微，满载而归。一举两得，终身受益！

李公子在回家的路上，一边回味领悟王裕宽的一番说道，一边暗暗感叹称赞："看这王裕宽治病，听这王裕宽说话，他虽然年纪轻轻，却并非等闲之辈啊！他不仅是一位好大夫，还是一位好先生啊！"

# 八

当天晚上，王裕宽来到母亲王张氏屋里，先把岳壁村李家的五十两银子交给母亲，再把去岳壁村李家治病的情形给母亲叙述了一番。他这番出诊，治了病，赚了钱，也扬了名，自然十分得意，喜挂于眉梢，乐生于眼角！

看到这五十两银子，听着儿子的叙述，知道儿子一天天成长成熟乃至成虎成龙，他母亲更是满意了。

满意之余，王张氏不免教诲儿子几句："俺娃好好地继承祖业吧！有咱王家列祖列宗的保佑，俺娃一定能成了大气候！你要好好地学，好好地做。同时，也要带你弟弟们好好地学，好好地做。你们弟兄三人，将来都得靠祖宗传下来的这门技艺成人成家啊！古人说得好：'授人以鱼，不如授人以渔。'我知道你宅心仁厚，你挣了钱是会照顾弟弟们的。但是你一旦成了家有了媳妇，就和现在不一样了。他们如果能像你一样把咱王家的这门本事学到手，能独立行医挣钱，岂不是他们过得好了，你也省心了？"

王裕宽聆听着母亲这一番教诲，自然是恭敬从命："孩儿谨遵母亲教诲！"

母子俩叙谈一番，王张氏知道儿子累了，便让他回房休息去了。

王张氏看着儿子的背影，深感欣慰：他成人了，成才了，接下来该给他成家了。她再看了看那五十两银子，颇感快慰：有了岳壁村李家这份额外的奖赏，这个年也可以过得丰盛一些了。

次日已是腊月二十七了，王张氏拿出些银钱来，让娃娃们去村里的"百川汇"杂货铺买些酒肉糖果鞭炮之类的年货，娃娃们自是欢天喜地，相跟上出去了。

再到了腊月二十八，高林村白家竟派管家和两个佣人给王裕宽家抬来一个三层食箩，里面放置了三桌子八碗八碟宴席！王张氏看到这些真是又惊又喜：赫赫有名的高林村白家送年货给我们王家，这是何等高贵的礼遇！而三桌子八碗八碟宴席，又是何等丰盛的年货！当然，惊是惊，喜是喜，礼是礼，王张氏毕竟是张门中的大家闺秀，又是王门中的掌门媳妇，她该收的收了，该回的回了，该赏的赏了，言语礼数周全，白家派来的管家对王家这位张夫人不敢有一点小看低看，倒是暗暗敬佩乃至敬仰呢！

送走了白家人，王张氏安置了白家送来的这些礼物，回到屋里不禁又一番对儿子王裕宽赞叹：俺儿真是行啊！这才刚二十岁的人呀，就这么能给家里挣钱财、赢名望！这两年，他是接二连三地带来惊喜！这个大年真是一个丰盛的大年啊！这王家昔日的兴旺景象似乎又悄悄地回来了？！俺儿有像他爷爷王贞老先生那样的造化？！然后，便是一番对高林村白家的赞赏：俺儿确实医术高明，凭他的医术让白家媳妇怀孕生子。然而，这白家人对俺儿的酬谢也实在丰厚有余，对俺儿的礼遇也实在是格外高！这白家虽是买卖人家，却如此仁义厚道，分明是一个让人敬佩、羡慕、赞扬的仁义财主啊！

那高林村白家又何以对王裕宽如此"酬谢丰厚有余""礼遇格外高"？一则白家确实是因得子而喜出望外，所以由喜而礼，便也礼出格外了。二则白家确实是仁义财主，所以重仁重义胜于重钱，便也不吝钱财了。更重要的是，白家不仅想与王裕宽维持一种良好的医患关系，而且想与王裕宽结成一种婚姻关系：白家人都一致看上王裕宽了！

首先是女儿白翠英看上了王裕宽，她天生聪明漂亮，所以自尊自爱更自信，一般的少爷公子根本入不了她的眼，入不了她的眼她便不理不睬更不嫁！再加上从小娇生惯养，父母也不忍强迫，只得由着她的喜好来，于是就有些耽搁了。而且，这白翠英的属相是羊，按当地的迷信说法认为，属羊的女子命运不好，所以许多讲究的人家也不愿意把属羊的女子娶进门来，这样就又有些耽搁了。所以，白翠英如今二十岁了，尚未谈婚论嫁。但今年她哥哥嫂嫂得子了，一家人对王裕宽赞赏有加，礼遇有加，她便觉得这王裕宽是个非凡人物；再一见面，看到王裕宽青年英俊，一表人才，于是怦然心动，一见钟情了。

然后是她父母亲看上了王裕宽，女儿白翠英二十岁未嫁，已经快成了他们的心病，如今女儿看上了这个王裕宽，他们也就看上了王裕宽。而且，论家族，王裕宽家虽然不如他白家兴旺富有，但人家道虎壁王家也是平遥名门望族，两家结亲也不算辱没他白家；论本人，王裕宽人品才能出类拔萃，在平遥名门望族的少爷公子中可谓百里挑一，恐怕打着灯笼也找不到这样的主儿呢！还有，女儿的属相是羊，而王裕宽的属相也是羊，属羊的与属羊的婚配正好相合。如此，既然王裕宽的家族名望、本人品格乃至属相都可以了，自己的宝贝女儿又喜欢上人家了，他们还不赶快成全！

至于她的哥哥嫂嫂则早就看上王裕宽了，妹妹白翠英既然喜欢王裕宽，他们自然乐见其成，也愿助其成；如果妹妹白翠英不喜欢王裕宽，他们还有心思给雅儿说媒呢！

如此如此，这高林村白家对王裕宽也就"酬谢丰厚有余""礼遇格外高"了，暗暗地为谈婚论嫁做铺垫呢！

1915年春节过后，岳壁村李公子于正月初四前来高林村白家串亲戚，说起他媳妇的病如何难治、道虎壁王裕宽大夫又如何妙手回春，李公子当着白家人的面对王裕宽自是一番敬佩赞赏之语！白家人得知王裕宽这又一桩妙手回春之事，再听了李公子对王裕宽这又一番赞誉溢美之词，他们对王裕宽就更是心动心仪，并且由心动而行动、由心仪而礼仪了。

待李公子离开白家后，白老爷子与儿子白钦鼎不免感叹赞叹一番："王裕宽这个年轻人确实非等闲之辈啊！"

白钦鼎听着父亲的话，揣摩着父亲的心思，说道："既然这样，那咱就打定了主意，赶快请媒人提亲吧？我看这王裕宽也是抢手货，咱下手迟了，恐怕就被别人家抢到手了。"

白老爷子想了想，说道："主意是打定了，既然打定了主意，也就该进一步行事了。但是咱毕竟是女方，要是太过主动了，事情成了还好；万一不成，岂不是既失了咱们白家的身份，也丢了你妹妹的颜面？我看先不能请媒人，一旦不成，媒人的嘴还有把门儿的？"

"那怎么办呢？"

白老爷子又掂量了一番，说道："我看这样吧，反正你和他也熟了，不如你先探一探他的口气，看他和别人有没有谈婚论嫁？如果没有，看他对咱白家、对咱翠英有没有这样的意思？如果他对咱白家、对咱翠英有这意思，你也就顺势表明咱白家、咱翠英的意思。这样，事情就八九分成了，再让他请媒人来咱家提亲……至于一切银钱彩礼方面的事情，让他不用担心，咱全包了都行！"

白钦鼎领了父命，正月初六便坐上轿车来道虎壁请王裕宽：名义是给他媳妇看病，实质是给他妹妹提亲。

王裕宽一看白钦鼎来请他，哪敢怠慢，把前来求医的病人一一诊视完，一一开了处方，再交代一番姐弟们，便跟上白钦鼎来高林村了。

一路上白钦鼎与王裕宽闲聊着，便聊起了王裕宽的婚姻："王大夫一过年就二十一岁了，也该谈婚论嫁了吧？"

王裕宽说道："该是该了。但俺家这条件，俺爹去世得早，家境也不如以前了。俺姐姐今年二十三岁了，刚说下了一门亲要今年办呢，总不能太寒酸，总得准备一份嫁妆吧！我们家这两年攒的钱就只能先顾俺姐姐的嫁妆了。等俺姐姐嫁了，我们家再攒些钱，再说我谈婚论嫁的事情吧！况且，我现在每天忙着看病治病，配药卖药，晚上还要看书学习，要研究思考历代医家应对各种病的诊法治法、各种药方的配法用法。所以，我是既没有闲钱，也没有闲工夫，也就顾不上谈婚论嫁了！"王裕宽说着，有点无奈地笑了笑。

白钦鼎也笑了笑，说道："不过，以你道虎壁王家的声望，再以你王裕宽大夫的医术，想高攀你的人家恐怕不少吧？"

王裕宽说道："上门说亲的倒是有，但那也得门当户对、郎才女貌啊！这些说亲的不是我不配上人家，就是别人配不上我，所以，就更提不上谈婚论嫁了。"

白钦鼎听到这里，那颗悬着的心算是放下来了，这就好，他还没有谈婚论嫁就好！

轿车来到高林村白家大门前时已是中午时分，王裕宽跟着白钦鼎来到白夫人闺房，看到她面色红润，眼神泛彩，还显出了一二分脸胖、腕胖、手胖来！她哪会有病？待摸了摸脉搏，左右寸关尺都摸了，并无什么症候，只是阳明胃经稍微显有一点"沉""数"而已！

白钦鼎看着王裕宽把了一会儿脉，并不言语，待出了外屋，他问道："我媳妇有什么症候？"

于是，王裕宽笑了笑，说道："尊夫人只是生了娃娃以后因哺乳而食欲食量大了，导致稍有一点胃气而已！可治，也可不治，均无大碍。"

白钦鼎说道："怎么讲？治又如何？不治又如何？"

王裕宽说道："一般女人生了娃娃都是这样，为了长奶，总要多吃些东西；多吃了东西，不仅长奶，身上也会长肉，同时脾胃负担就有点重了。像这样的情况，如果不治，到娃娃断了奶，她们的食欲食量自然就恢复原样了；如果治，也不必药治，只需食证食治，而且只需一个'减'

字：让她的食量减少一二分即可。”

说着，王裕宽笑了，白钦鼎也笑了。

此时，白家早已准备了一桌丰盛的午宴，白老爷子隆重出面，儒风习习；白钦鼎少爷殷勤尽礼，雅意忱忱；白翠英小姐则喜气洋洋，笑脸盈盈，看似桃花映帘，感似春风拂面！

王裕宽此番来白家，哪里是把脉看病，分明是赴宴吃请！

午宴罢，白钦鼎亲自送王裕宽回道虎壁。此时，二人都喝多了一些酒，便也都放开了一些胆，于是都敞开了心扉。

王裕宽说道：“白公子啊，您今天叫我来，主要不是让我把脉看病，而是让我赴宴吃请吧？”

白钦鼎笑道：“其实，今天请您来呀，主要不是请您给我媳妇把脉看病。”

“那——”

“是我要给您‘把脉看证’呢！呵呵！我和您挑明了吧：今天主要是看看您谈婚论嫁了没有，如果有，则罢了；如果没有，则我想给您保一桩媒！”

“啊？！”

“我和您说实话吧，我想把我妹妹翠英许配于您！您觉得我妹妹翠英怎么样？”

“啊？这——”其实，王裕宽心里早已暗暗喜欢上白翠英了，而且他也隐约感觉到白翠英以及白家人也对自己有那意思，但两家的门槛儿高低不般配，白家是大富之家，而王家只是一个小康之家。所以，他只是偶尔想一想而已。现在，他蓦然听白钦鼎这么一说，又惊，又喜，又怀疑，还迟疑。

白钦鼎看着王裕宽犹豫迟疑的样子，有点尴尬了，说道：“怎么——看不上我妹妹？”

王裕宽一看白钦鼎的脸色不好看，赶紧说道："哪里！您白家这么有钱有势，您妹妹这么聪明漂亮，我早就暗暗喜欢，只是不敢高攀啊！"

"这么说，您愿意娶我妹妹？"

"可是，我家实在是配不上您白家呀！"

"我只是问您愿意不愿意？如果您愿意，您就和我爹说去，让媒人来提亲；至于我们家的事，您不用担心，由我全包了！"

王裕宽听着，暗暗欢喜，不过他还得再确认一下："白公子您说的是真的？不是酒后说胡话吧？"

白钦鼎一本正经地说："当然是真的！嘿嘿！喝这点儿酒只是敢放开胆子说话了，哪能说胡话！"

于是，王裕宽拱手道："那我就'阿弥陀佛'了！如果我娶了您妹妹，那我一辈子感谢您这位大兄哥！"

"那您就一辈子感谢我吧！呵呵！行了，您今天回去就和您母亲说说这件事，说好了就请媒人到我家提亲！"

# 九

当晚，王裕宽脑子里盘桓着白家的事情，耳旁回旋着白钦鼎说过的话，来到母亲王张氏屋里。因为心里有事，他与往常大不一样，面色似羞似喜，说话欲言又止！

王张氏觉得有点奇怪，便问道："俺娃今天这是怎么了？"

王裕宽迟疑了一阵，便将今天去白家的情况和白钦鼎在路上说的话一五一十地告诉了母亲。

王张氏一听，喜出望外："原来是这样，这是好事喜事啊！怪不得！

我还盘算高林白家怎么对俺娃这么好呢？原来白家不仅看上俺娃的医道医术，还看上俺娃的人才人品了！呵呵！"王张氏说着，笑着，口如桃花，脸如梅花，乐在嘴角，喜在眉梢！

这几年来，虽然因丈夫王德一早逝，让王张氏早早地守了寡，当了家，受了累，吃了苦，她对王德一既怀念，又埋怨，你为什么要早早地死了，抛下我们孤儿寡母呀！但这几年，却也因儿子王裕宽掌门立户以来，医术一天天提高，诊所一天天兴旺，名声一天天显赫，事业一天天发展，而且常常会给她带来惊喜之事！今天这桩事就是一个大大的惊喜啊！

但王张氏毕竟是一位大家闺秀，她先是乐了一阵，喜了一阵，然后便为儿子的终身大事把关了。

"那你打心里喜欢这个闺女吗？咱可不能为了她家的钱财嫁妆，而不顾她本人的长相品行。"

"我打心里喜欢她。只是怕高攀不上，不敢说出来呢！"

"她长相好看？"

"嗯。她浓眉大眼的，红花桃色的，好看，喜人！"

"她身材身体还好？"

"她身材苗头，中等个儿，挺入眼的。她身体也好，走路轻轻盈盈的。"

"她脑筋好不好？"

"我看她的眼睛定则有神，转则有灵，应该是一个聪明人。她说话声音清亮，言语得体，也像一个聪明人。"

"她的性格呢？"

"应该算是大方爽朗的性格吧。"

"她今年多大？"

"和我同岁。"

"哦，同岁不如小几岁的，不过倒也行；女子属羊命不太好，不过你也属羊，你俩掰了群倒也好。噢，他们家看上你也有这方面的原因，一般男方不想娶属羊的女子，而一般女方又不愿意嫁属羊的男子，你们俩正好对上铆了。"

王张氏如此一番问话，算是对儿子眼中的媳妇有了初步印象，也算是把了第一关。满意。

然后，她又说道："可是，以我们家现在的条件，刚给你姐姐准备了嫁妆，再给你准备彩礼……"

"他们家说了，彩礼以及钱财的事咱们不用上心！"

"要不就是把你姐姐的嫁妆匀出一半来，给白家做了彩礼。"

"不用！女人的嫁妆就是到了男人家的分量，姐姐嫁妆少了，到了男方家会让人家轻看，不能委屈了俺姐姐！"

"那你彩礼少了不也让女方家轻看嘛！况且没有彩礼呢！这不更委屈你了？"

"我这不一样，白家是大富人家，不在乎彩礼，他们主要是看上我这个人了！再说，姐姐嫁到男人家，是整天在男人家生活呢，男人家要轻看她，她就难受了；可我娶媳妇到咱家，她是整天在咱家生活呢，他白家即使轻看我，又能如何？姐姐带上一份体面的嫁妆嫁过去，男人家高看她，她不会受委屈；白家闺女带上一份体面的嫁妆嫁过来，咱家高看她，她自然也不会受委屈，可咱也不会受委屈呀！"

王张氏听了儿子王裕宽一番话，感动得流出了泪水："俺儿真懂事，真仁义！唉！也怪世事变乱，你爹又死得早，咱们家道衰微，一遇大事就手头拮据，陷入窘境了。"

王裕宽劝慰道："妈你也不用难过，咱们家现在不是又一天天好起来了吗！再有三五年，咱们家说不定就恢复到我爷爷那时候的兴旺景象了。"

王张氏止住了泪，又把心思转到了王裕宽的婚事上，想到了这个白家的小姐，便又担心起来：如果这样办了，我们家这样寒酸，白家那样排场，无形之中，这白家小姐进了门就会趾高气扬！这样，岂不是请了一尊姑奶奶、佛爷爷进门吗？这样，我儿乃至我们一家不就变成这位白家小姐的奴仆佣人了吗？不行！我儿是娶媳妇，而不是请姑奶奶、佛爷爷。既是娶媳妇，那她就得像个媳妇的样子。要好好生儿育女，要好好相夫教子，还要下厨房做饭洗碗，还要去药房制药抓药。——我得为我们王家、为我儿把好这个关，我得把这些丑话说在前面！

当晚，母亲王张氏把这些想法和要求都一一向儿子王裕宽说了。

几天后，王裕宽又把母亲这些想法和要求都一一向白钦鼎说了，然后，白钦鼎再把王家母亲的这些想法和要求一一向父母亲说了。

白老爷子听罢，笑了笑，说道："呵呵！这亲家母还是一个厉害的主儿呢，能撑得起王家的门面来！不愧是张登山老夫子的孙女，虽然家道有点衰了，家风却不衰；虽然家里有点穷了，心志却不穷！家风在，则家道复兴可期；心志在，则经济复兴可望！王家这位女掌门人呀，有骨气，有心气，是个人物！不像有些穷人，穷怕了，一见钱就成了孙子。骨头一软，下跪是了；心志一迷，膜拜是了！至于礼、义、廉、耻、名、节、操、守，啥也不顾了！我看，人家提出的这些要求合情合理，再让咱翠英听听这些要求吧。"

白翠英一听王裕宽愿意娶自己，自是欢天喜地，笑靥如花！然而，再一听王家提出的要求，却又蹙眉愁眼，嘴噘如山了："生儿育女，相夫教子，我不会呀！做饭洗碗，制药抓药，我更不会呀！当他家的媳妇这么麻烦呀！"

一家人听着这娇小姐的话都笑了。

她母亲笑道："姑娘家的，谁会生儿育女、相夫教子？嫁过去了，自然就会了。"

她哥哥笑道："咱们家的闺女，哪会做饭洗碗、制药抓药？不会不怕，只要你肯学就行。如何做饭洗碗，婆婆自然会教你，如何制药抓药，王裕宽自然会教你。"

白翠英听着这些，还是发愁不已："啊呀，嫁人这么麻烦！我干脆不嫁人了！"

一家人听着她这天真的话语，看着她这可爱的样子，哈哈大笑了起来。

最终，白翠英为了嫁给王裕宽，她慷慨地答应了王家提出的那些要求，不再做白家的娇小姐，而要做王家的好媳妇！

白家人如此开通开明开朗，王张氏自是欣慰欣喜欣赏。我儿这桩喜事分明是梧桐招来凤凰，我儿将来的前景分明是欣欣向荣的啊！

这样，两家人私底下沟通好了，明面上再由王家请一个媒人到白家提亲，王裕宽与白翠英的婚事一切水到渠成，顺心顺意顺利。时间上，姐姐的喜事在夏初排场体面地办了，王裕宽的喜事便定在了中秋。彩礼上，王家无须置备，只需腾出一间新房即可，甚至，连新房的所有家具全由白家出钱到大字号"恒德行"木器铺定做，婚礼前当作嫁妆提前送过来！新房安置得齐齐整整、排排场场、漂漂亮亮，如此一来，王家宛如白家，出嫁仿佛搬家！

到了结婚典礼这一天，白家的陪送嫁妆和陪送队伍更是排场豪华：大铺小盖一叠一叠，绫罗绸缎一匹一匹，短衣长裳一包一包，或抬或担一箱一箱，或推或拉一车一车，几十个装着嫁妆的箱子和几十辆载着嫁妆的车子蜿蜒排列而来，从道虎壁村东门进来一直到村里的丁字口，把一整条东大街全占满了。满街都是高林村白家的送亲队伍，满街都是高林村白家的陪嫁彩礼！再加上排场鲜艳的八抬大轿和两班乐队，锣鼓唢呐之声喧天，笙箫丝竹之音绕梁，简直像九天仙女下嫁来了！

眼看着王裕宽娶上了高林村白家的千金小姐以及如此丰厚的陪送嫁妆和如此隆重的送亲场面，道虎壁村人自是羡慕不已，赞叹不已！

"王贞老先生以后，王家好像是一天天衰落了，可这王裕宽掌门以来，王家又好像是一天天兴旺了！"

"这王裕宽才二十来岁的人，就闹腾得这么厉害，将来更了不得啊！"

"王家和高林村白家这么一结亲，就像周瑜借了诸葛亮的东风，将来更要'火烧赤壁'，可要'火'呢！"

第四部

# 一

高林村白家千金小姐白翠英嫁给了王裕宽，真是"一人惊动满天喜"，不仅王裕宽一家人喜气洋洋，也不仅王氏家族喜气洋洋，连整个道虎壁村都喜气洋洋！于是也就连动十里八乡，名声远扬了。

王张氏看到儿子娶回像花朵一般的白翠英做媳妇，攀上像大树一般的白家老爷为岳丈，又得了堆山一般的家具衣裳、绫罗绸缎乃至更贵重的珠宝饰件，哪能不为儿子王裕宽感到欢喜、欣喜乃至惊喜？！

她不由得暗暗感叹。娶上这样的媳妇，我儿有福啊！攀上这样的岳丈，我儿有命啊！

但王张氏毕竟从小熟读诗书，熏陶儒风，其眼观非常人所能观，其耳听非常人所能听，其心思心悟更非常人所能思能悟，所以，她在欢喜、欣喜乃至惊喜之余，却也担心、担忧乃至担愁！

她不由得暗暗思虑：古人云，万事皆有因果。我儿能得到白家以及白家小姐的欣赏，并得到其人其财，自然是因了他人品才品出众，也因了我王家世代名医的祖宗庇荫，但盘算下来，此"因"还是小于彼"果"啊！如此，果大而因小，正像果繁重而枝弱嫩，恐不堪其重，恐眼前是福而身后有忧啊！古人又云，福勿苟得。如此，还须培因、壮因，方可使因符合其果，枝堪任其果，才能免除其后顾之忧。我儿该如何培因、壮因？那就是继续修炼提高他的人品才能，继续推进发展王氏妇科的事业名望。不过，我儿已经走上了由应然到必然，再到自然而然的成长成熟正道上，不须我说，他自然而然就会去做。此外，这人生因果，还讲究一个平衡平等：果小于因，便是积，便是人欠；果大于因，便是债，便是欠人；果等于因，便是酬，既无人欠，也无欠人。人欠者，他会来还；欠人者，他会来取。而天包于人、神于人、灵于人而代人"把秤"，所以，若人欠而不来还，则天会代还；若欠人而不来取，则天会代取。如此，从人生因果而言，我儿得了这样大的果，分明是欠了白家、白家小姐抑或是老天爷的一大笔债，他将来得向白家、白家小姐抑或是老天爷还这一大笔债啊！

母亲王张氏思虑的这些深邃道理，儿子王裕宽未必能懂。但他宅心仁厚，仁则天之道，厚则地之德，这就等于他生而得天之道、地之德。于是心既得之，行则符之，即使他对这些深邃道理未懂未悟，他的所想、所言、所行自然而然就会遵循这些深邃道理。

王裕宽将会如何还这一大笔债？首先是爱。爱谁？爱白翠英小姐。论因果之债，她是直接的债主，一切债皆因她而来；论男女之爱，她是真正的爱主，一切爱皆因她而来。于是，因爱而有债，亦因爱而还债；无爱怎有债，无爱怎还债？因她爱你，你有债了；因你爱她，你还债了。于是，一切是爱，爱是一切。那么，爱就是了。

当天，王裕宽与白翠英的完婚礼仪一一完了，两位新人进入洞房的礼仪也一一完了。随后，新娘白翠英被"跟大嫂"把她的衣裳从外到里一件一件地剥了脱了，直剥脱得一丝不挂，赤身裸体，才让她钻入了被子；然后，新郎王裕宽也被"跟大嫂"把他的衣裳从外到里一件一件地剥了脱了，直剥脱得一丝不挂，赤身裸体，才让他也钻入了同一条被子。

新娘白翠英天真纯洁，懵懂无知，她身临这样的处境，顿时脸上羞红如霞，身上情涌如潮；新郎王裕宽虽是妇科名医，早已知晓男女之事，但究竟是"纸上得来"，如今初次体验这男女之事，还是觉得新鲜、美妙、兴奋！他二人早已见过面，曾心生爱慕，在心中碰撞出了火花；如今他二人又赤身裸体睡在了同一条被子里，随即性生爱欲，在身上燃烧起了火焰！两个新人热烈地搂抱、亲吻、抚摸一番，便"燃烧"为一体，行云雨交欢之事，叙天地交泰之情，成阴阳交合之和，美了，妙了，爽了，快了。

如此一番美、妙、爽、快的做"爱"行动中，还少不了一番美、妙、爽、快的说"爱"言语——

"你真的喜欢我吗？"她问。

他压低声音说道："窗外有人听房呢，说话声音低点儿！"然后贴着她的耳朵，悄悄说道："当然喜欢你呀！如果不喜欢你，我还会娶你？我还会搂你、抱你、亲你、吻你、抚你、摸你？"

"那你从什么时候喜欢我的？"

"我去你家时，咱俩第一次见面，我就偷偷喜欢上你了！"

"真的？"

"真的！"

"那，你喜欢我什么？"

"喜欢你漂亮呀！"

"还喜欢我什么？"

"喜欢你健康。"

"你怎么知道我健康？"

"我望你面色红润，如花儿一般；再察你眼神，如星儿一般；再听你说话清脆，如铃儿一般；再看你走路轻盈，如鸟儿一般。这样，我就知道你肯定健康了。"

他这一番答话，既是说她健康，更像是说她漂亮！于是，通过这样一番问答，她美滋滋了，他也美滋滋了。她在他眼中这样美，她自然美滋滋啊！他娶了这样美的一个媳妇，他自然也美滋滋啊！

"还喜欢我什么？"

"喜欢你聪明。"

"你怎么知道我聪明？"

"我看你做事都很得体，说明你会做事，也说明你聪明。"

"你看我做什么事得体了？"

"很多事。"

"说上一件事——"

"比如，你能看上我，你愿意嫁给我，这就说明你足够聪明啊！呵呵！"

"哈哈！你这是夸我呢，还是夸你自己呢？"

"一举两得，既夸你，也夸我。呵呵！"

……

如此一番说"爱"的言语，自然又助燃一番做"爱"的行动……

如此享受一番新婚之欢后，白翠英又兴奋，又好奇，便又低声问道："你早就知道男女成亲要这样吗？"

于是，又是一番说"爱"言语——

"我是妇科大夫，当然知道了。"

"是老大夫教的吗？"

"主要是看医书上知道的。"

"什么医书？"

"比如《素女经》。"

"《素女经》上还有些什么呢？"

王裕宽便将《素女经》上所言做爱九法一一道来。

好一对欢爱的新人，好一个欢爱的新婚之夜！

# 二

　　新婚燕尔，王裕宽和白翠英两位新人享受在新婚之夜阴阳交泰的快乐里和美妙里，竟然真的像一对燕儿一样：行则紧跟紧随，翻飞燕舞；言则卿卿我我，呢喃燕语。

　　待嫁姑娘含苞欲放，美；洞房新娘开苞绽放，更美。王裕宽和白翠英两位新人享受在新婚之夜的快乐美妙中，新娘子白翠英竟然真的像开苞花儿一样，眼神更多情了，脸色更美艳了，笑靥更丰盈了，举止更大方了，乃至身上芳香馥郁，更沁人心脾了，脸上魅力四射，更慑人魂魄了。而新郎王裕宽像一位让花朵开苞绽放的花神，花儿美了，花神也美了。

　　新婚三日，王张氏看到儿子儿媳美满幸福的样子，知道两个新人云雨交欢，喜了；天地交泰，美了；阴阳交合，和了。于是，她也就美满幸福了。

　　新婚三日回门，白老爷子夫妇看到女儿女婿春光明媚、满脸喜气的样子，放心了。白老东家想道：看来，我家闺女与这个王裕宽已然是心合、情合，以此推演，他二人应该还是命合啊！如此三合，想必他们是一辈子的姻缘啊！哦，我家闺女终究还是有了一个让人放心的归属，我可以放心了。

　　白夫人想道：看来，我家闺女和女婿还真是和和美美的一对儿！哦，到底是门当户对、郎才女貌，能合到一块儿！噢，这两个属羊的犄群了，配对了！嘿嘿！白老爷子夫妇这样想着，就不仅是放心了，而且是满意乃至得意了。

当天中午，白家隆重设宴款待女婿王裕宽。下午，白家再用轿车送走女儿女婿。

白老爷子一直送女儿女婿上了轿车，并长久地伫立在大门口，深情地看着女儿女婿的轿车走到街道的尽头拐弯而去，然后才徐徐迈步，回到了家里。他坐在椅子上，脑子里继续回旋着这辆轿车的背影，不禁又涌起一阵欣慰之情，然后便是一番宽慰之叹：“咱闺女算是嫁对了人、嫁对了人家！如今清帝退位，民国草创，时事纷乱，还没有看到一个真命天子出世，没有看到一点治世的苗头，未来几十年分明是一个乱世啊！何谓乱世？倒霉人倒霉事多，幸运人幸运事少，倒账人倒账事多，发财人发财事少。今天是高官贵人，将来十有八九是罪犯囚徒，今天有万贯家财，将来十有八九是家徒四壁，这乱世就是混乱不堪、灾难不断之世啊！诸葛亮所谓‘苟全性命于乱世’，正是如此啊！一户人家，能在乱世保持下来，就算是幸运人家了；一个人，能在乱世存活下来，就算幸运之人了。什么人家、什么人能在乱世这么幸运？我看，这带手艺的医生大夫，不管治世乱世，谁也抢夺不了他们的手艺；不管治世乱世，总会有人生病求医，医生大夫就有饭吃、有钱赚，更何况道虎壁王氏妇科是世代名医呢！这道虎壁王氏妇科能够传承近千年，一是医术高，二是传承好，三就是不管治乱世总有人需要！所以呀，咱闺女嫁到这样的人家，不管社会怎么混乱，她总会有饭吃，有衣穿，有钱花，也算是乱世中的有福之人呢！”

白老夫人附和着，感叹着，祝福着：“但愿咱闺女跟上这位道虎壁王家女婿一辈子平平安安、顺顺当当、美美满满！”

新婚蜜月，王裕宽、白翠英两位新人一直沉浸在甜蜜的爱河里，动、静、沉、浮、游、泳、滚、翻、嬉、闹……不管做什么，不管怎么做，一切都充满爱，一切都那么美！爱就是这样神奇，只要有一点点爱，便会一生二、二生三、三生万物，便会生出千千万万的美！

虽在新婚蜜月中，但王裕宽还得到临街的诊所药铺里坐诊看病。白翠英本可以一个人待在新房里闲着、坐着或躺着，但她过于喜欢王裕宽，就时时刻刻想和他待在一起，于是她也随着王裕宽来到了临街的诊所药铺。

白翠英刚进了诊所药铺，便是一股熏人的药材气味；再靠近病人，又是一股呛人的病人气味。她不由得皱了皱眉，闭了闭气。原来，这就是诊所药铺：整天与病人为伍，与药材为伴。病人谓何？因身体出现病况而痛苦不堪、萎靡不振乃至肮脏邋遢不已之人，谓病人。药材谓何？因具有特别奇怪功能而气熏人、味苦人、性则攻人克人之物，谓药材。如此，与病人为伍，甚是不爽；与药材为伴，甚是不美！如此，既不爽，又不美，她就该离开这诊所药铺，回到新房里闲着、坐着或躺着。然而，白翠英虽从小娇生惯养，但她天生仁慧。仁则天之心，则爱人爱物，从骨子里愿意施予爱、恩、泽、惠于人于物；慧则神之明，则知事知理，从心底里能够知晓天、地、人、物之事之理。于是，当她看到这些病人时，便油然而生恻隐之心，便想帮助他们，便不在意他们肮脏邋遢了，同时她知晓丈夫王裕宽和弟弟妹妹们以及这些散发着各种异味的药材是在帮助这些病人减轻痛苦、恢复健康的功德事业。既如此，她就不能离开这诊所药铺，而应该和他们一起帮助这些病人，做些力所能及的事情。

此时，王裕宽一家兄弟姐妹五个都在忙碌着，王裕宽给病人把脉、看病、开处方，二弟在旁边当他的助手，三弟跑前跑后招呼着前来就诊的病人，二妹、三妹则在药铺里抓药配药。

白翠英看到这种情况，不知道自己该做些什么，便问王裕宽："我做点儿事吧？"王裕宽笑了笑，说道："你还是回屋里闲着吧，你还啥也不会呢！"白翠英说道："我不回，我就愿意在这里看着你！我虽啥也不会，但可以学呀！"王裕宽又笑了笑，便说道："你一定要在，一定要学，那就到药铺里跟着二妹、三妹从认药、抓药开始吧！"

二妹、三妹在药铺里已经看到大嫂白翠英进来，也打过招呼了，此时一听大哥王裕宽让大嫂来跟她们学，便笑盈盈地招呼她："进来吧！大嫂！"

　　白翠英一进药铺里，看到临铺面是一面药柜，后面又是三面药柜，一面药柜有百十来个抽屉，一个抽屉上标着四味药，加起来就有一千多味药！她不由得感叹了一句："妈呀，这四面药柜上有这么多味药，怎么找呀？你们记性可真好呀！"

　　两位妹妹笑道："时间长了，慢慢就记住了。"

　　"我能做些什么呢？"

　　"你就看着我大哥开来的处方，一味一味地念药名和下面标注的分量吧！"

　　此时，二弟递来一张处方，二妹便教白翠英如何如何看，如何如何念，于是，白翠英便照方念读起来："这张处方要抓七服药——柴胡，三两；黄芩、人参、甘草、生姜，各一两一钱；半夏，一合；大枣，十二枚。"

　　她这么念着，二妹、三妹便拿着戥秤一一到四面药柜上寻找药名、称量药物去了。

　　一会儿，二妹称着一堆药材出来了，她将这一堆药材平均分成七份倒在纸上。白翠英问："这是什么药？"

　　二妹答："这是柴胡。"白翠英看了看柴胡的样子，记住了；再看了看处方上的"柴胡"字样，标住了。

　　如此如此，白翠英竟逐渐进入了学徒角色，成了药铺中二妹、三妹的助手。

　　闲暇时，姑嫂们不免闲聊几句——

　　二妹看着白翠英身上的漂亮衣裳，嗅着白翠英身上的油粉香味，不无惋惜地说道："大嫂，在这里药味呛人呢！要不，你还是回屋里歇着吧！你老在这里，把你身上油油粉粉的香味都没有了！多可惜呀！"

白翠英则笑笑，说道："我已经闻惯了你大哥身上的药味，在这里只是气味更大些罢了，我不嫌呛人！油油粉粉的香味没有了也不怕，反正你大哥闻惯了这些药味，说不定他更喜欢我身上的这些药味！况且，在这里我还能认上几味药材，长长见识呢！"

三妹则说道："那好！大嫂就在这里陪我们抓药，我们又轻松，又热闹，我可高兴呢！"

而在给二妹、三妹当助手之际，白翠英得空儿还会看一眼把脉看病的王裕宽。只见他或把脉，或观察，或沉思，或凝神，或教二弟试诊，或拿起笔来开出药方，他那严肃认真而专心致志的劲儿，那爱岗敬业而乐此不疲的神儿，那开出处方后得到病人赞赏后自信满满、得意扬扬的样儿，都让白翠英觉得王裕宽是那么可赞、可赏、可敬、可爱！

他把一把脉，就知道病人肚子里得了啥病；皱一皱眉头，就知道从这么多种药材里开出啥药。他真是厉害！

他刚二十来岁就有这么大的名望，就能引来四面八方的病人，比那些老大夫的医术都高明了。这道虎壁王氏妇科的传承真是了不起，他本人也真是厉害！

他虽是医生，却像神圣，人们前来找他看病就像是求神圣、拜菩萨呢！他真是厉害！

信佛的人常说："救人一命，胜造七级浮屠。"他这一天给这么多人看病，救这么多人的命，他这一辈子要给多少人看病、救多少人的命啊！他真是厉害！

白翠英这样看着，想着，赞着，赏着，不由得对王裕宽的敬意油然而生，对王裕宽的爱意沛然而来。

# 三

当天傍晚，临街的诊所药铺关门打烊后，王裕宽、白翠英及弟弟妹妹们换了衣裳，回到后院洗簌一番，然后围坐在一起，一边吃晚饭，一边与母亲王张氏说道一番白天诊所药铺上的人物、事情、景象，之后便各自回房休息去了。

王裕宽和白翠英回到新房里，泡上一壶铁观音茶，两个人一边喝茶，一边闲聊起来。

王裕宽冲着白翠英笑了笑，问道："你竟然在药铺里待了一天，又累又呛人，真不简单啊！"

白翠英也笑了笑，说道："有你在那儿，我就乐意，我就不嫌累也不嫌呛！"

"其实，你这些天可以在屋里歇着，不用做活计的。"

"我一个人孤零零地待在屋里太闷太无聊，活受罪呢！还不如到前面与你们在一起，红红火火，热热闹闹！而且，还能认些药材，增加知识呢！"

"哦！那就好！我只是怕你跟了我，又受苦又受累的，于心不忍。你本来是白家娇生惯养的小姐，如今嫁给我，反而倒像是整天做活计的佣人了。"

"嗨！我在家里也经常帮着我妈或帮着佣人做活计呢！而且，嫁鸡随鸡，嫁狗随狗，我既然愿意嫁给你，当然要与你同吃同住，同甘同苦啊！"

王裕宽听了，心中不禁泛起一阵感动之情，然后便是一阵感恩之意。他深情地看了她一眼，说道："你真好！能娶上你为妻，我王裕宽真是三生有幸啊！"

白翠英看到王裕宽这种表情，听着王裕宽这番话，不禁也泛起一阵感动之情，心醉了，脸红了，眼迷了："你说的是真的吗？你尽是胡说呢吧？你尽是骗人的假话吧？"

听着白翠英一连三句带问号的话，王裕宽只得一连三句带叹号的话回答："真的！真的！真的！"说着，把她的手紧紧地拉住、拽住、握住了。她见状，便也顺势依偎在了他的肩膀上。于是，两人拥在了一起，抱在了一起，缠绵在了一起。

两个新人如此相亲相爱，相依相偎，真像是新婚缎被上绣着的两只鸳鸯鸟儿一般，那么可爱，那么幸福，那么美好！

王裕宽和白翠英喝了五六泡茶，休闲了半个时辰，把一天的劳累困乏解了，把满脑子的杂乱思绪清了。于是，他的心境归于原本，归于清静了。

此时，王裕宽就该进行一以贯之的夜读生涯了。

王裕宽说道："我得看会儿书了。你想睡想躺就由你吧！"说着，便来到书桌旁，捧起一卷《傅青主女科》看了起来：

### 妇人鬼胎（十三）

妇人有腹似怀妊，终年不产，甚至二三年不生者，此鬼胎也。其人必面色黄瘦，肌肤消削，腹大如斗。厥所由来，必素与鬼交，或入神庙而兴云雨之思，或游山林而起交感之念，皆能召祟成胎。幸其人不至淫荡，见祟而有惊惶，遇合而生愧恶，则鬼祟不能久恋，一交媾即远去。然淫妖之气已结于腹，遂成鬼胎。其先尚未觉，迨后渐渐腹大，经水不行，内外相色，一如怀胎之状，有似血臌之形，其实是鬼胎而非臌也。治法必须以逐秽为主。然人至怀胎数年不产，即非鬼胎，亦必气血衰微。况此非真妊，则邪气必旺，正不敌邪，其虚弱之状，必有可掬。乌可纯用迅利以祛荡乎！必于补中逐之为的也。方用荡鬼汤：

人参（一两）　　当归（一两）

大黄（一两）　　雷丸（三钱）

川牛膝（三钱）　红花（三钱）

丹皮（三钱）　　枳壳（一钱）

厚朴（一钱）　　小桃仁（三十粒）

水煎服。

一剂腹必大鸣，可泻恶物半桶。再服一剂，又泻恶物而愈矣。断不可复用三剂也。盖虽补中用逐，未免迅利，多用恐伤损元气。此方用雷丸以祛秽，又得大黄之扫除，用佐以厚朴、红花、桃仁等味，皆善行善攻之品，何邪之尚能留腹中而不尽逐下也哉！尤妙在用参、当以补气血，则邪去而正不伤。若单用雷丸、大黄以迅下，必有气脱血崩之患矣。倘或知是鬼胎，如室女寡妇辈，邪气虽盛而真气未漓，可用岐天师亲传霹雳散：红花半斤、大黄五两、雷丸三两，水煎服，亦能下鬼胎。然未免太于迅利，过伤气血，不若荡鬼汤之有益无损为愈也。在人临症时斟酌而善用之耳。


王裕宽看着这些文字，揣摩其意蕴，追寻其思绪，不由得心潮涌动，对其人敬慕不已，对其思钦佩不已，对其方欣赏不已，对其文赞叹不已！王裕宽感叹着：傅青主能够文、武、书、画、医兼于一身已然超于常人，近于神人，而单观其医道医术，仍然超于常医，近于神医！历代名医也算不少，哪能像傅青主这样，辨证则直而精辟，处方则简而缜密，治疗则易而明晰，功效则显而神奇！真是大道至简啊！

捧着这本《傅青主女科》，王裕宽又想到了王氏妇科第二十一代传人王笃生与傅青主的交往——

我王氏妇科从北宋末迁居平遥麦茭沟，再从元朝皇庆二年迁居平遥道虎壁以来，历经二十代传承，到先祖王笃生时更是医道医术名扬三晋。于是，同为研究妇科的傅青主慕名而来，长期住在道虎壁与先祖王笃生切磋妇科医道，交流妇科医术，成为千古美谈。可以猜测，他们二人通过切磋交流，相互取长补短，医道医术双双得到提高升华。王笃生汲取了傅青主高妙的医道医术思想，最终成为王氏妇科一代神医。而傅青主汲取了王笃生深厚的医道医术底蕴和丰富的治病开方案例，最终写出了这本《傅青主女科》，成为三晋乃至中华医学界的一本妇科宝典。而这本《傅青主女科》，正是傅青主本人亲自赠送给我先祖王笃生的珍贵礼品啊！如今，我道虎壁王氏妇科的医道医术医方里面，分明包含着傅青主的医道医术精华；而这本《傅青主女科》里面，分明也包含着我道虎壁王氏妇科的医道医术精华！

想到这些，王裕宽的脑子里不由得蹦出若干个"幸"字来：这本《傅青主女科》能够包含我道虎壁王氏妇科的医道医术精华，分明是傅青主之幸，亦我王氏妇科之幸也；三晋大地能出现这本《傅青主女科》，分明是三晋妇科医家之幸，亦三晋妇女之幸也。引而申之，我王氏妇科能扎根于平遥近千年，分明是我王氏妇科之幸，亦平遥妇女之幸也；而我王裕宽能继承王氏妇科近千年医道医术精华并能够手捧这本《傅青主女科》汲取其精华为当代平遥妇女看病治病，分明是我之幸，亦当代平遥妇女之幸也……

世上凡美善之人、事、物所出现之时之处之环境，则此时此处此环境之幸；而世上凡丑恶之人、事、物所出现之时之处之环境，则此时此处此环境之不幸。正是：一美善生万美善，一丑恶生万丑恶。如此，为一国之君者，岂可不极力扶美善之人、事、物而锄丑恶之人、事、物？为一人之君者，岂可不极力扶美善之念头、思想、品德而锄丑恶之念头、思想、品德？

王裕宽看着这些文字，欣赏之，揣摩之，然后心思之，神往之，他的心神仿佛长上了"高""妙"的翅膀，飞入了这些文字的境界里；他想着这些事理，把握之，琢磨之，然后心思之，神往之，他的心神仿佛长上了"美""善"的翅膀，飞入了这些事理的领域里！

于是，相由心生，王裕宽那本来就端庄的脸庞，此时显得高雅、深邃、漂亮而神采飞扬！

# 四

白翠英见王裕宽看书去了，她想睡而没有睡意，想躺而没有躺意，睡也不是，躺也不是，倒不知道自己该做什么了。她如此踟蹰犹豫了一番，再回头看王裕宽，却见他看书看得津津有味，乃至于"神采飞扬"！面对这位"男神"一般的新郎，她蓦然眼神一怔，心中一动，爱慕之情荡漾而来。他如此端庄，如此高雅，真是让我爱啊，慕啊！

白翠英不由自主地起身凑近王裕宽，蹭着他的肩膀，抚着他的头发，娇柔地说道："我不想睡，也不想躺。"

王裕宽看了白翠英一眼，看到了她爱意殷殷的眼睛，像是泛着涟漪的爱湖；看到了她美意盈盈的脸颊，像是散着芳香的桃花；真是美丽极了，可爱极了！王裕宽脸上笑了，心中美了，情意浓了："呵呵！那你想做什么呢？"说着，拉着她那娇嫩的纤纤细手，端详了一会儿，又吻了一会儿，然后再饱含爱意地看了她一眼："好我的千金小姐！好我的白大小姐！你究竟想做什么呢？”

白翠英娇声说道：“我见你看书看得津津有味，好像书里有蜜似的！你在看什么书呢？让我也看看！”

王裕宽听罢，笑了笑，便把这本《傅青主女科》拿给她看：“这还不好说，看吧！”

白翠英拿着这本书翻了翻，说道：“原来是医书呀！好看吗？”

“当然好看呀！”

“这傅青主是谁呀？”

“傅青主就是咱们山西大名鼎鼎的傅山先生呀！”

白翠英一听，十分惊讶：“哦！原来是傅山先生呀！他不是写字画画的吗？我还听说过傅山先生写字画画的不少故事呢！比如，他写‘太原府’匾额时，衙役们给他搭上高架，他上去写完‘大原府’三字就下来了，高架也拆下来了；但下来一看却发现‘太原府’写成了‘大原府’，‘太’字少了一点！这一下，把人们急得不知怎么办。再搭高架吧，衙役们又得辛苦一番，太费事了。可‘太’字少了一点，这府衙门匾怎么能有错别字呢？就在人们着急无措时，傅山先生却不慌不忙，叫人拿过一张弓来，他将自己的毛笔蘸上墨汁，然后以笔为箭对着匾额射了上去。结果，不偏不倚，正好射在了那一点该在的位置上，硬是把一个‘大’字改成了‘太’字。就这么一下，人们都惊叹傅山先生写字功夫了不得，射箭功夫也了不得！”

王裕宽听着白翠英讲傅山先生的故事，故事动人，讲故事的人更动人，他不由得拍起手来，称赞起来：“讲得好！讲得好！继续——”

白翠英见状，得意地笑了笑，脸上更容光焕发了，继续讲道：“再比如，一个财主人家听说傅山先生画画的名气大，便请他到家里画画，想让傅山先生在他家的一面白墙上画一幅画。傅山先生来了以后，主人好酒好饭款待傅山先生，酒足饭饱之后，主人问：‘您想好画什么了吗？'傅山先生说：'你让下人们给我磨墨吧！'并指着院里一个水缸说，'磨满这么一缸再叫我！我得好好地睡一觉呢！'主人虽然疑惑，却也无奈，只得按傅山先生吩咐，让下人们都来磨墨。如此三天，下人们磨了又磨，才算磨满了这一缸墨汁。而傅山先生则吃了睡，睡了吃，享了三天清福。傅山先生为人做事如此奇特，财主一家及下人们都好奇疑惑，都想看看他究竟如何画画？而这时候，傅山先生起来，看了看这一缸墨汁，再看了看那一面墙，然后从院旮旯处寻到一把笤帚，将这把笤帚在缸里蘸了蘸，便在这面白墙上挥洒起来，一时间弄得这面白墙乌鸦一片，然后说一句：'画好了！'便拂袖而去了！主人看到这面白墙被糟蹋成这样，甚是难堪，暗暗叫苦：'啊呀，白费钱白费工了！罢！罢！罢！大不了我再雇人把这面墙粉刷一遍罢了！'但过了几天，在一个清风明月的夜里，主人在睡觉中听到隔壁房屋里不停地传过来鸟儿鸣叫的声音，便穿衣起床，来到院里察看，隔壁房屋里果然有各种鸟儿的鸣叫声，而且借着月光，还隐约看到房屋里那面白墙上有鸟儿飞上飞下的影子！这一下，主人惊讶了，'啊？莫非，这位傅山先生真是神人，他随便在墙上这么一涂鸦，画上的鸟儿竟然就成了真的鸟儿？真是怪了，真是神了！'"

王裕宽听罢，继续拍了拍手，称赞道："好！讲得好！傅山先生确实是一位神人！而我的白娘子真是一位美人！"

白翠英笑了笑，说道："我以前只知道傅山先生是一个写字画画的文人，原来还是一个医生呢！"

王裕宽说道："可不是嘛！傅山先生是文、武、书、画、医兼于一身的全才，他的文章好、武艺好、写字好、画画好，而且医道医术也极其好。这本《傅青主女科》辨证精妙，处方精要，文字精到，我看起来真的是津津有味呢！"

白翠英看着乃至欣赏着王裕宽的脸，听着乃至欣赏着王裕宽的话，一种爱慕之情再一次荡漾在心头："我真羡慕你！医术那么高，知识那么多！你真了不起！"

王裕宽笑笑，说道："这有什么？不过是学而知之嘛！只要你肯学，你也就医术高了。"

白翠英却认真地说道："我真想跟上你学医看医书！"

王裕宽听罢，二目圆睁，一脸惊讶，然后便是十分欢喜："啊？你想学医看医书？！好啊，只要你想学，咱们家多的是医书，你想看什么医书？"

白翠英说道："你说我该看哪些医书呢？你就算是我的老师，我就算是你的学生，你指引读什么书，我就读什么吧！"

王裕宽笑了笑，然后想了想，说道："学医关键是四条：理、法、方、药。我们王家的男人将来要坐堂行医，把脉开方，采药制剂，自然是这四条都得学，都得通。我们王家的女人一般只是配合男人抓抓药，制制剂，所以她们只需读一些有关'药'的书，知道些药名、药形、药性就可以了。你呢，我看也只学些有关'药'的书就可以了。当然，你识字多，文化高，读一些'理'的书也可以。这样吧，白天，你在药铺里跟上二妹、三妹她们抓药，捎带着就记住药名、药形、药性了；晚上，我再教你读些'理'的书。这样下来，既懂医理，又懂药性，将来就比二妹、三妹都强，当我的助手就绰绰有余了。"

"好，我听你的。那我今天该读什么书呢？"

"今天就要读呀？"

"古人说'一寸光阴一寸金'嘛！既要读，那咱就抓紧时间读嘛！"

"好！那咱就先读医家老祖宗的《黄帝内经》！"说着，王裕宽从书桌上拿起一本《黄帝内经》，翻看了一下，便说道，"就先从这篇《灵兰秘典论》开始读吧！"

于是，白翠英凑过来，拿起这本书，阅读起来——

黄帝问曰：愿闻十二脏之相使，贵贱何如？

岐伯对曰：悉乎哉问也！请遂言之。心者，君主之官，神明出焉。肺者，相傅之官，治节出焉。肝者，将军之官，谋虑出焉。胆者，中正之官，决断出焉。膻中者，臣使之官，喜乐出焉。脾胃者，仓廪之官，五味出焉。大肠者，传道之官，变化出焉。小肠者，受盛之官，化物出焉。肾者，作强之官，伎巧出焉。三焦者，决渎之官，水道出焉。膀胱者，州都之官，津液藏焉，气化则能出矣。凡此十二官者，不得相失也。故主明则下安，以此养生则寿，殁世不殆，以为天下则大昌。主不明则十二官危，使道闭塞而不通，形乃大伤，以此养生则殃。以为天下者，其宗大危。戒之戒之！……

黄帝曰：善哉！余闻精光之道，大圣之业，而宣明大道，非斋戒择吉日，不敢受也。黄帝乃择吉日良兆，而藏灵兰之室，以传保焉。

白翠英一字一句地看了一番，问道："这篇主要是说什么呢？"

王裕宽说道："主要是说一个人有十二个主要脏腑，并且把一个人比作一个朝廷，然后把这十二脏腑的相互关系比作朝廷里的君臣关系。主要就是要学会并记住这十二脏腑的名称、官名和功能。比如，心就像朝廷里的君主皇帝，肺就像朝廷里帮助皇帝治理国家的宰相，肝就像朝廷里帮助皇帝带兵打仗的将军……你把这些弄懂了，记住了，就算把这篇学会了。"

"哦！这本书上说得真好！这医书这样写也还真有意思呢！"白翠英听了王裕宽这一番解释，觉得颇有意思，也颇有情趣，便又捧着这本书细细读起来了。

白翠英读起书来，竟然别有一番风韵，别有一种魅力。她面对着书本凝眉凝眸，凝神凝思，将她浑身充满真、善、美的精、气、神凝聚于脸上、眉上、眼睛上，与书中充满真、善、美的精、气、神感应升华，于是一种更优雅、更雍容、更高贵的气韵氤氲在她的脸上、眉上、眼睛上，显得她更美丽动人了。

王裕宽观赏着白翠英的美丽，欣赏着白翠英的气韵，感受着白翠英的魅力，他更爱她了，他身上的爱潮又涌动起来了，他凑近她，拥抱她，亲吻她，然后抱起她，替她脱鞋解衣，为她垫铺盖被，伺候她睡下了。

新婚蜜月中的这两位新人如连理之枝，似比翼之鸟，总是不分不离，总是相随相伴！他们继续享受着蜜月之甜美、爱河之奇妙，同衾同枕，同梦同眠，息息相通，心心相印，濡濡以沫，融融以津……

# 五

新婚蜜月中的王裕宽和白翠英享受着相互喜欢爱慕的种种甜蜜甜美，而母亲王张氏则因观察着儿子儿媳的甜蜜甜美而间接感受着甜蜜甜美。儿子儿媳脸上洋溢着流淌着幸福，王张氏脸上也洋溢着流淌着幸福！

其实，王张氏对这位白家的千金小姐一直担忧，她从小娇生惯养，如今嫁到我们王家，能踏踏实实地做我们王家的媳妇吗？我们娶的是"媳妇"，可千万不能娶回一位"姑奶奶"呀！她能放下千金小姐的架子，像我们王家的子女们一样做一些力所能及的事情吗？她不会倚财仗势，看不起我儿子乃至看不起我这个婆婆吧？

新婚三天后，王张氏看到新媳妇白翠英上药铺了，还和二妹、三妹一起抓药了，而且一连几天，天天如此！于是，王张氏的担忧也就解除了。哦！看来这位白家千金小姐还能在药铺上顶替一个人手，像我王家的媳妇，是我儿子的一个好帮手！

新婚十天后，王张氏看到新媳妇白翠英在饭前饭后能主动到灶台前上手，或帮着自己做饭，或和二妹、三妹一起洗碗，而且一连几天，天天如此！于是，王张氏更是放心了。哦！看来这位白家千金小姐既能上得了庭堂，也能下得了厨房，既可以是名门贵妇，也可以是家庭主妇！将来我儿独立门户，不愁没人给他做饭洗碗了。

再后来，王张氏看到新媳妇白翠英在空闲时拿起了洗涮缝补衣裳的活计，她原先所有的担忧就全部解除了，一个女人该做的一应"妇工"都上手了，还有什么担忧的呢！王张氏知道，像白翠英这样的大家闺秀，在女子"四德"的修养训练上，妇德、妇言、妇容这三项不用说，只有这"妇工"一项可能会让人有点担心，因为一是"妇工"事宜常由家里奴婢佣人代劳，不必训练，此事既已有奴婢佣人们做了，她何必再做？二是"妇工"事宜常由家里奴婢佣人代劳，不屑训练，此事乃是奴婢佣人们所做之贱事，她岂能想做？如今，王张氏看到新媳妇白翠英做起了这些"妇工"活计，何止是解除了担忧？简直是激起了赞赏赞叹，贵人而能做贱事，更见人格之高、人品之美！

王张氏经过一两个月对新媳妇方方面面的观察，不仅把原先的担忧全都解除了，而且她开始对这位新媳妇赞赏，乃至她对儿子王裕宽以及整个王氏妇科事业的宏大充满了美好的愿景。我这新媳妇出身富贵、品德高贵，而且相貌雍容华贵，或许会是一个辅佐我儿事业发展的命中贵人呢！

果然，王裕宽自从与白翠英成婚以后，这两个属羊的新人分明是二羊辫了群，于是二生三，三生万，不知不觉间，王裕宽的名声越来越大，慕名前来就诊的病人越来越多，王氏妇科的事业呈现出一派生生不息、勃勃兴旺的景象！

看病的人常常是络绎不绝，普通人家的妇科病患者前来看病，得早早地前来王裕宽家门口排队，王裕宽早晨一开门便是一群病人！而有钱人家的妇科病患者虽可请去看病，但往往也得预先约定。甚至在官场上有脸面的人物前来相请，也得等着他处理好手头诸事后，才登这些人自备的轿车出诊！

这一天，王裕宽家来了一位贵客，他是王张氏的堂兄、平遥百川通票号账房大先生——张仙柏。

张仙柏乘坐的华丽轿车在王裕宽家门前停下来，他并不进前堂，而是直接进了院里，然后"妹妹、妹妹"地喊着进了正房找王张氏。

王张氏一看堂兄来了，喜出望外："啊呀，原来是柏哥呀！哪阵风把您给吹来了？稀客呀！"

张仙柏笑盈盈地点了点头，然后将提着的两盒点心放在桌上，说道："妹妹呀，我今天可是求神仙、请神仙来了！"

王张氏一听，有点愕然："啊？"

张仙柏笑道："这两年咱裕宽是越来越有出息，越来越有名望了，我是代我们东家来求咱裕宽、请咱裕宽出诊呢！"

"哦——"

张仙柏继续说道："妹妹呀，你之前嫁给王贞老先生的公子王德一算是妻因夫贵；德一没了之后，你受了两年罪，但这两年'王裕宽'这三个字响亮了，你又活出来了，又可以母以子贵了！这两盒点心，我可是代表百川通票号大东家、赫赫有名的祁县大财主渠家人敬奉你的呢！"

"哦？祁县渠财主家想让咱裕宽去看病？"

"是啊！而且这个病人不是别人，正是渠家旺财主的大公子、赫赫有名的三晋大名士渠本翘先生的夫人，她有了妇科病，据说这半年来在天津、北京、太原等处久治不愈呢！前两天渠本翘先生来咱平遥城百川通票号商量事情，说起他夫人的病来，也说起咱道虎壁王氏妇科来，我这个道虎壁王氏妇科名家王裕宽的舅舅当然该自告奋勇，为东家尽一份忠孝之义！"

"这病恐怕不好治吧？咱裕宽行吗？"

"这肯定是大病、难病、疑病，但以咱道虎壁王氏妇科的独家妙方，有咱裕宽的独家道行，治这病应该没问题；而一旦给这位赫赫有名的祁县旺财主大公子、三晋大名士渠本翘的夫人治好病了，那可就不仅名扬祁县，应是名扬三晋了！"

王张氏听罢，笑了笑，说道："那我就代裕宽谢谢柏哥了！柏哥不愧是百川通票号的账房大先生，大买卖人，在一头买好，在另一头卖好，居中间做一个大好人！"

张仙柏也笑了笑，说道："对了！不过，我这回可不是做'赚钱'的买卖人，而是做'赚好'的买卖人！在商言商，经商做买卖就是要赚钱；在义言义，处人'做买卖'则是要赚好！从小受咱张家的家风熏陶，这可得分清。经商则言钱财利润分红，做人则言忠孝节义积善！呵呵！"

王张氏笑道："柏哥可真会说话办事！"

张仙柏说道："咱是张登山老夫子的孙子，如果不会说话办事，那不是给咱爷爷丢脸吗？而且，我现在百川通票号做事，还是账房大先生，如果不会说话办事，哪能在这个大字号里留下来？呵呵！"

王张氏说道："柏哥说得是！我也听说过，一个人要想进大字号做事，特别是要想进大票号做事，那可是要对人品才能千挑万选呢！好在咱们家的人都行，一旦做买卖，多是进了大字号、大票号呢！"

张仙柏说道："这还不是因为咱爷爷重视教育？当然，也凭借咱爷爷的名望！人家一听说张登山老夫子的儿子孙子，平遥哪家字号不是抢着要呢！就说你们女娃娃们出嫁不也是吗？一说张登山老夫子的女儿孙女，哪家不是抢着想娶呢！"

张仙柏与王张氏叙谈了一会儿，便让王张氏叫来外甥王裕宽。

王张氏说道："一会儿吃饭时就回来了，你们一边喝酒一边说嘛！"

张仙柏却说道："不在你家吃饭了，我回字号上吃！"

王张氏疑惑："怎么？"

张仙柏笑道："我知道你们全家都忙得很，就不打扰你们了！而且，我用不了半个时辰就回城里了，我在字号上的饭菜好着呢！"

"你们字号上还是一个月不吃重重饭呀？"

"是呢！虽然辛亥革命以来，许多票号倒账了，我们百川通票号的买卖也不行了，将来势必歇业关门，但我们靠的是祁县渠家这样的大财主，资金雄厚，名望盛大，既不缺钱，又顾脸面。所以我们字号里的饭菜好、待遇高，我们既是享受实惠，也是给东家长脸呢！"

张仙柏既如此说，王张氏也就不再留他吃饭了。于是，她到前堂叫回了王裕宽。

接下来，甥舅二人叙谈一番，约定好日子，张仙柏便坐上他那华丽的轿车离开道虎壁村，返回平遥城里去了。

# 六

第三天一早，张仙柏带着轿车前来道虎壁，他要亲自接上王裕宽到祁县渠家为少东家夫人看病呢！王裕宽乘上这辆华丽的轿车，在舅舅张仙柏陪同下，一路向东向北奔祁县县城方向而来。

张仙柏一路上殷勤关照着王裕宽，礼数周全，此时他不仅是王裕宽的舅舅，更是祁县渠少东家的请医专使，他得恪尽职守啊！而王裕宽坐着这华丽的轿车，受着这殷勤的关照，身上舒适，心中爽快，此时他享受着舅舅的礼遇，接受着祁县渠少东家、三晋大名士渠本翘先生的邀请，何等尊荣啊！

一路上，甥舅二人说说笑笑。

"裕宽呀，你这两年名气可是越来越大了！这不，连我们百川通票号的东家都请到你头上了！真是可喜可贺，舅舅我真是为你高兴啊！"

"舅舅抬爱我了！我现在虽然也把王氏妇科的传教学得差不多了，但离俺爷爷的水平还差得远呢！"

"你这也不简单了！你才多大呀，才二十来岁嘛！年轻有为，前途无量，我看你将来追上你爷爷的水平和名望，只是时间问题！"

"谢谢舅舅抬爱了！"

"只要你好了，你妈也就好了！自从你爹去世之后，我们可替你妈担心呢！现在看来，有了你，你妈晚景可期啊！"

"舅舅放心！我一定尽好孝道，孝敬好我妈！"

"我相信！你宅心仁厚，又有高超的医术，会孝敬好你妈的！人生这'孝'字也挺难修的，有的人有力无心，自己有事业有钱财，但只顾自己享受而不顾父母好歹，自然是不孝；而有的人有心无力，自己没事业没钱财，连自己的温饱也顾不了，即使想孝敬父母却没有能力，其实这也是不孝！所以，我看呀，人生这'孝'字得从两方面修炼，一是自己学得本事，有事业有钱财，这样，他们看着你就放心，就开心，你就已经算是修得一半'孝'字了。二就是自己修得孝心，常念父母，常思父母，常顾父母，这当然算是修得另一半'孝'字了。这样，你既有能力，又有孝心，自然就修得'孝'字了。"

"舅舅说得是！如果一个人少时不努力，大了没出息，整日间愁吃愁穿，连自己都顾不了，一辈子让父母操心犯愁，这分明就是大不孝嘛！"

"裕宽呀，你这次去祁县城给渠少东家夫人看病，一定要用心，一定要看好！这渠家不仅是祁县大财主，而且渠本翘是三晋大名士，你一旦把他夫人的病看好了，挣钱财事小，赚名声事大呀！从渠家人嘴里传出来，从渠本翘嘴里传出来，那你的名气就更大了，更响了啊！"

"舅舅放心，那是一定！"

"我相信你的本领！要不，我也不能主动替东家请你呀！"

此时，王裕宽听着舅舅对祁县渠家如此夸耀，倒对渠家有了兴趣，问道："舅舅！这百川通票号财东渠家比咱日昇昌票号财东李家如何呀？"

张仙柏说道："若单论百川通和日昇昌这两个票号，则日昇昌胜于百川通：日昇昌是第一家山西票号，于道光之初（1823）就开了，而且分号遍布全国各码头，信誉卓著，生意兴隆，账期分红可观；而百川通于咸丰十年（1860）开设，比日昇昌晚了近四十年，虽然也是多个分号遍布全国各码头，信誉良好，生意兴隆，账期分红可观，但究竟比不了日昇昌。若论这两家票号的财东祁县渠家和平遥李家，则渠家胜于李家。其一，从过去的兴旺说，渠家是清乾隆初年就开始兴旺，而李家是在道光之初才开始真正兴旺，渠家比李家早了近百年。其二，从将来的运势说，现在李家因日昇昌票号歇业而伤筋动骨，运势已然衰微，成了一个普通的富裕人家，而渠家却并没有因百川通票号歇业而伤筋动骨，运势依然兴盛，依然是巨商豪富。其三，从家族字号的数量说，李家只有以日昇昌为主的几个字号，渠家却除了百川通票号之外，还有三晋源票号、存义公票号、汇源涌票号、长盛川票号、长裕川茶庄、永春原药店等著名字号，而且渠家这些票号、茶庄、药店也都是财力雄厚、买卖兴隆是在全国分布几十个分号的大字号，另外渠家还与人合伙投资或入股双福火柴公司、保晋矿务公司、晋华纱厂等大字号。将这些字号打个比喻，李家只有几棵树，渠家则是有一片树林！其四，再从家族房屋宅院说，李家占了平遥县西达蒲村的半个村，渠家则是占了祁县城的半个城，号称'渠半城'呢！"

"哦，原来如此呀，祁县渠家的财力竟比咱平遥李家的财力更为雄厚！"

王裕宽听着，感叹着，不由得想道：辛亥革命以来，许多票号倒账关门，连赫赫有名的日昇昌票号都关门歇业了，李财东家也大不如从前了；而这百川通票号却依然故我，看我舅舅的样子，他依然是精神抖擞，气势轩昂！观叶可以知枝，观枝可以知根，看我舅舅也可以知百川通票号，可以知其背后的财东渠家啊！看来，这祁县渠家果真强于平遥西达蒲村李家！

将近中午时分，这辆轿车进了祁县西门，轿车一路走着，王裕宽一路看着，张仙柏一路说着：此处高墙大院是渠家这个财主的院子，彼处高墙大院又是渠家那个财主的院子；这个字号的财东是渠家这个财主，那个字号的财东是渠家那个财主……从祁县城西大街、东大街、小东街一路走来，这些豪门大宅和豪华字号真是占了半个祁县城！

王裕宽看着，听着，真是叹为观止！

轿车来到一处巍峨高大的宅院门前停下，张仙柏上前与门卫招呼："我是百川通票号的账房，今天从平遥道虎壁请了王大夫来给渠少东家的夫人看病呢！"

门卫一听是从平遥来的大夫，十分客气地说道："哦！知道了！请二位随我进来吧！"于是，一个门卫领着他们进了大门，一路向里走去：进了大门走石条甬道，通过甬道再升五个台阶进二门；进了二门走方砖地面，通过方砖地面再升三个台阶进三门；进了三门再走方砖地面，通过方砖地面再升三个台阶进四门；这才算进了渠家少东家渠本翘住的里院……如此进门出门再进门，进院出院再进院，门门飞檐斗拱，院院雕梁画栋，块块砖上雕祥瑞图案，片片木上刻圣贤故事，实在是宏大甚焉，豪华甚焉，高贵甚焉，儒雅甚焉！

王裕宽一路进了里院，眼中还在不住观赏，心中还在不住感叹！这时候，门卫已通报佣人，佣人再通报主人，一位长相端庄、气质高雅之人已经出现在了面前，他笑容满面地拱手迎接他们："啊！张先生一路辛苦了！这位就是平遥道虎壁王氏妇科的王大夫吧？"

张仙柏一看渠本翘出来迎接了，赶紧上前施礼答话："少东家好！不辛苦，不辛苦！"然后介绍道："这位是道虎壁王氏妇科的王大夫！这位是三晋大名士渠少东家、渠本翘大人！"

不等王裕宽施礼答话，渠本翘已经有礼了："哦！王大夫一路辛苦了！有劳您了！"

王裕宽赶紧回话回礼："不辛苦！晚生在这里向渠大人有礼了！"说着，躬身作揖。

说话回礼间，渠本翘和王裕宽相互看了一眼对方，然后心中各自打量起来了——

渠本翘心思道：这位王大夫虽然年轻，但眼睛深邃，气宇轩昂，应该道行不浅。于是他说道："原来王大夫这么年轻，真是青年才俊，大器早成啊！"

王裕宽则心想：这位渠大人长相秀眉慧眼，阔额隆准，一脸睿智富贵之相，其举止则礼仪彬彬，儒风习习，一身雍容优雅之气，真是让人敬慕的君子风度啊！怪不得人们一说起渠本翘这个名字，就竖起大拇指啧啧称赞呢！于是他说道："多谢渠大人的夸奖！您的大名早就如雷贯耳，今天见您，如见师傅贤哲，心中顿生敬仰之情！"

"呵呵！王大夫不愧出身名门望族，虽事医道，却兼备儒道，正所谓良医、良师、良相本为一心啊！请！请！"渠本翘一边叙话，一边将客人引进了客厅，分主宾落座，此时，张仙柏这位"舅舅"倒得坐在王裕宽下首了。

一会儿，好茶好水上来，于是，渠、王、张三人品茶，叙话；再一会儿，好菜好酒备好，于是，渠、王、张三人饮酒阔谈。

饭罢，渠本翘先安顿了张仙柏到客房休息，然后安顿王裕宽到另一处客房休息。此时，他才将夫人的病症单独告知王裕宽："我这个夫人呀，才貌双全，很是可心，我对她也宠爱有加。可就是心胸狭窄，稍一不如意，便怄气郁闷，倒像是《红楼梦》中的林黛玉！这回因小产引起崩漏，多半也是因气而致。因气而小产，又因小产而更气，再因更气而引起崩漏，引起崩漏则气上加气，不可收拾了。我也看过一些医书，略知医道，只是不懂医术。我们在天津请过大医院有名的西医治疗，但不见效，在天津也请过有名的中医治疗，还不见效，到北京又请过有名的中医治疗，还是不见效，后来回到太原也请过有名的中医治疗……半年下来，她崩漏不止而饮食不思，身子越来越瘦弱，面色越来越苍白，如此下来，我都担心她能不能活过今年呢！"说着，竟哽咽落泪了！

王裕宽听着，想着，思着。

然后，渠本翘起身拱手作揖，几乎是求告王裕宽了："还请王大夫用心诊治，一定把我夫人的病治好啊！她的命就攥在您王大夫手里啊！"

王裕宽赶紧起身还礼，说道："渠大人放心，我一定尽心竭力为尊夫人治病！"


# 七


当天下午，王裕宽在客房里午休，喝了一会儿茶，想了想渠本翘说的他夫人的病症，静了静心，定了定神，然后用心用神，像是操作独有的"王氏妇科扫描仪"一般，把这位夫人可能的病症扫描了一番，他便有了一个大概的诊疗方向。

等待渠本翘过来相请，他便带上自己的医药箱子，跟着渠本翘穿过一个院门，进了一个更为幽静的小院子。王裕宽进院一看，小院里栽着一桃一李两棵树，正房前还栽有一池西番莲，池边栽着一圈菊花。这两棵桃李长得也算茂盛，但果实早已摘收，树叶也到了飘零季节，既让人感到几分萧瑟之情，也让人感到几分幽静之美。树上枝条疏落，这些桃枝李枝轻松摇曳，逍遥晃荡，仿佛无叶无果一身轻了；空中几片树叶飘扬，这些桃叶李叶相望而舞，相伴而落，仿佛一对对仙童仙女下临凡界了。地上，则有几十片叶子错落有致地散布在各处，或轻柔依偎，似婴儿抱母，颇见亲爱之状，或安逸静躺，乃叶落归土，颇见归宿之情！再看那一池西番莲，朵朵花儿硕大而美艳，颇显富贵之象。然而，有的花儿盛开之后已然开始萎败，有的叶儿翠绿之后已然开始枯黄，花季已去，繁华将逝！幸好，花池边那一圈儿菊花刚刚绽放，粉红花儿美艳，嫩黄花儿灿烂，临秋风而摇曳美姿，傲寒霜乃绽放花魂，好一幅万花丛中一丈夫的景象，好一番百阵面前大将军的气度！此时，王裕宽眼中看着这番景象，心中蓦然生出一种预感，此景或为兆象，此花生生不息之盛气或可逼退此人奄奄一息之衰气，这位渠夫人的病或可治矣！

王裕宽跟着渠本翘进了夫人的房间。一进来，当面一幅花鸟画，只见花儿摇头，粉红脸儿如羞如醉，好不可人！鸟儿展翅，丰满羽翼欲起欲飞，好不爱人！

这幅画两旁则是一副对联：

春花蕊美沁心脾
秋鸟羽丰翔宇寰

再看地上，则是五六盆正在含苞吐艳的一丛丛花儿，海棠花艳，月季花淡，百合花雅，君子兰贵……好一间清新雅致的闺房！

渠本翘进闺阁内说了几句话，安顿了一番，便请王裕宽进去了。王裕宽一进来，便看到一番美艳之景，人、衣、裳，桌、椅、床、帷、衾、枕，无不美艳。同时，却也感到一种衰弱之象，眉、眼、鼻，胸、臂、手，精、气、神，无不衰弱！如此之美人美景美物，而入如此之衰运衰势衰境，诚为可哀可叹。而他身为道虎壁王氏妇科名医，怀有近千年王氏妇科之道行，义不容辞，责无旁贷，必须把她治愈！

王裕宽与这位夫人见面问候一两句话，便让她坐在小桌旁伸出手腕来，然后分别在左右手腕上切脉。他一边切脉，一边观察：眼观之，皙皙娇腕如白玉，纤纤细手如嫩笋，真是一对美妙之腕、一双美妙之手。然而，形则美矣，色则灰矣，惜哉惜哉！手切之，"脉累累如循长竿者，名曰阴结也"，"脉瞥瞥如羹上肥者，阳气微也"，"脉萦萦蜘蛛丝者，阳气衰也"，"脉绵绵如泻漆之绝者，亡其血也"……这些"病脉"之象，居然都出现在这位夫人的脉象中！

王裕宽用心神观察着这些脉象，用手指感觉着浮、沉、迟、数、弦、细这些脉搏，都是一片秋风扫落叶的景象，极其悲观而悲悯！这——还能有救？这——岂能不救！

他继续把着脉，继续观察着各种脉象，继续感觉着各种脉搏，殚精竭虑，试图从茫茫黑夜中寻找到些许星光，从瑟瑟寒冬中寻找到些许火种……

终于，他从她的手少阴心脉上偶尔寻找到了些许洪大而长的脉搏！"心者，火也……心病自得洪大者，愈也。"他欣慰了：此为一线生机也！

然后，王裕宽再看她的眼神："请渠夫人抬起眼来，盯着我的眼睛看上一会儿！"渠夫人把眼睛抬起来，盯着他的眼睛看起来，他也盯着渠夫人的眼睛看起来：形、态、情则美矣，精、气、神则衰矣，与脾、肺、心、肝对应的眼眶、眼白、眼角、黑眼珠都缺少精气神，唯有与肾对应的瞳仁里还能看到一丝光亮！此处乃人体生命之"真阳""真阴"所在，此光乃人体生命之星火所燃！此亦又一线生机也！

王裕宽先从"人命"方面把了一番脉，观了一番象，觉得有救，然后再从"妇病"方面把了一番脉，观了一番象，问了一番状，寻了一番因。开始如何，治疗如何，现在如何，饮食起居如何，晚上睡觉所梦所游如何，白天闲坐所思所想如何……

王裕宽如此"把""观""问""寻"了一番，然后说道："夫人的病可医，夫人的命有救，请渠大人和夫人宽心！今天就且这样，夫人晚上好好睡一觉。等明天早晨太阳出山时分我再来把一把脉，最后定夺医治之方吧！"

渠本翘和他夫人一听王裕宽的话，喜出望外，连连致谢："哦！那真是太感谢王大夫了！让您费心了！多谢，多谢！"

王裕宽出了渠夫人的闺房，渠本翘也陪着出来，并一直陪着他回到客房。

待佣人奉上茶来，客房内只有他们二人时，渠本翘悄声问道："王大夫！我那夫人果然有救吗？还请您道出真情，说出实话！这些天来也请过几个名医，他们面对我夫人的病都束手无策，甚至让我准备后事呢！"

王裕宽说道："果然有救！说实话，您夫人确实危在旦夕，但根据我仔细把脉问诊的情况看来，您夫人还有救！"

渠本翘一听，顿时喜上眉梢："啊呀，真是谢天谢地！这一回她可真是遇上神医了！"

渠本翘本来准备礼节性地送一送，问一问，就要操心别的事情了。但一听王裕宽的话，顿时来了精神，也来了对中医及夫人病理的兴趣，于是，他吩咐佣人再沏一壶好茶来，想与王裕宽畅谈一番。

渠本翘问道："王大夫，您看我那夫人的病究竟是怎么引起来的呢？"

王裕宽看了渠本翘一眼，微微笑了一笑，说道："那我说的话重了，您可得先恕我言语不慎之罪！如果我说得不当了，您可不能怪罪我！"

渠本翘爽朗地答应："那是当然！"

于是，王裕宽说道："我猜想，是夫人在妊娠三月左右时，因您与她行房不慎乃至行房癫狂而引起了小产以及血崩不止。您想想，是不是？"

渠本翘一听，顿时脸红一片，羞赧不已！他毕竟是一位饱读诗书之人，列榜进士，在山西保矿运动中率领全省士绅商民与外商斗争、与朝廷周旋并最终成功赎回矿权的山西士绅界和商界领袖，在三晋士绅界和商界享有盛誉的士君子、大名士啊！如今却被这个小大夫点破了男女床帏隐秘之事，让他情何以堪？！

但渠本翘究竟是通达之士、率真之人，况且已是五十多岁的人了，连孔圣人都说"食色性也"，则夫妻行房乃是本性，如此，则夫妻行房乃是顺应本性，这又有何羞？

于是，渠本翘沉默了半晌之后，便也微微笑了一笑，说道："王大夫所言是实。呵呵！"然后，他又反问道："敢问王大夫，您这么年轻，何以能猜想到此事？"

王裕宽又笑了一笑，说道："我虽然年轻，但我生在道虎壁王氏妇科世家，从小耳濡目染，再加上父祖辈有意传承王氏妇科医道医术，传授中华医籍医典，我也就有点这方面的道行了。况且，我已二十来岁且已成婚，在这方面自然也有若干体验感悟。如此，就敢猜想一番您夫人的病因了。何以能猜想对？首先，您二位是老夫少妇，正如老牛吃嫩草，那一定是肯吃、多吃、饱吃啊！其次，您本人一表英俊人才，一派儒雅气度，再加上满屋金银财宝和一身功名荣誉，她见了您岂能不爱慕，不动情？而刚刚见了您夫人，年轻漂亮，聪慧优雅，眉梢上凝媚十分，眼睛里含情百般，可谓多才多姿，多情多欲，您见了她岂能不宠幸、不施爱？其三，她二十来岁，正是女人的开花季节，姿正美，情正浓，欲正旺，而您五十多岁，正是男人的成材季节，功正成，人正兴，欲正旺，如此，您夫妻二人行房自是随心所欲，随性所欲，哪能节制？如此，已妊娠三月而仍然行房癫狂，岂能不引起夫人小产乃至血崩？况且，我三晋妇科神医傅山在《傅青主女科》中已经有言："有少妇甫娠三月，即便血崩，而胎亦随堕，人以为挫闪受伤而致，谁知是行房不慎之过哉！'所以，我也就猜了'三月'左右之时。"

渠本翘听罢王裕宽这一番话，非常惊讶，也非常敬佩，不禁竖起了大拇指称赞："王大夫不愧是平遥道虎壁王氏妇科传人，如此年轻，却如此有道行！看来，我夫人的病真是有救了！拜托了！拜托了！"说着连连拱手致意。

王裕宽哪敢受渠本翘如此礼遇，也赶紧起身连连拱手回礼："渠大人不必客气！治病救人乃是医生的本职，我一定尽心尽力！"

渠本翘看了王裕宽一眼，在王裕宽眼睛里看到了自信满满的神色，于是他一边请王裕宽落座，一边试探着说道："王大夫对如何治疗我夫人的病是不是已经胸有成竹了？"

王裕宽说道："不敢说胸有成竹，只能算是有些谱儿了。"

渠本翘听着王裕宽的话，他的心中也有谱儿了，看来，我夫人有救了！

# 八

渠本翘继续说道："那您可否向我透露一二？"

王裕宽说道："可以！先说有救无救。一般来看，您夫人的病确实危在旦夕了，因为她的五脏六腑十二经脉几乎都显出了奄奄一息之象，而且经过了若干名医治疗都不见效，岂不只有等死？但我仔细把脉观察，在足少阴肾经上感觉到了一丝生机，感觉到肾里面还蕴含有些许'真阳'之气，而肾为人命先天之本，这正如树之根，花之心，根生树不死，心生则花不败。同时，我从她手少阴心经上也感觉到了一丝生机，心为君主之官，'君'在则'国'在啊！心为君主之火，君主之火在，则可引燃百官诸臣之火。所谓星星之火，可以燎原啊！所以，我便诊断有救。"

"那您将如何救治呢？"

"《傅青主女科》有言：'妊妇因行房癫狂致小产，血崩不止。人以为火动之极也，谁知是气脱之故乎！大凡妇人之怀妊也，赖肾水以荫胎。水源不足，则火易沸腾。加以久战不已，则火必大动，再至兴酣癫狂，精必大泄。精大泄则肾水益涸，而龙雷相火益炽。水火两病，胎不能固而堕矣。胎堕而火犹未息，故血随火而崩下，有不可止遏之势。人谓火动之极，亦未为大误也。但血崩本于气虚，火盛本于水亏，肾水既亏，则气之生源涸矣。气源既涸，而气有不脱者乎？此火动是标，而气脱是本也。经云：治病必求其本。本固而标自立矣。若只以止血为主，而不急固其气，则气散不能速回，而血何由止！不大补其精，则水涸不能速长，而火且益炽，不揣其本，而齐其末，山未见有能济者也。'傅山先生上述所言是理法，方药则是固气填精汤。"遂将原方出示：

人参（一两）　　　　黄耆（一两，生用）
白术（五钱，土炒）　大熟地（一两，九蒸）
当归（五钱，酒洗）　三七（三钱，研末）
荆芥穗（二钱，炒黑）

"傅山先生的这个药方妙在不去清火，而是补气补精，以诸药温润能除大热，所以见效特神，服一剂而血止，二剂而身安，四剂则痊愈。"

渠本翘听着，疑惑了："既如此，莫非此前那些中医竟然不知道傅山先生有此理法，也不用傅山先生此方药？"

王裕宽说道："假如您夫人刚刚出现小产崩漏时，医生就用傅山先生的这个方药，那早就治好了，哪会拖延半年不治？我猜想您是先请了西医治疗，而西医又拿不准您夫人的病因、病症、病机，所以就没有及时治好。而这么一耽搁一月两月，病因、病症、病机就发生了变化，后来的中医再用傅山先生的这个药方就难见特效神效，乃至干脆不见效果了。这就是所谓的'时机'。时者，变化者也，须臾不停留也；机者，微妙者也，非智慧不能识、非敏捷不能逮也。"

"那我请过的那些中医竟不知道这些道理，所谓名医都是庸医？"

"那倒未必，我想可能有两方面原因：其一，医生越多则越乱，前医治而不愈，反而堵后医之路、扰后医之术。这就好比起房盖楼，直接平地起房盖楼还算容易简单，拆除旧房旧楼而后再起房盖楼则困难麻烦。此外，患病时间越长则越重，病症越变化越加重，就越不好治。后医道行如果与前医道行一般高低，也大多无济于事；后医道行必须大大超越前医道行，才可济事。所以，您所请的中医未必是庸医，而可能是一般的名医，没有一个卓然超人的名医。其二，您夫人的体质特殊，看形体则似弱不禁风之西湖柳，观心血则是波澜壮阔之钱塘潮。所以，在用治病止血之药时可能用缚鸡之力而擒蛟龙，岂不是徒劳无功？"

渠本翘听着，又疑惑了："啊？形体似西湖柳，倒也说得是；心血是钱塘潮，这就未免过了吧？"

王裕宽说道："您也是见识过若干女人了吧？相比较而言，您这位夫人与其他女子心气性情如何？行房情欲又如何？恐怕是超于一般女子吧！她的血源血流血潮旺盛非常，而一般医生只用平常之药力止血，当然是杯水车薪，于事无补了。"

渠本翘听着王裕宽的话，不禁对这个年轻大夫的医术道行惊讶了：仅仅见了一面，仅仅把了一会儿脉，竟然对我夫人的情况把握得如此精准！真是奇了，真是神了！

他继续问道："那王大夫治疗我夫人具体的理法方药如何呀？"

王裕宽说道："这方药嘛，还得等明天上午把脉以后再最终定夺。不过，现在我已经有了一个基本理法。根据我刚才的诊视，您夫人的主要病机是冲任虚损，不能制约经血，表现为出血淡稀，神疲体倦，气短懒言，饮食不振，舌淡脉虚，病证属于脾虚气陷，而致经血失调。究其根本是因久病不治，导致忧思过度，脾气虚弱，胃气不足，进而导致饮食不思，冲任不固，遂致血越来越失于统摄，越来越崩漏不已。故治疗之理法首先是补脾胃之气，脾胃之气足则冲任自固，则可统血摄血，则血不能妄行乱行，则可按时归经而行。其次是化痰瘀之积，痰阻气，瘀阻血，化痰则气机顺，气机顺则益气养气而气充足矣；化瘀则血行畅，血行畅则益血养血而血充盈矣。气充足，则率血无往而不行；血充盈，则随气无处而不达；如此气血充盈，无往而不行，无处而不达，则无病而不除矣！"

渠本翘听着王裕宽这番话，倒是头头是道，条条在理，但听了半天却没有"止崩""止漏""止血"等字眼，于是他疑惑了："那我夫人的病是崩漏出血，您这番话里怎么没有听见止崩、止漏、止血等字眼呢？"

王裕宽微笑了一下，说道："堵水需堵源，堵流则越堵越流，甚至形成乱流。像您夫人崩漏出血之病，其源在气，是气虚而不能摄血，而离经乱流，并不是皮肤破而出血，或血管破而出血。所以，补气益气了，则气能摄血了；气能摄血了，血便归经了，便不会再崩漏出血了。经者，意义有二，其一径也，即血流循行之途径也；其二常也，即血流循行之时律也。血归经，则血流循行正常途径和正常时律，如此则何来崩漏出血？所以，正如伐树伐根，则不伐枝叶而枝叶自枯也。"

"哦！王大夫真是高论！真是高招！"渠本翘越听，对这位年轻大夫越敬佩，不由得竖起拇指连连称赞起来。

渠本翘听了王裕宽一番有关他夫人病症、病因、病机的高论，颇为开心，原来夫人的病是如此病理，夫人的病有望治愈！同时，他对中医更感兴趣了，这中医博大精深，真是我中华前贤留给后人的一个大宝藏，我身为读书人，不可忽略了这些医学典籍啊！

渠本翘与王裕宽叙谈了一番，开窍了，开心了，开颜了，带着满脸喜色走出了王裕宽的客房。

王裕宽经过一番把脉诊视，对如何治疗渠本翘夫人的病胸有成竹了，便也放心了，轻松了。待渠本翘走后，他又喝了一会儿茶，静了静心，捋了捋思绪，便走出客房，在院子里散起步来。

好一个渠家大院，果然比日昇昌李财主的院子还阔气、豪华、雅致，地上一处处石雕，墙上一处处砖雕，栏上一处处木雕，造型无不美轮美奂，寓意无不如意吉祥，简直是天上宫阙，玉宇琼楼！

他来到一个门楼跟前观赏，除了那些精美的木雕图样，一个写着"吃亏是福"的牌匾吸引了他：哦？财主家还悬挂这样的牌匾？

再看两旁，则是一副长联：

水盈则溢倾，何不及时济物济世
木盛而丛生，还须早些修枝修身

王裕宽正一边疑惑，一边思索着这匾额楹联的意思，舅舅张仙柏过来了。

张仙柏笑道："这匾额楹联写得好吧？"

王裕宽说道："好是好，就是不知道这院里各处都是吉祥图、吉祥物、吉祥言，而此处却要写这'吃亏'？似乎有些突兀呀！"

张仙柏笑道："我第一次见到'吃亏是福'这四个字悬挂在门楼上，也十分不解，后来才明白其用意。"

王裕宽问道："是什么用意啊？"

张仙柏说道："其实，下面这副楹联就解释了上面的牌匾：水盈则溢倾，一旦水溢了，器倾了，则自损而无济于他物，可谓三损，何不在它未溢倾之时，就将这一小部分水用于济物济世呢？这样，水少损，器不倾，还可获得济物济世的功德，岂不是三全？像渠家这样大富大贵，还不是水盈木盛之象吗？这样，既然水已盈则该济物济世，既然木已盛则该修枝修身。这样，及时及早'吃亏'，正是为了保持水盈器正、促进木长树高，这'吃亏'不就是福了吗？"

王裕宽听着，想着，明白了："哦，家有余财，则当帮助别家；人有余力，则当帮助别人。如此'损有余而补不足'，则是自己之吉祥，他人之吉祥，亦社会之吉祥！所以，'吃亏是福'悬挂在门楼上，也算是吉祥之语了。"

张仙柏笑道："对了！"

王裕宽感叹道："今日观看了这幅牌匾，品读了这副对联，真是胜读十年书啊！"

"看来，你是不虚此行啊！"

"不虚此行，确实不虚此行！"

第二天早晨太阳出山时分，王裕宽给渠本翘夫人再次把脉诊视，最终确定了治疗方案，给渠本翘夫人开出了三个处方。

处方一（二剂）：

炒小茴香（三分）　　　　炒干姜（三分）

醋元胡（一钱）　　　　　炒五灵脂（三钱）

没药（一钱）　　　　　　酒川芎（一钱五分）

酒当归身（二钱五分）　　生蒲黄（三钱　另包）

官桂（一钱）　　　　　　粉赤芍（一钱五分）

三七参（一钱五分）

水煎半小时，分二煎，分两次服用。

服药二剂后，阴道排出血块，腹中疼痛减轻，血量明显减少，更用处方二。

处方二（四剂）：

炙黄芪（九钱）　　　　路党参（七钱）

焦白术（三钱）　　　　炙甘草（一钱五分）

北柴胡（一钱五分）　　升麻（一钱五分）

陈皮（二钱五分）　　　酒当归身（四钱）

三七参（一钱五分）　　阿胶（三钱　烊化）

地榆炭（九钱）

上药加米醋一合与水一起煎服　二煎不加米醋，分两次服用

服药四剂后，出血即止，更用处方三。

处方三，王氏养血归脾汤：

焦白术（五钱）　　　　路党参（六钱）

黄芪（六钱）　　　　　茯神（三钱）

远志（去心　二钱）　　当归身（六钱）

炒枣仁（捣　三钱）　　广橘红（一钱）

元肉（三钱）　　　　　百合（一两）

炙甘草（一钱）　　　　生姜（三片）

红枣（三枚）

调理月余后，经行五天如常态，色淡红，量适中，无血块，无腹痛，精神佳，吃饭香，不见头晕、心悸之症。然后每次月经来潮前七天服药，经后停药；如此三月后完全病愈。

渠本翘拿着王裕宽递过来的三张处方看了起来，他一边看，一边惊讶且惊喜：看这处方，只需二剂药，我夫人的病便减轻大半，再需四剂药，病就基本治愈，再用王氏养血归脾汤一个月到四个月，我夫人的病便完全治愈了！真是谢天谢地呀！

王裕宽解释道："您夫人按这处方服药后，如果出现我处方所说情形，则可依次服药，直到痊愈；如果没出现我处方所说情形，则可派人来平遥道虎壁找我，我再来府上诊视。"

渠本翘应道："我一切按王大夫嘱咐去做！"

王裕宽继续说道："我还有两点嘱咐：一是夫人需每天上午在院子里晒一个小时太阳，此时阳气最盛，正是吸收阳气的最佳时分，同时赏一个小时菊花，此季菊花最盛，正是吸收花气的最佳季节。太阳是天地万物阳气之最盛者，于此补阳，当然最佳，花朵是一切植物生殖之器，是所有植物精华所在，于此摄精，也当然最佳。二是您既得禁房事百日，又得日日相伴您夫人同枕共衾，且夜夜抚摸一遍您夫人全身肌肤，然后再睡。禁房事，则不扰其治疗过程；日日相伴，则滋补其阳气；夜夜抚摸，则顺其皮毛进而顺其气血，气血顺则心神舒，则无忧无病也。"

渠本翘听着，自是一一应承允诺。

当天中午，渠本翘设宴款待王裕宽、张仙柏二人，并亲自把壶斟酒，这算是隆重之礼了。饭后，再给王裕宽送上一百两银子作为酬谢，这也算是厚重之礼了。

下午，王裕宽怀揣着这一百两银子，回味着这隆重午宴的美酒佳肴，享受着三晋名士渠本翘对自己的格外礼遇，乘坐着百川通票号的华丽轿车，满载而归了。

# 九

渠本翘送走王裕宽、张仙柏二人后，他回到书房，一边喝茶，一边拿着王裕宽开出的三张处方琢磨起来：此药平常，无非是中等药材；此方之配伍分量，则不知其所以然。然后，他又暗暗祈祷，但愿此平常之药，合在一起能显现不平常之效！夫人啊，你的病，你的命，就靠这三张方子了！老天爷啊，您老人家就保佑我夫人早日康复吧！

当天晚上，渠本翘便让家人煎药，让夫人服药。然后按王裕宽大夫所嘱，他与夫人同衾共枕，相拥相抱，在他夫人浑身上下抚摸一遍，好一番春风拂地地松软，春风拂柳柳轻扬；春风拂面面娇媚，春风拂心心荡漾！如此一番又一番，便双双进入春酣春睡春梦之中了。

第二天早晨，再按王裕宽吩咐，先是喝药，然后在十点多钟陪着夫人来到院里，一边晒太阳补大阳之气，一边赏菊花摄傲霜之魂……

第一个处方的两剂药服罢，他夫人的病竟果然如王裕宽预言，阴道排出了若干血块，腹中疼痛减轻许多，而出血量也明显减少了！

看到这两剂药如此见效，渠夫人喜出望外，脸上绽开了花朵，眼中泛起了光彩："这药真是神药，这人真是神人！我的病半年不见起色，只吃人家两剂药就见效了！"渠本翘则惊喜、惊讶、惊叹："这位年轻大夫写出的一个个字看似平常，而其运字用字却出神入化，竟让这样平常的字发挥出卓尔不群的奇效特效，真是天降神医来救我夫人啊！这张处方上列出的一味味药材看似平常，而其主次多少的组合配伍却奇妙无穷，真是天降仙药来救我夫人啊！"于是，他让家人按第二个处方抓药、煎药并让夫人按嘱咐服药。

这第二个处方的四剂药服罢，又如王裕宽预言，渠夫人崩漏出血的情形已经不见了，竟然不出血了！

这一下，渠本翘更惊奇了："啊呀，这位年轻大夫真是精通黄帝岐伯之术，简直是扁鹊再世、神医下凡啊！"

接着，渠夫人开始服用王裕宽开出的第三个处方：王氏养血归脾汤。这样，渠夫人的崩漏出血症已经治愈，接下来只是巩固治疗和恢复健康了。

渠本翘眼看着王裕宽大夫给夫人快速治住了崩漏出血症，现在已然是巩固恢复阶段了，他是欢喜百倍，感激万分！此时，他对王裕宽非常感谢乃至感恩，非常敬佩乃至敬仰！于是，一个念头在他心中冒了出来：这位年轻大夫的医道医术如此精深高妙，他对我夫人如此有大恩厚恩，我除了在一般的物质层面准备财物感谢，还应该在更高的精神层面赠送匾额致敬！我必须表示感谢感恩之心和敬佩敬仰之情，而且，我必须用最高的礼仪表示这种心情：颂扬其功德，赠送其匾额！

渠本翘这样思着，想着，琢磨着，遂在书桌上铺开宣纸，一连写下了"神医下凡""扁鹊再世""术精岐黄"几幅大字。写罢，他又一一看着，想着，琢磨着：第一幅"神医下凡"，有点玄了、虚了，也俗了，还显老套了，这幅字对王裕宽大夫而言颂扬显得有点浮夸，对我渠本翘本人而言则有失儒者、学士身份啊！第二幅"扁鹊再世"，也有点空了、假了，也俗了，还显老套了，这幅字对王裕宽大夫而言颂扬也显得有点浮夸，对我渠本翘本人而言则也有失儒者、学士身份啊！第三幅"术精岐黄"，则既不玄虚，也不空假，还不落俗套老套，倒是实在实事，精确准确，更让人信服，也更有颂扬意义。这幅字对王裕宽大夫而言，言术言精，比贤比圣，是真颂扬，真夸奖；而这幅字对我渠本翘而言，则言圣言贤，有根有源，是真儒者，是真学士。——看来，这幅"术精岐黄"

是最为妥当了。

随后渠本翘便在"术精岐黄"这四个横幅大字前面写下了"大医德王裕宽先生"一竖行称谓小字，然后在这四个横幅大字后面写下了"渠本翘颂"一竖行署名小字和"民国乙卯年吉日"一竖行纪年小字。

第二天，渠本翘便吩咐家人将这幅字送到一家"天德行"木器铺里，让他们用一等手艺人和一等木料，制成一块大方漂亮排场的匾额。

接下来，渠本翘一边观察夫人的身体康复情况，一边等待着木器铺制作这块匾额。

但等到渠夫人调理月余后，她的下身竟又开始出血了！渠本翘夫妇一看，有点着急害怕，但接下来几天再仔细观察，却发现原来是月经来了，经期五天，血色淡红，血量适中，并无血块、腹痛、头晕、心悸等症状，一切如正常时的月经来潮情形。而且，吃饭还香，精神也佳，甚至比半年前的状态还好！

"啊呀，我的病让这位王大夫完全治愈了！真是谢天谢地谢王大夫啊！"渠夫人喜出望外地感叹起来。

"啊呀，你的病完全好了！这位年轻的王大夫还真是了不得呀！真是谢天谢地谢王大夫！我们真得好好地感谢人家王大夫呢！"渠本翘也喜出望外地感叹起来。

"那咱们怎么感谢人家呀？"渠夫人说道。

"我已经想好了，除了赠些钱财，我已经写好了字让人做匾去了。我送他一块匾额！"渠本翘说道。

"那你要亲自去平遥吗？"

"我亲自去。"

"那我呢？"

"可去，也可不去。想去，则去，不想去，则可不去。"

"那就去！"

"好啊，你亲自去更显隆重，也更有诚意！"

于是，待匾额制好后，渠本翘便携夫人带着匾额来到了平遥，准备择吉日前往道虎壁向王裕宽大夫赠匾致敬！

渠少东家一来，渠家的百川通票号掌柜们自是鞍前马后，跑腿伺候；渠大学士一来，平遥县公署知事自是登门拜会，恭维致礼。百川通票号掌柜和平遥县公署知事听得渠本翘这番平遥之行，是给道虎壁王氏妇科掌门人王裕宽大夫送匾致敬，于是，票号和县公署两方面的人都不敢怠慢，自然得精心准备。

如此一来，这番送匾仪式就排场大了，声响大了。送匾这一天，百川通票号和平遥县公署双双做了隆重安排：百川通票号安排两个伙计抬上披红挂绸的匾额，再请了文武两班子乐人队伍。乐人队伍簇拥着这块匾额行进，一路上吹奏敲打，好不热闹！平遥县公署则安排了隆重仪仗队伍，仪仗队伍簇拥着平遥县知事大人和渠本翘大人的坐轿行进，一路上鸣锣开道，好不排场！

浩浩荡荡的送匾队伍从平遥县公署开始行进，一路经过县城的一条条街道店铺，然后从城西门出来，再向西南方向的道虎壁村而来，阵势浩大，声响宏远，简直是惊天动地，把半个平遥城的人都惊动了。

而在前一天，百川通票号已通知了王裕宽家里，面对如此盛事美事，王家人自是喜出望外，于是王家各门长辈们全部出面接待应酬渠本翘大人和平遥知县大人的驾临。同时，平遥县公署通知了城南乡公所和道虎壁村公所，于是乡长村长两级官吏乃至当地士绅也都出面接待应酬渠本翘大人和平遥县知事大人的驾临。而且，乡长村长士绅们都出来了，引得道虎壁全村乃至附近村庄的老百姓也出来了，从道虎壁村东门一直到村丁字口的东大街上聚集了乌泱乌泱的迎接人群！

于是，浩浩荡荡的送匾队伍走进乌泱乌泱的迎接人群，好一个熙熙攘攘、红红火火、热热闹闹的大阵势、大排场、大气派！

乡长村长们在村东门恭候平遥县知事大人和渠本翘大人率领的送匾队伍，平遥县知事和渠本翘等人在村东门下了轿，见过大家，寒暄几句，便在乡长村长的陪同下进了村东门，顺着东大街一路向村丁字口附近的王裕宽家走来：两班乐人吹奏敲打，极尽音乐之声势声威；两队仪仗肃穆威风，极尽礼仪之形势形威；而两位大人端庄儒雅，极显官员之风度气度；两旁百姓企足翘首，极显众人之观赏观瞻……

渠本翘夫妇二人与平遥县知事等送匾队伍来到王裕宽家门口，王裕宽及王家诸位长辈及家人早已在恭候。一番见面礼仪罢，赠送匾额仪式便在道虎壁村长的主持下开始了。

经一番介绍，渠本翘开始讲话："平遥县知事大人及各位平遥士绅、各位道虎壁乡亲们！首先，我非常感谢各位前来参加这个赠送匾额仪式，因为各位光临助兴，我感到非常荣幸！其次，我今天之所以要向道虎壁王氏妇科掌门人王裕宽大夫赠送匾额，那是因为他确实医道深厚，医术高明，他确确实实为我夫人治愈了重症、难症、危症。今天我夫人也亲自来到了道虎壁，就是为了向王大夫表示真诚的感谢！诸位请看——这就是我这位夫人！在一个多月之前，她还病蔫蔫地躺在炕上下不了地，而且已经有医生大夫让我为她准备后事呢！就在我们都绝望无望之时，有人为我推荐了王裕宽大夫。结果，他来祁县一把脉，只开了三张药方，只吃了一个来月，她就痊愈了！王裕宽大夫虽然年轻，却真如神医一般啊！所以，我为了感谢王裕宽大夫，为了向王裕宽大夫表示敬意，特意写了一幅字并刻制成了匾额送给他！"

渠本翘说着，在两班乐队的吹奏敲打声中，揭开了蒙在匾额上的红绸子，露出了"大医德王裕宽先生"一竖行小字和"术精岐黄"四个镏金大字及"渠本翘"署名，他指着这四个字解说道："'术精岐黄'，王裕宽大夫真是精于岐黄之术，让我想起了古代医圣岐伯和黄帝啊！"说着，渠本翘拿起这块匾额来，郑重地赠送给王裕宽大夫。

此时，两班乐队的吹奏敲打声响起，人群中一阵阵叫好声和拍手声也响起。

渠本翘继续说道："诸位！接下来，我想说：咱道虎壁王氏妇科真是厉害！大清朝时，我当过驻日本国横滨领事，我在那里见识过西医的厉害；清帝逊位以后，我又长期驻在天津租界，我在天津也见识过西医的厉害。所以，半年前我夫人因小产引起崩漏出血后，我首先就带她去了有名的洋人医院请有名的西医治疗，西医厉害嘛！结果，在这有名的洋人医院住了若干天，让这有名的西医治了若干次，最终还是无济于事。可我们回祁县以后，听说了王裕宽大夫并请他去给我夫人看病，只看了一次，只开了三服药，只用了一个月，竟然就把我夫人的这个重症难症治愈了！所以，我想说的是西医是厉害，但我们中医更是厉害！咱道虎壁王氏妇科传承近千年，真是厉害！王裕宽大夫这么年轻而有这么深厚高明的医道医术，真是厉害！诸位！我们夫妇能遇上王裕宽大夫，是我们之幸；王氏妇科能扎根在平遥道虎壁为人治病，是道虎壁人之幸，也是平遥人之幸，还是我们祁县人之幸，甚至是三晋人民之幸！所以，我送这块匾是理所应当！王裕宽大夫受这块匾是当之无愧！谢谢大家了！"渠本翘说完，向着人群频频拱手致意。

人群中再次响起了一阵叫好声和拍手声。

接下来，平遥县知事说道："诸位！刚才讲话的渠本翘大人是祁县大财主渠家的少东家，是大清朝进士出身的四品京堂，还是我三晋保矿运动的士绅领袖，一句话，他是我们山西省著名的大学士、大绅士、大名士啊！像渠本翘大人这样的人物能来我们平遥县域，能来我们一个小小的道虎壁村庄，而且还是给我们平遥道虎壁王氏妇科掌门人王裕宽大夫赠送匾额，这是何等难能可贵之事啊？这实在是王裕宽大夫之荣耀，是王氏妇科之荣耀，是道虎壁村之荣耀，也是我们所有平遥人之荣耀，还是我这个平遥县知事之荣耀啊！"

如此高雅、尊贵、名满三晋的大人物前来送匾，如此身为平遥一县之长的知事大人前来陪同送匾，如此宏大、排场、高规格的送匾场面，这对王裕宽来说是何等的荣耀！

　　而这将要深刻地影响王裕宽未来的人生事业，从此，他的人生事业将进入一个全新的阶段。

第五部

# 一

渠本翘亲自上门送匾，并引得平遥县知事大人也一同来道虎壁送匾，真是风光无限，荣耀无比！于是，王裕宽的名声越来越大，俨然追赶上了他爷爷王贞老先生。而这番送匾的巨大荣耀，已然超越了他爷爷王贞老先生！

这是巨大的鼓励，也是巨大的鞭策。于是，王裕宽更加用心用功，更加深入钻研各种医书医典，不断提高医道医术水平，也更加敬业，积极治疗各种病人。

当初，他给白钦鼎公子夫人看不孕之症，没有开一服药，便使白公子夫人有了身孕并产下一男孩！于是，白家人喜出望外，慷慨大方，赠钱送匾嫁妹子，使王裕宽一举三得：赚了钱，赚了名，还赚了一个媳妇！从那以后，他的名声更大了，病人更多了，价码也更高了，事业也扩大了。但那影响区域还局限于平遥城周围，影响的人群还局限于平遥城周围区域的乡村士绅及普通百姓。这次给三晋大名士渠本翘夫人看崩漏出血之症，此症半年不愈且濒临死亡，看了若干中西名医都无济于事，而王裕宽只是把了一下脉，开了三张方子，一个月便使渠夫人痊愈康复！于是，渠本翘偕夫人前来送匾致敬，还引得平遥县知事大人陪同送匾，结果场面更大更排场，影响也更大更深远。影响区域扩展到了平遥祁县二城乃至汾州太原二府城周围广大地区，影响的人群扩展到了平遥祁县二县城乃至汾州太原二府城士绅及普通百姓。——由三晋士绅领袖、三晋大名士渠本翘题词送匾，王裕宽便借水行船，借风扬帆，一步步成为扬名三晋大地的名医了!

三年下来，王裕宽的事业发展得越来越兴旺了，家里财富也积累得越来越可观了。

母亲王张氏看到儿子一天天成长、成熟的可喜情形，她开始考虑这个家庭将来如何进一步发展：我这二儿、三儿身为道虎壁王氏妇科传人，有这王氏妇科医道医术传授的便利条件，有这王氏妇科近千年传承的显赫名声，再加上我的管教和大儿子王裕宽的示范，他们的人生也应该走这条继承王氏妇科事业的路，他们也都应该能够在医术上独当一面，在生活上独立门户。所以，这个老院子将来容不下三个儿子成家立业，只能留下一个儿子伴自己养老送终，另外两个儿子则须离开这个老院子，去置办房屋地产、独立门户。

接着，她又为三个儿子、为整个家庭，也为她自己绘就了一幅前景：第一步说大儿子王裕宽，论个人本事，他早已功成名就，可以独立门户了；论家庭义务，他为这个大家庭已经挣了不少钱财，把二弟也带得可以独当一面了。所以，应该先让他离开这个大家庭，去置办房屋地产、独立门户了。而且，考虑他媳妇以及媳妇家的情形，也应该尽早让他出去独立门户了。其一，他靠自己的医术和声誉赚了那么多的钱财，全都算作这个大家庭的共同收入，等于是一大家人全都靠他、吃他、穿他、花他呢！这样时间久了，即使他心甘情愿，媳妇会不会心甘情愿，她娘家会不会心甘情愿？如果人家不心甘情愿，则难免心生怨气，口出怨声，则会影响他的思想和情绪，进而会影响一大家人的团结和谐，如果相互埋怨、猜忌乃至明争暗斗，那家人成了敌人，成何体统，论何发展？！其二，他媳妇过来时陪了不少嫁妆，金银财宝不在少数，他媳妇家又是一方财主，如果让他独立门户，他媳妇肯定乐意出去，他媳妇及其娘家也肯定乐意拿出钱财来帮助他置办房屋地产。所以，让裕宽出去独立门户，可谓三全其美之事呢！

母亲王张氏把这些想法向王裕宽说了，虽然很是在理，但王裕宽一听说让自己离开这个老院子，让自己出去独立门户，还是不舍，不愿，不悦，而且还引得他颇为伤感，不禁流下泪来："母亲非得这样吗？咱们一大家人在一起红红火火的热热闹闹的，不是很好吗？这一下子让我出去，我空落落的，孤零零的，不好受呀！"

王张氏看到王裕宽如此伤感落泪，她也伤感落泪了："裕宽啊，我知道你多情多义，也看出你心中有我这个妈和你的弟弟们，你是我的好儿子！其实，我也舍不得你们出去呀！可是，妈想来想去，咱们还得走这一步。你出去独立门户，既便于独立发展你的家庭事业，又给你二弟腾出了房子铺子，也给二弟做了榜样嘛！而且，你有能力和财力去独立门户，前途会更大呢！将来，这个老院和铺面留给你三弟，让他陪我安度晚年，这不很好嘛！所以，你这一出去独立门户呀，是一好生两好，两好再生三好呢！"

如此，母子二人话也说通了，情也抒发了，事也就该做了。由王张氏做主，家里做了分割，原来这个大家庭由祖宗传承下来的医书典籍秘方等归掌门人王裕宽掌管，但其他兄弟需要时可借用誊抄。这个大家庭积攒的现银，王裕宽可分得一半（约五千块现大洋）。除媳妇带来的嫁妆和王裕宽本人专有的物品外，这个大家庭内原有的房屋、院落、铺面、药材等物全部留给母亲及两个弟弟，王裕宽不再要求这些财产的权利。

于是，王裕宽带上这些医书典籍秘方等物，带上高林村白钦鼎赠送他的匾额楹联和祁县渠本翘赠送他的匾额等物，再带上媳妇白翠英陪嫁过来的家具、嫁妆等物，再用从大家庭分得的五千块现大洋、媳妇嫁妆中拿出的五千块现大洋和媳妇娘家借得的五千块现大洋，在道虎壁东大街上购置了一处宽敞阔亮的四合院子，又添置了开设诊所药铺所需用品，再认真布置装修一番，弄得这新诊所药铺排排场场的，这新房屋院落亮亮堂堂的，诸事齐齐备备的，1919 年春王裕宽择吉日披红挂绸，排宴请客，正式独立门户坐诊看病了。


# 二


开诊次日一早，王裕宽的诊所药铺刚开门，妻兄白钦鼎就穿着一身潇洒的西装、骑着一辆崭新的自行车、摇着几串脆响的铃声来到门前停了下来。

王裕宽出门迎接："哥今天早啊！"

白钦鼎一边扬腿下车，一边说道："操心你开业的事，就想过来看看，也到周边各村转一转，兜一兜风，让人们见识见识这洋车子！呵呵！这比毛驴强，比骡马轿车也强，不用喂草料，而且骑上又快、又舒服、又自由自在！"

王裕宽笑道："哥有眼光见识新事物，也会享受新事物！呵呵！"说着，打起帘子，让白钦鼎进来。

白钦鼎进了诊所，一边看着墙上悬挂的装饰字画，一边说道："怎么？今天还没有开张？怎么不见有病人上门？"

"今天才算刚独立门户嘛！好多人还不知道我独立门户了呢！"

白钦鼎在铺子里转悠着，说道："嗯，也是啊！不过，也不用着急，有你这样的医术，还有你这样的名声，还怕没病人上门求医买药？呵呵！家有梧桐树，还怕招不来凤凰吗？"然后，指着墙上悬挂的一幅幅字画说道："何况，还有这些神圣贤人们保佑你呢！"

王裕宽此番独立门户，妻兄白钦鼎帮忙甚多，特别是诊所药铺里的布置装饰，多是白钦鼎出的主意、动的手笔。悬挂中国历代医圣黄帝、岐伯、扁鹊、张仲景、孙思邈、李时珍、傅山的画像和简介，悬挂王家历代名医王厚、王时亨、王士能、王伯辉、王笃生、王贞的画像和简介。这非白钦鼎不能想，也非白钦鼎不能做。这对中国历代医圣和王家历代名医的尊崇之意有了，敬重之意有了，祈求之意也有了。尊崇则膜拜之，效仿之，以为榜样；敬重则信服之，运用之，以为法度；祈求则得其庇护保佑，以为神圣了。如此，王裕宽的诊所药铺自然该顺风顺水顺心意了。

王裕宽也顺着白钦鼎的眼神，一一看着墙上这些字画，不由得再对妻兄白钦鼎夸赞一番，感谢一番："哥真是才子，真有才思！哥画的像真好，写的字真好！看到这番景象，连我都觉得别出心裁，不同凡响呢！别人进来看了，更会觉得耳目一新，不同于一般诊所药铺呢！"

白钦鼎笑笑，说道："裕宽呀，咱二人算是有缘：你帮我种子，我帮你娶妻！如今你成了我的妹夫，帮你就是帮我妹妹，我就更乐意帮你了呀！呵呵！"

王裕宽也笑道："是呢，我是与哥有缘！有缘！"

白钦鼎说道："裕宽呀，借你我二人缘分，我真该读些医书，学些医道。你说说，我该读哪些医书？"

王裕宽说道："如果哥想知道一个人如何养生、如何长命的道理，那就读一读《黄帝内经》为好；如果哥想知道夫妻二人房事如何和谐协调、如何快乐美满的诀法，那读一读《素女经》为好；如果哥想知道治病的理、法、方、药诸事，那就读一读《伤寒杂病论》为好；如果哥想知道各种药材的特性功能，那就读一读《本草纲目》为好……"

白钦鼎笑道："哦！好了，好了！好我的妹夫，你不用说那么多了！"然后，笑了笑，低声说道，"我就先看一看说夫妻二人房事诀法的那《素女经》吧！哈哈！"

"行！我抽空给哥誊抄一份就是了。"

此时，白翠英从药铺里面出来了："原来是哥来了！快坐下喝口水吧！"说着，就准备沏茶了。

白钦鼎拦住妹子，说道："不用沏茶了！我看你们一下，马上就走！我趁着天气凉快，在外面兜兜风，观观景，踏踏青，就回咱高林村了。"

白翠英半是羡慕，半是开玩笑，说道："看我哥，活得多潇洒自在！"

白钦鼎也笑着说道："成家不自在，自在不成家！谁让你急着嫁给人家王裕宽呢！呵呵！好好跟着人家王氏妇科名医开铺子挣钱吧！等你们发了财，哥我还要沾你们的光呢！"

兄妹说笑间，门前停下了一辆轿车，一个男人进来问道："这是王裕宽大夫新开的诊所吧？"

王裕宽上前迎接："哦，是的，是的！我就是王裕宽！您是——"

"我是求王大夫给我媳妇看病的。刚才去老诊所里找您，他们说您独立开诊所了，我才又寻过来。"来人说道。

王裕宽说道："我弟弟在那边看病也是一样的，都是老祖宗传下来的医术！"

来人却固执地说道："我看不一样，我就知道您的名气大，就认您，您还给祁县渠财主家的渠本翘夫人看好了病呢！"

"那好，您就请夫人进来吧！"

来人出去搀扶他夫人了，白钦鼎冲王裕宽笑了笑，竖了竖大拇指，说道："行！来大主雇了。呵呵！开业大吉啊！行，你们忙吧，我走呀！"说罢，便挥手告辞出门，骑着他的洋车，拨弄出一阵清脆的铃声，迎着春天的晨光，走了。

王裕宽、白翠英出门送走了白钦鼎，顺手撩起门帘，迎进了那个男人和他夫人。

待这位夫人坐下来，王裕宽看了她一眼，再回头看了她男人一眼：看其五官举止，颇有端庄优雅之风度；而察其神色动静，则见精疲神劳之病态；再观其衣裳穿戴，则显富贵华丽之气势。王裕宽心中想道：看来，此非寻常人，应是有钱人；此非寻常人得的妇科病，应是有钱人得的妇科病。

来人自我介绍了一番：原来这位是介休大财主侯家一门一支的公子，只因他夫人多年患病痛苦，而又多方求治无效。后来辗转听说了百川通票号少东家渠本翘送匾的事，夫妻二人商量一番，便从介休来到平遥找王裕宽了。

得知他们远道而来，白翠英忙沏上茶水招呼。

侯公子喝了几口茶水，便拱手央求道："王大夫呀，我们可是慕名远道而来呀，您可不能让我们白来，您一定得给我夫人看好病呀！您一定得格外用心给她看，格外用好药给她治，您不用担心银钱多少！只要能治好她的病，啥都好说！"

"贵夫人的病——"

王裕宽正要问，侯公子便拉他到一边低语道："王大夫！这有点不便启齿呀……"说着，更压低了声音，"不怀孕是其一，更主要的是我们就不能行房事，一行房事，她下身就出血。闹得我们年纪轻轻就夫不夫、妻不妻了，这算啥事嘛！你说我休了人家吧，人家是嫁给我以后才得的病呀，人家原来好好的呀，而且我还喜欢人家，哪舍得休了呀！你说我纳个二房吧，人家也是大户人家的闺女，心气儿高着呢，那还不把人家气死！所以，也只有把她的病治好是上上之策了。王大夫，您可得好好给她治病呀！您治好了她的病，既是救了她，也是救了我，还是救了我们全家和她们全家呢！"

王裕宽问道："出现这种症状多长时间了？"

侯公子说道："有一年多了。"

王裕宽听着，想了想，然后看了侯公子一眼，微笑着说道："恐怕这是你夫妻二人行房事不知节制，甚至在她月经来的那几天还要行房事，所以，恐怕是'精冲血管'所致。"

侯公子听着，脸刷地红了，点头道："确有此事，可我不知道这个禁忌啊！"

王裕宽说道："你们都是大户人家，你又识字，婚前就没有看些医书、了解些男女之事？"

侯公子又脸红了："让王大夫见笑了！我虽然识字，但不爱看书，对男女之事也是在与牌友酒友厮混说笑中略知一些，或是在与家里下人们厮混闲谈中略知一二，全没有正经道理。"

王裕宽笑道："这样的正经道理，医学经书那上面才有呢！这样的正经知识，医生大夫这里才有呢！人们街谈巷议，道听途说，玩笑逗乐，哪能有啥正经话？"

侯公子脸红着说道："惭愧，惭愧！王大夫，那——这样的病好治吗？"

"我把把脉再说吧！"


# 三


接着，王裕宽给这位侯夫人把了把脉，问了问症，察了察色，闻了闻气，然后思虑一番，对侯公子夫妇讲解道："此症谓'交感出血'。一有男女交合之事女人就流血不止，这虽不像血崩严重，但如果经年累月不得治愈，则会导致血气两伤，久而久之，则恐有血枯经闭之忧。此症缘由，在于经水来时交合，导致精冲血管。这精冲血管不过是男女交合一时之伤，男女事罢，精出胞宫则宜愈，但却不愈且久而流红。何以如此？原来，这胞宫血管最为娇嫩，经来时更为娇嫩，根本受不得精伤。其中的道理是女子经水正旺，彼欲涌出而男子精水射之，导致欲出之血反退而缩入，既不能受精而成胎，势必至集精而化血，遂流血不止，形成病症。而男女再次交感之际，淫气触动其旧日之精，于是两相感召，旧精欲出，而血亦随之而出，便流血不止了。如此，哪能受孕？大凡女人受孕，必于血管已净之时受精，方保无虞，方宜成胎。"

侯公子夫妇认真听着，不由得想起以往夫妻交合出血之尴尬事，而又殷切企盼着病愈后夫妻交合成胎之美妙事，急切想知道这位王大夫的治病大法了。

王裕宽继续说道："此症的治法首先须通其胞胎之气，引旧日之集精外出。然后加上补气补精之药，则血管之伤可以修补完好，则流血可得止，则受精可成胎了。"

侯公子夫妇听着王裕宽颇有道理的治法，再看看他胸有成竹的神态，于是由殷切企盼而欣慰喜悦了，看来这王大夫真有办法，这病真能痊愈，而且我们还能怀孕成胎！

而此时，王裕宽正聚精会神地开着药方：

| | |
|---|---|
| 人参（五钱） | 白术（一两，土炒） |
| 茯苓（三钱，去皮） | 熟地（一两，九蒸） |
| 山萸肉（五钱，蒸） | 黑姜（一钱） |
| 黄柏（五分） | 芥穗（三钱） |
| 车前子（三钱，酒炒） | |

然后，他一边将药方递给侯公子，一边说道："此方叫'引精止血汤'。我估计连服四剂就痊愈了，连服十剂就祛除病根了。此方用人参、白术以补气，用熟地、山萸以补精，精气既旺，则血管流通，而其中茯苓、车前又以利水与窍，水利则血管亦利，再加黄柏为引子，直入血管之中，而将旧日藏匿之精引出血管之外，又用芥穗引败血出于血管之内，用黑

姜以止血管之口。君臣佐使如此排布调停一番，方能取得祛旧病且除陈苛之奇效，进而取得受孕成胎之美妙。"

侯公子一边看着，一边听着，真正让他看得听得入心入神，进而喜形喜色，连连向王裕宽拱手致敬致谢了。

王裕宽继续说道："但是，治疗此症必须清心寡欲，禁男女房事三个月，这样才能使破者不至重伤，而补者不至重损。否则，难除病根，治而复发，复发则更难治了。你们一定要记住了！"

侯公子夫妇应道："记住了，我们一定听从王大夫嘱咐！谢谢了，谢谢了！"说着，连连拱手。

此时，白翠英已抓好了药，遂递给了侯公子。侯公子看了看，问了问价钱，不过几两银子，便拿出一个十两银锭给了白翠英。白翠英要找钱，侯公子摆了摆手，说道："不用找了！我夫人的健康何止十两银子！我还听了王大夫一番夫妇之道，给我启蒙开窍，受益匪浅，又何止十两银子！三个月后等我夫人的病果真彻底治好了，我还要重谢王大夫呢！"

送侯公子夫妇走了，白翠英望着侯公子夫妇远去的轿车，感叹道："这位侯公子还真是出手大方！"

王裕宽笑道："介休大财主侯家的公子嘛！"

白翠英回头又看着王裕宽说道："不过，你也挺大方！给人家看病开药也就罢了，还给人家详细讲解了那么多医道医理，而且开了药还给人家详细讲解了那么多药性药用！你把那些该藏在自家肚里的秘术秘诀都泄露了，就不怕丢了自家的饭碗？"

王裕宽笑了笑，说道："如果我不大方，人家能给你十两银子？这正是我大方，他大方，大方换大方嘛！至于给人家讲解那些医道医理和药性药用，我自有一番道理，咱现在跟前没有别的病人要看，歇着也是歇着，讲讲又不影响咱的'买卖'。再说不论就咱王氏妇科的底蕴而言，还是就我自己的底蕴而言，可以说如海如河，舀一瓢水给人家，咱的水还能少了、枯了？更不用说丢了自家的饭碗了！医家讲究治病救人，也讲积德行善，还能时时事事都讲挣钱？该挣钱时自然得挣，否则，咱就生存不下去了。该舍钱时也得舍，否则，咱就不是医家而成纯粹的商家了。"

白翠英听着，转了转眼珠，点了点头，笑道："嗯，说得有道理！既然你王裕宽大夫的医道医术底蕴如海如河，那你就大瓢大瓢地舀给人家吧！我不管了！"说着，她用颇带讽意而又夹带爱意的眼神冲着王裕宽剜了一眼，又瞟了一眼，转身进药房了。

一会儿，道虎壁村学堂张惟一先生带着一个中年女人进来了。他进了门，一边拱手致意，一边说道："王大夫医术高明，如今独立门户，将来必能大展宏图，真是可喜可贺啊！"

"张先生过誉了！多谢，多谢！"王裕宽也拱手还礼。

王裕宽给二人让座间，顺眼看了这个女子一下，再闻了一下，说道："这位夫人是——"说着，便看出闻出她是"带"病之体，分明是求医来了。

张先生说道："哦，这是我姐姐！嫁到沁源了，如今有了妇科病，在当地看了许多大夫也不顶用。这次回来，知道我在道虎壁学堂教书，就慕名求王大夫医治来了。"

王裕宽应一声，遂一边给这个女人把脉，一边问起话来："下身流出的东西就和鼻涕唾痰一样？臭味难闻？有多少年了？"

这位女人听着，满脸羞愧之容，两眼又显出惊讶之情，然后一一回答道："王大夫您一把脉就都知道了！啊哟，是呢！下身流出来的那东西确实和鼻涕唾痰一样，又黏又臭，数算下来有三年多了。这病真是！难受倒不是太难受，就是精神不太好，常常觉得困乏。最主要是身上总有那种恶臭气味，我都不敢出门见人，总怕人家在我身上闻出那种气味来躲我避我，弄得我见人就自降三分，好像低人一等，常常自怨自艾呢！"

王裕宽再看了这个女人一眼，心思道：她五官身材分明是中上之人，却因这病而"自降三分""低人一等"，真是令人惋惜啊！而我王氏妇科、我王裕宽身怀祖传之医道医术，能治其病，解其忧，复其康，使其自尊自信"自升三分"，使其由病人而成美人，男人宠爱之，女人羡慕之，这是何等高妙之事业、宏大之功德！由此言之，能操此事业，吾之幸也；能积此功德，吾之运也！

王裕宽把完脉了，松开了手，抬起了眼，看了看张先生，不等他说话，张先生便急着问道："王大夫，我姐姐的病——"王裕宽说道："无妨，不是啥大病，只是普通的妇科病'白带'而已。"

张先生又问道："那这病是怎么引起的呢？该怎么治呢？"

王裕宽说道："白带一症主要是因为体内湿盛而火衰，致使火不化湿而湿成为白色之痰；再因肝郁而气弱，再累及于脾土，致使脾精不内守，脾气不运化，不能化荣血成为经水，而成为白色之痰；痰则阻，阻则聚，聚则沤，沤则臭。所以，此痰从阴门直下，色则灰白，形则唾涕，味则秽臭了。而其根本原因则是运化，运化的火候（火量）不足则该为红色，反为白色；运化的效果不好则该为气血，反为痰湿；运化的速度不快则该为清新，反为秽臭。所以，治法宜大补脾胃之气，稍佐以舒肝之品，使风木不闭塞于地中，则地气自升腾于天上，脾气健而湿气消，也就没有白带之患了。"

王裕宽给张先生解说了一番，便提笔开药：

| | |
|---|---|
| 白术（一两，土炒） | 山药（一两，炒） |
| 人参（二钱） | 白芍（五钱，炒） |
| 车前子（三钱，酒炒） | 苍术（三钱，制） |
| 甘草（一钱） | 陈皮（五分） |
| 黑芥穗（五分） | 柴胡（六分） |

王裕宽开完药，说道："此方叫'完带汤'，用水煎服，服两剂见轻，服四剂可止，服六剂则痊愈。"

张先生一听，惊讶且惊喜了："啊？只需六剂药就可以痊愈了！王大夫真是名不虚传啊！"

这个女人也喜出望外："啊？我得了三年多的病，只需要六剂药就能痊愈了？王大夫您真是神医啊！"

王裕宽继续解说道："此方为脾、胃、肝三经同治之法。开提肝木之气，则肝血不燥，也就不会下克脾土了；补益脾土之元，则脾气不湿，也就能够分消水气了。至于补脾而兼补胃，则是由里及表，再由表及里，脾为里，胃为表，胃气强则提带脾气旺，所以补胃也是补脾呢！"

白翠英见王裕宽开好了药方，便过来拿上方子，进了药房抓药去了。

趁此空儿，张先生受了好奇心和求知欲驱使，便又向王裕宽请教起来："王大夫，我听说好多女人都有'带'症，这是什么原因？这种病症又为何要名以'带'字呢？"

王裕宽解说道："之所以'带'字名这种病症，是因为带脉不能约束而有此病，所以名'带'。带脉者，所以约束胞胎之系也。带脉无力，则难以提系，必然胎胞不固，所以说带弱则胎易坠，带伤则胎不牢。带脉之伤，或跌闪挫气，或行房放纵，或饮酒癫狂，无论有无疼痛之苦，皆有暗耗之害，则气不能化经水，反变为带病了。再加以脾气虚、肝气郁、湿气侵、热气逼，就更成为种种'带'病了。"

张先生听着，想着，有的一听便懂，有的一听半懂，有的则听而不懂，但终归是受教不少，开窍不少。

# 四

　　王裕宽独立门户三年下来，凭着他的仁心仁术和白翠英的热心热情，前来就诊者愁苦而来，喜悦而去。由此，就诊者多则生意多，则财利厚，到 1921 年腊月结账时，他们就赚得一万余两银子的家业了。而他们夫妻独立门户，独享如此厚利，那是何等的满足和幸福，那是何等的欢喜和美气！

　　于是，欢喜时做欢喜事，美气中成美气功。到 1922 年春，白翠英就在这种满足和幸福中，在这欢喜和美气中，受孕怀胎了。

　　王裕宽抚摸着她温润白皙的肚子，观赏着她细皮嫩肉的肚子，然后笑意盈盈，美意盎然，指了指她的肚子，和白翠英说道："这家伙呀，真会投胎呢！非得等咱们独立门户'坐稳江山'之后，还得等咱们赚了'万贯家产'之后，他才来你的肚里投胎转世呢！这家伙呀，分明是个有福之人呢！"

　　白翠英摸了摸自己的肚子，低头看了看自己的肚子，再想了想自己肚子里的胎儿，一种奇妙的成就感和幸福感洋溢在心头，流淌在脸上。然后，她充满爱意地看着王裕宽，说道，或问道，更像是感叹道："啊？这就怀孕了？我肚子里这就有胎儿了？怀胎十月之后就会生下娃娃了？哎哟，真是奇妙，真是美妙！嘻嘻！"

　　王裕宽笑道："呵呵！男女之爱就是世界上最奇妙最美妙的事情，做爱施爱，那种感觉真是奇妙美妙啊！而做爱施爱的结果更是奇妙美妙啊！一个小人儿就在你肚子里成胎了，然后就从你肚子里诞生出来了，再然后就长成和你我一样的大人了！哎哟，男女之爱奇妙美妙，造物主更是神妙玄妙：竟然造出了男女，还赋予这男女奇妙美妙的'爱'的本能！呵呵！真是奇啊，美啊，妙啊！"

王裕宽夫妇享受着爱的成果，感叹着爱的奇妙和人生的美妙乃至造物主的神妙玄妙，抱着，亲着，爱着，甜美地进入了梦乡。

第二天，王裕宽夫妇一如既往，早起，用餐，开门，坐诊，开方，抓药，称量，收钱……

一般普通病人来了，王裕宽把把脉就拿准了，然后简单开药嘱咐几句便可；疑难杂症病人来了，王裕宽则仔细望、闻、问、切一番，再斟酌思量一番，才悉心开药并耐心嘱咐。穷苦病人来了，王裕宽给看了病，开了方，抓了药，常常少收钱、舍欠钱乃至免收钱，他的药铺便如同积善堂了；富裕病人来了，王裕宽给看了病，开了方，抓了药，则往往足给钱、多给钱乃至奖给钱，他的药铺便又如同存钱庄了。文盲病人来了，除了看病抓药，他说话往往简单明了，不会有"不可与言而与之言"的"失言"之诮；有文化的病人来了，除了看病抓药，他说话往往引经据典为其阐奥探秘，讲解一番医道医术助其养生养心，也不会有"可与言而不与之言"的"失人"之讥。

半上午时分，三年前曾来找王裕宽看病的介休侯公子突然来了！侯公子一进门，满面春风："王大夫，您好啊！"

王裕宽却一脸惊讶，仔细打量着侯公子，看着面熟但想不起究竟何人！于是，他不好意思地笑笑，说道："我这里每天迎接数十号人，真是想不起来了，您是？"

侯公子笑道："呵呵！也难怪！我两年多没来过了！我是介休来的，姓侯——"

王裕宽一听"介休""侯"几个字就想起来了："哦！想起来了，原来是介休侯公子！您三年前带着夫人来找我看病，是我独立门户开张后的第一个病人呢！虽然没记住您的面貌，哪能忘了这件事情？"说着，赶紧起身施礼："啊！失敬了！实在是抱歉！怎么样？尊夫人的身体这两年还好吧！"

侯公子说道："好，好！"

此时，白翠英已经过来，给远道而来的侯公子让座沏茶。

趁此工夫，王裕宽说道："侯公子您喝着茶，稍坐一会儿，我这里还有几个病人等着呢！"

于是，王裕宽继续按前后顺序，给剩下的几个病人一一静心把脉、悉心诊视、用心开方、细心嘱咐……

这一个个病人都诊视完了，抓药走了，才又回头招呼侯公子。

此时，侯公子已经出门把他夫人和一个小男孩也接进药铺来了，正坐在那里喝茶呢！

王裕宽先是惊讶，后是热情："哦！原来侯夫人也来了！哦！这就是小公子了！"说着，拱手施礼，"啊哟，每天忙得团团转，多有失礼，还望海涵！"

侯公子答应着，起身还礼："王大夫您别客气！医生大夫嘛，自然是治病救人为上！"

王裕宽看了看侯公子的小儿子，夸奖道："这小公子长得壮实啊！"

侯公子也看了看儿子，颇有几分得意地说道："嗯，壮实呢！您给我夫人看好了病，让我有了儿子，而且她现在又有身孕了呢！这一切，多亏了您王大夫啊！"

原来，三年前来这里找王裕宽看病以后，侯公子的夫人连服了王裕宽开的十剂药，再听王裕宽的嘱咐，禁夫妻房事三个月。不仅原先的病痊愈了，还很快受孕了。之后，侯夫人十月怀胎，一朝分娩，竟生下了一个大胖儿子！而如今，侯夫人又有身孕了，将要有第二个小孩了！这全靠当初王大夫妙手回春啊！要不然，夫妻房事难行，则难保夫妻关系牢固；妻子长期患病，则难保妻子健康长寿，又哪能怀孕得子呢！

王裕宽仁恭谦让而又知书明理，哪会循小人之道就坡下驴并趁机贪功诓名？他颇知君子之道，更晓介子之风："侯公子过誉了！受孕成胎，生儿育女，那是夫妻的天职，也是夫妻的天功，我哪能'贪天之功以为己有'啊？我只是帮助你们祛除了病患，使你们能够恢复正常而已！天职自行，天功自成，康复也罢，受孕也罢，这全是天功，或者说，是你们夫妻的天然之功。我区区动笔开方之劳，再加上那些草药区区温补寒下之性，与你们夫妻二人的天功相比，不过千分之一乃至万分之一而已，何足挂齿啊？"

侯公子却也是知恩重恩报恩的君子，依然感恩戴德不已，说道："王大夫过谦了！天功也罢，己功也罢，若无您王大夫的医药助功，那天功己功还不统统成了'无功'？"

王裕宽笑道："理，是这个理；数，却不是这个数。天功己功医功药功虽然都是功，但功有主次大小：天功己功为主，医功药功为次；天功己功为大，医功药功为小。我们医家药家，不敢夸大其词，更不敢夸大其功啊！"

侯公子听着，更对王裕宽敬佩了，不由得连连拱手致意，说道："王大夫，您这人真是高品，您这理真是高论。您这高品高论，真是让我受教啊！"

王裕宽和侯公子说道一番，才想起还没有问侯公子上门的意图："您这次来是——"

于是，侯公子一边从锦囊中拿出两个五十两的大元宝，一边说道："这两个元宝是我父亲让我带给您的谢礼，他老人家非常在意子孙瓜瓞绵绵，非常钟爱我儿子，真是视若珍宝呢！他知道，非您王大夫给我夫人看好病，他哪来的这个孙子，又哪来的下一个孙子呢！所以，他特地拿出来两个家藏的元宝，让我敬奉给您，希望您能保佑我们家儿孙满堂、瓜瓞绵绵呢！我把老人家的意思都转达给您了，还请您笑纳！"

面对这样富裕家庭的大方公子，王裕宽也只能是恭敬不如从命了："我且当作银行钱庄，把侯公子的银子存起来吧！"

接着，王裕宽给侯夫人把脉诊视一番，说了一番如何安胎、保胎、养胎之理，开了一些安胎、保胎、养胎之药。然后，简单准备午餐，再小酌几杯，宛如亲戚朋友一样了。

当晚，白翠英和王裕宽相拥而睡，脑子里却总是回旋着白天那侯公子、侯夫人和侯家小公子的形象气质。侯家是大家，侯公子是君子，而侯家小公子那么可亲可爱……白翠英竟暗暗想给胎儿指婚配对了！

白翠英和王裕宽说道："哎，你看见那侯家小公子可亲可爱吧？如果咱家生下一个女娃，将来能配上这样的一个男娃，那多好啊！"

王裕宽愣怔了一下，笑道："你倒是想得早，想得多呢！刚刚怀孕，就想给娃娃提亲呢！瞎想！况且，你就知道咱是一个女娃？你就知道咱女娃会和这个男娃相配？"

白翠英也笑道："我凭感觉嘛！哎，说不定真有缘呢！要不，咱昨天刚知道怀孕的事，今天侯公子一家人就来了？而且还送给咱一百两银子，那像是定亲礼呢！"

王裕宽笑道："哦？那侯公子带着他小公子来咱家，算是'有缘百里来相会'了？呵呵！"

"嗯，是呢！嘻嘻！"

"是？嘿嘿！那就'二十年后再验证'吧！"王裕宽说着，打了一个哈欠，睡意涌上来了。

白翠英则继续浮想联翩，为肚子里这个刚刚受孕成胎的像小米粒一般的小生命，憧憬着未来，乃至规划着未来了。

# 五

第二天早饭后，王裕宽夫妇又开始了新一天的坐堂、看病、开方、抓药、收钱。这既是祖传的事业，也是当下的生计，既是治病救人的功德修积，也是丰衣足食的经济来源。

美哉，医家！把握得好，则一举两得，功德银钱两头赚！如何把握得好？恪守道德，存仁心而爱人，施仁术以救人，以治病救人为根本，以丰衣足食为花果，则根深本固而花艳果繁。

难也，医家！把握得糟，则一举两失，功德银钱两头空！如何把握得糟？追逐银钱，当医生而爱钱，施医术以求钱，以医术药材为诱饵，以赚钱积财为目的，则鱼肉病人而招怨，救命便是害人，又哪来功德？则搂揽毒钱而害身，积财便是积害，又哪来银钱？

半上午时分，王裕宽正坐堂看病时，本村村长，也是本家一位族叔、人称"七爷爷"者进来，与王裕宽低声说了几句话，王裕宽便跟着这位七爷爷出来了。

七爷爷带着王裕宽出来，走向站在街中央的一个中年男人，只见他头戴礼帽，身穿中山装，一副民国绅士模样。看着王裕宽走过来，这个民国绅士满脸堆笑，连连拱手，说道："王大夫！打扰了，打扰了！"

王裕宽一看，原来是城南乡的崔乡长，早就是熟人了，只是往日那绸缎长袍换成了中山装，时兴多了，也精神多了。于是，王裕宽一边回礼，一边说道："原来是崔乡长光临啊！您来咱道虎壁做甚呢？"

崔乡长说道："今天来咱道虎壁是督促村公所，要在大街上书写阎督军'用民政治'和'村本政治'的训令标语，要给各家户上散发阎督军'用民政治'和'村本政治'的训令传单。"说着，递给王裕宽几张传单，"看看吧，就是这些！噢！我找您还有一件事。"崔乡长又凑近王裕宽低声说道："我知道您忙，咱长话短说，咱平遥县公署吴知事的夫人身体有恙，想请您抽个星期天的空儿进城，给吴知事的夫人看看病。您看——"

王裕宽当即答应道："当然行啊！治病救人是天职，应邀出诊是常事，我哪有不应之理？何况是崔乡长出面呢？谨遵崔乡长吩咐就是！"

崔乡长听到王裕宽爽快应诺，自是高兴："那我就多谢了！"然后说一声"那您就回去忙吧"，便和道虎壁村长七爷爷在大街上指指点点，大概是指点哪堵墙上该写什么标语呢！

王裕宽则回到自己的铺子里，继续给病人把脉看病。

傍晚时分，王裕宽夫妇打烊罢准备晚餐，吃完晚餐准备睡觉。王裕宽想起白天崔乡长递给他的几张传单，想道：且看看上面究竟写了什么吧！

王裕宽本来是要浏览一下，略知大概就得了，没想到这一看倒看了下去。接着，他又展开另一张传单看起来。

王裕宽看着看着，竟不知不觉地吟诵起来了："督军教人学好，定下村范一篇……从前乡下涣散，遇事没有向前。如今村间邻长，都有管事的权。这个整理责任，就在你们双肩。爱家必要爱乡，千万不要推延……"

白翠英看到王裕宽足有半个时辰一动不动地坐在书桌上，她以为他是在看医书呢，后来才发现他是在看几张传单！她本来就有点诧异，这人是看什么东西呢？怎么这么着迷？却又听到他竟然吟诵起来了，她更诧异了："嘿！你在看什么东西呢？这么着迷！还读出声来了！"

王裕宽转过脸来，脸上满是兴奋之色，眼里尽是激动之情，说道：

"哦！这是今天上午崔乡长给我的几张传单，写的都是阎督军要搞'用民政治'和'村本政治'的训令。"

白翠英才不关心这些远离自己生活的'督军''政治'呢！她不屑地笑了笑，说道："你一个医生大夫，管人家省里县里村里的政治干甚呀？瞎操闲心！"

王裕宽却说道："这怎么是瞎操闲心呢？天下兴亡，匹夫有责嘛！况且，古人有言：'不为良相，便为良医。'良相是治国救民，良医是治病救人，都是胸怀'治''救'之心，这良医与良相原本是同根同源同心呢！"

白翠英听着王裕宽的话，起初，脸上还挂着笑容，算是讥笑他呢！但听着听着，脸上挂着的笑容没有了，眼神却泛出了惊讶之色进而再泛出了敬佩之情：原来，我这位丈夫不仅是一位治救病人的良医，他还像一位治救国民的良相呢！

# 六

这个礼拜天，崔乡长约好了平遥县公署吴知事，也约好了道虎壁王氏妇科掌门人王裕宽。于是，他带着自家的轿车来道虎壁接上王裕宽，前往平遥县城给吴知事夫人看病。

轿车停在县公署前，崔乡长带着王裕宽进了县公署，再来到后堂，拜见吴知事。吴知事看王裕宽是一个年轻人，心中颇为惊讶并疑惑：大名鼎鼎的道虎壁王氏妇科掌门人竟然是这样一个年轻人？是不是嫩了些？抑或是自古英雄出少年？但吴知事究竟是官场中人，心机心术固然少不了，礼貌礼语自然也少不了。所以，他心中虽这样想着，却少不了他那寒暄之语。只见他满脸笑容堆，一番恭维："哦！您就是大名鼎鼎的王大夫呀！这么年轻！真是年轻有为，自古英雄出少年啊！呵呵，有劳了！有劳了！"

王裕宽看着这位精神抖擞的民国政府县公署知事，听着这几句礼数周到的话语，眼前一亮，耳中一爽，一番敬意油然而生，他赶紧回话回礼："县老爷过奖了！小民拜见县老爷！"说着，连连作揖。

吴知事连连摆手道："王大夫多礼了，多礼了！现在是民国，不兴封建帝制那套东西了！什么'县老爷''县太爷'，国父孙中山先生说'天下为公'，各级政府人员自是国民的公仆，哪敢再称'老爷'？叫我'吴知事'就行，最多叫我'吴大人'就足矣。老百姓也不能自称'小民'了，现在是民国，是人民的国家，民国奉行的是孙中山先生的'三民主义'政策，哪'三民'呢？就是民族主义、民权主义和民生主义，一切以'民'为本，以'民'为大，我们民国怎么还能再有'小民'这个词儿呢？"这位吴知事还真是孙中山先生的信徒，说话间自然而然就宣传了孙中山先生的建国主张。

王裕宽听着，对吴知事讲的这些词觉得新鲜而稀罕，对吴知事讲的这些道理觉得中听而入心：哦！原来这民国不仅是把皇帝的名称变成了总统，还把家天下变成了公天下，还把官爷变成了公仆，而且还'民''民''民'的，又是'以民为本'，又是'以民为大'……怪不得叫'民国'呢！原来如此呀，这可真正叫改朝换代呀！

"哦！拜见吴知事吴大人！"

"嗯！这就对了！呵呵！"

接着，吴知事沏茶款待王裕宽和崔乡长，寒暄一番，便让崔乡长在客厅喝茶，他则领王裕宽进了后院内宅，给他夫人看病。

吴知事带王裕宽往后院一边走着，一边说道："久闻王大夫是一位妇科'神医'，今天可是见到真人了！王大夫今天给我内人治病，一定要大发神威、妙手回春啊！拜托了，拜托了！"说着，连连拱手致意。

王裕宽说道："吴知事过誉了！我哪敢称'神医'？我只不过仰仗祖宗传下来的医道医术，比一般医家略多些方子法子而已。我一定尽心尽力，再借您知事大人的洪福保佑，尊夫人的病一定会药到病除！"

叙话间，王裕宽问到知事夫人的病症："尊夫人有什么症状呢？"

吴知事一听到王裕宽问夫人病症，顿时一脸苦楚，两颊羞惭，低声说道："我们夫妻二人一行房事，经水就来；休息几天后，经水就又停了；但再行房事，经水又来。之前也请过几位中医，他们说，既像血崩之症，又不完全像血崩之症，他们看病不准，所以下药也就难以顶用，最终，治如同不治，病症还是以前的样子，甚至更严重了呢！"

王裕宽听着，应着，想着，便开始在脑子里搜寻各种类似的病症以及对症的各种药方。

王裕宽跟着吴知事进了内宅，见了知事夫人，客气两句，礼仪一番，王裕宽便坐下给知事夫人把脉诊视。他的三个手指切在知事夫人手腕的寸、关、尺位置上，时而轻按感其腑，时而重压感其脏，五脏六腑的脉象一一呈现出来了。他的两双眼睛则扫在知事夫人脸面上，观其形，察其色，嗅其气，再感受其精与神，五官七窍的症候一一显现出来了。

王裕宽把脉诊视了一会儿，心中有数了，眉头开锁了，脸上得意了：哦！原来是'血海太热导致血崩'之故！

此时吴知事正紧张地盯着他的脸，定睛凝神，在阅读他的"脸书"呢！一看到他眉头由紧锁而舒展了，脸色由凝重而轻松了，吴知事也松了一口气，他也跟着王裕宽眉头舒展了，脸色轻松了。

"王大夫！内人的病症怎样？"

王裕宽说道："尊夫人的病无妨！吃几服药，调养些日子就可痊愈了。"

吴知事看到王裕宽自信的样子，再听着王裕宽自信的语气，更放心了，甚至已然开心了，他的脸上泛出了亮光，甚至洋溢出了喜气："王大夫真是手到病知，药到病除，果然名不虚传啊！"

王裕宽客气了两句，说道："这种病也叫血崩，但不是一般的血崩，而是血海太热导致的血崩。所谓血海，即是冲脉，冲脉平和则无病无患，太寒则血亏，太热则血沸。尊夫人之病正是冲脉太热导致血沸，血沸则外溢而出，一如血崩之症状。但为何又与血崩不同，时出时歇，夫妻行房事则出，不行房事则歇？大凡妇人之病多是血病，也多因脾肝二脏引起，所谓脾摄血而肝藏血也。而尊夫人脾健肝平，脾健则能摄血，肝平则能藏血。所以，平常夫妻未行房事，则君相二火寂然不动，虽冲脉独热而血也不至外溢，也就没有血崩之症状。但夫妻一行房事则子宫大开，君相二火动，以热招热，同气相求，翕然齐动，终而鼓其精房，遂致血海泛滥，不能止遏。于是肝欲藏之而不能，脾欲摄之而不得，所以经水随交感而至，一如血崩之症状了。"

吴知事听着，虽似懂非懂，但觉得王裕宽言论精奥，非一般医家所能言，自是深信不疑，于是他连连点头："王大夫不愧名医，真是高论，高论！那怎么治呢？"

王裕宽说道："此病的根本原因是血海太热，是冲脉阳火盛而阴液虚，所以基本治法是滋阴降火，以清血海而和子宫，则终身之病，半年可除。"

王裕宽说着，便开始写药方：

大熟地（一斤，九蒸） 山萸（十两，蒸）

山药（十两，炒） 丹皮（十两）

北五味（二两，炒） 麦冬肉（十两）

白术（一斤，土炒） 白芍（一斤，酒炒）

龙骨（二两） 地骨皮（十两）

干桑叶（一斤）　　　　　元参（一斤）

沙参（十两）　　　　　　石斛（十两）

开好药方，王裕宽一边交给吴知事，一边说道："此方叫清海丸，炼蜜丸如桐子大，早晚每服五钱，白开水送下，半年可痊愈。但千万注意：这半年间必须绝欲停房事而后才可奏效。"

吴知事听着，看着，点着头，又摇着头。他虽然佩服王裕宽，也得听从王裕宽，但这半年治病之期着实有点长，而半年禁欲之期更是难以忍呀！但毕竟治病要紧，性命要紧，其他诸事则再说吧。

于是，吴知事带着王裕宽来到了客厅，一边沏茶款待王裕宽及随行的崔乡长，一边闲聊叙话。

话后临别，吴知事给王裕宽送上五个现大洋，说道："我也打听了王大夫的出诊行情是五至十元，我俸禄不高，又以清官自许，所以也只能就低不就高了。惭愧了！惭愧了！但还请笑纳！"

王裕宽早听说吴知事是个清官，哪里还好意思收这位父母官的诊费，推辞道："吴知事能做清官，那是平遥数万百姓之福，我们感谢还恐来不及，哪还能再收这区区诊费呢！免了，免了！"

吴知事却说道："哪有不收诊费之理？如此，我岂不又有了'贪财'之嫌？请看——"说着，把王裕宽领到堂前，"这两块石碑上，一是阎督军的训示，一是本知事的告示。"

王裕宽来到大堂前，果然立着两块碑，一块是："督军兼省长阎示：贪官、污吏、劣绅、土棍为人群之大害，非除了他不可。"一块是："平遥县知事吴某立：吃烟、缠足、赌博为民生之三害，非改了他不可。"

王裕宽看着，心中感叹着：所写内容是如此之好，而将如此内容刻在堂前石碑之上，又是如此庄重！好言语呀，好督军呀，好知事呀！

吴知事说道："王大夫呀，阎督军如此视贪官污吏为大害，我岂能因这区区五元诊费而涉贪污之嫌？呵呵！您还是笑纳了吧！"

如此，王裕宽也只能"恭敬不如从命"了。

王裕宽刚才和吴知事叙了一番话，再看了眼前的这两块石碑，听其言，观其行，不由得暗暗赞赏远在省城的阎督军，同时暗暗佩服近在眼前的这位吴知事。原来，山西省在阎督军和各级官员治理下比各省都好，竟然是全国各省学习的模范呢！有阎、吴这样的长官，山西百姓有福呀！平遥百姓也有福呀！

王裕宽这样感叹着，又想起了崔乡长给他的那些传单和传单上的内容，于是内心又是一番感叹：看来，这阎督军真是治省有方，这位吴知事也治县有方！如此一感叹，敬佩之情油然而生，羡慕之情也沛然而来了。

# 七

王裕宽与崔乡长从县公署出来，二人在县城街道上转了转，在一个饭馆小酌几杯后，便坐着轿车出了县城，走上回程了。

崔乡长和吴知事一样，也是孙中山"三民主义"的信徒和阎锡山建省纲领的积极推行者，无论是在县城街道上转悠，还是在饭馆小酌，直到坐轿车走上回程，开口便是孙中山的"三民主义"，闭口又是阎锡山的"用民政治"和"村本政治"以及"公道主义"，他说道："孙中山先生的三民主义多好啊！我给你讲一讲，民族主义就是要驱逐鞑虏、恢复中华，让我们不再做奴仆而是做国家的主人；民权主义就是让人民在政治上做主人，让人民有权力，大到国家、小到乡村的各种事情都由人民行使权力做主决定；民生主义就是让人民在经济上做主人，耕者有其田，居者有其屋，人人都不用再做佃户仰人鼻息，人人都不用再赁房屋寄人篱下。现在，民族主义已经基本实现了，民权主义和民生主义正在推行，你说说，这三民主义将来都实现了，那咱们国家会有多好，咱们国家的人民会有多幸福啊！这孙中山先生的三民主义是针对整个国家来说的，这阎督军的一套建省纲领则是针对咱山西省来说的，都说得好呢！这阎督军也有一套建设咱山西省的思想和纲领呢，你听听——阎督军除了那些'用民政治'和'村本政治'的纲领，他还说，'公道是村政治的精神，仁化是村政治的骨子。公道主义乃根于人群之天性，亘古今中外而不变，所谓人心之所同然也。村本政治无公道主义之支配，不足以运用于美善。仁化，就是亲慈子孝，兄爱弟敬，夫义妻贤，友信邻睦。人人修其德，守其分，这就是一个仁化之家；家家修其德，守其分，这就是一个仁化之村'。阎督军说得好吧？阎督军做得也好，要不怎么能成了全国的模范省呢！"

王裕宽此番来县城给知事夫人看病，颇受崔乡长和吴知事的影响。听其言谈，则入耳入心；观其气象，则欣赏赞赏！

而他这番心情表象，也被崔乡长看在眼里，喜在心上。原来，这位道虎壁王氏妇科的掌门人，并非只是钻研医道医术的纯粹医家大夫，还像是一位关心国事民事的士大夫呢！再一想，道虎壁的老村长年届七旬，老气横秋，根本不适应民国以来，特别是阎督军兼任山西省省长以来轰轰烈烈的村政建设形势。而这王裕宽医术精，名声大，社交广，威信高，再加上他年龄还不到三十，可谓来日方长。如果他要能担任村长，那可真是道虎壁村人之福利，也是我城南乡乡长之便利呀！到时候，村里人需要做什么事，有他肯定好多了；我要安排做什么事，有他也肯定好多了。如此，我还真应该劝导他，让他来担任道虎壁村长一职！

于是，崔乡长开始劝导了："王大夫啊，这番进县公署给知事夫人看病，你也见了吴知事，听了吴知事的一番言谈。你对吴知事印象如何呀？你对吴知事的言谈感觉如何呀？"

王裕宽说道："好呀，他像是一个清廉的官，也像是一个有抱负的官。他的言谈也好呀，他对孙中山先生三民主义和阎锡山督军村本政治的解说，再加上您这来回在路上说的，都让我开窍许多，受益许多，可谓听君一席话，胜读十年书呢！如果真能像他、像您说的那样，那咱中国、咱山西省、咱平遥县乃至咱城南乡咱道虎壁村就都好了，那可是百姓之福啊！"

崔乡长接着说道："既然好，那咱就不仅要在旁边拍手叫好，还要跟在人家后面学好！人好，咱就应该跟着人家学好；人家的思想好，咱就应该宣传、推行、实现这个思想。这样，一人好，就变成十人好、百人好、千人好、万人好；一个人的思想好，就能变成一个村好、一个乡好、一个县好、一个省好、一个国家好！"

"对，那是自然，应该学！"

"那你呢？那你也应该学吧？"

"我？要学那也是你们村长乡长一级一级学嘛！我只是一个医生，想学也不能呀？"

"你也可以当村长呀！"

崔乡长这突然一句"你也可以当村长"，犹如眼前一下子耸立起了一座大山，让王裕宽突然一惊一愕一讶："啊？我？！"

崔乡长却笑了："呵呵！王大夫呀，不瞒你说，我这趟带着你给知事夫人看病，无论是你和吴知事打交道，还是咱俩在来回的路上叙谈，我发现你待人谦和，处事圆融，而且关心国事民事，所以，我认为你并非单单只能当一个'良医'，你身上还有不少'良相'的潜质呢！以你的本事声望，完全可以当村长呀！说实话，你们那'七爷爷'当咱道虎壁村长，赶不上民国以来的形势，他早就不适应了。一是人老了，二是思想过时了，还是大清朝时的老一套，哪能跟上民国这个新时代？再说了，《各县村制简章》中规定'村长需要有一千元以上的财产'嘛，你们那'七爷爷'哪有一千元以上的财产？他年龄太大了，财产估计也不够一千元，下一步他肯定不能再当村长一职了。所以，我看，你完全可以接替他！"

王裕宽听罢，连连摇头："不行，不行！我哪能当了村长！我当医生开诊所药铺还忙不过来呢！再说，那《各县村制简章》中不是还规定'村长年龄要在三十岁以上'，我年龄还不够呢！不行，不行！崔乡长，即使俺'七爷爷'不能当了，我也不是那块当村长的料！"

崔乡长一听王裕宽一口一个"不行"，脸色有点恼怒了，语气更为庄重了："你这后生！怎么就不行呢？俗话说，'好狗护三邻，好汉护三村'，能者多劳嘛！咱们都是读书人出身，应该学孟子'穷则独善其身，达则兼济天下'，而不应该学杨朱'拔一毛而利天下，不为也'嘛！你有这个能力不使唤，憋在身上沤粪呀？再说了，当村长能有多少事，遇上大事、难事你出出面、做做主就行，一般普通事、杂碎事由村副、村警们做就行了。你当医生开诊所药铺，我不是也开着买卖字号吗？捎带着就做了。至于年龄三十，那是一般要求，像你这情况，我给县公署吴知事说一声，破格使用就是了。"

王裕宽听崔乡长这么一说，倒是有点心动了：行医是治病，是解除一个人的生命危难；行政是治弊，是解除社会众人的生活困难。若能二者兼得，岂不是两全其美之事？我当然也算是读圣贤书之人，当然应该学亚圣孟子而不应该学小人杨朱啊！但他还是摇头了，此非等闲之事，哪能随便应承呢？

于是，王裕宽拱了拱手，再摇了摇头，说道："感谢崔乡长抬爱了！但我实在太年轻，更不是当村长的料，实在不敢应承您这番美意！"

崔乡长看出了王裕宽的心思，而且这也不是急事，便也不再劝说，而是留了一句活话："你且不要拒绝嘛！这也不是今天明天就让你答应的事，你再好好想一想，改天咱们再说！"

崔乡长和王裕宽叙谈着，不到半个时辰便来到道虎壁村北门口。王裕宽要下车步行进村，崔乡长却一直把王裕宽送进村里，送到他的诊所药铺门前，等王裕宽下了轿车，然后才拱手话别。

崔乡长对王裕宽敬重之礼勤勤而抬爱之心殷殷，这让王裕宽颇为感动：一位乡长对一个村人如此敬重，一位长者对一个年轻人如此抬爱，一位绅士对一个医生如此客气，这些分明是格外之礼遇呀！

"让他当村长"的事，虽然他嘴上谢绝了，心里却拂之不去，这个话题在他心里时而盘旋环绕，时而翻跹起舞，时而又蓦然呈现乃至赫然显现！

当天晚上，白翠英看到王裕宽辗转反侧，难以入眠，影响得她也不瞌睡了。于是，她起疑心了，问道："今天怎么不瞌睡了？是不是今天给知事夫人看病，看到人家风流漂亮，到现在还想着人家呢？嘻嘻！"

"说啥呢！知事夫人是一个病人，还是一个中年人，怎么能让人想得神魂颠倒呢？更何况，我身边还躺着一位温柔漂亮的年轻娘子呢？"

"那你想啥呢？"

"我想孙中山的三民主义，还想阎锡山的用民政治、村本政治和公道主义呢！呵呵！"

"你在胡说吧？"

"真的，是在想这些呢！"

王裕宽说着，转过身来搂住她，拥住她，再吻住她，于是夫妻双双不再说话了。之后，睡意渐来，他们都进入了梦乡。

# 八

第二天吃完早饭，王裕宽来到老院看望母亲王张氏。一是昨天进城买了二斤太谷饼，今天给母亲送过来，尽一尽孝心；二是昨天崔乡长说的事，今天给母亲说一说，解一解疑惑。

王张氏看到儿子带来了自己喜欢吃的太谷饼，便知道他又进城了，她感受到了儿子的这份孝心，眉开眼笑了："又给我买了太谷饼！给你媳妇留着吃吧，怀上娃娃了，该让她多吃些好的呢！"

王裕宽说道："我给她也买了。而且，她娘家隔三岔五就送些好吃的过来，她都吃不过来呢！"

王张氏说道："哦！媳妇有个好娘家，你倒省心了，我也省心了。你媳妇怀孕五六个月了，身子感觉还正常吧？"

"一切正常，您放心吧！"

"坐月子也得提前准备呢，她娘家能来人照顾吧？"

"能来！到了八个月头上，她妈就带上一个佣人过来照顾呀！"

王张氏问了一番媳妇怀孕的事，又问儿子的事："昨天进城出诊了？去谁家了？"

王裕宽便将昨天给知事夫人看病，以及与吴知事、崔乡长叙谈之事，特别是崔乡长让他担任道虎壁村长一事，一一说给母亲王张氏。

王张氏听着儿子进城给县公署里的知事夫人看病，又眉开眼笑了："嘻嘻！俺儿越来越出息了，真正给咱道虎壁王氏妇科顶门立户了！你的医术精了，名声大了，你弟弟们也跟着沾光，而且咱整个道虎壁王氏妇科都跟上沾光呢！至于当村长一事，妈也给你做不了主，只能说一说利害。先说利，一是当村长能为村民做事谋利，则可为子孙积德；二是当村长能为自己壮大声势，则可为买卖助力。再说害，一则分散精力，为村里操心操劳，钻研医术的精力自然就少了；二则耗费财力，为村民解困解难，难免请客送礼，都得银钱铺路，村公所哪有这笔钱，都得自己往里贴钱。总的来说，当好了，村民满意，自己惬意，行医买卖也顺意；当不好，村民生气，自己怄气，行医买卖也跟着晦气。妈的意见是：你愿意当则当，你觉得胜任则当，不愿意或觉得不胜任，则不当！最终，还是你自己好好权衡利弊，再拿定主意吧！"

王张氏这番话头头是道，条条入理，虽然没有直接替儿子拿定主意，但却帮助儿子陈列了若干情形，分析了若干道理，也算替儿子拿定一半主意了。于是，王裕宽听了母亲这番话，心中豁然开朗了。

然后，王裕宽问起弟弟妹妹的情况，王张氏便将二弟有人介绍媳妇，二妹也有人介绍女婿等等，给王裕宽说叨了一番。

王裕宽听着母亲说弟弟妹妹们的婚嫁之事，随即表态道："二弟和二妹的婚嫁之事，娶谁嫁谁，多会儿娶嫁，您拿主意就是了。至于找人跑腿的事情，由我来操办；银钱财礼的事情，我这几年挣钱多，也由我来负责。您就不用操心了。我心里早就有数：二弟娶媳妇我资助一千现大洋，二妹出嫁我资助五百现大洋，这也够他们体面地娶、体面地嫁了。"

王张氏听着儿子的这番话语，看着儿子的这番态度，顿时喜出望外，乃至感动落泪了："俺儿已经独立门户了，还能这样慷慨大方，还能拿出这么多银钱资助弟弟妹妹，俺儿真是咱家里的顶梁柱呀！俺儿能这样关爱弟弟妹妹，我就不用发愁了，就歇心了！只是苦了俺儿了，有这么多弟弟妹妹拖累你，可不能把你拖垮了呀！"她说着，泪花闪闪，语气哽咽了。

王裕宽听着母亲的话，看着母亲的样子，不由得也感动落泪了。母亲可怜啊！要不是我父亲去世得早，她哪用一个人照顾这么多儿女，操这么多心，受这么多罪呀！而我身为长子，还算有能力，也有财力，那我自当替父亲担责，为母亲分忧啊！于是，他安慰母亲道："妈您就放心吧！这点事情，这点钱财，哪能把我拖垮了呢？我的本事才刚刚开始显露，我的诊所才刚刚开始兴旺，将来还会有更大的发展，也会有更多的钱财呢！"

听着儿子这么自信的话语，王张氏由担心而放心了，化忧愁为喜悦了，破涕泪为笑容了："嘻嘻！那就好，那就好！咱家里能有你这根顶梁柱，能有你这棵摇钱树，妈可真就放心了！裕宽呀，咱家里可全靠你呢！你出力出钱帮助弟弟妹妹是一方面，你给你弟弟们树立榜样又是一方面，如果他们都能像你这样自立，妈我可就真是放心了，真是高兴了！"

王裕宽说道："妈！这都是我应该做的，我是长子嘛，将来弟弟们也会像我一样！您就等着享福吧！"

"嘻嘻！那我就等着享福！"王张氏听着儿子的这番话，不由得憧憬着美好的未来，更是笑逐颜开了。

王裕宽在母亲处坐了坐，聊了聊，便告辞回家。他得回到自己的诊所药铺，开始一天的看病卖药生计呢！

他一路走着，想着母亲的话，想着弟弟妹妹们的婚姻大事，再想着自己是否"当村长"的人生大事：家里弟弟妹妹们的婚姻大事，自己一定得出力出钱，而且自己也乐意为他们出力出钱，因为我是家里的长子，又有能力财力嘛！村里当村长的事呢？母亲说得对，愿意当则当，不愿意当则不当；觉得胜任则当，觉得不胜任则不当。那我究竟愿意不愿意呢？其实，无所谓愿意不愿意，既有点愿意，又有点不愿意。有点愿意，是因为当村长可以行政治弊，为村民谋利；有点不愿意，是因为当村长麻烦，影响自己的主业。另外，我究竟胜任不胜任呢？其实，也无所谓胜任不胜任，如果以七爷爷当村长的标准，我分明要比他强许多；

如果以阎督军训令中要求，则未必能胜任。唉！真是麻烦。如果将来当了，肯定麻烦；而现在犹豫不决，进退不定，也是麻烦。如果将来不当呢，或被人埋怨，或自己后悔，说不定还是麻烦！唉！管他呢，反正也不是现在就得做决定，且考虑权衡着，到时候再说，常言道：车到山前必有路！

过了一个多月，吴知事在平遥县大力推行他在县公署大堂前石碑上立下的训示："吃烟、缠足、赌博为民生之三害，非改了他不可。"吴知事雷厉风行，大力推行这"禁烟、禁足、禁赌"三大禁令。他先是督促县公署及各乡村公所广泛张贴告示传单，接着便组织县级及乡级督察队伍进行严格检查，一旦发现违禁者便实行拘押手段，并进行严厉处罚。

一开始张贴传单，人们只是看看而已，笑笑而已，以为上面只是说说而已，哪里还真把这"三禁"当禁令，又哪里能禁了这"三禁"？抽大烟的照样抽，缠足的照样缠，赌博的照样赌。但经过一个多月宣传之后，督察队一旦发现这三种情形便开始抓捕人、拘留人、惩罚人！

县乡督察队开始抓人仅半个月时间，道虎壁村就有十几个人因违反"三禁"被抓到了乡公所，还有五个人因严重违反"三禁"被抓到了县公署！

如此一来，被抓的人家里着急了，纷纷来到村长七爷爷家里磕头求救。七爷爷只得拖着老迈的身子，雇上轿车跑城南乡公所求情救人，跑平遥县公署求情救人。乡公所还好说一些，因脸面熟，事情小，由村长出面，被抓的人写悔过书，村长写保证书，每人再交上十个现大洋的罚金，村长就可以领人回去了。所以，七爷爷此番去乡公所，虽然舍了一张老脸，费了几番口舌，总算体面地把人领回来了。但被抓到县公署的那五个人就难办了，脸面不熟，事情不小，七爷爷去了县公署，人家根本不搭话茬儿，只撂下一句话：等着审判问罪吧！轻者坐牢，重者杀头！结果，七爷爷此番去县公署一无所获，还憋气闷心，灰头土脸地回来了。

七爷爷再把县公署撂下的那句"轻者坐牢，重者杀头"的话一说，这五家人顿时像炸开了锅一样，捶胸顿足，哭天喊地，怨天尤人……最终，这五家人又连夜敲开门，再聚到村长七爷爷家里，这家人下跪，那家人作揖，又一家人哭诉，再一家人求告；一会儿哭，一会儿骂，一会儿怨，一会儿怒！但七爷爷实在也没有办法了呀，最后，这位年届七旬、疲惫不已乃至狼狈不堪的老人或被跪无奈，或被求无奈，或被逼无奈，或被怨无奈……他竟也一把鼻涕一把泪地号哭起来了："啊呀，各位乡亲呀！我实在是无能呀，实在是无奈呀，我实在是没有任何办法了呀！"

七爷爷如此疲惫、如此狼狈、如此痛苦、如此无奈地熬过了一个难眠的夜晚，煎熬来，煎熬去，苦思来，苦想去，搜啊搜，寻啊寻，直到第二天早晨，搜寻到的唯一救命稻草，也只有他的顶头上司——崔乡长。

第二天吃完早餐，七爷爷只得拖着老迈且疲惫的身子，再去城南乡公所，去求崔乡长了。

一见崔乡长，七爷爷几乎是连跪带爬、连哭带号地求："崔乡长呀，您可得帮我啊！您得帮我把那五个抓到县里的人救出来啊！要不然，我怎么面对那五家人啊？他们昨天一黑夜在我家里，哭闹着不走，让我想办法救人呢！"

崔乡长一见七爷爷这恓恓惶惶的样子，赶紧上前搀扶起来："七爷快起来，快起来！您有话好好说就行了嘛！"

七爷爷被搀扶到椅子上，崔乡长的礼数是到了，但事情还是没有解决啊！所以，七爷爷还是一把鼻涕一把泪地哭诉哀求着崔乡长："崔乡长，您得帮我啊！您要不帮我，我有何面目回村里见那五户人家呀！"

崔乡长安慰道："七爷您言重了！是他们家的人犯了法，又不是您让他们犯了法，他们怎么能怪您呢？咱们虽身为一乡一村之长，能救则救，不能救则不救嘛！咱乡里抓的人不是能放就放了？！至于县里抓的人嘛，我真是帮不上您。您想想，如果各乡的乡长都去求知事大人放人，人家能答应吗？"

　　七爷爷一听崔乡长这番话，彻底失望了，于是又哭诉起来："崔乡长，那这事可怎么办呀！总得想个办法呀！乡长这儿求不成，我还能求谁呀？我是一点门路没有，一点办法没有啊！呜呜——"

　　可崔乡长也没有办法呀，他哪能把城南乡各村被抓到县公署的近百号人都救出来呀！但他看到七爷爷那老泪纵横的可怜样子，也实在是于心不忍，实在想帮帮他；他眉头皱着，眼珠转着，试图在没有办法中寻找到一点点办法……蓦然，崔乡长眼前一亮，说道："哦！有了，这个人或许能和吴知事说上话！"

　　七爷爷一听崔乡长这句话，再一看崔乡长眉头开了，眼睛亮了，他也转忧为喜了："啊？有救星了！这个人是谁呀？崔乡长您快说说——"

　　崔乡长心中有了办法，脸上便从容了，愉悦了，乃至惬意了："有了！呵呵！这个人呀，可以说'远在天边，近在眼前'！"

　　"啊？！"

　　"这个人就是你们道虎壁王氏妇科的掌门人王裕宽大夫！王大夫在咱平遥县名声显赫不说，前些天还刚好给吴知事的夫人看了病，想必知事大人会给他些面子呢！"

　　"哦！"

　　"您快回村里求他去吧！"

# 九

　　七爷爷听了崔乡长的话，赶紧调头回车，并快马加鞭，急匆匆地赶回道虎壁。一进家门，那五家人的代表都在他家里等候消息呢！

"七爷爷，怎么样？"

"七爷爷，有办法了吗？"

"七爷爷，您说句话呀！"

七爷爷进了门顾不得搭理这些人，他坐下来缓了几口气，再喝了几口水，才说道："崔乡长那里的门路不行！但他指了一条路：他让咱们去求本村的王裕宽，他说王裕宽在县知事那里比他这个乡长的还面子大呢！"

"哦？"

众人愕然了。

七爷爷一路早想好了，他说道："这样吧，我这个村长带着你们当事的五家人，咱们一起去求人家王裕宽吧！"

七爷爷现在是为他们五家人谋事救人，他一说，他们哪有二话，自是紧答紧应，紧跟紧随，一起来到了王裕宽家。此时，王裕宽正在坐堂诊病，屋里正有若干病人排着队等候诊疗呢！一看七爷爷带着这么多人来找他，知道有要事，便放下手中的病人，带他们进了里院说话。

一进里院，还未说话，七爷爷便让这些人齐刷刷地跪在了王裕宽的面前！王裕宽大吃一惊："啊！各位长辈乡亲，怎么能这样呢？折煞我了！快快起来说话！"

七爷爷却说道："裕宽，他们有大事求你呀。他们五家人摊上大事了，因为赌博抽大烟被抓到县公署了，我去求人家根本不搭茬儿，还说要让他们坐牢甚至被杀头呢！你的面子大，你得出面找一找县知事大人，救救那五个被抓的人呀！"

这五家人依然跪着，接着七爷爷的话说道——

"裕宽呀，你得大发慈悲，出面救我们家的人呀！"

"王大夫啊，您现在就是我们的救星，您得救我们呀！"

"王大夫，您得答应救人呀！"

看到这样的情景，听到这些求告，王裕宽哪还能不管不顾，他只有不管三七二十一，满口应承了："行行行！行行行！我答应！我答应！我明天就去找吴知事求情救人！各位长辈乡亲，快快起来！快快起来！"

听了王裕宽的这几句应承的话，这五家人的代表才一个一个站了起来，纷纷说道："那就多谢了，多谢了，多谢了！那就拜托了，拜托了，拜托了！"

把七爷爷和那五家人送走了，王裕宽回到诊所继续给病人把脉看病，明天去县城得耽误一天时间，今天更得多看些病人呢！

第二天，道虎壁村长七爷爷早早地就带着轿车来接王裕宽了。此番去县城，这位"爷"字辈人倒得为"孙"字辈人鞍前马后、执辔扶镫了，这位"长"字号人倒得为"民"字号人恭敬奉承、执礼殷勤了。职责所在，救人要紧，这位七爷爷也顾不得其他了。

到了县公署门口，七爷爷因为曾被县公署的人鄙视呵斥过，此时自是胆怯气馁，畏缩不前。王裕宽则因曾是吴知事的座上客，而且吴知事对他礼数有加，此时面对门口杂役，自是胆壮气昂，大方上前："这位公差，麻烦给我通报一声：我是道虎壁王氏妇科的王裕宽王大夫，我要见吴知事！一个月前我曾进咱县公署里，给知事夫人看过病！"

公差一见王裕宽这气度，一听王裕宽这话语，知道王裕宽不是常人常客，也就不敢怠慢，一个人迅疾进去通报了。

一会儿公差回来："王大夫请进吧！知事大人有请！"

王裕宽拱拱手，说道："多谢了，多谢了！"然后便拉着七爷爷准备一起进去。

七爷爷却又被阻挡了，公差指着七爷爷说道："你不能进！只可王大夫一个人进去！"

于是，王裕宽一个人进了县公署，七爷爷则被挡在了县公署门外，他也只得候着王裕宽了。此番情形，这位七爷爷仿佛真的成了王裕宽的跟班。正经场面不能上，只能在私底下跟着人家王裕宽跑，围着人家王裕宽转！七爷爷苦笑着，自嘲着："我七老八十的人了，不在家里含饴弄孙，享受天伦之乐，却来做这失身份、丢脸面的事情！这年头呀，又是'用民政治'，又是'村本政治'，又是'整理村范'，快把人折腾坏了！看来，这村长一职呀，越来越像是把牲口塞进辕里驾车一样，越来越苦重，越来越不好当了。看来，我得赶紧想办法摆脱这辕，我得赶紧找'替死鬼'呢！呵呵！"

此时，王裕宽在公差的带领下进了县公署，再进了吴知事办公室。吴知事一见王裕宽进来，便起身相迎："啊呀，王大夫来了！请坐请坐！"说话叙谈间，秘书已沏上茶来，"王大夫请喝茶！"

待王裕宽呷了一口茶，吴知事说道："王大夫呀，您给我夫人开的方子还真是管用，按您的嘱咐用下来一个月，已经颇见成效了。呵呵！多谢了，多谢了！"

王裕宽说道："知事大人客气了！这样就好，那就继续这样用药吧！但是，您一定要坚持这样用药半年，才会彻底根除夫人的病！"

"哦，我们一定谨遵王大夫嘱咐！"说了一番夫人的病，吴知事知道王裕宽今天肯定有其他事，于是便主动询问，"王大夫今天是有什么事情需要我办？"

王裕宽一看吴知事如此客气，如此热情，心中颇为感动，他拱了拱手，说道："知事大人真是热情呀，我今天来，一是问问您夫人的病，二是村里有点事需要求您。"

"请讲——"

于是，王裕宽首先赞扬了一番吴知事："您这一个月来大力推行禁赌、禁毒、禁足运动，雷厉风行，令行禁止，社会风气为之一新，百姓拍手称快呀！我本人也向您伸大拇指，表示敬佩！"

吴知事点头称谢，笑道："呵呵！王大夫很会说话嘛！原来，王大夫不仅精通医道医术，还颇为知晓政策政治啊！您继续讲——"

然后，王裕宽开始为村里那五个人求情："在您这'三禁'运动中呀，我们村有五个人被抓到公署来了，三个人是因为抽大烟，两个人是因为赌博。我们村的村长前两天来县公署打问情况，他被告知这些人或坐牢或被杀头呢！村长害怕了，那五家人更害怕了，可他们对县公署的人不熟，知道我给您夫人看过病，他们就求我来找您了：一是打问打问情况，二是施救施救这五个人。所以我就上门打扰您了！乡亲们有事，当事人家求我了，村长也求我了，我也不能无动于衷，袖手旁观呀！所以还请您能看在我的薄面上通融通融，高抬贵手啊！"说着，王裕宽起身作揖，连连致意。

吴知事听完王裕宽的话，说道："嗯，我明白王大夫的意思了，就是让我放人！这——"吴知事犹豫了一会儿，说道："这样，王大夫的面子我肯定是要给的，但不能影响我大力推行的'三禁'运动。我们县公署抓人，也不是为抓而抓，而是为了改造国民，让国民改掉赌博、抽烟、缠足这三大恶习，让国民成为对家庭、对社会、对国家都有用的人。但他们不听呀！你也知道，咱平遥县、乡、村早就张贴了那些宣传单，还在各村墙上书写了那些标语口号，劝导人们改掉那些恶习恶行，可他们不听呀！你说你的，他做他的，全当耳旁风！积重难返，积习难改呀！所以，政府也只得'乱世用重典'了，所谓'兵不斩不齐'呀！所以，我这里就得用抓人、判人乃至杀人的狠招了。王大夫，我说得对吧？"

王裕宽称赞道："对，对！知事大人言之有理！"

吴知事继续说道："但话说回来，这抓、判、杀三大狠招最终也是为了让人们改掉赌博、抽烟、缠足这三大恶习。所以，不管怎么说，必须最终达到'改'的目的；所以，即使我给您王大夫面子，他们也必须'改'掉恶习；所以，我这里即使放人，绝不能成了放虎归山，而必须驯虎为羊。所以，若要放他们回去，他们必须得写保证书，而且还得您签名联保；另外，他们还必须受到一定的处罚，每人得交一百块现大洋的罚金。这样，才能既给您面子，也让他们改掉恶习，还能筹措若干'三禁'运动的经费。这也算取之于民、用之于民，取之于'三禁'、用之于'三禁'嘛！怎么样，王大夫？说实话，这个口子我还没有开，我就让您王大夫抢了这个头彩吧！哈哈哈！"吴知事越说越得意，不由得大笑起来了。他此番抓人之举也确实算是一举多得：改掉三恶，政绩显焉；罚款百金，经费足焉；网开一面，人情卖焉。

王裕宽听着，想着，对这位吴知事真是感谢乃至感恩，真是佩服乃至敬服，他连连拱手，再连连竖起拇指，说道："多谢了，多谢了！高招啊，高招啊！吴知事真是干事之大材、经邦之栋梁啊！"

随即，吴知事给王裕宽开出了罚款放人的手令，便让秘书领上王裕宽前去拘人处接洽。

接洽完，王裕宽便出了县公署找到七爷爷商量，如何筹措五百块现大洋的罚金来赎人。

七爷爷一听五百块现大洋的巨额数字就愣住了："啊？五个人得交五百块现大洋的罚金？他们这些人家谁能拿出一百块现大洋呀？啊呀，这可怎么办呀？真正愁死人了！"七爷爷说着，又叹了一番气，说道："裕宽呀，我看此事还是从长计议吧！咱们先回去，给他们说清楚情况，如果他们能拿出这一百块现大洋，咱就来赎人；如果他们拿不出这一百块现大洋，咱也就管不了啦！"

王裕宽一听这口气，知道七爷爷人穷志短，一遇到钱的事就缩回去了。可是又想：这救人要紧呀，今天来不就是要救人回去吗？如果照七爷爷说的，那这一趟来县城不是白来了吗？那这一番求吴知事不是白求了吗？莫非，这些人家拿不出钱来，就不救人了吗？不行，无论如何得救人！我且垫上这五百块钱吧，他们能还则还，不能还则算我的钱充了公！

王裕宽把自己的想法一说，七爷爷说道："裕宽呀，你家大业大，能垫了这些钱，也能赔得起这些钱，但你要指望这些人家还你钱呀，难！所以，你要愿意舍了这些钱救人，我拦不住你；你要指望先垫钱后还钱，那趁早打消这主意！"

王裕宽则义无反顾地说道："七爷爷，还是救人要紧，我先借钱垫钱，把人救回去再说吧！"

王裕宽急于想救人，也急于想今天就把事情办了，省得来来回回往县城跑，浪费自己的时间。于是，他便找到在百川通票号做事的舅舅，借了五百块现大洋。然后，他和七爷爷一起来到拘人处，先交了五百块现大洋罚金，再把那五个人领出来写了保证书并签字画押，王裕宽也签字联保完，算是把这五个人救出来了。

七爷爷先是骂了他们一顿，然后告诉他们："要不是人家王裕宽和县知事求了情，你们就等着坐牢乃至杀头吧！人家王裕宽还替你们每人垫了一百块现大洋的罚金呢，还不赶紧磕头谢恩！"

这五个人先是灰溜溜地挨训，然后齐刷刷地向王裕宽下跪谢恩！

王裕宽赶紧扶他们起来，并大度地说道："七爷爷的话过头了，乡里乡亲的，有的还是本家邻居，既然我与吴知事有一层关系，也垫得起这些钱，那就是理所应当的事，不过是举手之劳嘛！"

王裕宽好事做到底，干脆领着这些人去一家饭馆吃喝了一番，然后，七个人一起挤在那辆轿车上，拥拥挤挤、热热闹闹、欢欢喜喜地回道虎壁村了。

经过这一番抓人、救人、赎人的折腾，把村长七爷爷折腾得心力交瘁，五脏都快吐出来了，骨头都快散了架了！于是，他反复地寻思感叹：我不能再当这村长了，我不能再当这村长了！我得脱身，我得脱身！我得让贤，我得让贤！

而王裕宽经过这一番折腾，却显露了他为村民办事的能力财力，提高了他在村里的威信威望，再加上他日常坐堂行医、开铺卖药所表现出来的仁心德行和宽厚品性，于是，德才所在，众望所归，他这位王氏妇科的掌门人竟成了接替七爷爷来担任道虎壁村长的最佳人选！

于是，再等到全县推行《各县村制简章》时，七爷爷借坡下驴，推辞掉了道虎壁村长一职。上面的崔乡长和下面的众村民则顺水推舟，推举上了王裕宽担任道虎壁村长一职。王裕宽呢，看到这种情形，也只有顺其自然了：一顺心意，二顺民意，三顺官长之意。

这样，刚刚二十八岁的王裕宽不仅是道虎壁王氏妇科的掌门人，而且又担任了道虎壁村长。如此，良医兼了"良相"，他的人生事业可谓如虎添翼，更显得气势赫赫、气象煌煌了。

第六部

# 一

王裕宽担任村长时与村里人曾约定：村里的日常事务由村副及村警们处理，遇上大事难事他再出面。但他担任村长后，还是有许多的事情需要他出面。阎锡山督军兼省长推行"用民政治""村本政治"和"整理村范"以来，村里不仅事多，而且事新、事大、事难。而旧人遇上新事往往不熟、不会、不知所措，新事便是难事，所以遇上这新、大、难事就都得他出面处理。

这样，尽管村里的日常事务由村副及村警们处理，他还是得出面处理许多事情。而这样的"出面"处理往往就是"出村"处理，此时他个人的事业正处于蒸蒸日上、红红火火的兴旺时期，隔三岔五就得应重症大病或高门大户人家约请而出村出诊，出村处理村事和出村诊治病人都得雇佣轿车，王裕宽就想，这样隔三岔五就雇佣人家的轿车，既不便，又费钱，何不自己置办一套轿车、养上一个骡马、雇请一个车夫呢？

其实，王裕宽早就想拥有一套自己的轿车，像他爷爷王贞老先生那样，不管出诊看病人，还是出门看熟人，或是想去逛县城，总是坐自家的轿车出去，那有多方便，那有多排场！但因银钱紧，有了钱往往有更重要的事需办，自己年龄尚轻，还不是讲排场的时候，所以置办轿车的事就一拖再拖，拖到现在非置办不可的地步了。

何以"非置办不可"？除了他出村处理的"医务"和"公务"日益繁多，需要置办；他的诊所药铺挣钱也日益增多，有钱置办了。而且，因他拿自己的五百块现大洋救了村里的五个人，他夫人白翠英或因赌气，或因趁机，竟拿这个由头催着他置办："咱早就想置办一套轿车了！既然能拿出五百块现大洋帮助别人，何不拿出二三百块现大洋给自己家置办一套轿车呢？置办，赶紧置办！你隔三岔五地又是个人出诊，又是村里公事，咱置办了轿车不就方便了？而且，我出门还想坐轿车呢！将来咱有了娃娃，出门更要坐轿车呢！置办吧，赶紧置办吧！"

王裕宽听着白翠英如此干脆利索的话，再看看白翠英的脸色眼神，笑着说道："你这是气话呢，还是真话呢？"

白翠英也笑道："既是气话，也是真话，是气话引出了真话！之前，我在娘家只爱享受，花钱不挡手，哪知挣钱不容易？嫁给你以后，看到你家人口多，来钱少，日子紧，我才跟上你们过起紧日子来，不敢随便花钱了。如今既然挣钱多了，舍得给别人花钱，那也就该舍得给自己花钱嘛！说实话，我本来是一个爱享受爱花钱的人呢！没钱，钱少，咱自然得节省；有钱，钱多，咱自然该享受。而且，有钱了，钱多了，那也得先自己享受，再帮助别人。岂能先帮助别人，再自己享受？所以，既然你能拿出五百块现大洋帮助别人，那更能给自家置办一套甚至两套轿车！五百块现大洋呢，置办两套轿车也够了！所以，这轿车必须置办，而且要赶快置办！当家的你说，是这个理吧？"

王裕宽听着，想着，白翠英的话还确实在理。于是，他笑着点了点头，说道："夫人说得对，是这个理！那咱一下子置办两套轿车？"

白翠英也笑了："两套更好！你一套，我一套！嘻嘻！"

王裕宽听着白翠英的话，看了她一眼，再看了她的肚子一眼，他竟然真的动了置办两辆轿车的心思：妻子本是千金小姐，人又这么漂亮，她本该享受荣华富贵啊！只是因为以前自己钱紧，没能力让她享受，如今有能力了，还不让她享受，等甚？她肚子里的娃娃也快出生了，我将要当爹了，我有能力，自然该让我的儿女一出生就享受好日子啊！而我自己呢，堂堂道虎壁王氏妇科掌门人，不仅在平遥赫赫有名，而且在周围县府也是名声远扬，家里却没有置办轿车，实在是失身份、掉面子，所以，我也必须享受啊！许多人没钱还借上钱来充大头、装脸面、摆排场呢，何况我现在有钱呢？如此想来，还真是需要两辆轿车：妻子孩子一辆，他王裕宽一辆！

王裕宽有了这样的心思，便和白翠英商量："那咱干脆一下子置办两辆轿车吧！"

白翠英一听王裕宽真的要置办两辆轿车，她倒得再认真想一想了：只有一辆轿车，则夫妻二人同时出门就显得缺少一辆了；有两辆轿车，则夫妻二人不同时出门就显得多余一辆了。白翠英如此犹豫着，蓦然想到了县城近来兴起的东洋车，这种车既洋气时兴，又轻便快捷，还不需要骡马拉车，干净许多呢！

于是，白翠英说道："要不，咱置办一辆轿车，再置办一辆东洋车？你看怎样？我看东洋车挺好的：轻盈、漂亮、干净，还时兴！"

王裕宽听着，想了想，说道："哦，东洋车是不赖！这比轿车还省了一个骡马呢，闲置时不用花钱，还不用多雇人饲养骡子。呵呵！省钱省事！不过，不能跑远路、跑山路，也不能多拉人、多拉东西。这也正好与轿车轮替开，近路、平路用东洋车，远路、山路用轿车；人少、东西少用东洋车，人多、东西多用轿车。咱俩则你用东洋车为主，我用轿车为主！嘿嘿！"

白翠英笑道："咱俩为啥这样分呢？"

王裕宽说道："你轻盈、漂亮、干净、时兴嘛，就该配轻盈、漂亮、干净、时兴的东洋车；我古板落后，就该配古板落后的轿车。呵呵！"

白翠英听着这美言，自是美得合不拢嘴了："嘻嘻！你就尽用假话诳骗我吧！等一生了娃娃，我这'媳妇'就成'婆姨'了，就笨了、丑了、老了！你就该嫌弃我了！"

王裕宽说道："哪能呢？媳妇是开了花的树，婆姨是挂了果的树，挂了果的树更招人喜爱呢！"

"是吗？那我可得好好地挂果呢！"白翠英说着，不由得想到了肚子里的婴儿，不由自己地又抚摸起了自己的肚子，并喃喃自语："俺娃好好地长，长成一个漂亮的胖娃娃！胖娃娃，有福呢！住的是金窝窝、银窝窝，坐的是轿车车、洋车车！"

"说得好，你倒是编得好啊！"

"想啥说啥，盼啥来啥嘛！等咱娃娃生下来，咱们家就置办上轿车洋车喽！"

夫妻俩如此一番商量，算是打定了主意。接下来，便是攒些钱，留些意，如何操持置办了。

这天傍晚打烊后，王裕宽用热水擦了一把脸，再烧了一壶水，沏了杯茶，正沉浸在茶香飘逸的静雅境界中，享受一份难得的轻松悠闲，身心放松了，思绪放飞了，疲倦没有了，惬意涌来了！如此，他劳碌一天的累，便被轻松一刻的美驱走了。人生啊！既需谋生，也需养生啊！

正在这时，斜对门的本家兄弟王成喜过来串门，只见他对王裕宽甚为恭谨："宽哥，坐诊一天也累了吧？呵呵！我过来看一看，你家里要是有啥活计，叫我一声！我是个粗人，也帮不上啥忙！"

王成喜是一个老实厚道的人，他是那次因赌博抓到县公署的五个人之一，被王裕宽出面找县知事求情并拿了一百块现大洋才救出来，因而对王裕宽感恩戴德呢！既难还人情，更难还那一百块现大洋，他只得先挂在心里的"账簿"上，记着这件事和这笔钱，念着这件事和这笔钱，想瞅机会慢慢还吧！

王裕宽也知道王成喜的为人，他常常来家坐，常常想帮忙，是觉得欠自己一个人情和那一百块现大洋。但他并不指望人家还，他当时那样做只是尽一份本家、乡亲的情分而已，或做一件慈善事而已，又不是放贷款，既要求还本钱，还要求付利息！

王裕宽因这些天脑子里盘算置办轿车的事，所以他和王成喜叙谈了几句话，便蓦然想起：当初王成喜之所以赌博，是因为原来一直给邻村一个财主赶轿车呢，但去年这个财主家的字号亏赔倒账，实在养不起一辆轿车了，也就把他辞退了。这样，他就没了挣钱的工作，却有空闲时间了，无事而无聊，有人一拉拢就去赌博了。嘿嘿！这王成喜不就是一个现成的赶轿车把式吗？

于是，王裕宽跟王成喜打问了一番赶轿车的情况。轿车有什么讲究、骡马有什么讲究、赶轿车有什么规矩，工钱如何算，吃住如何管，等等。这样一来，他对如何置办轿车心中有谱了，他对王成喜这个把式的基本素质也心中有谱了。

最后，王裕宽把自己想置办轿车的想法一说，王成喜满口答应帮忙。再把雇他当车把式的想法一说，王成喜更是一口答应且喜出望外了。"啊呀，这好呀！我过来，本是想帮您做点活计，您却给我找上了活计！宽哥，我遇上您可算是遇上贵人了！您把我从县公署救出来，还给我找上了活计，可让我怎么偿还您这么大的恩情呀？！"如此，王成喜可谓因祸得福，而且好事成双了，既获得了人身自由，又找到了挣钱来路！

王裕宽笑道："成喜你还客气啥？啥也不用说了，你能好好地给我做事，就比啥也强！"如此，王裕宽则可谓好人做到底了，先救其生命，再给其生计！

这样，有钱有人有门路了，只需一个来月时间，三百来块现大洋，王裕宽便置办了一套颇为讲究的轿车：好轮子，好轿子，再加好顶篷子；好辕套，好骡子，再加好车把式！

呵呵！咱们家置办上一套轿车啦！

嘻嘻！咱们家置办上一套轿车啦！

这一天，王裕宽和白翠英看着自己家终于置办下的一套崭新漂亮的轿车，他们享受在拥有一辆自家轿车的满足中，双双欢喜不已，乃至欣喜若狂了。

而就在此时，就在王裕宽的人生事业飞黄腾达之际，仿佛凤凰必落宝地，一个可爱漂亮的女婴，于此中兴发达之家，于此中秋美好之季，诞生了。这对王裕宽的人生事业来说，真可谓锦上添花了。

# 二

王裕宽夫妇喜得千金小姐，不仅他们夫妇二人高兴，而且王、白两家都高兴。而因王家经济底子并不宽厚，王裕宽母亲及弟弟妹妹们又忙于照顾诊所药铺，时间也不宽裕，所以在为操办满月喜宴方面，白家人倒显得反客为主了。白翠英母亲带着一个佣人在娃娃出生前一个月就来道虎壁住下照顾女儿了，白翠英哥哥白钦鼎则在满月宴前后十余天就忙着发放请帖、操办宴席、迎送客人等，他几乎成了全权总管！白家人有钱，白家人也有时间，白钦鼎则对礼仪宴会这类场面上的事情经多见广、得心应手！

满月宴罢，再稍做准备，刚刚坐完月子的白翠英便该带着娃娃"挪窝"去高林村娘家住了。

白翠英此番回娘家，再不用靠娘家人派轿车来接，而是坐自家的轿车回去。她坐上自己家的轿车回娘家，比起以往坐上娘家的轿车回娘家，那感觉是不一样的。坐娘家的轿车，虽然也算得意、轻松、美气，但那是因娘家人而来，总有些缺憾，像半月之美；而坐自家的轿车，那是真正的得意、轻松、美气，那是因他夫妇自己创造财富而来，那是一种满满的得意、轻松、美气，是满月之美！

呵呵！她的孩子满月了，她的日子也如满月了。

白老爷子看到女婿王裕宽的事业蒸蒸日上，再看到女儿白翠英生娃娃已满月而过日子如满月，自是欣慰欣喜，一见到女儿、女婿及外孙女，眼中如祥云缭绕，脸上似春风氤氲，笑意盈盈："啊呀，这回俺闺女可是圆满了！俺闺女当姑娘时漂亮得像一朵花儿，可爱呀！可俺闺女成了家以后六七年不生娃娃，倒让人担心。莫非俺闺女是一朵只开花不挂果的假花儿、空花儿？这下好了，俺闺女是一朵既开花又挂果的真花儿、实花儿！哈哈！圆满了，圆满了！有了这一，自然就会有二；生了这女，自然就会生男！一旦开了头，以后的事就不用愁！哈哈！"

老爷子这一番话，说得全家人都乐了。

安顿了女儿白翠英及小外孙，白老爷子把女婿王裕宽让进客厅里，让佣人沏上一壶大红袍上来，说道："容舟（王裕宽字），喝杯茶吧！秋天了，就喝这大红袍吧！这大红袍暖胃，提神，也养生！呵呵！你是中医，我说得对吧？"

王裕宽呷了一口茶，说道："您说得对！神农氏尝百草，知百草味，辨百草性，晓百草用，然后因其味、据其性、择其用而治人百病，无非是热则寒之，寒则热之，实则虚之，虚则实之，不足则补之，多余则泄之，终归是以偏纠偏，调和阴阳，求得中和而已。大红袍味焦而甘，性温而和，色红而暖，正可与秋天萧瑟寒凉之气冲和，所以正如您所言，秋天喝大红袍正是养生之道。另外，您感觉这大红袍暖胃、提神、养生，您喝这大红袍就是了。中医讲究辨证论治，就是因人因症而宜，无论吃药还是喝茶，感觉好就是因人因症而宜，感觉不好就不是因人因症而宜。所谓感觉者，五脏六腑喜怒哀乐之表情语言也，您喝茶也罢，吃饭也罢，睡觉也罢，抑或坐、站、走、动也罢，大多凭感觉'好'与'不好'来决定就可以了。"

说到这里，王裕宽觉得自己似乎多言了，赶紧补充说："呵呵！我说得多了，我又在岳父面前班门弄斧了！"

白老爷子却认真地听着，仔细地想着，像学生一般听课呢！听王裕宽这么一说，他摇了摇头，说道："哪里？说得好，说得好，我正琢磨你的话呢！你是中医，这方面自然比我懂得多，我就该洗耳恭听嘛！古贤人能以'一字为师'，你在医道方面比我懂的何止'一字'呀！韩昌黎也说'无贵无贱，无长无少，道之所存，师之所存也'，在知识技艺面前，不管辈分年龄，谁懂谁就可以当老师，谁不懂谁就得当学生。在医道养生方面，我还有不少问题要请教你呢！"

　　王裕宽一听白老爷子说"请教"二字，赶紧起身作揖，说道："不敢，不敢！您过谦了！哪能说'请教'？您问，我答，就是了。"

　　白老爷子看到自己这么一说，女婿王裕宽反倒不自在了，他笑了笑，赶紧说道："快坐下，快坐下！我刚才不是引用韩昌黎的话了吗，'道之所存，师之所存'嘛！论亲，我是岳父你是婿；论道，则谁先得道谁是师。呵呵！咱们现在是'论道'呢，你不必时时拘女婿之礼！"

　　王裕宽听着，也"呵呵"笑了两声，便坐回到椅子上，只得恭敬不如从命了。

　　白老爷子说道："这些天呀，我看了一些《黄帝内经·素问》里的篇章，收获颇大，真是医道之经典、养生之真道呀！其中开篇说道'恬淡虚无，真气从之；精神内守，病安从来'，这一句很让人开窍，但仔细琢磨，还是有琢磨不透的东西。比如这'真气'与'精神'，它们究竟是啥意思？"

　　王裕宽说道："以我的理解，'真气'应该有两层意思：一是人体真正需要之气，也就是对人体有益之气；二是自然而来之气，也就是身体元气与天地真气混然而成的天然之气。'精神'也应该有两层意思：一是'真气'的精粹与升华，二是由人的五脏六腑通过'意念'运化'真气'而来，并非自然而来之气。二者的区别应该是：'真气'在先，'精神'在后；天意为之则是'真气'，人意为之则是'精神'。所以，'恬淡虚无'就是祛除身上的浮气、燥气、邪气等无用之气，就像清除屋子里的各种垃圾一般。这样，'真气'就和空气一样自然而然地进来这干净整洁空旷的屋子里了。'精神内守'就是有意调动身上的清气、静气、正气各就其位，把屋子里各部位都占满了。这样各种邪气引起的'病'就被拒之门外，想进这个屋子里也没有门窗可进，也没有地方可占了。"

白老爷子听着，想着，满意地点了点头，似乎颇有所悟了。

"那你们中医常说'风为百病之长'，又说'湿为百病之源'，何以有这样的说法呢？"白老爷子又问道。

王裕宽说道："所谓'风为百病之长'，一是因'风'对应五脏为肝，对应四季为春，对应方位为东，而肝为五脏之首，春为四季之首，东为四方之首，'风'也就随之为'长'了。二是在风、寒、暑、湿、燥、火这六邪中，'风者善行而数变'，让人防不胜防，人最易也最多受风邪而得病。所谓'湿为百病之源'，一是'湿'邪最能引发各种各样的病症，二是'湿'邪引起的这些病症治不胜治，最难治愈。"

"哦！原来如此。那'风'邪防不胜防，'湿'邪治不胜治，你们总有一些'防''治'之法吧？"白老爷子继续问道。

王裕宽说道："从防风而言，风在体外，可谓无处不在，无时不有，要说防风邪，确实可以说防不胜防。但话又说回来，如果人的身体充满真气，则风邪难侵，所谓风邪也就无所谓'邪'，而只剩下'风'了；如果人的身体缺乏真气，则风邪易侵，所有'风'便都是'风邪'，自然也就防不胜防了。所以，防风之法，主要靠身体中的真气。真气所来，主要靠五脏六腑之气清静平和，因而恬淡虚无，因而'真气从之'了。从治湿而言，湿在体内，也可谓无处不在，无时不有，要说治湿病，也确实可以说治不胜治。风邪湿邪相比，风为清气，湿为浊气。清气则飘逸，最易迅速侵入人的身体，却也最易迅速被驱逐出人的身体，所以治风邪之症通过'汗''吐''下'三法，就基本可以把风邪驱逐出身体。

浊气沉涩，且由内而生，五脏六腑全身，不知其所在，'汗''吐''下'三法不灵，需'攻''破'之而难寻其居处，需'驱''逐'之而难知其趋向，需'渗''泄'之而难开其通道。所以'湿'病既然慢生慢长，也就慢去慢除，也就治不胜治了。只知'湿'为体内多余无用之'痰'，'痰'因脾胃运化不良所致。所以，祛'湿'祛'痰'也只有从健脾胃、通二便着手，脾胃健则运化精，则绝'湿''痰'之来源；二便通则排泄利，则驱'湿''痰'之沤积。这样，虽然慢去慢除，但久而久之，这种'湿''痰'之病或许就可以治愈了。"

白老爷子依然认真地听着，想着，点着头："唔！还是容舟你有才学！听你这一番解说呀，我读书时遇到的许多疙瘩就都解开了！"

"您过奖了！这些知识见解本来就是我应知应会的嘛！您过奖了，过奖了！"说着，王裕宽连连拱手致意。

白老爷子却笑道："呵呵！容舟有谦逊之德啊！好，好！大海不以浩瀚而自骄，所以有'百川归海'；高山不以雄伟而自夸，所以有'高山仰止'！"


# 三


王裕宽和白老爷子谈论了一番医道，他看到白老爷子体态丰盈，红光满面，便说道："我看您身体好，精神也好，认识您七八年来一点不显老，倒显得更年轻了呢！您一辈子读那些修身、齐家、治国、平天下的圣贤书，思考天地万物变化之理；如今再看看《黄帝内经》这类研究人体性命及其五脏六腑十二经脉的医书，思考人体四季养生之道。大至天下国家，小至毫毛汗孔，您无事不晓，无理不通，这样就可以'提挈天地''把握阴阳''独立守神'，您的身体寿命就渐入'真人'境界了啊！"

白老爷子听着王裕宽这番既是论经，又像奉承的话，爽朗地笑道："呵呵！容舟真会说话！我一辈子读书悟道，也确实一辈子受读书悟道的益；我身体好，精神好，确实多是读书悟道之功。不过，这一切还得以经济为基础，是我白家几代人经商做买卖，有了这一份丰厚的家业，我才可以一辈子悠闲自在地读书悟道，也才可以身体好、精神好。如果没有这一份丰厚的家业，终日劳累奔忙乃至啼饥号寒，哪能读书悟道？即使不顾一切硬着头皮读书悟道，也难得身体好、精神好啊！看看那些刻苦读书、皓首穷经的老儒，因没有丰厚的钱财做基础，哪来的身体好、精神好？所以呀，你说我身体好也罢，精神好也罢，首先是日子过得好：买卖字号兴隆，能够源源不断进钱；家庭子女平安，夫妻和睦儿女幸福。呵呵！我白家本是买卖人家，不能忘了这'本'啊！"

王裕宽听着，颇受教益，连连点头说道："您说的是！您说的是！"

白老爷子继续说道："你王家也一样，你王家的'本'就是医道医术，再具体说就是妇科方面的医道医术，就是'王氏妇科'。这个'本'，一定不能忘，一定不能丢！你们王氏妇科从北宋到现在传承近千年了，你们王家也兴旺近千年了，就是因为你们一代一代牢牢抓住这个'本'不放。这个'本'，看似王氏妇科术，实是王氏挣钱术啊！"

王裕宽听着，点头称是。

白老爷子说到这儿，想起了王裕宽最近担任道虎壁村长一事，便又说道："你不是担任村长了吗？我看这村长啊，甚至连乡长县长省长一起说，表面风光，其实肮脏；表面扬威耀武，其实含垢忍辱；表面是达官贵人，其实是奴婢佣人。"

"啊？！他们肮脏、含垢忍辱、奴婢佣人？"王裕宽一听，二目圆睁，惊讶了。

白老爷子却微微笑道："你仔细想想，官员往往要以权谋私，贪污纳贿，肮脏不肮脏？非常肮脏！官员往往需要应对各种各样的人和各种各样的事，哪能人人顺意、事事顺心？可不顺意的人和不顺心的事他们必须应对呀，那他们只能委曲求全、含垢忍辱去应对了。特别是官场上有'官大一级压死人'的说法，所以，下级官员在上级官员面前，点头哈腰，卑躬屈膝，低眉顺眼，唯唯诺诺，那就和奴婢佣人一模一样呀！"

王裕宽听着，脸面煞白，顿感悲观失望："那我不该当这个村长？唉！事前我该听听您的意见啊！事到如今——"

白老爷子却依然微笑着，说道："呵呵！你这里另当别论。其一，你这村长不是你自己求来的官，而是乡里和村民送来的官，可谓来路正；其二，你这做官不是为了自己求财，而是为了为村民做事，可谓动机正；其三，你本来以行医为生，而不是以做官为生，这样你就不怕丢官，不怕丢官就不必在应对人、应对事、应对上级官员时或含垢忍辱、或奴颜婢膝了，大不了'弃官而去'嘛！所以，对你来说，当村长就不存在我刚才所说那些'肮脏''含垢忍辱''奴婢佣人'的情况了。"

"哦——原来如此呀！"王裕宽听到这里，终于长长地舒了一口气。然后，他想了想，又说道："那官场上就都是这样的情况？我当初之所以接任这村长一职，一是看到阎督军推行'用民政治''村本政治''整理村范'的做法好，也看到吴知事、崔乡长他们信奉'三民主义'积极做事，我有羡慕之心，就想像他们一样为一方百姓做事。二是我觉得古来读书就有修身、齐家、治国、平天下的说法，也有'不为良相，便为良医'的说法，良相也罢，良医也罢，都是济国救民嘛！所以，才当仁不让，应了这村长一职。"

白老爷子听着，点了点头，继续说道："我之所以和你说这一番话，正是想让你读古圣贤之书，弘古圣贤之道，行王道仁政，绝霸道暴政。学孔子孟子的仁义之术施恩于百姓，不学商鞅韩非子的刑罚之术立威于百姓。你想想他们的区别,孔、孟的主张是让君王通过'仁民而民仁''爱民而民爱'来巩固政权、营建自己的'乐土',这样自然是善因善果,君喜民喜天下喜;商、韩的主张是让君王通过'愚民而民愚''暴民而民暴'来巩固政权、抢夺他人的国土,这样自然是恶因恶果,君险民险天下险。孔、孟寿终正寝而享千古美名,商、韩受刑弃尸而得千古恶名,周天子施行仁政而享国八百年,秦始皇施行暴政而享国四十年。周天子礼贤下士,仁厚谦恭,看似中庸平和而无奇特之貌,实是得民得心而有长久之效,秦始皇暴虐天下,威猛骄傲,看似卓越雄霸而无平庸之貌,实是离民离心而有短促之命。周天子行仁政如大树,在平静安泰中成长自己且庇荫百姓,所以君民相辅相成而国祚八百年;秦始皇行暴政如炮仗,在爆炸巨响中毁灭自己且祸害百姓,所以君民相敌相害而国祚四十年。容舟呀,鉴古可以知今,以史为镜可以知兴衰啊!一个村长虽小,但你要世世代代与村人相处,如果你为官一任,造福一方,则村人世世代代说你的好,记你的恩,念你的福;如果你为官一任,遗祸一方,则村人世世代代说你的坏,记你的仇,念你的祸。所以,当个村长得比当个乡长县长省长更得小心谨慎,无论当好当坏,无论在任离任,你得世世代代在这个村里与老百姓为伍为邻。人家乡长县长省长则一离任就离开这个地方、离开这些百姓了。"

王裕宽听着岳父白老爷子的这番话,真如醍醐灌顶,顿时,他看清了王道仁政和霸道暴政的天壤之别,也领悟了为官为政的精微之理。哦!原来如此呀!原来,当一个这么小的村长,也有这么多讲究呀!

"听您这一席话,真是胜读十年书呀!"王裕宽拱手说道,"我一定谨遵您的教诲!您看,我该看哪些书吧?"

白老爷子说道:"宋朝名相赵普有'半部《论语》治天下'之说,此话虽然不免有夸大之辞,却也八九不离十呀!其实,你以孔夫子的《论语》为主,兼顾《孟子》《中庸》《大学》就够用了。再想扩大范围,那就把《诗》《书》《礼》《易》《春秋》也读一读。我看呀，为人也罢，为官也罢，能有了这'四书五经'的底子，就足够用了。这'四书五经'看似圣贤之书，实是圣贤之心得心法，是历代圣贤帝王名将名相修身、齐家、治国、平天下之心得心法呀！一个人一旦学得'四书五经'，无论为人做官，万理皆通，万能皆备，万事皆成！这就和渔者下了五湖四海去打鱼一样，各种各样、大大小小的鱼任你去打；就和樵者上了三山五岳去伐木一样，各种各样、高高低低的树任你去伐。这'四书五经'，就和这'五湖四海''三山五岳'一样啊！"

王裕宽聚精会神地听着，入耳入心了；他凝心静气地听着，心里却翻江倒海、山摇岳晃了。心为何物？心乃神物！五湖四海不可谓不广，而心可包之囊之；三山五岳不可谓不大，而心可装之载之！

白老爷子继续说道："读这些圣贤书，未必能达到圣贤境界，未必能成为圣贤，但可以达到君子的境界，可以成为君子。而一旦达到君子的境界并成为君子，则不论为人为官，可以做到守心就好。见钱财而不贪得，居权位而不恋栈；对难事而不畏惧，对易事而不懈怠；上迎官长而不自卑，下临百姓而不自傲。这样，也就不会有我刚才所说那些做官的'肮脏''含垢忍辱''奴婢佣人'的情况了。所以呀，你该当村长还是得当，当官当好了还能流芳百世呢！但要记住两条，一是对你来说，官为末，医为本，不能因当村长而影响了行医，一旦影响行医了，则赶快辞官守医！二是你觉得村长好当且能为村民做好事则当，一旦觉得不好当且不能为村民做好事了则不当。"

王裕宽听完，连连拱手致意："多谢您老人家教诲！我记住您这些话了！"

当天吃完午饭，王裕宽辞别了岳父岳母、白钦鼎夫妇和妻子孩子，肚子里满是岳父家的美酒佳肴，脑子里满是岳父的经论箴言，坐上自家的轿车满载而归了。

一路上，王裕宽思绪翩翩，感慨连连，我这番来高林村真是没白来、没空来啊！送了妻子孩子，吃了美酒美味，还受了教导教诲！呵呵，真可谓收获良多啊！我此番当村长也真是不能白当啊！当时是上面乡长提携我、下面村民抬举我，让我当上了；今天是岳父大人谆谆教导我、教诲我，让我当好呢！我一定不能辜负他们，我一定得把这个村长当好啊！

# 四

　　当天晚上，道虎壁村副王田喜、村民会议议长七爷爷、村息讼会会长九爷爷、村保安团团长二虎子来到村长王裕宽家里商量村事。现在，七爷爷因不堪村长重任而让贤了，却因熟悉村情、热心村事而被村民们推举担任了村民会议议长一职。老马识途，道虎壁村公所领导班子这套大车还需要他这匹老马呢！九爷爷是一位知书识礼、德高望重的长者，这次村里成立息讼会，他被村民推举为息讼会会长。王田喜原来就是村副，熟悉村情政务，年龄也只有三十来岁，便留任村副一职了。二虎子最年轻，只有三十出头，因他为人正直刚毅，勇武有力，而且有武术功底，还在村里带着十来个徒弟，于是他被村民推举为保安团团长。再加上不到三十岁的村长王裕宽，这二老三少就构成了道虎壁的村政核心成员。

　　村副王田喜说了一番村里的日常事务，王裕宽对这些日常事务自是信之由之，只需知之晓之就可以了。

　　议长七爷爷说了一番订立村禁约的事，无非是上行下效，左参右照，乡里的要求得写上，周围村庄的内容需参照。其中，有一条关于对违犯赌、毒、足的人的处理，则颇需斟酌权衡：拘不拘？怎么拘？拘多长时间？

罚不罚？怎么罚？罚多少钱？

七爷爷说道："这三项事情县里乡里抓得紧，罚得也重，咱们村里怎么办？我们几个商量了一番，觉得不拘不罚肯定不行，咱村里如果不拘不罚，肯定管不住，咱管不住，则乡里县里会管，乡里县里一管，则拘的时间更长、罚的钱数更多，而且还会怪罪咱们村公所一班人失职渎职呢！至于怎么拘，拘多长时间？怎么罚，罚多少钱？我们觉得：第一次犯，把他们拘在房子里一天，不让吃喝，罚三个现大洋，如果交不上罚款，则写欠款五个现大洋凭条，一年内还清，如果一年内还不清这欠款，则以后每年加息三成，三年后还十个现大洋，如果三年后还不清这十个现大洋，则抵押其房契田契。第二次犯，把他们拴在村公所门前的柱子上挂牌示众一天，不让吃喝，罚五个现大洋，如果交不上罚款，则写欠款十个现大洋凭条，一年内还清，如果一年内还不清这欠款，则以后每年加息三成，三年后还二十个现大洋，如果三年后还不清这二十个现大洋，则抵押其房契田契。——有了这拘人和罚钱的禁约，估计把赌、毒、足这三桩事就禁住了，咱村公所迎来送往、出行办事以及村警保安团的费用也就有了。现在呀，村公所的事情多了，人也多了，用项也多了，在钱上头捉襟见肘呢！有了这些罚款，就能补钱款上的缺口了。这也算是取之于民、用之于民嘛！"七爷爷如此说了一番，然后征求王裕宽的意见："你是一村之长，你看这样订立禁约行不？"

王裕宽听完，想了想，问道："咱周围村的拘罚尺度也是这样？"

七爷爷说道："基本一样，大体上差不了多少。"

王裕宽说道："我对村务还不太熟悉，我觉得这样禁约肯定管用，能管住那些赌博、抽烟、缠足的人。但我也担心，如果那些穷人家犯了这三项禁约，又真的拿不出罚钱来，再利上滚利甚至抵押房契田契，三五年下来会倾家荡产呢！这罚款的利息是不是应该低些？这房契田契是不是就不要抵押了？"

七爷爷听着，犹豫着，环视着，看了看九爷爷和四喜子、二虎子他们，然后说道："大凡管人，必须有管住人之法，否则管而不住，等于不管。我考虑，这罚钱的利息低些倒是可以，但如果没有房契田契做抵押这最后一道关，那他们欠钱赖账，就是不还，那不便宜了他们，难为了咱们，也亏待了那些及时交罚款的人了吗？再说，如果他们这些赌博、抽烟之徒屡教不改，赌来赌去，抽来抽去，即使咱们不抵押他们的房契田契，他们最终也是个倾家荡产的结局。所以，还得抵押房契田契！"

　　"那就抵押吧！您有经验，各位又都觉得合适，就按您说的办吧！我年轻没经验，村里的事劳驾各位商量着办就是了。我呢，在外面有些名声，有些熟人，主要应对乡里县里那些大事难事就是了。至于如何处理村里的人和事，就和我看病一样，给人看病主要是为了治病，是为了治病而下药而扎针，病人虽然觉得吃药苦、扎针疼，但他们也不会怪我，我不是故意要苦他们、疼他们，而是为了治好他们的病嘛！咱们村里订这些禁约的目的是禁，手段是拘罚。所以，在能够达到'禁'这个目的情况下，拘和罚能轻则轻，能少则少。这也和我看病一样，在能够治好病的情况下，用药或扎针尽量轻些，尽量少些。如果用药扎针过重过多，看似治好了病，实是伤害了身，则看似为人，实是害人。这样，医生就成了匪医贼医，就如同杀人越货的土匪强盗了。"

　　七爷爷听着，连连点头称赞："裕宽这话有理！我们订立这禁约也罢，处理村里的人和事也罢，还真得把握准秤杆上的星儿，才能既不误事，也不亏人。"

　　息讼会长九爷爷也附和道："是这个理！看来我们还得再权衡权衡，然后取其'中'。过犹不及嘛，过了不可，不及也不可，只有'中'才可。所以，这中庸之道呀，说起来容易，做起来难啊！裕宽虽然年轻，但究竟是名医，医道深厚呀！这医道与治道相通，医道可以用于治道啊！老七呀，你现在主持订立禁约的事需要反复权衡而取其'中'，我将来主持村里各种各样的息讼，更得反复权衡而取其'中'呢！孔夫子的中庸之道，是放之四海而皆准、验之千年而不谬啊！"

王裕宽拱了拱手，说道："村里的事，多靠二位前辈拿主意了！俗话说，家有一老，如有一宝。村里也是这样啊，村公所有您二位前辈坐镇，就像有两个宝物镇宅，村里诸事自然吉祥安泰啊！"

接下来，二虎子说："这保安团的任务是保一方平安，既要执行村公所的任务，抓人拘人看守人，还要负责村里的安全，防偷防盗防抢劫，黑夜要巡逻看护各家各户的房院，秋天还要巡田看护各家各户的庄稼。算下来，怎么也得十几个人才能行，我算一个，再有一个副手，其他总得十个人吧？另外，我们这营生，既使武力，又有危险，工钱总得比一般营生高些吧？就算是我的徒弟，他们为了学武术不会和我讲价钱，可人家一天到晚拴在这保安团的事务上，咱也得考虑人家的生活呀！"

王裕宽看了看七爷爷、九爷爷、四喜子，他们都频频点头，王裕宽便也点了点头："那就依你二虎子这位团长的！呵呵！当兵吃粮，在村里当保安团，也算在咱村里当兵嘛！具体怎么给工钱，你们参照一下周围村的标准，再适当就高些，商量着确定就是了。"

二虎听罢，拱手笑道："多谢村长大人开恩了！"

王裕宽说道："整天间使唤这些弟兄们，要是工钱太低了，咱村公所显得人穷气短，你这个团长也显得人穷气短嘛！村公所也罢，你也罢，都得照顾到！另外，我得和你讲明白，你是练武之人，自然讲武德，也让你徒弟们讲武德，我就不多说了。我只说一条，这保安团是咱村公所的保安团，是为咱村里所有老百姓服务的保安团，所以这村公所和老百姓就是你们的衣食父母，你们对村公所和老百姓就得像对父母一样敬重，千万不能在村公所和老百姓面前耀武扬威、欺上凌下！"

二虎子说道："这是当然！我们练武之人最讲'忠义'二字，我师傅整天给我们讲，我也整天给徒弟们讲'忠义'二字。忠是对主人，义是对朋友。听您这么一说，我明白了：村保安团的主人就是村公所和村里的老百姓。我给他们讲明白这两个主人，他们就知道怎么做事了。打个比喻，我们这些保安团的人要像狗一样，对主人尽忠尽义，对敌人敢咬敢撕！千万不能像狼一样不认主人，不识好歹，无恩无情，不忠不义！是这样吧？哈哈哈！"

"哈哈哈！"听了二虎子的这番话，听着二虎子的笑声，众人都笑起来了。

这几位管行政、管宪法、管司法、管武力的村公所核心成员在王裕宽这儿说了一番村事，各种事情大体有了个谱儿，他们回去再仔细斟酌一下就行，便不再打扰王裕宽，准备起身告辞。

七爷爷却又坐回原位，说道："咱们等等！我这里还有一件半公半私的事需要说一说。"

于是，众人也坐回原处，七爷爷说道："这件事与我有关，与裕宽也有关，与咱村公所也有关。就是前些时从县公署保回来那五个人的事，当时，我是村长，没有门路，也没有现大洋，是我搬上咱裕宽当救兵，去县公署求吴知事放人，裕宽又自己借上五百现大洋替那五个人垫交了罚款，这才把他们保回来的。虽然当时裕宽说不要这些钱了，可是我作为当时的村长，我不能让人家裕宽既贴了面子，再亏了银子呀！这些日子我一直耿耿于怀呢！想来想去，裕宽贴了这些面子就不说了，但借了这些银子得让他们还。现在呢，这些人也确实还不起这么多银子，那就让他们给裕宽打欠条，得让他们记着这笔账，多会儿有了多会儿还！这样，我才能放心。要不，总是觉得对不起人家裕宽！"

众人附和："七爷爷说得对！这是合情合理的事嘛！"

王裕宽却说道："我当时就说不要还了嘛！七爷爷你到现在还记在心上！不用还了，也不用打欠条了！"

七爷爷却一本正经地说道："他们将来究竟还得起还不起，我不能肯定，但这欠条一定得打！裕宽你听我说，这件事是我担任村长时发生的，那我就得善始善终，我不能做那有始无终、虎头蛇尾的事，即使别人不骂我，我还骂自己呢！为了尽可能圆满地了结这件事，得让他们打欠条，而且我还要做中人画押。所以，为了我的信誉，必须得这样做。而对那五个人来说，如果不让他们还这一笔钱，他们就不觉得疼，就不觉得痛，就不会下狠心改邪归正。这样，如果不让他们打欠条还钱，看似恩赐了他们，实是祸害了他们！所以，为了让他们彻底改邪归正，也必须这样做！再说了，如果你这次慷慨大度，不让他们还这笔钱，那他们仗着你的慷慨大度更有了胆子再犯呢！如果他们再次犯了被抓到县公署呢？你还能再次求吴知事、再次借钱救他们？而且，如果你这次这样惯他们了，不仅惩戒不了他们，还会引诱别人犯呢！咱村其他人知道你在县公署有面子，也知道你舍得出银子，他们犯赌犯毒的胆子不就更大了吗？说来说去，如果你今天在这些人身上、在这件事情上发善心、施恩惠，那就等于借给他们明天再犯赌、再犯毒的胆子呢！说到底，这算是一善而贻三害：害人害己害村呢！"

七爷爷这番话说得不仅头头是道，条条在理，而且振聋发聩，引人深思呢！

王裕宽听着七爷爷这番话，默然无语了。

七爷爷却继续说道："裕宽呀，我没有你那当大夫的本事，也没有你那方方面面的人缘，但我担任村长、料理村事多年，各种人各种事都经见多了，这也算是我的经验之谈吧！你做事考虑'与人为善'是对的，但还得考虑'于事有补'呀！"

王裕宽沉思了一会儿，觉得七爷爷的话确实在理，他也就听了大伙的意见同意了："那这件事就按您的意思办吧！不过，这是以前的事，千万不能按禁约上所订，千万不要写还钱期限，更不要写利息，欠条上只写本金就是了。"

"那好，也依你说的办！"七爷爷听着王裕宽的话也在理，便放心安排下面的事了。

# 五

王裕宽和村公所一班人商量完这些村事，已经是夜里十点多钟了。他送走他们，顺手关了街门，站在院子里，只见月明星稀，夜廓树静，好不雅致！

此番美好的境界，倒引出一番美好的心境和意境：望星而星可摘，望月而月可来，望天而天如戴！美也！妙哉！原来，所谓万物皆由心生，其妙就在此境啊！苍穹就是帽子，月亮就是帽子上缀的大宝石，星星就是帽子上缀的小宝石……如此意境，谁能想到，谁就能得到，谁想不到，谁就得不到！如此意境，全在心的功夫，心在此，则意在此，则境在此；心不在此，则意不在此，境不在此。如此意境，有钱不可得，有权不可得，有位不可得，有势不可得，有技不可得，有术不可得，唯有心可得，她唯属于心！如此而言，觅万户之侯，攒万贯之财，何如修万美万妙之心？！

王裕宽在院子里徘徊了许久，酣畅淋漓地享受了一番这美妙的境界和美妙的感觉，然后走进了屋里，却意犹未尽，他在地上来回踱步，继续享受着刚才的美妙意境。这样来回踱步，他心中又出现了药铺里那成百上千的草药和医书里那成百上千的方子。那成百上千的草药，不就是我千军万马的队伍吗？那成百上千的方子，不就是我千般万样的阵法吗？我每日看病开方，不就是根据敌情来排兵布阵、发号施令吗？如此而言，我这看病开方的大夫，不就像是带兵打仗的大将元帅吗？而仔细想来，我这大夫比他们大将元帅还更高一筹、更妙一着呢：将帅是指挥人去打仗，大夫是指挥草去打仗，谁能？谁高？谁妙？

想到这儿，王裕宽开心地笑了：呵呵！我这大夫居然能与将帅试比高低！

这医道医术是我王家的本，是我王裕宽的本啊！牢牢抓住这个本，深深固住这个本，则万物皆有，万事皆成。否则，万物皆无，万事皆空！

夜深了，该睡了，王裕宽拿了一本医书放在炕沿上，然后脱衣入被，捧书夜读，再然后，便抱书入梦了。

第二天早晨，王裕宽还在睡梦中，就闻到了缕缕飘逸的香气。他睁开眼睛，窗户已经映照着曙光了。哦，该起床了！他再闭上还想睡觉的眼睛，却不由自主地张开了鼻孔，又闻到了那缕缕香气！哦，是烙饼的香气！噢，还有花椒红油的香气！

"大哥！起床吧，做好饭了。"窗外有人喊他了。

"哦！知道了。"他应一声。

原来，这是三妹在叫他。自从他夫人白翠英坐月子以来，他就让三妹过来帮忙照料药铺的事务。白翠英回娘家以后，就得劳累三妹把做饭、洗衣、收拾家的诸多女人的活计都揽下来了。

王裕宽洗漱完来到厨房坐下，三妹先将一碗飘着油花、喷着椒香的柳叶汤面端在他面前，再将两张溢着油香、散着面香的葱花烙饼端在他面前，真是看着眼馋，闻着鼻美，吃着满口喷香！

"好吃！"王裕宽一边吃着喝着，一边赞着赏着，"三妹呀！你这做饭手艺可以呀！达到咱妈的水平了。首先你这味道把握得就好，闻着香，吃着美！红油的火候，油与花椒的搭配，喷油的时间，都把握得不赖！柳叶面的刀功也不赖，切得真像柳叶一样呢！豆角切得也好，下锅时间也把握得好，绿莹莹的，像宝石一样呢！还有这葱花烙饼，这葱花绿是绿，白是白，绿白相间，撒得真像花儿一般，这烙饼黄是黄，白是白，黄白相间，烙得火候真是恰到好处！看来，做饭这项'妇工'你是过关了，将来嫁出去不愁伺候男人吃饭了！"

王裕宽一番话说得三妹心中美滋滋的，脸儿红扑扑的，像花儿开放一般笑了："大哥你真会夸人，夸得人还想给你做饭呢！怪不得我大嫂原来不会做饭，后来不仅学会了做饭，还乐意做饭，而且还做得一手好饭呢！"

王裕宽也笑了："见好就该夸嘛！做好就该被夸嘛！如果见了好不夸，不是傻瓜，就是哑巴，他还能再见到好？如果做了好不被夸，不是皮了，就是蔫了，他还能再有劲头做好？所以，见好则需夸，则会常见好；做好则被夸，则会常做好。如此，好好相因，则好了又好，好上加好！岂不美哉！三妹你说是不是呀？"

"是——"三妹长长地应着，嘻嘻地笑着。

王裕宽继续说道："但就本人来说呀，还是得自己首先做好，才能被人家说好；人家说你的好了，你的好事也就跟着来了。比如大哥我——首先是我的医道医术学得好，做得好，我大兄哥白钦鼎也罢，三晋名士渠本翘也罢，抑或是其他人也罢，才说我的好，好事也才来了。我娶你大嫂的好事，就是因为人家白钦鼎说我的好才来的吧？我这名扬平遥县城乃至周围祁县、太谷、介休、汾阳等地，这些地方的人都来请我看病，是因为人家渠本翘说我的好才来的吧？呵呵！再比如你们姑娘家，要想嫁一个好男人，嫁一个好家庭，那得自己首先学好做好，再有人说你好，夸你好，那些好男人才会因你的好而娶你呢！你们女子不是讲究修炼妇德、妇言、妇工、妇容这'四德'吗？那都是根据千百年来男人对媳妇的挑选标准总结出来的，一个女子一旦具备了人品道德好、言语应答好、做饭缝衣家务好、眉清目秀文雅容貌好这四德，哪个男人不喜欢，哪个家庭不喜欢？众多的好男人和好家庭喜欢你，那你不就可以在好的里面挑好的，嫁一个上好的男人和上好的家庭吗？所以，这'三从四德'呀，你们还是要听咱妈的话，受咱妈的教，要好好修炼呢！修炼得越好，才越能嫁个好男人、好家庭呢！"

三妹听着大哥王裕宽如此一番关于修炼和出嫁的教诲，既受教了，也害羞了，只顾听了，不言语了。

吃完早饭，兄妹二人进了临街的诊所药铺，收拾一番，便打开了铺门，挂出了牌匾幌子，准备坐堂行医、开铺卖药了。此时，已经有七八个就医者在门口排队等候了，三妹和往常一样，依次给他们发了顺序牌子，让他们进了大堂依次坐下来候诊。王裕宽则坐在大堂旁边的一间屋里，开始给病人把脉看病。

首先接诊的是一个三十来岁的女人，只见她脸色红润，眼神闪耀，举步轻盈，并不像一个病人。陪她一起进来的男人则气质文雅，身材颀长，一副读书人模样。待她坐下来，王裕宽一边把脉，一边问道："您身上哪里不适呀？"

这个女人羞涩地笑了笑，欲言又止，他旁边的男人便笑了笑，替她回答了："王大夫！我们结婚五年了，却一直怀不上。前两年我们也在当地找过几个大夫看，可人家看了都说，我们夫妻二人都正正常常没啥病，至于怀孕不怀孕，那不是病，而是命！让我们该干啥干啥，能不能怀孕则让我们听天由命呢！这不，两三年下来，虽然我们啥都正常，我媳妇就是怀不上！"

王裕宽听着这个男人的话，把着这个女人的脉，心中已经有些谱儿了，便问道："啥都正常？经期也正常，每月都能准日子来？"

这一问，男人不知道了，女人则想了想，说道："每月都来，但每月都是提前六七天来。这也算正常吧！好像看过的医生也说，有的人就总是提前来呢！"

王裕宽笑了笑，说道："这哪能算正常？提前六七天还能算正常？如果你总是提前六七天来经，也能怀孕生子，那还可以勉强说正常。连怀都怀不上了，还能算正常？既然怀不上，那就肯定不正常，那就肯定有病，那就得看病症、找病因、治病根呢！"

"啊？"这对夫妇一听王裕宽这番话，二目圆睁，惊讶了，愣住了。然后，夫妇二人的四只眼睛紧紧盯着王裕宽，又像是哀求着王裕宽：那就求您给找病因、治病根吧！

王裕宽把完了脉，再看了看这女人的五官，然后说道："从您五官的气色和您十二经的脉象来看，再听您夫妇二人所说情况，您的病因主要是肾火肾水太旺，火太旺则血热，水太旺则血多，既热且多，经水自然就会提前来，而且来得量多。此为有余之病，而非不足之病。人的肾火肾水是命之根本，却也不是越旺越好，当然也不是越弱越好，而是越适中越好。不是有句话叫'过犹不及'吗？火候不到不行，火候过了也不行，火候适中才行。您这病因呀，就是肾火肾水太旺了，就导致子宫太热了，太热就是火候过了，就难受孕了。所以，治您病的法子就是'过者损之'，就得降肾阳之火而清子宫之热，吃两服'王氏调经散'就可以了。依您二位的情况，吃了这两服药之后三个月到六个月就可能怀上了。"

说着，王裕宽开了一张"王氏调经散"的方子：


丹皮（三钱）　　　　　地骨皮（五钱）

白芍（三钱，酒炒）　　大熟地（三钱，九蒸）

青蒿（二钱）　　　　　白茯苓（一钱）

黄柏（五分，盐水浸炒）


开罢方子，王裕宽补充道："抓上这两服药，用水煎服，吃完应该就好了。这个方子呀，主要是清肾火，而不是泄肾水。我刚才不是说肾火肾水两旺吗？为啥只清肾火而不泄肾水？这就与火炉上烧着一锅水一样，原来火大水大，自然会溢锅，不成；如果减火减水，则火小水小，自然不会溢锅，却火水两损，可成，却是小成；如果减火不减水，则火小水大，则既不会溢锅，也不会损水，也可成，且是大成。这样，既然一损而大成，何必两损而小成？"

这对夫妇听王裕宽说只吃两服药就可以治好病，而且三个月到六个月就可能怀孕，早已喜出望外。再听王裕宽说了这一番医道药理，更是受益匪浅。


# 六


就在王裕宽准备继续给候诊者看病时，一个中年男人插队闯了进来，只见他脸急红红、气急乎乎地向王裕宽行了一个礼，说道："王大夫！我插队进来，只想先和您说句话——"然后，低声说道："我是南山上庄村的，我女儿未婚有了肚，像是有孕，可她死不承认与男人有过接触。请了几个大夫，都不知道什么病，也没有治病的办法。眼看着我女儿一天比一天肚大，又一天比一天黄瘦，我们气得埋怨她责骂她殴打她，她则羞得要寻死呀上吊呀跳崖呀！着急得我四处求医，终于打听到您是妇科神医，能妙手回春，我总算寻见庙门了！千万千万恳求您，尽快去给我女儿看看病、救救她的命啊！"说着，当即跪在地上，连连磕头！

王裕宽赶紧把来人扶起来，说道："治病救人是我们医生的本职，我当然可以给您闺女看病啊！但眼下我这里排着这么多人候诊，总得把这些人看完了，再去您府上啊！"

这个人一听王裕宽答应去给他女儿看病了，顿时破涕为笑："啊？您今天就能跟我进山，来我们上庄吗？太好了！那我等着，等您给这些人看完了病，再去我们上庄！太谢谢您了！这且算是定金吧。"说着，便把一个十两的银锞子放在桌上。

王裕宽笑道："我是看病的医生，又不是打家具的木器铺，哪里需要定金！您快快收起，我出诊完了才收钱呢！"

"我先付了不也一样吗？我还怕您反悔呢！您就先收下吧！您收下我才放心！"

王裕宽看看这个中年男人的情状，山里人，老实人，没见过世面的人，又是着急办事的人，他也只得先收起这个银锞子来，让这个中年男人放心地等待了。

"好好好！我先收起来，等看完了这些病人，吃了午饭就跟着您进山，就去您上庄！"

这个中年男人这才放心了，去外面等待了。

王裕宽一直把候诊的十五六个病人看完，才与这位等候的上庄人一起用了午餐，然后坐上自家的轿车，跟着上庄人的马车，进山了。轿车出了道虎壁南门，便一路向南爬坡，山路弯啊弯，车轮转啊转，行进慢啊慢！正好，王裕宽一上午给那么多人看病，费心耗神了，也疲累困乏了，接下来还要看疑难大病，于是，他便在轿车里铺开褥子，盖上被子，躺下身子，睡一睡觉，养一养精神。

王裕宽在轿车里美美地睡了一个多时辰，醒了，他定了定神，便起身撩起轿帘看了看：哦！轿车已经进了深山，路旁多见高山古树，时间已是日落西山，斜坡映着夕阳余晖了。

王成喜正坐在辕盘上哼着小曲儿消遣，他看到王裕宽探出头来看景，便笑道："宽哥醒了！这一觉睡好了吧？我都能听见您打呼噜呢！呵呵！您打呼噜，我哼小曲，像是咱俩一唱一和地吹奏呢！"

王裕宽笑了笑，说道："嗯！睡好了。这倒不赖，路也赶了，觉也睡了，曲儿还吹奏了，一举三得呢！也快到上庄了吧？"

"快到了，还有四五里地，您可以再睡一会儿。"

"不睡了，我坐在前头观观景吧！"王裕宽说着，出了轿厢，坐在了外手辕盘上观起山景来。

这深山里倒确有一番景致：斜晖夕照，山山树树披金装，眼观之而煌煌；晚风徐来，沟沟涧涧飘清爽，面迎之而舒畅。山高也，巍巍峨峨耸云端，颇见雄魄；树古矣，郁郁森森参天穹，如凝神魂。坡上百草茂，参芝为将帅；山中千树秀，松柏当王侯！

王裕宽欣赏了一番这美妙之景，蓦然间却也领悟出了一番玄妙之理，山高则显人小，庙大则觉僧微。这深山之人似乎总被这高山峻峰比对着甚或压抑着，其身、其心、其气往往难得舒展、舒宽、舒畅，反而比平川之人显得更矮小；这大庙之僧似乎总被这高庙古木对比着甚或压抑着，其身、其心、其气往往难得舒展、舒宽、舒畅，反而比小庙之僧显得更卑微。何以如此？抑或是，此山之天地日月精华多被高山峻峰或老虎大豹霸占了，人只能得其剩余？此庙之梵经佛法精粹多被高庙古木或菩萨金刚霸占了，僧只能得其剩余？或许，这正如小树傍着大树，既受其庇荫而可避风雨，可得安全；又受其背阴而难享阳光，难得壮大？

王裕宽这样想着，果然在前面就出现了一处院墙巍巍、松柏森森的庙宇，这是到上庄村口了。再进了村里，行到一处高墙大院前停下了，这就是这个中年男人的家了。看来，这里虽是一个山村，但也是古老村落，这家虽是一户山人，但也是富裕人家。

王裕宽随着这个中年男人进了院子，观察了一番，再进了屋子，叙谈了一番，然后进了他女儿屋里，他再望、闻、问、切了一番，他便心中有数了：人为阳，物为阴，少女阴柔而处深山、居深宅，分明阳气微而阴气重；中为正，偏为邪，女子当嫁男而独居室、当交媾而单相思，分明正气弱而邪气盛。阴气重且邪气盛，则阴邪之鬼妖之气易侵易犯。再观其形态，察其气色，把其脉象，分明是"室女鬼胎"之症。

于是，他对这个中年男人说道："您闺女的病为室女鬼胎症。您女儿在家未嫁，也未外遇男人，却月经忽断，腹大如妊，面色乍赤乍白，六脉乍大乍小。一般医家会以为血结经闭，哪知是灵鬼附身！人之身正，则诸邪不敢侵；其身不正，则诸邪来犯。您闺女呀，或精神恍惚而梦里求亲，或眼目昏花而对面相狎，或假托亲属而暗处贪欢，或明言仙人而静地取乐，其始则惊诧为奇遇而不肯告人，其后则羞赧为淫亵而不敢告人。日久年深，腹大如斗，就成这妊娠之状了。这样，其一身精血全供给腹中之邪，所以邪日旺而正日衰，势必至经闭而血枯。如果以常法导其经，因邪据其腹，则经亦难通。如果以常法生其血，因邪食其精，则血实难长。凡医以为胎，而实非真胎。凡医又以为痕，而亦非痕病。这样久而久之，邪日盛而腹日大，病日重而身日衰，直至血枯精亡而一命呜呼！"

王裕宽一番话说得句句是实，如针如砭，把这个曾经在幻觉中与鬼魅交媾而且怀了鬼胎的女子羞得满脸通红，满额冒汗，低头不语了。他说得又头头是道，如神如佛，把这个怀了鬼胎女子的父亲吓得两腿颤抖，两眼愣神："王大夫！这可怎么治呀？您可得想法子救我闺女呀！"

王裕宽说道："您放心吧！我自有治法，治法就是先祛邪而后补正，我给您女儿开几张方子吧！"

王裕宽先开了第一张"荡邪散"方子并标注说明：

雷丸（六钱）　　桃仁（六十粒）

当归（一两）　　丹皮（一两）

甘草（四钱）

王裕宽再开了第二张"桂香平胃散"方子并标注说明：

桂、香二味药共研细末，开水为丸如桐子大，空心开水下。服后半日时煎平胃散一剂服之。

肉桂去粗皮一钱　　麝香一钱

苍术（米泔炒，三钱）　　厚朴（二钱，姜汁炒）

广皮（一钱）　　　　　　枳实（二钱，土炒）

全当归（三钱）　　　　　川芎（一钱，酒洗）

他又解释说："此方服后必下恶物，若不见下恶物，次日再服平胃散一服，必下恶物半桶，然后再服调正汤四服。

接着，王裕宽再开了第三张"调正汤"方子：

白术（五钱）　　　　苍术（五钱）

茯苓（三钱）　　　　陈皮（一钱）

贝母（一钱）　　　　薏米（五钱）

水煎。连服四剂则脾胃之气转，而经水渐行矣。

王裕宽进一步解说道："第一张方子和第二张方子的肉桂、麝香二味药主要是'荡邪'，第二张方子的'平胃散'和第三张方子'调正汤'主要是'补正'。所谓补正主要是平胃气、补胃气。怀鬼胎必大伤其血，坠鬼胎更大伤其血，所以一般医家以为应当大补其血，而我这治法则是不补其血而补其胃。何以如此？怀鬼胎之人呀，其正气必大虚，气虚则血必不能骤生，则补血等于不补。所以，就得先补脾胃之气，脾胃之气补，则胃可生血而脾可统血，则血可自然而生、自然而行，则五脏六腑之血皆得充盈，则经水可按时而行。再者，怀鬼胎为阴病，用白术、苍术补胃阳，则阳气旺而阴气难犯，此为根本之法，如果用补阴之药，则可能以阴招阴，则鬼胎虽下而鬼气又来，此非根本之法。所以，此病以补阳为上策，血随气生，气生而血自生。"

这位中年男人听着，想着，连连点头，听完，又忧心忡忡地问了一句："王大夫您是高人，您给我说说，我闺女怎么就得了这种奇怪之病呢？我怎么也想不明白，为什么得这种病的是我闺女，而不是别人家闺女呢？我究竟造了什么孽呀？"

王裕宽说道："得这种病的人确实少之又少，究竟怎么就会得上这种病，原因多了，我也只能说其一二。首先，这深山老林里阴气太重；其次，这深宅大院里阴气太重；其三，您家里屋子多人员少，屋为阴、人为阳啊，也导致阴气太重；其四，您家里钱财多、义气少，钱为阴、义为阳啊，所以也导致阴气太重；其五，您闺女整日独居静坐，幽思冥想，不和人多交往，不和人多说话，又导致阴气太重；其六，您闺女不读圣贤书而读淫邪书，于是正气不长而邪气日侵，不思正人正事，而思淫人荡事，想邪门邪道，这就更容易招引邪气鬼气侵心乃至邪祟鬼祟侵身。这样，您闺女被村里院里屋里多重阴气环绕包围，再加上她本人不思正经而思淫邪，又导致邪气鬼气侵犯，于是，阴气、邪气、鬼气聚集其身，最终就出现室女鬼胎之症了。"

这个中年男子听着，想着，说道："那我这院里有什么办法能去一去阴气呢？我这闺女吃药病愈以后又该怎么办呢？"

王裕宽说道："您院里呀，一是居住的人多了，能去一去阴气，人为阳，屋为阴嘛！二是居住的男人多了，能去一去阴气，男人为阳，女人为阴嘛！三是舍些您攒的钱财，做些仁义之举，也能去一去阴气，仁义为阳，钱财为阴嘛！您这闺女的病好了以后呀，一是多出户外院外跑跳跑跳，可以爬一爬山，人把山踩在脚下了，则山高人更高，这样就会使人的阳气长，使人的阴气消。二是多到阳坡上晒一晒太阳，上午晌午的阳光最好，太阳为诸阳之长，这样自然可以采补阳气。三是选个热闹红火集镇上的阳刚强壮男人，让闺女出嫁了，行男女夫妻之道，这是居阳、抱阳、受阳，一举而得三阳，也是最好的办法。"

这位中年男人听着话，好一番千应万承，拱着手，好一番千恩万谢！

王裕宽嘱咐罢，想想该交代的都交代了，该嘱咐的都嘱咐了，再想想明天还会有若干病人来他的家里排队候诊呢！便起身告辞下山，连夜披星戴月一溜风，返回道虎壁村了。

# 七

次日吃完早饭，王裕宽一如既往地坐堂诊病。

首先进来的是一个瘦弱女子，陪她的男人则是一个壮实的后生。

王裕宽让这个女子坐在桌旁，伸出手腕来。他一边把脉，感觉脉搏，窥察脉象，一边问："您身体有什么不适？每月经水来时有什么异常吗？"

女子说道："我的身体没什么不适，每月经水来时也没什么异常啊！可是就是怀不上！"

王裕宽追问："经水来日的早晚和来量的多少完全正常？一点儿没有异常？"

"哦！只是正常经水来日的前几天，会有那么一点两点的血，但没什么大碍。"

王裕宽听着，点了点头，又把了一会儿脉，再抬头看了这个女子一会儿，想道：眼神闪烁，火颇旺；肌肤瘦糙，水不润。这与脉象相符。然后说道："您这病呀，分明是肾火旺而肾水亏之症。肾火旺，所以经水先期来；肾水亏，所以经水虽然先期来，却只是一点两点。治法是补肾水使不亏，则水盈而火自平，此为阴阳调和、水火既济之道。吃四服'王氏滋阴抑火汤'就好了。"

说完，王裕宽便开出了王氏滋阴抑火汤的方子：

大生地（一两，酒炒）　　元参（一两）

当归身（三钱）　　　　　白芍药（五钱，酒炒）

麦冬肉（五钱）　　　　　黄柏（三钱）

地骨皮（三钱）　　　　　阿胶（三钱）

知母（三钱）

这对夫妇一听"吃四服'王氏滋阴抑火汤'就好了"的话，大喜过望，双双致谢一番，便兴冲冲地拿上方子到药铺抓药去了。因为不孕，他们困苦了多少年，寻找了多少大夫，煎熬了多少药啊！如今只需吃四服药就好，这真是"踏破铁鞋无觅处，得来全不费功夫"的大喜事，实在是喜出望外、大喜过望啊！

王裕宽继续看病，接下来，一个气质文雅的先生陪着一个面色苍白而肥胖的女子进来了。他看了这个女子一眼，然后开始把脉，他先是在女子的左右手腕上轻按一阵、重按一阵，大概过了一遍五脏六腑各脉，然后重点把了一番肾脉，便知道病症所在了：表象为经水来时晚而来量多，其原因为血寒而有余，其根源为肾火亏而肾水盈。

他问了一下女子，果然是经水后期之症。他又问了一句："此前你们找过大夫吃过药吗？"这对夫妇相互补充着说了一番，大概意思是说此前几位大夫都诊断为血虚之病，开方子也是补血之药，但吃了若干药却总是不见效。

王裕宽听着，点了点头，说道："您这种病呀，医家常常会诊断为血虚之症。其实，这种病并非血虚，而是血寒。血虚则需补实之药，血寒则需温暖之药，而那些医家给您开补血之药，岂能有效？血寒而补血，这就等于三九天在冰上加水，不仅不能融化此前之冰，反而使新加的水也成了冰！所以，经水来时晚，那是因为血寒；而经水来量不减，那就不是血虚。经水来时或早或晚，与血热血寒有关；经水来量多少，与血旺血虚有关。您这病呀，只与血寒有关，所以宜补中温血。我给您开个'温经摄血汤'的方子，吃三服就好了。"

王裕宽说着，开了一张温经摄血汤的方子：

大熟地（一两，九蒸）　　白芍（一两，酒炒）

川芎（五钱，酒洗）　　　白术（五钱，土炒）

柴胡（五分）　　　　　　五味子（三分）

续断（一钱）　　　　　　肉桂（五分，去粗，研）

开完，他继续给这个男子解说道："此方为傅山先生所立之仙丹妙药，大补肝、肾、脾之精与血，再加肉桂以祛其寒，加柴胡以解其郁，是补中有散，而散不耗气；补中有泄，而泄不损阴。所以补之有益，而温之收功。"

这对夫妇一听这张"温经摄血汤"的方子"吃三服就好"，再听王裕宽这番精辟解说，顿时如释重负，喜出望外，当即多放了几个现大洋算作酬谢，然后去抓了药，便身轻如燕地走了。

接着，一个书生模样的男人扶着一个身子瘦弱、脸色青白的女人进来了。

这位男人把他女人扶到王裕宽桌子前，再帮着她把手腕伸到桌子上让王裕宽把脉。在王裕宽把脉间，这个男人说道："王大夫呀，她这经水来呀，或早或晚，前后无定期！请了若干医生，吃了若干汤药，也无济于事！哎呀，真是愁死人了！"

王裕宽一边把着脉，一边听着，点了点头；再看了看她的脸色，又摇了摇头；再仔细把了一会儿脉，终于把握到病症了，便不由自主地高兴地点头。

这个男人看见王裕宽一会儿点头，一会儿摇头，一会儿又点头，闹得他倒摸不着头脑了！他摸了摸自己的头，头在而脑不在：究竟还是不知道王裕宽这点头、摇头、再点头的意思！他无奈地摇了摇头，笑了笑，说道："王大夫！我看您这一会儿点头、一会儿摇头、一会儿又点头，究竟是什么意思呢？"

王裕宽看着这个人有趣，便笑着说道："开始点头，是听您说话听懂了，知道了，您不必再说了。后来摇头，是看她的脸色精神不太好，不是正常人的脸色。最后又点头，是我通过反复把脉，总算把握住她的病症病因了。"

这个男人也笑了："哦！呵呵！好，好！那您说说她究竟是什么病症病因呢？该怎么治呢？"

王裕宽说道："像您夫人这种经水来时断断续续，或前或后，一般人以为是气血虚所致，其实是肝气郁结所致。经水出于肾，而肝为肾之子，肝郁则肾亦郁。肾郁则气不得宣，所以经水或前或后，或断或续，正是肝气影响肾气或通或闭、或半通半闭所致。肝气郁何以能如此影响肾气？因为肝肾为子母关系，子母关切，子病而母必有顾复之情，肝郁而肾不无有缠绵之谊，肝气之或开或闭，即肾气之或去或留，相因而致。再说，这种病症假如不是肝气影响肾气所致，而是肾气本身虚弱所致，那经水就不会有或前或后的情况。要知道，肾为水而深藏于腹地，其或开或合、或强或弱往往不会骤然而至，也不会忽然而变；肝为风而居处于胸膺前沿，其或开或合、或强或弱往往骤然而至、忽然而变。所以，经水既是或前或后，或断或续，则必是受肝风之气'善行数变'的影响。这种病的治法便是舒肝之郁以开肾之郁，肝肾之郁既开，而经水自有一定之期。"

"哦！原来如此！"这个男人听着，想着，终于明白其中一些道理了。

王裕宽说道："我给您开上四服'王氏固经汤'的方子吧！"说着，便拈笔铺纸写方：

菟丝子（一两，酒炒）　　白芍（一两，酒炒）

当归（一两，酒洗）　　大熟地（五钱，九蒸）

山药（五钱，炒）　　　白茯苓（三钱）

芥穗（二钱，炒黑）　　柴胡（五分）

开完方子，王裕宽说道："估计呀，按这方子吃上两服药，经水就净了；吃上四服药，经期就定了。"

这夫妇二人听了王裕宽的一番解说，自是作揖万福，千恩万谢，然后拿上方子抓药去了。

接着，一个中年男人搀着一个六十来岁的老太太进来了。

王裕宽看见这样一个老太太进来，赶紧起身让座，却是一脸惊讶之色："您这是——"

这个老太太先是叹了叹气，然后蹙了蹙眉，说道："哎呀！老不贵气了！早若干年前就停经了，现在居然又来了！请了几个大夫看，他们竟说我是成了仙，返老还童了，还贺喜呢！我看他们分明是骗钱的庸医。我觉得这不是好事，咱修了何道何德能成仙？能返老还童？我看呀，不是成了仙，而是遇了鬼；不是喜，而是病！经过多方打听才得知道虎壁有一位妇科神医王裕宽大夫，这不就寻上门求您来了！哎呀！您给我好好看看，究竟是什么病？"

王裕宽听完，开始把脉诊病，他一边把着脉，一边察看这位老太太的五官神色：脸瘦而略显黑青，分明脾、肝二脏有病；眼大而眼珠有神，分明肾脏无病。再根据十二脉象分析，她这"年老经水复行"之症分明是肾水有余而肝、脾二气不足，所以肝不藏血而脾不统血，遂导致有余之肾水满溢而出，红血淋淋，犹如少女天癸初开、经水初来之状。

此时，这个老太太也在看王裕宽呢！她似乎看到王裕宽的眼神豁然开朗了，便猜测王裕宽找到病因了，于是她问道："王大夫！找到病因了？"

王裕宽点了点头，说道："您这身体呀，有一个好肾脏，有一个好的先天之本，他们说您返老还童也不是没有道理呢！呵呵！不过，返老还童究竟是一个假象，像您这样长此以往下去，会引起血崩之症，最终殒命折寿呢！您这病呀，主要是肝、脾、肾三脏不太匹配了，或者说，这三脏不太和谐了。具体来说，肝、脾二脏之气弱而肾脏之气强，所以肾血有余而肝不能藏血、脾不能统血，这有余之血就溢流到不该流的地方了。肝气弱，主要是郁结而不宣，所以憋得肝气弱了；脾气弱，则是年纪大而器官衰，所以老得脾气弱了。这样，治您的病就得大补肝、脾二脏之气血，使肝能藏血，脾能统血，肾水有余之血也就会安守本宫，滋养命本了。这样，肾水不外溢浪费而内守养命，则身必强而寿必长。呵呵！您会有一个好寿命呢！"

"哦！多谢了，多谢了！"这个老太太听着，高兴得居然起身致万福礼了。

"您坐，您坐！我给您开十服'王氏养精汤'就好了！"王裕宽说着，便开始写方子：

| | |
|---|---|
| 人参（一两） | 黄者（一两，生用） |
| 大熟地（一两，九蒸） | 白术（五钱，土炒） |
| 当归（五钱，酒洗） | 山荑（五钱，蒸） |
| 阿胶（一两，蛤粉炒） | 三七参（一钱） |
| 甘草（一钱） | 香附（五分，酒炒） |
| 黄精（五钱） | |

开完，王裕宽说道："这个方子呀，吃一剂以后经水就会减少，吃二剂以后就会更少，吃四剂以后就干净了，吃十剂以后就痊愈了。"

这个老太太听着王裕宽这一番话，如听圣旨，而她再拿上王裕宽开的这一张方子，如获至宝。

王裕宽继续坐堂看病……

# 八

九月初九重阳日，王裕宽让王成喜早早地套好车马，他也早早地打理好医箱行装，吃了些早点便坐上轿车前往西达蒲村，到日昇昌票号财东李家出诊。

这是从王裕宽的曾祖父王宗伦和日昇昌票号大财东李箴视开始就形成的惯例：道虎壁王氏妇科掌门人每月三次定期去西达蒲村李家出诊，有病则看病，无病则防病。只是到辛亥革命后日昇昌票号衰落不振乃至轰然倒账，使李财东家的滚滚财水戛然而止，成了断流无源之水，仅剩下了一汪潭水。于是，财势不再，风光便也难再，王家每月定期来李家出诊三次的惯例，便减少为每月一次了。其实，大名鼎鼎的道虎壁王氏妇科掌门人每月能来李家出诊一次，也算是李家女眷们的奢侈福利了。当初要求每月三次来出诊，那不过是李家财源滚滚，财势赫赫，于是，气焰熏天而奢欲熏心，太想露富、太想显摆、太想讲排场、太想要阔气了！所以，在日昇昌票号倒账、李家财源断流、原主事人李五峰避居外村的情形下，李家新管事人李五典便顺应形势，改革旧例，去奢从简了。

瘦死的骆驼比马大。日昇昌票号虽然倒账歇业，但那只是欠人人欠的款项周转不灵而已。但总的来算，欠人款项少而人欠款项多，在后期清理债权债务时，还能时不时地讨回来一笔笔债权以供财东和掌柜伙计们生计所需。而财东李家经一百年积累，各房各门都有些厚实的家底儿，虽然李五峰把自己的家财转移到女婿家被骗，但李五典等人依然过着雍容富裕的生活。所以，请王氏妇科掌门人每月来出诊一次的费用，对李家来说虽不是九牛一毛，却也是大潭小瓢，也算绰绰有余。

王裕宽小时候曾跟着爷爷王贞来西达蒲李家出诊，他担任王氏妇科掌门人后延续着来李家出诊的惯例。其实，王家与李家如此七八十年的惯例早已深化为情谊，所以，惯例如此，情谊也如此。即使李家没钱雇请了，他也愿意像串亲戚一样来李家走一走、坐一坐、聊一聊呢！

王裕宽一路走着，一路想着，想着李家的巨大变迁，也想着王家与李家的深厚情谊，不禁思绪翩翩，感慨万千。社会如此变化，昔日大清王侯成了今日民国鞑虏，昔日李家大河之水成了今日池潭之水，真是翻天覆地，沧海变桑田啊！而我王家，虽然爷爷时兴旺，父亲时衰落，但我现在又开始兴旺，也算是有兴有衰，但究竟起落不大，不过是春夏秋冬、一岁一枯荣啊！那翻天覆地之变，那得千年万年，如果再想地覆天翻，那是遥遥无期、渺渺无望啊！而这春夏秋冬之变，轮回一次也只需一年，如果想春想秋，那是转眼可期、回首可望啊！如此而言，我王家凭医道医术而立命立世，虽不能大富大贵，却可以长富长贵，岂不更好更妙？！

大约九点来钟，王裕宽便到了西达蒲村，进了李家大院。

月月初九而来，履约认真，则守信；早早九点就来，态度积极，则奉礼。而现在王裕宽的事业蒸蒸日上，李家的事业却日落西山，王裕宽对李家能如此守信奉礼，则义在其中了。李家管事人李五典对此心知肚明，所以尽管他年长于王裕宽，乃至长王裕宽一辈，在面对王裕宽时，却没有了以前李家人对王家人那种表面上虽然以礼相待、心底里却免不了趾高气扬的劲儿，而是热情迎接，完全是平等相待！——以前是大树面对小树，如今是枯树面对茂树。所以，以前那般，如今这般，势所当然，不得不然，自然而然也。

李五典一听佣人说道虎壁村王裕宽大夫早早地就来了，他赶紧出门相迎，而且还免不了有几分奉迎："啊呀，裕宽来得早啊！辛苦了，辛苦了！哦！呵呵！你这副车马不赖嘛！你也早该拴一副轿车了，事业也旺，出门又多，没一副自己的座驾还行？请进，请进！"

王裕宽看到李五典东家如此有礼，连连拱手致礼："多谢五典财主，多谢五典财主！您先请，您先请！"

王裕宽进了客厅，与李五典分宾主落座。待佣人奉上茶来，两个人便一边喝茶，一边叙谈起来。

"裕宽当了道虎壁村长，村里事情多吧？你也更忙了吧？"李五典笑着说道。

"村里事情确实多，但主要靠村副处理日常事情，遇上大事难事我才出面呢！忙是更忙了，但也没办法，推辞不了啊！当村长多是求人的事，其他人去了外面胆怯，我在乡里县里人缘广，只能勉强为之了。"王裕宽说道，也陪着五典财主笑了笑。

"现在我们西达蒲村里成立了议会、息讼会和保安团，还有保长甲长，又管抽烟，又管赌博，还管缠足……好家伙，像一个县政府的衙门，官长多了，管的事也多了！你们村也是？"

"我们村也是！呵呵！"

"啊呀，有衙门有官长管事倒是好，可是一个村有这么多衙门这么多官长，钱财花费从哪儿来呢？"

"我们村的钱财花费主要是靠罚款来呢！"

"罚款能常罚？而且，有罚款看着像是村公所的花费款项有着落了，实际是羊毛出在羊身上，终归是老百姓家的羊毛被村公所剪了。所以，始则管民为民，终则宰民害民。我看，阎督军这样的村制办法，救时则可，救世则不可呀！"李五典说着，笑了笑，摇了摇头。

王裕宽听着李五典的话有道理，于是拱了拱手，说道："您说得是！还请您多多指教——"

李五典说道："眼前看，阎督军这村制办法确实见效，像我们西达蒲村，抽烟赌博的人明显少了，缠足的则干脆没有了。但这一笔笔罚款都是从老百姓家里出的呀，他们原来或抽或赌已经穷困了，再加上这罚款，岂不是雪上加霜？所以，长远看，那些抽赌之人必然是抽、赌再加罚，更加贫困乃至潦倒。村公所、保安团这些人则专事村务公干，而不事经营生业，成了寄食之人。久而久之，营生者越来越少而寄生者越来越多，就像花儿草儿树儿上生满了寄生的虫虫，哪有生长之理，非让这些虫虫啃死、咬死、吃死不可！所以，我劝你呀，尽量少管事，越多管事，越落不是，只有管那些必须管的事，管那些大家都想让你管的事，才会落上好。村公所则尽量少用人，用人越多，花费越大，老百姓就负担越重而怨恨越多，到头来村公所乃至你本人岂不成了老百姓的仇人敌人？如果这样，村里何必设村公所？你何必当村长？这岂不是事与愿违了？"

"哦，明白了！多谢您了！"王裕宽听着李五典这一番话，真如拨云见日一般，心中豁然开朗了。

李五典看到王裕宽听得认真，便又补充一句："你千万不能丢了自己的老本行——王氏妇科！一旦把你的王氏妇科丢了，那你就啥也不是了！你想想，当个村长、当个乡长甚至当个县长算个屁？当与不当，那不就是一句话的事？"

王裕宽听着，连连点头称是。

李五典继续说道："不用说那些村长乡长县长是一句话的事，就连我李家这么大的买卖，都不如你王家的医术呢！你看我们李家这日昇昌票号，一百年来财势赫赫，名扬天下，可是一场辛亥革命和一场壬子挤兑风潮，说倒就倒了！而你们王氏妇科呢，近千年来一直长盛不衰！这些年来我也思考了：我们李家票号如潮水，看见汹涌澎湃，很是壮观，但到了退潮的时候，说没就没了。你们王氏妇科则如大树，看见沉静淡定，并不壮观，但却能屹立不倒近千年！唉，做东，做东，到头来竟是'云往东，一场空'；行医，行医，到头来却是'云往西，雨直淅'！唉，裕宽呀，我真羡慕你们王家，我真想拜你为师学一学医道医术呢！这医道医术真是好呀，用于自己则可养生长命，用于他人则可治病救命，何乐而不为呢？可惜，我年龄大了，学啥也晚了。不过，孔夫子有言'朝闻道，夕死可矣'，晚学也胜于不学呀！"

王裕宽说道："您说得是！学一点知识受一点益嘛！我让您看《黄帝内经》，您看了想必也大受裨益吧？"

李五典说道："是呢！我只大概看了看《黄帝内经》，很受教益。如果能多看一看，细看一看，那会更受教益！我看呀，这《黄帝内经》是你们医家的宝典，是你们的必读之书，也应该是所有人的宝典，是所有人的必读之书呢！你们看其中的医病之道，能治病救命；我们看其中的养生之道，能防病保命。我觉得呀，看了这《黄帝内经》，懂了这养生之道，至少能减少一半的病数，能延长三五年的寿数！呵呵！"

王裕宽也笑了笑，说道："看来您真是看懂《黄帝内经》了！您若看懂了《傅青主女科》，那就能给您家的女眷们看病开方了！"

王裕宽和李五典叙谈了一番，便来到李家大客厅里，开始给李家的若干女眷们把脉看病开方子……

晌午，李五典依然摆宴席、上佳肴、备好酒，热情款待王裕宽。

临走，李五典拿出一个铜算盘，说道："这是我们祖上传下来的物件，送给你吧！"

王裕宽极力推辞："既是祖上传下来的物件，我哪敢接受啊，您还是自己留着吧！"

李五典却说道："我给你，你就拿上吧！这物件虽是祖上留下来的，但那时我们家开着日昇昌票号，是名副其实的大买卖人家，这算盘在我们家也算是物宜其主。可现在日昇昌票号倒账关门了，而且我早已对买卖字号寒心了，不用说以后开不了买卖字号，即使还能开，我也不会再开了，我刚才不是说'做东，做东，到头来是一场空'！唉！我李家再也不做东了，再也不开字号买卖了，家里再也不用放上这铜算盘当镇宅之宝了。说实话，我看着它会更伤心呢！还是给它寻个好人家为好，而且给了你王家就最好。就让它跟着你王家，伴着你王家，去享受长富长贵的光景吧！"说着，李五典竟伤心得落下了几滴泪水。

王裕宽听着李五典这番话语，看着李五典这番情景，只好恭恭敬敬地接过了这个铜算盘，说道："那好，我也只有恭敬不如从命了。我先替您收着，您啥时候想拿回来了，我再奉还！"

李五典看着王裕宽接过了铜算盘，欣慰地点了点头，再听了王裕宽这番话，又苦笑着摇了摇头，说道："物不宜其主，则物忧，主亦忧；物宜其主，则物喜，主亦喜。我把这物件送给你王家，你王家就好好保存它、好好珍藏它吧！"

# 九

白翠英带着娃娃去高林娘家住了一个来月，该回道虎壁了，也想回道虎壁了。于是，她娘家人捎来信儿：让王裕宽去接她们母女俩。

王裕宽得了信儿，便让三妹把屋子好好打扫擦抹了一番，窗明几净了，再让王成喜备好煤炭柴火，在屋子里生了铁炉火、熏了土炕墩，屋暖炕热了。然后，挑一个天气晴好的日子——十月十九，前往高林村接她们母女俩了。

尽管十月入冬，太阳已然是冬日，刮风已然是朔风，但有冬日在天上照着且罩着，地上的朔风就猖狂不起来。阳光照则冷气遁，阳光罩则邪气远。所以，虽冷风阵阵，却阳光融融。

　　王裕宽心情颇佳，他坐着轿车一路观景，但见天高云淡，地阔草黄。他一路与王成喜聊天，颇是心扉敞亮，话语和善——

　　"成喜，你给我赶了这几个月轿车，有啥不满意的？"

　　"宽哥，我没啥不满意的呀，我啥也满意呀！呵呵！"

　　"你给我赶轿车，比以前那东家如何？"

　　"比以前那东家好呀，工钱不少，活计不多，咱俩还住得近，我随时可以照料上家里呢！呵呵！这是一个好差事呢，既能挣上工钱，还能顾上家里，两不误！"

　　"哦！你满意就好！如果有不满意的地方，你就说出来啊！千万不要憋在肚里，如果你有话不说，闹得满肚子怨气，咱俩岂不成了仇人？"

　　"不会，不会！有啥我就说呢！不过，您脾气这么平和，为人这么仁义，我哪能有啥说的？我打心里感激您，打心里说您的好呢！要不是您照顾我，我还没事做，没工钱挣呢！"

　　"哦！呵呵！"

　　"而且，别人还羡慕我呢！"

　　"哦？谁羡慕你呢？"

　　"比如许立臣，我此前曾透风说，您家将来要置办一辆东洋车，他就可想给您拉东洋车呢！几次问我，啥时候置办东洋车呢！还想让我在您面前美言几句，想让您雇他来拉东洋车呢！"

　　"许立臣也没啥做的？"

　　"可不是嘛！他人勤快，但平时也找不上活计，就是夏收秋收这种农忙季节能给人家做些卖力的粗活计。他人高马大，倒是有一身力气，如果拉东洋车，倒是一个合适的人呢！而且，他那次和我一起赌博被抓到县公署，也是您垫钱保出来，他和我一样，也欠您一百个大洋呢！让他拉东洋车，也正好能顶一顶那些欠款。呵呵！"

"嗨！那笔钱，我压根儿就没有指望你们还！你们能改邪归正，我那笔钱就算没白花。"

"哪里？欠债还钱，天经地义嘛！"

王裕宽听了王成喜这句常挂在人们嘴上的口头禅，再看了看王成喜这个非常普通的庄稼人，便想道：此话为常理，此人为常人，而常事正是用常人、循常理而成。然后又进一步想道：常人往往遵循常理，常事也往往遵循常理。所以，一个人的言行只要符合常理，则可与常人相处，与常事相伴；同理，一个人若要用好常人、做成常事，则遵循常理就可以了。反之，一个人若要谋奇事，则不能用常人、循常理，就需用奇人、循奇理方可成就奇事。这正如自己看病治病：常病则常方治，奇病则奇方治。如果常病而用奇方，则枉费心机多出力；奇病而用常方，徒劳无益白出力。村里的事也是这样：遇到常事，则用常人、循常理即可；而遇到非常事，则得用非常人、循非常理才可。

王裕宽想到村里的事，便问王成喜："你们那五个人，回来以后都改好了吗？"

王成喜说道："改好了。当初被抓到县公署差些儿就坐牢杀头，那样折磨了一番，惊吓了一番，还欠了一百个大洋的赎身款，代价太大了！谁还敢再犯？"

王裕宽听着，点了点头，说道："哦！这就好，改了就好！看来，县公署这或抓或判或罚款的办法还是管用啊！"

王成喜笑道："当然管用呀，谁不怕拘押、不怕坐牢、不怕罚款呢！人心里一有了'怕'字，就不敢乱来了。呵呵！"

王裕宽又问道："那咱们道虎壁成立了村议会、村息讼会和村保安团以后，这几个月来有效果吗？能让人们禁赌、禁毒、禁足吗？"

"能呀！而且，那些保安团的人还盼着有人赌博吸毒呢，让他们逮着正好能罚款，罚上款正好给他们发饷！"

"那你说，咱村这样好不好？"

"好呀，要不赌博吸毒的人岂不是越来越多？家败人亡的户岂不是越来越多？"

王裕宽继续说道："我当村长这几个月来，人们私底下怎么说我呢？说坏的人多，还是说好的人多？"

王成喜笑道："当然说好的人多嘛！日常事务你又不管，也得罪不了人。但凡管的事，不是靠您的面子到乡里县里说情办那些难办的事，就是靠您的面子向乡里县里说情少交那些该交的钱，都是给村里办好事嘛！而且，您还只往村里贴钱，不从村里挣钱，谁还能说您一个'不'字？"

"我没给村里贴钱呀？"

王成喜笑道："村公所账上没钱了，不是常常从您铺子上垫支吗？您本人或村公所的人要出外面办事了，常常用咱这轿车，这不也算贴钱吗？"

王裕宽也笑了："呵呵！贴钱倒是不怕，只要人们不骂我就好！如果钱也贴了，人还挨骂了，那我就不能当这个村长了。"

王成喜说道："您既能办事，又不贪财，谁还能骂您？"

王裕宽说道："只要人们不骂我，那我便将就着当这个村长。呵呵！"

王成喜笑道："只要您不怕贴钱，人们可盼着您一直当这个村长呢！"

王裕宽和王成喜沐浴着冬日的阳光，温暖地说着，笑着……

半上午时分轿车来到高林村白家。

白家人知道女儿外甥女得趁上午天气暖和赶回道虎壁，所以也不再多言多礼多耽搁，白家人让女儿外甥女穿戴好，把携带的东西也包裹好，便送白翠英母女出来上轿车了。

"哦！今日天气好！"白老爷子送出大门来，望了望天空，开心地说道。

"嗯！呵呵！好天气！"王裕宽应道。

"家里生火了吧？烧炕了吧？你媳妇还虚，娃娃还小，受不得冷啊！"

"嗯！生火了，也烧炕了，家里暖和了。您说的是，她们得住暖房子呢！呵呵！"王裕宽应道。

王裕宽把白翠英母女扶上轿车安顿好，与岳父母及妻兄白钦鼎等人拱手告别，便坐上轿车返程了。

王裕宽和白翠英母女坐在轿厢里，面面相对，息息相通，心心相印。白翠英看一眼王裕宽，思意绵绵，爱意眷眷，情意恋恋，那种"一月不见，如隔三秋"的思意、爱意和情意在她眼神中荡漾、翻滚乃至喷涌！王裕宽接受着、感受着、享受着这份思意、爱意和情意，美了，醉了，飘飘欲飞了！这白翠英如此高贵，如此貌美，又如此多情，如此迷人，真如那仙女一般啊！

王裕宽这样美着，醉着，飘飘欲飞着，白翠英则抱着婴儿，看着婴儿，爱意殷殷，手上的爱意、眼中的爱意，乃至全身的爱意，都化作了一团爱的气场，暖暖地包围着、保卫着、沐浴着、滋润着婴儿。王裕宽转眼看到这番情景，则是又一番感慨：这白翠英对娃娃如此慈爱、热爱、钟爱乃至宠爱，真像那造人的女娲娘娘啊！

"啊呀！原来，我真是有福，娶了一位美女！我娃娃也真是有福，遇了一位圣母！"

一路上，王裕宽在轿厢中感觉着、感受着、感动着妻子白翠英的美。当天晚上，王裕宽则在被窝里享有着、享用着、享受着妻子白翠英的美。因为妻子白翠英美如天仙，他王裕宽便福如天神，而他王裕宽和白翠英的家便幸福如天堂了。

王裕宽平日不觉得，但白翠英带着娃娃离开一个月之后再回了这个家，他忽然间就觉得这个家有了活气、灵气和美气！啊呀，真是山不在高，有仙则灵；水不在深，有龙则灵；家不在富，有妻则美、有子则灵啊！

又过了一个来月，王裕宽夫妇又设了几桌"百日宴"，请王、白两家父母及兄弟姐妹等过来吃饭，庆贺女儿平安百日并祝福女儿平安百岁。美酒佳肴，喜气洋洋；祝言福语，吉祥多多！

此番百日庆，王裕宽不仅摆设了百日宴，还履行当初所言，满足现在所想，置办了一辆崭新的漂亮的东洋车，专供这母女二人使用，算是给这母女二人的贺礼！

几个月前刚置办了一套讲究豪华的轿车，现在又置办了一辆漂亮时髦的东洋车，夫妻二人可谓美上加美、喜上添喜、乐上又乐！

呵呵！咱们家又置办上一套东洋车啦！

嘻嘻！咱们家又置办上一套东洋车啦！

王裕宽今年是丰收喜庆之年：当村长、增轿车、添人口，可谓喜事连连。而他当村长以来，道虎壁村成立了村议会、息讼会、保安团，还禁了赌、禁了毒、禁了足，年底时平遥县公署和城南乡公所还给道虎壁颁发了"模范村"的嘉奖牌匾，这道虎壁村也算是好事连连呢！

第七部

# 一

辛亥革命以来，清失鹿而天下共逐之。于是，军阀混战，狼烟遍地，城头变幻大王旗；于是，经济凋敝，人命涂炭，乡野荒废百姓计。所幸，阎锡山督军兼省长励精图治，招贤纳士，而且颇有治晋方略，使山西省成为全国的"模范省"。

然而，物极必反，盛极而衰。就在阎锡山把山西建设成"模范省"，而且于1928年在统治山西、绥远基础上又相继占领并统治了河北省、察哈尔省、北平市、天津市，功绩赫赫、名声煌煌之时，他头脑发热了，神志发昏了，竟然挑战以蒋介石为核心的国民党中央军和中央政府，欲战而胜之、取而代之。意欲先成为一省领袖，再而成为五省市领袖，进而成为全国领袖！于是，他联合冯玉祥的西北军共同"倒蒋"，于1930年贸然发动了民国史上著名的"蒋冯阎中原大战"。由于他头脑发热，错误研判形势，过高地估计自己的政治影响力和财力军力，过低地估计蒋介石的政治影响力和财力军力；结果，就在阎、冯联军与蒋介石的中央军打得难解难分而财力军力消耗殆尽之时，蒋介石则说服了保持中立的东北军统帅张学良。张学良于1930年9月18日挥师入关，拥蒋倒阎！于是，战争形势急转直下，阎锡山的军队一败涂地、全线溃退、狼狈回晋！如此一折腾，不仅原先吞并的北平、天津、河北、察哈尔等地得全部吐出，算是白占领、白忙碌了一番，而且还白白牺牲了众多三晋儿郎的性命、白白浪费了许多三晋父老的财富，同时，把他近二十年苦心经营的赫赫功绩和煌煌英名全输掉了！

可敬而可悲的阎督军啊，因为得意忘形，所以得而复失。且看当时山西省财政和银行的几组数据——

　　山西省财政支出 1927 年为 466 万元，1930 年为 1.5 亿元，三年间扩张 30 余倍！山西省三年的经济发展哪能有这么快？所以，这快速扩张的财政支出数，估计至少有 1 亿元属财政赤字。

　　山西省银行 1928 年发行钞票量为 1300 万元，1930 年发行钞票量为 1 亿元，两年间扩张近 8 倍！山西省银行两年的储备金增长速度哪能这么快？所以，这快速扩张的钞票发行量，至少有 8000 万元是泡沫。

　　为什么会有这 1 亿元财政赤字和 8000 万元钞票泡沫？因为阎督军要发动中原大战以及由此引发的扩充军队和雇佣军队。

　　这些巨款都做了什么？都被战争吞噬了，被军队消耗了。

　　这些巨款是谁的财富？是三晋百县、百业、百姓的财富。所以，看似山西省财政厅和山西省银行损失了这么多钱，实是三晋百县、百业、百姓损失了这么多钱。

　　三晋百县、百业、百姓是如何损失这些钱的？首先是晋钞贬值 20 余倍，因阎锡山战败并被蒋介石通缉，再加上蒋介石通令全国禁止晋钞流通，由此导致晋钞贬值 20 倍甚至 30 倍，这样就使原先持有晋钞的三晋百县、百业和百姓财富缩水 20 倍甚至 30 倍：战争前持有的 20 元或 30 元晋钞，战争失败后仅值 1 元钱了！其次是税负增加 70 余种，阎锡山于 1930 年战败下野，又于 1932 年重新执政后，为了扩大财政来源，新增了 70 多个新税种，加上旧有的 30 多个税种，山西省共计有 100 多个税种！而这些税，最终都得从三晋百县、百业、百姓身上层层搜刮！由此，山西省成了全国税赋最重的省份之一。

　　于是，中原大战前后的山西省完全翻了个儿：大战前，是百姓安居乐业；大战后，是百业哀鸿遍野。

　　1930 年至 1936 年间，可谓三晋百县苦甚，三晋百业苦甚，三晋百姓苦甚！

而且，因蒋冯阎中原大战而引发的东北军入关，不仅使阎锡山的军队全线溃退，大败而归，还直接引发了日本关东军全面侵略东三省的九一八事变，致使东三省完全沦陷，进而使山西商人在东三省的字号买卖陷入战乱兵燹，轻则亏赔，重则倒账，更严重者则被日军、官军、土匪、黑帮等趁乱抢劫、焚烧乃至杀戮，致使这些字号人财两亡！

1930 年 9 月 18 日张学良率领东北军挥师入关，1931 年 9 月 18 日关东军侵占东三省，这两个事件竟然发生在同月同日！这两个"9·18"究竟是巧合，还是日本人刻意为之，以此羞辱、嘲笑、鄙视中国人？

鹬蚌相争，渔翁得利，那是咎由自取；

军阀混战，百姓遭殃，则是祸从天降；

覆巢之下无完卵，1930 年之后的三晋百县、百业、百姓，因阎锡山及其晋军在蒋冯阎大战中全面溃败而受苦了、受累了、受罪了……当初阎锡山督军于 1917 年兼任山西省省长以后，在山西省大力发展经济，改革政治，推出了一整套经济建设和政治建设举措。

然而，阎锡山在 1930 年蒋冯阎中原大战惨败下野，1932 年重新执掌山西省军政大权后，不断增税加赋，来填补他的财政银行窟窿！可谓挖去百姓肉，医疗战争疮！——榨百姓膏脂，惹百姓怨怒，还要被上峰逼迫，官员谁愿意积极作为？无事可做，无钱可挣，还要被官府榨取，百姓谁能够安居乐业？于是，民不聊生，官不聊事，官民也只有得过且过，苟且其生、苟且其事了。

1932 年以来，县公署变成了县政府，县知事也变成了县长，原来的吴知事也变成了如今的郭县长。如此，名称变了，人变了，事也变了：原先，吴知事为民施政，主要瞄着"禁烟、禁赌、禁足"，意在铲除这危害社会人民的恶人恶事恶风俗；瞄着"用民政治、村本政治、公道政治"和"村制""村范"等，意在提倡革新民心、使用民力、规范民事来治县治乡治村的美民美政美风俗。现在，郭县长为钱施政，主要瞄着"收税、收捐、收厘金"，一心一意在搜刮各种各类民财来上缴省库。

<h2 style="text-align:center">二</h2>

　　郭县长是从省税务局下派来县政府任职的，他知道阎锡山重新执掌以后山西省最需要的就是钱，而且需要巨额的钱：当初因阎锡山发起"蒋冯阎中原大战"至少提前消耗了山西省三十年的财政收入，而将来阎锡山施展他宏大的政治、军事、经济建设规划又至少得预支山西省二十年的财政收入，而这五十年的巨额款项又要在短短的几年内筹措起来，如果一如既往地任正常官吏、按正常制度、用正常手段，根本不可能完成！于是，为了达到目的，只得用非常官吏、按非常制度、用非常手段了；于是，这位省税务局官吏就被下派到县政府任一县之长了；于是，这县官之任务就如同税官之任务了；于是，收税就成为郭县长及其县政府"悠悠万事，唯此为大"的职责所在了。

　　从西周以来的三千多年间，各朝各代基本上实行什一之税，于是约定俗成，百业百姓挣十缴一便当作是自己的正常义务，也能自然而然地交税；而政府官员收税十取其一便也当作是自己的正常任务，也能理直气壮地收税。然而，一旦超过这约定俗成的什一税率，甚至成倍成倍地超过这约定俗成的什一税率，则百业百姓认为这是非正常义务，则政府官员也认为这是非正常任务，就会认为这是政府在抢劫百姓的钱，甚至认为政府如同强盗，各级政府官员则如同强盗手下的喽啰！如此，百姓哪愿意被强盗抢劫？自是气愤，不干了。如此，官员哪愿意当强盗抢劫？自是气馁，也不干了。

当时，县级政府机关的官吏是任命或聘用制，拿政府的薪水，不干也得干，他必须为薪水而干啊！但乡长村长却多是当地乡绅担任，不拿政府的薪水，不干便不干，他不必为薪水而干啊！于是，一大批乡长村长们为了不压榨乡亲，不担当恶名，纷纷辞职不干了。郭县长一看这种情形，也不干了，他放出话来，不准辞职，只能撤职！不仅撤职，还要查办！

上级若要查办下级，那还不是轻而易举的事？！你当乡长村长多年，就算公正无私，还能没有一点问题？只要有一点问题便可查办你。就算君子仁人，还能不得罪一个人？只要得罪一个人便会揭发你。如此，城南乡崔乡长就无奈了，继续当乡长则得罪乡亲，担当恶名；硬要辞职则得罪县长，撤职查办。如此，他也就后悔了，我当初何必当这个乡长呀？本想为政府做事，也想为百姓做事，到头来却给自己落下了"不是"。辞也不是，干也不是，都是"不是"！这个"乡长"竟成了枷锁，这位"乡绅"竟如同罪囚！

崔乡长在无奈之中竟得来道虎壁村求王裕宽村长了。

"王大夫啊！我当初当这个乡长，如今悔之晚矣！我当初也不该劝你当这个村长，如今也悔之晚矣！唉！当初，咱们是觉得自己心有余力，家有余钱，便当仁不让，就担任了这乡长村长一职吧，也是想既为政府做事，也为百姓谋利，终归是想施恩德于乡里，积阴功于子孙，做一番道德功德之事呢！谁承想，如今这乡长村长竟得成为搜刮民财、祸害乡里的恶人！这如何是好呀！"崔乡长坐在王裕宽客厅里喝着茶，说着话，一脸沮丧之气，两眼迷茫之神。

王裕宽看着崔乡长的样子，自己也沮丧迷茫起来了："是呀，这如何是好呀？"

崔乡长说道："我如果继续担任这乡长，整日替县政府催收各种苛捐杂税，要么催逼百姓当恶人，要么垫支税款赔家财。催逼百姓吧，我崔某人一辈子担着仁义乡绅的美名，岂能因此而当恶人？垫支税款吧，我崔家虽然也算买卖人家，但如今东三省的字号遭受兵燹之灾，巨额亏赔；山西省内的字号又遭遇苛捐杂税，也是勉强维持；如此，我也垫支不起呀！所以，我是万万不能再担任这乡长一职了。可要辞职不干吧，这新来的郭县长不是善茬儿，他已经发了话：不准辞职，只能撤职，谁硬要辞职，就撤职查办！你说这——干又不行，辞也不行，好难受呀！这乡长一职，真正是囚笼一个！"

"是啊，我这村长一职也是囚笼一个呀！崔乡长，那咱们该怎么办呢？"

崔乡长说道："王大夫啊，你与我倒是不同，一是我家的字号亏赔了，垫支不起；你这诊所药铺的买卖却是日益兴隆，垫支得起。二是我年龄将近六十，已是日薄西山，精力不济了；你却将近四十，正是如日中天，精力旺盛呢！三是我与郭县长只是上级与下级的关系，他想怎么处治我就怎么处治我；你与郭县长却既是上级与下级的关系，更是医家与病家的关系，而且他征你村里的税，是钱的事；你医他家人的病，是命的事！他对你更得恭敬几分呢！所以，尽管如今当村长难了，但你继续当着这村长一职也无妨，还能凭你的德望罩着道虎壁村一方百姓少受其祸害呢！我可就不行了：垫不起钱，耗不起力，受不起气！如果这乡长再当下去，恐怕我的名也毁了，我的家也破了，我的命也丢了！哎呀，我当初为啥要当这个乡长呀？唉！"崔乡长说着，沮丧得快要崩溃，悲伤得就要落泪了。

"那——您说怎么办呀？"

崔乡长说了这一番话，终于铺垫到了情之所至、理之所在、话之所当之处，该托出正题了："所以我就求您王大夫来了呀！还请王大夫到郭县长面前美言美言，疏通疏通，允许我辞了这乡长一职呀！"说着，这位王裕宽的上级兼长辈崔乡长，竟起身向王裕宽行作揖大礼了！

王裕宽一看，赶紧起身扶住崔乡长并赶紧答应了："您千万不要这样！您坐您坐！您的事，我尽快去县城求郭县长就是了！"

最终，崔乡长托了王裕宽大夫的面子求了郭县长，郭县长才口头答应，允许他辞职，但却迟迟不批准崔乡长的书面辞职报告；直到崔乡长心领神会了郭县长的意思，再封了一百个现大洋送上门去，郭县长才书面批准了崔乡长的辞职报告。而且，还给他留下了一句话：这也是看了王裕宽大夫的面子，算是送了王裕宽大夫一个人情；要不然，你就是送我二百个现大洋，也未必能批准你辞职呢！

崔乡长辞职完，也颇为用心地琢磨了一番：郭县长为啥要和我说这话呢？他说这话是什么意思呢？后来，他似乎明白了，郭县长说这句话大概是两个意思：一是让你明白，乡长辞职的价格应该是二百个现大洋，王大夫的人情值一百个现大洋，所以收你崔乡长一百个现大洋就得了。二是让你宣传，今后哪个乡长想辞职问起你行情来，那就是二百个现大洋。如此，崔乡长明白了郭县长的话，也就明白了郭县长的为人：何止不是一个善茬儿，简直是一条狼！谢天谢地！幸亏我辞职了，远离这条狼了。要不然，整日与这一条狼为伴，还不知道怎样受其祸害呢！

崔乡长辞职后，其他乡长们便向他打听如何辞职的，他便如实相告。这些乡长们便一手向郭县长递上辞职报告，一手向郭县长奉上二百个现大洋。这样，乡长们如样如数，如此这般；郭县长便也如例如数，如此这般。于是，该提出辞职的辞了，算是解套了，解忧了；该批准辞职的批了，算是得外财了，得外快了。

郭县长可不是只会收钱、不能做事的庸官，而是一手收钱、一手做事的能臣：他允许这些老乡长们辞职并不会因收钱而误事，而是因收钱而更收钱，更收钱而更做事！且看——

原来的老乡长们多是富甲一方的买卖财主，也是恩泽一方的仁义乡绅，让他们去催逼百姓的税款捐款，往往抵触拖延，也往往不能按时按量完成收缴任务，他郭县长也不好向上交差。如今他们一辞职，郭县长既可收他们一笔辞职费，又可将这些乡绅空出来的乡长位置让给酷吏。而一旦用这些酷吏去催逼百姓的税款捐款，那还不是手到擒来：该收一块收两块，该收十块收二十块！如此，他们按时按量收足了税款捐款，上缴国库了；还超时超量收多了税款捐款，中饱私囊了。这些酷吏违法多得，如果从他们的私囊中拿出一部分来孝敬县长大人，求他纵容宽容，他便"笑纳"了；如果这些酷吏违法多得而不懂得孝敬县长大人，则县长大人可以查处他们，没收他们，他便"查收"了。如此，弃旧而用新，弃乡绅而用酷吏，分明是一箭双雕之高招，不仅郭县长个人行囊满满，他发财了；而且省库盈盈，他还升官了。

如此，省库盈了，贪官肥了，酷吏美了，百姓则更苦了。

# 三

崔乡长等一批绅士不想、不愿、不忍、不堪以搜刮民财、压榨民膏、蹂躏民生、丧失民心而为之，纷纷辞职不干了，取而代之的则是一些不讲良心、只讲手段的酷吏。于是，这些乡绅们是明势明事、辞职辞位、保身保名了，这些乡村的百姓们则受逼受迫、被压被榨、遭苦遭罪了。

王裕宽则因身份特殊、地位特殊、用途特殊而继续留任道虎壁村长一职，道虎壁村的老百姓也就沾光了、享福了、受用了：因王裕宽与县政府县长局长的特殊关系，道虎壁村摊派的苛捐杂税往往要少些，老百姓负担就轻些了；因王裕宽的诊所药铺生意长盛不衰，细水长流，老百姓一旦拿不出钱来缴纳田赋税捐，王裕宽便从药铺拿出钱来垫支，老百姓缴税就缓些了。如此，其他村人税捐重而急，道虎壁村人税捐则轻而缓，王裕宽这村长自然也就颇受村人拥戴，他也就乐意继续担任这村长一职，也就继续书写着"良医兼良相"的佳话：声名赫赫于平遥一县乃至汾州、太原二府的良医，福泽绵绵于道虎壁一村的"良相"！

这些年来，王裕宽继续竭精竭诚修炼王氏妇科的医道医术，同时继续守仁守义施展王氏妇科的医道医术，人生事业正呈现出如日中天的盛大气象。名声响亮而美善，如春雷布雨；生意兴隆而美好，如春江流水。或坐堂，或出诊，病者患者视之如神仙；或为家，或为村，家人村人视之如财主。这些年来，他用医术诊视了若干病人，几乎都是手到病知，药到病除，手长在他臂上，似乎就带了神气，成了神手；药到了他手上，似乎就带了灵气，成了灵药！同时，他又用银钱救助了若干家人村人，或借或垫，或施或舍，或主动或被动，他手中的成千上万块大洋出去了，这些大洋替他出去帮人助人救人了，也就替他收人心、赚名声、积德行了。

如今，王裕宽已经帮助两个弟弟独立门户，让他母亲王张氏满意了。论名声地位，王裕宽稳稳地坐着道虎壁王氏妇科掌门人的位置，可谓一马当先，领袖群伦。论诊所药铺，王裕宽三兄弟各自独立门户，在道虎壁六七个王氏妇科诊所中可谓一枝独大，傲视群雄。同时，王裕宽又资助弟弟妹妹们一个个体面地成婚典礼，这又让他母亲王张氏歇心了。

王裕宽本人呢，除了名声响亮和生意兴隆，他的房子也多了，田地也多了。他的房子田地怎么多了？原来，当初阎锡山督军兼任省长时，曾搞起了轰轰烈烈的禁毒禁赌禁足运动，社会风气也曾一时改观，但到了后来，阎锡山一心加强军事，一意扩张地盘，便无暇"内政"，于是他曾经在山西省施行的那些利省利民的美政便日渐没落于"无"，而祸省祸民的一些劣政则日渐呈现为"有"，全省的大气候如此"无""有"一转换，各村的小气候便也转换了，于是道虎壁一些抽烟赌博者便又死灰复燃，败家害身了。其中，一些村人抽烟抽得借钱借粮、典房典地了，知道王裕宽出手大方，便在他这儿典房典地、借钱借粮；最终，人死了，他的房子田地便归在王裕宽名下了。这样，王裕宽典押的房子田地一旦成了"死典"，能转让的则转让他人，不能转让的则留为己用，于是，房子田地便多了。另外，还有一些村人则是将自家多余的田地"活典"给了王裕宽：由于当时日本等列强觊觎中国，而中国军阀内战，无暇海关，所以无论全国还是各省，有海关之设而无海关之用，一旦遇到外国农产品倾销，中国农民的粮食价格便一落千丈，乃至落到了种粮不如买粮的地步。以山西的小麦为例，1929 年 12 斤小麦值 1 块大洋，1932年 36 斤小麦值 1 块大洋，而山西的田赋则以大洋折算，而且只有增没有减。这样，田赋重而粮价贱，庄稼人种田的结果是赔而不赚，还不如当长工稳赚不赔呢！于是，道虎壁村有些农民便主动找上门来，将自家的田地卖给王裕宽，得了卖田钱；然后，他们再主动给王裕宽家当长工，继续种他们那块田，再得了卖力钱；这样，他们两头得钱，更合算呢！王裕宽则生意旺，进钱多，不在这些小钱小数上精打细算。于是，这些村人们合算，王裕宽则不算，他的房子田地便越来越多了。

王裕宽只算他的大账：只要精修深修他王氏妇科的医道医术，能够用最精的方子、最少的药材、最短的时间给更多的病人看好病，那他的诊所药铺就会越来越兴旺，他挣的钱也就会越来越多。如此，他诊所药铺的财源像小溪水乃至像小河水一样长流不断，还何必计较自己舀一瓢水给人，或别人来舀一瓢水取用？

这些年来，王裕宽一直坚持着白天给患者看病开方，晚上捧医书阅读思考的习惯。这天晚上洗漱罢，他又捧起了一本清人张锡驹注解的《伤寒论》阅读起来：

（辨太阳病脉证篇）太阳病，发汗，汗出不解，其人仍发热，心下悸，头眩，身𤖴动，振振欲擗地者，真武汤主之。真武汤方：

茯苓　芍药　生姜（各三两）　白术（二两）　附子（一枚　炮）。

上五味，以水八升，煮取三升，去渍，温服七合，日三服。

然后，再看张锡驹的解释：

此章凡八节，皆言虚者不可汗也。太阳病，发汗病当解，若汗出不解，正气虚也；其人仍发热者，徒虚正气，而热仍在也；汗为心液，心液亡则心下悸矣；夫津液者，和合而为膏，上补益于脑髓，今津液不足，则脑为之不满，而头为之眩也；身者，脾之所主，脾虚不能外行于肌肉，则身无所主持而瞤动；振振欲擗地者，合头眩身瞤而言也，言眩之极，动之甚，则振振动摇不能撑持而欲擗地也。真武汤主之。真武者，镇水之神也，水性动，今动极不宁，故亦以此镇之。茯苓松之余气，潜伏于根，故能归伏心神而止悸；附子启下焦之生阳，上循于头而止眩；芍药滋养荣血；生姜宣通经脉而瞤动自止；白术所以资补中土而灌溉四旁者也。

王裕宽看了一段，便思考一番，这张仲景不愧一代医圣！这《伤寒论》写得简洁、精准、明确而具体，没有一字多余，没有一字谬误，也没有一字含糊，而且句句有用处、可操作，只需一一按照他写的去抓药、煎药、吃药就行了。这张锡驹分明是一代医贤！对《伤寒论》理解准确，解释精辟，而且深入其理法，如蛟龙探海得宝珠；阐发其方药，如春蚕吐丝织锦绣！——啊！读这样的书，真像是聆听圣贤之教导，追随圣贤之神魂，遨游圣贤之妙境啊！

王裕宽合上书，在地上踱起步来，一边继续回味其精妙语义，一边继续遨游其美妙境界……

# 四

王裕宽在地上转了几个来回，又回到书桌前坐下来，继续捧起这本《伤寒论直解》来，正准备接着往下看，被窝中的妻子说话了："你还不睡呀！都半夜三更了，睡吧！"

王裕宽回头看了一眼妻子，她在被窝里正情意绵绵地看着他呢！他再看一眼宝贝女儿，已经在妻子旁边的小被窝里酣睡。

"快睡吧，人家都等得不行了！啊？"

"嗯，呵呵！睡，睡！"王裕宽听着，看着，笑着，应着。

王裕宽不能拒绝妻子的呼唤。三更半夜天了，他的时间便该从属于读书转为属于爱妻了；或者说，三更半夜天了，他的时间不应该属于夜读，而应该属于夜爱。此时，正是昼夜转换之时，也是阴阳交合之时，还应是夫妻拥抱之时，时不可误啊！农民不能误了农时，该耕地则耕地，该种粮则种粮；不误农时，则田地长庄稼，农民有收获，于是，田地与农民各得其所、皆大欢喜了。否则，田地无禾而荒废了，农民无粮而饥饿了，双双失职、失德而失败甚矣！爱人也不能误了爱时，该拥抱则拥抱，该亲吻则亲吻；不误爱时，则女子得爱得阳而生机盎然、如鲜花开放，男人得爱得阴而雄性勃然、如大树挺拔，于是，女子与男人各得其所、皆大欢喜了。否则，女子无用而荒废了，男人无功而浪费了，双双失职、失德而失败甚矣！

王裕宽脱衣入被，与妻子相拥而睡。于是，夫妻二人气息与气息相通相汇，阴阳之气交融了；心意与心意相印相动，男女之情交感了；肌肤与肌肤相挨相连，夫妻之体交媾了。如此，比之于卦象，大而言之则是乾坤交"泰"了，小而言之则是水火"既济"了，都算是吉祥之卦呢！

王裕宽与妻子温情一番，再抚摸一番，当他抚摸到她微微隆起的肚子时，隐约感到了里面的胎动，于是他一边继续抚摸，一边低声笑道："哦！这小家伙倒有些儿动静了？唔，五个月了，有些动静也正常。不过，五个月就动静这么大，可见其生命力旺盛着呢！"

"你说究竟是男，还是女？"白翠英问道。

王裕宽说道："肯定是男嘛！无论是当初把握种子时间、把握种子火候，还是后来把脉胎象，以及现在抚摸胎形、感觉胎动，都应该是男的。呵呵！如果我连这生男生女也把握不了，那还能当咱道虎壁王氏妇科的掌门人？呵呵！你就放心坐胎养胎吧！到时候生下一个大胖小子，我还要教他医道医术，将来让他顶门立户、继承我王氏妇科的事业呢！"

白翠英笑道："这男孩还没有出生你就考虑教他学医，闺女都十岁了，你怎么一点儿也不教她？你们王家真是重男轻女，对我们女的不公平！嘻嘻！"

王裕宽也笑道："这哪里是重男轻女？分明是照顾你们女的嘛！你想想，我们王家的男娃娃从七岁识字开始，就要和其他人家的娃娃们一样读《三字经》《百家姓》《千字文》《大学》《中庸》《孟子》《论语》，同时还要额外认记各种药材、背诵《药性赋》《汤头歌》等等。然后，十岁至十二岁侍诊三年，十三岁至十五岁随诊三年，十六岁至十八岁试诊三年，十九岁以后就要独立诊病……你想想，我们王家的男娃娃要比其他人家的娃娃辛苦多少？至少是双倍的辛苦！我们王家的男人将来要独立门户给人看病呀，不辛苦就学不到祖宗传承下来的医道医术，就不能独立门户给人看病啊！所以，只能是比常人付出双倍的辛苦！你想想，我们王家的男娃娃们已经这么辛苦了，还忍心再让女娃娃们也这么辛苦？男娃娃如果不这样辛苦，将来就顶不起门，立不起户，所以他们是非这样辛苦不可！女娃娃就不同了，将来无非是出嫁，女娃娃学不学医无关紧要，只要修养好三从四德，男人家会抢着娶呢！如果女娃娃也像男娃娃一样付出双倍的辛苦学了医，虽然手上有技艺了，却顾不得三从四德的修养了，反而不受男人家喜欢待见，不一定能嫁上好人家了。你想想，哪个男人喜欢一个虽有技艺却死板无趣的女人？还是喜欢一个娴雅漂亮、活泼可爱的女人嘛！但让一个女人每天读医书、背医经、记药性、算药量并且与各种病人打交道，她哪来的娴雅漂亮、活泼可爱？所以，如果让我王家的女娃娃像男娃娃一样学医行医，恐怕就把她们童年的天真烂漫和幸福快乐牺牲了，甚至因顾不上三从四德的修养，便出落不成娴雅漂亮和活泼可爱的姑娘，便嫁不上一个好男人，就把一辈子的幸福快乐牺牲了。你想想，如果让咱女儿学习咱王氏妇科的这套东西，那不是爱她，而是害她！所以呀，还是让她和普通女孩一样，轻轻松松地上学，快快乐乐地生活，长大之后出落成一个娴雅漂亮、活泼可爱的姑娘，将来嫁一个好男人，那才是一辈子的幸福！”

“哦！原来如此呀！”白翠英听了王裕宽这一番话，心中豁然一亮，明白了。

“对！我希望咱女儿不要像我，而要像你：将来走你的路，像你一样娴雅漂亮、活泼可爱，那就不愁嫁一个好男人！”

“哼！嘻嘻！又胡说了，我哪里能算娴雅漂亮、活泼可爱呢！”白翠英再听了王裕宽这一句话，脸上绯然泛红，滋润了，美了。

夫妻二人拥着，抱着，说着，笑着，美美地入睡了。

第二天早晨醒来，王裕宽想着今天是去西达蒲村李家出诊的日子，便想着去李家要做的事、要带的药、要见的人，一一捋了一番。

白翠英则要趁王裕宽去西达蒲村出诊的空儿，带着女儿去逛一趟县城，做两件衣裳，便想着县城的街道、字号、货物，想着“彩霞蔚”绸缎庄的各色绸缎，想着“缤绚红”缝纫铺的各种款式，也一一捋了一番。

两个人各自思捋了一番，便又并肩叙聊了——

"你想什么呢？"王裕宽说道。

"我在想趁你今天到西达蒲村出诊的空儿，带着女儿到县城逛一逛，做两件衣裳呢！嘻嘻！你不怕我费钱吧？"白翠英说着，似乎有点不好意思，便羞羞地笑了起来。

"呵呵！不怕，我挣上钱就是让你花嘛！花吧，你和娃娃穿上好衣裳显得漂亮，我也觉得风光嘛！"王裕宽笑道。

"嘻嘻！我在想花钱，你在想挣钱！你刚才想什么呢？是在想怎么挣钱的事？"

"挣钱的事还用想？我在想给人看病的事，能给人看了病，钱自然就来了。呵呵！我在想今天去西达蒲村出诊的事呢！"

"你每月都得去西达蒲村出诊一趟，这李家派头也太大了吧？"

"日昇昌票号的大东家嘛，咱平遥县最大的财主呢！虽然现在日昇昌票号倒闭了，但一百多年的积累厚成呢，还能出不起我每月一次的出诊费？这也是减了，要在原先，我爷爷我爹那时候，每月要去西达蒲李家出诊三次呢！"

"每月三次？我觉得每月一次都多余呢！有了病再看病就行了嘛！真是大财主耍大派头呢！"

"虽然也算是大财主耍大派头，却也算是大财主有大智慧而且得大实惠呢！这若干年来，李家的妇女哪有得大病的？等不得有小病，咱给她们吃一两服药就好了。就连李家的男人都是，身体稍有不适，咱给他们吃一两服药就好了。"

"哦！"

"我们医家有句话叫：圣人不治已病治未病，贤人不治大病治小病。就是说，圣人不等小病出现，就提前预料到了，提前预料到了，也就能提前预防住了。贤人则是小病刚出现，就及时发觉到了，及时发觉到了，"

也就能及时治疗好了。这是医家的大智慧，也是病家的大智慧，医家和病家双双有了这样的大智慧，则病家请医家看未病、看小病，则医家少费力，病家少费钱，何乐而不为呢？"

"原来如此呀！那咱王氏妇科也能看男人的病？"

"咱主要是看女人的病，但男人的病也能捎带着看一看。男女有别，但都是人嘛！病各有别，但都是病嘛！医各有别，但都是医嘛！呵呵！人，原本都是由气而成，天地之真气得日月精华和万物神灵则赋形成人；病，原本都是由气而生，人身之正气受风寒暑湿燥热之邪则变形为病；所以，医家的根本就是因气而治，扶正气以祛邪气则正气周流贯通全身，则血随气行、营养五脏六腑十二经脉乃至全身皮毛，则病邪祛除而身体健康。所以，医家病家只要懂得这个'气'字，便算把握住了性命的根本；只要把握住了'气'这个根本，各种病症不过是这个根本上的枝叶而已，哪还有不好把握？呵呵！"

"原来你不但会治病，学问还这么深啊？怪不得你能治各种疑难杂症呢！厉害！我夫王裕宽真是厉害！"白翠英似乎刚刚发现了王裕宽的真本事，她惊讶而惊叹，乃至敬佩而敬仰了。

"呵呵！本来如此，不过如此。您白大小姐谬奖了，过奖了！"王裕宽看着白翠英的样子，乐呵呵地笑起来了。

吃完早饭，王裕宽让王成喜套好轿车，白翠英则让许立臣准备好东洋车，这两辆车同时停放在了王裕宽家门口，村人们看着这两辆车，好不羡慕：轿车豪华、古雅、排场、大气，像一位贵公子；东洋车漂亮、时新、轻盈、洋气，又像一位洋小姐；这王裕宽大夫是越来越发达，越来越风光了啊！一会儿，王裕宽出来，坐上轿车出了道虎壁村北门，去西达蒲村李家出诊了。白翠英带着女儿出来，则坐上东洋车出了道虎壁村东门，去县城游逛了。

许立臣身高、腿长而且力大，道虎壁村往县城又是一路平坦，所以他虽然拉着白翠英娘儿两人，却步履轻盈，一溜小跑，跑得比马驹还欢呢！

白翠英和女儿王培林美滋滋地坐着车、观着景，她母女俩倒是一幅美丽的风景呢！她们身上穿绸裹缎，五颜六色，像是彩云一般；脸上喜眉笑眼、唇红齿白，又像是花朵一般；好一幅美人、美服、美景象啊！如此一幅美丽的景象，是白翠英和女儿王培林这两个大小美人之美，也是五颜六色的绸缎之美，还是王裕宽的功德事业之美：如无功德，他哪能娶上这样的艳美之妻、生下这样的娇美之女？如无事业，他哪能让她们穿上这样的漂亮绸缎？功德是根本，事业是枝条，妻女则是花朵。花朵之美，既是自身之美，也是枝条之美，还是根本之美；如无根本之美和枝条之美，哪来的花朵之美？花朵美也，美其美，亦美其根本之美；妻子美也，美其美，亦美其丈夫之美；女儿美也，美其美，亦美其父亲之美！

妻子女儿之美，正象征着王裕宽功德事业之隆盛；儿子之嗣，则象征着王裕宽功德事业之长久。

这一年，就在王裕宽的功德事业日益隆盛之时，他的儿子王培昌出生了。这是他功德事业已经日益隆盛的花果，更是他功德事业将要绵延长久的根种。

如此，王裕宽儿女双全了：女儿王培林，儿子王培昌。

这双儿女的名字还颇有讲究：女儿取名培林，占了她娘家"高林"村的一个"林"字；而且是两个"木"，双木成林，此为发展繁茂之盛景。儿子取名培昌，占了王家世交李家"日昇昌"票号的一个"昌"字；而且是两个"日"，二日为昌，此为升腾光华之大象。这"林""昌"二字呀，颇有渊源且蕴含吉祥呢！

# 五

随着王裕宽医术越来越高，名气越来越大，他受邀出诊的次数也越来越多：首先，是平遥城及周边区域的财主、士绅、官员等有钱有势人家，一旦母亲、妻子、儿媳、女儿有了妇科病，便不惜钱财来道虎壁邀请王裕宽前去出诊；王裕宽医术高、名气大，能请王裕宽来家里看病，这不仅是为了显示孝敬心、慈爱心，也是为了显摆有能耐、有钱财，算是一举两得呢！所以，这些人乐此而不疲，王裕宽也就得因此而不倦。其次，则是那些平遥城及周边区域的普通人家，一旦母亲、妻子、儿媳、女儿有了重大妇科病而又不便出门去道虎壁就诊，也得不惜钱财来道虎壁邀请王裕宽前去出诊；王裕宽给这些人家出诊虽然没有多少钱可赚，但都是重大甚至要命的病症，医者仁术，他为了救人一命，不管赚不赚钱也得出诊啊！这样，前者或为了钱、或迫于势，他得出诊；后者或为了命、或出于仁，他也得出诊；就这样王裕宽有了越来越多的出诊经历。

他一旦出诊，原本冲他而来的妇科病患者就得转到其他叔伯及兄弟们的诊所看病了。当时，道虎壁村有六七个王氏妇科诊所，祖传的医术都一样，看病的方子也基本一样，各家药铺又都是统一的进货渠道，药材也都一样；所以，看病的效果也基本都一样。

甚至，这王家六七个诊所的牌子都是一样的——

牌子上半部分大字写着"广济堂祖传世医道虎壁王氏妇科×××主治"字样，下半部分小字写着"调经种子，胎前产后，症瘕积聚，崩漏带下，妇科诸症"字样。所不同处只是人名，如果是他哪位兄弟的，则在牌子上写名字的地方标注着兄弟的名号。

　　一般的妇科病到了这王氏妇科的六七个诊所，都能看个八九不离十；如果遇上特殊疑难的妇科病，这六七个诊所则会来请教或转诊给掌门人王裕宽。所以，当王裕宽出诊时，冲他而来的普通病人就转到其他六七个王氏妇科诊所了；当王裕宽坐诊时，其他六七个王氏妇科诊所的特殊疑难病人就转到他的诊所了。道虎壁这六七个诊所如此互相转诊，倒也方便了病人，自由了医生，也算是各得其所，皆大欢欣。

　　这一天，王裕宽正常开门坐诊。一开门便看见就诊者排了一长溜的队，总有二三十个人！白翠英依次给排队者发着号牌，原来准备的十五个号牌竟不够用了，她只得再用纸笔手写增补了十五之外的号牌临时使用。

　　"一开门就二十八个人等着了！你到外面出诊次数越多，积聚的病人就越多。嘻嘻！好多人还是硬要多等几天，想让你看呢！你就能者多劳吧！唉！"白翠英看着这么多的病人等在门口，既为丈夫高兴，又为丈夫发愁！

　　"呵呵！只能是顺其自然、尽力而为了。"王裕宽应一句，进了里屋，便开始坐诊看病了："一号请进！"

　　王裕宽的叫号声说罢，进来一对三十来岁的夫妇。他抬眼一看，只见这个女子长相不俗，身材高挑，五官标致，神韵高雅，但脸色冷峻。男子虽长相气度一般，但身体壮实且穿绸裹缎，像是个富家公子哥儿。如此一看，他便想道：看来，这对夫妇长相气度不是很般配，夫妻生活也可能不和谐？

　　他让这位女子坐在桌前，一边把脉，一边观望气色、询问病症："您身体有啥不适？"

　　"没啥不适。"

　　"那您来是——"

"我来求子！结婚五六年了，却一直不见身孕，看看是不是身体有啥病？"

王裕宽听着这位女子嗓音清爽而语气干脆，绝无拖泥带水或犹豫迟滞，可见清气充盈而浊气无多，应是没有痰湿之症；然而，她说话如此清爽而干脆，这个脆的感觉既有银铃之美，又有冰凌之寒呀！她或有寒症？他把了一会儿脉，果然感觉她的手少阴心脉、足少阴肾脉以及冲脉、带脉都是寒冷之象！

于是，他问道："您的下腹是不是经常寒凉啊？"

女子想了想，又用手摸了摸，说道："哦！确实比我的手寒凉！"

王裕宽笑了笑，说道："您的手也不算热吧？您摸一摸她的手——"他再让男子摸一摸他妻子的手，男子连连点头说道："啊哟！她的手冰凉！"

王裕宽听罢，也点了点头，然后说道："您的下腹比您的手寒凉，您的手又比您男人的手寒凉，您不孕的病症就是下部冰冷不孕啊！因为您下部冰冷，男女交感之际，阴中无温热之气，所以不孕。这种病呀，一般人以为是身体天然寒性，其实只是胞胎极寒之故！您想想，寒冰之地，不生草木；重阴之渊，不长鱼龙。今胞胎既寒，犹如寒冰之地和重阴之渊，如何能受孕？虽然男子鼓勇力战，其精甚热，能够直射于子宫之内；但遇寒冰之气相逼，则热而变冷，活而变死，看似进了子宫，实似进而复出，不能存活于子宫。您的胞胎何以寒凉至此？并非天生如此，而是因心、肾二火衰微不能温暖胞胎所致。胞胎居于心、肾之间，上系于心而下系于肾，胞胎或热或寒都有赖于心、肾二火：心、肾二火盛，则胞胎温暖如春，则得精子宜活，则宜怀孕；心、肾二火衰，则胞胎寒冷如冬，则虽得精子难活，则不宜孕。所以，如果治胞胎寒凉之症，必须补心、肾二火。"

"哦！原来如此呀！"

"那该怎么治疗呢？得吃啥药呢？"

夫妻二人听了王裕宽一番讲解，双双开窍不少，对王裕宽则敬佩不已，早已急迫地准备着言听计从、开方抓药呢！

王裕宽说道："冰冻三尺，非一日之寒；解冻土三尺，亦非一日之功啊！我给您开上一个月的'王氏温肾健脾汤'吧！"说着，便铺纸拈笔开方子——

| | |
|---|---|
| 白术（一两，土炒） | 巴戟（一两，盐水浸） |
| 人参（二钱） | 杜仲（三钱，炒黑） |
| 菟丝子（三钱，酒浸炒） | 山药（三钱，炒） |
| 芡实（三钱，炒） | 肉桂（三钱，去粗，研） |
| 附子（三分，制） | 补骨脂（二钱，盐水炒） |

开罢药方，王裕宽嘱咐道："这服药吃上一个月，胞胎就温热了；胞胎温热，就如同田地逢春；田地逢春，种子种苗才容易成活。呵呵！一个月之外、一百天之内就可以怀孕了！"

夫妻二人听着王裕宽"一百天之内就可以怀孕"的话，不禁喜出望外，感激万分！于是连连施礼致谢："是吗？真是谢谢您了！谢谢您了！王大夫您这药这么灵验吗？您真是神医啊！"

王裕宽笑道："如果您能听我一句话，这药会更灵呢！"

"啊？我一定听您的话啊！"

"那我告诉你——"王裕宽说着，让男子先出去，然后对女子说道，"您这下腹冷的原因之一，是您的心冷；就因为您心冷而性淡，心中的欲火燃烧不起来，肾中的欲火也就燃烧不起来，所以胞胎之中就寒冷了。所以，除了吃我的药，您得把自己的心热起来。怎么把心热起来？您得从心里喜欢他，心就热了；喜欢和他行男女之事，心火就带着肾火一同燃烧起来了，胞胎自然也就热起来了。"

女子听了王裕宽这番话，微微笑了笑，说道："王大夫您可是一针见血，一语中的。我以前确实不喜欢他，也不喜欢和他行男女之事；这为了怀孕，我听您的就是了。"

然后，王裕宽让女子出去，让她男人进来，嘱咐道："您以后呀，得千方百计让她喜欢您；而且，得千方百计让她喜欢和您行男女之事。行男女之事得等她，候她；等她想了，她渴望了，再行男女之事。"

王裕宽对这夫妻二人悉心看病，用心讲解，再细心嘱咐；这二人自是感动十分，他们抓了药，付了钱，然后千恩万谢地走了。

接着进来一位脸显黑瘦而眼露红丝的女人，旁边陪着她的则是一位身材微胖而脸色苍白的男人。再一看，这女人脸上的皱纹仿佛形成了"恼""怒"二字，男人脸上的皱纹则仿佛形成了"软""弱"二字。王裕宽不由得想道：阴盛阳衰，阴刚阳柔，这夫妻二人分明翻了个儿！如此，翻了个儿便如同翻了车，翻了车又如何能载物前行？

王裕宽一看这女人不善言谈，他便也只需观色、闻气、切脉，而不必询问了。他给这个女人把了一会儿脉，几乎每一经的脉象都如同阴霾糊涂的天气，没有任何晴天白云之象。于是，他心中有数了。

王裕宽把完脉，再看了这女人一眼，说道："你这整天间怄气、烦恼、嫉妒、发怒，与自己过不去，与男人过不去，与妯娌、邻居也过不去，怎么能有了身孕？"

这女人听罢，满脸惊讶："您怎么知道我的这些情况？怎么知道我是来求子？"

男人也笑着附和："是呀，您怎么知道这些的呢？"

王裕宽笑笑，说道："我看看您的脸色，把把您的脉搏，还能不知道？我说得没错吧？"

夫妻二人双双惊讶之余，便是双双佩服了，于是双双说道："您说得没错！确实是这样，我们也确实是来求子的！您王裕宽大夫果然是神医啊！您看——这该怎么治呢？"

王裕宽说道："您呀，是因怄气、烦恼、嫉妒而不孕！从脉象上看，您的肝气、心气、脾气和肾气都呈现郁结之象！女人怀孕呀，必须心脉流利而滑，脾脉舒徐而和，肾脉旺大而鼓，这才能称为喜脉。如今这三部脉郁结，哪能种子生子？再加上肝气郁结，不用说怀孕，恐怕还会得病呢！肝木不舒，必下克脾土而致塞。脾土之气塞，则腰脐之气必不利。腰脐之气不利，必不能通任脉而达带脉，则带脉之气亦塞。带脉之气既塞，则胞胎之门必闭，精子即使到门，亦不得其门而入。所以，治法必须纾解四经之郁，以开胞胎之门。我给您开上一个月的'王氏种玉汤'方子吧！"说着，便开始写方子——

白芍（一两，酒炒）　　香附（三钱，酒炒）

熟地（五钱）　　　　　当归（五钱，酒洗）

白术（五钱，土炒）　　丹皮（三钱，酒洗）

茯苓（三钱，去皮）　　花粉（二钱）

川芎（二钱）

开罢方子，王裕宽又嘱咐道："这服药吃上一个月则四经郁结之气开，郁气开则喜气随之盈腹，则嫉妒之心也变为欢喜之心，则夫妻两相好合，则结胎于顷刻之间了。另外，除了吃这些药，您要学得心平、气和、胸怀宽，不与他人争高下、计得失，一切顺其自然，高也好，下也好，得也好，失也好，一切都觉得好，则好事自然就来了。否则，如果仍然嫉妒成性，则必然气血郁结，则即使怀孕也可能堕胎；幸而不堕胎，生下来也多病多灾，难以成人。切记，切记！"

这位女人听着王裕宽的话，既佩服，又害怕，只有承诺而已："我一定牢记您的话，一定听您的话！"

……

# 六

1934 年秋，快到女儿十二周岁生日时，王裕宽夫妇准备着生日宴的一应钱物，王裕宽母亲王张氏过来督导大体规矩，白翠英哥哥白钦鼎则过来张罗具体事宜，本家邻居甚至村公所的一班人员则分工做事……此时，王裕宽的事业正在兴头上，有心有意，有钱有财，有人有物，给女儿操办这一番十二岁周岁开锁宴自是隆重、排场、丰盛、热闹而让人羡慕称赞！

开锁宴罢，白钦鼎张罗完要回高林村了，王裕宽便让厨子准备了一桌八碗八碟宴席的菜肴装了食箩食盒，再让王成喜赶轿车把白钦鼎一家人和这些食箩食盒送到高林村。

白钦鼎夫妇看到妹夫王裕宽如此有情义有礼物，自是感动十分，也得客气一番："快不用带这些东西了，我们吃好了，喝好了，还要带这一桌八碗八碟？不用了，不用了！"

王裕宽自然有一番道理："两位老人家没有来，带回去让两位老人家吃一吃嘛！我准备得多，给俺妈也有一份呢！况且，你们过来帮了几天的忙，也该慰劳慰劳呢！呵呵！一点心意，带上吧！"

白钦鼎夫妇听王裕宽如此一番说道，也就不再推辞了。

临上轿车时，白钦鼎拉着王裕宽的手走到一边，低声说道："裕宽呀，俺爹的身子是越来越衰弱多病了，你抽空来给他老人家看一看吧！而且，他老人家也经常念叨你，分明是想和你说说话呢！"

王裕宽一听这话，倒有几分愧疚了："唉！也怪我这些年太忙了，只顾着坐诊出诊看病人，倒顾不得多去高林几次，看他老人家了。我尽快，我尽快抽出空来，去看他老人家！"

当晚，送走了各路客人，再答谢了总管账房一班人，才算是把这番开锁喜宴办完了。此时已是深夜，王裕宽夫妇才算是歇了心，可以睡觉了。他夫妇睡到床上，虽然浑身疲倦，心却仍然在兴奋，了无睡意，于是他们便将了将一天的事情：来客如何、接待如何、饭菜如何、排宴如何、开销如何、收礼如何等等。

他们把这全天的事情一一将完了，白翠英又想起白钦鼎临走时曾和王裕宽说了一番话，便问："俺哥临走时和你说什么来？怎么还单独和你说？"

王裕宽说道："他说让我抽空去高林看看你爹呢！说你爹身子越来越弱了。可能是怕别人听到你爹的情况吧，所以就把我拉到一边单独说了。"王裕宽说着，不由得感慨起来："唉，这些年军阀混战、社会动乱、东三省沦陷、晋钞大幅贬值、字号大量倒账、百姓个个遭殃……遭遇这样形势，你白家的字号或倒账、或亏赔、或掌柜携款潜逃，把他老人家折腾得够呛呀！他的身子确实是越来越弱了，我也真是该多去看一看他老人家呢！"

白翠英听着王裕宽的话，想着她娘家的事，想着她父亲母亲及哥哥嫂嫂侄儿的凄凉处境，不由得伤心起来，泪珠儿也不由得滚落在枕头上。深夜寂静，这泪珠滚落在枕头上，还能听到那"吧嗒……吧嗒……"的声音。

王裕宽看白翠英不说话，却隐约听到这"吧嗒……吧嗒……"泪珠滚落的声音，他一转脸，果然看到她在伤心落泪呢！看着这美人落泪，脸儿白时如梨花带雨，脸儿红时又如桃花沾露，好不可爱而可怜！他搂住她，拥住她，再抚摸着她，说道："不用伤心了，不用哭了。国家这样战乱，人家还能好过？你看看咱周围的大户人家，十之八九都大不如从前了，连财势赫赫、名声堂堂的日昇昌票号东家不也倒账了、败落了、今不如昔了吗？"

白翠英伤心了一会儿，再听了王裕宽一番话，终于长长地感叹了一声，说话了："这些我也知道，可是想想俺爹的样子，那时候那么健壮威风；可几年时间，就变得衰弱多病，成了这个样子。想想俺白家的样子，那时候那么气派，可几年时间，就变得家败倒账，成了这个样子。再想想我俺哥哥的样子，那时候风流倜傥，穿绸裹缎，出门不是骑马就是坐轿车，那么潇洒气派；可几年时间，就显得老了，出门也没有马可骑、没有轿车可坐了，现在来去咱家还得靠咱家的轿车接送呢！唉！真是可怜俺爹俺妈，可怜俺哥哥嫂嫂侄儿呀！"

王裕宽安慰道："这些年虽然你家是有些败落了，可咱们的诊所药铺不是越来越好了吗？只要咱们有钱，就可以接济他们，还能让你娘家人困难了？"

白翠英听着王裕宽这番话，颇觉温暖、温情、温心，于是，刚才那秋风秋雨秋凄凉的心绪、心情、心境渐渐地转化为春暖花开的景象了。于是，她也搂住他，拥住他，再抚摸他，进入梦乡了。

过了几天，王裕宽带着妻子白翠英和一双儿女坐轿车来到高林村看望岳父岳母。一路上，王裕宽想着岳父岳母一家的事情，自是忧郁而同情：老岳父对我这个女婿器重有加、礼遇有加、帮助有加，如今他身体衰病且家道衰落，我得拿出浑身的医术救治他老人家，我也得舍出全家的钱财救助他们一家！一路上，白翠英想着爹妈和家里的事情，能看望爹妈自是高兴，但想着他们身体一天天衰弱而家道又一天天衰落的情况，不由得又忧郁而伤心起来：爹妈好可怜呀！世道怎么就成了这样啊？好好的一个人，好好一个家，好好的若干买卖字号，怎么说不行就不行了？一路上，十二周岁的王培林和两周岁的王培昌姐弟俩则兴奋嬉闹，欢欢笑笑，像花朵般鲜嫩好看，像小鸟般活跃可爱！

大约一个来钟头，王裕宽一家人的轿车进了高林村，来到了白家大院门楼前。王裕宽揭开轿帘看了看，虽然还是以前的大院门楼，这门楼还是雕梁画栋、飞檐斗拱、阔气漂亮，却明显感到了冷清寂寥！原来，因白家字号买卖衰落，这人来人往少了，人说人道少了，人气便少了；而人气一少，则不管你高楼大门，也不管你雕梁画栋，就都显得冷清寂寥了。幸好，王裕宽的事业正走在"兴"头上，生气盎盎，盛势昂昂；而白翠英的人生正走在"旺"字上，神采奕奕，美气盈盈；他们的一双儿女则如鲜花绽放、如雏鸟鸣唱，正处于生发之机，鲜活之时，美妙之龄……如此，这一家人进了这个冷清寂寥的大院，院里顿时活泛了，热闹了。

看到王裕宽带着白翠英及一双儿女都来了，白老爷夫妇欢心喜颜了，白钦鼎夫妇欢眼喜眉了，两家的儿女们则欢天喜地了。

一进门，二进院，三进屋，这两家老老少少、男男女女相互问询一番，寒暄一番，热闹一番，好一番欢喜！然后，老岳母从箱柜中拿出娃娃们喜欢吃的糖果来发赏，于是，这群娃娃们便围着这位奶奶姥姥蹦跳嬉戏起来了。白钦鼎夫妇则或去外面采办，或去厨房帮忙，去准备招待的饭菜酒食了。

白老爷子看了看情形，笑了笑，便招呼王裕宽："呵呵！这些猴儿们在享受王母娘娘的蟠桃宴会呢！那——容舟！咱爷儿俩到客厅里喝茶吧！"于是，王裕宽陪着白老爷子来到客厅，一边喝茶，一边叙起话来。

"容舟啊，你这诊所药铺还维持得不赖吧？"白老爷子问道，说着喝了一口茶，"来，喝茶！咱爷儿俩一边喝茶，一边叙话！呵呵！"

王裕宽也喝了一口茶，说道："呵呵！我这名气算是越来越大了，想让我看病的人也越来越多了。每天不是出诊，就是坐诊，还得管村里的事，忙得我来高林看您还得抽空！说来，真是惭愧呢！"

白老爷子笑道："忙，就是事业兴旺嘛！好事！至于来看我，多看一次或少看一次都无妨，还是事业重要嘛！你们来看我固然高兴，但看着你事业兴旺，看着你们的日子过得红火，我更高兴！呵呵！咳——咳——"白老爷子说着，想笑一笑，竟然连着咳嗽起来了。

王裕宽本来看着白老爷子的脸色灰暗，就知道气血不足了；再听着这说话的声音低沉沙哑，而且还咳嗽起来，就知道这老爷子气力不足了；再看老爷子的眼睛浑浊无神，则知道这老爷子心气、肝气、肾气都不足了。

"我给您把把脉吧！"王裕宽说着，便隔着茶几开始给白老爷子把了一会儿脉，同时也仔细观察了一会儿他的脸色眼神，然后说道："您没啥大病，只是年龄大了些，心情差了些，注意多保养吧！我这次来带来一根长白山老参，也带来些舒肝的芍药、解郁的柴胡和健脾胃的白术等药，您也不用专门熬药吃，只是每次煮肉做饭时少放一些就行。我知道您年老气血衰了，又遇上买卖字号亏赔心情郁闷，吃饭捎带着吃些补气健脾舒肝解郁的草药就行了。"

白老爷子叹了一口气，说道："让你费心了！不过，你也知道，这几年我成了这样子，是因为我白家的买卖字号接二连三地亏赔倒账，这些买卖字号是我白家荣华富贵的根本和源头啊！这些买卖字号在我手里倒账，就是断了我白家荣华富贵的根本和源头，没有了根本，树儿还不得死？没有了源头，河水还不得枯？我是罪孽深重，愧对祖宗啊！所以，我不是身上有病，而是心里有病；可心病还得心药治，哪里有这样的心药呀？容舟呀，你的那些药治不了我的病呀！"

王裕宽说道："您可千万不能这样想！这哪能怪您呢？这分明是因为军阀混战、社会动乱以及倭寇趁火打劫所致，您看看周围有多少人家的买卖字号倒账？十之八九呀！连日昇昌票号那样的大买卖字号都倒账了，人家那样的大东家都败落了，咱白家算啥呀？所以，您千万不能自怨自艾，我看这都是社会变动的结果，不能怪人呀！"

白老爷子听着王裕宽的话，那个紧紧缩在心里的疙瘩稍稍松开些了，紧紧皱着的眉头也稍稍舒缓些了："唔，容舟呀，你说的这番话倒是有些道理，倒也能让人宽心一些。但不管动荡也罢，人事也罢，毕竟，我白家几代人的买卖字号倒在我的手里，我能不当回事吗？只能是尽量想开些就是了。"

王裕宽微笑着说道："这就对了嘛！心里想开了，就没有疙瘩拥堵了；没有疙瘩拥堵了，气就通顺了，血就流畅了；气血通顺流畅了，也就没病了；没病有精气神，家里才有希望。"

白老爷子也笑了笑，说道："但愿如此吧！不过说实话，我自己多活几天或少活几天倒无所谓，反正也没几天活了嘛！主要是上对不起祖宗，下对不起子孙啊！比较起来，祖宗倒也其次，对起对不起，他们也不知不觉，只是我心里所想而已。关键是子孙，现在买卖字号倒账了，这股源头活水就没有了；就算我家里还有些积蓄，但没有了买卖字号这股源头活水，靠这些积蓄维持一家人的生计，到头来只能是坐吃山空啊！我儿子倒也成家立业，半辈子过去了；可我孙子呢，家里坐吃山空了，他将来如何读书、如何成家？最担心的是我儿子的后半辈子和我孙子呀！"

王裕宽看着白老爷子愁苦哀伤的颜容，再看着白老爷子期望哀诉的眼神，他大概猜到了老爷子的心思：这是老爷子在"托孤"呢！

果然，白老爷子说到这儿便直奔主题了："容舟呀，我衰老多病，恐怕没几天活了，但我放不下儿子孙子呀！所以，趁你今天来，我得嘱托你几句：我儿钦鼎虽然读书识理，但他没有谋生的本领，我走了之后，万一他们坐吃山空，衣食无着，读书无钱，你得关照他们啊！"说着，白老爷子竟然滚出眼泪来，而且还向王裕宽这位女婿拱手致意起来！

王裕宽一看这种情形，赶紧跪地磕头承诺："您千万不要这样！您老人家对我厚爱有加，恩重如山，我必知恩图报：将来不管怎样，只要我有能力，就会千方百计关照他们，管吃管住管读书！"

白老爷子一看王裕宽这情形，也赶紧起身扶起王裕宽来："容舟快快请起！其实，我知道你是一位有德有才之人，也是一位有情有义之人，我知道你会关照他们！今天见见你，我也就放宽心了。我是日薄西山了，你却正是如日中天呢！看着自己的女婿如日中天，我虽然日薄西山，却虽悲犹喜啊！"

说到这儿，这位衰弱多病、颜容灰暗的白老爷子蓦然间精神焕发起来，脸色亮堂起来，恰如日薄西山的太阳照亮了一片悠闲的白云，形成了一道彩色的晚霞。


# 七


白老爷子虽是买卖人家，算是一方小财主，但他自幼读圣贤书，修仁义德，悟家国道，除了关心白家买卖上的事情，也关心人生修养、社会发展和国家安全，颇能洞悉世道真理，也能领悟人生真谛，为人处世也就懂得抱真守正、顺天应人乃是人生之根本；所以，对买卖的赔赚、家庭的穷富以及人的生死就能知其然，也能知其所以然，还能顺其自然。

当白家的买卖接二连三亏赔倒账时，他自然会沮丧、郁闷乃至怨怒，人情之所欲都是想赚、想富、想生啊！但再回头思想、考虑乃至探究，却也就坦然、豁然乃至悠然了，事理之所在乃是有赚则有赔、有富则有穷、有生则有死嘛！于是，白老爷子在面对或应对白家的买卖亏赔、家境败落和自身衰病时，便发乎情而止乎理了：先是沮丧、郁闷乃至怨怒，然后则是坦然、豁然乃至悠然。

衰败就衰败吧，谁家的买卖能长盛不衰？死亡就死亡吧，谁的性命能长生不死？买卖已然亏了，但亏钱可，亏人亏心则不可；我白家只要无亏他人，无亏己心，买卖亏了又何妨？命将要亡了，但亡命可，亡德亡名则不可；我白某只要不亡仁德，不亡雅名，命亡了又何妨？

这一天下午，白老爷子在书房先是读了一会儿《黄帝内经》，领悟了一番养生之道；后又读了一会儿《资治通鉴》，领悟了一番治国之道；然后，又在地上踱了一会儿步；最后，又让贴身佣人把儿子白钦鼎叫到书房来。

"爹！您这两天身体还好吧？"白钦鼎来到书房，先是问候，再是观"候"：他看到父亲虽然一天天衰老，却显得悠闲自在，宛如天上一朵渐渐远去的闲云：远则远矣，留焉，恋焉；去则去矣，怅焉，惜焉；然而却悠悠闲闲，道也，仙也；自自在在，山也，林也。白钦鼎看到父亲如此气定神闲的情形，甚是欣慰乃至欣喜了：想当初白家的买卖字号接二连三亏赔倒账时，真如洪水突然暴发，父亲是那样惊慌恐惧！而如今亏也亏了，赔也赔了，倒账也倒账了，却如洪水渐渐退去，又成了往日潺湲溪流，颇得幽静之美；草木渐渐恢复，又成了往日青翠山林，颇得娴静之妙；父亲的心境是这样幽静、寂静、娴静、雅静，父亲的神态是这样自由、自在、自如、自然！

"嗯！好！呵呵！能吃，能睡，能看书，还能想事情！"白老爷子笑道。

"爹！您叫我有事？"

"哦！我在想——咱白家在各地的大小字号这五六年来接二连三地亏赔倒账，后续那些人欠欠人的债权债务也清理得差不多了吧？清理完了的，则罢了，歇心了。如果还有未清理完了的，你再和那些掌柜账房核实核实，然后把那些欠人的赶紧还了人家，那些人欠的则慢慢催债就是了。我是没几天日子了，我不愿意临了末了，要去了阴曹地府，还要背上这些债务去见阎王爷！"

"爹！该清理的早已清理完了。咱的债务早清理完了，要不，掌柜们还不一天天上门来诉苦要钱？现在，就剩下奉天那个'聚发祥'烧锅酒坊的事情：一万多块大洋的债务，咱已经从家里拿出钱来还人家了；至于掌柜卷走的那五千来块大洋，估计一时半会儿是追不回来了。"

"嗯，这我就放心了。呵呵！这我就可以放心地走了。钦鼎呀，我和你妈的墓穴不是已经打好了吗？这就'足矣'了，人死之后能有个安葬之处就行。到时候，丧事从简，你把直接的本家亲戚通知一下，最多放上七天，把我们打发了就行。如今咱白家不比从前了，千万不要大操大办，现在国家战乱，人家败落，没有钱则寒酸，没有人则冷清，与其想大操大办而操办不好，让人笑话，还不如一切从简呢！"

"这？爹！只要我有能力，我一定风风光光地为您二老送葬！"白钦鼎听着，眼泪已悄然滚落出来了；说着，眼泪更奔涌出来了。

白老爷子看着儿子双泪涌流、满面悲愁的样子，说道："我儿不必这样！时有春夏秋冬，家有兴盛衰败，人有生壮老已，这都是天然之理，不可违背，只能顺应：应时则春种、夏耘、秋收、冬藏，应家则兴发、盛华、衰守、败沉，应人则生育、壮劳、老养、已葬。就我白家如今而言，则属于'衰'，故必须'守'。守啥？守住基本的礼制就可以了。就我本人而言，则属于'老'而将'已'，故能有所养、有所葬就可以了。再就是我和你妈的葬礼而言，能有七天时间、能有三十二抬龙杠棺罩就可以了。所以，你听我的话就是了。"

白钦鼎听着，点了点头，然后说道："哦！好，好！我遵照父亲所言就是！"

不久之后，1937年7月7日爆发了"卢沟桥事变"，日本军队全面侵华而中国军民全面抗战。平遥城则于1937年底至1938年初遭遇了被日军占领、又被中国军民夺回、再被日军占领的惨烈战斗，尸横满街，血流成河！最终，平遥城陷落于日军的铁蹄之下，平遥人民苦难深重！

日寇恶魔一时主宰着平遥大地，于是，各路恶鬼便沉渣浮起，摇身一变，成了平遥大地的各路恶吏；于是，各路恶人得志猖狂，各种恶事如抢劫、敲诈、勒索、贪污、纳贿、偷盗、吸毒、赌博、卖淫、嫖娼等等，都死灰复燃、泛滥成灾了。

目睹此事此情，身处此境此地，除了义士、勇士、战士可以奋力抗争，普通百姓只能苟且偷生，君子士绅只能退缩遁形。履霜坚冰至，唯有菊花可以傲霜绽放；飞雪朔风扫，唯有梅花可以傲雪绽放；至于其他百花，则只能敛形藏神、沉香潜魂了。

"啊？国家的战乱还没有完？原来却是内战引起了外侵，军阀引来了日寇，国家百姓的灾难更深重了！唉！与其当他日寇铁蹄下的亡国之奴，还不如做我中华黄土垄下的有国之鬼！"

本已衰弱多病、悲观沮丧的白老爷子看到、听到、感受到日寇占领平遥以及三晋大地的情形，不禁感慨连连，悲愁不已！于是，他的身体更衰弱了，心志更沮丧了；于是，他觉得生不如死，视死如解脱，视死如归宿了。

不久，曾经富甲一方、威风八面、荣华满堂的白老爷子就在这战乱之世、衰败之景、凄凉之情、哀叹之声中仙逝了。而不过百天，白老夫人也追随白老爷子而去了。

白钦鼎从小富里生、富里长，身在温柔荣华之中，心在诗书礼仪之内，哪里经受过艰难困苦的锻炼？身则软弱而不健壮，心则脆嫩而无坚韧，哪能面对这家道衰败、父母丧亡的景况？买卖字号如白家的基础，父母双亲如白家的梁柱，如今基础垮而梁柱折，白钦鼎哪能支撑住白家这将倾的大厦？

白钦鼎不过是白家这个鸟巢里的卵，巢覆则卵破；他不过是白老爷子这棵大树下的草，树倒则草折。于是，白钦鼎在父母丧葬之后，便心志崩溃了，精神颓废了。

白钦鼎没有经营能力，没有劳作苦力，只得吃白家的老底子。更甚者，他还因心志崩溃、精神颓废而无奈、无聊、无趣中，受毒品泛滥的浸染，再受毒贩猖狂的劝诱，竟抽上了大烟！这就不仅是坐吃山空，是三年五年的事；而成了野火燎原，是三月五月的事！

父母亲过世后仅仅一两年时间，白钦鼎就因抽大烟抽光了白家的老底儿，开始卖田卖地，甚至就要卖房卖妻了！直到白钦鼎的妻子向白翠英哭诉，白翠英再向王裕宽哭诉，王裕宽才强行做主，把白钦鼎一家人拉到自己家里，把白钦鼎管束起来，把白家人养活起来。

从此，白钦鼎一家寄人篱下，苟且偷生了；而王裕宽一家则"添丁加口"，红火热闹了。

# 八

白钦鼎一家人住在了王裕宽家，他说"寄人篱下"，这是他的感受。他一家人住着人家的房子，吃着人家的粮食，还花着人家的钱，一应生活所需完全依赖人家，或者说仰仗人家，这倒也算是"寄人篱下"。但王裕宽的感觉则是"添丁加口"。白钦鼎一家人到他家里以后，吃在他家里，也住在他家里，他家院里人多了，红火了嘛！

王裕宽把白钦鼎一家人接来道虎壁，早已给他们腾出一溜西房，也准备了一应好铺、好盖、好用具，像招待客人一样让他们住下，还像招待客人一样给他们设宴接风。

酒过三巡，王裕宽说道："哥！嫂！以后你们一家就安安心心地住在我这里，吃、穿、住、用一应开销我就都包了！呵呵！我的情况你也知道，这些年名气大了、病人多了、收入高了，家业也就大了：我现在有一百多亩田地，有两三个院子，还有我的诊所药铺，哪里还在乎你们一家人的吃穿住用？而且，我家大业大了，我和翠英都需要帮手，哥帮助我处理诊所及对外事务，嫂帮助翠英料理药铺及家里事务，你们都算我们的可靠帮手呢！你们的孩子则与俺培林一起上学，与俺培昌一起玩乐，这是皆大欢喜的好事嘛！"

白钦鼎听罢，拱了拱手，说道："多谢妹夫了！唉！家运不济，字号接二连三地倒账；本人不争气，又抽上了大烟卖田卖地；真是惭愧！幸亏有你这样的妹夫搭救我们一家人啊！多谢了，多谢了！"

白钦鼎夫人也连连道谢："真是多亏了妹夫啊！要不是您出手相救，我们白家的房子甚至连我们母子也被他卖了！"说着，狠狠地剜了白钦鼎一眼，说道："快改了你那嗜好吧！本来好好的一个人，一抽上大烟就像变了一个人，甚至变成鬼了！"

白钦鼎一听他夫人这番话，自是惭愧不已："我改，我改，我一定改！"

白翠英说道："哥！这嗜好你可得改！这要不改，就我们这么大一份儿家业变卖了，也供不起你抽啊！"

王裕宽说道："哥！我帮你改，我给你开些草药吃一吃，兴许就能改了。"

白钦鼎唯唯诺诺："是，是！那好，那好！"

白钦鼎夫人看着她男人这可怜样儿，听着她男人这可怜话儿，不由得泪水纵横，伤感万千：俺男人以前是啥样儿？那是公子才子，风流倜傥，让人敬羡啊！可现在是啥样儿？像花子傻子，让人鄙夷啊！这万恶的毒品啊，真是罪恶滔天！

白翠英看着白钦鼎夫人伤感的样子，不由得也泪水簌簌而下了。

王裕宽知道这两位夫人是可怜这位因抽大烟而落魄不堪的白钦鼎，一个可怜她男人，一个可怜她哥哥，连他也可怜这位大兄哥呢！于是，他叹一口气，说道："世事多变，命运无常，谁一辈子能不遇些糟心事呢？遇上了，熬过去就好了嘛！人非圣贤，孰能无过？"然后笑了笑，说道："放心吧，哥只要改了这抽大烟的嗜好，用不了三两年，就又回到那有才华、有风度的白公子了！呵呵！"

"呵呵！"白钦鼎听着，也笑起来了。

"嘻嘻！"白夫人也破涕为笑了。

"嘻嘻！"白翠英也笑了。

王裕宽一番话，说得大家又缓过神来，也乐观起来了。

白钦鼎一家人住在王裕宽家以后，既像是客人，又像是佣人，还像是一家人，稳稳当当、温温饱饱、和和乐乐地过起日子来。

王裕宽则继续经营他那如日中天的诊所药铺，继续往返于县城山野、出入于豪门陋巷、通达于官府匪寨，但凡病家之所求，皆是医家之所往。

平遥城被日寇占领以后，王裕宽又多了一些去处：日军指挥官住处，伪军指挥官住处，便衣特务头目住处，毒贩黑帮头目住处，这些人都是有钱有势的主儿，他们为了给老妈、老婆、闺女以及亲戚治妇科病，也为了摆阔气、耍排场，往往要请大名鼎鼎的道虎壁王氏妇科掌门人王裕宽上门看病，而王裕宽又不得不去上门看病。这些人或是侵略者，或是掠夺者，或是勒索者，或是讹诈者，都是老百姓惹不起的人。论钱，来钱如刮风般容易，花钱如流水般痛快，自是少不了医生大夫的诊费药费，甚至还会有额外的红包赏钱。论势，顺我者昌，你若给我面子，则我可保护你，甚至抬举你；逆我者亡，你若不给我面子，则我可欺负你，甚至杀戮你。

王裕宽是医者，医者仁术，只管治病人，无法管治好人善人、还是治坏人恶人。所以，不论是生存所需，还是势力所迫，或是职业伦理所守，王裕宽都得去这些地方出诊看病。

这一天，王裕宽应平遥伪县长曹二禄之邀，前往县城日军司令部给铃木司令官夫人看病。王裕宽在曹二禄的陪同下进了日军司令部，再进了铃木司令官住处，先是拜见铃木，再是拜见铃木夫人，铃木及其夫人对王裕宽这位大名鼎鼎的道虎壁王氏妇科掌门人倒也客气。

铃木虽是军人，但出于求人现实，倒也显得彬彬有礼，颇有待客之道："王大夫！辛苦您了！"

铃木夫人本是温和女人，自然温柔如春风，和蔼如细雨，礼数则恭恭敬敬，殷殷勤勤，拘拘谨谨，仿佛信女面对僧佛："王大夫！有劳您了！"

王裕宽一一回礼："拜见铃木司令官！拜见夫人！治病救人是我的本职，愿意为您服务！"

接下来，王裕宽开始给铃木夫人把脉——

因妇科病多有隐私，不便让外人知，铃木支走了曹二禄，他则在一旁专心静神地观察王裕宽的神色：镇静、镇定，自如、自若。铃木暗暗点头佩服：此种心态、神态、状态，非有极高的功夫修养而不能，看来这位王大夫果然名不虚传，道行不浅！医家与兵家同理，其实不管什么家，修养、修行、修炼的最高境界都是心、意、神进入那种静境、定境和自如自若之境。

王裕宽把了一会儿脉，再沉思了一会儿，说道："夫人所患为'骨蒸夜热不孕'症，症状为骨蒸夜热、遍体火焦、口干舌燥、咳嗽吐沫，所以难于怀孕生子。"

铃木听着，看着，想着，然后问道："那是什么病因呢？"

王裕宽说道："一般医家会以为是阴虚火动，其实是骨髓内热，此症此病此名为我三晋神医傅山先生发明。骨髓为何与胞胎关切？骨髓之热为何能使人不孕？以我们中医观点来说，胞胎为五脏外之一脏，以其不阴不阳，所以不列于五脏之中。所谓不阴不阳者，以胞胎上系于心包，下系于命门。系心包者通于心，心者阳也；系命门者通于肾，肾者阴也。是阴中有阳，阳中有阴，所以通于变化。或生男或生女，俱从此出。然而必须阴阳协和，不偏不枯，始能变化生人。况且，胞胎既通于肾，而骨髓亦肾之所化。骨髓热由于肾热，肾热而胞胎亦不能不热。而且，胞胎如果没有骨髓滋养，则婴儿无以生骨。如此，骨髓过热则骨中空虚，唯存火烈之气，而缺水气之润，如干旱之田不生苗，火烈之胞又何能成胎？"

"那王大夫将如何治疗呢？"

王裕宽说道："治法必须清骨中之热。然而，骨热由于水亏，必补肾之阴，则骨热除；骨热除，则珠露得存，种子得发，禾苗得生，胞中得喜。这就是我们中医所谓'壮水之主，以制阳光'之法。我给您开个'王氏清骨滋肾汤'的方子吧！"

王裕宽说罢，便提笔开方——

地骨皮（一两，酒洗）　　丹皮（五钱）

沙参（五钱）　　　　　　麦冬（五钱，去心）

元参（五钱，酒洗）　　　五味子（五分，炒，研）

白术（三钱，土炒）　　　石斛（二钱）

开罢方子，王裕宽解说道："这个方子要连服三十剂则骨热解，再服六十剂则自受孕。夫人的身体本非胞胎不能受精，而是受精不能成活。所以稍补其肾，以杀其火之有余，而益其水之不足，便易种子成活了。"

铃木看着王裕宽开的药方，听着王裕宽的解说，连连点头称赞，并连连致谢："王大夫真是名不虚传，听您这一番话，看您这一张方，真是高明！多谢了，多谢了！"

铃木说罢，便把王裕宽让到茶几旁，然后，一边沏茶款待，一边探究他夫人的病因进而探讨王氏妇科的根由。

"请问王大夫我夫人为何会得'骨蒸'这种奇特之病？"

王裕宽想了想，说道："骨蒸与其他病一样，病因有很多，因人因时因地因事不同，都可能引起这种病症。就您夫人而言，根据我的观察了解，我猜想，可能是因'恐'而得。我们中医讲阴阳五行，其中有'怒伤肝、喜伤心、思伤脾、悲伤肺、恐伤肾'之说，而骨髓为肾所化，骨蒸为肾火旺而肾水亏所致，人'恐'则肾水泄而肾火炽。至于'恐'如何而来，我猜想，因您夫人对您爱之深切，因而对您整日冲锋陷阵、出生入死的冒险生涯恐之亦深切，最终由此而伤肾并及之于骨髓了。所以，除了我那药方可治病，您尽量少冒险打仗、多在家陪伴则可治病根。万物与时季相对应则宜成，怀孕生子与春季春暖花开相对应则宜孕宜生，与秋季寒风冷霜相对应则不宜孕不宜生。而您多在家陪伴夫人，或细语如燕莺，或抚琴如和风，则如春季春暖花开，自然宜孕宜生；多在外冒险打仗，或腥风血雨，或刀光剑影，则如秋季寒风冷霜，自然难孕难生。"

铃木听着，想着，点了点头，微微笑了笑，说道："唔，有道理，有道理。呵呵！王大夫高见啊！呵呵！噢，我听说您王氏妇科已经传承近千年了？您认为您王氏妇科为何能传承近千年之久呢？"

"这——"王裕宽想了想，说道："我想，这可能与我们的职业有关吧！我们的医术也称'仁术'，我们中国的仁、礼、义、智这四维分别对应春、夏、秋、冬这四季，仁则爱人生人活人，正如春则爱物生物活物；所谓'生生不息'正是仁之宗旨、春之本能。而我们王家世代存仁心而行仁术，正如同得春意而适春季，所以便'生生不息'传承近千年了。呵呵！"

铃木听着，点了点头，还竖了竖大拇指，说道："有道理！好一个'仁'字，好一个'春'季，好一个'生生不息'，颇有道理啊！"然后，他话锋一转，说道："那以王大夫看来，我们军人以杀戮为天职，那就'杀杀无嗣'了？"这时，铃木的话冷冰冰，他的脸则凶煞煞了。

王裕宽听着这话音，看着这脸色，却并不畏惧，而是正色相对，泰然处之，说道："国家大事我不懂，我也管不了，但以个人因果报应而言，我猜想，生则报以生，杀则报以杀。当然，杀与杀也有不同：一是己心欲杀与职责得杀不同，己心欲杀则报在己，职责得杀则报在职。二是杀无辜与杀有罪不同，杀无辜则得咎，杀有罪则得功。所以，像您这样的军人既以'杀'为使命，则不可避免会开杀戒；但只要不因己心滥杀无辜，则罪在职责而不在己，就未必有恶报，也就未必'杀杀无嗣'了。"

铃木听了王裕宽这一番话，脸色慢慢舒缓了，进而浮出笑容了："呵呵！原来王大夫还信佛教啊！"

王裕宽也微笑道："呵呵！其实，这只是简单的道理：'种瓜得瓜，种豆得豆'嘛！把这简单的道理一延伸，各种因果报应的道理就都在其中了。"

铃木听到这儿笑了，说道："好一个'种瓜得瓜，种豆得豆'，看似简单，但真是有道理啊！呵呵！您王大夫今天为我夫人看好了病，我就得感谢您；如果有一天您王大夫有求我铃木司令官的时候，我就得大开方便之门了！"

王裕宽也笑了笑，说道："不敢当，不敢当！为铃木司令官夫人看病，这是我作为大夫应尽的职责！"

如此喝了一番茶，说了一番话，然后王裕宽起身告辞，铃木以礼相送；由此，在平遥地面上依仗日本人势力的各级各类头面人物更对王裕宽以礼相待了。


# 九


在日本人占领时期，王裕宽凭着高超的妇科医术虽然比一般人容易生存，但平遥毕竟是日本军队、宪兵队、伪军、汉奸、特务、毒贩、黑帮等人的天下，社会战乱，罪恶泛滥，奸伪猖狂，到处都是杀戮、掠夺、奸淫、毒害、勒索、敲诈，经济凋敝、民生萎靡……如此情形，他王裕宽一家生存其中，哪能独善其身？

所以，王裕宽虽然生存容易，却麻烦不断，苦恼不断，恐慌不断；那些恶毒之人虽然不会加害他，但那些恶毒之事却会纠缠他、骚扰他、加害他——

有一天，平遥城便衣特务队长侯三儿带着十几个便衣队员，骑着自行车闯进道虎壁村，并直奔道虎壁村的学校而去。有人见状赶紧报告到村公所，村公所又赶紧报告给维持会长王裕宽，王裕宽一听便赶紧奔学校而去。王裕宽与张惟一交情不错，他早就知道校长张惟一是中共党员、学校是南山八路军的交通站，而且，张惟一还多次让他用黄连、三七根、刘寄奴、王不留行、五味子等清热解毒、破血通经、活血消肿、滋补强壮的中草药给南山八路军伤员配制过止血消痰药。所以，无论是从好朋友角度，还是从抗日志士角度，或是从他通过张惟一给八路军配制过止血药的角度，抑或是从八路军会怪罪他这个维持会长的角度，他都不能让张惟一被抓走，特别是不能在道虎壁村被抓走啊！

王裕宽刚走到学校门口，张惟一校长已经被便衣队的人绑了起来。王裕宽上前拦住："这是怎么了？"

侯三儿得意扬扬地走过来："原来是王大夫呀！有人举报他私通八路军呢！"

"侯队长，我们道虎壁可是维持治安模范村呀，怎么可能？张校长在我们道虎壁教书十几年了，怎么就私通八路军了？不可能，不可能！人暂且不能带走，我得问问清楚再说！——侯队长，咱们到村公所说话！"

侯三儿与王裕宽大夫也有些交情，他也知道王裕宽与平遥城上至日本司令官、县长下至一个个局长、队长多有交情，如果王裕宽要救这个人，怎么也能救了。于是他想：与其让别人送他这个人情得好处，还不如自己送他这个人情得好处呢！所以，当王裕宽让他"到村公所说话"时，便听之从之了。

王裕宽把村副王田喜叫到一边，悄悄安排："赶紧到我家药铺拿上一百五十个大洋！"然后大声说道："赶紧回村公所安排一下，烧好茶水，准备招待便衣队的弟兄！"

村副王田喜走了，王裕宽陪着侯三儿前往村公所。进了村公所以后，王裕宽说道："侯队长，让你的弟兄们在大厅里喝茶抽烟，咱们把张校长带到我的屋里问话。如何？"侯队长自然知道王裕宽要做什么，便恭敬不如从命了。

王裕宽一进屋，便责怪张惟一校长，说道："张校长！咱教书育人，为人师表，你怎么能私通八路军，与日本皇军做对呢？你一个聪明人，怎么能做下这害人害己害咱道虎壁村的愚蠢事情呢？"

张惟一满脸委屈，说道："啊哟，好我的王大夫呀，我哪里私通八路军了？分明他们血口喷人、栽赃陷害我呢！"

侯队长一听恼了，马上把一个汉奸叫进来指认："他是不是通八路军？你是不是看见他去南山与八路军的人见面了？"

这个汉奸上前再仔细看了一番，说道："就是他，那天我看见他去南山与八路军的人见面了！"

张惟一笑道："这一位！我从来没有见过你，你怎么能说我上南山呢？况且，我哪里上过南山，你不是有意陷害我想领赏钱，就是看错人了！王大夫，侯队长，我从来没有上过南山，更不用说与八路军的人见面了。我在道虎壁老老实实教书十几年，却突然说我私通八路军！实在冤枉啊！"

侯队长正在疑惑间，王裕宽说道："张校长真是一个老实人，我与他也是十几年的交情了，还经常坐在一起谈天说地，他讲国文儒学，我讲妇科医学，他文文雅雅一个人，怎么会私通土八路呢！侯队长，肯定是那位朋友看错人了！"

这时，村副王田喜进来，看了王裕宽一眼，把一个包放在王裕宽身边。王裕宽知道大洋准备好了，便让张惟一先出去；待屋子里只留下他与侯三儿两个人，便打开包子，露出了三卷封着的大洋，说道："侯队长，你既来我道虎壁了，不能让你白辛苦一趟：这一百个大洋是我们道虎壁给你侯队长的，这五十个大洋由你赏给手下的弟兄们喝酒！至于张校长这回事，我打保票，肯定是看错人了！"

侯队长一看这些现大洋，心里早就乐开了花，况且还有王裕宽这位平遥城鼎鼎大名人物的面子呢！于是，他一边收起这些大洋，一边笑着说道："呵呵！那我就听王大夫的！客随主便嘛！不过，这可是一条人命的情分，哪天我有需要王大夫治病救命的事，王大夫可不能忘了我的这个情分啊！"

"那是一定！只需侯队长一句话，我自然上门效劳！"

如此，为了救这位张惟一校长，王裕宽破费了自己家一百五十个大洋，浪费了自己两三个钟头的看病时间，还预支了将来给这位侯队长家人看病的一天时间……

还有一天，远房本家寡妇王二大娘哭哭啼啼地来到王裕宽求告："裕宽呀，咱杰儿让日本人抓进牢里了，你可得救救他呀！"

"前几天我还见他在地里做活计呀，怎么就让日本人抓进牢里了？"

"是呀，就是昨天的事。咱杰儿不是在南山参加过八路军独立营嘛，前天去城里，让一个叛徒看见他了。那个人可能是想得日本人的赏钱，就告发了咱杰儿，昨天就被抓走了。"

原来，这王二大娘的独子王义杰当初被日本人抓壮丁去南山脚下修炮楼，结果，炮楼还没有修好就被八路军袭击摧毁，这些被日本人抓的壮丁被八路军解救，王义杰便顺势参加了八路军独立营，上南山打游击了。后来，王义杰因为母亲一个寡妇老婆在村里生存实在孤独而困苦，便悄悄放下枪弹衣装，偷偷下山回家了。当时八路军的政策是，如果带枪逃走，算叛徒，要惩罚；如果不带枪溜走，算开小差，不惩罚。他想不到，在八路军这边没事了，在日本人那边却有事了。

"哦！那我明天去一趟城里看看情况、找找人吧！"

"裕宽呀，我一个寡妇老婆，也没有家底儿，这是我多少年攒下的一吊铜钱，你拿上吧！"

王裕宽看了一眼这一个穷苦的老太婆，不由得蹙了蹙眉，她太可怜了，她的生活何等艰难啊！他再看了一眼这一吊铜钱，不由得苦笑了笑，这也太可怜了，这点钱哪能够打点人啊！

"二大娘！这钱您拿起来吧！找人打点花钱的事，您就不用管了。"

"啊？那就全拜托你了啊！"

最后，王裕宽带上自家的一二百个大洋，进城找到相关的若干人员，再辩说一番"开小差回家"应属弃暗投明的道理，于是，人情和银钱到了，关节和道理便通了，"有罪"和"坐牢"便转化为"无罪"和"释放"了。

……

凡此种种，王裕宽作为当时道虎壁村的有权、有势、有钱之人，而且又是有道、有德、有心之人，道虎壁村本家、乡亲、友好求上门来的事，他自是义不容辞，有求必应，一年中总会有三件五件这样的事情，也就总会有三百五百这样的破费。谁愿意揽这些麻烦事情？谁又愿意花这些冤枉钱财？但位所应当、势所能够、钱所可以，再加道义良心所驱使，他不得不揽这些麻烦事情，不得不花这些冤枉钱啊！

而且，他还遇上了更为严重的花"冤枉钱"的事情：他妻子白翠英竟然也惹上了毒瘾！

当初因妻兄白钦鼎抽大烟眼看着家破人亡、妻离子散，王裕宽和白翠英把他们一家接来道虎壁居住生活时，王裕宽和白翠英还劝诫过白钦鼎戒毒；而后来，不仅没有帮助白钦鼎戒了毒，竟然还让白翠英惹上了毒瘾。原来，早在娘家的买卖字号接二连三地亏赔倒账时，白翠英看着往日风光无限的父亲一下子就衰老萎靡了，她就心疼父亲，可怜父亲，她往日那无忧无虑的开朗心情变得忧郁苦闷；而在父亲母亲去世后，再看到往日风度翩翩的哥哥变成了落魄的烟鬼的样子，她就心疼哥哥一家人，可怜哥哥一家人，更是悲伤忧愁。心情如此糟糕，身体也就跟着糟糕，虽然守着一个王氏妇科掌门人的丈夫，却在不到七七四十九之数时便断了月经；于是，糟糕的心情影响了身体，糟糕的身体再影响了心情，她的心情和身体就更糟糕透顶：睡觉不好，吃饭不好，身体精力便也不好，心情精神自然更是不好，有时候甚至到了不想活而想寻死的地步！

　　白翠英的身体精神糟糕到了这样的地步，连丈夫王裕宽这样高明的医生也无计可施，只能眼睁睁地看着她在痛苦郁闷中煎熬挣扎！倒是她哥哥白钦鼎知道大烟的妙处，他看着妹妹如此煎熬挣扎而无药可救，便从他往日的烟友那里弄了一些大烟，时而偷偷地让妹妹抽一口；妹妹这一抽，顿时感觉到精神和身体有变化，似乎一下子恢复了往日的样子！这样一来，白翠英有的是钱财，白钦鼎有的是渠道，这兄妹俩便都偷偷地抽上大烟了。

　　王裕宽一开始看着白翠英精神好了，还以为是她挺过了那段煎熬的日子，身体和心情都开始变得好了，还为她高兴呢！但后来一发现她吸毒的真相，顿时恼怒了，大发雷霆了："好你个白翠英，你这是要败家呀！那东西还能沾惹？那是害人身体乃至害人家破人亡的毒品呀！你赶紧给我戒了！要不然，我这偌大的家业全得毁在你手里，到时候就成了你白家的样子，成了你哥哥白钦鼎的样子，就得家破人亡呢！"

　　白翠英自从嫁给王裕宽早就被爱抚惯了，被娇宠惯了，像在和风细雨中生长的花儿，她哪里见过王裕宽这雷霆之怒、暴风之狂？她吓得哭了，难过得双泪长流了，悲伤得痛不欲生了："是我错了，是我破费了你的钱财，你骂得对！可是，我吸上就舒服，不吸就难受得要死、难受得想死呀！与其让我生不如死，我还不如死了算了，你也正好能娶一个年轻漂亮的姑娘续弦！从此以后，我下我的阴曹地府，你入你的洞房天堂吧！我下阴曹地府就一了百了了，不管油窝炸也好，火海烧也罢，你都不用管了……呜——呜——"白翠英说着，泪如泉涌，成了一个泪人儿！

王裕宽一看白翠英这样，再一听白翠英这话，那可爱样儿，那可怜样儿，一下子让王裕宽想到了以往白翠英美丽的样子和以往夫妻美满的日子，内心的情感之河也决口了，他也潸然泪下，进而泪如泉涌了"你说啥呢？我能不管你的死活吗？我能不知道你以前的好吗？我是那无情无义的人吗？你能戒则戒，即使你不能戒，我也不能让去死呀！你死了，咱两个娃娃怎么办？让他们遭后妈虐待吗"？

说到这儿，王裕宽和白翠英竟然都哭成了泪人！

于是，王裕宽始而暴怒责怪，继而泪水纵横，终而温情抚慰，这桩事也就不了了之了。

此后，王裕宽想着妻子白翠英诸多的好，想着自己内心深处对妻子白翠英炽烈的爱，再想着自己宠爱娇惯了妻子白翠英大半辈子，于是，对妻子白翠英深厚炽烈的热爱便大大超过了对家业执着热切的操持，家里诸事的顺序也就排列出来了：妻子白翠英第一，子女第二，家业第三……还是宠爱她、娇惯她吧！只要她好，想抽大烟就让她抽吧！她比家业重要呀，家业没有了，还可以再挣回来；妻子没有了，则永远回不来了！

王裕宽再想着白家老岳父白老爷子以及妻兄白钦鼎对自己诸多的好，对白钦鼎一家人来道虎壁居住生活拖累他乃至白钦鼎引诱妹妹白翠英吸毒的危害也就淡然视之了：人家当初对我那么好，我已经算是欠了人家的钱和情；如今人家落魄了，不是我报答人家的机会吗？而且，人生轮回，因果报应，能在有生之年报答还清了这钱和情，在死而转生的时候能无债一身轻，总比背着沉重的银钱债和人情债去死而转生强吧！与其来生再还债，何如今生还清债？

王裕宽不能为了家业而放弃妻子，但也不能为了妻子而放弃家业，他只能先妻子而后家业，兼而顾之了。所以，他对妻子白翠英抽大烟的事不强戒，不强管，不给她断财源；但也得慢慢控制其抽大烟的数量，慢慢压缩其抽大烟的财源：药铺里家里不能缺了钱，得容忍她拿少许钱去吸食大烟；但药铺里家里也不能多了钱，得控制她拿大量钱去挥霍买大烟。所以药铺里家里钱一多，王裕宽便拿上这些钱去置地置田了。他家里不能存金存银，但他可以置地置田，她拿上这些房契田契不能换大烟，地契田契不在她名下啊！

由此，王裕宽名下的田地一年比一年多，从几十亩到一百多亩，到后来竟有了二百多亩田地，成为名副其实的"地主"了。

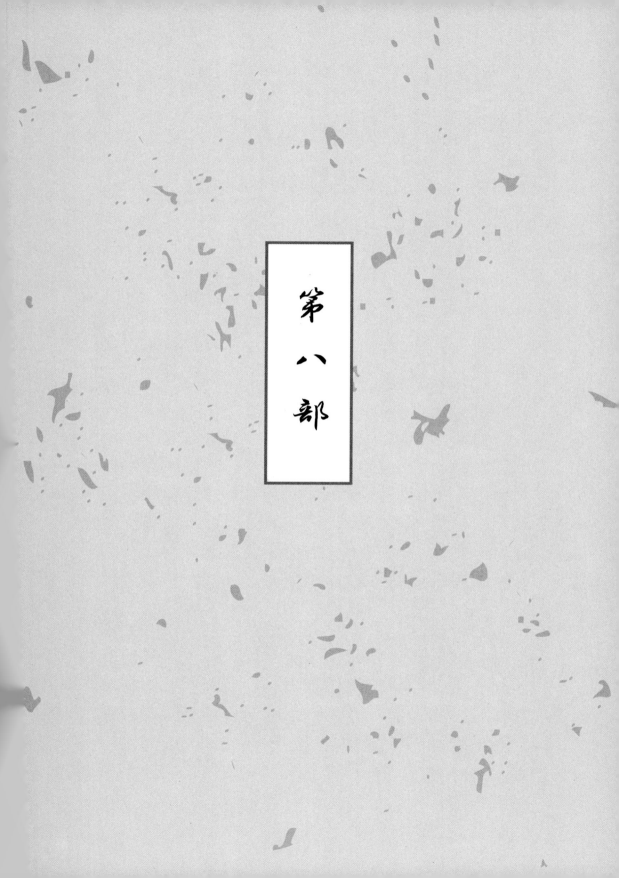

第八部

# 一

1945 年 8 月 15 日，日本天皇宣布无条件投降了。从 1937 年"七七事变"算起，全国人民抗战已经过了八个年头；从 1931 年"九一八事变"算起，东北人民抗战已经过了十四个年头；再从 1894 年"中日甲午战争"算起，中国政府和人民已经忍受屈辱达半个多世纪；至此，由于中国军民团结一致、浴血奋战，也由于国际正义力量的帮助支持，中国终于赢得了对日本的彻底胜利！

中日两国半个多世纪的兴衰转化正应了两句古语：

多行不义必自毙——此谓日本
艰难困苦玉汝成——此谓中国

中国军民经过八年乃至十四年的浴血奋战最终赢得了抗日战争的彻底胜利，由此，中华民族浴火重生了。中华民族告别了一百多年最黑暗的时代，开始走向光明；告别了一百多年最屈辱的时代，开始走向荣耀；告别了一百多年最衰落的时代，开始走向复兴。

平遥城头，日本国的太阳旗落下去了。平遥人民敲锣打鼓，载歌载舞；平遥人民扬眉吐气，欢庆欢喜！

王裕宽进城出诊时得到了日本人投降的消息，顿时喜出望外，乃至热泪盈眶："啊，日本终于投降了，中国人不再是亡国奴了！"王裕宽虽然凭借其医术给日本人以及那些汉奸特务的家属看病而未受到明显的欺侮，但他毕竟是有道义感的中国人，哪里乐意在日本人的东洋刀下当卑躬屈膝的亡国奴，只是迫不得已，苟存而已！如今日本一投降，中国又成了中国人民的天下，再不用卑颜屈膝、敛声屏气了，中国人可以挺胸抬头、扬眉吐气了，他怎能不喜出望外！

进城出诊罢，他割了二斤熟牛肉、称了四斤好点心和若干糖果，兴冲冲地回了道虎壁村。一进村，他先让轿车赶到老院门口，然后带了一斤牛肉和二斤点心去看望母亲。

王裕宽来到母亲王张氏的住处，先是问安："妈！近来身子还好吧？"然后，把牛肉和点心放在桌上。

"哦！好！裕宽呀，你又进城了？怎么又给我带来这些东西！"

"嗯！不仅进城了，还得到一个特大的好消息呢！——日本投降了！"

"啊？日本投降了？这真是个好消息呀！"

"呵呵！是呢！日本投降了！"

王张氏老太太看着儿子王裕宽那喜悦而兴奋的脸色，她也兴奋起来："我就说嘛，日本再厉害，也究竟是一个小国，它不过是'人心不足蛇吞象'，想吃而吃不下！再说了，古人早就说'得道多助，失道寡助'，日本侵略咱中国那就是失道，他失道，自然是天地人神共怒，他还能有好？咱中国人抗击日本人侵略那就是得道，咱得道，自然是天地人神共助，咱还能不好？古人的话没有错，那是'三皇五帝夏商周'这一代一代传下来的，如果有错，那就传不下来了。相信古人的话就不会犯错，要不这一代一代的子孙都要读古人的书、记古人的话呢？万事万物一理，治国治家一理，或成事成物，或旺国旺家，都需要'多助'才行，而要得'多助'，则必先得'道'。'道'又是啥？其实，'道'就是道理、道德、道义、道行、道路等的总称，'得道'就是得到了这些道理、道德、道义、道行、道路，就能有人帮！"

王裕宽认真地听着，欣慰地想：母亲虽然七十多岁了，身子却如此健康，脑子如此清楚，说话如此流利！母亲如此知书达理，如此贤惠智慧，这分明是她老人家的福气，也是我们儿女们的福气呀！

论王氏妇科医术，王裕宽当然是首屈一指的大拿和名副其实的掌门；但论中华传统儒学，他从小到大乃至现在五十来岁了，母亲王张氏却一直是他名副其实的导师。

王裕宽和母亲说了一番国事和大道理，然后便开始说家事和小道理了："妈！我想趁着这日本人投降、全国人欢庆的时机，也把咱培林的婚礼办了，您说怎样？"

"好呀！本来咱培林二十四岁早该成婚了，赶上这日本人投降、全国人欢庆的好时候，这就是大吉祥的时日呀，不用择日也是吉日，还不赶紧操办？赶紧操办吧，我也想早些看见咱培林出嫁呢！"

"好，那我赶紧操办！"

王裕宽看望完母亲，然后回到家里。

他提着这些牛肉、点心、糖果一进屋便宣布："我告诉大家一个好消息：日本人投降了！从此，咱中国人就不再是亡国奴了！"一听王裕宽高声说话，一家人全都围拢过来，王裕宽则继续宣布："所以，为了庆贺日本人投降，庆贺咱中国人不再做亡国奴，我特意从城里割了牛肉、称了点心和糖果，咱晚上要摆席喝酒！"

当晚，王裕宽一家、白钦鼎一家以及赶轿车的王成喜和拉东洋车的许立臣等都围坐在大团桌上吃喝起来，男人们主要是喝酒吃肉，女人和孩子们则主要是吃点心和糖果。

王裕宽坐在团桌主席位置上，兴高采烈，举杯动筷，一边劝导着一桌人喝酒、吃肉、吃菜、吃点心、吃糖果，一边讲述着庆贺日本人投降、不再当亡国奴的形势，一桌人大吃二喝，尽兴尽致，美意滋滋，喜气洋洋！

酒至半酣，王裕宽又美滋滋、喜洋洋地说道："现在，我还要宣布咱家里的一桩喜事，咱要借着这举国同庆的欢喜日子，尽快操办培林的婚礼！咱培林的婚礼本来就该办了，正赶上这日本人投降、全国人欢庆的好日子，咱还不尽快操办？这就叫'国喜家喜国家一起喜'，再没有这么好、这么巧的良辰吉日了！"然后，又对白钦鼎说道："哥！做这事你是行家里手，咱培林的婚礼就拜托你了。和亲家接洽商量，到城里买置嫁妆，准备宴席，邀请客人，这些事就全靠哥了！时间要快，一个月左右就要办；席面要好，八碗八碟鸡鱼都要上！需要钱，你到咱铺上支就是了；需要人，你用咱家里的人就是了。"

白钦鼎做这类事经多见广，得心应手，自是满承满应，尽心尽力。

白钦鼎代表王裕宽与梁坡底村安亲家商量操办婚礼之事，安亲家自然没有二话；再商量择一下婚礼黄道吉日，便确定了中秋节后八月十九为婚礼吉日。然后他吩咐相关人员采办若干陪嫁之妆和若干喜宴所需之物，再亲自拟订典礼仪式、亲笔书写邀请束帖，一切安排得井然有序。

白钦鼎操办这类摆排场、耍阔气、闹红火的事情颇有禀赋，又有丰富的经验，再加上王裕宽多年来积累了许多的银钱和人缘，花钱不挡手，做事不缺人，一个多月时间便一切准备就绪，只等喜日子到来，便可"嫁妆全方厚成、宴席丰盛肥美、客人齐聚满座、场面红火热闹、礼数一应周全"地让培林姑娘排排场场、阔阔气气、红红火火地上轿出嫁了。

## 二

王培林如今正值二十四岁的美妙年华，出落得身材高挑清秀、眉眼端庄漂亮、举止文雅大方，又出身于道虎壁王氏妇科掌门人王裕宽这样的名门望族，可谓人见人爱，人见人夸，人见人羡！

王培林在五六年前上平遥中学时，因才貌双全，就是班里光彩照人、美丽诱人的一朵花，许多女同学羡慕她，许多男同学追求她，而她则像一个脖子高高扬起的骄傲的白天鹅，没有遇到她心中的白马王子，她哪里肯打开自己那神圣而美丽的心扉，随便接纳一个人？哪里肯低下自己那高傲而优雅的头颅，随便认可一个人？直到有一次，她相跟着班里的几个进步同学参加一个抗日秘密集会，听一个高年级的同学在集会上宣传抗日主张，特别是听到宣讲一本叫《论持久战》的小册子时，她被这个同学的高深而高明的妙计所折服，同时也被这位同学的滔滔口才和翩翩风度所折服了。她不由得凑近他，倾听他，欣赏他，临了居然还大胆地向他借《论持久战》要看，而他也竟然借给了她！此后，她偷偷地认真通读了这本《论持久战》，再结合那个同学的宣讲，她茅塞顿开：原来，日本人看似强国，中国人看似弱国，只要把全体中国人发动起来，团结起来，那就能汇成四万万人民战争的海洋，就能把区区几百万日本侵略者淹没在这人民战争的汪洋大海之中！啊呀，这本书的作者毛泽东真是英明，而那个同学也真是高才生！蓦然间，她对这个有才华、有风度、有理想、有激情的高年级同学打开了心扉，她的头颅低下了，这个人就是让她崇拜的偶像，这个人就是给她指路的明灯！当她向他还书的时候，她已经爱心萌动了；而当她几次向他求教的时候，她似乎已经在求爱了。而他面对这样一位春心荡漾、秋波脉脉而且品、貌、才俱佳的女同学，岂能不怜、不爱、不动心？

　　于是，她就与这个名叫侯清泉的高年级同学开始恋爱了，经常借书还书，经常约会密会。谈学习，谈人生，谈前途，谈抗日，谈八路军，谈共产党，谈南山抗日游击队……

　　两个人还相互写诗赠诗——

## 林，我流淌在你的脚下

你是一片树林，

我是在你脚下流淌的泉水。

你是一片茂盛的树林，

我是一股在你脚下赞颂你的泉水。

你是一片美丽的树林，

我是一股在你脚下欣赏你的泉水。

你是一片高耸的树林，

我是一股在你脚下仰望你的泉水。

啊，林与泉，是天生的一对！

如果有林无泉，

那是何等的枯燥无味？

如果有泉无林，

那是何等的孤苦无依？

如果有林有泉，

林在泉上长，得水而茂；

泉在林下流，得林而幽；

于是——

林与泉相得而益彰，

泉与林相得而益美！


## 泉，你滋润着我的生命

你是一股泉水，

我是一片树林。

你是一股丰美的泉水，

你滋润着我的根，我的生命。

你是一股清澈的泉水，

你洗涤着我的根，我的心灵。

你是一股爱情的泉水，

你抚摸着我的根，我的感情。

如果无你，

我的生命会枯萎。

如果无你，

我的心灵会混沌。

如果无你，

我的感情会孤独。

啊，泉啊泉！

林遇见你是多么欢乐！

啊，泉啊泉！

林遇见你是多么幸福！

啊，泉啊泉！

林遇见你是多么美好！

　　王培林与侯清泉相恋了一年多之后，侯清泉要组织平遥中学积极抗日的二十余名同学上南山加入抗日队伍。侯清泉与王培林等进步同学们一说，自是踊跃参加。对这些同学来说，一个个都血气方刚，一个个都有英雄梦想，面对这样一个能成为真正抗日战士并实现英雄梦想的机会，哪能不珍惜？

　　这些同学中有许多人或干脆不和家里大人说，悄悄地走了；或不听家里大人劝阻，坚决地走了；或挣脱家里大人控制，勇敢地走了。而王培林从小被父母视若掌上明珠，娇之惯之，宠之爱之，像是在蜜罐子里生活，她对这个幸福美满的家可不是无牵无挂，她真有些舍不得离开这个家，而家里更舍不得她离开呀！

她和母亲白翠英一说这事，白翠英顿时泪水簌簌乃至一把鼻涕一把泪了，她哭着劝阻她："俺娃千万不能走啊，你走了妈就活不成了！俺娃一个闺女家的，我可不能让你去受罪！你看看那日本人多恶毒，一旦被他们抓住了，刺刀捅了是小，还有强奸凌辱的，还有各种刑罚折磨的，还有割了头挂在城门的……啊呀呀，不用说这些事落到俺娃头上，就是上山吃不好、穿不好，整天枪林弹雨、披星戴月、担惊受怕这些事落在俺娃的头上，我都心疼得不行！再说了，打仗抗日是男人们的事，你一个闺女家能顶啥事？俺娃千万不能走，俺娃一走，妈的心就碎了，妈的命就没了呀！呜——呜——"

母亲对女儿那暖暖的心、那深深的情、那厚厚的爱像三根结实的绳子，牢牢地把女儿的心、女儿的情、女儿的梦拴住了。她怎么能走？她若走了，便是把母亲的心抛在地上了，便是把母亲的情扔在地上了，便是把母亲的爱摔在地上了。于是，她犹豫了，迟疑了。

父亲王裕宽知道了此事，又是一番劝阻："闺女呀，爸爸从小娇你惯你由你，几乎是你想要甚，爸就给甚；你想要怎样，爸就由你怎样；甚至你上了中学想找啥样儿的对象，爸就由你找啥样儿的对象。但你要上山抗日这件事，爸不能由你！闺女呀，上山抗日，对你来说，那就如同上刀山、入火海甚至是下地狱呀，爸还能眼睁睁地看着你去，由着你去？"

王培林说道："爸！哪有那么严重？怎么上山抗日就和刀山火海地狱相提并论了？"

"闺女呀，你从小娇生惯养，又娇又嫩，你一个娇嫩的女娃娃整天混在一帮粗糙的男人中间，吃不好、穿不好，还要爬山窜沟、披星戴月，还要冒着枪林弹雨、看着血肉横飞，这在爸眼里就如同那刀山、火海、地狱呀，你哪里能受得了这份儿罪？"

"为什么那么多同学能去，我就不能去呢？我也是中国人，我也应该尽自己的力量啊！"

"闺女呀，一个中国人尽力，那自然是应该的。但天下万物，各有其用途；天下万人，各有其职责。人与人禀赋不同，条件不同，修炼不同，性格不同，品位不同，才能不同，志向不同，则职责不同。所以上山抗日这件事，别人去得，你却去不得。你且听我说：首先是男人与女人有别，扛枪打仗上战场那主要是男人的事，男人在那里才有用武之地，才能实现那所谓的英雄梦想；而女人在战场上顶不了半个男人，甚至还会成为人家的拖累，你何必顶人家半个甚至还要成为人家的拖累呢？这不是自卑、自贱、自己作贱自己，犯傻吗？其次是穷人与富人有别，穷人家的娃娃从小受饥饿、苦累、屈辱、忍耐惯了，所以人家上山加入抗日队伍以后，并不觉得受苦受累受罪，即使受苦受累受罪人家也受得了，所以人家必然比富人家的娃娃们表现好，也更容易立功得奖升官；而富人家的娃娃则上山以后受不了苦、受不了累、受不了罪，所以就表现差，也不容易立功得奖升官。这样，你在咱家里原本是人上人，一上山却成了人下人，这不是美玉变成砖头，犯傻吗？所以，上山抗日这件事，对你这样的富家姑娘来说，那就是明珠抛进火炉，结果就烧成炭灰了，不值得；而对那些穷家男子来说，那就是矿石抛进火炉，结果就炼成钢铁了，值得！闺女呀，我是大夫，每开一次药方，我就会在成百上千种药材中选择君臣佐使，让每一种药材各司其职、各尽其用；而老天爷面对我们每一个人，就像我面对这每一种药材一样，也会在成千上万的人群中选择君臣佐使，让每一个人各司其职，各尽其用。药材不同，则其职其用不同；人不同，则其职其用也不同啊！"

王裕宽阐述的这若干些道理又像是若干条铁箍，把女儿王培林的心、情、神、魂都牢牢地箍住了，她要再与那些同学一样去上山抗日，那可真是犯傻了！

可她的恋人怎么办呢？他可是她崇拜的偶像和指路的明灯呀！

"可是他那样才华出众，我那样崇拜他、喜欢他，我要不跟他一起上山抗日，那可就永远失去他了呀！"王培林说着，眼泪簌簌地流下来了。

王裕宽看着女儿这楚楚可怜的样子，也心疼了，忧郁了，慨叹了："唉！闺女呀，他要是一个本分人，愿意和你过这本分的日子，爸爸也就由你了，也就成全你了。但我看他呀，不是一个本分人，不会和你过本分的日子。他虽然喜欢你，但他更喜欢当英雄，更热爱他的理想；而他要实现当英雄的理想，那要冒多大的危险，那要付出多大的牺牲？危险太大了，牺牲太大了，而且变数也太大了，你能陪着他冒这太大的危险、付这太大的牺牲、不管不顾这太大的变数吗？除非你傻了、痴了，或疯了、狂了！"

王培林听着父亲王裕宽的话，默默地落泪。

王裕宽继续说道："闺女呀，你可以劝劝他，劝他和你一起过本分的日子，不要再去上山抗日了。你如果能劝住他，那就说明他最在意你，那你们就继续相处，将来结婚成家。你如果劝不住他，那就说明他最在意的不是你，而是最在意他的英雄理想，那就让人家去抗日，你在家继续读书，各走各的路就是了。闺女呀，咱王家世世代代从医，世世代代是小康富裕人家，咱知足啊！咱既不能无术无业过那种少衣缺食的穷日子，也不想暴富暴贵过那种锦衣玉食的富日子。那种少衣缺食的穷日子，咱受不了；那种锦衣玉食的富日子，它长不了。唯有咱小康富裕的日子，普普通通，长长久久，最适合咱王家人啊！"

最终，王培林被这小康富裕而温馨的家和娇惯她、宠爱她且舍不得她的父母亲拴住了，箍住了。而那个热血青年侯清泉根本听不了她的劝，反而大发雷霆，愤怒地责怪了她一番，然后决绝地走了。

由此，王培林与这位热血青年分别了，分手了，分路了，而被这个热血青年点燃起的革命激情也渐渐退潮，而回归于生活的平静了；被这个热血青年引发的浪漫爱情也渐渐落地，而回归于婚姻的稳定了。她初中毕业后先是在家里的药铺上当帮手，然后又在村里的学校里当老师，再后来有人介绍了梁坡底村这户姓安的买卖人家，认识了在字号上当账房二先生的安守礼公子，便开始谈婚论嫁了。

新婚前夜，王培林不由得想起了那个曾带给她激情和浪漫的热血青年侯清泉，她想着，回忆着，默默地落了一阵泪，算是对那一段爱情的最后哀悼祭奠了。然后，她想着将要成为丈夫的这个标致青年安守礼，她想着，展望着，轻轻地蹙了一下眉，或是对这一段婚姻的提前忧郁思虑了。二十四岁的她比起十七八岁的她，虽然浪漫少了，却务实多了，当初她生活在梦幻中，虽然美妙却不实在，能拥有那么一段也就够了。如今她生活在清醒中，虽然普通却实在，能这样过一生也就知足了。

中秋节后的八月十九，王培林沐浴着王家欢天喜地的气氛，携带着王家丰厚的嫁妆，乘坐着安家漂亮华丽的八抬大轿，穿绸裹缎，戴金佩玉，排排场场，红红火火，在粗细两班乐人那嘹亮而美好的吹奏声中嫁到了梁坡底村的安家，开始与安守礼过那种普通的生活了。

三

日本人投降以后，二战区司令长官阎锡山的军队政府接管了平遥城，平遥城又成为阎锡山手下那些团长、县长们主宰的天下了。

抗战胜利了，这些得胜而归的团长、县长们就得享受胜利的成果，就得带上家眷来平遥城享受这座千年古城、晋商重镇、曾经是全国金融中心的独特繁华。而除了享受吃、穿、游、玩、观景等诸多的独特繁华之美外，官太太们还可享受三晋著名的平遥道虎壁王氏妇科独到而高明的医疗养生之福。在平遥，能吃平遥牛肉这种独特美味，只能增添一顿饭的口感之美，也就只能算是低级的普通的享受；而能请道虎壁王氏妇科大夫，特别是请其掌门人王裕宽大夫给自己家中的妇人把脉看病，那可是会增添一个女人的身体之美、情感之美和生命之美，那才是高级的独特享受！

几十年来，不管文官武官，一旦来到平遥做官都不会错过这个机会，几乎都要请道虎壁王氏妇科掌门人王裕宽来给自己家的妇人把把脉、看看病。他们有权有钱有势，谁愿意放弃这高级的独特享受呢？

这一天，一辆军用吉普车停在了王裕宽诊所前，一个年轻军官下车进了诊所。此时，诊所大堂有十几个病人在候诊，王裕宽则在里间坐诊看病。这个年轻军官在大堂里看了看，问了问，便揭帘进了里间，看到了正在把脉的王裕宽，于是，他拱手说道："您就是王裕宽王大夫吧？我是咱平遥城驻军六十九团的副官，今天奉王团长之命，请您进城给团长夫人看看病！"

王裕宽一边把脉，一边抬眼看了这个年轻军官一眼，说道："哦！我是王裕宽。不过，年轻人，不管团长县长，还是财主地主，除了要命的急病，请我出诊必须提前来约，哪里能说走就走？您也看到了，我这里还有十几个病人候诊呢！"

这个年轻军官倒也算有些礼貌，一听王裕宽这话，知道自己失礼了，忙说道："哦！知道了，知道了！那我今天就算提前来约了，看您明天能不能给我们团长夫人看看病？"然后，又补充道："王大伯！我叫董义诚！我还是您女儿王培林的中学同学呢！"为了尽快让王裕宽给团长夫人去看病，他还得攀谈一下王裕宽女儿王培林的同学关系呢！否则，如果王裕宽迟迟不去给团长夫人看病，难免惹得团长恼了，或对他这个副官办事不力不满，责怪他，训斥他，或对王裕宽这个大夫架子大不满，欺侮他，难为他。这都不好呀！

王裕宽听着，想了想，说道："行！那就明天吧！哦，我也顾不得招呼您。您既然是培林的同学，她正好在家，那就让培林招呼吧！"说着，便让人叫培林过来。

其实，王裕宽也是明白人，他哪里会和一个团长要架子，那不是鸡蛋碰石头吗？况且，对普通百姓尚且仁义平和，对一个团长反而倒不仁义不平和了？这不是犯傻嘛！再说，这个年轻人还是女儿王培林的同学呢！

王培林正在药铺帮忙，听到有人叫她，便来到大堂，看到的却是一个挎手枪的年轻军官！她还愣怔间，这个军官便笑着说话了："王培林！不认得我了？我是董义诚呀！"

"啊呀，原来是你呀！快坐，快坐！我给你倒杯茶水！"王培林说着，把董义诚让到一张桌旁坐下，端上一杯茶水来，然后坐在一旁，看了看董义诚的行头，说道："哦？你怎么穿上国军军装了？当初你们不是要上南山参加八路军的抗日游击队吗？"

董义诚笑了笑，说道："唉！一言难尽啊！当初我们二十来个人一起上南山，在穿越丘陵地带日本人的封锁线时，被炮楼里的日伪军发现了。于是，又是机枪扫射，又是多人追击，我们只能分头逃跑，就走散了。结果，我们这八个人跑到了二战区（阎锡山）军队的地盘，反正都是为了抗日嘛，我们就参加了二战区的部队。侯清泉他们一伙人跑到了八路军的地盘，就参加八路军了。"

"噢！原来你们一伙人参加了八路军，一伙人加入了二战区，一个班的同学竟成了势不两立的敌人了！哈哈！"王培林笑着说道。

董义诚也笑了笑，说道："哈哈！命运真是捉弄人啊！没办法！当时都是为了抗日，如今要争夺胜利果实嘛！不过，现在我们得了大头，占了城里，享福了；他们却只是得了小头，钻了山沟，受罪了。"

王培林听着，看了看董义诚的肩章，说道："看来，你还混得不赖，当上少校了？和你一起参加二战区的其他同学们呢？"

董义诚摇了摇头，叹了一口气，说道："唉！我们这八个人呀，有两个实在受不了那罪，当了逃兵；有三个在战争中牺牲了；剩下的三个，除了我，一个是上尉连长，一个是女的，做了师部的上尉机要员。唉！幸亏你没有和我们一起走！我们这一走呀，死了的最惨，那就不用说了；逃了的等于白走一趟，还受了那么多罪；剩下我们三个算是幸运，但虽然升了一官半职，却也受了不少罪，冒了不少险，算是死里逃生呢！像你这样多好，太太平平，安安稳稳，在我们眼里像你这样就算是每天享福呢！"

王培林听着，笑了笑，又问道："你听说侯清泉他们的消息了吗？"

"他再没有和你联系？我倒也听说了一些。好像侯清泉当上了连长！他们那十几个人也有当了逃兵的，也有牺牲的，也有升了一官半职的，应该和我们这边的人差不多。都是抗日打仗嘛，总是要受些苦，总是要冒危险，扛不住的就逃了，命不好的就死了，剩下的就升了。嘿嘿嘿！怎么？还惦记侯清泉呀？"

王培林苦笑了一下，说道："惦记啥呀？我与你们这些英雄们没有缘分呀！嘻嘻！我早就嫁人了，嫁到了梁坡底一户买卖人家。"

"呵呵！能见面也是一种缘分啊！今天能见着你这位大美人也是一种缘分呢！要不，还真不知道牛年马月才能见上呢！"

说话间，王培林的弟弟王培昌回来了。他一看大堂里坐着一个帅气的年轻军官和姐姐说话，便凑过来，身子傍着姐姐，眼睛却在董义诚身上打着转转，一会儿看他的制服，一会儿看他的手枪，好不羡慕！

王培林介绍道："这是我弟弟王培昌。这是我同学，叫哥！"

刚刚十四岁的王培昌叫一声"哥",便羞得躲在姐姐后面了。董义诚看了看这弟弟的样子,却把他拉过来:"小弟!上几年级了?在哪儿上学?"

"上初一,在平遥中学。"

"哦!小弟长大了想干啥?"

"想当兵、骑马、挎枪!"

"好!有志向!"董义诚说着,笑着,然后看了王培林一眼,便随手抱着王培昌的脸亲了一口,说道:"好亲!小弟好好学习吧!等你长大了,来哥的部队里当兵、骑马、挎枪!哈哈!"

王培林在一旁看着,虽然是亲在弟弟脸上,而她这个姐姐的脸上露出有几分羞意,红了。

董义诚和王培林聊了一会儿,听到药铺里有人叫王培林过去,他便也起身告辞:"走了!我明天再开车来,请你爸进城!你要有空,也可以坐我的车进城!"

王培林听着,笑了笑,摇了摇头。站在一旁的王培昌却说道:"我有空,我想坐你的车进城!"

董义诚笑了笑,说道:"好!小弟!哥明天让你坐汽车进城!"

第二天刚刚吃完早饭,董义诚便开车来到王裕宽家门口。正好是礼拜天,王培昌闹着要坐汽车进城,董副官又乐意带他,王裕宽便也同意了。

开汽车进城,五六里地,一会儿工夫便来到王团长府上。

王裕宽跟着董副官进了院门,王团长已在恭候。一见面,这位王团长便连连拱手施礼:"啊呀,王大夫!我早就知道道虎壁王氏妇科掌门人王裕宽的赫赫大名,如今我驻防平遥城,可以说近水楼台呀!如果不请您王大夫上门来给我老婆把把脉、看看病,不让我老婆享受一下这份儿独特的福利,我岂不是枉来平遥驻防一场?呵呵!所以呀,就得辛苦您、劳驾您了！"

王裕宽一看这位团长并不耀武耍横，倒有几分文雅谦恭，便也恭敬还礼："王团长您客气了！呵呵！我听董副官说您八年抗日，屡建战功，如今驻防平遥，又爱民如子，我作为平遥人，自当为您效劳啊！"

王团长把王裕宽让进客厅，王团长夫人出来以礼相见，然后一一落座叙话，董副官给王裕宽和王团长端上来茶水："王大夫请喝茶！团长请喝茶！"团长夫人则拿一个果盘过来，放在王培昌跟前："小朋友，吃水果！"

王裕宽和王团长夫妇寒暄一番，便准备把脉看病，董副官见状就领着王培昌出去玩耍了。

王裕宽把着团长夫人细嫩如笋的手腕，感觉着她平静如水的脉搏，再看了一眼她高雅冷艳的面容，不由得皱了皱眉头，转了转眼珠，然后再静心凝神，继续把脉，悉心感觉，仔细思索……

把脉把了好一阵子，王裕宽终于松开了手，他看了一眼王团长，再看了一眼团长夫人，说道："夫人的脉象并无病症，却又与常人不同。我看病几十年来，只遇到过两三个这样的情况。敢问夫人，您是不是三个月一行经？"

王裕宽这一问，王团长和夫人二目圆睁，惊讶非常！然后，团长夫人点了点头，说道："王大夫您真是神人呀！一把脉居然就知道我三个月一行经！"

一听团长夫人的话，王裕宽也点了点头，微微笑道："夫人呀，我不是神人，倒是您却是一个仙人！"

"啊？仙人？"一听到王裕宽这番话，王团长和夫人又惊讶了，"此话怎讲？"

于是，王裕宽将自己所学、所遇、所思考一一道来："妇人有三月一行经者，每以为常，无或先或后之异，亦无或多或少之殊，一般都以为异常，而实际并非异常。一般而言，无病之人气血两不亏损，那气血既不亏损，何以三月而一行经？根据我道虎壁王氏妇科祖传资料记载来看：妇人之中，亦有天生仙骨者，经水必一季一行。盖以季为数，而不以月为盈虚也。真气内藏，则坎中之真阳不损。而一般人不知这种情形和道理，一见经水不按月来，便误认为病，妄用药饵，结果，本无病而治成病。所以，这种情形，千万不能疑为气血不足，而去补气补血。如果补，则大错特错，无病而成有病了。这样看来，夫人便是这'天生仙骨'呀！"

听完王裕宽这番话，王团长惊喜万分，他瞪眼看着自己的夫人，可谓仰之望之，爱之慕之，恭之敬之！然后说道："啊呀，我真幸运，原来是娶了一个仙女为妻呀！唔，怪不得，人家是灵石夏门望族何家的千金小姐嘛，仙女自然就投胎转世到何家了！哦！以后呀，何千金得改称何仙子了！哈哈！"

团长夫人听完王裕宽这番话，则羞意怯怯，美意盈盈，冲着王团长笑道："你胡说啥呢！"

如此惊喜、愉悦、说笑一番，王团长回头又问王裕宽："那以王大夫看来，她这种情况不算病，也就不必吃药治疗了？"

王裕宽说道："不必了！妇人天生仙骨，一般人想修炼还修炼不成呢！"然后，他想了想，又说道："不过，虽然天生仙骨之妇人，也难免因七情六欲不和而引起反常，致使经水或早或迟，或多或少，等等。妇人一旦反常得病，也得吃药治疗。我就给夫人开一个我家的祖传方子备用吧！"

说完，便铺纸拈笔写方子——


熟地（八钱）　　炒山药（四钱）

山萸肉（四钱）　　黑杜仲（一钱）

菟丝子（二钱）　　陈皮（三钱）

炒白术（三钱）　　云苓（四钱）

甘草（一钱）

王裕宽开完方子，然后叮嘱道："此药需河水煎服，喝四剂则仍如其旧，便不可再服了。"叮嘱完，又解说道："此方看似平补，实有妙理：健脾益肾而不滞，解郁清痰而不泄，不损天然之气血，可保天生之仙骨。"

王团长夫妇看着，听着，收起了这张方子。两个人喜气洋洋，美意盈盈，自然也就赠钱赠物多多了。

# 四

1937 年"七七事变"以来，国共两党联合抗战，经过了艰苦卓绝的十四年抗日战争，最终赶走了日本侵略者，收回了被日寇蹂躏的山河，解放了被日寇奴役的人民，中国胜利了，国共两党都是胜利者。但是国民党为抢夺胜利果实，挑起了内战。于是，在日本投降不久，就发生了山西境内的"上党战役"，阎锡山的军队抢而未得，败而又失，弄了个"赔了夫人又折兵"！

由于这上党战役损兵折将又丢脸，阎锡山恼怒郁闷，同时也反思：这上党战役我二战区的军队兵强马壮，明明强于那八路军，却又明明败于那八路军。原来，是因为八路军背后还有数倍的民兵支援呢！原来，我二战区的军队不是败于八路军，而是败于八路军背后那数量庞大的民兵！唔，这共产党、八路军真是善于发动群众，他们打的那叫人民战争。这十四年抗战呀，山西大片河山沦陷，我二战区的大部人马都缩在了晋西南一隅，人家共产党、八路军却开进到广大敌占区深入群众、发动群众，打日寇、锄汉奸、杀特务，成了群众的主心骨，群众也就围拢在人家共产党、八路军周围了。唉，这十四年抗战呀，大片沦陷区的群众都被赤化了，老百姓与共产党、八路军同心同德了，而与我阎锡山离心离德了！现在想来，我们二战区看似抢夺了大片地盘、统治了大量群众，但老百姓的心已经被赤化了。看来，将来如何与共产党、八路军争夺地盘，还得以其人之道还治其人之身，先争夺民心，再争地盘！

阎锡山关于"争夺群众"的思考，大方向或许是对的，但他付诸实施的"三自传训"这种具体做法却恶毒而残暴，大错而特谬，结果也就欲得反而失、欲擒反而纵、欲同心同德反而更离心离德了。

共产党、八路军的群众路线是"攻心"：向群众宣传革命道理，开化其心；为群众谋取实际利益，感化其心；与群众同吃同住，同甘共苦，赢得其心；然后带群众打土豪、锄汉奸、减租减息甚至分田分屋，再团结并领导其人。如此，群众便打心眼里愿意跟共产党走、跟八路军干了。

阎锡山群众路线的具体办法"三自传训"则是"攻身"：1947 年 10 月，阎锡山在其统治区推开"三自传训"运动，先乡后村、先干后群、层层开展、人人过关：晚上召开小组斗争转生会，逼迫参训群众坦白交代和八路军有过什么联系？办过什么事？是否是共产党员、干部、民兵？而且，还得一边坦白，一边打自己的脸，甚至进行严刑拷打逼供加车轮战术，一次不行就几次，一天不行就几天，把人折磨得尊严丧尽，屈辱受尽，刑罚挨尽，仿佛人人成了罪囚！如此这般，如果被认为自白彻底了，则就地一滚，算是"转生"了；如果被认为自白不彻底，或有人检举了，则再送专案组进一步严刑拷打逼供，或灌辣椒水和肥皂水，或顶竹竿，或压杠子，或烧红火柱烙，或吊起来棍棒打、皮鞭抽，直至屈打成招，落下口供，然后乱棍打死！

阎锡山这种群众路线的逻辑是：通过恶毒残暴手段镇压、凌辱、惩罚、威胁群众，让群众"害怕"他，进而远离共产党、八路军。这太蛮横不讲理了！这些沦陷区的群众何罪之有？当初，日本人打进来了，你阎锡山、二战区的政府军队抛下群众不管，人家共产党、八路军勇敢抗击日本人，群众就跟着共产党、八路军抗击日本人了。你阎锡山二战区、人家共产党八路军和这些沦陷区群众，这三者谁有错、谁有罪？人家共产党八路军有啥错、有啥罪？这些沦陷区群众有啥错、有啥罪？是你阎锡山二战区有错有罪！如今你们回来了，你阎锡山应该下"罪己诏"，你们二战区这些人应该向这些群众谢罪、道歉，应该对这些群众有愧疚之心和同情之心！结果你阎锡山不仅没有下"罪己诏"，你们二战区不仅不谢罪、不道歉，反而还怪罪、埋怨；不仅无愧疚之心和同情之心，反而还起了镇压、凌辱、惩罚、威胁之心！天理何在？公道何在？如此如此，有错者纠察无错者，天理岂能容忍？如此如此，有罪者惩处无罪者，公道岂能容忍？

古语云：多行不义必自毙。——此时阎锡山二战区之谓也。

古语云：得民心者得天下。——此时共产党八路军之谓也。

王裕宽身为道虎壁村村长，也被卷入了这场恶毒而残暴的"三自传训"运动。他虽然因为道虎壁王氏妇科著名大夫的特殊身份和特殊人缘，没有被人检举，也没有被折磨死，算是保下了一条命，但他却经历了那场骇人听闻、使人丧胆、让人后怕的"三自传训"运动，目睹了那场自白羞辱人、逼供折磨人、乱棍打死人的惨烈场景。

王裕宽在十三天的"传训"中，经历了残酷斗争的场面；在尹遵党召开的大会上，感受了仇恨而恐怖的气氛；在回到城南乡戏台上，又目睹了数十个无辜群众被羞辱示众生不如死的可怜场景，以及被乱棍打死、脑浆迸出、污血横流的惨烈场景……

直到晚上，王裕宽和村副王田喜才回到道虎壁村。他被赶轿车的王成喜搀扶着回了家，面无血色，身无筋骨，一进自己屋里便像半死人一般软瘫在了炕上。

白翠英看着王裕宽成了这样，惊慌了："这是怎么了？一个好端端的人，怎么成了这样？可怜他爹！你是受了怎样的罪啊！"说着，便"呜——呜——"地哭起来了。

王裕宽闭着眼，没有吭气，只是喘气。

王成喜在一旁说道："一天来又饿又困又惊吓，谁能受得了？一会儿吃点儿饭，再歇一歇，估计就好了。"

"那赶紧做饭吧！"白翠英吩咐，然后问王成喜："你宽哥没有被折磨吧？"

王成喜说道："没有！宽哥算走运呢，活着回来了！我在旁边听说呀，一个个在村里都是有头有脸、有名有望的人，只要有一个人检举，就过不了关，就得上各种刑罚，然后被乱棍打死！在阎良庄，在咱城南乡，有好多人被乱棍打死，和我一样赶轿车的几个人拉着活人去，拉着尸体回！"

这时候，王裕宽缓过些劲儿来了，说道："成喜说得对，我算走运呢！咱道虎壁的人或城南乡的人，要是有一个人检举我，我真就回不来了！哎呀，真是造孽呀！"

白翠英蹙着眉，淌着泪，说道："我们在村里也听说了，今天其他村的就被乱棍打死了，明天还可能有人被乱棍打死。这些天来，村里传的尽是噩信儿！咱妈也担心你呢，几次打发人来问你的信儿呢！"

王裕宽说道："那赶紧让培昌去老院告咱妈一声，就说我平安回来了。"

白翠英应着，打发儿子王培昌去老院了。然后，她让哥哥白钦鼎陪着王裕宽，自己便到厨房做饭去了。

白钦鼎坐在了王裕宽跟前，感叹着，安慰着："唉！这真是咱平遥人的一场大灾难呀，好在你算是熬过来了。唉！熬过了这场大灾难，就好了。俗话说，大难不死，必有后福。你也不用灰心丧气，也不用害怕紧张，熬过了这场灾难就好了，而且，还会有更好的日子在后头呢！"

王裕宽听着，想着，不由得感慨连连，泪水簌簌！然后，他抹了一把泪，说道："哥啊，我当村长这二十多年，浪费了多少工夫，破费了多少银钱，救护了多少人，还救济了多少人，到头来差点儿死在阎锡山二战区的乱棍之下！哥啊，我当村长这二十多年，把工夫贴了，把银钱贴了，把我这行医治病救人的人情也贴了，如今还差点儿把命贴了！我这是图的个啥？当初吧，人家阎锡山也是要治理山西哩，搞村本政治、搞村范、搞禁毒禁赌禁足……这些都是为咱村里好、为咱老百姓好，我也就愿意管村里的事情，支持村里的事情。可自从中原大战以后，阎锡山败了，政府缺钱了，当村长尽做些向老百姓摊税、摊费、摊钱这种压榨老百姓钱财的昧良心事情。这就不好当了，我也不想当了，可是推辞不了呀，只好继续当着一直到今天。如今呢，当村长不仅要老百姓的钱，还要老百姓的命，而且连自己的命也不知何时就丢了！这村长还能当吗？"

白钦鼎也感叹道："唉！这世道是一年不如一年了，这阎锡山是越老越糊涂了，越老越恶毒了。当初这阎锡山多好呀，真像他的'锡山'二字，想给咱山西人谋福利呢！可后来，特别是现在搞'三自传训'运动，每个村都死人，每天都死人！这倒真像他的'阎'字，他成了阎王，咱山西成了阎罗殿！"

1930年的那场蒋、冯、阎中原大战，确实是阎锡山政治生涯由盛转衰的分水岭。之前，他造福山西人民，缔造了"民国模范省"；中间，他得意忘形，发动中原大战失败而导致他人生事业盛极而衰；之后，他搜刮民财、弥补战争亏空，导致他光环褪尽、民望丢失。而这场"三自传训"运动，则是阎锡山政治生涯凶恶而丑陋的谢幕：他蛮横残暴，与公理相悖，与群众为敌，像狗急跳墙，做垂死挣扎！幸而后来解放军全面进攻，平遥县等晋中地区的阎锡山二战区党政军特人员便全线溃败，龟缩进太原城里了。再过了一年多时间，解放军对太原发起总攻，阎锡山二战区党政军特人员便彻底土崩瓦解、灰飞烟灭了。

# 五

　　阎锡山二战区搞"三自传训"运动本来是想与共产党八路军争夺群众，但因其看似高招、狠招、毒招而实是蠢招、败招、输招，结果便事与愿违：欲得反失，欲友反敌，欲靠反倒……由于这"三自传训"，绝大部分群众对阎锡山二战区彻底离心离德了。本来一些财主、买卖人、地主、富裕户及中等农民还害怕共产党八路军将来"共产"，内心本来嘀咕要不要亲近阎锡山二战区、疏远共产党，但这"三自传训"搞得诸多村长乡长、财主地主都被羞辱、折磨甚至毒打致死，其他普通买卖人和农民就更难幸免，结果便是乡长村长财主地主家家处处哭声，城里村里街上道上处处骂声！所以，通过搞这"三自传训"，许多原来想亲近阎锡山二战区或是保持中立态度的群众都仇恨他、远离他了。因而，阎锡山二战区便纯粹没有了群众基础。

　　1948年3月至5月间，在晋冀鲁豫军区第一副司令员徐向前指挥下，解放军一举攻克临汾城并全歼阎锡山守军。然后，解放军势如破竹，挥师北上。阎锡山军队则兵败如山倒，溃乱而跑，落荒而逃。6月12日，解放军攻克灵石县城。6月19日，解放军进入平遥县域，兵临平遥城下！

　　阎锡山二战区的党、政、军已然惊慌失措、病急乱投医了。他们搞的"三自传训"运动，本来是想通过各种惩罚手段来威胁群众、逼迫群众跟着他们走，结果适得其反。

而他们的党部又搞发展党员、团员来壮大组织队伍，但是因为急，所以乱；因为躁，所以浮；因为层层下压名额加考核，所以哗哗发表、沙沙填表、捆捆报表显成绩！教育局给各中学小学下了若干任务名额，于是发表、填表、报表，几乎所有教师一下子就成了"同志会"会员，几乎所有青年学生一下子就成了"三民主义青年团"团员……各机关、各学校、各乡村如此如此，于是像变戏法儿一般，一夜之间，"同志会"会员和"三青团"团员便暴增若干倍了！

　　他们的军队则搞民卫军、常备兵，于是一群一群的城乡青壮年被编入了名单、被抓进了部队……各兵种、各部队、各地方如此如此，也像变戏法儿一般，一夜之间，阎锡山二战区的军队数量便暴增几倍、几十倍了！

　　当解放军兵临城下，眼看着平遥城守不住了，阎锡山二战区的党、政、军、特人员便裹挟着这些"同志会""三青团""民卫军""常备兵"逃离平遥城。这些被迫成为"同志会"和"三青团"的人没有忠心、没有信仰，或糊糊涂涂而愣怔无措，或懵懵懂懂而茫然无知，遇上被解放军围攻的情况，他们哪里还会卖命打仗？只会逃命投降！这些民卫军、常备兵则不能打仗、不懂纪律，还遇事怠惰、临阵逃跑，反而拖累了部队的后勤保障，影响了部队的冲锋打仗！但是，这些被裹胁的人却被害苦了、被害惨了。或挨饥挨饿，或受苦受罪，甚至，还会挨了枪弹，或成了伤残，或丢了性命！

　　王裕宽的儿子王培昌因是平遥中学的学生，也被裹胁在了这逃窜的队伍中，可算受了罪了。

　　7月12日（农历六月初六姑姑节）凌晨时分，他们还在睡梦中，学校里突然吹哨声四起，呼喊声大作！原来是平遥县县长尹遵党要搞他的所谓"空室青年"计划，要把平遥中学的学生裹胁到太原，便以"野营拉练"为名，让校方把各班级师生集合起来，然后他便率领这些学生走出校门、走出平遥城、进入文水县域、再进入交城县域，向太原方向行进了。此番出行，为了避免碰上解放军，尹遵党率领平遥中学的师生们走偏路、走山路，一路崎岖，一路荆棘，这些师生们可谓艰难困苦。他们除了穿的一身衣裳，几乎什么也没带上。一路上吃、喝、住、用的后勤保障又十分短缺，这些师生们只得将就、苟且、受罪了：队伍狼狈，人群混乱，行走困乏而跛蹇，吃食缺少而饥饿，穿衣褴褛而肮脏，住宿露天而湿地……大概走了三四天时间，王培昌和老师同学们进了太原地界，却不让他们进城，太原城已经人满为患了。于是，他们被安顿在太原武宿一带的几个村子里，王培昌他们这个班则被安顿在一个村的破庙里驻扎下来。

虽然不用走路行军了，但吃、喝、住、用的后勤保障依然短缺，他们依然得将就、苟且、受罪。而且，因为经过了这三四天的走路行军、饥饿疲惫，他们原来保有一点的精神体力也快消耗完了，精神和体力越来越差。于是，有哭爹喊娘的，有寻死觅活的，有肚肠不好加劣质吃食而拉稀跑茅的，有皮肤不好加蚊虫叮咬而溃烂流脓的……

此时，虽然没有给他们配枪上前线，但让他们拿锨拉车修建武宿飞机场，他们哪里能做了这些苦重活，于是连连叫苦叫累，还得连连挨打挨揍！除了修建飞机场，他们还得参加政训，组织起来听政训教官宣讲阎锡山的各类讲话，宣讲"同志会"和"三青团"的政治理想和组织纪律，要求大家杀身成仁、舍生取义。如果政训表现不好则挨骂挨训，一堂政训下来，学生们厌倦不已，叫苦连连。"我们又不是主动想入什么'同志会''三青团'，是你们逼我们填表加入的嘛，我们为啥要为你们的政治理想和组织纪律而杀身成仁、舍生取义？这政训教官像个黑老鸹，整天'鸹鸹'直叫。"这些学生原来都是中等小康人家的娃娃，娇生惯养，细皮嫩肉，哪里受过这些窝囊气、挨过这些打骂罚？所以，一个个满腹牢骚，一肚子怨怒！此外，每天的恐惧也是少不了的：或是听到远处解放军的炮声隆隆，怕哪一天落在自己头上；或是看到近处二战区的死伤多多，也怕哪一天轮在自己头上；或是听说这个班一个学生得病已不能治疗了，或是听说那个班两个学生因逃跑而被抓回来枪毙了，这也怕哪一天轮到自己头上啊！所以，一个个担惊受怕，忧心忡忡！

王培昌还只是一个十七岁的娃娃，哪里受过这样的苦、累、罪？哪里挨过这样的饥、饿、困？又哪里有过这样的忧、惧、恐？那天从平遥中学出发，三四天走路行军，忍饥挨饿到现在，整天拉车铲土、军训政训，他几乎天天挨打受骂，天天忧虑、恐惧乃至哭啼。他想，我那天走家里人根本不知道，我娘我爹他们肯定担心我、惦记我呢！娘、爹！我好想你们呀！我从小在家里衣来伸手、饭来张口，当时住校还嫌不好呢，可如今受这样的苦、这样的罪，想想当时真享福呢！这趟被二战区的人裹胁出来，就像被绑架了一样，不用说这样受苦受罪，是死是活都说不上来！有的人病死了，有的人逃跑被枪毙了，有的人上战场被打残或打死了……我可不能死呀，我家就我一个独子，如果我死了，我娘我爹他们可怎么办呀，他们肯定想我想得不行呀！听说现在解放军已经包围了太原了，如果哪一天一开战，我一被派到前线，那不是当了炮灰、成了屈死鬼？出来有两个月了，驻扎在这儿是饥饿打骂，上前线是枪林弹雨，反正不是受罪，就是冒死，不得好活呀……还不如逃呢！听说，也有人趁着黑夜逃走了呢。

王培昌实在受不了这样的苦、累、罪了，也实在怕哪一天上前线伤、残、死了，便动起了逃跑的主意。但一个人太孤单、没照应，人多了太扎眼、易暴露，所以，他就选了一个要好并可靠的同学商量，两个人相跟上逃跑。于是，在一个夜晚，他们两个人相跟着，悄悄地溜出这个破庙，向已经解放的榆次方向逃跑。

然而，他们太小了，太嫩了，半黑夜跑来跑去，竟然跑到一个二战区部队的防区前线，被人家抓住了！

不过，他们也算太走运了，当他们被抓住即将被当逃兵押往团部时，正好碰到了那个六十九团的董副官，而且这个董副官认出了王培昌："哦？这不是平遥道虎壁王裕宽大夫的儿子、王培林的弟弟吗？"

王培昌一看遇到了董副官，顿时喜出望外："啊！哥！我是王裕宽的儿子、我是王培林的弟弟呀！"

董副官仔细看着，听着，然后便向两个押解的兵士问道："哦？这两个人怎么了？"

"报告董副官！他们两个要往那边跑，被我们抓住了，正要押往团部请求如何处置呢！"

"哦！好！把这两个人交给我吧！我正要回团部呢！"

"是！"两个押解的兵士，一听董副官的话，便转身回他们防区阵地去了。

董副官悄悄地问王培昌："你们这是怎么回事？"王培昌便把如何被裹胁来到太原、如何受苦受罪受折磨，又如何想逃跑回家的情况诉说了一番。董副官听完，说道："我想救你们，让你们去那边，但我没有这个权力。这样吧，我带你们去求求我们团长，他要能给你们一张路条就好了。"为了能办成此事，董副官还点化王培昌二人，让他俩买些水果给团长，一见团长就跪下磕头，等等。

董副官领着王培昌二人来到团长办公处，他二人一见团长就奉上水果，跪下磕头！董副官则介绍："王团长！这是平遥道虎壁王大夫的儿子呀！他本来是平遥中学的一个学生，也被裹胁到太原来了。您看看，这些学生能顶啥事？做不动营生，拿不动刀枪，反而得管吃管穿管住，成了拖累负担！"

王团长一听介绍，也想起来了："哦！是！我见过！嗨！上面也是，裹胁这些学生干啥呀，屁事不顶！"

这时，王培昌二人按照董副官刚才的嘱咐，一下子哭起来了，说道：

"我们出来两个月了，在这里没吃没喝，受苦受累，我们实在太想家了，想回平遥去！呜——呜——"

王团长看了看这两个学生哭得恓惶，又想了想那王大夫曾给他夫人看病的人情，犹豫着看了董副官一眼，于是董副官便上前说道："不如看在王大夫曾给夫人看病的分儿上，给他们一张路条，放他们走得了。两个学生，上面知道了也不会太当回事。"

王团长一听董副官的话，便痛快答应了："好，就这么办！"于是，王团长便签发了路条，让董副官安排他们走了。

董副官送他们二人出来，还特意指导他们避开地雷区行走，并叮嘱："你们拿好这路条！如果到了咱国军的防线上，那些官兵们除了查路条，还问你们去那边干啥？你们就说六十九团没菜吃了，去那边偷偷采办些蔬菜。还有，一旦过了咱国军的防线，到了共军的防线跟前，你们要举起手来。要不，一枪就撂倒你们了。千万小心啊！"

这位董副官真是个好人，王培昌他们也真是运气好。在这位董副官的帮助指导下，他们顺利通过了国军的封锁线，又顺利地来到了解放军防线上。解放军一问他们二人的情况，自是热情欢迎并且给吃给喝，还告诉他们："这里是榆次鸣李地界，你们吃饱了就往榆次城走吧！现在榆次、太谷、祁县、平遥都已经解放了！"

他们二人又走到榆次城，想坐火车回平遥，但火车早已不通了；想找一个远房亲戚，但也没有找到；而此时人已疲倦了，钱也没有了（阎锡山的票子在解放区不能花）。他们只得拖着疲倦的身子，挂着一根棍子，像乞丐一般一路走、一路讨吃要饭，这样又走了七八天才回到了平遥，回到了家！

王培昌回到家里时，已经真像一个乞丐了：破衣烂衫，蓬头垢面，没精气神，再加疲惫不堪，饥饿难当，一进家门就倒在地上起不来了！

两个多月来，王裕宽和白翠英早已因儿子王培昌被裹胁到太原操碎了心，流干了泪，但哭天天不应、喊地地不灵，百般无奈何呢！特别是白翠英，一个多月没有儿子的任何音讯，先是着急得起火攻心，一会儿在家里走来走去打转，一会儿跑到街上左看右看瞭望，甚至让许立臣拉上东洋车进平遥中学或平遥火车站四处打问，简直快要疯了；然后则是忧思哭泣，吃不下饭，睡不好觉，已经有半个多月躺在炕上起不来了！如今，看到儿子王培昌这样狼狈不堪、可怜兮兮地回来了，既喜出望外，高兴不已，啊呀，我儿子还活着呢！又悲从中来，心疼难已，啊呀，我儿子遭了多大的罪呀！

这样，王裕宽一家人或因喜而泣，或因悲而泣，或悲喜交集而泣，一个个泪水磅礴而涌、纵横而肆，都哭成了泪人！

# 六

王培昌被家里人扶到炕上躺了一会儿，才缓过劲儿来，等家人做好饭端过来吃了一大碗面，才有了些精神，然后浑身上下洗涮了一番。此时，被褥已经铺好，他便嗅着家中这温馨的气息，钻进温暖的被窝，只三两分钟时间便"呼呼"地睡着了。

王培昌这两个多月受裹胁、受打骂、受饥饿、受凌辱、受折磨、受惊吓的经历，真像是到鬼门关前走了一遭，可算是一辈子最痛苦、最悲惨、最危险、最疲累的日子！所以，一旦躺下就再也不想起来了，一旦睡着就再也不想醒来了，他整整睡了三天三夜，才算歇过来了，才算醒过来了，才算起来了！这三天三夜间，他一直睡在被窝里，即使到吃饭时间，他要么不吃，要么就是趴在被窝里随便扒拉两口，又倒头酣睡。

王裕宽知道睡觉是恢复一个人元精、元气、元神的最好办法，便任由儿子这样三天三夜地睡。

儿子在第三天半下午时分起床后，王裕宽过来看了看，看到他精神气色都恢复好了，才彻底放心了："哦！这三天三夜没有白睡，精神都恢复过来了。不困了？睡醒了？"

王培昌甜美地笑了笑，说道："爹！我不困了，睡醒了！而且，我这三天又做各种梦，又想各种事，我算是彻底醒了，也彻底悟了！"

"哦？呵呵！彻底醒了？还彻底悟了？"

"爹呀！我这回能活着回来，全靠您的人缘呢！要不是碰上董副官和王团长他们，恐怕我早被当作逃兵枪毙了！我就死在外头，成了孤魂野鬼！爹！我这回可算经见世面了，也算想通好多事了：以前我看不起您这王氏妇科医术，以为是抱残守旧，没有大出息；以前我也不认可您对我的教诲，以为是老生常谈，不适应现代社会；以前我和许多同学一样，光想着扛枪抗日当英雄。其实呀，那都是做梦呢！我不是那块材料！"

王裕宽听着，笑了笑，说道："俺儿这番经历得到的收获多嘛！呵呵！"

王培昌也笑道："真的！我这几天也睡觉了，也做梦了，也想您原来对我说的话了，终于想通了！"

王裕宽问："你想通啥了？"

王培昌说道："第一，您曾经跟我说过人各有禀赋，各有使命。像我出生在咱道虎壁王氏妇科世家，血脉传承的是历代王氏妇科列祖列宗的血脉，从小习染的是您给人把脉看病开方和我妈给人抓药配药称药的环境，您还让我从小就认药、背《药性赋》、背《汤头歌诀》等等。所以，我既然出生在王家，既然是您王裕宽的儿子，而且还是独子，那我的天生禀赋和使命就应该是跟着您学习咱王氏妇科的医道医术，将来继承您的事业，像您一样做妇科大夫！而那些拿枪抗日当英雄的梦想，与我就不着边儿。别人天生身强力壮胆大，自然是能打架打仗、也敢打架打仗，也就能成为英雄；而我天生的普通身子、普通胆子、普通力气，自然是不能打架打仗、不敢打架打仗，也就成不了英雄。既然如此，我就努力做一个好大夫，何乐而不为呢？"

王裕宽欣慰地听着儿子所说的话，看着儿子的样子，点了点头："嗯！俺儿真是想通了！那第二呢——"

"第二，也是您曾经跟我说过，哪个时代不需要医道医术？哪个地方不需要医道医术？医道医术是一个既有长久生命力，又有广泛用处的职业。而且，这医道医术既可治病救人，又可挣钱养家，所以既是一个好事业，也是一份好生计。这是多好的职业啊！所以，我得一心一意跟上您把咱王氏妇科的真本事学到手，当一个像您一样的名医！"

王裕宽听着，欣慰且欣喜了："唔，俺儿真是想通了，想通了！好，好，这就好了！"

王培昌接着说道："还有第三，这是我这些天刚想到的，咱道虎壁王氏妇科传承近千年了，您又是咱道虎壁王氏妇科这一代掌门人，我还是您唯一的儿子，如果我不好好地跟上您学医，把您的医道医术继承下来，咱这王氏妇科医道医术的传承就在您这儿断了呀？这样不仅让我愧对您老人家，而且使您也愧对列祖列宗，这是我最大的不孝呀！所以，为了传承咱整个道虎壁王氏妇科的医道医术，也为了传承您的医道医术，为了让您后继有人，为了尽我这份儿孝心，我也必须一心一意跟着您，好好学习，好好修炼，把咱王氏妇科的医道医术传承下去！"

王培昌这番"传承"和"孝心"的话，更把王裕宽打动了："啊呀，俺儿懂得孝心，俺儿考虑我这个王氏妇科掌门人医道医术的传承了，俺儿真是懂事了呀！"这样想着，竟感动得涌出两行老泪来！

"爹！您这怎么哭起来了？"

"儿啊！爹是为你高兴呀！爹听你这番话呀，觉得你是真懂事了！"

王培昌听着父亲的赞扬，脸上露出几分羞怯的笑容："嘿嘿！爹呀，我这两个多月，一路上受苦受累，也一路上想爹想娘，想你们对我的好，想你们对我说的话，也想你们对我抱的希望，想来想去，我觉得还是你们对我最亲、最好，还是你们对我说的话最对、最好，你们对我抱的希望最现实、最好！所以，我以后再不想那些出去蹦跶、出去闯荡、出去实现英雄理想的事情了，以后我就跟着您，紧紧抱着咱王氏妇科这个金饭碗不松手了！"

王裕宽听着，看着，欣慰而欣喜，感动且感慨！"儿啊！之前你人在平遥中学，虽也常回家来看看，但你的魂却飘荡在十万八千里之外，根本不在平遥、不在咱道虎壁、不在咱家、不在我们跟前！如今，你这两个多月出去受了罪，冒了险，最终又回了家，不仅把你的命捡回来了，还把你的魂收回来了。啊呀，你的魂终于回到咱道虎壁、回到咱家、回到我们跟前了！你这两个多月呀，也算是逢凶化吉、遇难成祥！这下好了，真是好了。你的心收回来了，你的魂收回来了，那就可以一心一意跟着我学医了！你本来就有基础，只要你收住心，收住魂，跟着我好好学习，好好修炼，用不了三年，你就可以独立坐诊了。"

王培昌听着父亲王裕宽的这番话，顺从地点着头，认真地表着态："爹，您说得对！我以前确实心不在焉，魂不在体，但我从今以后，把心收回来了，把魂也收回来了，就专心致志地跟着您好好学习，好好修炼，将来也像您一样当一个王氏妇科好医生！"

此时的王裕宽可真是万分欣慰，之前，儿子根本不听他这一套，他说东，儿子偏说西，他让往南，儿子偏要往北，简直是和他这个当父亲的对着干呢！而现在，儿子真是变好了，变得听话了，有了孝心了，愿意跟着他学医了！王裕宽这样想着，不由得想到了主宰管辖人命运的天公地母和佛祖菩萨，心中暗暗感谢，默默诵念：谢天谢地！阿弥陀佛！

王培昌睡醒那天是农历八月十四，第二天就该是中秋节了。此前因没有他的消息，一家人为他担心，母亲白翠英更是快疯了，病恹恹地在炕上躺了半个多月，所以根本没有过节的准备。而他一回来，白翠英顿时来了精神，立马从炕上起来，给儿子做饭，第二天又兴奋得上街到月饼铺子里买月饼，要隆重地过一个中秋节！

白翠英实在太高兴了，这两个月来，她几次梦见儿子被打得血糊拉碴，哭着喊她"妈"呢！她就担心儿子是不是已经不在人世了，甚至信以为真，自己也不想活了，就要寻死呢！这次回来，虽然受了不少罪，但完完整整地回来了，这对她来说也算是天赐大福、天降大喜啊！

她在月饼铺里买了满满一大簸箕五六十个月饼。当她端上这一大簸箕月饼往回走时，碰上了坐在各家街门前的邻居们，他们一个个对她笑着说："裕宽嫂！培昌回来了？好啊！您家真是善有善报啊！"

白翠英本来就高兴，邻居们这么一说就更高兴了："哦！是，是！多谢你们啊！"

白翠英平时就出手大方，今天这么一高兴，就更大方了。她一边和这些邻居们说着感谢的话，一边递给他们几个刚买的月饼，结果这一道街走下来，遇了十几家邻居，送了十几次月饼，临进自家门时，那满满的一大簸箕月饼已经剩下十几个了！

白翠英如此，王裕宽也如此。此前，王裕宽和白翠英一样，也是担心呢，只是没有疯了病了而已！而如今，看见儿子完完整整地回来了，本来就高兴万分、喜出望外的，再看到儿子这番回来不仅捡回来一条命，还收回来他那早就飘荡在十万八千里之外的魂儿，想通了，彻悟了，愿意一心一意跟着他学习王氏妇科医术了，他就更高兴万分、更喜出望外！

# 七

积善之家，必有余庆。此话流传千年，这一回又在王裕宽家应验了。

他儿子王培昌在艰苦劳累、枪弹乱飞的两军决战阵地上，能死里逃生，回到家里，不仅捡回了一条命，还收回来一颗不安分的心和三缕飘荡在十万八千里之外的魂！这真算是逢凶化吉、遇难成祥的可喜可庆之事！

他本人三十多年行医积善，救人命无数，舍钱财无数，道虎壁村人乃至平遥县许多人受其惠、感其恩、念其德。所以，王裕宽在道虎壁村乃至平遥县域赫赫有名，说起王裕宽来，大家无不点头敬佩、竖指称赞！因此，在轰轰烈烈的"土改运动"到来时，全国数百万地主富农被打倒，被"戴帽"，甚至被镇压时，拥有二百余亩土地和几处宅院、开着王氏妇科诊所药铺的道虎壁村首富兼村长王裕宽却安然无恙，甚至稳如泰山：当1948年平遥进行"土改"时，道虎壁村没有人说王裕宽的坏话，他也确实没有做过伤害道虎壁村乡亲的坏事，人们想说坏话也说不出来。相反，许多人都说王裕宽的好话。而且，负责"土改"工作的道虎壁村农会主席是王义杰，王裕宽曾经从日本人那里把王义杰救出来，对王义杰有救命之恩；领导道虎壁村"土改"工作的区领导是张惟一，王裕宽曾经从便衣队手里把张惟一救下来，对张惟一也有救命之恩；此外，村里参与"土改"工作的许多人以及区里、县里领导"土改"工作的许多人，大多都受过或知道王裕宽行医为善、周济乡亲以及曾经暗中帮助八路军的事情。他虽有大量土地和巨额财富却并未剥削乡亲、压榨百姓，倒是常常照顾乡亲、周济百姓；他虽然当村长却并未欺压百姓、贪污公款，倒是常常保护百姓、倒贴钱财。所以，在轰轰烈烈的"土改运动"中，王裕宽并没有像全国数百万地主富农一样被打倒、被"戴帽"甚至被镇压，而是被视为特例，当作"开明绅士"对待了。

在这场汹涌澎湃、暴风骤雨般的"土改运动"中，往日那一个个尊贵、富裕、荣耀的有官有位者、有钱有势者、有地有产者都像沙粒一样被冲刷到社会的底层、流落到人们的脚下了，而王裕宽却像金粒一样被澄出来、被拣出来了。为何？其一，医者仁术，仁术则治病救命，造福社会，造福人民。其二，善者仁道，仁道则爱人生民，积德社会，积德人民。也就是说，是行医这种神圣的职业和行善这种美好的德行共同促成王裕宽在这场"土改运动"中幸免"戴帽"并幸运地被定性为"开明绅士"。

这场"土改运动"是中国社会几千年来最深刻、最巨大的社会变革，一切旧人、旧事物、旧制度、旧财产、旧契约、旧道德、旧习惯几乎统统都被废弃、废止、废除了。所以，王裕宽能在这场"土改运动"中保全一家人的性命并得到"开明绅士"的政治身份，这分明是贫苦农民组成的道虎壁农会政权对他"格外照顾"了。至于那二百余亩土地，只能留下十余亩；那两三处宅院，只能留下一处；那村长一职，只能自行终止；唯有这诊所药铺，实在是"为人民服务"的事业，而且，其他人实在是做不了这样的事业，所以得到保全并继续开办。这样，王裕宽卸去了村长这个负担，少去了多余土地、房产那些累赘，倒可以轻轻松松、全心全意地投入王氏妇科这个他最擅长、最喜欢的"为人民服务"的事业了。

王裕宽真是感到庆幸，祖宗传承了近千年的王氏妇科事业，真是个宝啊！它保佑了我们王家近千年，它保佑了我王裕宽大半辈子，它还将保佑王家世世代代、子子孙孙，并护佑着周边的所有需要医治的病人！这个宝，我得抱住、守住并传承下去啊！

在这场剧烈的社会变革中，王裕宽真算是幸运的，所谓浮云散去，江山留住。浮云为何？身外之名位财物也。比如他曾经拥有的道虎壁村长职位，他曾经拥有的二百多亩土地和几处宅院等，经过"土改"，这些东西都像浮云一样散去了，都离他远去了。江山为何？身上之医道医术也。比如他脑袋里的医学知识，他手指上的把脉感觉，经过"土改"，这些依然像江山一样留在那里，与他的生命同在，永远不会离他而去。如此，留得江山在，就不怕没柴烧。如此，散去了浮云，倒不必在意那些浮名浮物浮事了。只剩下了江山，倒可以一心一意、实实在在地钻研王氏妇科了。

"土改"这一年，王裕宽五十四岁，正是"五十知天命"的年龄，也正是人生的仲秋。秋天了，树上的果实就熟了，叶子也快落了。那就把果实摘下来，或食用，以慰藉此前的劳动，或留籽，以储备今后的发展。至于那些叶子，落就让它落了吧。陪衬花果，这是叶的使命，落地归根，这是叶的宿命。

只要保留着树身，那明年又是一树繁华，果实满枝头，只要保留着树籽，那未来就能一代一代地传承发展，一枝花成千枝花，一树果成万树果。王裕宽就如同这树身，他儿子王培昌就如同这树籽。

通过那两个月被裹胁到太原而经历各种苦累、饥饿、凌辱、危险等诸多的磨难，儿子王培昌竟然收回了心，要一心一意跟着父亲学习修炼王氏妇科了。而通过这一场"土改运动"，王裕宽也收回了心，要一心一意钻研王氏妇科并一心一意教授儿子学习王氏妇科了。如此，儿子要一心一意地学，父亲能一心一意地教，那学习的效果自然是事半功倍。一年下来，王培昌便把王氏妇科的基本医道医术学习修炼到六成火候，及格了；两年下来，王培昌便把王氏妇科的基本医道医术学习修炼到七八成火候，良好了。

哦，看来俺儿还真是块材料！我王裕宽后继有人了！王裕宽看着儿子王培昌在王氏妇科学习修炼上快速进步，迅速成长，他颇感欣慰。然后又想：俺儿在这方面已经算是上了"道儿"，以后只要顺着这"道儿"走就行了。唔，日久得功，功久得艺，艺久得道，以后就让他慢慢修炼吧！

王裕宽感到儿子王培昌已经在王氏妇科的医道医术方面有所掌握，已经算是可以立业了，便开始考虑儿子婚姻方面的事，想让儿子成家了，俺儿十九岁了，也该结婚成家了。

本来，几千年来就有"不孝有三，无后为大"的古训，老人们都想让儿子们"早得子""多得子"以完成"孝"的使命。而王裕宽经历了这场"土改运动"，自己原来拥有的那么多土地和房子说没就没了，所以他更重视人而忽视物，更重视血脉传承而忽视财富传承了。于是，他便常常在家人面前感叹："攒财不如积子呀！咱儿子该成家了，早成家早生子，咱们也能早些见到孙子呀！"

王裕宽如此，白翠英更是如此。王裕宽还是等儿子在事业方面上了"道儿"才考虑他的婚事，白翠英则在两年前就开始考虑了，"早些给儿子娶上媳妇吧！早些给儿子娶上媳妇就拴住他的心了，就会安安稳稳地过日子，不用整天想去外头奔了。"这话常挂在白翠英的嘴边。所以，现在王裕宽这么一发话，白翠英自是赶紧落实。有寻上门来提亲的，就认真选择一番；听说谁家的闺女贤淑，就积极打问一番；看到谁家闺女漂亮的，就托人试探一番。

然而，一家人都眼高，或是人好家不好，或是家好人不好，或是漂亮不聪明，或是聪明不漂亮，或是太壮实了显笨，或是太柔弱了显病……许多的候选对象一一被否定了。其中，姐姐王培林的眼光最高，许多候选人都是被她否定了的。

"啊呀，培林！这个也不行，那个也不行，莫非你这个姐姐能给你弟弟踅摸上一个仙女进门？"王裕宽和白翠英看到女儿王培林把一个个候选人都否定了，不由得责怪起来。

"爹！娘！你们放心吧！弟弟的事我包了，仙女我踅摸不回来，但我肯定给你们踅摸回一个贤惠淑雅的'贤女'来！你们就等着吧！"王培林颇为自信地说道。

王培林能这样说，却也能这样做。她每有闲暇便在脑海里搜寻着适合弟弟王培昌的女子，从平遥中学同学们的妹妹到教师同事们的妹妹，从她众位朋友们的妹妹到她这十来年当老师教过的女学生……

如此搜寻来搜寻去，她终于搜寻出一个适合弟弟王培昌的对象：城南堡村的崔淑卿，我曾当过她的班主任，知道她的情况！哦！这闺女，身材高挑匀称，与弟弟般配；眉眼端正可人，能让弟弟喜爱；品质善良贤淑，会处人处事，父母愿接纳；头脑聪颖，学习成绩优秀，将来必教子有方；家里是买卖人家，父亲厚道，母亲文雅，而且她爷爷还曾是城南堡村有名的乡绅，可谓门当户对！

王培林是王裕宽之女，王家好名声在外，她又是崔淑卿的老师，所以一向崔家提亲，她本人和她家人就愉快地响应了。王培林有文化有阅历，眼光又高，又是如此用心费神踅摸上的人，所以一和弟弟和父母提这门亲，她弟弟和父母自然也是马上响应。然后王培昌和崔淑卿一见面，人过关了，再一打问，家过关了。于是，这桩门当户对、郎才女貌的婚姻就八九不离十了。而且，崔淑卿的爷爷崔继昌老先生，就是当初推荐王裕宽担任道虎壁村村长、二人曾长期共事的崔乡长！这样，王、崔两家就更是情缘深厚而姻缘牢固了。

两家人面对如此门当户对、郎才女貌的一桩美满婚姻，哪还犹豫迟疑！说定了，便择日期、请客人、办婚礼、排宴席！

王裕宽非常满意这桩婚姻，于是全力操办这场喜事，准备了上百桌宴席，向全村人送出了喜帖！此番婚礼，全村人都来捧场，而且是三天连着都来，实在红火极了、热闹极了、排场极了、奢华极了！此番婚礼，他家数十年来办了若干喜宴，这是头一份儿；道虎壁村数十年来办了若干喜宴，这是独一份儿！此番婚礼，村里人上一份薄礼，便可全家人来大吃二喝三天，美煞了；而王裕宽有这么好的人缘，能请全村人来给儿子的这场婚礼捧场、助兴、喝彩，也美煞了！

好一场盛大而奢华的婚礼，好一番热闹而美好的场景！

# 八

王裕宽家这番连续三天的盛大喜宴，白钦鼎自是一位好帮手，迎来送往，一脸笑颜，满口辞令，对场面上的应酬礼仪，他太熟悉了，所以也就不仅胜任，还能出彩！王裕宽与白钦鼎一家人亲谊深厚，所以，临走时便轿车送之，肉菜赠之。

王裕宽夫妇安顿好轿车，准备好肉菜，并出门相送："哥嫂辛苦了！以后常来！"

"妹夫、妹妹不用客气！多谢了，多谢了！现在新社会了，我的嗜好也改了，还分得田地了，我们能自食其力了！而且，儿女们都成家立业，有了事做，都自立了！"白钦鼎说着，拱着手，道着谢，欢欢喜喜地坐上了轿车。

白钦鼎真的拱手道谢，既为感谢妹夫王裕宽，也为感谢新政府。当年家败落魄抽大烟时，是王裕宽收留了他一家人，给他夫妇事做，给他一家吃住，否则他早就家破人亡了。而现在是新政府解救了他一家人，帮他戒了毒，给他分了地，他的儿女还考上了工作，不然他还得"寄人篱下"呢！

王裕宽家这番连续三天的盛大喜宴，赶轿车的王成喜和拉东洋车的许立臣是两个好跑腿的，接送年老而无车的重要客人，置买喜宴及家用的各类东西，再加招呼接待客人的轿夫车夫……他们二人整天跟随王裕宽和白翠英各处跑动，王裕宽家的客人多是他们的熟人，客人家的门路也多是他们的熟门熟路，让他二人做这些跑腿而熟门熟路的事自是得心应手！如此，既是两个身边人，又是这三天喜宴上的辛苦人，王家的宴席肉菜自然也要分赠他们若干。这三天喜宴的总管、账房及重要的、出力的、辛苦的帮忙人也人人有份，或多或少，或肉或菜，或丸子或烧肉……待第三天的喜宴一结束，便一一分赠、分发了。

如此，各位客人走了，各位帮工散了，各种肉菜分了。王裕宽家的院里屋里回归了原状原样，像村里那大戏唱完后的戏台，清静了，像秋天那树叶落去后的树干，简单了。

这天晚上，王裕宽、白翠英这对老夫妻和王培昌、崔淑卿这对新夫妻围坐在一起吃饭，饭毕，婆媳二人去收拾厨房了，父子二人则坐在桌旁喝茶聊天。

此时的王裕宽颇有感慨，他看着眼前的景象，不由得回味着刚刚过去的这三天喜宴：这三天太红火了，太热闹了，也太乱了！能这样红火热闹三天也好，再这样红火热闹三天，得把人累倒！现在，他倒喜欢这份清静。他又回想着家里过去十多年的情形，白钦鼎一家人、王成喜、许立臣及一大帮种地的长工以及经常来往的客人，平常日子，餐厅里间、外间经常摆两张桌子，一桌主人，一桌佣人；农忙时节，长工多了，餐厅外间就得多摆两三张桌子；逢年过节，客人多了，则餐厅里间就得多摆两三张桌子。家里经常有那么多人吃饭，真是红火热闹！而现在妻兄白钦鼎一家人回高林村了，那些长工也没有了，那些常来常往的亲戚朋友也不怎么来往了，他们或许被没收了财产田地，走不起亲戚了，或许被划了地主富农"成分"、戴了"帽子"，不愿意多走亲戚了，至于那些划了"中等成分"的人家，虽然没有损失财产田地，但没有兴致情趣多走亲戚了。王裕宽回味着这三天红火热闹的盛大喜宴景象，回想着这十多年红火热闹的日常生活景象，再看着眼前这清静的景象，自是感慨一番，却也觉得各有其好。那红火热闹的日子，就像戏台上的帝王将相，不免排场一番，奢华一番，显摆一番；而这清静简单的日子，就像寺庙中的和尚道士、书斋里的先生学子，也该研读一番，修炼一番，觉悟一番；各得其所，各得其道，各得其技，各得其美，各得其妙嘛！

王裕宽如此感慨、回味、思索、觉悟一番，接下来便对儿子指点道："儿啊，你媳妇也娶上了，咱王氏妇科的学习修炼也上了'道儿'了，可以说，你一辈子的两件大事'成家'和'立业'就算打下基础了。以后呀，你就抓住这两件大事一直做下去就是了。记着爹的话，一是好好过日子，和你媳妇生儿育女，延续咱王家的香火；二是好好学医术，跟着我把咱王氏妇科的东西全都学到手，传承咱王氏妇科的医道医术。"

"嗯！我听爹的话就是了。"

"哦，我这一辈子呀，经历过许多事情，也曾经排场过、热闹过、豪华过、显赫过、风光过，但这些东西都是身外之物，拥有再多，说离开你就离开你了，都像是浮云，看见再好，说飘走就飘走了。唯有这医术和子女会一直跟随你，不会被夺走，也不会飘走。所以，你要牢记：一要有子女，二要有医术。"

"爹，我记住了。"王培昌听着父亲的谆谆教导，答应着。

接下来的日子，便是王裕宽带着儿子王培昌继续在诊所里把脉、看病、开方，白翠英则带着儿媳崔淑卿在药铺里抓药、配药、收钱。这样的情形，虽然不像从前红火热闹了，但是求医者还络绎不绝，诊所药铺账上的进项也源源不断；这样，足以施展他们的医道医术来治病救人，也足以维持他们一家人日常开销。

王培昌没有辜负父亲的期望，首先在生儿育女上，他媳妇崔淑卿于结婚两年后生下了一个男丁，让父亲王裕宽见到了孙子。其次，在王氏妇科医道医术的学习修炼上，他也更上一层楼，已经可以独立坐诊，而且把脉诊病准确，对症开方精当，几乎与父亲王裕宽不相上下了。当时，前来他家诊所看病的人，先在外间由王培昌把脉诊病、对症开方，然后再进里间由王裕宽二次把脉诊病并检视药方，儿子开的药方妥当，王裕宽则认可签名，儿子开的药方欠妥当，王裕宽则调整药方并叫过儿子来指导一番。如此两三年下来，儿子便把父亲的把脉诊病之法和对症开方之理悉心领会并得之于心、应之于手了。

1952年时，区政府要求道虎壁王氏妇科各门各支和道虎壁几位西医整合在一起，共同开办一个"平遥中西医联合诊疗所"，以满足人民群众各方面的医疗需要。王裕宽便响应政府号召，带领两个弟弟、儿子王培昌及侄儿等人一起加入这个联合诊疗所。

但这个联合诊疗所开办起来以后，看病者多是冲着道虎壁王氏妇科而来，王裕宽兄弟及侄儿们跟前的病人络绎不绝，甚至出现排队拥挤的情况。而那几位西医跟前的病人却寥寥无几，甚至出现一天没有一个病人前来就诊的情况！原来，王裕宽他们虽然身居道虎壁村，但本事大、名气大、疗效好，比县城那些妇科医生都强得多，所以病人源源不断。而那几位西医身居道虎壁村，其本事、名气、疗效也是村级、区级水平，比县城那些西医还有些差距，而道虎壁离县城只有五里路程，所以看西医的病人都去县城里看病了，哪里还会来道虎壁看西医？

平遥中西医联合诊疗所这样维持了四年，那几位西医实在尴尬无趣甚至近于闲置无用，而这个"平遥中西医联合诊疗所"名称反而还遮盖了"道虎壁王氏妇科"这赫赫名头。于是，区政府便同意改组诊疗所，把那几位西医归置出去，王家人留下来，把诊所的名称改为"平遥道虎壁王氏妇科诊疗院"。如此一改，人，成了纯粹的道虎壁王家人；名，成了专一的道虎壁王氏妇科。纯粹，则人必团结；专一，则医必精湛。从此，这"平遥道虎壁王氏妇科诊疗院"在王家人的手中办得有声有色，闻名遐迩，不仅平遥，平遥周围县域的病人也慕名而来，不仅晋中，晋中周围地区的病人也慕名而来！

这天，从临汾地区汾西县来了一个名叫卫四妞的病人住进平遥道虎壁王氏妇科诊疗院。王裕宽带着弟弟、儿子及侄儿们会诊了一番，看见卫四妞的肚子大得像孕妇一般，脸肿眼肿，几乎浑身臃肿！又听她说已经有三年不来月经了，找了好多医生，吃了好多药，就是不见好，而且肚子越来越大，经常觉得头昏脑涨肚憋，浑身难受，都不想活了！王裕宽等通过这番会诊认为：这是由宫腔积血，再形成痰瘀积聚，阻塞了经血之路。经血乱流又阻塞了其他经络气机，形成了新的痰瘀积聚，如此积了又积，阻而又阻，终将危及生命。于是，便开出了"王氏逐瘀汤"方子给她治疗。

这卫四妞吃了几天药之后，觉得并不怎么见效，便叫嚷着说："老大夫下药太轻，这药不顶事！给我叫年轻大夫来，开些猛药吧！"原来，这卫四妞多年找医生看病，她知道年龄大的大夫用药轻、见效慢，而年轻大夫初生牛犊不怕虎，敢用猛药。

王培昌闻讯过来，听了卫四妞这番说道，掂量了一番，便在"王氏逐瘀汤"的基础上，又添加了几味药——

当归尾（八钱）　　川芎（三钱）

益母草（一两）　　红花（五钱）

桃仁（五钱）　　　三棱（四钱）

莪术（四钱）　　　乳香（三钱）

没药（三钱）　　　香附（五钱）

陈皮（三钱）　　　甘草（三钱）

这样，王培昌给卫四妞开好药，让人煎好，再看着卫四妞喝了药，便观察她的情况。果然卫四妞喝了药不到一刻钟时间，便觉得肚子疼；再有一刻钟时间，便疼得厉害了；进而，她疼痛难忍，又喊又叫，竟在地上打起滚来！这一下，把诊疗院的所有医生病人都惊动了！

王培昌虽然自信，但眼看卫四妞这就地打滚喊叫的情形，也有点心虚，但他还是继续观察着。终于，卫四妞这样疼痛了一个多小时后，下身开始排出了一团一团的血块，而刚才那疼痛难忍的状况也大大缓解了！王培昌终于可以松一口气了："啊呀，这服药总算见效了！"

接着，王培昌又给她开了两服药，卫四妞则继续不停地排血块、排淤积……于是，血块半盆半盆地排出来了，大肚子也慢慢地小下去了，身上的臃肿随之也慢慢地消了下来。

再经过一月余的气血调理、综合调理，卫四妞的大肚病完全治愈了。

"啊呀，小王大夫呀，您可是我的救命恩人！您真是一个活神仙呀！"卫四妞治愈后，百般高兴，千分感激，万分赞美！也只有这"救命恩人"和"活神仙"能表达她对王培昌的感激和赞美了。而且，她不仅当面这样，住院这样讲，现在这样讲，当她回到汾西县后还一直这样讲。若干年后，她还多次邀请王培昌带上妻子、孩子前往她家里做客，顺便还在她家坐诊看病。她对王培昌可谓敬若仙人，又近如亲人！

王裕宽看着儿子治好了卫四妞的病，心中暗暗欣喜，却也责怪了一番："你怎么敢冒险对卫四妞用如此迅猛之药呢！万一治得病人丢了性命，那你还怎么行医？恐怕你一辈子就完了！以后遇到这种情况，可得倍加小心，切不可冒进了！"

王培昌听着父亲王裕宽的话，知道这是父亲的拳拳爱子之心，自是点头应承，却也补充说道："爹，其实，我这样用药也并不是冒进。"

"这还不是冒进？那你说说为啥？"

"爹，我观察了这卫四妞的体质，她病得那么严重了，却仍有脾气，说话时声音也非常洪亮，这就说明她体质非常好，身体有非常强的耐受力，她能扛得住猛药。而且住院几天，刚吃了几服药不见效，就叫嚷着让年轻大夫给她下猛药，这说明她是个急性子。如果用温和慢药，正好忤逆了她的急性情，药性和她的性情则相错相离，药效则相悖不显，如果用猛药，正好顺遂了她的急性情，药性和她的性情则相融相洽，药效会相得益彰。"

王裕宽听着儿子的这番话，想了想，点了点头，觉得颇有道理。再仔细回想，儿子的这番道理并非自己所教，竟是儿子的新颖见解，于是他又对儿子刮目相看了。他思忖，莫非儿子已经"长江后浪推前浪"了？或许儿子要"青出于蓝胜于蓝"了！于是感慨万千，我王裕宽真是后继有人了！

# 九

王张氏老太太眼看着平遥道虎壁王氏妇科诊疗院在她儿子、侄子及孙子们手中办得有声有色，人人叫好，她便高兴，也叫好连连：这样好，这样好！他们原来各自开诊所，究竟分散零落，这样大家合起来成立一个诊疗院，既声势大了，力量强了，还显得各门各支的本家兄弟们团结了，一举两得呀！

王张氏老太太看着王氏妇科的事业发展得越来越好，特别是看着他的三个儿子及若干孙子们是这个诊疗院的顶梁柱，可谓心里美滋滋、脸上乐哈哈！而看到孙子王培昌已经有了一个男孩，让她看到重孙子，看到王家的后代正像树枝一样不断地生长，她的心里就更是美滋滋、脸上就更是乐哈哈！

这些都是这个老太太的功德呀！想当初她丈夫王德一英年早逝，抛下了她和三男三女六个孩子，那是多么艰难的处境！但她硬是拖拽着这六个娃娃，个个都长大了、都立业了、都成家了，这需要经历何等的艰辛，这是何等的功德！

这位老太太是一个有功德的人，也是一个有智慧的人，当她看到王家人枝繁叶茂、王氏妇科蒸蒸日上的大好情形时，她便知道自己的人生也该收场了，她该"见好就收"了。或许智慧能通天，或许天人能感应，她竟然真的就在这王家人枝繁叶茂、王氏妇科蒸蒸日上的美好情形下，寿终正寝了！

王张氏老太太的功德摆在这儿，她儿子孙子们的事业摆在这儿，王家的人脉情缘也摆在这儿，所以，王张氏老太太的丧事自是庄重、盛大！

1957年，平遥县人民政府芦县长看着平遥道虎壁王氏妇科诊疗院在王家人手中办得有声有色，人人叫好，就找到王裕宽说："王大夫呀！我听说你们这王氏妇科诊疗院办得好，慕名前来的患者很多，既然人民群众需要你们王氏妇科，那我们人民政府就该给人民群众提供便利，也给你们王氏妇科提供帮助。你看这样好不好？我们县政府在县城给你们提供一处房子，你们这个王氏妇科诊疗院搬到县城来开办！县城毕竟大，也比你道虎壁交通方便，这样，县城人本来就多，村里人来县城又比去你道虎壁交通便利，县城和乡村的人民群众看病都便利了，找你们看病的人也多了，岂不两利？"

王裕宽和芦县长在抗日战争时期就有交情，彼此了解，相互信任，于是说道："哦！这确实是两利的好事！芦县长！我和众兄弟们商量一下，回头给您回话！"

既然芦县长和王氏妇科掌门人王裕宽都认为这是好事，那自然成。芦县长在平遥县政府（平遥县衙）斜对面一处繁华地段给他们提供了一处房子，临街做门诊药铺，里面供诊疗住院。王裕宽便带着王家众兄弟及其儿子、儿媳们，再携带上各种工具、用具、家具进城了。

这新开办的"平遥县王氏妇科医院"一挂牌开业，便是人山人海、人来人往的红火情形，医院门口经常是排着长长的队伍候诊，俨然是

"一诊难求"！王裕宽、王培昌等大夫们全部上手，把脉、看病、开药方；白翠英、崔淑卿等媳妇们也全部上手，或在药铺卖药，或当护理人员，或当后勤人员，真是医院红红火火，家人忙忙碌碌！平遥道虎壁王氏妇科进入了烈火烹油、鲜花著锦的鼎盛时期！

然而，就在平遥县王氏妇科医院赶上了1958年至1960年间那场席卷全国的"大跃进运动"，如鲜花般灿烂开放、也如鲜花般引人赞赏之时，平遥县王氏妇科医院被这场风暴"吹"散了！平遥县政府决定解散王氏妇科医院。原来的房屋腾出来，原来的人员分出去，年龄大的分配到县城医院，年龄小的分配到区乡医院。

这是为什么？

为什么要把一个红红火火的医院解散了，而将人员补充到那些冷冷清清的医院？

为什么要把一个独具特色的医院解散了，而将人员补充到那些平平常常的医院？

为什么要把一树鲜花的大树卸了，而把一枝一枝的鲜花分散各处、插配绿叶？

为什么要把一块美玉摔碎了，而把一片一片的碎玉分撒各处、镶嵌砖墙？

这究竟是为什么？一时间让人不解。

王裕宽作为王氏妇科掌门人，他本来还在享受"把王氏妇科推进到了烈火烹油、鲜花著锦的鼎盛时期"的得意中和兴头上，却突然得到了政府让平遥县王氏妇科医院解散的通知！这真是满树鲜花遭遇了倒春寒，满天阳光听到了霹雳雷，他一下子就蔫儿，懵了，怔了。

当天晚上，王裕宽彻夜难眠，脑海里闪出了一连串的问号，个个如钩镰枪，扎心扎肺，眼眶里流下了串串的泪珠，滴滴如黄连水，苦脾苦胃……然而，思来想去一整夜，他终于想通了，也释然了，我再怎么不情愿也拗不过政府，照办就是！我再怎么有情绪也不能影响家人，听话就是！如此，王裕宽经过一整夜的琢磨和酝酿，钩镰枪磨成了如意棒，黄连水酿成了甘蔗汤！

第二天，王裕宽召集平遥县王氏妇科医院王家众人开会时，他已经释然了，他开导大家："政府不是要解散咱这王氏妇科医院，把人员分配到其他医院吗？把这个医院解散了，把咱一家人分开了，大家当然不舍，但政府的话咱不能不听！而且话说回来，这也是好事，一是咱王家人分散到各处，可以扩大咱王氏妇科的影响力，好啊！二是咱王家人分配到政府办的医院，那就是有了公职、吃了公家饭，这是铁饭碗，好啊！所以呀，大家就安安分分、高高兴兴地听从政府的安排，这也是一个好机会嘛，这公职、这铁饭碗，是谁想有就有的、谁想端就端的？以后呀，大家就各奔东西了，也就要各显神通了，大家都要好自为之！"

王裕宽作为王氏妇科掌门人，他讲这番话，既是化解家人们即将离别时的伤感悲观情绪，也是鼓励他们即将赴任时的积极乐观劲头。他这个掌门人必须化悲为欢，让大家高高兴兴、欢欢喜喜地各奔前程！

其实，这个大家族中，弟弟们虽然是一家庭之长、一诊所之长，但毕竟不是王氏大家族之长，不是王氏妇科大事业之长，所以他们面对这王氏妇科医院的解散，虽然也不乐意，但究竟不像王裕宽这个掌门人感受强烈，听了他的开导，他们也就听从分配了。儿子、侄儿及媳妇们年龄更小，适应性强，所以，他们面对这王氏妇科医院的解散倒无所谓悲，无所谓欢，而且个个有公职了，端铁饭碗了，还有礼拜天可以休息，也都欢欢喜喜地听从分配了。

于是，这个曾经红红火火、人山人海的平遥县王氏妇科医院只存在了两年多便解散了，王氏妇科家族的大大小小、男男女女众人便各奔前程了。只有王氏妇科掌门人王裕宽以"年龄太大""想回家养老"为由，选择了回家，回到设在道虎壁村的梁赵乡医院。他带着妻子白翠英和那些一直跟随自己的工具、用具、家具，黯然神伤地、孤独寂寞地回家了。

王裕宽把王氏妇科那般"烈火烹油、鲜花著锦"的鼎盛景象定格在脑海中，恋恋不舍、念念不忘……

王裕宽回到设在道虎壁村的梁赵乡医院以后，上了几年班便退休养老了。退休后，他的时间和精力主要是翻看祖宗们一辈一辈传下来的中华医学典籍和王氏家学秘籍等古书，回忆自己一生所遇的重要病症、重要治法，回忆一生所遇的重要人物、重要事件。他沉浸在这古书和旧事里，总结祖宗的经验，总结自己的经验；回望祖宗的故事，回忆自己的故事。此时，他已经是奔七十岁的人了，回头、回望、回忆往往是他这个年龄的人常有的情形。这"鹿回头"的情景，既是一种美妙吉祥之象，也是一种自然而然之理。任何人、事、物一旦自然而然了，也就美妙吉祥了。

另外，他已经有了五男一女六个孙子，看着绕膝儿孙，享着天伦之乐，自是欣慰。于是，他常教孙子们背诵《药性赋》《医学三字经》，也经常与孙子们玩耍，享受着晚年的欢乐。

王裕宽于 1972 年仙逝，享年七十八岁；他妻子白翠英于 1978 年仙逝，享年八十四岁。至此，王裕宽夫妇离开了王氏妇科事业，但他们那美好的医品医德、高超的医道医术和丰富多彩的人生故事却留在了世上，留在了王氏家族，也留在了道虎壁、平遥、晋中乃至三晋大地……

尾声

# 一

王培昌是王裕宽的独子，他独享了王裕宽这位平遥道虎壁王氏妇科掌门人的全部医道医术。王裕宽医道深厚、医术高明，却专注于一人而悉心传授，这是何等难得的导师！而王培昌天赋聪明、导师高明，再加其悉心领会，于是父亲王裕宽所教，便是儿子王培昌所学，王裕宽把自己的全部医道医术传授给了王培昌，王培昌也几乎得到了王裕宽的全部医道医术。

王培昌二十五六岁时，通过治疗汾西县大肚病患者卫四妞而大显身手，已经显现出了长江后浪推前浪、青出于蓝胜于蓝的势头，其后再经过治疗若干重大疑难病人，更显出了他日益深厚的医道和日益高超的医术。他理所当然地成为平遥道虎壁王氏妇科的新一代代表人物而名声远扬，远者来请、近者来治的求医者络绎不绝——

1972年深秋的一个早晨，王培昌起来一开街门，就看见一个中年男人跪在门前，他吃了一惊："哦？怎么回事？"

这个男人抬头看了王培昌一眼，说道："您就是王培昌大夫吧？"

王培昌点了点头："噢，我是王培昌。"

"啊呀，王大夫！可找到您了，求求您！求您辛苦到我们家一趟，救救我老婆呀！"

"快起来，快起来！天气这么凉了，跪在地上太冷了！"

"王大夫！只要您答应救我老婆，我受罪受苦都不嫌！"

"好好好！我答应你，快起来说话！"

原来，此人是灵石县梁家庄人，名叫赵固生，他老婆因为产后大出血，已经奄奄一息，找了当地医生看，都说没救了。现在已经把他老婆放在门板上，准备穿寿衣装殓了！后来有人说，平遥道虎壁有一位神医，如果能请来，或许能起死回生。于是，他就连夜赶到灵石火车站，坐火车来了平遥，再步行来到道虎壁已是半夜了。他怕打扰王培昌，又怕王培昌大夫不答应去灵石，又想心诚则灵，便跪在门前，从半夜一直跪到清晨！他期望能感动神灵，能感动王培昌大夫随他去灵石出诊！

　　王培昌一听这命悬一线的危重病症，岂能不去救？再一看这连夜赶来且半夜跪求的诚心，岂能不答应？于是他便答应马上过去。但今天是上班日，他得和单位打个招呼呀！于是，他和赵固生吃了点早饭，一起来到城关医院找领导说明情况，请了假，便坐火车来到灵石、来到梁家庄村。

　　王培昌进门一看，由于大出血，病人已经是休克状态，不省人事，不能进食，没有血色，却依然还在出血！真正是危在旦夕，命悬一线！

　　王培昌拨开病人的眼皮看了看，然后再把脉、感觉、思索……他一路上已经有所预估，现在又看了病人的外观症状和脉象症状，心中便有数了：脾肾阳虚，气血衰微。脾阳虚，则不生血、不统血，不生血则血源枯，不统血则血流乱。肾阳虚，则不收血、不摄血，不收血则血亏，不摄血则血走。所以，需大补气血，滋补脾肾之阳。

　　于是，他开出了方子——


　　太子参（二十克）　麦冬（十五克）

　　五味子（十克）　　焦白术（十五克）

　　云苓（十克）　　　陈皮（九克）

　　半夏（十克）　　　熟附子（八克）

　　甘草（五克）　　　当归身（十五克）

黄芪（二十克）　　炒白乌（十五克）

水煎、频饮。


他开好方子交给赵固生，并叮嘱："赶紧去抓药、煎药，给病人喝药吧！"

"病人已经昏迷休克，不省人事，更不能进食，她怎么能喝药？哪里能喝下去呢？"此时，听说从平遥道虎壁请来了王氏妇科的神医，村里人纷纷前来围观，屋里已挤满了人！其中，不免有好动脑子且又好事的人，便提出了这样的疑问。

王培昌听到这质疑声，知道是自己没有交代清楚之过，便补充叮嘱赵固生道："这是三服药，一天一服。病人不是昏迷休克不省人事嘛，你们煎好药之后就掰开病人的嘴，然后用汤匙慢慢地往她嘴里喂，一刻钟喂一汤匙，要白天黑夜不停地喂！我已经写在药方上了，这叫频饮！把这三服药喝下去，三天以后应该就醒过来了。"

王培昌叮嘱完，还得回平遥城关医院上班哪！于是，赵固生一边安排人把王培昌送到灵石火车站，一边安排人去药店抓药。

王培昌前脚一走，后面就有人说风凉话了："我看这个人是来骗吃骗喝骗钱的，眼看着人已经不行了，他能救活？如果能救活，他为什么急着走呢？肯定是怕救人救不过来，一旦人死在他手上，还怕讹住他呢！"

然而，赵固生坚信王培昌的医术，也坚信老婆能醒过来！老婆不能死呀，老婆如果死了，这一大家人怎么办呀！所以，不管他坚信王培昌也罢，或是秉持"死马当活马医"的想法也罢，赵固生抓好药、煎好药便遵照王培昌的嘱咐喂药：掰开他老婆的嘴，一汤匙一汤匙地给她喂药，一刻钟一刻钟地给她喂药，白天黑夜不停地给她喂药！

这样喂了三天三夜以后，赵固生的老婆真的就醒过来了！还喃喃自语："我这是在哪儿呢？怎么嘴里好苦啊？"

赵固生一看老婆真的醒了，真是喜出望外："啊呀，老婆你终于醒了！你在家里呢，你已经昏迷四五天了！呵呵！我一汤匙一汤匙地喂了你三天三夜药，才把你喂醒，怪不得嘴里苦呢！"说着，便冲了一杯红糖水，喂了她几汤匙，慢慢地，她便完全清醒了，能与人正常说话了。

这——真是起死回生！

这——真让赵固生感恩戴德，并歌功颂德："啊呀，王大夫真是我老婆的救命恩人，真是让我老婆起死回生的活神仙呀！"

这——也让所有村里人信服了，原来这位大夫还真是一位神医！

赵固生的老婆醒过来以后，他又到平遥求王培昌给他老婆诊治，王培昌好事做到底，便又跟着赵固生去了一趟灵石梁家庄村，又给她开了三服药。赵固生老婆把这三服药吃了以后，精气神便大大好转，能坐起来了。

赵固生再去平遥请王培昌，王培昌便第三次来灵石梁家庄，望、闻、切后又开了七服调养脾胃的药。这七服药吃下去以后，赵固生的老婆就彻底痊愈了。

这一下，真把赵固生高兴坏了！而梁家庄的人，真把王培昌当神仙了！

当年腊月，赵固生背了一大包年货来到王培昌家里，对他这个救命恩人表示感谢，也对他这个活神仙表示敬仰。并且，还邀请王培昌去他家里过年做客，同时，也给周围的乡亲们看看病！

"王大夫！你就来我们家过年吧，也让俺老婆做些好吃的，好好招待您这位救命恩人！而且，我们那里的人都把您当活神仙，都想让您去给他们看病呢！"

王培昌看着赵固生热情的样子，听着赵固生恳切的话语，实在是盛情难却。但过年放假自己只能抽三四天时间，平常哪有这么多时间出诊？

另外，出去出诊，既能救治病人，也能挣些钱补贴家用。现在家里只有他一个人挣钱，却养活着七八口人，手头也缺钱呀！这样，王培昌就答应了赵固生的邀请。

此时，儿子王金权正是十五岁随诊的年龄，于是王培昌便带着儿子王金权去灵石梁家庄了。

好家伙！本来过年家家就要准备好吃食，赵固生家对王培昌感恩戴德，更是准备了各种各样的好吃食：从腊月三十到大年初三这四天时间，几乎顿顿摆桌子上肉上酒，还变着花样上！在那个年代老百姓家里平常都是粗粮淡饭，能吃饱就不错了，而赵固生家却顿顿吃这些美味佳肴，就算是王培昌他们在自己家里过年，也无法享受如此丰盛的饭菜，足见赵固生的感恩之情。

本来过年人们都有了空闲时间，王培昌又是一位活神仙一般的大夫，村里妇女们一听说这位活神仙要来，便都想让他把把脉、看看病。所以，王培昌一来赵固生家，村里的妇女们就蜂拥而至，顿时，赵固生家的屋里院里都是前来看病的人！眼看着这样的情况，王培昌顾不得休息，便在赵固生家里摆一张桌子，开始给人把脉看病了。此时，求治者殷殷心切，一个个望着王培昌，满眼都是敬意；已治者盈盈心满，一个个赞着王培昌，满口都是美意！看着父亲如此受人尊敬，如此受人赞美，王金权好不自豪、好不羡慕！

王培昌在灵石梁家庄赵固生家里既做客，又给人看病，使赵固生家着实红火了四天，他家哪里有过这样红火的情景呀！这也使得梁家庄及周围村的女人们高兴了四天，她们哪里接受过平遥道虎壁王氏妇科这样高明大夫的诊疗呀！

大年初三下午，王培昌带着儿子王金权返回了平遥，大年初四他还得去平遥城关医院上班呢！

这四天下来，王金权跟着父亲王培昌随诊看病，很受感染："爹！

来这儿出诊好呢！您要再来，我还跟着您来！"

王培昌笑道："好？怎么个好法？"

王金权也笑道："嘿嘿！每天好吃好喝，还有那么多人尊敬您、赞美您，而且还能挣钱！还有……"

"那为什么会有这么多的好呢？"

"您能给他们看好病嘛！"

"对了！只有学好本事，给人家看好病，人家才给咱好吃好喝，人家才尊敬你、赞美你，咱也才能挣些钱补贴家用。"说着，摸摸儿子的头，似乎让儿子受戒一般，继续说道："俺娃跟上爹好好学本事吧！你要学好了本事，能给人看好病了，那你也会像爹一样受人尊敬，还能挣钱养家！"

"嗯！"王金权答应着，眼前依然还是父亲王培昌在梁家庄赵固生家给人看病的情景，那受人尊敬的情景，那好吃好喝款待的情景，这一切都深深地印在了王金权的心里，让他羡慕，让他向往……

两年之后，赵固生老婆竟然又生下了一个男孩！这样，赵固生就更高兴了，也更感恩了，村里人对王培昌更是视如神仙了。于是，赵固生热情邀请，村里人殷切期盼，王培昌又多次带着家人去梁家庄赵固生家里，既当客人，又当医生，一举两得，皆大欢喜。

就这样，王培昌继承了父亲王裕宽的"衣钵"，继续传承着道虎壁王氏妇科，践行着道虎壁王氏妇科，弘扬着道虎壁王氏妇科，凭借自己独特而高明的医道医术与王氏家族众弟兄们一起，共同保持着"道虎壁"这个在平遥县域、晋中地域乃至山西省域内妇科医学的"帝京王都"地位。

二

王培昌医术高、名气大，所以，许多其他大夫看不了的疑难危重妇科病，便上门来求他出诊，而他一个人上班工资少、家里人口又多，所以，他也愿意在工作之余出出诊、看看病，挣些钱补贴家用。

当初，平遥县王氏妇科医院解散时，他和妻子崔淑卿被分配到了距平遥县城二十五里、距道虎壁三十里的洪善地区医院。到1962年国家经济困难、压缩吃供应粮的城市人口时，考虑到父母亲年龄大了，还在道虎壁老家需要他们照顾，但距离三十余里又不方便照顾，而且这时他们已经有四男一女五个孩子了，孩子们的学习生活也拖累两个人的工作，所以崔淑卿响应国家号召，辞了工作，销了市民户口，带着子女们回到道虎壁老家。这样，崔淑卿回家一心一意照顾两个老人和五个孩子，王培昌则一心一意在洪善区医院工作并钻研他家祖传的王氏妇科医术。但是家里一个人挣工资，家庭收入太少，王培昌在工作之余的出诊，算是补上崔淑卿辞职少了的那一份工资了。

当时，许多人家都缺粮食，吃不饱的情况普遍存在，但王培昌家的人却从来没有饿过。他用医术换粮食，保证了一大家人的"粮食供应"。

20世纪70年代初期，平遥县一个村干部李主任的老婆怀孕后出现浮肿的情况，头昏脑涨，难受得寻死觅活，去县医院找了几个医生，看了多次，只说这是妊娠高血压症，根本没办法治，试着吃了些药，也不见效，而且还有人下了"病危通知"——准备后事吧！

这可怎么办呀！老婆是家里的半边天，老婆要是死了，家就完了！

李主任眼看着老婆的病一天天严重，却没有任何办法。就在他极度绝望之时，有人提到了道虎壁王氏妇科，提到了王培昌，他便抱着试一试的侥幸心理求到了王培昌这儿。

王培昌来到李主任家看了看病人的情况，把了把脉，便给她开了三服药，并叮嘱道："先把这三服药喝了，看看情况再说！"

李主任遵照王培昌的药方抓了药、煎了药、喂了药，此时他也不敢抱太大的希望，只是把该做的都做了，不留下遗憾而已！

结果，他老婆刚喝了第一服药，尿就多了，这是啥药呢？怎么喝上以后老是尿尿！李主任的老婆老要尿尿，便老得去茅房，还有点不耐烦了。然而，这样尿了几次，埋怨了一番，却略微感觉到头上不那么难受了！再把这两服药都喝了，又尿了好多的尿，便明显感觉到症状明显减轻了！啊？原来是尿憋得难受？

李主任的老婆喝了三服药以后，他再找到王培昌说明情况，让再给看看。王培昌听了上述介绍，知道自己诊断对了，药下对了，也就知道这个病人有救了。于是，他跟李主任再去看了一番，再开了一些药……

王培昌一共出诊六趟，就把李主任老婆的病完全治愈了，妊娠期一切正常了。

李主任一看老婆的病竟然好了，自是惊喜异常，对王培昌的医术惊叹异常："啊呀，王大夫！您真是厉害，竟能让俺老婆起死回生，您简直是神仙呀！"

王培昌谦虚地笑笑："呵呵！李主任客气了！我哪敢称神仙呢！我不过是对症下药罢了。"

"哦？同样一个病，有些医生就觉得没法儿治，就认为'绝死无一'，您就有法儿治，就'起死回生'呢？我让西医看过，中医也看过，他们都不行呀！"

王培昌笑了笑，说道："有些人治病，多是看病人的症状和教科书上、老师讲的是不是一样的，如果一样就套用已有的治疗方法和处方，如果没有就束手无策，不能依据自己所学，独立判断，辨证施治，对症下药。"

李主任与王培昌相处了一段时间，算是熟悉了，说话也随便了，便问起了他老婆的病因和王培昌的治法："王大夫，我老婆究竟得的是啥病呀？他们咋都说治不了，您是用的啥法子呀？"

王培昌说道："从西医来讲，这叫妊娠高血压，他们确实没有啥好办法治疗。以我来看呢，这种病叫作'高血压加高水压'。你老婆本来有高血压，怀孕又加上了高水压，你想想，她能不难受得厉害吗？"

"高水压？"李主任疑惑地说了一句。

"这只是我临时想起来的叫法。为什么成了'高水压'呢？你老婆平常时候月月行经，把那些该排泄的东西就排泄了。但怀孕之后经停了，那些该行经的血水用于滋养婴儿了，但那些无用的血水却排泄不出去了，这些无用的血水排泄不出去，便憋在了体内，憋到哪里，哪里就难受，这样憋来憋去就浑身难受了。这血水一憋，不就憋得水压高了？这水压高和血压高一样，不就让人难受了？"

"您怎么一看就知道了？"

"你老婆浮肿成那样，分明就是她身上那些无用的血水憋的嘛！所以，我的治法就是把这些憋在她体内的无用的积水排泄出来，你不是说她喝上我的药以后老要尿吗？这就是排泄那些无用的积水呢！排泄完了，她的浮肿就消了，人也不难受了。"

李主任听着，感叹着："啊呀，您真是高人，真是神仙一般的高人！也算我们走运，请到了您，要不然我可就家破人亡了呀！王大夫，我可怎么感谢您呀！"

"治病救人是我们医生的天职嘛！"

之后，李主任的老婆安安全全地生下了孩子，母子平安！而且，他老婆后来又生了三胎！

如此大恩，李主任当然不能忘，于是他便尽自己所能来报答王培昌，王培昌家孩子多，粮食不够吃，李主任就想办法帮他买议价粮，王培昌家里买到粮食了，一家人就能吃饱肚子了。而李主任的家人或朋友有了妇科病，王培昌当然也就不辞辛劳去治病救人了。就这样，他们二人建立了深厚的友谊。

　　1975 年夏，太谷县孟高村一个老人家辗转找到了王培昌大夫，"啊呀，王大夫！终于找到您了！我是太谷县孟高村的，俺儿媳妇本来好好的一个人，但生了第三个女娃娃以后就突然疯了，衣裳也不穿，娃娃也不奶，把娃抱过去，她就给扔到一边去，一点儿也不知道那是她生下来的娃娃！另外，还经常打人骂人，平常文文雅雅的，哪还会说一句脏话，可现在完全像变了一个人，像跟上鬼了！还能爬墙上房，平常搭上梯子都不敢上房，现在上了猪圈，顺着一溜土墙就上了正房！不知道从哪儿来的那么大的劲儿和那么大的胆子！现在都有半个来月了，找了许多医生，都治不了，说是得了精神病，让往精神病院送呢！但精神病院是俺们不敢去的地方，怕往那儿一送，人就完了，娃娃也完了。怎么办呀？我们四处求医，都不顶用！后来，才听说平遥道虎壁有您这样一位神医，所以就上门求您来了！求您给俺儿媳妇看一看！求求您了，王大夫！"这位病人家属着急忧虑，说着说着，就快哭出来了！

　　王培昌看着他这可怜兮兮的样子，也就不推辞了。于是，王培昌跟上这个老人坐火车到了太谷北阳站，再坐马车到了孟高村。

　　王培昌听病人的老公公给他讲的那些病症，就预估了病因，来到他家里再看了病人的情况，把了把脉，便确诊了病因：急火攻心，痰蒙清窍，引起"产后惊狂症"。急火攻心，则如烤如熏，则心昏心迷，心非心也。痰蒙清窍，则如糊如堵，则清而被糊非清、窍而受堵非窍，清非清、窍非窍也。如此，心非心，则无思而得胆；清非清，则无神而得力；窍非窍，则无灵而得蛮。而且，少一思可得十胆，少一神可得十力，少一灵可得十蛮；如此，思、神、灵少了小了，胆、力、蛮多了大了，这个产妇就变得胆子超大、力量超大、蛮横劲儿超大了。

于是，王培昌对症下药，开了三服降心火、清痰瘀的药——

黄连（六克）　　　　黄芩（十克）

山栀子（十二克）　　陈皮（十克）

半夏（十二克）　　　竹茹（八克）

炒枳实（十克）　　　三棱（十克）

莪术（十克）　　　　云苓（十二克）

甘草（五克）

三服药喝完，这个病人就再不像以前那样打人骂人、裸衣出门、爬墙上房了。之后，这家人又来请王培昌，王培昌再去太谷孟高村，依病情给病人开了七服药，这个产妇服用后就完全恢复正常了。

……

王培昌于1992年从城关医院退休后回到了道虎壁村，他一边休息养老，一边整理他父亲王裕宽留下来的医书典籍，同时也总结自己的行医经验、回忆自己的行医故事。

当时，在晋中二院中医科工作的儿子王金权精力充沛而心志远大，他看到父亲退休在家，便想充分利用这一宝贵资源，于是，1995年他在道虎壁开办了一个王氏妇科诊所，平常他让父亲照料打理，每周六周日他从太谷晋中二院回平遥道虎壁，白天在诊所坐诊行医，晚上则与父亲睡在一盘炕上聊天。父亲有所说，他悉心恭听；他有所问，父亲尽心讲解。就这样，从儿子王金权于1995年在道虎壁开办诊所到父亲王培昌于2006年仙逝的十余年间，父子俩周周如此，年年如此，父子感情在于斯，父子传承在于斯，父亲尽传所学，儿子尽学所传。王氏妇科在王培昌和王金权父子间又一次完美地传承了下来。

<h1 style="text-align:center">三</h1>

王金权出生于 1958 年，从七岁开始一边和其他孩子们一样上小学、上初中、上高中，一边系统接受王氏妇科的学习。七岁至九岁是启蒙教学阶段，十岁至十二岁是侍诊阶段，十三岁至十五岁是随诊阶段，十六岁至十八岁是试诊阶段，十九岁便可独立诊疗病人了。

王金权于 1979 年考入晋中卫校接受系统的中医教育，1982 年毕业分配到晋中第二人民医院中医科工作，1983 年与出生于中医家族的同事刘小英喜结良缘。王金权本来家学渊源深厚，又系统学习了现代医学知识，再得了同为中医家族出生的贤内助，于是他得田得地，得风得雨，在王氏妇科领域勤奋耕耘，花儿朵朵，硕果累累，展示着自己非凡的才华，也沿袭着王氏妇科非凡的魅力。

1988 年，王金权三十一岁时就在晋中二院中医科崭露头角。当时，晋中二院对病人进行中、西医结合治疗，特别是对做手术的病人，往往术前术后都交给中医科来治疗调理。有一个灵石来的老汉因肠胃病住进晋中二院治疗，病人呕吐恶心吃不上饭，肚疼难受拉不下屎。西医诊断是"肠梗阻"，需要手术治疗，但因病人已八十来岁，身体虚弱，怕做手术有风险，就交给中医科来治疗调理。最初接诊的中医科大夫看了病人的情况，认为是"实症"，便采用攻、泄之法来治疗，开了攻、泄药给病人喝，但病人喝下这些攻、泄药之后反而加重了病症，到了晚上肚子疼痛难忍，喊叫起来了！当晚王金权值班，病人家属便把他叫了过去。他看了看病人情况，又把了把脉，认为该病人是中气不足而导致脾、胃、肠运化功能减弱，因而吃不下饭、拉不下屎。所以，他认为这并不是"实症"，而是"虚症"，那治法就不应该是攻、泄，而应该是补、益。他对症下药，给病人开了"补中益气汤"并加了麻仁、肉苁蓉等几味润肠药，病人吃了他开的药之后随即好转。后来，他再给这个病人开了六服药，大便就通了，也能进食了，腹部也不疼痛了，完全好了！

如此，这个八十来岁的老汉免了做手术之危险、做手术之疼痛、做手术之可观费用，只吃了六服药，就完全好了！这一施治案例，使中医科大夫和病人都对这个三十出头的年轻大夫刮目相看了。

1999年，从祁县来了一个十八岁的姑娘，她肚子又痛又憋，非常难受，西医通过 B 超确诊为"卵巢囊肿"，需要手术治疗。可一旦手术影响了卵巢，这个姑娘就有不能怀孕的可能，所以姑娘和家人有点犹豫。有一天这个姑娘实在疼痛难忍，无奈中决定到急诊室做手术。正当这个姑娘被抬上手术台准备做手术时，她父亲从家里赶来，他坚决不让做手术，于是这个姑娘又被抬下了手术台。姑娘的父亲坚信中医，嚷嚷着说道："我听说中医不用手术就能治这种病，就不能让咱二院的中医给治一治？"于是，这个姑娘就转到了中医科。王金权接诊了这个病人。经过一番望、闻、问、切，他认为这姑娘的"卵巢囊肿"实际上就是中医讲的痰湿之症，这"囊肿"原本是痰湿积聚而成，所以，治法便是去痰化湿，软坚散结。他对症下药开了处方——

桂枝（十五克）　　　云苓（二十克）

陈皮（十二克）　　　半夏（十二克）

车前子（十五克）　　滑石（十二克）

吴萸（八克）　　　　黄芪（二十克）

赤芍（十五克）　　　丹参（三十克）

泽泻（十克）　　　　焦白术（十五克）

海藻（十二克）　　　　昆布（十二克）

　　痰湿在卵巢内，如果口服这些药通过胃肠作用于卵巢，时间会加长，药效会减弱，所以，他就采用"肛肠给药"的办法。将煎好的药汤灌入注射器，从肛门注射进去，这样，肛肠距离卵巢最近，药力传递也最快、最有效。

　　王金权用这种方法治疗了一个月以后，这个病人的"痰湿"尽去，"囊肿"尽消。

　　如此，因为父亲的断然决定和王金权的高明治疗，这个患病姑娘变成了一个健康姑娘，完完整整地出院回家了。这样解除了她有可能影响生育的后顾之忧，她之后可放心地结婚，生儿育女了。

　　由于王金权医术高、名气大，找他的病人也就多了，当时中医科共有三十多张病床，而他的病人往往要占一半以上。不仅找他的病人多，而且想要他的单位也多！于是，王金权为了有更大的发展平台，也为了有更多治病救人的机会，他于 2003 年从晋中二院中医科调入晋中市中医院，担任了副院长、党组成员、主任中医师。

　　王金权调入晋中市中医院时，正处于事业发展的黄金年龄，加上得到这个更大的发展平台，于是他在事业上呈现出"欲穷千里目，更上一层楼"的蒸蒸日上景象，他的治病救人机会也更多，功德成果也就更大了——

　　2014 年的一个周末，他按惯例从榆次回到平遥道虎壁，在"晋中市道虎壁王氏妇科研究院"坐诊，一对父母亲带着他们十八岁的女儿来找他就诊，进门就说："啊呀，王大夫，找到您真不容易！我们是大同人，我女儿病了多年，一直治不好，我们到处打听，得知您是妇科高手，就急赶着来找您了！我们从大同先去了榆次，到晋中市中医院找您，单位人说您周末就回平遥了，我们才又赶来平遥找您！"

王金权说道："哦！你们辛苦了！您女儿有什么症状？"

"啊呀，说来话长，我女儿现在十八岁了，从十三岁来月经到现在，一来月经她就恶心、呕吐、肚子疼，而且大便总是稀的，一天就要大便十几次。我们也找了不少医生，西医也找了，中医也找了，也吃了不少药，吃上药多少有点儿效果，但总治不了根子，到后来反而更严重了。这两年一来月经就得请假住院，疼得厉害了甚至还打过杜冷丁呢！眼看着再有三个月就要高考了，我女儿的病却越来越厉害，可把我们一家人愁死了！后来听说咱晋中市中医院有您这一位妇科高手，才觉得有希望了！王大夫呀，您可得给我女儿好好看看呀！"

王金权听着这位父亲的介绍，也观察着他女儿的面色神情，然后再把了脉，便知道病因了：脾虚，不运化，进而导致水湿、气血凝滞。针对此症，他开了一张药方——

先用了王氏妇科温经化湿痛经方：

焦白休（三十克）　　巴戟天（十五克）

炒扁豆（十五克）　　炒山药（十五克）

云苓（十克）　　　　白果仁（十克）

建莲子（十五克）　　元胡（十克）

川楝子（十二克）　　吴萸（六克）

官桂（六克）　　　　甘草（五克）

然后叮嘱："月经来的前七天开始吃药，连吃七剂，看看月经来时见不见效？如果见效，你们再来找我！"

过了一段时间，这家人又从大同来找王金权了："啊呀，王大夫，您这药顶事！我女儿这次来月经就明显感到不痛了！您真是妇科高手，真是太感谢您了！"

王金权看了看病人的脸色神色，确实明显好多了，他再次把了脉，又开了一张药方，叮嘱："还是在来经前七天开始吃药，连吃七剂。"

这个当父亲的郑重而兴奋地从王金权手中接过药方，看了看，然后笑着问道："王大夫，您这药方到底与其他人的药方有什么不同呀？怎么其他人的药吃了多少也不顶用，您这药只吃了七剂就顶用了呢？"

王金权也笑道："这种痛经病呀，常是因为气血凝滞，所以一般医生都是用行气活血、化瘀止痛的药来治疗。但气血凝滞其实还是病症，而不是病因，所以吃上这些行气活血、化瘀止痛的药虽然也能顶些用，但治不了根。我认为你女儿的主要病因是脾虚，因为脾虚不能运化，才导致气血凝滞，进而出现痛经、便稀等症状，所以我用的药是补脾健脾药，只要脾好了，脾能运化了，气血也就不会凝滞，也就不会痛经、便稀了。"

这个病人一共来看过三次，吃了三个周期的药便痊愈了，并且顺利参加了当年的高考。接到大学录取通知书以后，姑娘的母亲特意给王金权打来电话报喜谢恩，笑声朗朗，喜气洋洋，谢语连连，恩重如山！

2017年春，经晋中市旅游部门介绍，一个青海羌族妇女跟着她丈夫来晋中市中医院找王金权。这个妇女一进门就跪在地上诉说："王大夫！您一定得给我看好病，我的病要是再看不好，我就没有活路了！"王金权赶紧扶起这个羌族妇女，让她坐下来说话。原来，这个妇女今年三十四岁，已经结婚十多年了，一直没能怀孕生子。而她丈夫是三代单传，如果她生不下孩子他家的根就断了，所以男方父母就要把她撵出门，让儿子另娶别人为妻。但因这对年轻夫妇感情好，她丈夫不忍撵她出门，所以他们就一直找大夫看病。十几年间走了很多地方，找了不少大夫，但就是治不好！后来，偶然从旅游部门的人中打听到晋中市中医院有一位王金权大夫是妇科高手，这对夫妇便直奔山西、直奔榆次来了。

王金权听了他们的介绍，也看了这个妇女的五官神色，把了脉，又让做了一些检查，发现这位妇女确实难怀孕。她月经量少，也不排卵，而且卵子就生长发育不起来！这怎么能怀孕？如果治疗，就得从三方面下手：让月经量增多，让卵子生长发育起来，再让卵子能排出来。王金权思考了一番，基本思路是补肝肾，具体治法是采用王氏妇科的"周期疗法"：月经期吃一种药，排卵期吃一种药，长卵期吃一种药。

于是，他开出了三张药方——

经期服用此方：

| | |
|---|---|
| 当归身（十五克） | 川芎（六克） |
| 炒白芍（十五克） | 熟地（十八克） |
| 香附（八克） | 陈皮（九克） |
| 云苓（十克） | 元胡（九克） |
| 丹皮（十克） | 官桂（六克） |
| 吴萸（六克） | 艾叶（四克） |
| 甘草（五克） | |

月经后排卵期服用此方：

| | |
|---|---|
| 当归身（十五克） | 川芎（六克） |
| 炒白芍（十五克） | 熟地（十八克） |
| 仙灵脾（十克） | 仙茅（六克） |
| 五味子（十二克） | 沙苑子（十五克） |
| 女真子（十五克） | 枸杞子（十五克） |
| 菟丝子（十五克） | 陈皮（九克） |
| 甘草（五克） | |

长卵期服用此方：

熟地（三十克）　　生白术（三十克）

当归身（十五克）　炒山药（十五克）

炒白芍（十克）　　炒枣仁（十克）

南沙参（十克）　　柴胡（四克）

炒杜仲（四克）　　党参（六克）

丹皮（六克）　　　紫河车（六克）

这对年轻夫妇从青海来，路途遥远，便决定住下来长期让王金权治疗。他们在榆次租了房子，一边在饭店等地方打工挣钱，一边在王金权这儿治疗。结果，只用了两个多月时间，吃了两个周期的药，第三个月就怀孕了！他们高兴地回了青海，顺利生下了孩子，真是喜出望外，感恩万分，给王金权打来电话报喜感恩："王大夫！我顺利生下孩子了，谢谢您！您真是我们的活佛活神仙！我们要去榆次给您送锦旗表示感谢！"

王金权自然高兴，他笑着说："恭喜你们！路途太遥远了，锦旗就不用送了，好好照顾你们的孩子吧！"

2017年秋，一个操着榆次口音的中年男人带着一个姑娘、扛着一个大帆布包找到了王金权。王金权一看，带姑娘来应该是看病的，扛这个大帆布包是干啥呀？他正在疑惑时，这个中年男人不说看病的事，却把大帆布包一拉，里面全是一摞一摞的处方，而且还像整理档案一样，按时间顺序仔细排列好，前面还列了一个总目录！

"王大夫！这是我近十年来给俺女儿看病的所有处方，您看看，这些处方论斤也有四五十斤重了！啊呀，我十年间跑了省内省外、市内市外，前后找了八九十个大夫了，但是都不顶用，刚听说了您的大名，所以今天就来找您看病了！"

王金权听着这一大堆的话，看着这一大提包的处方，确实也感到惊讶！他让这父女俩坐下说话，于是，这位父亲又把一肚子的苦水倒了出来。原来，这父女俩就是榆次人，女儿现在二十三岁了，从十四岁刚来月经就一直漏血，从来没有断过，一直在找医生看，但一直都没有看好。女儿四年前考上了一所湖北的重点大学，这本来是好事，但因为有漏血的病，身上经常会有异味，这使女儿在大学里遭受了莫大的屈辱，她的行李竟然被同室的三个同学扔出宿舍门去了！因为她一直漏血，湖北天气又潮热，结果弄得人家宿舍里臭味熏人，那三个同室同学实在忍受不了她身上、被褥上的臭味，就讨厌她、嫌弃她，进而把她的被褥扔出宿舍门外！女儿如此受人歧视、欺侮，便哭着向家里诉说，都不想上大学了！眼看着女儿这样受辱，而女儿的学业又不能放弃，父亲爱女心切，他干脆辞了工作，去武汉租了房子，让女儿搬出了学校宿舍。这样，他一边照料女儿的日常学习生活，一边到处打听医生，有空就带上女儿看病。结果，这三四年也没有找到一个好大夫能看了女儿的病！今年女儿大学毕业了，他回到了榆次，才听说晋中市中医院的王金权大夫就是一位妇科高手，就赶忙找上门来。

王金权听着，看着，想着：这病快十年了，而且已经找了八九十个大夫治疗，如果自己也治不了这姑娘的病，那自己的处方和名字也会被这位父亲攒起来，放在那个大帆布提包里，列入这位父亲的"失败大夫名单"了。

他把了把脉，病症是"血虚伴瘀"，看了看那些处方，治法几乎都是止血。于是，他想到：漏血而止血，不能说不对，但王氏妇科的理论是"久病（漏）则瘀，按瘀治"。于是，他的治法与此前那些医生的治法完全相反："活血化瘀"。他开出了一张活血化瘀的药方——

炒小茴香（一克）　　炒干姜（一克）

醋元胡（三克）　　　炒五灵脂（十克）

没药（五克）　　　　川芎（六克）

当归身（十五克）　　生蒲黄（十克）

官桂（三克）　　　　赤芍（五克）

甘草（五克）　　　　三七参（六克）


　　这位父亲似乎也久病成医了，他看着王金权的处方，心里不由得嘀咕：别人"止血"而他"活血"？病人"漏血"而医生"活血"？还嫌俺女儿漏血漏得不够多？但求医就得信医，抱着试一试的心理，按药方抓了三剂药，并按照王金权的叮嘱，从月经来的第一天开始吃药，连吃三天。

　　这三天三服药吃完，女儿的病症就有所好转：肚子疼的情况缓解了，伴有血块的情况也缓解了。于是，这父女俩又来找王金权，王金权调整后又给开了一张药方（五剂），还是从月经来的第一天开始吃，连吃五天。这第二次的五剂药吃完，女儿的病症便大有好转：肚子不疼了，血块也没有了。第三次接着来找王金权，王金权又给开了一张药方（七剂）。这第三次七剂药吃完，女儿的病便完全好了，痊愈了！

　　这位父亲看着女儿的病治好了，真是喜出望外，感慨万千：啊呀，我在外地找了八九十个大夫没治好，结果回到山西，回到咱榆次找人家王大夫治好了！啊呀，我女儿的病治了十年没治好，结果人家王大夫治了三个月就治好了！啊呀，这王大夫真正是妇科圣手呀！

　　而且，这件事真让他哭笑不得！王金权大夫就在晋中市中医院，就在榆次，他这个榆次人却不知，而是跑到市外、省外找了那么多的大夫，真是舍近求远，白费功夫！眼前有佛咱不求，却要绕那么大的一个圈子，找过八九十个大夫，费了十来年时间，最后回头再找这尊真佛！这是唐僧取经，非得磨难九九八十一次才能见到如来佛？！

……

　　光阴荏苒，王金权也于2018年办了退休手续。然而，退休手续是办了，但人却不能退，工作更不能休。几年了，他继续在晋中市中医院王氏妇科流派工作室坐诊看病，在平遥道虎壁王氏妇科研究院坐诊看病，在太原、深圳等地坐诊看病，在山西中医药大学担任教授传授王氏妇科的医道医术、当研究生导师……

　　"广济堂"王氏妇科在北宋时期已经享誉太原，再加上王厚老先生带着一家人避难到平遥县东泉镇麦茭沟以来，王氏妇科已经传承千年了。

　　回首远望，平遥王氏妇科已然历经宋、金、元、明、清直至今天像一棵历经沧桑的参天老树，高矣，大矣，久矣；又像一个阅尽万物变幻的飞天老仙，知矣，觉矣，悟矣。面对老树老仙一般的平遥王氏妇科，我们唯有瞻之仰之，叹之赏之……

# 附　录

# 王氏妇科大事记

三晋王氏妇科创始人王厚行医源于北宋时期，世居太原郡，为避战乱，率子迁居平遥县东泉镇麦茭沟村，开始了三晋王氏妇科诊疗疾病的医疗传承事业，成为三晋王氏从事中医妇科的奠基人。

第四代传承人王时亨，曾考中宋朝进士，后弃官从医，秉承"不为良相，便为良医"的祖训，为三晋王氏中医妇科的传承发展起了承前启后的作用。

第八代传承人王士能，元朝名医，因给元朝皇妃医疾有功，被皇帝赐"龙衣"，并封王氏后人为"历代良医"，将三晋王氏妇科推向了巅峰。

第十一代传承人王景刚，元朝皇庆二年（1313）率两名侄子迁居平遥县道虎壁村，定居行医至今，这是三晋王氏妇科流派第三个重要的行医地点。

第十二代传承人王伯辉，因给元代皇妃医疾有功，被元朝皇帝封为"世承先代医人"，这一代人也是三晋王氏妇科流派发展的第二个高峰期。

第二十代传承人王笃生，是三晋王氏妇科流派重要传承人，他制定家规、家训、传承格言，确定行医堂规，为三晋王氏妇科流派传承起了重要作用。

第二十六代传承人，王裕宽（兄）同王裕普（弟）率王培昌（兄）、王培尧（弟），先后创办了平遥县道虎壁王氏中医妇科诊疗院、道虎壁王氏妇科中西医联合诊疗所等医疗机构，为三晋王氏中医妇科流派的传承发展起了重大的推动作用。

第二十七代传承人王培昌，1979 年被山西省卫生厅聘为山西省名老中医师带徒导师，传承王氏妇科。1986 年，在平遥县城关医院内创办了道虎壁王氏中医妇科王培昌专科门诊部，再次推动了三晋王氏妇科流派传承事业的发展。

第二十八代传承人王金权，于 2001 年创办了平遥县道虎壁王氏妇科研究所。2007 年创办了晋中市道虎壁王氏妇科研究院，为其入选国家级非物质文化遗产保护项目奠定了基础。

三晋王氏妇科于 2003 年入选平遥县非物质文化遗产项目，2008 年入选晋中市市级非物质文化遗产保护项目，2009 年入选省级非物质文化遗产保护项目，2011 年入选国家级非物质文化遗产保护项目。

2011 年，时任晋中市中医院副院长、主任中医师王金权用三晋王氏妇科的学术技艺申报获批国家"十二五"重点专科建设单位。王金权被评为国家级重点专科中医妇科学科带头人。

2012 年三晋王氏妇科入选全国首批流派传承项目，并成立国家级传承工作室。

2013 年三晋王氏妇科流派入选全国中医妇科流派联盟。

2014 年在平遥县道虎壁村创建三晋王氏中医妇科流派传承研究展示馆、国家级非物质文化遗产道虎壁王氏中医妇科流派博物馆。

2014 年由中华中医药学会妇科分会主办，晋中市中医院、三晋王氏妇科流派承办的全国中医妇科学术交流大会在晋中举办。来自全国的中医妇科专家近 300 人参观了三晋王氏中医妇科流派传承研究展示馆、王氏妇科博物馆。国医大师刘敏如教授、京城国医名师肖承棕教授到三晋王氏中医妇科流派传承研究展示馆参观并指导工作。

2016 年、2018 年，应中国台湾中华中医学会的邀请，王金权教授、刘小英教授两次赴台湾讲学，传承三晋王氏妇科流派学术思想及临床经验。

2019 年由中国民间中医药研究开发协会中西医结合分会主办、三晋王氏妇科流派传承工作室承办的中医妇科学术交流大会暨王氏妇科传承弟子拜师大会在平遥县隆重举行，当时有 70 余名弟子拜师王金权、王金亮、刘小英三位专家。

2020 年 12 月 21 日，王金权教授当选中国非物质文化遗产保护协会中医药委员会常委。

2021 年 5 月 11 日由全国人大蔡达峰副委员长、张伯礼院士等国家、省、市、县相关领导 70 多人到王氏妇科博物馆、三晋王氏中医妇科流派传承研究展示馆、王氏妇科北宋"广济堂"医馆、王氏妇科流派传习所参观指导工作。

2021 年 6 月 19 日，中央电视台到国家级非物质文化遗产——平遥道虎壁王氏中医妇科博物馆、北宋广济堂医馆调研，并拍摄纪录片《传承歧黄新火，护佑百姓安康》，大力宣传北宋广济堂王氏中医妇科。

2021 年 8 月 13 日由全国政协副主席卢展工等国家、省、市、县级领 50 多人到平遥道虎壁王氏北宋广济堂医馆、国家级非物质文化遗产——王氏妇科博物馆、全国首批三晋王氏妇科流派传承展示馆调研参观，对王氏妇科的传承发展给予较高的评价，对王氏妇科的传承和发展提出了较好的建议。

# 后　记

　　本书是一部是以传承千年的平遥道虎壁王氏妇科为素材，以王氏妇科第二十六代掌门人王裕宽为主人翁创作的长篇历史小说。言其历史，则所写家族传承脉络、主要人物故事、诊疗思路特色以及具体治病药方，皆为我平遥道虎壁王氏妇科所实有，可谓实有其真人、真事、真物。言其小说，则所有结构布局、素材选择、故事编排以及对话语言和细节描述，皆为作家郝汝椿先生所创作，可谓独具其文心、文思、文笔。

　　我作为国家级非物质文化遗产、平遥道虎壁王氏中医妇科第二十八代传承人，为了传承和弘扬平遥道虎壁王氏妇科的独特医道医术，多年来一直希望编写一部反映平遥道虎壁王氏中医妇科千年传承故事的文学著作，为了编写此书，我多年来先后寻找了多位中医药史学研究造诣较深的作家，皆因多种原因未能如愿。直到 2015 年国庆后的一天，我有机会同晋中日报社原副总编薛斌大哥相聚，谈及编写想法，他郑重给我推荐了时任晋中市文联副主席、晋中作家协会主席的郝汝椿先生。于是在薛斌副总编的组织下，我们三人约定小聚，我把想法又讲给了郝汝椿先生。他经过反复掂量、深思熟虑后，欣然同意，承担起编写此书的任务。

　　在编写这部书之前，我与郝汝椿先生前后进行了多次座谈并陪同他多次前往平遥采访，探寻道虎壁王氏妇科的传承历史、精彩故事，以及王氏妇科传承人的行医轨迹，搜集道虎壁王氏妇科的史料、家族佛堂碑文等民间资料，走访民间中医大师和平遥道虎壁村长者，并同我八十四岁的老母亲进行了多次详细访谈，参观了"国家级非物质文化遗产王氏妇科博物馆""全国首批三晋王氏妇科流派传承展示馆"，查阅《平遥县志》《平遥县卫生志》等。因此，积累了许多珍贵的历史资料和众多的传奇人物故事，为编写这部书准备了丰富而厚实的创作素材。

在编写这部书的三年多时间里，我与郝汝椿先生以高度的责任感和使命感通力合作，尽心竭思，以期打造成一部既具有平遥道虎壁王氏妇科精华内容和独特风貌，又具有中华医学深厚底蕴和晋中地域独特风情，同时还具有史料性、学术性、文学性、可读性的精品力作。

　　因为这部书是以长篇历史小说的形式叙述从"广济堂"到平遥道虎壁王氏妇科传承千年的故事，所以在众多历史人物、众多历史故事的取舍选择中，难免有突出主人翁、突出主要故事而忽略其他人物和故事的情形，在此，敬请王氏妇科各门贤达同仁予以谅解！

　　另外，由于笔者经历、眼界、才思所限，书中可能还有其他不妥、不对，甚至谬误之处，在此，敬请各位方家和读者朋友提出批评指正！

王金权

于 2020 年 1 月 20 日